古典文獻研究輯刊

五 編

曾永義 主編

第 8 冊

《三言》與《十日譚》婚姻愛情故事之比較研究

蔡蕙如 著

國家圖書館出版品預行編目資料

《三言》與《十日譚》婚姻愛情故事之比較研究／蔡蕙如 著
— 初版 — 新北市：花木蘭文化出版社，2012〔民101〕
目 2+338 面；19×26 公分
（古典文學研究輯刊 五編；第 8 冊）
ISBN：978-986-254-929-2（精裝）
1. 通俗小說 2. 文學評論
820.8   101014714

ISBN-978-986-254-929-2

古典文學研究輯刊
五 編 第八冊   ISBN：978-986-254-929-2

《三言》與《十日譚》婚姻愛情故事之比較研究

作　　者　蔡蕙如
主　　編　曾永義
總 編 輯　杜潔祥
出　　版　花木蘭文化出版社
發 行 所　花木蘭文化出版社
發 行 人　高小娟
聯絡地址　新北市永和區中正路五九五號七樓
　　　　　電話：02-2923-1455／傳眞：02-2923-1452
網　　址　http://www.huamulan.tw 信箱 sut81518@gmail.com
印　　刷　普羅文化出版廣告事業
初　　版　2012 年 9 月
定　　價　五編 20 冊（精裝）新台幣 33,000 元

《三言》與《十日譚》婚姻愛情故事之比較研究

蔡蕙如　著

作者簡介

蔡蕙如

現職：高雄醫學大學通識教育中心專任副教授兼秘書室秘書

學歷：國立高雄師範大學 國文系 博士班畢

國立高雄師範大學 國文系 碩士班畢

東海大學 中國文學系畢

文藻外國語文專科學校 英文科畢

經歷：高雄醫學大學通識教育中心專任副教授兼秘書室秘書

高雄醫學大學通識教育中心專任助理教授兼中心人文及社會科學組組長

高雄醫學大學教務處課務組組長

大仁技術學院通識教育中心專任助理教授兼教學品質組組長

國立高雄師範大學國文系兼任助理教授

國光中學 國文科專任教師兼導師

文藻外國語文專科學校 國文科 兼任講師

專長：古典通俗小說、應用文

著作：《三言》與《十日譚》婚姻愛情故事之比較研究、《三言》中的婚姻與戀愛

期刊論文：〈《三言》與《十日譚》巧女人物類型比較〉

〈「點燃生命之海」與生死教育〉

〈從儒家思想建構醫療專業人才之倫理教育〉

〈電影於人文教育教學中之應用──以「金法尤物」在女性文學課程上的啟示為例〉

〈「臺灣文學」通識課程之教學兼論「去中國化」──以高雄醫學大學課程設計為例〉

（載於國立嘉義大學中文系出版之《文思與創意》）

〈電影於大一國文教學上之應用──當屈原遇上勝元〉

〈從科幻電影「絕地再生」論所關涉之生命議題及反思〉

提　　要

　　明代通俗文學家馮夢龍所蒐集、整理而成的《三言》（《喻世明言》、《警世通言》與《醒世恆言》），與義大利近代散文先驅薄伽邱所撰寫的《十日譚》，二書之篇數相近，成書年代雖然相差了近三百年，但是《三言》裡所收錄的故事約有三分之一的發生時代早於或與《十日譚》同時，還有三分之二比《十日譚》晚了兩個世紀。所以，就其中故事的發生時代而言，也是略有相近的部分。

　　另就文體形式來看，兩者分別是中國和義大利的白話短篇小說集，而且這兩部著作都對後世產生了深遠的影響，分別為中國和西歐的短篇小說立下了開創性的里程碑。二書之故事內容涉及人生百態，反映的社會生活層面頗為廣泛，尤其是關於愛情婚姻的故事，更是二書的重心。

　　基於上述之理由，所以，筆者選擇這兩部作品中的婚姻愛情故事來進行比較研究，使能更深入地認識和了解《三言》與《十日譚》這兩部中西通俗小說在愛情婚姻主題上的異同；並就作者的創作動機、敘寫模式、表現手法、人物類型之塑造與悲劇故事加以比較，以期更進一步釐析馮夢龍與薄伽邱的婚戀思想。藉由相互之比較來探討中西方對愛情與婚姻的態度，以及人類的婚姻與愛情能否合一？企盼能從研究中得到一些啟發，讓《三言》與《十日譚》的戀愛婚姻故事發揮更積極的指導作用，對現代人的愛情和婚姻生活產生助益。

目次

第一章　緒　論

第一節　研究動機與目的

　　明代通俗文學家馮夢龍於 1621 年至 1627 年所蒐集、整理而成的《喻世明言》、《警世通言》與《醒世恆言》（簡稱《三言》），是宋、元、明說話藝人和文人加工整理的集體成果：其內容有部分是假前人的筆記、小說、傳奇為基礎鋪演而成，有些則是宋元的話本，以及明人的話本或擬話本。且故事的題材豐富多樣，或寫朋友親戚間相互幫助的俠義行為；或寫男女的愛情婚姻；或揭露官僚、地主與僧道的不法勾當；或寫獄訟案件；或寫發跡變泰的故事；或述靈異神奇、文人雅士的風流韻事等，於中國小說史上占有重要之地位。在馮夢龍編寫《三言》之後，凌濛初於 1628 年也開始編寫短篇小說集《初刻拍案驚奇》、《二刻拍案驚奇》，合稱為「二拍」，與馮氏的《三言》將明代的白話短篇小說創作推向最高峰。

　　而《十日譚》則是由薄伽邱於 1348 年至 1353 年所寫成。作者於全書開端即描述了佛羅倫斯城所發生的瘟疫慘況，十位佛羅倫斯的男女青年為了躲避這場大災難而逃到城外的別墅裡，他們決定在這十天裡，每天推選一位國王或女王來主持說故事的活動，由他（她）訂定話題，要每人每天都講一個故事來娛樂大家，所以此書是以故事會的形式進行，全書共有一百篇故事。這一百篇故事包括：自訂題目的故事；或起初飽經憂患，後來又逢凶化吉，喜出望外的故事；或憑個人的機智而如願以償的故事；或結局不幸的戀愛故事；或歷盡艱困磨難後，有情人終成眷屬的故事；或是急中生智，逃避了眼前的危險和恥辱的故事；或妻子為了偷情、救急，而對丈夫使用各種詭計，

有的被丈夫發覺了，有的把丈夫瞞過的故事；或人們之間互相捉弄的故事；以及戀愛方面或是其他方面所表現可歌可泣、慷慨豪爽行為的故事。而在薄伽邱的《十日譚》之後，亦出現了仿作，如：英國喬叟的《坎特伯利故事》、法國瑪格麗特・杜・那巴爾的《七日譚》等。因此，《十日譚》除了是一部偉大的小說之外，更成為義大利散文藝術的重要起點之一，薄伽邱也與但丁、佩脫拉克並稱為義大利文藝時代的三大文豪。

　　《三言》與《十日譚》二書的篇數差不多；其成書的年代雖然相差了近三百年，但是據大陸學者整理比較後發現，《三言》中收集的故事，約有三分之一的發生時代早於或與《十日譚》同時，還有三分之二比《十日譚》晚了兩個世紀〔註1〕。所以，就其中故事的發生時代而言，也是略有相近的部分。另就文體形式來看，兩者分別是中國和義大利的白話短篇小說集，而且這兩部著作都對後世產生了深遠的影響，分別為中國和西歐的短篇小說立下了開創性的里程碑。就內容而言，《三言》一百二十篇故事的題材涉及人生百態，特別是有將近三分之一的作品，乃通過愛情婚姻這面鏡子，為後人反映一幅幅當時生活的寫生畫和風俗畫；而《十日譚》的故事內容也很浩繁，所反映的社會生活層面頗為廣泛，尤其是關於愛情婚姻的故事，更是全書的重心。

　　由此可見，愛情婚姻的故事皆是構成這兩部作品的重要組成部分，故在大陸方面已經有一些學者撰寫有關這兩部作品的比較。如：黃永林的〈三言與十日譚中愛情婚姻故事的比較〉（收錄於《中西通俗小說的比較研究》），以及饒芃子的〈三言與十日譚比較〉（收錄於《中西小說比較》）。但是，黃、饒二人所撰寫的論文內容均止於概論性之比較：黃永林僅以一個章節的篇幅指陳出《三言》與《十日譚》具有三個共同點——一是反對禁欲，提倡人性；二是歌頌愛情，讚美婦女；三是反對階級，主張平等；唯一不同之處是二書作者對於婚外情的看法有所出入。饒芃子也是以相同的篇幅來說明——兩部書的語言都很通俗化，但是馮夢龍採取說教的口氣要人去喻去警去醒；薄伽

〔註1〕詳見繆詠禾《馮夢龍和三言》；據繆氏統計，《三言》中故事發生之時代，上自春秋戰國，下迄明代，列示如下：

故事 發生時代	春秋戰國	秦漢	兩晉南北朝	隋唐	五代	宋代	元代	明代	（年代不詳）	合計
故事篇數	4	6	2	18	5	50	4	28	3	120

邱則善以嘲諷的口吻來譏刺當時的社會現象。上述兩篇論文都只能算是一種初步的比較，因此可以再加強、發揮的研究空間還很大。

　　基於上述之理由，所以，筆者決定選擇這兩部作品中的愛情婚姻故事來進行比較研究。希望透過這一比較研究，使吾輩能更深入地認識和了解《三言》與《十日譚》這兩部中西通俗小說在愛情婚姻主題上的異同；並從比較作者的創作動機、敘寫模式、表現手法、人物類型之塑造與悲劇故事，以期更進一步釐析馮夢龍與薄伽邱的婚戀思想。藉由相互之比較來探討中西方對愛情與婚姻的態度，以及人類的婚姻與愛情能否合一？企盼能從研究中得到一些啟發，讓《三言》與《十日譚》的戀愛婚姻故事發揮更積極的指導作用，對現代人的愛情和婚姻生活產生助益。

第二節　研究範圍與方法

　　《三言》有一百二十篇作品，而本論文之研究範圍乃包含《三言》裡的戀愛、婚姻故事或入話及相關之情節，即使該故事的主旨非關男女婚戀問題，若其中的內容牽涉婚姻與愛情者，皆是本文主要的研究材料。同理，在《十日譚》這一百篇故事中，凡與愛情、婚姻相關的部分，也都是研究的對象。

　　至於本論文的研究方法與步驟，如下列之說明：

一、蒐集資料與討論

　　由於個人在大學時代即對民間文學和通俗小說產生濃厚的興趣，因此，有幸進入碩士班就讀時，便決定以此做為研究之目標，並且廣泛蒐羅相關之圖書和論文而加以瀏覽閱讀，後來在指導教授的引領之下，逐漸縮小論文的撰述方向；再經過師生詳細的討論後，於是將明代馮夢龍所編寫的《三言》當作研究的範圍，最後擬以「婚姻戀愛」為論文之主題。完成了碩士論文後，仍然企盼自己能夠再繼續深造，所以在攻讀博士班之際，便承繼碩士論文的規模，在疏漏之處加以修正並更進一步地擴寫，勇於嘗試比較所謂的「平行研究」，也就是研究那些無直接關係，卻在作品的內容或形式上，以及作家的創作方法上有可以互相比較的文學現象〔註2〕。遂在與指導教授研究過可行性

〔註2〕「主題比較」與「類型比較」都是屬於平行研究。例如法國作家雨果的《悲

之後，就展開資料的蒐集。

二、精讀與訂定章節

首先詳閱《三言》與《十日譚》故事，並以卡片摘錄其大要與心得；再依內容、情節的特徵分類，歸納出章節之次第。然後精讀有關於《三言》、《十日譚》婚戀故事的專書、論文，以及其他周邊書籍與論述，如：婚姻史、婚姻律法、心理學、倫理學、社會學、經濟史等各類相關資料，以爲參考、立論之依據。在此過程當中，嘗遇困惑難題，幸得師長釋疑教誨，才能迎刃而解。

三、分章撰寫

本文共分六章，先完成第二章，然後依序完成第三、四、五、六章，而第一章則最後完成。論文末附參考書目。各章重點簡述於下：

第一章〈緒論〉：說明本論文之研究動機、目的、範圍與方法。

第二章〈《三言》婚姻愛情故事之剖析〉：本章乃根據《三言》裡所描寫的男女相戀、結合之情節，統整出我國常見的幾種婚戀模式，並藉此分析故事人物的心理，以期探索普遍的人性與相關的婚俗現象。

第三章〈《十日譚》婚姻愛情故事之剖析〉：由於目前臺灣的學界對《十日譚》的研究並不普遍，所以，筆者在本章即針對該書所敘述的愛情婚姻故事，加以歸類並略作轉述，然後分析其情節與故事背後的涵意，再提出個人之研究心得。

第四章〈敘寫模式、人物塑造與悲劇之比較〉：本章就《三言》與《十日譚》的敘寫模式——「敘事角度與文體形式」、「結構與布局」、「寫實的內容

慘的世界》，其序裡提出當代社會的三個迫切問題：貧窮使男子潦倒，饑餓使婦女墮落，黑暗使兒童羸弱。這是該書的主題。雨果又寫道：「據說，奴隸制從歐洲文明中消失了，這是錯誤的想法，它迄今還存在著，不過現在它的重荷落到女人身上，它的名字便叫做賣淫。」而托爾斯泰的名著《復活》的女主角瑪絲洛娃也是一個受壓迫的下層社會婦女。托爾斯泰和雨果同樣爲女性抱屈，他認爲：「這是十個婦女當中倒有九個將以痛苦的疾病、早衰、死亡作爲結局的生活。」這兩部作品的主題思想相近，即使兩位作者沒有任何直接關係或接觸，仍然可以進行比較。又如法國作家莫泊桑與俄國作家契訶夫都是同一類型的短篇小說家，他們作品中的某些人物形象、故事情節都有類似之處，可以在這兩位作家之間找到不少共同點與相異處。本論文之研究則兼涉上述兩類研究。

與人物心理活動的呈現」、「性愛的描寫」以及「夢、神魔和鬼魂」，通過此一比較，以見二書之基本體例與描寫的表現手法有何異同。就所塑造出來的人物類型加以比較，可見二書中主腳、配腳之思維和人心的善惡；就二書裡的悲劇相互對照分析，以見中西悲劇意識與悲劇人物的生命情調有何異同。

第五章〈《三言》與《十日譚》婚戀思想之比較〉：本章依據《三言》中所有關於婚姻戀愛之現象，進一步歸納整理父母長輩與禮教的婚姻觀以及青年男女和歡場女子的婚戀思想；然後再分析歸納《十日譚》裡所要傳達的婚戀觀。進而比較二書裡的婚戀思想，以找出其中的愛情婚姻共相與迥異之處。

第六章〈結語〉：綜述本文之研究感想。

第二章　《三言》婚姻愛情故事之剖析

第一節　指腹爲婚與自幼訂親

　　「指腹爲婚」較早的記載可見於《後漢書‧賈復傳》〔註1〕。進入魏晉南北朝後，此一婚姻模式盛行，這是由於當時的社會風尚重門第，士庶間互不通婚，而爲了鞏固身分門第，士族間多互相締姻，指腹爲婚在士族中相當常見。金人風俗亦多喜歡指腹爲婚，即使雙方長大後分屬不同階層，仍然可以結婚。到了元朝，朝廷以法律禁止指腹爲婚，《元史‧刑法志》：「諸男女議婚，有以指腹割衿爲定者禁之。」明代《戶令》亦規定：「凡男女婚姻各有時，或指腹割衿襟爲親者，並行禁止。」但是至清代之際，指腹爲婚又興起〔註2〕。從上述「指腹爲婚」的簡史可見中國傳統婚姻的主宰繫之於父母，子女的婚姻有的自胚胎時期就操控在家長手中，所以「指腹爲婚」、「自幼訂親」是我國古代婚姻結合模式裡常見的現象。而馮夢龍所編撰的《三言》亦對此類由父母決定子女終身大事的婚姻予以著墨，如：

　　《喻世明言》即《古今小說》

　　　第一卷〈蔣興哥重會珍珠衫〉

　　　第二卷〈陳御史巧勘金釵鈿〉

〔註1〕　《後漢書‧賈復傳》：「復傷創甚。光武大驚曰：『……聞其婦有孕，生女邪我子娶之，生男邪我女嫁之。不令其憂妻子也。』」

〔註2〕　參見胡申生《社會風俗三百題》，頁230。

第九卷〈裴晉公義還原配〉

第十七卷〈單符郎全州佳偶〉

《警世通言》

第二十五卷〈桂員外途窮懺悔〉

《醒世恆言》

第一卷〈兩縣令競義婚孤女〉入話

第五卷〈大樹坡義虎送親〉

第八卷〈喬太守亂點鴛鴦譜〉

第九卷〈陳多壽生死夫妻〉

第十七卷〈陳孝基陳留認舅〉

第十八卷〈施潤澤灘闕遇友〉

「指腹爲婚、自幼訂親」的特徵之一是：結親之雙方多爲世交，門第相當，男女雙方之家長或同朝爲官，或共同經商，或詩文相交、談得來的好朋友。因此，雙方妻子若同時懷孕，便自然而然有結兒女親家的想法。但是，若兩親家某一方家道中落，或未婚夫妻有一人染上惡疾，導致門不當、戶不對的狀況，那麼棄盟悔婚亦隨之發生（關於悔婚細節，留待本文第五章詳述）。

在這些「指腹爲婚、自幼訂親」的篇章裡，〈喬太守亂點鴛鴦譜〉是一極爲特殊的故事，各有婚約在身的孫玉郎與劉慧娘因假戲眞做而成了夫妻，於是引發徐、劉、孫、裴四家連鎖性的婚姻糾紛。

故事裡的劉慧娘自幼已許裴政，其兄劉璞也聘下孫氏珠姨，珠姨之弟玉郎則與徐家女兒有婚約。只因劉母迷信沖喜之事，於是趕著爲抱病在身的兒子擇吉完婚。然而，孫母（寡婦）無法確認女婿之病情如何，且恐怕女兒受累，便要玉郎男扮女裝，弟代姊嫁；「新娘」過門後，新郎因病不能同房，又不好叫她獨宿，劉母於是命女兒伴嫂同睡，不料竟促成玉郎因姊得婦，慧娘因嫂得夫，而招致家長們對簿公堂。經過喬太守一番盤問，乃判孫、劉爲配，徐女改適裴家，以平息孫玉郎奪人婦之怨。

此則意外姻緣反映出兩個現象：

一、「指腹爲婚、自幼訂親」而結合的夫妻，婚前未知配偶的長相與情性，當然更談不上有愛情的存在。因此，喬太守才能改寫鴛鴦譜，主張「相悅爲婚」（見喬太守判牒）。

二、父母之命雖然極具權威，爲人子女不得違背、反抗，但是在「生米已煮成熟飯」的情況之下，再經喬太守權充月老，家長們似乎也不得不承認。〔註3〕

　　劉慧娘與孫玉郎這對「代人嫁娶、自成夫妻、身陷困境、進退維谷」〔註4〕的青年兒女，幸運地遇上通情達理的喬太守，終於成爲「指腹爲婚、自幼訂親」的婚姻特例，其「婚前即有肌膚之親」的行徑，正和「私訂終身」相似。

第二節　先友後婚

　　梁祝故事爲人傳誦多時，英台女扮男裝與山伯同窗，三年後有心相許於他。雖然，兩人相知相愛而終無婚姻來做見證，但卻已深深影響後世青年男女的婚戀觀。《三言》有兩個故事即是後人嚮往「先友而議婚」的例證，它們是《喻世明言》第二十八卷〈李秀卿義結黃貞女〉與《醒世恆言》第十卷〈劉小官雌雄兄弟〉。

　　其內容分述如下：

　　一、〈李秀卿義結黃貞女〉

　　正文乃敘少女黃善聰改扮男子，隨父販香，出外經商。不上兩年，黃父病故，善聰思想身爲孤女，往來江湖不便，於是主動與同業少年李英（秀卿）結爲異姓兄弟，合夥生理。兩人日則同食，夜則同眠；善聰託稱自幼罹患寒疾，從不解衣，李英是位誠實君子，故不疑他。九年之後，善聰扶柩返鄉，與姐姐、姐夫團聚，始還女兒身。李英來訪，才知善聰乃一女子；英生愛意，繼而求婚，怎奈善聰執意不允。幸得守備太監李公之助，親出貲財，終於促成兩人婚事。

　　二、〈劉小官雌雄兄弟〉

　　本文乃敘述劉奇、劉方由義兄弟結爲夫婦的故事。劉方本名方申，原是女孩兒，改扮成小童，隨父歸籍返鄉，豈料途中父親害了風寒，藥石罔效而

────────────

〔註3〕見應師裕康於民國83年漢學研究中心「兩岸民間文學」論文研討會所發表之〈姻緣天定」與「相悅爲婚」——由「喬太守亂點鴛鴦譜」看當時婚姻現象〉。

〔註4〕見劉敬圻〈婚戀觀念之嬗變及其啓示——三言兩拍名篇心解〉。

不幸身亡；爲報恩人延醫服藥之德，遂自願權充爲奴僕，適巧恩人無子嗣，就認作義父子。而劉奇亦遭逢困厄，爲劉公（劉方之義父）收留。方、奇二人年貌相仿，情投契合，又念自身出處相同，遂結拜爲兄弟，友愛如嫡親。劉公夫婦過世後，兩人同心經營家業，家產日裕，又因少年未娶，故鎮上幾個富家都央媒與之議姻。劉奇心上已是欲得，劉方卻始終執意不願；劉奇藉題詞壁上，以探劉方之意，劉方才以「營燕巢」暗示自己是女兒身，最後，兩人託媒議親，擇吉成婚。

以上故事經由吾人剖析歸納之後，提出下列三點看法：

（一）突破嚴格的男女之防

儒家禮法重內外之分，嚴男女之防，假使男女無別，那麼淫穢之事就要發生。《禮記・坊記》說：

> 子云：「夫禮，坊民所淫，章民之別，使民無嫌，以爲民紀者也。故男女無媒不交，無幣不相見，恐男女之無別也。」

《禮記・曲禮》上也說：

> 男女不雜坐，不同椸枷，不同巾櫛，不親授。叔嫂不通問，諸母不漱裳，外言不入於梱，內言不出於梱。女子許嫁，纓，非有大故，不入其門。姑姊妹女子子已嫁而反，兄弟弗與同席而坐，弗與同器而食。……寡婦之子，非有見焉，弗與爲友。

由此可見，自古男女避嫌之禮法極爲謹愼、周延，而且影響後世深遠。英台爲求學、善聰和劉方爲營生經商，於是想出女扮男裝之計，好出社會往來活動。此舉在當時可說是十分大膽、前衛的；而其絲毫不露破綻，頗令人稱奇。更叫人佩服的是：三人皆能恪守本分，不失女子的端整風範與個人尊嚴，非至緊要關頭，絕不輕易揭示自己眞正的身分。這樣的行徑，不得不使山伯、李英和劉奇慕其清白、純潔而心生愛意。

（二）強調婚姻的神聖，主張婚前之不及亂

此三則故事說明了「自由戀愛」是人們想追求的，而且強調婚姻的神聖，主張婚前之不及亂。當李英得知義弟是女子時，即爲其守身如玉的愼言愼行所感，進而動了眞情，親自求婚。然而，善聰卻立意不肯，她道：

> 兄弟速出，勿得滯留，以招物議。

又說：

　　嫌疑之際，不可不謹，今日若與配合，無私有私，把七年貞潔，一
　　旦付之東流，豈不惹人嘲笑。

而劉方因義兄逼婚甚急，於是道出自己是女孩兒，是夜兩人即分房而臥，避
男女之嫌。這兩對男女皆曾同食同眠，朝夕相處，對彼此的個性互有瞭解；
若在此情況下滋生感情並結為夫妻，也是理所當然。可是，善聰和劉方都很
堅持「禮」念〔註5〕，他們不願無媒私合，不願損害婚姻的神聖。終於，皇天
不負苦心人，這兩位巧扮男裝的女子都分別由其義兄明媒正娶，結為連理，
成就佳話。

　　一男一女同榻數年，卻沒有苟合之行，無論今昔，皆屬難能可貴。婚戀
自由固然為人所嚮往、為人汲汲追尋，但是婚前不及亂才是真正內涵。「不及
亂」是男女之間對彼此尊重的行為表現，重視自己與對方的交往；梁、李、
劉三位男士不強究女扮男裝的好同窗、好兄弟睡臥不解衣的生活習性，此等
舉動不僅充分顯露其厚道的人格，更表現了他們對別人的尊重。如果婚前能
把這種同性間的尊重轉移在與異性的相處，婚後必能建立男女真正平等互
待、共存的婚姻生活。

　　馮夢龍根據前人所傳聞的「梁祝故事」，改編出同類型「女扮男裝」的愛
情故事，可見馮氏對「女子突破傳統局限」的巧智與「先友後婚」的模式有
著相當程度的肯定，且透露其婚戀思想改革的訊息。

第三節　騙　婚

　　婚姻乃人生之大事，父母長輩、青年男女莫不為此用心良苦，希冀覓得
快婿、佳偶，共締鴛盟。在《三言》裡，即有人強求姻緣，做下騙婚勾當而
誤人害己。此類故事共計四則：

《喻世明言》

　　第三十五卷〈簡帖僧巧騙皇甫妻〉

《警世通言》

　　第十六卷〈張主管志誠脫奇禍〉（〈小夫人金錢贈年少〉）

〔註5〕《禮記・內則》曰：「聘則為妻，奔則為妾。」所謂「奔」即「聞名而趨，不
　　　　及六禮，故謂之奔」。在遵從禮教的中國社會裡，一個沒有經過正式聘娶的婦
　　　　女，其身分常被視為不清不白，而且難以立足於家庭。

《醒世恆言》
　　第一卷〈兩縣令競義婚孤女〉入話
　　第七卷〈錢秀才錯占鳳凰儔〉

一、〈簡帖僧巧騙皇甫妻〉

　　簡帖僧嘗見皇甫松之妻楊氏立於簾下，愛其美色，便使奸計陷之於不貞之名。皇甫松中計而休妻；僧合謀一婆子趁楊氏走投無路、欲跳河尋死之際，誘騙楊氏與他成親。一年後，簡帖僧在大相國寺內自招劣行又意圖殺妻，幸虧皇甫松等人及時發現，才使得惡僧就逮伏法。

二、〈張主管志誠脫奇禍〉

　　此則騙婚事件由媒婆一手導演，在議親過程中欺騙了女方，隱瞞對頭男方的年紀，促成一對老夫少妻；進而引發少婦心儀家中主管張勝，怎奈張勝堅守立場，只以主母相待，並不及亂。最後，才發現小夫人早已吊死，相從張勝者乃其魂魄而非人矣。

三、〈兩縣令競義婚孤女〉入話

　　入話中的王奉因嫌貧愛富，遂起私心，暗地兌轉兩對自幼訂婚的新人（瓊英許潘華；瓊真配蕭雅），將親女瓊真充做姪女，嫁與富有俊俏的潘華；而將瓊英反為己女，嫁與貧窮醜陋的蕭雅。孰料，潘華自恃家財萬貫而任意揮霍產業，不消幾年，早已敗盡俱無，要引瓊真去投靠他人為奴；而那蕭雅則勤苦攻讀，後來一舉成名，官至尚書，瓊英受封為一品夫人。

四、〈錢秀才錯占鳳凰儔〉

　　此則故事是一椿騙婚喜劇。故事敘洞庭湖富商高贊有一女秋芳，人物整齊且又聰明；不肯將她配個泛泛之輩，定要擇個讀書君子，才貌兼全者，聘禮厚薄倒也不論，只要對頭好時，就是賠些妝奩嫁去，也自情願。吳江富家子弟顏俊因相貌醜陋，腹中全無滴墨，便請表弟錢青冒名頂替，然後央託媒人向高家求婚。最後，騙婚之計見拆，大尹明斷，將秋芳嫁與錢青。

　　原來顏俊一廂情願，以為只要錢青代為相親，哄過高贊一時，待行過聘，就不怕高家賴婚。怎奈岳父又要女婿親自上門迎娶，錢青只得代為前往，無巧不巧，大喜之日突起狂風，不能返回顏家成全夫婦之禮，高贊為不使誤佳期，即要女婿就地成親入洞房。假夫妻同房三日，錢青始終和衣而臥，不敢辜負表兄之託。回到吳江，顏俊不由分說，以為表弟占了便宜，便痛毆他一

頓。高老見女婿遭一醜漢亂踢亂打，隨即盤問錢青，始知其前因後果；不料兩家人卻扭作一團廝打起來。此時，縣尹路過，喝教拿下眾人，帶到公庭逐一細審。縣尹得知整個事件的來龍去脈後，即問高贊心下願將女兒許配與誰？高贊道：

> 小人初時原看中了錢秀才，後來女兒又與他做過花燭，雖然錢秀才
> 不欺暗室，與小女即無夫婦之情，已定了夫婦之義。若教女兒另嫁
> 顏俊，不惟小人不願，就是女兒也不願。

高老的這番話已突顯出：古代的婚姻並不注重夫妻雙方有無愛情為其結合的基礎〔註6〕；所重視的是合法的男女關係。

此外，上述四則騙婚事件亦暴露出人性的卑劣面：

（一）騙婚是一種蓄意行徑，人類自私心理的呈現

故事裡的簡帖僧、王奉和顏俊因貪愛美色或金錢，竟然毀人名節或以欺瞞之手段達成其目的。可是，天不從所願，一個接受了法律的制裁、一個招致女兒婚姻不幸、一個是自取其辱。

（二）媒人愛財，取之無道

媒人在我國傳統婚姻制度裡是個相當重要的角色〔註7〕，她們扮演著兩家聯姻的仲介，其工作從議婚前的介紹、溝通，到結婚儀式的鋪排、進行；待婚禮完畢之後，便得賞錢，作為報酬。然而，媒人亦有優劣之分。俗語道「媒婆口，無量斗」〔註8〕，有些媒人為了賺取男女合婚後的介紹費，往往昧著良

〔註6〕張懷承在《中國的家庭與倫理》中亦曰：「傳統婚姻以滿足家庭需要為最高目的，美滿婚姻的標誌是兩個家庭是否門當戶對，不是男女的相親相愛。……只有在家庭本位讓于個人本位的社會裡，人們才考察男女結合是不是出於愛情。」參見頁119。

〔註7〕《孟子・滕文公》曰：「不待父母之命，媒妁之言，鑽穴隙相窺，踰牆相從，則父母國人皆賤之。」由此可證媒人之重要性。

〔註8〕源出明代《清平山堂話本・快嘴李翠蓮記》：「老潑狗，老潑狗，交我閉口又開口。正是媒婆之口無量斗，怎當你沒的番做有。你又不曾吃早酒，嚼舌嚼黃胡張口。」另有天然癡叟《石點頭》第十二卷：「劉氏姐道：『不可造次，常言媒婆口，沒量斗，他只要說合親事，隨口胡言，何足為據。』」清代則作「媒婆口，沒梁斗」，見李海觀《歧路燈》第九十三回：「親事成與不成，小女子如何敢預先說明。萬一不成，人家是女家，不好聽。俗語說：『媒婆口，沒梁斗。』小女人卻是口緊的。」還有一句類似的俗話是「媒人口，似蜜缽」，見元王曄《桃花女》第二折：「則你這媒人一個個，啜入口似蜜缽。都只是隨

心，與議親的雙方胡謅妄語。〈張主管志誠脫奇禍〉裡的張媒明知老員外的合親條件不近情理〔註9〕，卻肚裡暗笑，口中胡亂答應；當下相辭員外後，對李媒說：

> 這頭親事成，也有百十貫錢撰，只是員外說的話太不著人，有那三件事的，他不去嫁個少年郎君，卻肯隨你這老頭子，偏你這幾根白鬍鬚是沙糖拌的。

話雖如此，兩人依舊狼狽爲奸，決定謊報老員外的實際年齡。待小夫人過門，方知丈夫年已六十，老夫少妻的悲劇也隨著張勝的出現而揭開序幕。

媒人原是男女姻緣的月老，但是不誠信的媒人卻成了騙婚的幫兇。這些害群之馬或鬧笑話，或造成他人不幸的婚姻，也因此而令人懷疑媒妁之言的眞實性。所以，婚姻固然需要有媒爲介，可是卻不能完全聽任之，畢竟，在婚姻的舞台上仍有一些愛財而取之無道的媒人。

這些騙婚事件除了彰顯人性的弱點之外，其背後更寓藏了中國人對婚姻的期許，也反映出父母長輩、青年男女多重的婚姻觀念，本文之第五章將做一深入的探討。

第四節　徵婚、贈賜婚、買賣婚、童養婚、贅婚與離婚再婚

婚姻之結合或離異有很多方式與其因素，本節所要探討的是《三言》裡幾則有關徵婚、贈賜婚、買賣婚以及離婚再婚等故事。

一、徵　婚

《醒世恆言》第十一卷〈蘇小妹三難新郎〉即是一段以徵婚方式結爲夫婦的良緣：話說四川有個蘇老泉，生下蘇軾、蘇轍二子，兄弟倆皆具文經武緯之才、博古通今之學，又同科及第，名重朝廷。更令老蘇得意的是有位聰慧過人的女兒，名喚小妹。蘇父恣其讀書，不以女工督之，眼見有女初長，便立心要妙選天下才子與之匹配。一日，宰相王荊公請老泉到府敘話，兩人

風倒舵。」此外，馮夢龍在〈錢秀才錯占鳳凰儔〉亦寫道：「常言無謊不成媒」。可見媒人能言善道，直是天花亂墜。

〔註9〕張員外結親的對象，必要：（一）人才出眾，好模好樣；（二）門戶相當；（三）須著個有十萬貫房奩的。

取酒對酌，不覺忘懷酩酊，各自誇獎其兒女之才華，遂引發王家求親的念頭。後來，荊公但恐小妹容貌平常，不中兒子之意而作罷。此事傳開，竟使小妹才名播滿京城，慕名來求者不計其數，老泉皆呈上文字，把與女兒自閱，最後選中了秦少游爲婿。〔註10〕

　　蘇老泉相信女兒的眼光，能夠在以文應徵求婚的眾多才子當中，擇其心儀之佳婿。就當時的社會型態來看，父權至上的傳統牢不可破，然蘇父卻能改變「父命是從」的觀念，讓子女得以自己決定結婚的對象，此舉充分顯露爲人父愛護、尊重子女的心情，亦表現出進步、開明的思想。

　　此外，同樣對女兒的結婚對象加以考察其能力的模式，亦可見於民間故事中的「難題求婚」。所謂的「難題求婚」即女家提出難題，以試驗求婚候選者有無養家活口的能力。父母嫁女，總盼望女兒有個衣食無虞的歸宿，所以，對於女婿的考驗是十分嚴格的。求婚者必須經歷一系列常人無法想像的艱險，完成人力所不能及的事情，才得以如願娶回新娘。〔註11〕

二、贈婚、賜婚

　　陳顧遠於《中國婚姻史》裡對贈婚和賜婚有詳細的定義：

> 由父母或有權力者之主觀的見解，以其所能支配之女子，贈與某人爲配，是曰贈婚，乃贈與婚之正型也。由帝王之名義而將選入內宮或掠自異族或他人之婦女，賜與子弟或臣者，是曰賜婚，乃贈與婚之別型也。

此類合婚模式史籍嘗載之〔註12〕，歷代亦多仿效。而馮氏在《三言》某些故

〔註10〕明《戒庵老人漫筆》卷六已辨明，清末平步青《霞外攟屑》卷九〈秦淮海妻非蘇小妹〉辨之尤詳。蘇軾確有二妹，一適柳子玉之子，一適程子才，世傳小妹三難秦觀，實是小說虛構情節。

〔註11〕試驗求婚者的難題很多，一般而言，難題內容反映各個民族生活體驗的特徵。例如：在南方少數民族中，在從事燒荒開地的苗、傜血統的人的傳說裡，淨是些一天之內把森林伐光，燒荒後就地耕作、下種、收穫之類的農耕題目。而從事水稻栽種的傣、壯血統的人的傳說裡，則是些如何挑選出大米和別的東西，以及反映人們生活的題目。（詳見鹿憶鹿〈難題求婚──從西南少數民族談起〉）

〔註12〕例《左傳》載：「狄人伐廧咎如，獲其二女，叔隗、季隗，納諸公子（指晉公子重耳）。公子取季隗，生伯儵、叔劉。以叔隗妻趙衰……。及齊。齊桓公妻之，……。秦伯納女五人，……。」關於賜婚者，例《漢書・外戚傳》：「孝文竇皇后，景帝母也，呂太后時以良家子選入宮。太后出宮人以賜諸王各五

事情節裡也寫入同樣的婚姻類型：

（一）贈婚

《喻世明言》

　　第六卷〈葛令公生遣弄珠兒〉

《警世通言》

　　第十五卷〈金令史美婢酬秀童〉

《醒世恆言》

　　第十九卷〈白玉孃忍苦成夫〉

（二）賜婚

《喻世明言》

　　第二十二卷〈木棉菴鄭虎臣報冤〉

《警世通言》

　　第八卷〈崔待詔生死冤家〉

《醒世恆言》

　　第十三卷〈勘皮靴單證二郎神〉入話

這些故事的主旨雖各不相同，然而卻呈現出幾個共同的現象：

1. 此婚姻模式之形成是主婚人為報答有恩於己者或彰顯自己給予他人的恩澤或表示友好，便以女子作為「禮物」贈賜功臣、奴僕……。〔註13〕

2. 這種「以女贈人為偶」的行為，正反映出女性在古代社會裡沒有自主權，當然在婚姻上也無法有所抉擇。〔註14〕

3. 婢妾常是贈人的對象，例：葛令公之妾珠娘、金滿的婢女金杏、郡王府的秀秀和不幸淪為奴僕的官宦之後——白玉孃。

　　另外，在《喻世明言》出現了兩個很特別的求賜婚情節：一是第十五卷〈史弘肇龍虎君臣會〉，一是第三十一卷〈鬧陰司司馬貌斷獄〉。其中閻招亮和司馬貌分別為妹子和自己而向閻王求賜婚，閻招亮希望妹妹今生能從良，司馬貌但願來世仍與原配汪氏成夫妻。此特例的背後潛藏著中國人攙雜了宗

　　　　人，賣姬與在行中。……」

〔註13〕自漢迄唐與異族和親亦可視為贈婚。雖然「和親」象徵兩國之友好關係，但是中國帝王仍將鄰邦當作蠻夷；對於以宮人或宗室女加諸公主封號外嫁異族之舉，他們多是抱持著「居上贈下」的態度。

〔註14〕即使是皇族貴戚之女，依舊如此。

教信仰的婚姻觀，請參閱本文第五章。

三、買賣婚

所謂的「買賣婚」即把女性當作有價的物品買賣的婚姻，這種現象在世界各地不同的文化系統裡都曾有過，當然中國也不例外〔註15〕，且後世仍有以此方式來完成婚姻大事；尤其是經濟狀況不佳的窮人，多把自己的女兒賣人為妻為妾；或有人財迷心竅，典妻賣嫂者〔註16〕。《三言》故事對此現象也略有敘述：

（一）《喻世明言》第二十二卷〈木棉菴鄭虎臣報冤〉

正文裡有段情節描述賈涉欲娶有夫之婦胡氏為側室。原來胡氏家貧，丈夫無賴，因而將她典賣。不幸的是，胡氏又遭賈涉原配妒忌，另把她改嫁與一名石匠。

（二）《警世通言》第五卷〈呂大郎還金完骨肉〉

內容主要敘述呂大郎因其善心善行，終得夫妻重會，父子團圓。其中穿插了大郎之弟呂寶在長兄生死未卜之際，竟然以三十兩的代價將大嫂王氏典賣的情節。結果，自己的妻子被人錯當成王氏而被搶娶。

（三）《醒世恆言》第一卷〈兩縣令競義婚孤女〉

正文描述縣令爭恤石氏孤女月香。月香之父石璧，本為縣官，只為大火燒舍，朝廷將其革職，勒令賠償，璧病鬱而死，有司遂將月香和養娘官賣取償。後為賈昌贖回領養在家；誰知賈妻不賢，忘卻石璧有恩於丈夫，竟然私將月香賣至新縣令家以為陪嫁，並把養娘賣給趙二為妻。縣令察知實情，便決心扶持，視如己女，嫁與另一縣令之子。

〔註15〕陳顧遠曰：「古以『妃』字稱男子之所配，而『妃』字乃『金幣所藏也』；其字義或用語之來源，當必與在早已視女子為貨物有其相關。又各家屢稱伏羲制嫁娶，以儷皮為禮云云，伏羲雖不必即有其人，若視為畜牧部落之代語，則亦可通，此時既有畜產，用之以買婦，固可能也。」他並且引劉師培之言輔證：「儷皮之禮，即買賣婦女之俗也。後世婚姻行納采、納吉、問名、納徵、請期、親迎六禮；納采、納吉皆奠鴈，而納徵則用玄纁束帛，所以沿買賣婦女之俗也。」

〔註16〕魏晉時代即明令禁娶人妻，包括禁強娶和買娶；換言之，賣妻就是違法行為。北魏律規定「賣周親及妾與子婦者流」……。因此，典賣妻嫂是不合法，也是不合人倫之道的。

（四）同上，第三十六卷〈蔡瑞虹忍辱報仇〉

故事敍蔡瑞虹闔家遭強盜陳小四等人殺害，又逼娶她爲妻，瑞虹忍辱偷生，幾經曲折，歷盡滄桑，終得報仇雪恥；而且替蔡家尋訪後嗣，承繼香火。原來蔡父嘗收用婢女碧蓮，並有六個月身孕，只因主母不容，就賣與朱裁爲妻。後來瑞虹聞知此婢所生是個男兒，於是委託丈夫朱源訪得復姓，以續蔡門宗祀。

就上述之故事來看，《三言》的確寫出曲折、多樣的人生際遇，並且反映了市井小民所面臨的婚姻問題和壓力：

1. 新寡或丈夫生死不明的婦女因無生產能力，所以伯叔們基於家庭經濟的考量，多半勸其改嫁，若不願改嫁者則可能面臨被逼婚、典賣的壓力或遭受其他精神上的折磨。

2. 沒有聘娶能力的男子多需藉由買賣的管道，以極微薄的金錢買取妻子，〈兩縣令競義婚孤女〉中的趙二即是如此，其年已屆三十，仍未能成家，最後還是由姨母替他討價還價，買得月香的養娘爲婦〔註 17〕。而這些被賣的女子又常是大戶人家不見容的小妾、婢女。〈蔡瑞虹忍辱報仇〉裡的碧蓮，雖已身懷主人後嗣，卻因主母之故而嫁出。由此，更可以看出身分卑賤者的另一種悲情：他們不僅仰人鼻息，就連自己的婚姻也因此而將就屈從。

贈、賜婚與買賣婚可以說是父權主義、封建制度下的產物，男人將女人視爲商品、財貨般地互相轉贈、買賣。中國女性的社會地位已到了卑微之至！

四、童養婚

所謂的童養婚，係指有子嗣者收養異姓或不同宗之幼女爲養女，待其子與養女均達適婚年齡時而使之成親。

童養媳之名最早當始於宋，因「息婦」稱謂至宋始有，以後始變爲「媳

〔註17〕賈婆道：「那一個老丫頭（指月香的養娘），也替我覓個人家便好……。」張婆（趙二姨母）道：「那個直多少身價？」賈婆道：「原是三十兩銀子討的。」張婆道：「粗貨兒直不得這許多，若是減得一半，老媳婦到有個外甥在身邊，三十歲了，老媳婦原許下與他娶一房妻小的，因手頭不寬展，捱下去，這到是雌雄一對兒。」賈婆道：「既是妳外甥，便讓妳五兩銀子。」張婆道：「連這小娘子的媒禮在內讓我十兩罷。」……

婦」故耳。據《元史・刑法志》謂：

> 諸以童養未成婚男婦，轉配其奴者，笞五十，婦歸宗，不追聘
> 財，……。

由此可知，童養婚在元時已成俗。而童養婚之所以流行，乃是因爲男女雙方家長都認爲有利可圖：在女家方面，女孩撫養不易，且長大後也是要嫁出去，早晚都是別人家的，不如儘快尋個有意收養「媳婦仔」的對頭，就可省去撫養的負擔。在男方面，首先可省去或減輕將來聘禮的支付與結婚費用，其次是童養媳可幫助作家事，多一個廉價勞力，於是便以此方式替兒子尋個童養媳。〔註18〕

《警世通言》第三十四卷〈王嬌鸞百年長恨〉裡也有類似童養婚的情節，不過雙方以此方式合婚並不完全是基於上述之理由：

> ……有臨安衛指揮王忠……止一子王彪，頗稱驍勇，督撫留在軍前效用。到有兩個女兒，長曰嬌鸞，次曰嬌鳳。鸞年十八，鳳年十六。
> 鳳從幼育于外家，就與表兄對姻。

故事中的王嬌鳳自幼育於外家，長成之後即與表兄結婚，此應可稱之爲童養婚的類型。

五、贅　婚

贅婚也可稱爲入贅，即男子就婚於女家。《史記・滑稽列傳》：

> 淳于髡者，齊之贅婿也。〔註19〕

《史記・秦始皇本紀》：

> 三十三年，發諸嘗逋亡人贅婿賈人，略取陸梁地，……以適遣戍。

由此可推斷，贅婚至少在周朝以前即已存在，王潔卿亦於《中國婚姻——婚俗、婚禮與婚律》中舉證說明：

> 壻字，又從女作婿，於此可見母系時代女爲「婿」，父系時代男爲「壻」，是可說明母系制下「男子出嫁，女子娶夫」之贅婚形態；贅婚實爲母系社會之產物也，故贅婚制，非爲春秋戰國時代所發生之一種婚制，其起源更早，歷史上所可追述者，有如《詩經・大雅》：「綿綿瓜瓞，民之初生，自土沮漆，古公亶父，陶復陶穴，未

〔註18〕參見陳顧遠《中國婚姻史》第三章與胡申生《社會風俗三百題》頁228。
〔註19〕春秋時代齊國已有招贅之特殊習俗，即齊民長女爲筮兒，終身不嫁，故得招婿入家，並司一家之祭祀。詳見《漢書・地理志》。

有室家。古公亶父，來朝走馬。率西水滸，至於歧下。爰及姜女，
聿來胥宇。周原膴膴，堇荼如飴。爰始爰謀，爰契我龜。曰止曰
時，築室於茲。」此古公亶父（周太王）嫁於姜部族為贅婿之故事
也。

贅婿制既然是母系社會的產物，那麼，何以在男系社會裡依舊續存？原因有
二，一是母系社會習俗之承繼；一是藉以救濟貧而難娶者〔註20〕。此制流行
甚久，至元時，贅婿又分贅婿養老及年限贅婿，並須寫明婚書，受法律的管
理約束〔註21〕，明清因之。

　　對於贅婚源流有所認識之後，那麼《三言》故事裡的入贅婚姻也就不難
理解了。其相關篇章有：
《喻世明言》
　　第十八卷〈楊八老越國奇逢〉
　　第二十七卷〈金玉奴棒打薄情郎〉
《警世通言》
　　第二十二卷〈宋小官團圓破氈笠〉
　　第二十三卷〈樂小舍拼生覓偶〉
《醒世恆言》
　　第十七卷〈張孝基陳留認舅〉

　　故事中的宋金（〈宋小官團圓破氈笠〉）、樂和（〈樂小舍拼生覓偶〉）、張
孝基（〈張孝基陳留認舅〉）皆入贅於女家，且與婚之女方有下列幾個共同之
處：
　　1. 家道勝過這些贅婿。
　　2. 新娘多為獨生女。
　　3. 希冀贅婿繼承香火、家業與養老。

　　而元朝的楊八老原來已有聘娶之妻，其身分背景與未婚又家貧的宋金等
人不同，他在獨身前往漳州經商時，只為了「有人相伴生活」而入贅於檗家，

_____

〔註20〕顏師古注：「謂之贅婿者，……一說，贅，質也，家貧無有聘財，以身為質
　　　　也。……」
〔註21〕《元典章》卷十八〈戶部〉：「一　招召養老女婿，照依已定嫁娶聘財等第減
　　　　半，須要明立媒妁婚書成婚。一　招出舍年限女婿，各從所議，明立媒妁婚
　　　　書，或男或女，出購錢財，依約年限，照依已定嫁娶聘財等第驗數，以三分
　　　　中不過二分。」

並非為了獲取女家財產而入贅〔註22〕。故是為贅婿之特例。

此外，據《元史‧刑法志》載：

> 諸有妻妾，復娶妻妾者，笞四十七，離之。〔註23〕

簡言之，人人皆不得重婚。就既成之事實而言，楊八老的確有兩個妻室；所以，他犯了重婚之罪。然而，就其與二妻二子相認，舉家歡喜之結局來看，很明顯地，八老並未因重婚而獲罪。另外，在〈金玉奴棒打薄情郎〉裡，那莫稽是個貧苦的讀書人，功名未卜，又無聘財娶妻，於是入贅金家，成了乞丐團頭的女婿。就當時「良賤不婚」的律令來說，金、莫聯姻亦是不合法〔註24〕。因此，或可據以推論：民間對官方制訂的婚律並不完全加以踐履遵守，也就是說，官方雖有令在先，可是百姓卻自行其道。

六、離婚再婚

在先秦時代，離婚再婚是習見之事，至漢末未改〔註25〕。《警世通言》第二卷〈莊子休鼓盆成大道〉裡即曰「莊子連取過三遍妻」（其中一位係因過遭休）；另外在《喻世明言》第二十七卷〈金玉奴棒打薄情郎〉入話中亦寫漢代朱買臣因貧困之故，其妻主動提出離婚再嫁的事件。通俗小說或為稗官野史之事，然而卻可以佐證民間應有此等行徑。《三言》裡還有其他相類似的情節：

《喻世明言》
第二卷〈陳御史巧勘金釵鈿〉
《警世通言》
第二十卷〈計押番金鰻產禍〉

從故事的情節、片段描述裡，可以歸納出一個共同的現象——離婚再婚乃現實所趨：〈陳御史巧勘金釵鈿〉的田氏原為賢慧女子，怎奈遇人不淑，嫁給不守本分的歹人梁尚賓，由於不願與之同流合污，田氏毅然請求離異，後

〔註22〕《續資治通鑑長編》卷四七一記載一為獲取財產而入贅於寡婦的例子：「……蓬之為人，尤為污下。常州江陰縣有孀婦，家富於財，不止巨萬，蓬利高貲，屈身為贅婿。」案蓬指王蓬，當時已具知州身分。

〔註23〕明清亦承元律。詳見《明律‧戶律》、《大明律》以及《清律‧嫁娶違律主婚媒人罪條附例》。

〔註24〕團頭即乞丐之首，隸屬賤民；莫稽雖然家貧，但卻是良民。

〔註25〕參見蘇冰、魏林合著《中國婚姻史》第二章第五節。

改嫁魯學曾。而〈計押番金鰻產禍〉裡的慶奴則在父母的安排下休了好吃躲懶的周三，再婚於戚青。在這種情況之下，女方提出離婚而再婚頗合於情理，因為品行不良或好逸惡勞的丈夫所能給予家庭的保障，可說是微乎其微，難怪妻子無法與之維持穩定的婚姻關係。

其實，我國自秦漢起，便開始以禮制、法律、道德的章法來規範婚姻，在當時，妻子一方也有權訴求離婚〔註26〕；一直到宋初，無論是官方或民間，對離異再娶再嫁仍是不諱，更不以為恥。可是，至理學興盛後，貞節觀念於是影響婚姻的離合，離婚逐漸成為禁忌，而再婚行為則被歸入無德無恥之列。

第五節　異類通婚

志怪小說多載人與異類的婚戀故事，《三言》雖然不是志怪小說，但亦有類似故事，而其中以《警世通言》為最多：

《喻世明言》

　　第三十四卷〈李公子救蛇獲稱心〉

《警世通言》

　　第八卷〈崔待詔生死冤家〉

　　第十四卷〈一窟鬼癩道人除怪〉

　　第十九卷〈崔衙內白鷴招妖〉

　　第二十七卷〈假神仙大鬧華光廟〉

　　第二十八卷〈白娘子永鎮雷鋒塔〉

　　第三十卷〈金明池吳清逢愛愛〉

　　第三十六卷〈趙知縣火燒皂角林〉

　　第三十九卷〈福祿壽三星度世〉

　　第四十卷〈旌陽宮鐵樹鎮妖〉

《醒世恆言》

　　第三十一卷〈鄭節使立功神臂弓〉

〔註26〕參見陳東原《中國婦女生活史》，頁 144，引李昌齡《樂善錄》以證宋時對離婚的看法。又元人作《遼史・公主表》，凡離婚改嫁之事，皆列入「罪」欄，而不入「下嫁」或「事」欄，可見後世已開始不認同「離異」、「再嫁」了。

　　雖然故事裡的情節不可能出現在眞實的世界裡，但深入分析該類故事的特質與其內在意義，卻可以了解人類複雜且矛盾的情欲心結：

一、異類通婚故事的特質

　　《三言》中異類通婚的情節有下列兩個特徵：

　　（一）男性異類必化爲俊俏模樣、風度翩翩而且才辯無雙的士子；女性則幻化成多情美婦。可謂捉住人性的弱點而投其所好。

　　（二）女性異類多主動自求婚配，其理由不外聲稱「此乃宿世姻緣、本五百年姻眷」；或爲報恩，或爲治病，充滿因果論的迷信色彩。

二、異類通婚的內在意義

　　（一）藉由人鬼通婚，表達眞情是死生不渝的。薛寶琨說：「鬼的身形和蛇的軀體都是感情極度的變形表現。」（見〈白蛇傳和市民意識的影響〉）也就是說，眞情可以打破異類與人，甚至是陰陽兩隔的界線。〈崔待詔生死冤家〉裡的秀秀、〈金明池吳清逢愛愛〉的盧愛愛以及白娘子皆爲愛情奉獻、犧牲。特別是愛愛與上元夫人求得玉雪丹兩粒，使吳清服用一顆而百病消除，另一顆則成全吳清與褚愛愛的一段佳姻〔註27〕。其愛之無私、深切由此可見。

　　（二）暗寓一般男性矛盾的情感：

　　1. 在這些異類通婚的情節裡，男方並不排拒女子自薦枕蓆，例：〈鄭節使立功神臂弓〉的日霞仙子（其原形是蜘蛛）主動與鄭信燕好。又例：秀秀對崔寧說「何不今夜我和你先做夫妻」，崔寧最後也同意。

　　姚之江認爲：「精怪的媚人是世俗性慾的移植。」（見〈狐狸精怪故事別解〉）上述二例與姚氏之言可以互相疏通，也反襯出多數男人的心理——他們希求女人主動熱情；然而矛盾的是——卻又以禮教的大帽緊罩著女性。

　　2. 故事中的男性一方面眷戀美色，另一方面又覺得女性是禍水。例：許宣對白娘子又愛又恨的情結，愛她「如遇神仙」、「色膽迷了心」；恨她即燒符鎭壓之、請捉蛇人捕之，最後又求法海除之〔註28〕。又如：〈崔衙內白鷂招妖〉

〔註27〕褚愛愛一日忽染病，發狂語顚，不思飲食。吳清得盧愛愛所贈之靈藥，醫好褚女之疾，兩人遂成親。

〔註28〕參見陳炳良〈母子衝突——「白娘子永鎭雷鋒塔」的心理分析〉，陳氏以另一個角度來檢視許、白之間的情感。他認爲許白的結合是許宣有佛洛依德所說的「戀母情意結」；而後來許又擔心會被白娘子所害，這是心理學上所謂的「閹割恐懼」。（見《小說戲曲研究》第二集）

的崔亞懼怕紅衫女娘的背景〔註 29〕，卻貪戀其美色，而大膽地留住書院並做了夫妻。就這些情節的描寫，已披露出男性矛盾的感情世界。

（三）以人為本位的精神濃厚且男女有別：女鬼、女仙、女精怪在人間皆有期限，「緣盡」是其離開的藉口。而與人類結合所生的子女亦為凡人。但男異類則可同化女性凡人，所生的子女與父親同類，如《警世通言》第四十卷〈旌陽宮鐵樹鎮妖〉的蛟精與女性凡人生子，其子皆為蛟精。

（四）人鬼、人妖精怪合婚的故事皆隱匿著人類情欲與道德的鬥爭和掙扎。現實的生活裡，總有許多不完滿，人類能夠藉由豐富的想像，創造一些想像的故事來填補心中的缺憾。同時，在這些故事裡也得以看出人們對人生、愛情、婚姻、事業……等等的觀點。關於本節異類姻緣所觸及的婚姻觀，請參見本文第五章。

第六節　寡婦再醮或守節

《三言》諸多故事裡嘗提及若干寡婦再醮或守節之事：

一、再　醮

《喻世明言》

　第一卷〈蔣興哥重會珍珠衫〉

　第五卷〈窮馬周遭際賣䭔媼〉

　第十八卷〈楊八老越國奇逢〉

《警世通言》

　第二卷〈莊子休鼓盆成大道〉

　第六卷〈俞仲舉題詩遇上皇〉入話

　第十三卷〈三現身包龍圖斷冤〉

　第二十五卷〈桂員外途窮懺悔〉

　第二十八卷〈白娘子永鎮雷峰塔〉

　第三十七卷〈萬秀娘仇報山亭兒〉

　第三十八卷〈蔣淑貞刎頸鴛鴦會〉

〔註 29〕紅衫女原是一隻紅兔兒，其父骷髏神則是晉時一個將軍，死時葬於定山之上，歲久年深成器而現形作怪。崔亞上山畋獵因故誤擊之，骷髏神揚言捉殺崔亞。

《醒世恆言》

第二十三卷〈金海陵縱欲亡身〉

就《三言》中寡婦再嫁之情節，可歸納出其所以再醮的幾個原由：

（一）再醮乃為日後有所依恃

人類進入父系社會後，婦女在經濟生活上必須依附於男性，所以，婚姻對女性而言，正是人生的歸宿、生活的依靠。然而，在失去婚姻的庇護——喪夫，成為寡婦時，現實生活的食衣住行便使得女性面臨守節或再醮的抉擇，特別是中下階層者。而選擇再醮的寡婦，其最直接、且比例最高的理由就是為了日後有所憑恃。例如：〈蔣興哥重會珍珠衫〉的平氏、〈楊八老越國奇逢〉的檗氏、〈俞仲舉題詩遇上皇〉入話裡的卓文君〔註30〕以及〈蔣淑貞刎頸鴛鴦會〉中的蔣淑貞。

（二）認為「宿世姻緣」不可錯失而再醮

〈窮馬周遭際賣䭌媼〉裡的寡婦王媼一夜得異夢：夢見一匹白馬自東而來，到她店中，把粉食一口吃盡，自己執篲趕逐，不覺騰上馬背，那馬化為火龍沖天而去。醒來後，滿身都熱，王媼思想此夢非常恰好，因為母舅王公捎信，送個姓馬的客人到來，又馬周身穿白衣，王媼心中大疑，就留住店中作寓，一日三餐殷勤供給。那馬周恰似理之當然一般，絕無謙遜之意；而王媼也始終不怠。後來，馬周因王媼之薦，進而發跡榮貴。最後，常何代馬周向王媼求親，王媼以為昔時白馬化龍之夢今已應驗，正是天賦姻緣，不可違逆，於是允從成親。

我個人認為，作者以一個夢徵而鋪陳出這樣的故事，具有兩個意義：一是為了增加其傳奇性，一則呈現中國人特殊的姻緣論（參見本文第五章）。或許有人會說「天賦姻緣」、「宿世姻緣」只不過是再醮者的藉口罷了，就如同白娘子對許宣說：

> 想必和官人有宿世姻緣，一見便蒙錯愛……煩小乙官人尋一個媒
> 證，與你共成百年姻眷，不枉天生一對……。

〔註30〕卓文君雖非中下階級者，然而其再醮於司馬相如，除愛相如之才貌外，亦希冀日後有所依。她思量：「相如才貌，日後必然大貴，但不知有妻無妻，我若得如此之丈夫，平生願足……」「自見了那秀才，日夜廢寢忘食，放心不下，我今主意已定，雖然有虧婦道（指私奔），是我一世前程……。」

然而，若因此藉口而促成一對互相屬意的眷屬，不也是一件美事。

（三）為婚外情而殺夫再醮

〈三現身包龍圖斷冤〉的押司娘和〈金海縱欲亡身〉的定哥，分別因婚外情而殺夫再醮。

（四）圖報恩而思再醮

〈萬秀娘仇報山亭兒〉中的秀娘死了丈夫，豈料歸家途中遭劫，做了壓寨夫人；又不幸被歹人出賣。後來，秀娘逃出魔掌，卻思了結性命，所幸尹宗相救，秀娘意欲報恩，自顧嫁尹宗；但是尹宗並未答應。

（五）起憐愛之心而欲再醮

〈莊子休鼓盆成大道〉事敘莊周一日出遊，見一少婦搧墳待嫁，不禁心生不平，感慨萬千。其妻田氏得知此事，怒斥該婦無情無義，自誓烈女不更二夫。不久，莊周佯死，而改扮楚王孫前來弔喪，田氏見其人才標致，遂起憐愛之心；服喪未滿卻欲改嫁，並劈棺取莊周腦髓，以醫治新婿楚王孫疾。誰知莊周復活，斥責妻子絕情，田氏明白真相後，因羞愧而自縊。

上述之再醮理由，除第（三）點是非法非人性之作為外，寡婦欲再嫁的理由都是相當單純的。然就莊子試妻的故事來看〔註31〕，寡婦應否再婚便成為爭議的話題。金榮華先生在其〈馮夢龍「莊子休鼓盆成大道」故事試探〉一文中即提及：

> 而莊子認為，如果他一旦身亡，田氏未必能守上三、五年，田氏答以「忠臣不事二君，烈女不更二夫」，於是批評重點便不在其「急欲」再婚，而在其「意欲」再婚了；故事最後則是田氏自己在莊子假死之後果真不久也要再結婚，因此所非議的重點便不在意欲再婚之太快，而在再婚之應該不應該；……

欲討論這個問題，首先就必要瞭解古代對婚寡再醮的載錄與律令之規定〔註32〕，而就典籍所載大致可綜合出以下幾點：

〔註31〕〈莊子休鼓盆成大道〉全部取自明朝無名氏的話本小說集《啖蔗》，《啖蔗》久逸於中土，有韓國傳鈔本存藏於漢城中央圖書館。詳見金榮華先生〈漢城國立中央圖書館藏傳鈔本《啖蔗》跋〉（載於《書目季刊》第十八卷第二期）。

〔註32〕參見《管子‧入國篇》、《漢書‧張陳王周傳》、魏蜀吳志的后妃傳、二十五史后妃公主傳與列女傳、《唐會要》、《元典章》之吏部與戶部之規定。

1. 夫死再醮，聖人許之；而且是君王的德政之一。

2. 寡婦若聽從尊者之言而改嫁，在法律上是允許的。唐律更是賦予祖父母、父母得以強迫改嫁其守寡孫女、女兒之權力。

3. 許多皇族、士族並不排斥納娶寡婦。當然，民間之寡婦再嫁亦多有所聞，故更適並非罕見奇怪的行為。

4. 官方規定「寡婦改嫁，夫家受財」，夫家權力之大，由此可見。同時，也能看出：還是有部分夫家會將寡婦嫁出，因為他們得以從聘禮中索回當時娶該婦的財物聘資。〔註33〕

然而，對於寡婦再醮之事，官方也不全然毫無限制，例如曾經接受朝廷賜封的女性一旦成為寡婦即不得改嫁。此外，凡不合關於人選、程序、時間、儀式的成婚皆屬違法，該婚姻不僅無效，違律者還要受罰〔註34〕。簡言之，除違時改嫁、擇偶違律（即寡婦不得再嫁其伯叔，亡夫之嫡子或非其親生之庶子）以及具命婦身分者，「寡婦再醮」自有先民迄於元朝，法律還未明確取消其自主權，社會也不鄙視。

所以若真要檢討田氏的行為，我個人有兩個意見：

1. 其欲嫁楚王孫於居喪期間，的確不妥。

2. 劈棺取莊周腦髓，以治新婿惡疾之舉，則可分為兩方面來談：由於多數中國人固守「全屍觀念」，田氏所為因而引人非議。然就現代醫學界鼓勵「器官捐贈」，以及佛家「救人一命，勝造七級浮屠」的角度來看，實不應苛責田氏。

而對於「莊周試妻」整個故事的編寫，金榮華先生認為：就故事論故事，則是莊子故布陷阱，誘窘田氏，結果鬧出了人命。整個事件謔至於虐，極失厚道。因此，即使這個故事被認為是譏諷「世俗婦女之侈談節烈」者，由於

〔註33〕《醒世恆言》第八卷〈喬太守亂點鴛鴦譜〉中的劉媽媽，在兒子病重時有此相同的想法。劉媽道：「若孩兒病好，另擇日結親。倘然不起，媳婦轉嫁時，我家原聘並各項使費，少不得班足了，放她出門，卻不是個萬全之策。」

〔註34〕《唐律戶婚律》：「諸居父母喪及夫喪而嫁娶者，徒三年，妾減三等，各離之。」《元史》卷三四：「諸人非其本俗，敢有弟收其嫂，子收庶母者，坐罪。」卷一○三：「諸漢人南人，父沒子收其庶母，兄沒弟收其嫂者，禁之。」《明律·戶律》：「若收父祖妾及伯叔母者，各斬。若兄亡收嫂，弟亡收弟婦者，各絞，妾者減二等。」《國搉》卷二十一：「有烝父妾，收兄弟妻者，送京師治之，武臣及子弟犯者，失職勿襲。」

田氏並非是壞人，所以她的結局非但不能讓讀者有大快人心的感覺，反而覺得她是被作弄的受害人，會替她感到不平，會對她有所同情。這種不平和同情，在傳統的川劇中就很明白地說了出來。據錢南揚的《戲文概論》所述，川劇「南華堂」演這個故事的結局是：「玉帝知道了莊周對待妻子的情況，大為不滿，責其無故戲妻，由天仙貶為地仙。把莊周對付妻子的全部圈套，認為是違法行為，完全加以否定」。所以，作者編寫這個故事，在敘事技巧上固然成功，但在顯示題旨上則完全失敗，因為讀者既不易從故事中明白領會莊子所成之「大道」，也不易認同莊子對田氏之作為。

許多民間戲曲乃取材於或改編自民間的傳說和故事，而這些改編的部分，常常是後人對此事件的期望與批判。在川劇中的玉帝不滿莊周試妻，其實正是反映出後人不認同莊子疑心於妻子。

二、守 節

王文斌在《瘋狂的教化——貞節崇拜之通觀》裡如是說：

> 在封建制度之下，以自給自足的小農經濟為基礎的男權制個體家庭終於定型化。由於這樣的家庭具有強烈的單一性和封閉性，所以必然會特別突出男權家長在家庭中的主宰一切的統治地位。而這樣的家庭結構，也就必然要特別強烈地提倡「夫唱婦隨」、「為夫守貞」，並強調「從一而終」、「男尊女卑」的觀念。貞節崇拜的理念，在這樣的家庭結構中會逐漸升舉，並最終獨立盛行起來。宗法制度的確立，更使貞節觀念森嚴化，這就決定了貞節從此具有了更大的禁錮性，也決定了貞節崇拜又向緊閉性邁了一大步。此時，「貞女不更二夫」的觀念已經正式提出來，為夫守節的觀念愈來愈強烈了。

這段文字為貞節觀被強化，做了一概略式的說明，但是，也容易引人誤解。因為談到宗法、封建制度時，許多人便會聯想起儒家所宣揚的禮教。禮教規範了人的行為，建立人倫、道德，以及是非善惡等價值系統。由於禮教是人訂定的，並且會隨時空不同而有所變化，以致於後世產生了所謂的「吃人禮教」，因而使人誤會了儒家的思想。明、清時期大張寡婦守貞、守節的旗幟，扭曲了「守貞、守節」之真諦，這是吃人的禮教，不是孔門儒家的禮教。

《禮記·曾子問》：

> 曾子問曰：「娶女，有吉日而女死，如之何？」孔子曰：「婿齊衰而弔，既葬而除之；夫死亦如之。」

意思是說：男女已定婚期，但在成婚之前，女方不幸亡故，那麼，未婚夫就要穿著喪服去祭奠，以示未婚夫妻之間的悲痛與哀悼之情，至女安葬後即可除服。當然，若是夫死，亦如之。由此可見，孔子並無「尊男卑女」的心態，更沒有要未過門婦女爲已亡未婚夫守節守寡。徐儒宗於〈孔子婚姻思想的進步性〉一文中亦就曾子之問提出補充：

> 不言而喻，在服除之後，無論男方或女方都可另行擇配了。……即此可見後世片面提倡婦女未嫁守節的吃人禮教，背離孔子的思想有多遠了！

事實上，片面要求婦女的道德教條是在戰國時期至漢初期間產生，歷經後世各朝代而愈演愈烈，終於在明清之際達到最高點〔註 35〕。張樹棟和李秀領合著的《中國婚姻家庭的嬗變》有一段話說：

> 從宋、元、明、青各史《列女傳》中搜羅的婦女事跡看，除孝女外，非節即烈，節烈事跡大量增加。宋以前歷代節烈婦女總人數不過 187 人，宋金時期驟然增至 302 人，元代 742 人，明代更急遽上升到 35,829 人，清初也有 12,323 人。這表明唐宋以後，貞節觀念有了突破性的發展。

明清時期有這麼多的節婦烈女，其主要原因即是官方頒行政令，極力旌表守貞守節的女性。〔註 36〕

《大明令・禮令・旌表節義》洪武元年明令：

> 凡孝子順孫義夫節婦，志行卓異者，有司正官舉名，監察御史、按察司體核，轉達上司正官，旌表門閭。

洪武二年正月，明太祖親自頒旨褒獎節烈婦女〔註 37〕，並且從優撫恤陣亡軍士的守節妻子〔註 38〕，從這些實際的行動，足見明太祖對婦女貞操節烈之重

〔註 35〕宋代理學家程頤主張「凡爲夫婦時，豈有一人先死，一人再娶，一人再嫁之約？只約爲終身夫婦也」、「夫婦之道，當常永有終」以及「餓死事極小，失節事極大」等貞節觀，換言之，程頤並非只有單方面呼籲女子不再醮；反對男子再娶同樣是其主張。但是，後人則片面要求女性守貞守節，到了明清之際，無論官方或民間更是對宣揚女性貞節不遺餘力。

〔註 36〕明朝之命婦不得再醮，因已特享殊榮、優免，故不准旌表。

〔註 37〕見《明太祖實錄》卷四十八：「當塗縣民孫添母鄭氏，黎得旺妻陶氏，貞節鄭氏、陶氏，俱以年少夫亡守節不二，有司上其事，詔表其門，復其家。」

〔註 38〕參閱《明太祖實錄》卷五十九（洪武三年十二月）：「願守節者，則給以薪米比常例倍之」。《明會典・優給》卷一二二：「守節無依者，月給米六斗終身」。

視。也由於最高統治者給予豐富的獎諭，使得民間或自願、或為家人逼迫的守節者愈來愈多。所謂的豐富獎諭，例如《明會典·戶口》太祖頒定：

> 凡民間寡婦，三十以前夫亡守志，五十以後不改節者，旌表門閭，
> 除免本家差役。

又例《明史·列女傳》序：

> 大者賜祠祀，次亦樹坊表。〔註39〕

受旌節婦即免本家差役，這在徭役負擔頗重的明代〔註40〕可說是相當優厚的獎賞。烈女獲賜祠祀、立坊表不僅是本人得以流芳桑梓、後世，其夫家、娘家也是同沾光彩榮譽，難怪明代節烈婦女驟增。然而，要成為節婦烈女也不是輕易之事，就太祖令而言，節婦年齡必在五十歲以上，而且必須要守寡達二十年以上，才能獲旌、享受免差。試想其漫漫歲月，何時捱盡？

當然，明代褒揚節婦烈女的帝王並不只太祖一人，之後的永樂、成化、弘治、正德、嘉靖諸朝，每年皆有旌表的詔令〔註41〕。所謂上行下效，許多文人士大夫們也熱衷為這些守貞守節的婦女樹碑立傳，官僚鄉紳更是大肆旌揚節烈行為。〔註42〕

滿人本不忌再醮，但是自受到漢文化的薰陶，也開始崇尚節烈。例如：清世宗後，朝廷每遇譚恩，詔款中必有旌表孝義貞節之文〔註43〕。又例：成立專門救濟寡婦的機構——貞節堂。據高邁的研究認為：

> 貞節觀念在社會上的勢力已達最高峰；再加之社會經濟的沒落，依
> 賴者需要救濟更為急切，所以這種專門化的貞節堂組織才應運而

〔註39〕 祠祀是明政府給節婦烈女的最高榮譽。例《明史·列女傳》有一記載，簡述如下：正德間，瑞州通判姜榮妾實妙善在瑞州被華林起義軍攻陷時，用計保住丈夫的印信，最後投井自盡。事後，明政府詔建特祠，賜額貞烈。而樹坊表僅次於祠賜，即節婦烈女經奉聞皇上恩准旌表，即由官府為之在家門前或閭巷口立牌坊，以示激勵。

〔註40〕 明太祖時，賦稅十取一，役法計田出夫（參見《明史·食貨志》）。雖然太祖嘗設法減輕百姓的賦稅徭役，但是仍舊徒具形式而毫無實際作用。結果貧弱者加重了賦役負擔，造成富者愈富，貧者愈貧的現象（詳見林金樹、高壽、梁勇的《中國明代經濟史》，以及唐文基《明代賦役制度史》）。

〔註41〕 例如依據《明武宗實錄》中有關記載之統計，從正德元年至十年，共旌表節婦烈女十七次，180人。其中82人詔旌「貞節」，98人詔旌「貞烈」。

〔註42〕 如桐城派大家劉大櫆即常撰寫傳狀、碑誌以表彰節婦貞女，例：〈江貞女傳〉、〈汪烈女傳〉、〈方節母傳〉、〈吳節婦傳〉等。

〔註43〕 例如《清高宗實錄》卷二十七：「旌表守正捐軀之江蘇丹徒縣民胡嘉謨妻華氏。甲寅」及「旌表守正捐軀之江蘇華亭縣民胡殿英妻鄧氏。乙卯」

生。官吏和紳商都亦同時注重此種事業的舉辦。他們除掉行善積德
的果報思想外,官吏是要博得敦崇風化的政譽,紳商是要獲得維護
禮教的美名,這樣貞節堂在各地就建立起來。(見《中國婦女史論集》
之〈我國貞節堂制度的演變〉)

中國的貞節觀念發展至此,竟淪爲不肖者沽名釣譽的工具。

對於我國歷代貞節思想的演化有一粗略的認知後,便能夠理解古代多數
女性的感情世界與思想特質。《三言》描寫寡婦守節的篇章有:

《喻世明言》
第四卷〈閒雲菴阮三償冤債〉
第十卷〈滕大尹鬼斷家私〉
《警世通言》
第二十二卷〈宋小官團圓破氈笠〉
第四十卷〈旌陽宮鐵樹鎮妖〉
《醒世恆言》
第八卷〈喬太守亂點鴛鴦譜〉
第三十五卷〈徐老漢義憤成家〉

除了〈宋小官團圓破氈笠〉的劉宜春之外,這些故事中提到的守節的婦女有
兩個共通之處:

1. 都是自願守節。
2. 都能撫子有成,苦盡甘來。其中玉蘭(《喻世明言》第四卷〈閒雲菴阮
   三償冤債〉)還因兒子得舉爲官而獲旌揚;故事末寫道:
   當初陳家生子時,街坊上曉得些風聲來歷的(指玉蘭與阮三私訂終
   身),免不得點點搠搠,背後譏誚。到陳宗阮一舉成名,翻誇獎玉蘭
   小姐貞節賢慧、教子成名,許多好處。世情以成敗論人,大率如此。
   後來陳宗阮做到吏部尚書,留守官將他母親十九歲上守寡,一生不
   嫁,教子成名等事,表奏朝廷啓建賢節牌坊。正所謂貧家百事百難
   做,富家差得鬼推磨,雖然如此,也虧陳小姐後來守志一床錦被遮
   蓋了,至今河南府傳作佳話。……。

這真是大剌剌地諷刺了人心的虛僞以及矛盾的貞節觀點。

而〈宋小官團圓破氈笠〉的劉宜春則是誓死守節。其父因贅婿宋金染疾
而心生厭惡,於是誘之上岸打柴,趁機棄於不顧。宜春得知實情又遍尋丈夫

不著，便認爲宋金已死。劉父勸女兒改嫁，豈料宜春欲以死明志，她說道：

> 你兩口兒合計害了我丈夫，又不容我帶孝，無非要我改嫁他人，我
> 豈肯失節以負宋郎？寧可帶孝而死，決不除孝而生。

宜春之心志的確感人；然而，遇貴人遂病癒發跡的宋金卻假扮員外試妻，此舉頗失厚道。由此亦可見男性自私、疑心的一面。

另外，《警世通言》第三十五卷〈況太守斷死孩兒〉則是一樁失節的悲劇：

> 丘元吉早逝，其妻邵氏二十三歲立志貞節，守寡已有十年之久。鄰近新搬來的無賴支助欲染指邵氏，不成，竟生惡念，教使邵氏家的小廝得貴赤身露體地睡覺，用以勾引主母，兩人遂發生姦情，邵氏因而懷孕。爲不讓失節之事傳開，邵氏決心打胎。不料，支助卻利用死胎屍向邵氏詐財求歡。邵氏心感忿怒羞愧，見得貴入房，一刀劈死，然後自縊身亡。

就此故事，我個人有下列幾點看法：

1. 男性是貞節主義的擁護者，但卻也是摧毀女人貞節的殺手。
2. 邵氏見得貴赤身臥，如斯者三日，終於，情欲戰勝了禮教的束縛。此事正說明寡婦守節之不易，畢竟，人是有感情、有生理欲求的動物。雖然邵氏意志不堅，受人誘惑，但吾人實不忍苛責之。
3. 失貞情結的產生使邵氏失去理性而殺人。失節心理上的表現即羞慚、後悔，這是偏頗的禮教所灌輸於女性的遺毒；貞節觀念壓抑、奴役女人，許多悲劇便因是而生。
4. 務虛名之寡不應苦守，這是不具任何意義的。

第七節　私訂終身與私奔

兩性的感情無論在生活裡還是文學中，都是一個永恆而且歷久彌新的主題。《三言》爲人所津津樂道的亦是其中的愛情故事。本節所要探究的是關於兩情相悅而私訂終身或私奔的部分：

《喻世明言》
　第四卷〈閒雲菴阮三償冤債〉
　第二十三卷〈張舜美燈宵得麗女〉
《警世通言》
　第六卷〈俞仲舉題詩遇上皇〉入話

所謂的私訂終身和私奔，當然是與父母之命、媒妁之言背道而馳的行為。青年男女為了追求愛情、婚姻的自由，甘願扛負離經叛道的罪名，向封建思想挑戰而走上私訂終身、私奔這一途，去追隨相知相愛的人。有人幸運地找到歸宿，領受家人的祝福；然而亦有人因此而踏上不歸路，釀成了悲劇。

一、私訂終身與私奔的喜劇

（一）〈俞仲舉題詩遇上皇〉入話

談到私奔，卓文君與司馬相如的故事可謂家喻戶曉。在〈俞仲舉題詩遇上皇〉的入話裡，讀者可以了解古人對私奔的看法。當文君於東牆瑣窗內竊窺相如之後，日夜廢寢忘食，放心不下。此時其主意已定：

> 雖然有虧婦道，是我一世前程。

又卓父得知女兒同相如夜奔，他罵道：

> 相如是文學之士，為此禽獸之行。小賤人，你也自幼讀書，豈不聞
> 女子事無擅為、行無獨出。你不聞父命，私奔苟合，非吾女也。

由此可見，與男人私奔是有損婦道的，而且還要忍受別人的指指點點、紛紛議論，甚至是家人也要與之斷絕關係。

就此情形看來，女性選擇了私奔，其實等於是把自己的一生、家人的資助拿來當作籌碼，下了一場不能回頭的賭注。所幸文君慧眼識英雄，相如果然蒙朝廷徵召而出人頭地，夫妻倆恩愛有加。此時，卓父自言自語道：

> 我女兒有先見之明，為見此人才貌雙全，必然顯達，所以成了親事。
> 老夫想起來，男婚女嫁，人之大倫。我女婿不得官時，我先帶侍女
> 春兒同往成都去望，乃是父子之情，無人笑我；若是他得了官時去

看他，教人道我趨時奉勢。

卓父言行前後大相逕庭，也讓讀者看盡人間的冷暖、虛偽；當然，此亦卓父自下台階的藉口。但是無論如何，這場私奔終以喜劇落幕。

（二）〈宿香亭張浩遇鶯鶯〉

正文敘述張浩與鶯鶯私訂終身後花園，因鶯鶯之父守官河朔，兩人只得暫別。俄經兩載，張浩季父爲其作主，欲娶孫氏女爲妻，浩懼季父賦性剛暴，不敢抗拒，又不敢明言鶯鶯之事，遂通媒妁，與孫氏議姻，擇日將成，適巧鶯鶯父親任滿還歸，張浩心念舊情，乃遣人密報鶯鶯。鶯鶯當下爲自己的一生幸福，寫狀告官，終能成爲張浩之妻。

作者筆下的鶯鶯熱情勇敢，其積極搶救約婚之舉和張浩的懦弱無能，恰成一個對比。

（三）〈張淑兒巧智脫楊生〉

私訂終身的青年男女常在浪漫花園裡互許承諾。而楊元禮則在逃命的緊急狀況之下，基於感念張淑兒的救命之恩，因而相約日後娶她爲妻。

原來，楊元禮和友人一起赴京會試，途中寄宿寺院，竟遇謀財害命之徒；七人之中只有元禮倖免逃脫，奔至附近一家草屋避難。豈料屋主與寺院惡僧爲一丘之貉，所幸屋主女兒張淑兒趁母親去向和尚報訊之際，機智地幫助元禮脫離險境。當時，元禮心中暗道：

> 此女仁智兼全，救我性命，不可忘他大恩，不如與他訂約，異日娶
> 他回去。

愛情往往出於恩情，尤以女方爲甚，例如《警世通言》第二十一卷〈趙太祖千里送京娘〉裡的京娘〔註44〕；而此例出於男方，甚有意思。最後，楊元禮果然會試中了第二名，榮歸還鄉隨即履行和淑兒所訂下的終身之約。

（四）〈吳衙內鄰舟赴約〉

正文描述吳彥與賀秀娥兩相傾慕，並於舟中私諧歡好。此事爲賀夫人發覺，最後，在吳彥考中進士的同時，擇吉迎娶秀娥，終於使有情人成眷屬。

故事中的秀娥熱烈、大膽地追求愛情。當母親察知秀娥與吳彥的私情，秀娥誓言與吳彥同生死，反倒吳彥聽說事露，嚇得渾身冷汗直淋，上下牙齒齕齕蹬蹬的相打，半句話也掙不出。於此相較之下，可見女性對愛情的義無

〔註44〕京娘爲趙匡胤所救，途中京娘欲以身相許，報答恩人之德，但趙堅辭。

反顧；而男性卻有所顧忌了，因為尚未功名成就之前，談感情婚姻似乎言之過早，更何況與官家名媛有私情在先，無怪乎吳彥驚慌失措。關於士大夫階層的婚姻觀，詳見本文第五章。

二、私訂終身與私奔的悲喜劇

（一）〈閒雲菴阮三償冤債〉

本篇敘陳太尉之女玉蘭因家中擇婿條件嚴苛，致使婚姻一再蹉跎。然而，一次偶遇，玉蘭與阮華一見鍾情，無奈閨閣深沈，音訊難通，阮華因此相思成病。好友張遠知情之後，即買通尼姑王守長，使阮華得以私會玉蘭於閒雲菴。不料密期幽會之際，阮華卻因七情所傷而告身亡。最後，玉蘭守節撫子，而兩人的愛情結晶長成登科，玉蘭亦獲立賢節牌坊，總算是圓滿收場。

由於玉蘭是位官家小姐，而阮華只是個商販子弟，故無法名正言順地向陳家提親。可憐兩個有情人為門第觀念所困，在此情況之下，他們選擇了私訂終身，但是，卻不若秀娥與吳彥一般幸運。原來，阮華和玉蘭今世一日夫妻之情，乃前世夙緣未了——玉蘭是個揚州名妓，阮華則是金陵人，至彼訪親，兩人相處情厚，並許定一年以後娶之為妻。及至歸家，因懼其父而不敢稟知，遂別成姻眷，害得名妓終朝懸望，鬱鬱而死。閒雲菴相會即阮華應償玉蘭前生之命。也因玉蘭前世抱志節而亡，今世合享子嗣之榮華。

這種糾結「情債觀念」的婚姻愛情可說是受到佛教因果思想的影響，關於此一問題，留待本文第五章討論。

（二）〈張舜美燈宵得麗女〉

正文描寫張舜美於元宵佳節邂逅劉素香，兩人私訂終身並相約私奔，不料中途失敗；素香惟恐家人追趕，便遺下繡鞋一隻，以絕父母之念。誰知舜美誤認素香投水身亡，因而傷痛臥病在床。最後，兩人尼庵相逢，夫妻團圓。

（三）〈黃秀才徼靈玉馬墜〉

正文敘黃損與韓玉娥兩相傾慕，私約終身，並期十月初三會面；豈料玉娥的乘舟因意外順水下流，去若飛電，黃損追趕未及，又恐報知黃翁反惹禍上身，因是心灰意冷，頓萌投江之念，待欲投江之際，幸得胡僧勸阻。後來，玉娥為薛媼所救，認作義女，並允諾玉娥為之尋訪黃損，共續秦晉之盟。怎

奈好事多磨，玉娥竟遭呂用搶娶；最後，因得玉馬墜顯靈和胡僧之助，黃損與玉娥終能結爲夫婦。

三、私訂終身的悲劇

〈王嬌鸞百年長恨〉敘述周廷章與王嬌鸞私訂百年之約，但是周廷章卻又貪財慕色，別娶富家女魏氏爲妻，嬌鸞恨其負心忘情，於是自縊身亡，而周廷章則爲官府亂棒擊斃。

自古多情空遺恨，嬌鸞在失身於周生又不能與之成親的情況下，只能以死來了結自己。然而，嬌鸞並不甘心，於是趁著代父檢閱文書之際，將所寫的絕命詩與〈長恨歌〉彙成一帙，合同婚書二紙，置入官文書內。封筒上填寫「南陽衛掌印千戶王投下直隸蘇州府吳江縣當堂開拆」，吳江關大尹果然接得嬌鸞的詩歌和婚書，關大尹將此事告訴趙推官，趙又以之報與樊公。樊公反覆誦讀嬌鸞詩書，深惜其才，而恨周廷章之薄倖。後來樊公得知嬌鸞上吊亡故，遂判死周廷章。周廷章果然應驗自誓之言，一命歸陰。

故事末尾安排了樊公爲嬌鸞討回公道，以法律重懲負心無情的周廷章，不同於其他小說、劇曲以女子鬼魂追索薄倖男子償命〔註45〕，這是極爲實際且大快人心的安排。

綜觀這些私奔或私訂終身的故事，其中有兩點是共同的：

1. 皆爲一見鍾情式的私訂婚約。換言之，男女雙方的思想上已不存在愛或不愛的矛盾；而驅使情節發展的動力，即兩人必須克服外在的阻力，例如門第問題、強權掠奪之人的破壞⋯⋯。
2. 故事中的女性對愛情的態度勇敢而果決，熱切追求自主婚姻；反觀男性在感情受挫時，幾乎是畏畏縮縮，舉棋不定。

吾人以爲在感情的國度裡，女性較男性積極進取。兩性對愛情、婚姻之概念之所以不同，除了其先天上本有的差異使然之外，男性在當時所處的環境遠較女性爲自由〔註46〕，若是再抱持「天涯何處無芳草」的心態，當然對

〔註45〕此類情節可見於〈王嬌鸞百年長恨〉入話（《警世通言》第三十四卷）、地方戲曲〈王魁負桂英〉以及台灣民間故事〈林投姐〉等。

〔註46〕王引萍〈試論《三言》中的婦女主題〉說：「『男女有別』的戒律把女子活動範圍限制在深閨，所謂『養在深閨人未識』。她們沒有社交自由，沒有結識了解男子的機會。不少渴望幸福的女子常常對首次遇見但並不了解的男子產生愛慕之情，想到愛情和婚姻，這是過分禁錮造成的現象。」

愛情的執著就不如女性，且社會賦予男女不同的角色、不同的期許，更是影響的主因。本文第五章有較深入的探究，可參見之。

第八節　婚外情與其他

　　所謂的婚外情即有配偶的人與配偶以外的第三者建立戀愛或性關係。然而，自古由於男性可以蓄婢納妾，甚至光明正大地嫖妓，故本節所要討論的婚外戀情並不包括這些行為。《三言》裡關於婚外戀的情節、故事多達十餘篇，因此，吾人先簡述其相關之情節與故事，然後進一步去解析其成因。

一、婚外情的相關情節與故事

（一）《喻世明言》第一卷〈蔣興哥重會珍珠衫〉

　　本篇敘述商人蔣興哥娶妻三巧兒，兩人恩愛，如魚得水，然而為了經商謀生，蔣興哥不得不別妻離家，並相約一年便回。但是，興哥因病耽擱買賣，誤了歸期。一日，三巧在前樓簾內張望，錯把同樣行商在外的陳大郎看成興哥。豈料大郎為三巧美貌所動，於是買通薛婆勾引三巧。薛婆要大郎耐性等候，果然五個月後撩撥起這獨守空閨女子最原始的生理需求。陳大郎姦騙三巧得手，兩人倒恩深義重，各不相捨，三巧還把蔣門祖傳珍珠衫贈予大郎。誰知無巧不成書，化了名的蔣興哥和陳大郎竟相逢蘇州。大郎身穿珍珠衫，興哥見之，心中疑雲頓生，更從大郎口中得知三巧失節。回鄉之後，興哥將三巧騙歸娘家，三巧始知自己被休，本欲尋死，幸得母親及時發現，此事於是作罷。後來，三巧改嫁吳知縣為妾；興哥也娶平氏（原陳大郎之妻）為妻。某日興哥因販珠之事，失手釀出人命，此案適為吳知縣審理，三巧又從旁說情，知縣因而寬釋興哥，並使兩人破鏡重圓。

（二）同上，第十卷〈滕大尹鬼斷家私〉

　　在此故事中穿插了一段與婚外情有關的公案：沈八漢與趙裁之妻劉氏密地相好，人皆不知。後來往來勤了，趙裁漸有隔絕之意。八漢私與劉氏商量要謀死趙裁，與他做夫妻，劉氏不肯，八漢於是趁趙裁在人家做生活回來，哄他店上吃得醉爛，行到河邊將他推倒，用石塊打破腦門，沈屍河底，只等事冷，便娶那婦人回去。後因屍骸浮起，被人認出，八漢聞得成大與趙裁有爭嚷之隙，就去唆那劉氏告狀。劉氏直待改嫁後，才知丈夫是八漢謀死的，

既做了夫妻，便不言語，卻被滕爺審出真情，將他夫妻抵罪。

（三）同上，第三十八卷〈任孝子烈性為神〉

此篇述孝子任珪憑媒說合，娶得梁聖金為妻。聖金自嫁與任珪，見他篤實本分，只是心中不樂，怨恨父母千不嫁萬不嫁把她嫁在任家。原來這婦人未婚之時已有意中人，且兩人暗約偷期街坊鄰里皆曉，因此梁公梁婆只得把女兒遠嫁，省得惹是非。任珪不曾打聽仔細，胡亂娶回。豈料這聖金身雖嫁了任珪，一心卻想著情夫周得。一日，周得冒稱聖金的表哥去到任家，見任珪不在，即與聖金偷起情來。後來，聖金為求得以恣意快活，周得於是教其脫身之計，誣陷任父謀不軌；任珪只好把聖金送回娘家。此時，周得已在梁家等候聖金，兩人指望做一夜快活夫妻，誰想任珪闖來。這一驚非同小可，周得和梁氏全家故意將任珪當賊，痛打了一頓。隔天，任珪聽說聖金醜聞，心中大怒，決心捉姦，便買好尖刀，並安排父親寄託姐姐家。夜盡之際來到梁家結果五人性命，且在天亮後至臨安府自首。姦夫淫婦理合殺死，任珪不合又殺了丈人、丈母和使女，故當凌遲示眾。最後，任珪竟坐化法場。

（四）《警世通言》第十三卷〈三現身包龍圖斷案〉

正文敘押司孫文買卦合當此日三更三點子時死，與其妻有染的小孫押司於是將計就計謀死了他，好同押司娘雙宿雙飛。幸得包爺明察秋毫，孫文之冤才得以昭雪；小孫押司和押司娘則就地伏法。

（五）同上，第二十卷〈計押番金鰻產禍〉

事敘慶奴與周三有私情，爹娘察覺此事，不得已使周三入贅在家，周三不知奮鬥持家，因而遭休。慶奴在父母的安排之下再嫁戚青，只因戚青年紀甚長，便不中慶奴意，此次婚姻又告破裂。後來慶奴嫁李子由為妾，卻不見容於恭人，李子由與恭人商議將慶奴還返牙家，但暗中把她養在外室。豈料慶奴並不安分，又和主子心腹張彬有奸情，此事被子由七歲子佛郎撞見，慶奴因而勒死佛郎，並同張彬私奔；途中巧遇殺死慶奴雙親的周三，慶奴在不知情之下又與周三舊愛復燃，染病的張彬見此負氣而一命歸陰。最後，周三和慶奴雙雙受押，赴市曹處斬。

（六）同上，第二十四卷〈玉堂春落難逢夫〉

故事乃敘玉堂春救王景隆於落魄，王景隆救玉堂春冤獄。然而何以院妓身分的玉堂春會身繫囹圄？原來其中牽涉了一宗因婚外情而演成殺夫的公

案：沈洪之妻皮氏平昔間嫌老公粗蠢，不會風流，又出外日多，在家日少，於是和間壁監生趙昂勾搭成姦。趙昂一貪皮氏美色，二要騙她錢財，不上一年，皮氏傾囊倒篋，因而憂愁老公回家盤問。一夜趙昂與皮氏謀計欲殺那沈洪，兩人好做個長久夫妻。一日聽說沈洪討了女妓玉堂春將返家鄉，趙昂便使計要皮氏叫丈夫同小老婆另宿西廳，並令女侍小假名看沈洪睡也不曾，誰知小假名平日也與沈洪有私情，當晚兩人還草草合歡了事。翌日，皮氏下麵撒入砒霜，意欲毒害丈夫，沈洪果然九竅流血而死；皮氏遂將此事嫁禍給玉堂春。最後，由於王景隆適時出現，才將案情查個水落石出，洗清玉堂春的冤屈。

（七）同上，第三十三卷〈喬彥傑一妾破家〉

本篇描寫好色貪淫的喬彥傑娶春香為妾，然而原配高氏不允其入居家裡，因而只好在外賃居。誰知春香不安於室，卻與董小二產生婚外情。高氏聞得風聲，丈夫又久出不歸，於是遣人要春香回家同住，省得兩邊家火。豈料引狼入室，小二隨春香歸家後竟奸騙玉秀，高氏得知女兒被小二壞了身，遂起殺機。最後，連同家僕洪三，四人皆慘死牢中；喬彥傑迷戀青樓女子花盡銀兩後，尋思回鄉，卻無盤纏，幸虧女妓沈瑞蓮資助，方得返家。回到家鄉，人事已非，喬彥傑在兒女妻妾和財產俱喪的情況下，於是投水自盡。

（八）同上，第三十八卷〈蔣淑貞刎頸鴛鴦會〉與其入話

入話述武公業之妾非煙與趙象暗通款曲，此事為公業察知，非煙遭鞭撻至死，趙象則變服易名，遠竄於江湖之間。

而正文乃敘蔣淑貞一日強合鄰家子阿巧，豈料阿巧回家驚氣衝心而殞。自此之後，這女兒心中好生不快活。翌月此女晨起梳妝，父母偶然視聽，其女顏色精神，語言恍惚。蔣母思量若女兒真鬧出醜來，還不如央媒將她嫁了去；果然不久便把淑貞嫁與四十多歲的李二郎。過門之後，兩人徹夜盤弄，瞬息間十有餘年，二郎因而衰憊不堪，奈何此婦正值妙齡，酷好不厭，仍與夫家西賓產生私情。二郎一見，病發身故。事後李大郎斥退西賓，待淑貞守孝三年亦將她逐回娘家。後來張二官娶之，但為經商之故，夫妻倆只得暫別。這時對門店中有一後生名喚朱秉中，淑貞竟與之眉來眼去，於是兩人私下幽會。日久，終於引起張二官懷疑，他心中思量著若真犯在其手，必然教他倆死無葬身之地。果然淑貞又遣人邀朱赴會，張二官揮刀砍下，一對人頭落地。

（九）《醒世恆言》第十六卷〈陸五漢硬留合色鞋〉

正文敘張藎已婚，卻好流連風月場合，一日路過十官子巷與那臨街樓上女子潘壽兒互有情意，並在三月十五日當夜交換了信物。張藎於是請託陸婆撮合，誰知陸婆兒子陸五漢獲悉此事，因而真持信物假冒張藎，在夜半之際與壽兒偷情。兩人暗中來往逾半年，壽兒亦未察陸五漢之身分；然而潘父卻發覺女兒有異，故夫妻倆決議要與女兒換床，好弄個究竟。不料，陸五漢誤以為壽兒另有情夫，遂將其父母當作壽兒和情夫而加以殺害。此命案鬧至官府，壽兒咬定張藎是殺死父母的凶手，張藎在受不了嚴刑拷打之下便認了罪。最後，張藎買通皂隸，讓他與壽兒當面說清自己的形體聲音，才洗刷冤屈，太守也重新更審，並且捉到真凶陸五漢。壽兒方悟自己原來遭陸姦騙，父母又為此殞命而令她羞愧不已，於是撞階自盡。

（十）同上，第二十三卷〈金海陵縱欲亡身〉

本篇故事中有一插曲，描寫二品夫人定哥與金海陵的婚外戀情：原來定哥嫁了一個無趣俗人，夫妻之間毫無感情可言，雖然衣食無虞，但是定哥在精神上卻得不到慰藉。一日，女侍貴哥送來尚書右丞金海陵的聘禮，因而促成定哥和海陵的姦情。海陵原是個漁色之人，有了新歡忘舊愛，定哥捺不住芳心寂寞，竟勾搭上家奴閣乞兒。後來，金海陵即了大位，就威嚇定哥縊殺丈夫以從他。定哥果然如是做，並隨之入了宮。然而，宮中雙倖甚多，海陵漸漸疏遠定哥。最後，定哥與乞兒有染之事為海陵知悉，定哥因而死於非命。

（十一）同上，第三十一卷〈鄭節使立功神臂弓〉

本篇述鄭信與日霞仙子的異類姻緣，極有意思的是，鄭信婚外戀的對象也是異類：一日，日霞外出，囑咐鄭信勿往後宮，誰知鄭信好奇前去，遂與月華仙子（蜘蛛精）有染；日霞與月華因而大打出手。

（十二）同上，第三十四卷〈一文錢小隙造奇冤〉

正文寫為一文錢，丘乙大賭氣迫使妻子自縊，接著又牽連出兩姓的恩怨，接連斷送了十幾條人命。何以乙大渾家自縊？原來此婦背地偷漢子，醜事被孫大娘揭露，乙大便喫了幾碗酒叫老婆來盤問，他說道：

> 若是真個沒有，是她們作說妳時，妳今夜吊死在他門上，方表妳清
> 白，也出脫了我的醜名，明日我好與她講話……。

就因不忠於丈夫，乙大妻祇有走上死路。而這個吊死的屍首卻引來另一樁爭

鬥，也扯出一段婚外情：話說朱常與趙家兩家為田疇之事結下樑子，朱常拾獲乙大渾家屍體後，便使計讓家僕招來媳婦與趙家開打，然後誣陷趙家打出人命，以謀圖趙完讓出土地，豈料卻接連害了許多人的性命——這趙家亦如法炮製，打死家僕丁老官與田婆以威脅朱家。此事為趙一郎撞見，而趙一郎與趙完偏房愛大兒有私情，於是欲藉此兩條人命要脅趙完讓了愛大。

原來，趙完年老風騷，但卻只能虛應故事，因而不能滿足年輕的愛大兒，愛大也就勾搭趙一郎成姦。最後，這一干奸人全部接受法律制裁。

另有一則特別的婚外情，作者最後安排兩人遠涉江湖，變更姓名於千里之外，得盡終世之情，此即《喻世明言》第二十三卷〈張舜美燈宵得麗女〉入話。

入話描述公子張生，在元宵佳節往乾明寺看燈，忽於殿上拾得紅綃帕子，帕角繫一個香囊，細看帕上有詩一首：

> 囊裡真香心事封，鮫綃一幅淚流紅。
>
> 殷勤聊作江妃佩，贈與多情置袖中。

詩尾又有一行細字，寫道：

> 有情者拾得此帕，不可相忘。請待來年正月十五夜，於相藍後門一
> 會，車前有鴛鴦燈是也。

翌年，張生果然赴會，與那香帕主人私諧歡好，少婦向張生告白：

> 妾乃霍員外家第八房之妾，員外老病，經年不到妾房。妾每夜焚香
> 祝天，願遇一良人，成其夫婦。幸得見君子，足慰平生。妾今用計
> 脫身，不可復入，此身已屬之君，情願生死相隨，不然，將置妾於
> 何地也？

最後，兩人在老尼謀計之下，同奔異地，兩情好合，諧老百年。

在這些婚外戀的情節裡，讀者可以清楚地看到：發生婚外情感或婚外性關係糾葛者，皆被人視作姦夫淫婦。然而就〈蔣興哥重會珍珠衫〉和〈張舜美燈宵得麗女〉入話來看，顯然與傳統道德觀念相矛盾了；也就是說作者並沒有強烈譴責他們，相反地卻採取了寬容的態度。何以如此？吾人以為詳究婚外情之成因，即可瞭解箇中道理。

二、婚外情的成因

就上述的情節與故事來分析婚外情的使然原因，可歸納為下列五點：

（一）無感情基礎

古代傳統婚姻幾乎由父母之命、媒妁之言所包辦，且父母長輩替子女物色對象時，又往往偏重外在、物質生活的考量，而鮮少顧及兩個年輕人的情性是否相投、相符合。因此，當夫妻之間的精神層面無法找到契合點時，再加上第三者的介入，婚外情就可能因而發生。例如：步非煙〔註47〕和定哥。

（二）婚前巳有舊愛

愛情婚姻雖不得自由，然亦產生許多私訂終身的戀人。但是，私訂終身後並不能保證父母一定承認而使兩人結合。所以，在男或更娶、女或另嫁而兩人又舊情難忘的情況之下，婚外情上演的機率於是升高。例如：梁聖金和計慶奴。

（三）丈夫長期在外而芳心寂寞

許多商人為了生意、事業，因而別妻離家在外奔波。由於古代交通不發達，往來費時諸多不便，若又不幸染疾上身，往往造成這些商賈耽擱了歸期，結果使得在家等候的妻子愁眉不展、芳心寂寞。故事裡的王三巧與蔣淑貞皆因丈夫在外行商多時，遂與人畸戀成姦；〈喬彥傑一妾破家〉中的春香亦因良人長期在外不歸而勾搭家僕董小二。

（四）老夫少妻之間的問題導致婚外戀

老夫少妻式的婚姻在古代並非罕見，尤其是家境富裕者以金錢買娶青春美貌的女子為妾，在《三言》中可舉之例有之〔註48〕。老夫少妻之間究竟存在什麼樣的危機與問題？就上述婚外情之個案來看，這些老夫婿幾乎無法滿足年輕妻子的生理需求，《三言》作者亦點出他們生理性欲上的差異，而這種差別的確有科學根據。袁振國等人所合著的《男女差異心理學》就引述洛杉磯心理學家巴里的研究說：

男性與女性的性欲是隨著他們的年齡變化而呈現出不同的強度。他

〔註47〕錢伯城《新評警世通言》曰：「步非煙的故事也是一個悲劇，造成這個悲劇的原因，就是非煙的愛情生活中缺少真誠的愛情，而她所傾注愛情的人，卻又只能『非禮』結合。當事情破露，她被『縛之大柱，鞭撻血流』，在如此淫威下，不屈服，也不後悔，只說『生則相親，死亦無恨！』這真是一個堅強頑固的女性！」

〔註48〕例：《喻世明言》第十卷〈滕大尹鬼斷家私〉的倪太守與梅氏、第二十三卷〈張舜美元宵得麗女〉入話裡的霍員外與其第八房妾。

（巴里）認爲，男性的性欲高峰在青春後期，而女性的性欲高峰則

在三十幾歲至四十出頭這一階段。

由此可見，老夫少妻之間確實潛藏著生理無法協調配合的危機，因而使得她們發展出變調的婚姻進行曲〔註49〕，甚至和情夫私奔，隱姓埋名終其一生。

（五）多戀傾向

羅素在《婚姻與道德》一書中說到：

我想，有文化的人，無論男女，只要心理上無所禁忌，在本能上大

概都是多偶制的。他們儘可以深深地鍾情於一個人身上至數年之

久，但是，早遲他們的性關係總會成熟，熟則生厭，情乃不專，他

們乃開始在別的地方去尋求他們從前那種盪心銷魂的經驗。自然，

我們爲道德的關係，是可以節制這種衝動的，不過，要想這種衝動

根本不至不發生，卻很困難。

赫伯・高博格於《兩性關係的新觀念》裡亦曰：

在一夫一妻的關係中，男人在性欲方面常是不安分，對另外的女人

總有幻想。

事實上，不論是男是女，喜新厭舊的心理人皆有之，在《三言》婚外戀情中的慶奴、蔣淑貞、喬彥傑和張藎可說是將喜新厭舊的心理淋漓盡致地發揮於追求異性上，充分顯露其多戀傾向，因而頻傳婚外戀曲。〔註50〕

綜合這五個導致婚外情的原因，其實可以這麼說：婚外戀反映出人們對愛與情欲的渴望和追求。

尋求愛情的寄託與情欲的需要，基本上無所謂對與錯，但是若因而衍生出傷天害理之事，那麼，這樣的感情就是禮法不容的了。例如：慶奴壞了佛

〔註49〕 事實上，老夫少妻的婚姻也常招人非議，例如那倪太守娶梅氏，其子倪善繼
與渾家背後議論道：「這老人忒沒正經，一把年紀，風燈之燭，做事也須料個
前後，知道五年十年在世，卻去幹這樣不了不樣的事，討這花枝般的女兒，
自家也得精神對付他，終不然擔誤他在那裡，有名無實。還有一件，多少人
家老漢身邊有了少婦，支持不過，那少婦熬不得，走了野路，出乖露醜爲家
門之玷。還有一件，那少婦跟隨老漢，分明是出外度荒年一般，等得年時成
熟，他便去了。平時偷短偷長，做下私房，東三東四的寄開，又撒嬌撒痴，
要漢子製辦衣飾與他。到得樹倒鳥飛時節，他便顛作嫁人，一包兒收拾去受
用。……。」
〔註50〕 張懷承在《中國的家庭與倫理》第七章嘗提及產生見異思遷、喜新厭舊的心
理是因爲：婚姻動機不純或婚後地位變化。

郎性命、押司娘和奸夫謀死丈夫、定哥縊殺老公……。作者之所以寬待三巧和霍員外第八房妾，除了兩人情有可原之處〔註51〕，也透露其懷疑傳統道德、婚姻觀念的態度。

三、其他（亂世婚姻特例）

《三言》裡有一則入話描寫兩對夫妻在戰亂中的悲歡離合與無奈：

《警世通言》第十二卷〈范鰍兒雙鏡重圓〉入話敘述南宋建炎時，兵火肆虐民間，拆散了幾多骨肉、夫妻，其中有兩對散而復合的，人們將它當作新聞傳誦。

陳州徐信娶妻崔氏，家道豐裕，夫妻二人正好過活。不幸金兵入寇，徐信與崔氏在逃離途中失散。路過村店，徐信遇一婦人王氏，此婦亦隨夫避禍，不意中途奔散，又遭亂軍所掠而後棄之不顧。徐信與王氏同病相憐，因此做了夫妻。一日，徐信與王氏在茶店休憩，只見一漢子直瞪著王氏瞧，待夫妻倆離去，那人又遠遠相隨，依依不去，原來此漢正是王氏前夫列俊卿。俊卿上前拱手謝罪奉詢徐信，才知實情始末。最後，又發現俊卿別娶之渾家竟是徐信前妻，兩對夫妻再次重逢，於是各還其舊，兩家往來不絕。

這段「交互姻緣」真是悲喜交加又無奈。易妻之事本非禮法、道德所容，然而徐信、列俊卿乃迫於戰爭離亂之下，不得已而又巧合地互換了妻子。我個人認為此事只能歸咎造化弄人，而無關於個人情感的變卦。當列俊卿得知王氏另嫁後，他對徐信說：

> 足下休疑，我已別娶渾家，舊日伉儷之盟，不必再題。但倉忙拆開，
> 未及一言分別，倘得暫會一面，敘述悲苦，死亦無恨。

是夜，徐信對王氏提及此事，又引起王氏思想前夫恩義而暗自流淚，一夜不曾闔眼。至天明，兩對夫婦相見，彼此驚駭，個個慟哭。原來俊卿之妻就是徐信的渾家崔氏，自虞城失散，崔氏尋丈夫不著，卻隨個老嫗同至建康，解下隨身簪珥，賃房居住。三個月後，丈夫並無消息。老嫗說她終身不了，便為她作媒，嫁與列俊卿。

〔註51〕陳永正於《三言二拍的世界》說：「作者是同情三巧兒與丈夫長期分隔兩地而產生的精神痛苦的，也諒解她的『踰檢』行為。小說著力描寫三巧兒的心理變化，她的軟弱、她的善良，她對性生活的渴望，刻劃了明代社會市民階層興起和城市經濟發展後嫁作商人婦的女性，飽受離情煎熬和寂寞困擾的精神苦痛，……。」

於此所呈現的是兩對有恩有義的男女；同時也描摹出婦女在亂世之中頓失依靠的苦楚。因此，被現實環境逼迫而改適者，是可以被同情、諒解的。

第九節　宮闈亂倫與僧尼違律偷情

皇宮、寺院尼庵本非尋常之地，而居於此處者其生活內幕更是令人好奇。《三言》中對這些王公貴族、尼姑和尚的私生活亦有所著墨，尤以《醒世恆言》為多。本節即依其故事之屬性加以分類說明：

一、宮闈之亂倫

（一）《醒世恆言》第二十三卷〈金海陵縱欲亡身〉

正文敘金國天子金海陵淫穢後宮的醜聞，亂倫行為層出不窮，或姦嬪妃前夫之女，或淫臣下之妻，甚至逼死貞女節婦。

（二）同上，第二十四卷〈隋煬帝逸遊召譴〉

正文敘述隋煬帝楊廣不思朝政，荒誕淫逸而招致亡命、亡國的惡運。原來楊廣也是個漁色之人，還弄出奸淫長輩的亂倫醜事：煬帝父文帝有一位宣華夫人，性聰慧，姿貌無雙，及皇后崩後始進為貴人，專房擅寵，後宮莫及。文帝寢疾於仁壽宮，夫人與太子廣同侍疾。平旦，夫人出更衣，為太子所逼，夫人拒之髮亂神驚歸於帝所。待文帝駕崩後，楊廣遣使者齎金合緘封其際，親書封字，以賜夫人。夫人見之，惶懼以為藥酒，不敢發，使者促之，乃開。見盒中有同心結數枚，宮人咸相慶曰得免死矣。陳夫人恚而卻坐，不肯致謝。宮人咸逼之，乃拜使者。太子夜入，烝焉。〔註52〕

宮內生活優沃，人君若不事朝政，有所作為，則容易陷溺於淫逸享樂而無法自拔。諸如此類之事，歷朝皆有之，《三言》裡所收錄編寫的故事只是其中之一二罷了。

殷周之際，帝王諸侯多妻制度確立〔註53〕，所謂「六宮粉黛」、「三千佳麗」可見其龐大的嬪妃群。既有如此為數不少的后妃，卻又利用大權淫亂臣

〔註52〕以上故事內容亦可參見《隋史·帝紀》卷三、卷四，以及《金史·本紀》卷五。

〔註53〕蔡獻榮於〈中國多妻制度的起源〉一文中推翻羅敦偉所斷定「多妻制到舜時就已正式成立」的說法；蔡氏認為要知道中國多妻制度之起源，應從其發生的原因去求答案。而據蔡氏推斷，多妻制度在殷周之際大概已經確立。

下的妻妾，這種行徑不僅敗壞君臣之間的倫理綱常，而且還會製造後宮問題。中國文學史上嘗留下一些「宮怨」詩歌，其內容多是不沾雨露之恩或見棄自傷的深宮女子的哀愁，情調溫柔婉約，此類女性的態度是消極地埋怨；而另一種積極爭寵的後宮佳麗則使出渾身解數，渴望聖上的青睞。當然，嬪妃爭寵必然為宮內帶來事端，甚至擾亂國朝行政。〔註54〕

　　這些亂倫事件可說是特殊階級縱欲無度的鐵證。此外，亦突顯帝王個人人格的不健全。喜新厭舊、見異思遷固然是人類尋常的心理，但若將此心態轉移在男女情欲關係上，且不斷地引以為樂，要因而獲得真心誠意的愛情完全是不可能的。換言之，像金海陵這樣淫靡無行，其目的就是要滿足肉慾的刺激；相對地，那些失寵的嬪妃也隨之紅杏出牆。〔註55〕

二、僧尼違律偷情

　　（一）《醒世恆言》第十五卷〈赫大卿遺恨鴛鴦縧〉

　　故事敘述赫應祥與女尼空照、靜真勾搭成奸，最後，赫被扮作尼姑藏於庵中淫樂致死。其中亦穿插僧尼之間互有曖昧的情節，此二事相互牽連，偷情之舉悉皆敗露，一干人犯送官府究辦。

　　（二）同上，第三十九卷〈汪大尹火焚寶蓮寺〉

　　正文描寫寶蓮寺設子孫堂淨室以留宿求嗣的婦女，待夜至，以佛送子為名而姦淫這些婦女。此不法之行遭汪大尹查獲，大尹於是斬首和尚百餘人，並且火燒寶蓮寺。

　　除了上述兩則故事，《三言》裡仍有不少惡僧淫尼的角色，這些人或為淫媒、或謀財害命〔註56〕。我個人認為作者不僅以此反映明代社會的黑暗

〔註54〕如《史記・呂太后本紀》：「呂太后者，高祖微時妃也，生孝惠帝、女魯元太后。及高祖為漢王，得定陶戚姬，愛幸，生趙隱王如意。孝惠為人仁弱，高祖以為不類我，常欲廢太子，立戚姬子如意，如意類我。戚姬幸，常從上之關東，日夜啼泣，欲立其子代太子。」至高祖崩後，呂后遂斷戚夫人手足，去眼，煇耳，飲瘖藥，使居廁中。由此可見後宮爭寵的黑暗面之駭人。

〔註55〕海陵貴妃定哥望見海陵與他妃同輦從樓下過，號呼求去，詛罵海陵，海陵佯為不聞而去。定哥益無聊賴，欲復與家奴乞兒通，於是使尼以大籃盛乞兒載入宮中十餘日，定哥得恣情歡謔，喜出望外。

〔註56〕例如：《喻世明言》第四卷〈閑雲庵阮三償冤債〉裡為阮三和玉蘭穿針引線的尼姑王守長，以及《醒世恆言》第二十二卷〈張淑兒巧智脫楊生〉中一群殺人劫財的和尚等。

面，而且對宗教的禁欲主義也有所質疑〔註57〕。在〈赫大卿遺恨鴛鴦縧〉
與〈汪大尹火焚寶蓮寺〉裡所呈現的是僧尼違戒偷情淫佚的醜聞，何以佛
門淨地弄出這等無德無行之舉？當然，其中必有緣故。以下即為吾人之分
析說明：

　　嚴格來說，男女出家為僧為尼，是必須通過政府批准和考試的，合格者
才能於受戒時領取政府和寺廟所發的受書，即度牒與戒牒。這些僧尼帶著度
牒戒牒，才可出外游方或掛單，並有資格到其他寺院裡去參學和居住。明太
祖在晚年特別頒布《申明佛教榜冊》，規定佛教徒分門別類、各歸本宗。又命
令各府州縣的僧官〔註58〕，就地調查雜處於民間的僧人實數，把他們集中起
來居住。為了防止僧俗混淆，還一度下令禁止俗人進入寺院，同時禁止僧侶
和世俗生活接觸。然而，由於這套管理手法太繁瑣，故不得不中輟。也因為
國家集中管理的規定形同虛設，民間私自度僧的現象激增，遂造成僧尼人數
氾濫〔註59〕，如此一來，單純的寺院與尼庵竟日趨複雜了。

　　寺院和尼庵之所以複雜，一般而言，是因為僧尼的素質參差不齊，除了
自願潛心修持、弘法的僧眾，其成員之來源還有：

　　1.逃免徭役、徵歛而出家者

　　唐代中葉以來，徭役日重。《資治通鑑》卷二一一〈唐紀・玄宗開元二
年〉載：

　　　　富戶強丁多削髮以避徭役，所在充滿。

也就是說人們將寺院當作逃避徭役、徵歛的地方，出家修行本非初衷。唐代
以後的宋亦產生相同情況。〔註60〕

〔註57〕西方文學亦有相關的作品探討宗教禁欲思想與人性本能的衝突。如澳大利亞
　　　　作家馬佳露所寫的《刺鳥》（The Thorn Birds）。
〔註58〕僧官，是封建社會中由朝廷任命管理僧尼事務的僧人。其職責包括：（一）調
　　　　查天下僧侶的人數，以製作僧侶名冊「周知冊」，以便統括全般教門。（二）
　　　　寺院的住持若有出缺，即應推薦德行高者，經過考試之後決定任用。（三）未
　　　　具度牒的僧人，通過考試發給度牒。（四）約束天下僧眾，嚴守戒律，闡揚教
　　　　法；對違反戒律者，經調查後予以處置。
〔註59〕關於僧尼之資格取得與政府統領寺院之法則，可參閱何云《佛教文化百問》、
　　　　業露華《佛教歷史百問》、謙田茂雄《簡明中國佛教史》（又稱《中國佛教
　　　　史》）、釋聖嚴《明末中國佛教之研究》以及中國佛教協會所編的《中國佛教
　　　　漫談》。
〔註60〕參見《中國佛教漫談》第四篇〈宋元明清的佛教〉。

2. 為避禍而出家者

遼、金皆為奴隸制的農業社會，在進據中原以後，他們一方面吸取漢族文化，向封建社會邁進，一方面擄掠漢族人民以為奴隸。但受俘的僧尼並不作為奴隸，遼、金人還建立寺院使居之。因而有許多被擄的平民便喬裝為僧人，以免於淪為奴隸。

3. 為求生計而出家者

明清兩代統治極嚴，人民在殘酷壓迫和剝削之下求告無門，於是消極地走上求神拜佛的道路。特別是佛教的寺院土地日益擴大，出家的制度吸引著人民。人民在飢寒交迫的情形下，一經出家為僧尼，生活上的問題立刻得到解決。〔註61〕

4. 為非作歹卻藏身寺院者

明代僧人圓澄敘述他親眼目睹寺院裡的景象：

> 或為打劫事露而為僧者，或牢獄脫逃而為僧者，或悖逆父母而為僧者，……或負債無還而為僧者……。〔註62〕

由此可見明代佛教現實、黑暗的面貌；清修之地反而變成罪惡的淵逃藪。

5. 父母遣送子女出家者

法顯是中國西行求法的高僧之一，大師俗姓龔，東晉平陽人，本有三位兄長，卻先後夭折。其父深恐法顯也步哥哥們的後塵，於是在他三歲時，即叫他剃度出家，作個小沙彌（見《高僧傳》）。

原來，民俗多藉出家以消災延壽，因此有部分為人父母者便把幼稚的子女遣送出家。當然，這些年幼的孩童並不了瞭出家的真諦。

釐清這些僧尼未出家前的背景及其出家的原因後，就不難理解空照何以是個「真念佛假修行，愛風月嫌冷清，怨恨出家」的女尼；去非何以是個不學好的野和尚了。非出自真心修持而藏身於寺廟尼庵者，不過是個披著宗教外衣的偽君子，若真是做出傷風敗俗之事亦不足為奇。故事裡的赫大卿酷愛聲色，又聞得非空庵內女尼標緻，在好奇與色心的驅使之下逕自前往，果然就與空照、靜真一拍即合，三人完全沈溺於肉慾橫流，最後終究走上了不歸路。而寶蓮寺的和尚更是十惡不赦，他們假借佛祖名義欺淫求子心切的婦女，

〔註61〕 同註60。
〔註62〕 圓澄之語轉引自何云《佛教文化百問》，頁144。

以致於害人性命、毀人家庭，衍生出許多社會悲劇。

中國佛教制度要求出家皈依佛、皈依法、皈依僧者皆必須嚴格遵守不殺、不盜、不淫、不妄語、不兩舌、不惡口、不綺語、不飲酒、不非食、不塗香裝飾、不自歌舞也不觀聽歌舞、不坐臥高廣床位、不接受金銀象馬等財寶，除衣、鉢、剃刀、濾水囊、縫衣針等必須用品外不蓄私產、不做買賣、不算命看相、不詐示神奇、不禁閉和掠奪威嚇他人等等以及其他戒律。簡言之，即斬斷五欲──色、聲、香、味、觸的煩惱，以脫離老病死的束縛，進而求得清涼解脫的大道、普渡眾生。反過來說，若無法徹底覺悟，那麼要完全平息人類與生俱來的大欲，尤其是情欲，自然便成為僧尼修持的最大難題與考驗了。禁欲本來就是違反人性的，沒有超拔特出的資質和清心，的確很難捨俗出家，更遑論要立身弘法、度化世人了。

佛門畢竟是神聖的殿堂，任何人都不應汙蔑它。一些披著宗教外衣假以行騙、淫亂世人的惡僧惡尼常見於小說之中，他們不僅是佛門的叛徒，也是社會的敗類。而若在出家後察覺自己不適於禮佛、長伴青燈，即應請求還俗，如同〈汪大尹火焚寶蓮寺〉入話裡的至慧和尚，雖然被戒還俗〔註63〕，也尚稱完全名節，不辱佛面，無損自我人格。當然，一般社會民眾也要以平常心接納這些還俗之士，好讓他們活得有尊嚴、活得坦然自在。

〔註63〕至慧乃杭州金山寺僧人，自幼出家，積資富裕。後來動了情欲之念，於是還俗蓄髮娶妻，孰料不上三年，癆瘵而死。

第三章 《十日譚》婚姻愛情故事之剖析

第一節 自由戀愛

　　愛情，一個永恆的話題，人類社會圍繞著它，演出多少感天動地、色彩斑斕的悲、喜劇。圓滿的愛情令人欣羨、稱頌；而未能如願長相廝守的愛情悲歌更叫人低迴不已。在《十日譚》裡，少男少女們津津樂道著愛的故事，嚮往戀愛、婚姻自主，將愛情看得高於人的一切其他本性；為了愛情不惜赴湯蹈火、生死相許的故事共計五則，其中包括了一樁美滿的姻緣與四則悲壯惻然的愛情悲劇。

　　一、第五日第二篇〈馬爾杜伍丘〉

　　出身高貴，容貌姣好的歌絲姐茲與儀表堂堂、才德兼備的青年馬爾杜伍丘相愛。青年向女方的父親表明心意，希望娶回愛人，卻因家貧而遭到了拒絕。馬爾杜伍丘憤而離開家鄉，做起了海盜。然而，一日，有幾艘伊斯蘭教徒〔註1〕的船開入了他的地界，將其不義之財劫掠一空，人也被押至突尼斯，關入大牢。

〔註 1〕伊斯蘭教（Islam），阿拉伯語解作「順從」之意，為阿拉伯麥加先知穆罕默德（Mohammed）於七世紀早期所創立，也就是中國俗稱的回教、回回教、清真教；與佛教、基督教並稱世界三大宗教。該教尊奉「阿拉」為世界獨一無二的神，人是由阿拉所創造，生前死後都由阿拉安排；解除他人痛苦、救濟貧困是其教義的重要內容。

歌絲妲茲誤以爲情人已死，哀傷欲絕，於是自己一人駕了小船，飄泊海上以圖自盡。後來得到好心的蘇沙城婦人的協助與收留，並打聽到馬爾杜伍丘因獻計有功〔註2〕而獲得突尼斯國王重用的消息。終於，兩位有情人在眾人的幫忙之下再度重逢，最後回到家鄉成婚，恩愛彌篤，白頭偕老。

二、第四日第一篇〈金杯裡的心〉

薩萊諾親王唐克烈之女——綺絲蒙達新寡，由於父王不想讓她再醮，她只好暗地裡找一個中意的男子做自己的情人；綺絲蒙達愛上了父親的侍從克斯卡多，二人兩情相悅，私下歡好。不料，此事爲親王所悉且因而氣憤不已，於是叫人縊死了克斯卡多，並挖出心臟裝在一個金杯裡，遣人送交給女兒。綺絲蒙達接過金杯，立刻會意了父親的所作所爲；她對著金杯裡的心痛哭一場，然後仰藥自盡，追隨愛人死去。此時，唐克烈悔恨交加，最後依照女兒的遺言將二人合葬在一起。

三、第四日第八篇〈情癡〉

富商之子濟洛拉摩與裁縫的女兒莎薇絲特拉二人青梅竹馬，深深相愛，然而卻迫於母命不得結合。在母親的安排之下，濟洛拉摩至巴黎經商，但這份愛戀的情感並不因空間的阻隔而有稍減。兩年後，濟洛拉摩回到了家鄉，情人已出嫁；他想盡辦法要使莎薇絲特拉記起往日舊情，卻換來情人理性的拒絕，後來濟洛拉摩憂憤而死；在葬禮進行時，莎薇絲特拉望見昔日戀人的遺容不禁柔腸寸斷，爲愛人一慟而絕。莎薇絲特拉的丈夫明白、諒解妻子和初戀情人的純潔情誼，最後使兩人合葬在一個墳墓裡。

四、第四日第五篇〈花盆裡的愛人〉

依莎貝達愛上了兄長店舖的一位年輕夥計羅倫茲，兩人彼此傾慕，有了親密關係。一日，大哥窺見了依莎貝達與羅倫茲的私情，但還是強自抑制，不動聲色，免得事情張揚開來使家門蒙羞。後來，大哥和其他兩個兄弟密謀要殺害羅倫茲以洗雪這個恥辱；他們的毒計得逞後，便將羅倫茲的屍首埋入

〔註2〕突尼斯與人交戰，馬爾杜伍丘即獻上一計：請求突尼斯王製造一些弓，弓弦要比一般細得多，接著再定做一些箭，用來配上這些細弦的弓。與敵軍交鋒之際，雙方弓箭齊發；當然兩軍皆會把對方射過來的箭撿起來二度使用，可是敵軍所撿到的箭因爲箭筈太小而配不上其粗弦的弓，此時的突尼斯軍卻得以敵人射來的箭配上特製的細弦弓來反擊，這樣一來，突尼斯便有足夠的武器，而敵軍就等於解除了武裝。

土裡。

　　愛人失去了行蹤可讓依莎貝達急壞了，她忍不住追問情人的下落，卻招惹兄長的不悅。一夜夢中，依莎貝達見到形容枯槁的羅倫茲，並對她說出遭其兄長毒手的經過、埋屍地點⋯⋯。隔天早晨，依莎貝達決心要到羅倫茲在夢中所說的地方，去試探這夢兆是否靈驗。果然，她找到了愛人的屍體而心碎腸裂；想要將屍首移到別處安葬卻是無計可施。於是，她拿出一把小刀割下情人的頭顱，帶回家放在花盆中，上面填滿泥土並種了幾株花，用自己的眼淚朝夕灌溉；時而對花呆望凝想，然後湊在花盆上哭泣不已。

　　後來，三位哥哥偷偷移去了依莎貝達的花盆，他們翻開泥土，赫然發現一個用麻布裹著人頭並認出是羅倫茲。這使他們大起恐慌，害怕謀殺的罪行被人知悉，便收拾細軟逃走。可憐的依莎貝達失去了「花盆裡的愛人」，終於懨懨病倒，日日以淚洗面，最後就這樣哀痛而逝。

　　五、第四日第七篇〈山艾樹〉

　　佛羅倫斯城內有位少女西蒙娜，其家境貧困，以紡織羊毛餬口度日；也因為工作關係，遂與送羊毛的夥計巴斯基諾日久生情。一日，兩人為了可以自由談情說愛，便個自帶了一位男、女伴，相約在公園見面。西蒙娜將女伴拉姬娜介紹給巴斯基諾的男伴布吉諾，於是兩對青年男女就在公園裡談起戀愛。巴斯基諾和愛人走到花園的一角，那裡有株山艾樹，他們就坐在樹下談了好一會兒的情話，野餐後，巴斯基諾用山艾樹葉潔牙，沒多久，面色驟變，倒在地上斷氣了。西蒙娜見狀放聲痛哭，布吉諾聞聲趕至，以為西蒙娜毒死了好友。西蒙娜被送到官府，法官覺得事出可疑，於是帶著她到案發現場；由於西蒙娜受到情人突然身亡的打擊與眾人的指責，一時神志迷惘，說不出話來，只是拿起山艾樹葉來回擦著自己的牙齒。卒然之間，她也像巴斯基諾一樣倒地斃命，一切真相就此明白。結案後，眾人於是把這對薄命鴛鴦合葬在一塊兒。

　　就上述之「一喜四悲」的故事看來，我個人歸納出下列三點說明：

　　（一）除卻〈山艾樹〉，其他四則故事的引起與造成悲劇的主要原因，都是門第觀念、社會勢力作祟而使得相愛的男女不能如願結合。幸運的幾經波折，最後有情人成眷屬；不幸的則以死相殉，抗議「門當戶對」對愛情、婚姻的戕害。

（二）「愛與死」的質素在上述的故事裡彌漫進而對立；然而作者所要突顯、所要歌頌的是「愛情蔑視死神」〔註3〕、「愛情力量是最不受約束和阻攔；它只會自行毀滅，絕不會被別人的意見所扭轉打消」〔註4〕。愛情使人勇氣過人，無懼於常人所忌諱的屍首，如綺絲蒙達慟於愛人的死去，她捧著「金杯裡的心」，淚如雨下，親吻著克斯卡多的心臟，最後把準備好的毒液倒在心臟上，毫無畏懼地舉起金杯飲下毒汁，然後再從容地登上繡榻，靜待死神的降臨。又如依莎貝達按照情人託夢的指示，挖掘出屍體，在急於安葬愛人卻無法可想的情境下，她只得割取頭顱，再把這無首的屍體重行埋好。回到家中亦是抱著情人的頭顱又哭又吻，隨後將之藏於花盆裡，終日感傷流淚。〔註5〕

（三）此類追求戀愛自由至於生死相隨的故事，其中蘊涵著複雜的西方悲劇意識與豐富的愛情美學，容俟第四章再做深入之研析。但是，值得吾人注意的是中西方的愛情悲劇的承擔者大多數為女性〔註6〕。儘管像濟洛拉摩這樣專情癡心的男性亦大有人在，然而不可否認，無論古今中外，女人對愛情、婚姻的執著更勝於男性。范曄《後漢書·馬援傳》：

> 男兒當死於邊野，以馬革裹屍還葬耳，何能臥床上在女子手中邪？

又培根〈論愛〉：

> 有一些人，即使心中有了愛，仍然約束它，使它不妨礙重大的事業，
> 因為愛情一旦干擾情緒，就會阻礙人堅定地奔向既定的目標。

冰心（本名謝婉瑩）《關於女人》：

> 男人活著是為了事業，……女人活著才為了愛情；女人為愛情犧牲
> 了自己的一切，而男人卻說，親愛的，為了不辜負你的愛，我才更
> 努力我的事業。

雷納爾（Paul Raynal，1985～1971，法國現代劇作家）其日記寫道：

〔註3〕 見於培根（Francis Bacon，1561～1626）《培根論文集·論死亡》。
〔註4〕 見《十日譚》第四日第八篇〈情癡〉，故事主講者妮菲爾的開場白。
〔註5〕 由於依莎貝達極愛羅倫茲，所以情到深處便不畏情人的屍首。她的行為比第十日第四篇故事〈復活之後〉的金迪還要勇敢，當金迪到墓地裡欲見剛下葬不久的卡塔琳娜時，發現她的心臟好像還在跳動，雖然身為男人又眷戀著心上人，金迪仍然有些恐懼感。所以在此對照下，可見依莎貝達深愛羅倫茲幾近忘我情境。
〔註6〕 愛情悲劇的承擔者多為女性的文學案例，除了《三言》中的一些悲情女角外，霍小玉、茶花女皆是例證。

　　女人嫁給男人，男人嫁給事業。

諸如此類之見在在顯示出對情愛之取捨，男女是有別的。更進一步來說，這是由於在父系社會中男女所擔負的責任有所不同，男人多傾向「大我」的發展正是因為傳統社會賦與他們的職責；而女人因天生體能較柔弱，所從事的工作便以居家性質為多，久而久之就造成女性較男性看重愛情、婚姻與家庭。反過來說，若是在母系社會，那麼上述的情形可能就改觀了。此外，有少部分的女性因為其身分特殊，例如女皇、女宰相，她（們）所承擔的責任和男性是一樣的時候，那麼對愛情的取捨也可能較同於男性。

第二節　求　愛

　　追求愛情是件美好的事情，在求愛的過程當中，追求者各憑本事顯神通，然而有些被愛者卻無福消受，或避之猶恐不及。在《十日譚》裡，薄伽邱運用詼諧的彩筆寫出許多令人捧腹、驚異、感動的愛情故事；本節所要探究的即是求愛之奇招以及有智慧的女性如何抉擇愛情與婚姻。

　　一、第一日第五篇〈母雞大餐〉

　　法王腓力二世（Philip Augustus，1180～1223）聽說蒙費拉特侯爵和夫人是天生一對：侯爵英勇非凡，勝過其他的武士；而夫人之姿色、品德同樣壓倒其他的貴婦人。儘管法王與侯爵夫人未曾謀面，但愛情的火焰已在他的心裡熊熊地燃燒了起來。於是他決定藉順道探望的名義，想要一親芳澤。

　　侯爵夫人接獲國王使者的通知後細細尋思了一番，她立即明白堂堂一國之尊何以在侯爵出征的時候來探訪自己。因此，夫人便決定盡臣子的禮節接待國王。她吩咐僕從把村裡的母雞全都買來；又關照廚子用母雞做出各色各樣的菜餚款待國王。

　　隔日，法王見到侯爵夫人，真是喜出望外，為之傾倒。時至午膳，國王吃著各種烹調方式不同的母雞，不免奇怪了起來，他問道：

　　　夫人，難道這裡全是雌雞，雄雞一隻也沒有嗎？

聽到這話，侯爵夫人完全領會了他的意思，就趁此機會表白自己的心意，說道：

　　　可不是，陛下；不過這兒的女人，就算在服裝或身分上有什麼不同，
　　　其實跟別的地方的女人還是一樣的。

國王一聽，恍然領悟侯爵夫人用母雞來招待他的道理，明白夫人暗示自己的冰清玉潔，於是打消荒唐的非分之想。

二、第一日第十篇〈吃韭菜的方法〉

年屆七十的醫生亞爾培爾都在一處晚會上遇見漂亮的寡婦瑪格麗特，於是為她燃燒起愛情的烈火。醫生總是藉機會在瑪格麗特的屋前來回走過；寡婦和其他的女伴竟私下拿他來取笑。一日，這些女人們想要鄭重其事地款待老醫師，然後再嘲笑他一番；豈料醫師的一席話〔註7〕使得寡婦自覺羞慚而珍惜老醫師的愛情。

三、第五日第五篇〈戰爭後的喜劇〉

克伊杜多臨終前將女兒阿妮莎託予好友賈可明。少女長大後出落得十分標緻，且德行、教養兼具；城裡許多青年都爭著向她求婚。其中有兩位身分地位相仿的風流青年賈諾雷、密克納尤其愛她，彼此爭風吃醋、勾心鬥角，想辦法要把少女娶到手。二人於是個自買通賈可明的男傭和女僕，意欲捷足先登；兩隊人馬因而大打出手，鬧到官府。

後來，賈可明查明女兒阿妮莎的真正身世，原來她和賈諾雷是兄妹；於是遂將阿妮莎許配給密克納。從此，夫婦二人和睦幸福地生活了一輩子。

四、第五日第八篇〈夢幻人間〉

納斯達喬愛上了特拉維沙里家的小姐，然而這位小姐卻不領情，而且討厭納斯達喬到了冷酷不近人情的地步。儘管如此，納斯達喬仍不減其愛情的熱度，為了求愛，他毫無顧惜地揮霍自己的家產；親友於是勸他暫時離開家裡，到別處住上一陣子，納斯達喬勉強答應而來到契西亞，搭起帳篷，打算就此住下。

〔註7〕醫生道：「夫人，明白事理的人絕不會對我的戀愛有什麼驚異——尤其因為我愛的是妳」——這樣一位值得愛慕的人兒。我年紀雖然大了，受到自然的限制，戀愛起來總是心有餘而力不足，不過一個老人還是知道應該愛誰，知道怎樣專心愛一個人。實際上，老頭子比小伙子有經驗、有見識得多呢！許多年輕小伙子都來追求妳，而我，一個老頭子，也癡心妄想地愛上妳，那是因為這個緣故：我時常看到女人吃扁豆和韭菜；韭菜並不是什麼好吃的東西，不過它的根沒有辛辣味，倒還不難吃。現在妳們這幾位太太，卻另有嗜好，手裡緊抓著韭菜根，把韭菜嚼得津津有味，其實那葉子又辣又有氣味，有什麼好吃的？夫人，我怎麼能夠說，我一定知道妳挑選愛人不是用這個辦法呢？如果這樣，那麼中選的必定是我，而其餘的追求者全都要碰壁了。」

一日，納斯達喬到了一處松林，看見一位穿戴黑胄甲的騎士，帶著兩隻巨大的惡狗追殺一個女子。納斯達喬欲阻止騎士的所作所為，然而騎士告訴他：

> 我生前熱愛她，可是這個女人卻冷酷無情地不理睬我；我一時絕望，就拿著現在握在我手中的長劍自殺了，因此墜入地獄，永世不得超生。那個狠心的女人知悉我自殺，竟拍手稱快。……她一進地獄，就和我一同受到了判決。她要在我面前奔逃，等我把她捉住之後，我就用那刺殺自己的利劍殺死她，剖開她的胸膛，把她那顆又冷又硬、柔愛和憐惜休想進入的心挖出來，連同她的五臟六腑全部投給兩隻獵狗吃。可是，這也是天主的判決和意旨：她剛給剖了肚、挖了心，一會兒又會像一個好好的人似的，從地上跳了起來，又倉皇奔逃，我和這兩隻狗就重新再追趕她。……她生前在什麼地方憎恨過我、折磨我，我就一處處都要追趕到她。這樣，情人變成冤家，她從前折磨我幾個月，我現在就追趕她多少年，不到判定的那一天，絕不能和她了結……。

納斯達喬在樹林中看到這樣的慘劇，心裡又害怕又感傷，但是他內心揣度著：這每星期五都會於此地上演的悲劇也許對自己大有用處。於是他安排了一場宴席，要讓特拉維沙里家的小姐見識此一令人毛髮悚然的慘事。而小姐在經歷了這次的教訓之後，對納斯達喬的態度完全改變，把原來的憎恨都化作了柔情，自願嫁與納斯達喬為妻。

五、第九日第一篇〈盜屍〉

里奴奇和亞萊山特羅同時愛上寡婦法蘭絲卡，並常寫信給她，且展開熱烈的追求。法蘭絲卡很想擺脫他們二人的求愛、糾纏，於是想出了一個主意：

法蘭絲卡夫人要亞萊山特羅躺在墳墓裡裝死，並讓人把他扛到她家裡，她就會收留他，接受他的感情。在另一方面，則要里奴奇到墳墓裡去盜屍，然後將屍體抬回她家，並允諾要好好慰勞他；如果無法完成這樣的任務，那麼就不要再寫信追求她了。

這兩個人為了獲得法蘭絲卡的愛情，祇好壯起膽子去做。里奴奇於是把裝死的亞萊山特羅拖著走，一路上是跌跌撞撞弄得亞萊山特羅頭冒金星。孰料就快到意中人家門口時，竟然遇著了守候盜賊的巡丁，里奴奇嚇得丟下「屍

體」，拔腿就跑；而亞萊山特羅動作也不慢，立即跟著逃之夭夭。當然，法蘭絲卡夫人便有了不理這兩個人的藉口，拒絕他們的求愛。

六、第十日第四篇〈復活之後〉

年輕紳士金迪鍾情於有夫之婦卡塔琳娜，然而，這位夫人並不接受他的感情。

不久，卡塔琳娜突然患了重病，醫生診斷後宣告不治；家裡的人於是把她和未來得及出生的胎兒一起埋葬了。金迪從朋友那兒得知此事，便悄悄帶著僕人趕到夫人的墓旁，打開墓門，臉貼著她，哭哭啼啼地把她吻了又吻。後來發現卡塔琳娜的心臟還微微地跳動，遂將她抱回家，救活了她，讓她生下孩子。

卡塔琳娜感激金迪為她所做的一切，並請求他顧念從前愛她的情份，本著君子仁厚之風，千萬不要讓她在此遭遇到任何有損自己和丈夫名譽的事情。金迪答應了她，後來還當著城裡知名的人士面前對著卡塔琳娜之夫一再稱頌夫人的貞潔。最後，金迪讓她們一家團聚，眾人莫不感動落淚。

在這些求愛成功或失敗的故事當中，使人見識到愛情的神奇與魔力；當然，吾輩亦從中獲得一些啟發：

（一）人人得而追求愛情，不分男女老少。例如老醫生亞爾培爾都，雖然體力是衰弱些，但是他心頭上的那一點愛情的火焰卻還沒熄滅。錢鐘書在《圍城》裡說道：

老頭子戀愛聽說像老房子著了火，燒起來是沒有救的。

由此可知，愛情不僅僅是年輕人獨享的特權。黃昏之戀有時還更耐人尋味、更叫人為之動容。

（二）高尚的愛情應是理性與感性的交融。在第十日第四個故事裡：金迪強抑住自己對卡塔琳娜的熱愛，堅守君子仁厚的風範，將於情於理上皆可據為己有的卡塔琳娜完璧歸諸其夫。此等行徑正是理智之愛，使愛情昇華為美的德行與高貴的情操。反觀法王腓力二世、賈諾雷、密克納、里奴奇和亞萊山特羅，其非理智的求愛舉動即突顯出人性愚癡的一面。

（三）戀愛不是慈善事業，不能隨便施捨。換言之，有智慧、有技巧的拒絕他人的追求是男女兩性必修的愛情學分。聰慧的法蘭絲卡為了擺脫里奴奇與亞萊山特羅熱切的追求，於是想出一個難題來試驗他們，使之知難而退，並以此做為不接受其求愛的擋箭牌。這種「難題試煉」與東方民間故事裡的

「難題求婚」極為相似，其試煉的目的皆在考驗求愛者、求親者有無誠意與養家活口的能力。而試煉之題型、項目或與其生活經驗有關，或以千奇百怪的難題來考察被試煉者的智慧和反應。此外，「難題試煉」之情節在《十日譚》中還有三篇，如第三日第九篇〈愛情調包〉、第七日第九篇〈愛的試煉〉與第十日第五篇〈讓妻〉。由於這三個故事不屬於本節所要分析之內容，故留待於相關之章節來探討。

（四）在上述的故事裡可見求愛方法奇招百出，而其中有一則攙和了虛幻成分，〈夢幻人間〉的納斯達喬在無意中看到了黑冑甲騎士追殺著生前心愛的女子，這一幕幽靈現形的慘象竟然軟化了特拉維沙里小姐，甚至當地的少女也都莫不引以為戒。此後，每逢有人向女士們求愛，她們不再像從前那樣地矜持難以親近。納斯達喬利用了人性畏懼死後被審判、鬼魂來復仇的心理，因而感化了美人並且贏得她的芳心。像這類故事情節，實際上與宗教信仰、教義有著一定的關連，正如同中國的文學與佛教思想、道教教義產生密切、深厚的關係一樣。佛道談輪迴果報與基督、天主教所謂的「死後審判」不僅影響人心，更反映在文學作品當中。

第三節　試妻、馴妻、讓妻

一、試　妻

（一）第二日第九篇〈易釵行〉

商人貝納波感謝天主的恩寵，賜與他一位賢慧、能幹又貞節的妻子，他對愛妻讚賞有加的一番話立刻招來安普洛朱羅打賭約定要試探妻子茲娜維拉。於是，安普洛朱羅利用計謀偷窺了茲娜維拉，記住她身上的特徵，並竊取其錢袋、睡衣……。待與貝納波呈上證物、對質後，貝納波以為妻子真的背叛了自己，因此氣憤異常並派人殺害髮妻。幸好殺手動了惻隱之心，放走了茲娜維拉。這位可憐無辜的女子只好改扮為男人，化名西古拉諾以自謀生路。最後，老天有眼，讓茲娜維拉查明真相而將惡徒安普洛朱羅繩之以法，並且原諒了丈夫，與他破鏡重圓。

（二）第十日第九篇〈杜雷勒先生〉

杜雷勒不顧妻子愛苔麗達再三地哀求和哭訴，毅然決然參加了十字軍。臨行前，他對其妻說：

夫人，想必妳也明白，我這次參加十字軍，一方面是爲了我自身的
榮譽，另一方面也是爲了拯救我自己的靈魂。我把一切家務和我們
的家聲都託付妳。現在我走是走定了，可是後事變幻莫測，我那裡
料得準我一定能夠回來？所以我請求妳答應我一件事，那就是說，
不管我將來怎樣，如果是我生死不明，只要等我一年零一個月又一
天，妳就可以改嫁，這期限就從我現在出發開始算起。

後來，有位名字也叫杜雷勒的男子就在被俘擄的當天死了，消息以訛傳訛，
使得大家誤以這位杜雷勒是愛苦麗達的夫婿；得知丈夫死訊後的愛苦麗達哀
痛逾恆。幾個月過去了，許多顯要人士都來向這位寡婦求婚；就連她的兄弟
和親屬們也力勸她改嫁。迫不得已，愛苦麗達只好將丈夫與自己的約定說出
來，眾人於是暫時罷手。

話說杜雷勒被伊斯蘭教徒俘擄之後，因爲善於馴鷹而深受他們的器重；
蘇丹認出杜雷勒就是曾經在隆巴地厚待自己與大臣的善心紳士〔註 8〕，遂殷
勤相待。後來，杜雷勒思妻成疾，眼看著和妻子約定的日期就要到了，心
裡愈想愈難過。此事爲蘇丹所悉，便託人使用法術，連夜將杜雷勒送回家
鄉，適時與正要改嫁的妻子相見。杜雷勒與妻子相認之前，心中做如是之
打算：

趁人家還不知道我回來之前，看看我妻子在這一次的婚禮上表示什
麼態度。

最後，杜雷勒見到認不出他的愛苦麗達面帶憂色，分明是不情願改嫁，於是
就從手指上取下當年夫婦倆分手時妻子給他的那只戒指，然後很有技巧性地
送到愛苦麗達那兒，使她認出了他。這位堅貞的女性終於和丈夫重逢，恩愛
到老。

（三）第十日第十篇〈愚蠢的試煉〉

侯爵古阿特里不肯娶妻，在臣子們再三的的懇求之下，他娶了一位鄉下
女子格麗雪達。婚後，這位侯爵突發奇想，竟然想要試煉妻子的耐心，於是
說一些話刺激她，說是下屬因爲她出身微賤，對她十二分的不滿……。然後

〔註 8〕 該位蘇丹即回教國家埃及的君王薩拉丁，爲了解十字軍的戰備，他打扮成一
個商人，隨身帶了幾位大臣與侍從，親自去訪查各個基督教國家。在行經隆
巴地，準備越過阿爾卑斯山到法國去時，遇上好心的杜雷勒，且受到他殷勤
多禮的款待，彼此亦相談甚歡而別。

又將兩人所生的女兒、兒子帶走；並在她的面前聲稱已把他們處死。（事實上，侯爵暗地裡將孩子送往他處養育）格麗雪達依然服從丈夫的所作所爲，甚至接受了被休棄的命運。

後來，古阿特里宣布要迎娶一位伯爵小姐，並且要求格麗雪達爲該婚禮打理一切事宜。格麗雪達知道此事後，有如萬箭穿心，雖然她願意放棄當年做夫人的榮華，可是卻捨不得把自己的丈夫割愛給人。不過，她還是爲侯爵辦妥了婚事。在此同時，古阿特里請親戚將長大成人的一雙兒女送回，並謊稱已是亭亭玉立的女兒就是要與之成婚的伯爵小姐。婚禮當天，古阿特里還要格麗雪達仔細評論新娘一番。最後，這位侯爵認爲格麗雪達已然通過他的試煉，於是說出了眞相。從此，夫妻二人和睦偕老。

二、馴　妻

第九日第九篇〈所羅門王的智慧〉

梅利索特地去請教所羅門王如何得到人家的愛，國王教之以「愛」。另一位青年喬塞福爲了對付兇悍潑辣的妻子，亦向所羅門王求助，國王告訴他去鵝橋。然而，這兩人對國王所說的話總是弄不明白，以爲自己受了所羅門王的嘲弄，只得動身回家。

後來，這兩個年輕人行經一座橋，看見騾夫鞭打著一匹不肯過橋的騾子，那騾子終於被主人馴服乖乖地過橋，而這座橋正是鵝橋。喬塞福立即想起所羅門王的指示，回家便藉著妻子無禮於梅利索而順勢打得老婆渾身青腫。自此之後，喬塞福的妻子就不再是個悍婦。

三、讓　妻

（一）第十日第五篇〈讓妻〉

男爵安薩多愛上吉爾白特的妻子狄安諾娜，他爲了博得這位夫人的歡心，情書也不知寫了多少，然而，狄安諾娜始終不領情。

爲了擺脫男爵的糾纏，狄安諾娜決定向他提出一個古怪的要求，好叫他知難而退。誰知道，男爵找來一位魔術師辦妥了狄安諾娜所出的難題——倘能在正月裡布置一個萬紫千紅的花園，就讓他如願——沒奈何，她只好將此事對丈夫和盤托出。吉爾白特於是要妻子履行自己的承諾；後來，安薩多得知吉爾白特的慷慨氣度，自個兒反倒是羞慚不已，因此，立即讓狄安諾娜取

消這個約定，並和吉爾白特結為兄弟。

（二）第十日第八篇〈兩個朋友〉

第多和吉西波是意氣相投的好朋友；然而第多卻愛上了吉西波的未婚妻莎孚朗妮亞。

為了醫治好友的相思病，挽救其性命，吉西波於是把未婚妻讓與了第多。要使第多能夠順利娶得莎孚朗妮亞，避免節外生枝，所以計畫由自己先和莎孚朗妮亞成婚，然後再讓第多與她同房，造成既定事實，雙方家長也無可奈何。但是，當莎孚朗妮亞知悉了事情的原委後，就埋怨吉西波不該欺騙她，後來回了娘家，將此事一五一十說明白。吉西波不但因而受到莎孚朗妮亞娘家的憎恨，還使得自家人憤怒不已。

第多也不好受，因此便設下一條巧計，說服了莎孚朗妮亞的家人，而莎孚朗妮亞眼看事情到了這般地步，也只好把從前對吉西波的情意獻給第多，和他做了有名分的夫妻，回到羅馬。

再說吉西波留在雅典，幾乎沒有一個人瞧得起他；過了不久，有人存心陷害他，就找個藉口，把他連同家人驅逐出境並判他終生流放。後來，他一路忍饑耐餓到了羅馬欲找第多，然而，他落到這般難堪地步又不好意思與好友相認，於是只能設法讓第多注意他、認出他，可以先來招呼他。不料第多竟沒有發吉西波而自顧地走了過去，吉西波以為第多忘恩負義，心裡十分沮喪地離開。此刻的吉西波真巴不得趕快死掉，於是便將一件命案牽扯到自己身上，而第多得知此事後，和他爭相供認殺了人，後來真凶自首，案情大白。最後，第多將胞妹弗維亞嫁與吉西波，並同他分享家產。

關於試妻、馴悍、讓妻這六則故事，個人有下列幾點感想：

1.許多夫妻關係破裂、婚姻出現危機，甚至衍生出報復或其他的悲劇，最主要的原因之一就是夫妻雙方不能互信互諒。如〈易釵行〉裡，莽夫貝納波中了安普洛朱羅的奸計，在綠帽疑雲罩頂的盛怒之下，又不查明真相就吩咐僕人殺死貞潔的妻子茲娜維拉。這個情節與馮氏《喻世明言》第三十五卷〈簡帖僧巧騙皇甫妻〉有些許雷同之處：簡帖僧亦使計構陷皇甫松之妻楊氏，讓她背負不貞之罪而遭丈夫休棄。從這些故事情節當中，可以明白人性的弱點與其卑劣面。且夫妻關係因他人讒言誹謗、蓄意傷害……卻不加以驗證而任人左右，導致以離異收場或彼此相殘的局面，不啻是稱了惡人之意，更反映出個人的不智。

2. 杜雷勒的意圖與「莊周戲妻」〔註9〕頗爲近似，都想試探妻子對改嫁再醮的心態。在中、西文學傳統裡，不乏這一類關切女性貞潔的母題，如丁乃通編纂的《中國民間故事類型索引》有「丈夫考驗貞潔」，而湯普森（Smith Tompson）所編寫的 The Types of the Folktale（A Classification and Bibliography）──The Ordinary Story──Romatic Tales 中的 888 就有貞妻（The Faithful Wife）一節。丁書所收集的中國民間故事的情節單元裡，妻子一直採取被測試的姿態：

> 一個男人很年輕時就離開了家，在國外出了名，並且成了貴族，但他多年未與妻子通信。當他回家時，發現她並未嫁，便決定考驗她，他化裝成一個富商向他求愛，她堅決地予以拒絕。當他向她揭露自己眞相時，她非常生氣，在多數的傳說裡他請求寬恕，她原諒了他。有的卻說，他向她求婚是因爲不識得她了。

對於丁乃通所析列的情節單元，江寶釵認爲尚不甚周延而另有增益如下圖表：〔註10〕

士子對已婚女子的考驗

出　處	名　稱	人　物		婚　姻		傳說時代	載集時代	情節單元
		男	女	男	女			
楚辭注	關	解居父	婦人	不明	婚	春秋	戰國或漢	求愛－引詩爲刺
列女傳	陳國辯女	解居甫	辯女	不明	不明	春秋	漢	求愛－引詩以拒
樂府詩集	陌上桑附羽林郎	使　君	羅敷	不明	婚	魏晉南北朝	宋	求愛－拒以有夫

丈夫對妻子的考驗

出　　處	名　稱	人　物		傳說時代	載集時代	情　節　單　元
		男	女			
列女傳。附其他傳說異文、秋胡變文	魯秋潔婦	秋胡子	潔　婦	春秋戰國	漢	新婚別－遊宦－還鄉－求愛被拒－相認－詰責－妻子自殺。

〔註9〕參見《警世通言·莊子休鼓盆成大道》與本文第三章第六節。

〔註10〕見江寶釵〈中國文學中「考驗貞潔」之故事類型研究〉，收錄於《從民間文學到古小說》，頁80。

雜劇。附西皮劇	魯大夫 秋胡戲妻	秋胡子	羅梅英	春秋 戰國	元	同前，增益里人逼婚，團圓為結。
小說。附明清傳奇 蝴蝶夢	莊子休鼓 盆成大道	莊　子	田　氏	戰國	明	訛死以考驗貞節－妻子自殺。
平劇。附回窯	汾河灣	薛仁貴	柳迎春	唐	清	新婚別－從軍－還鄉戲妻－相認團圓。

而湯書的「貞妻」則是以假扮香客的面貌出現，採取主動來證明自我的貞節：

Ⅰ 丈夫做了奴隸。

Ⅱ 純潔的妻子

　　A 丈夫身上有一件白襯衫（或白手帕），只要妻子貞潔，就不會變黑。

　　B 面對蘇丹使者的誘惑，妻子不為所動。

Ⅲ 香客

　　A 克拉德假扮香客，跟蹤土耳克，在蘇丹（土耳其國王）面前彈奏弦琴獻唱，得他的歡心，送她三個基督教奴，其中一位便是她的丈夫。

　　B 丈夫返家，懷疑他久別的妻子，妻子以香客的面貌出現，說明是她救他脫險的。

就上述之情節單元與〈杜雷勒先生〉做一對照，即可發現〈杜雷勒先生〉的故事情節單元和雜劇〈魯大夫秋胡戲妻〉頗有雷同之處：

　　〈杜雷勒先生〉──別妻──從軍──親屬軟哄硬逼愛苔麗達改嫁
　──還鄉考驗妻子態度──相認──團圓為結

　　〈魯大夫秋胡戲妻〉──新婚別──遊宦──里人逼婚──還鄉調
　戲羅梅英──相認──團圓為結

這兩個故事裡的女主角皆忠誠於自己的夫婿，堅守著夫妻之情；反觀男主角的試探舉動、輕薄行徑，已然形成對比；也洩露了這些男人自身不成熟、缺乏安全感、自私以及對女性有偏見的心理祕密。

　　3. 侯爵古阿特里認為婚姻對自己而言是個束縛〔註11〕，但是拗不過下屬

─────────────

〔註11〕侯爵親口說道：「各位，你們勸我做的這件事，我本來是無論如何也不肯做的。天下最難的事情，莫過於物色一位情投意合的妻子，而脾氣性格和你恰恰相

的再三請求，倒也根據自個兒的心意選了窮人之女格麗雪達爲妻。這樣門第懸殊的婚姻原來是不爲多數人所認同的，然而古阿特里卻看中格麗雪達的神態風韻，覺得和她結爲夫妻一定會終身幸福美滿。此種自主擇偶的行徑有別於「父母之命，媒妁之言」，固然是值得爲他慶幸、替他喝采，可是，他爲了試煉格麗雪達的耐心，居然在婚後做出這些極端愚蠢的行爲〔註12〕，實在不足取法。再從另一個角度來檢視侯爵夫人的「忍耐工夫」，也眞是讓人嘖嘖稱奇！雖然「包容」、「忍耐」是美德，尤其在「愛」的前提之下，更是義無反顧；但是，盲目地、失去自我的「逆來順受」卻不是維繫婚姻不二法門。侯爵夫人堅毅的耐性的確通過了試煉而苦盡甘來，可是有多少人能夠如此幸運？「相忍爲婚姻」是正確的，然而也應該以理性、尊重爲基調；這不能祇是夫妻單方面的一廂情願，而是要透過雙向溝通後達成共識，才能同心地經營婚姻、家庭生活。所以，我個人認爲侯爵夫人的作爲尙有待商榷和修正。

4. 古今中外皆有潑婦悍妻，閩南俗諺嘗道「惡妻孽子無法可治」，又「娶賢妻，男人如添翼；娶惡妻，男人戴鎖鍊」〔註13〕，由此可見凶悍潑辣、蠻橫刁蠻的女性令人難以招架。《十日譚》裡的悍婦——喬塞福之妻著實讓丈夫吃足苦頭，使婚姻生活毫無樂趣可言。不過，再和《醒世姻緣》〔註14〕裡的狄希陳相較之下，上述的這位仁兄可就幸運多了。且看下列之引述：

狄希陳聽他咒罵，眉也沒敢皺一皺。

狄希陳忍著疼，擦著眼，偪在那門後頭牆上，聽著素姐（狄希陳之妻）罵，一聲也不敢言語。

反的女人又到處都是，一旦和一個不合心意的女人做了夫妻，只有一輩子活受罪。……可是話說回來，既然你們喜歡給我加上這個束縛，我也樂意如你們所願。……我經不起你們的勸告，違背了我自己的意志，娶了一個妻子，那是多麼苦惱的事！」

〔註12〕狄奧紐於故事開場白之際即聲稱這是一位侯爵所做出的一件極端愚蠢的行爲，並告戒聽眾：雖然故事獲得美滿的結局，可是其中的情節實在太悲慘了，所以絕不勸任何人去學他的榜樣。

〔註13〕見於美國政治活動家、神學家比徹（Henry Ward Beecher，1813～1887）《普利茅斯耕耘的箴言》。

〔註14〕原名《惡姻緣》，又名《醒世姻緣傳》、《姻緣奇傳》《明朝姻緣傳》，是一部反映明末景況的白話小說，書凡百回，內容敘述兩世姻緣的故事（第一世的晁源、狐精、計氏、珍哥與第二世的狄希陳、薛素姐、童寄姐、小珍珠此兩世人物的宿世糾葛、恩怨情愁），兼及當時整個社會、時代之百態萬象。

> 狄希陳伏伏貼貼的坐在地上，就如被張天師的符咒禁住了一般，氣
> 也不敢聲喘。
>
> 狄希陳蚊蟲聲也不敢做，憑他像細死豬的一般。
>
> （素姐）手裡使著那窗栓，肩臂上著實亂打。可怪這狄希陳且莫
> 說大杖則走，就是在嚴父跟前尚且如此。他卻牢實的站定，等他
> 打得手酸。狄希陳低著頭，搭趴兩眼，側著耳朵，端端正正的聽。
> 〔註15〕

又如宋人陳慥〔註16〕之妻柳氏亦名屬悍婦之列，慥之好友蘇軾嘗戲以詩曰：

> 忽聞河東獅子吼，拄杖落手心茫然。〔註17〕

這些懼內的丈夫或忍氣吞聲、或甘之如飴〔註18〕；只有喬塞福積極地尋覓巧
計來馴妻，而索羅門王所指示他的馴悍之道與莎士比亞的劇作《馴悍婦》
〔註19〕如出一轍，這種「以其人之道還治其人之身」的策略，正是治悍婦
的最好藥方，讓男人如願地馴服了女人。然而，諸如此類以「暴力」、「凌
逼」的手段來解決問題是萬萬使不得，不當取法仿效的。真正可以改善夫
妻關係的辦法仍舊端賴於諮商與溝通。所以與其說〈所羅門王的智慧〉和
《馴悍記》是消遣婚姻的笑話、鬧劇，不如說是發人深省的寓言。當然，在
這些故事的背後還潛藏著作者自身的婚戀觀，本文之第五章將做進一步的
解讀。

5. 〈讓妻〉、〈兩個朋友〉裡的吉爾白特和吉西波，其「讓妻」的行徑明
顯違反愛情的排他特質〔註20〕與婚姻的獨占性。換言之，這是有悖人之常情

〔註15〕分見第五十二回、五十六回、六十回、六十五回、七十五回。

〔註16〕陳慥，字季常。其妻柳氏於慥宴客時，因有聲伎在座，遂以杖擊壁大呼，客
人一哄而散。

〔註17〕按「河東」係用杜甫詩「河東女兒身姓柳」句，蓋暗指慥妻之姓。「獅子吼」
乃佛家以喻威嚴之語。陳慥好談佛，蘇軾即借佛家語以戲之。

〔註18〕據方靜娟《從虐戀心理看醒世姻緣》之研究，即提出狄希陳具有受虐戀的傾
向，因此對妻子動輒打罵的行為既無怨言，更不覺得受苦，反而於受虐後還
留戀不已。

〔註19〕《馴悍婦》（The Taning of the Shew）是描述紳士皮圖秋特意到帕度亞，向富
翁巴波蒂斯塔的女兒「潑婦喀特琳娜」求婚。皮圖秋是個聰明、愉快的幽默
家，既明達又善於判斷。他用高明的眼力看出來，只有用喀特琳娜那樣暴躁
的脾氣才能治好激動暴躁的喀特琳娜。最後，皮圖秋果然馴服了喀特琳娜，
將她的傲性磨成百依百順，使之成為帕度亞最順從、最盡本分的妻子。

〔註20〕人在戀愛時會盡所有的熱情來獲得對方，換言之，將對方占為己有，不容許

的作為，難怪莎孚朗妮亞要怨懟、家人要憎恨吉西波；安薩多要自慚而感念吉爾白特的雅量和氣度。然而，就吉西波和吉爾白特之所以「讓妻」的緣由加以仔細推究一番，確實可見其用心與智慧。吉西波為了解脫摯友的痛苦、挽救同硯的性命，因而慷慨真誠地讓度愛情，這對莎孚朗妮亞而言，儘管是不公平、不尊重她的感情；但是，他醫治了第多就要致命的相思病，是救人一命、是見義勇為。在愛情與知己之間必要做出抉擇時，將未婚妻轉讓於友人也是情非得已、無可厚非呀！而吉爾白特對妻子的不智之舉先是非常氣憤，然而又思量妻子的用心也是純潔的，於是按捺住情緒說道：

> 狄安諾娜，妳知道，一個謹慎而貞潔的女人，根本就不要去理睬那
> 些牽線的人，更不應該拿自己的貞潔去跟人家談條件。對一個墜入
> 情網的男人來說，一旦把這些話聽進耳裡，記在心裡，就會產生常
> 人所想像不到的力量，天大的難事也能辦到。妳去聽那些牽線人的
> 話，這就是一個大錯；以後又提出條件，那更是錯上加錯。不過我
> 知道妳的動機是純潔的，為了解除妳自己的諾言所加在妳身上的束
> 縛，我姑且允許妳做一次任何男人也斷難答應的事；這也是為了怕
> 安薩多因為受到妳的欺騙，會叫那個魔術師來加害我們，我看妳勢
> 必到他那裡去一次，如果能設法履行妳的諾言，而又不損害妳的貞
> 操，這固然好；萬一不能保全貞操，那也只得失身一次，只要不把
> 靈魂輸給他就行了。

從這番話來檢視吉爾白特，不難看出其明瞭、洞悉男人的情愛心理，也能讓人了解在決定讓妻之前他內心所承受的煎熬與交戰。然而，理性的抉擇使他寬宥了妻子的無知以及安薩多的用情不正；其風範就連那位魔術師也深受感動。

第四節　搶婚、賜婚

一、搶　婚

第五日第一篇〈愛情的魔力〉

卡列索本是個愚頑異常的魯男子，一日見了伊芙金妮亞後，竟被愛情感

他人分享，這種趨向於奪取的愛的心態是人情之常。關於此一理論可參見宮城音彌《愛與恨心理學》。

化，由愚鈍一變而爲聰穎。四年後，卡列索完全改變了自己，成了一位俊俏無比、才藝出眾的年輕紳士。於是，他請求心上人的父親將女兒許配與他，可惜卡列索遲了一步，伊芙金妮亞已經是巴濟穆達的未婚妻。後來，卡列索計畫搶婚，他如願地劫走了新娘，船隻卻遇上暴風，將船吹到羅得島的海灣。此刻正所謂是冤家路窄，巴濟穆達把卡列索一行人逮住、押進大牢，又極力賄通官府，欲處死卡列索和他的同伴。然而，民政長官李西馬柯念及卡列索不濫殺無辜的迎親船隊，因此，並未處決他，但判以終身監禁。

再說巴濟穆達有個弟弟名叫奧米斯達，早就和城裡高貴人家卡珊德蕾雅小姐訂了婚，偏偏民政長官李西馬柯也熱愛這位淑女；如今婚期將屆，使得李西馬柯感到萬分沮喪，經過考慮再三，亦決定劫走新娘。於是便將囚禁在牢獄中的卡列索召到自己的房間來，相約劫親搶婚。經過一番殺戮後，兩人抱得美人歸並正式結婚，在各自的家鄉與妻子和諧到老。

二、贈賜婚

（一）第二日第六篇〈白莉杜拉夫人〉

白莉杜拉夫人 [註21] 家中遭逢變故，遂攜幼子逃亡，無奈上蒼捉弄人，其二子皆被海盜船擄去，淪爲卡斯巴林家的賤役。後來，夫人之長子不甘長久做奴隸，於是離開了主人，另謀他途。這位青年得志娶妻後，便要尋回弟弟；卡斯巴林因而知悉兩兄弟原是貴族之後，自覺虧待了他們，因此就把女兒嫁給弟弟，並給了一大筆財產作爲陪嫁，好補償女婿。

（二）第十日第六篇〈慧劍斷情〉

查理王年老癡情，愛上了納瑞的女兒金妮芙拉，他爲了男女私情弄得自個兒神魂顛倒，還捏造各種藉口和納瑞保持親密的來往，目的是要看看心上人。

後來，他再也忍受不了相思的煎熬，想要把金妮芙拉和她的孿生妹妹伊

〔註21〕白莉杜拉夫人即那不勒斯貴族阿列凱特・卡貝奇的妻子。卡貝奇原來受到曼夫萊（Manfred，1231～1266，羅馬皇帝腓特烈二世的庶子）之重用，掌握總督西西里島的職權。後來，曼夫萊爲查理一世（Charles I，1226～1285，法王路易八世之子）所殺，西西里島陷落敵手，卡貝奇不甘心向敵仇稱臣，於是準備出亡，但不幸事機不密，爲人察覺而被俘。白莉杜拉夫人因此失去親夫，不知其生死如何，於是不顧自己已有了身孕而帶著八歲的長子吉爾夫萊第逃亡。

姿塔一同娶過來，於是就向葛伯爵說出了自己的打算。葛伯爵是一位正派的君子，他對國王曉以大義，要查理王打消這個念頭，國王聽得良心上很是過意不去。最後，查理王以欲報答納瑞的情誼爲由，並徵得其同意，將金妮芙拉許配給曼斐爾男爵，把伊姿塔許配與葛勒摩男爵，還賞賜她們豐厚的嫁妝。而自己則痛下功夫克制情欲，斬斷萬縷情絲，清心寡欲地過了一輩子。

（三）第十日第七篇〈流水落花兩相歡〉

一見鍾情地，麗莎愛上彼得國王，相思之苦使她一病不起，然而，少女不甘心自己的一片癡情就此陪葬於黃土之下，於是她要求父親找來了音樂家明納丘，請託他把這份柔情化爲音符傳達給國王。

國王得知了麗莎對他的熱愛，連忙去安慰她，同時也咒罵命運之神不該讓她生在這樣微賤的人家。後來，彼得王將麗莎許配給一位家境貧寒、出身高貴的青年培第康，並賜與這對新人兩塊富庶的采地，麗莎因深愛國王而願意接受他的安排。

前述之四則故事皆有一共相：女性沒有婚姻自主權。在面對第三者阻撓自己的終身大事、橫刀奪愛之際，她們祇能逆來順受地放棄與自己早有婚約、有感情的未婚夫婿〔註22〕；或是接納國王的安排，嫁與素昧平生的男子。換言之，這些女性所扮演的角色是男人爭奪的戰利品、代人受過的犧牲，或權貴主婚之恩澤的被動領受者。

除此之外，筆者個人尚有下列幾點相關之陳述：

1. 搶婚之舉就主其事者而言，是愛情的魔力使然，爲了抱得美人歸，可以將個人之死生置於度外；也由於對愛的堅持，所以能夠產生過人的勇氣去排除阻礙，誠如卡列索以萬夫不當之勇向敵人猛撲，將情敵殺死。由此亦可見情場即戰場〔註23〕，愛情的排他性使人可以爲愛而拚個你死我活，目的就是爲了自己所愛的那位異性。在戰場上對敵人心軟，便是對自己不仁；換言

〔註22〕第五日第一篇〈愛情的魔力〉中的伊芙金妮亞等待父親宴請了迎親者後，便要與之上船，準備返回夫家。後來被愛慕者奇蒙納（即卡列索）所劫後淚流滿面；在船隻遇上了暴風雨時則狠狠地責罵奇蒙納不該愛上她，不該如此大膽妄爲，又說這暴風雨的降臨原是神明顯靈，不許他違背神明的意志，強娶她爲妻⋯⋯。故而可推論伊芙金妮亞的心應是向著未婚夫婿。

〔註23〕保加利亞現代倫理學家、教育家瓦列夫（基里爾・瓦西列夫）於《情愛論》中說：「贏得一個尚未動情者的愛，征服此人的心，是一場最美好的戰鬥。」

之，爲了爭取所愛的人，兄弟可能反目、好友因而結仇，這個戰場難以叫人手下留情，此處多是不論情分的戰士，爲愛而戰，甚至爲愛而死〔註24〕。這類搶婚可謂之爲「殊死戰」、「搏命演出」；而在其他族群的婚俗中也有所謂的搶婚，但是這兩者的內涵完全不同。在中國母系社會轉向父系氏族的過渡時期，由於婦女不甘願出嫁到男方氏族，於是便產生強制性的搶婚〔註25〕。但隨著歷史的演進，這樣的成婚方式已由原來的強行劫奪變爲事先設計好情境，讓男方前來擄走新娘，然後再令女方族人虛作聲勢與之相抗衡，也就是「佯戰」，當然，最後還是讓新郎帶著新娘逃之夭夭，最後雙方停止戰鬥，聚宴歡慶。例如《易經》就對這種「假劫眞婚」的婚俗作了生動的描述：

> 屯如，邅如，乘馬班如。匪寇，婚媾。（〈屯〉六二）

> 見豕負塗，載鬼一車；先張之弧，後說□之弧。匪寇，婚媾。（〈睽〉
> 上九）

又如魏晉以降，滇南爨族：

> 將嫁女三日前，執斧入山伐帶葉松，於門外結屋，坐女其中，旁列
> 米漸數十缸，集親族執瓢、杓，列械環衛。婿及親族新衣黑面，乘
> 馬持械，鼓吹至女家，械而鬥。婿直入松屋中挾婦乘馬，疾驅
> 走。……新婦在途中故作墜馬狀三。新婿挾之上馬三，則諸親族皆
> 大喜。〔註26〕

到了唐代，劫奪婚俗爲當時婚儀所吸收，產生了「坐地安帳」、「下婿」、「弄婦」等節目〔註27〕。另外，還有宋朝的陸游於《老學庵筆記》裡專門地記述了辰、沅、靖州地區土著的婚俗：

> 嫁娶先密約，乃伺女于路，劫縛以歸。亦忿爭叫號以救，其實皆僞
> 也。生子乃持牛酒拜女父母。初亦佯怒卻之，鄰里共嚨，乃受。

諸如此類的搶婚，無論劫奪的形勢多麼激烈，其最終的結局都是喜劇落幕。

〔註24〕 如〈愛情的魔力〉此一故事裡的奇蒙納，其心想：「伊芙金妮亞，這下子我該
向妳表明我是多麼愛妳啦。多虧妳，我才變得像個人，只要獲得妳，比神仙
都光彩呢！我若不能把妳娶來，這條命也不要了。」

〔註25〕 「娶」字之甲骨文字形𡠱就像一隻手舉著大斧對著屈膝的女子，表明娶妻是
通過武力威逼或戰爭掠奪。

〔註26〕 參見胡申生主編《社會風俗三百題‧什麼叫劫奪婚》，頁218。

〔註27〕 所謂的「坐地安帳」即在屋外搭喜棚，也稱「青廬」。而「下婿」和「弄婦」
則是捉弄新人的遊戲。

而卡列索和李西馬柯的行徑卻是硬把自己的意志、私欲強加給伊芙金妮亞與卡珊德蕾雅。所以，平心而論這兩位為愛而戰的勇士，其採取的搶婚之舉正是一種野蠻的強制婚姻形式。

2. 在舊時父權社會，王室貴族理所當然擁有成群的姬妾，即使美女如雲充列後宮，但對這些君主權貴而言，仍然難以滿足他的欲望。正如查理王自以為墜入情網，愛上了金妮芙拉，事實上，他老人家是看上了少女窈窕的胴體，所渴求的是青春與美色〔註28〕。正當查理王要設法滿足自己的欲念之際，幸得葛伯爵這位忠臣君子的點化，才不致做出誤人婚姻之事以及背負好色之徒的罪名。儘管情欲是人的天性、自然的想望和渴求，但是卻不能因此而恣情放縱，無所節制。否則，就很可能會做出傷人害己的憾事。

3. 〈流水落花兩相歡〉裡的麗莎雖然勇於表達自己對彼得王的愛意，但是卻也必須屈服於雙方身分地位之懸殊而接受國王的賜婚，嫁給和她門戶相當的培第康。麗莎何以順從此樁婚姻的安排？歸納其因素如下——麗莎對國王說道：

> 自從我愛上你，我就打定主意，處處要以你的意志為意志；所以，我不但樂意遵從你的命令，接受你賜給我的丈夫，好好地愛他，因為這是我的本分、我的榮譽；而且，即使你叫我赴湯蹈火，只要能叫你得到快慰，我也在所不惜。

由此可見麗莎對彼得王的情愛應是定位於崇拜，她所傾心的意象是國王在賽馬場上馳騁的英姿，這種「一見鍾情」式的感覺往往引發了當事人日後許多的遐思與幻想，美化了內心所愛慕的對象，而且還可能把他（她）神格化，當作偶像來景仰膜拜。無怪乎麗莎心甘情願地以彼得王的意志為意志，可以接受一位陌生的男子做為自己的丈夫並樂意愛他，還將此視之為是自己的本

〔註28〕由下列之描寫可證：查理王至瑞納家用膳，他一面愉快地宴飲，一面欣賞這幽靜的環境，忽見兩位十五歲模樣的少女走進花園，捲曲的髮絲好像黃金一般，鬆鬆地披散著，頭上都戴著長春花編織的花圈；長得嬌麗非凡，簡直像天仙一般；穿著雪白的細質夏布衣服，上半身緊貼著肌膚，腰部以下就像裙子一般散開著，直拖到地上，……。兩位小姐羞怯地來到國王面前，臉上帶著紅暈，對他行了一個禮。……兩人都進入池中（捉魚），水深及胸……走上岸來，水淋淋的細白夏布衣裳緊貼在身上，使她們秀麗的胴體好像全部露出來似的。……尤其是國王，等她們一走出池塘，一雙眼睛就不停地在她們身上打轉，直看得心醉神迷，這時即便有人拿一根針戳他一下，他也絕不會喊痛的。

分與榮譽。不過,這份鍾愛國王的感情轉而投注於培第康後,是否能發酵成甜蜜的夫妻之愛就不得而知了。

第五節　桃色交易

一部由美國明星黛咪摩爾與勞伯瑞福所主演的〈桃色交易〉,其中讓渡妻子一夜與富翁並因而獲得優厚酬庸的劇情曾經造成一時轟動,引起人們熱烈討論。事實上,在十四世紀時代的《十日譚》便有類似的情節:

一、第六日第三篇〈五百個金幣〉

第哥是位將軍,長得氣宇軒昂,他愛上了有夫之婦,欲一親芳澤,便以五百個金幣作為代價,要求這位婦人的丈夫將妻子讓渡一夜。孰料那見錢眼紅的愚夫居然不管妻子肯不肯,就答應了;第哥於是如願以償。然而,第哥將軍也自有他的計策,他把銀幣鍍了金才交給婦人的丈夫。後來這事給人知道了,成了笑柄,那位卑鄙的丈夫撈不到錢,反而壞了名譽。不過,第哥亦因此而自取其辱。一日,他和主教一同騎馬出遊,看見了一個明眸皓齒的少婦諾娜。主教指著她叫將軍看,等到走近的時候,便一隻手搭在將軍的肩上,對著諾娜說:

> 妳看這位風流少年怎麼樣?妳想妳能收伏他嗎?

少婦雖然討厭此二人的輕薄影響了自己的名譽,卻也不想做任何辯白,衹是想要一報還一報,所以立刻反唇相譏道:

> 先生,他大概不能收伏我吧,如果他想嘗試一下,那麼我要的是真
> 正的金幣。

最後,第哥和主教因少婦的這一番話而羞愧得面紅耳赤。

二、第八日第一篇〈夜渡資〉

古法多愛上有夫之婦安波露西,希望伊人成全他。安波露西答應了古法多的請求,但是他必須給她兩百個金幣,並保守兩人的秘密。自此,古法多對安波露西原有的熱愛便化為厭惡,他要設計捉弄這位貪財的女人。

古法多先向安波露西的丈夫古斯巴盧洛借了兩百個金幣,然後帶著這些金幣和安波露西幽會,兩人於是尋歡作樂了好幾個晚上。等到安波露西的丈夫從外地回來後,古法多只說已把錢幣還給了嫂夫人,安波露西一時難以抵賴,也就承認收到古法多所償還的「債款」。

三、第八日第二篇〈石臼〉

教士愛上農婦白歌洛萊，爲討好她於是經常送長送短，有時還半眞半假地和她說笑調情。然而，這位教士始終沒有獲得伊人的芳心。

一日，趁著白歌洛萊的丈夫外出，教士便想試試自己的運氣。他來家裡向她求歡，白歌洛萊於是開出條件要教士借給她五個金幣，好贖回自己的袍子和陪嫁的裙子。教士明瞭白歌洛萊已經打定主意，非有那五個金幣，絕不會遷就他，因此，教士把身上穿的那件天藍色的綢斗篷留下做抵押，兩人總算玉成好事。事過境遷，教士後悔不該將斗篷作質，所以，他想了一個不費一文的辦法〔註29〕就要回斗篷，而白歌洛萊則把教士恨到極點，不再理睬他。教士發狠說要將她的靈魂送到盧西孚大魔鬼的血盆大口裡去，白歌洛萊非常害怕，最後只得跟教士言歸於好。

四、第八日第十篇〈以牙還牙〉

年輕的佛羅倫斯人尼柯羅奉了東家的命令在薩萊諾購買了一批價值五百金幣的毛織品，運到西西里島上的帕勒摩去賣。

湊巧有個楊可費奧利夫人打聽到尼柯羅的底細，就向他頻送秋波，還派了一個女僕前去傳話，送給他一個金戒指作爲紀念，兩人相約在澡堂幽會。尼柯羅如期赴約，一起共浴並尋歡作樂一番，尼柯羅此時已被夫人的美貌和那一套千嬌百媚的工夫迷惑了，以爲她眞的把自己當作心肝一樣地疼愛；雖然有人警告過尼柯羅，可是他根本不相信，依舊沉溺在溫柔鄉裏難以自拔。

等到尼柯羅賣掉了那批毛織品，換得不少現款，這位夫人便設計誆騙了這些錢。五百塊金幣落入夫人手裡後，局面就變了，她百般託辭搪塞尼柯羅，錢也不還。此時，尼柯羅才識穿了女人的詭計，但自己又不好意思在別人面前訴苦，只能怪自個兒糊塗，眞是自作自受。當東家寫了好幾封信來催他匯

〔註29〕教士想出一條妙計，他打發鄰居的一個孩子到白歌洛萊家去，向她借一個石臼，說是要做些調味品，白歌洛萊果然把臼子交給了孩子。後來，教士算準該是白歌洛萊與丈夫在一起吃飯的時候，於是派了一位禮拜堂的司事前去歸還石臼，並當著白歌洛萊的先生面前說道：「神父很感謝妳，請妳把孩子來借臼子時作質的斗篷還給他吧！」白歌洛萊聽見要討回斗篷，正想反駁，她的丈夫卻怒氣沖天地說：「妳竟敢收下神父的東西做抵押？基督在上，我恨不得在妳的頭上狠狠地揍一下！趕快把斗篷還給他，妳這個瘟女人！以後他問我們要什麼東西，那怕是驢子也好，不准對他說個『不』字。」白歌洛萊憤憤不平地站了起來，從箱子裡拿出那件斗篷交給司事。

款時，不得已只好逃走，到那不勒斯去。走投無路的尼柯羅找到了好友彼埃特羅，便向他大吐苦水，好友雖然責備其不是，然卻馬上想出一條妙計，要替尼柯羅討回公道。於是他們二人買了苧麻和桶子，在桶內注滿水，便用船運往帕勒摩。楊可費奧利夫人聞訊，又想重施故技，她決定先歸還尼柯羅五百金幣，取信於他，好再騙取更多的錢。然而，這次楊夫人可打錯算盤，賠了夫人又折兵，尼柯羅使計向她借了一千金幣，並以那些苧麻和水桶作為抵押後，就回到那不勒斯去了。

　　電影〈桃色交易〉裡的年輕夫妻在賭城邂逅了富翁，富翁開出鉅款以為條件欲換得佳人一夕陪伴。這對年輕夫妻非常相愛，最初是拒絕了這個「交易」；然而又難抗拒金錢的誘惑，因為若得到了鉅款，他們便能實現二人多年來共同的理想——只要妻子願意，只要將妻子讓渡一夜。這是一個追求理想與忠於愛情的天人交戰；最後，夫妻倆與現實妥協，妻子赴約，丈夫則過了煎熬無眠的一夜。而上述的四則故事就祇是純粹為了賺取金錢而出賣妻子和女性的尊嚴，這種將男女性愛建構在金錢交易之上，與嫖客娼婦之關係如出一轍，換言之就是一場追求肉欲和金錢的遊戲。所謂「真正的愛情是無價的，標價的愛情是虛假的」，性愛豈可販賣！

　　此外，在這些桃色交易事件裡，薄伽邱讓讀者看到了鄉間匹夫匹婦的愚行，使人為其無知而出賣自我之舉感到同情，更讓讀者了解一些貴族、教士醜陋可憎的惡意惡行。

第六節　寡婦再醮與偷情

　　寡婦再醮本為天主教廷所允許，因此，甚至是一國之君亦能娶寡婦為后。《十日譚》裡關於寡婦再嫁的故事，其情節或曲折稱奇，或令人感動。另外，還有兩則寡婦不再婚而甘願成為別人情婦的故事：

一、寡婦再醮

（一）第二日第六篇〈白莉杜拉夫人〉

　　白莉杜立夫人的長子賈諾特（本名吉斯夫萊）在貴族古拉度家裡當差，然而卻與主人新寡的女兒史賓娜墜入情網，不久便有了親密關係。這對情侶的好事被古拉度夫婦發現，兩人於是遭到綑綁，準備受死。但由於夫人不忍女兒，所以極力為之求情，古拉度遂打消原先的主意而將史賓娜和賈諾特囚

禁起來，讓這對情人吃不飽餓不死，終日以淚洗面。過了一年，古拉度查明了賈諾特的真正身分，得知他是貴族之後，才把女兒和賈諾特釋放，並讓二人名正言順地做了夫妻。

（二）第三日第二篇〈越俎代庖〉

國王亞吉魯夫娶了渥達利的寡婦為皇后，這位皇后花容玉貌，知書達理。

在皇后御用的馬夫當中，有一位和國王形貌神似的青年，他竟然瘋狂地愛上了皇后。好幾次想以自殺來擺脫這種相思之苦，卻又不甘心。於是，馬夫便仿效國王的裝束，進入皇后的寢宮好一償宿願，而皇后也沒認出這位偽裝者，遂與馬夫一番雲雨。後來，國王發現了事有蹊蹺，卻不動聲色，也不對皇后點穿，當夜就把那馬夫偵察出來，剪去了他一把頭髮，可是馬夫也將其他人的頭髮剪了。翌日，國王把宮裡所有的僕役侍從找來，卻無法找著被自己蹓下頭髮的人；馬夫因此逃過一劫。

國王為了不使皇后感到難受，更不願意為了出一口小小的氣而招來莫大的恥辱、毀了皇后的名譽，所以就此作罷。

（三）第五日第九篇〈鷹的傳奇〉

費得里哥為貴族之後，他愛上了有夫之婦喬娃娜，夫人不為費得里哥的言行而動搖自己的節操。正當費得里哥落拓到了極點時，喬娃娜的丈夫撒手人寰，夫人就此成了孤孀。

喬娃娜的兒子十分喜愛費得里哥所豢養的一隻鷹，因而思念成疾。為了使兒子的病情好轉，喬娃娜只得硬著頭皮去見費得里哥，請求他割愛。喬娃娜主動登門造訪，令費得里哥又驚又喜；為了款待夫人，他不惜勒死心愛的鷹兒，做成佳餚。飯後，夫人說明來意，費得里哥一時無法應承夫人，竟失聲痛哭起來。待夫人明白事情的原委之後，只得死了「求鷹」的心，卻又擔憂兒子會因此一病不起，回到家去好不沮喪。然而，在喬娃娜的心中卻萌發了讚歎費得里哥貧賤不能移的敬仰之情。

不幸的，喬娃娜的兒子沒幾天就死了。由於喬娃娜是個年輕富有的寡婦，其兄弟都勸她改嫁；經過再三相勸後，喬娃娜決定嫁給費得里哥。眾人嘲笑她怎會看上一個一貧如洗的窮人，夫人答道：

> 我是要嫁人，不是要嫁錢。

費得里哥終於娶到了心上人，從此快樂幸福地過了一輩子。

二、寡婦偷情

（一）第八日第七篇〈以眼還眼〉

佛羅倫斯有個名叫愛倫娜的少婦，她面容姣好，出身高貴，家產又豐厚，所以十分愛擺架子。丈夫過世後，就不再醮，原來她心裡早有一個意中人，而且時常和他歡會。

青年紳士林尼艾里也喜歡上愛倫娜，並且想辦法讓她知道；林尼艾里寫情書、送禮物……熱烈地追求愛倫娜。後來，愛倫娜還沾沾自喜地把這件事全都告訴了情夫，情夫不免妒嫉而有些氣惱。愛倫娜為了對情夫表明心跡，於是捉弄林尼艾里，叫他在雪地裡癡等，然後自己則和情夫在房裡盡情歡暢。

林尼艾里上了愛倫娜的當，內心對她的那一股熱情早已化為最強烈的憎恨；但為了報復愛倫娜，表面上則假裝更愛慕她。事有湊巧，愛倫娜的情夫另結新歡而拋棄她，女僕眼看女主人終日淚珠漣漣，茶飯無心，便要求林尼艾里施以法術把女主人的情夫召回來。這是林尼艾里復仇的機會，他將愛倫娜騙上高塔，教她赤身裸體在烈日下讓蒼蠅叮、牛虻咬，曬了一天。此刻的林尼艾里怒火衝天，早把自己對愛倫娜的渴望與憐惜全都趕跑了；儘管她苦苦哀求他，他仍然不為所動。

愛倫娜嘗盡折磨後，終於得到教訓，再也不敢賣弄風騷，愚弄男人了；而且還徹底忘了那個棄她而去的情夫。

（二）第二日第二篇〈禱告〉

古伊利埃摩城堡裡有一位姿色出眾的寡婦，阿索侯爵深愛著她，並且將她供養在一座華屋中。一日，侯爵原與他的情婦相約，晚上要到這裡來歇宿，奈何因事取消，情婦於是悶悶不樂。是夜，寡婦救了遇劫而在其屋外凍得發抖的林那多，兩人因而有了一夜情。

上述情節、故事裡的寡婦多是丰姿綽約而且承繼了先夫遺產，就此經濟優勢而言，她們較中下階層的遺孀幸運多了。無論中西，許多寡婦再醮是因為難以維生、無法養家，而這些擁有家業遺產的寡婦則可以選擇孀居或改嫁，誠如喬娃娜本來不打算再嫁，然而，在家人力勸之下，因此再醮於曾經為她耗盡家財又珍愛她的費得里哥。

除此之外，在這些故事當中昭然可見人性之脆弱卑微與世俗根深柢固的偏見：

1. 愛倫娜與情夫暗度陳倉，最後遭到情人拋棄的噩運；又阿索侯爵愛戀

著姿色出眾的古伊利埃摩城寡婦，且因而進一步的金屋藏嬌，後來侯爵因故取消幽會而促成了寡婦與林那多的一夜情，諸如此類的露水姻緣容易因為人性中喜新厭舊之好而招致瓦解、破裂，所謂「露水姻緣不長久」正是這個道理。而且，既然是露水姻緣，雙方也就無庸受制於婚姻的約束，彼此之間更沒有任何恩義可言。

2. 愛倫娜自恃貌美，以勾引男性拜倒其石榴裙下為樂，藉此滿足自我的虛榮心；因為這種不切實際、不成熟的心態，而使她自食惡果。愛倫娜欺騙了林尼艾里的感情，捉弄了這位學者，糟踏他對她的摯愛與期待，最後終於招來林尼艾里由愛生恨的殘酷報復。林尼艾里的復仇心理是可以被理解的；對負心薄情者予以撻伐譴責，甚至是給予其肉體上的折磨，也未必能撫平感情受創者內心深處的傷痛；此等復仇之舉，充其量只是一種粉飾和沖淡怨恨、痛苦的心理補償罷了。

3. 林尼艾里雖然是在巴黎留學多年才回到佛羅斯來的學者，即使其學問淵博，但是在面對美色與愛情時，也無法看清事實的真相，愛倫娜甚至因此而自鳴得意地告訴家中女僕說：

> ……這個人把他從巴黎學來的一肚子學問都丟到那兒去了，……也罷，我們就成全他吧，等他下次再來找妳，就跟他說，我愛他比他愛我還厲害呢！只是我得保住自己的清白名聲，才能在別的女人面前抬得起頭來，如果他真像人所誇讚的那樣聰明，那他一定會因此而更加愛我了。

後來，林尼艾里就因為一時失察，陷入愛情的漩渦而自取其辱。

4. 愛情使人盲目，這是一般人常犯的毛病〔註30〕。愛倫娜的情夫移情別戀之後，其女僕不忍見女主人淚眼汪汪，茶飯不思，因而向女主人提議商請學者林尼艾里施以法術，使情夫能夠回心轉意，如此荒謬可笑的建議居然被愛倫娜所接受，而且還對學者所謂的「作法」、「咒語」深信不疑；殊不知林

〔註30〕莎士比亞《威尼斯商人》：「愛情是盲目的，情人們看不見自己所做的漂亮傻事。」盧梭《致德萊爾書》：「人在熱戀時就看不清情的真相。」司湯達《論愛情》：「正在熱戀時，連最聰明的人也看不清事實的真相。」毛姆《月亮和六便士》：「一個人要是墜入情網，就可能對世界上一切事物都聽而不聞，視而不見了。那時候他就會像古代鎖在木船裡搖槳的奴隸一樣，身心都不是自己所有了。」屠格涅夫《僻靜的角落》：「人們說得真對，人在戀愛時，都成了傻瓜。」契訶夫《愛情》：「凡是在熱愛中的女人，總是被愛情迷住了眼睛。」

尼艾里正好趁此佳機一舉復仇。慣於賣弄風騷、玩弄他人感情的愛倫娜果然是自作自受，難以叫人同情。許多人一味地追求愛情、占有對方，因而容易使自己失去理性、產生盲點，以致於在情感受挫時，轉而求神問卜，聽信邪術魔法，無怪乎歹人神棍有機可趁，假借消災解厄為由詐財騙色。所以，在愛情、婚姻出現了裂痕危機時，理性的自省、溝通與諮商協調，才能挽救頹勢，才能解決問題。千萬不可由愛生恨，心生報復；或放棄人事作為而順任神鬼左右。

　　5.門第觀念不僅影響著新人婚姻的締結與否，即使是寡婦再醮，女家還是據此做為擇婿的準則，這種現象在權貴望族尤甚，如同古拉度在查明與孀居的女兒私通的賈諾特是貴族之子後，便說了一番冠冕堂皇的理由，才促成兩個年輕人的婚姻：

> 賈諾特，我待你不薄，你當一個僕人，應該處處都替東家的名譽、利益著想，才是道理，卻沒有想到你反而跟我的女兒做出那種勾當，使我蒙受恥辱；如果換了別人，他們早就把你處死了，只是我卻始終硬不起心腸來。現在你既然自稱並不是什麼低賤的人，父親母親都是有身分的貴族，那我就不念舊惡，把你釋放出來——只要你願意——就可以解脫你的痛苦，恢復你的名譽，同時也保全我的家聲。你跟我的女兒史賓娜發生了不正當的關係，你知道，她是一個寡婦，有一筆很大的嫁妝，她的人品、她的門第，你都已明白，對於你眼前的境況，我沒有什麼可說的；所以只要你願意，那麼我也同意叫她不用再偷偷摸摸做你的情婦，而是名正言順地做你的妻子。你呢，做了我的女婿，就和她住在我家裡，任你愛住多久就住多久。

　　6.馬夫一開始對皇后的迷戀，終至冒充國王得以一親芳澤的舉動，說穿了就是占有欲作祟、是欺騙行為而不是真愛純情。與愛戀喬娃娜的費得里哥相形之下，更能印證馬夫要的是皇后的身體、本能肉欲的滿足，難怪薄伽邱要藉潘比妮亞之口說道：

> ……這位皇后真是花容玉貌，知書達禮，無奈命中註定要受一個愛人的糟踏。

英國政治家、思想家博克（E. Burk，1727～1797）於《論崇高與美》亦說道：

> 我把愛同慾念或性慾分開：愛所指的是在觀照一個美的事物時……心裡所感覺到的那種滿意；慾念或性慾只是迫使我們占有某些事物

的心裡力量。

所以，就〈越俎代庖〉此一故事來批判馬夫，可謂之爲機警有餘，卻不知愛情的眞締——只有驅使人以高尙的方式相愛的那種愛情才是美，才值得頌揚〔註31〕，單靠肉欲的滿足是不足以使心靈喜悅的。〔註32〕

　　儘管愛與慾、愛與性的灰色地帶時常令人難以撥開重重迷霧，但是，若單純就「愛」而言，相信許多民族的文明非常強調愛的聖潔成分，這也是人類有別萬物的可貴之處。在上述的寡婦再醮的故事、情節裡，卻出現了具有此等高貴情操的男性：一位是費得里哥；一位是國王亞吉魯夫。

　　愛是一種微妙的情愫，它在戀人們的心裡發酵，即使這愛並不被社會規範、道德、宗教所容許，卻也可能是一種高尙的情操，誠如費得里哥對喬娃娜的愛。費得里哥明知心上人是有夫之婦，但是他無法停止這份情感；他爲伊人耗盡家產，伊人卻堅持節操，毫不動心；縱使如此，他依然沈醉於其中，無怨無悔。在喬娃娜爲了兒子的病而登門拜訪時，費得里哥對她如是說：

> 我從沒有因爲妳而受過什麼連累，只覺得益非淺。我這一生毫不足道，還幸虧愛上了妳，才使我的人生有了些意義，我應該感謝妳才對。如今蒙妳屈尊光臨寒舍，我眞是萬分榮幸。如果我的身價依然一如當年，再爲妳傾家蕩產也在所不惜，無奈我已經一貧如洗了。

又在得知喬娃娜的來意後，萬分懊悔、悲痛的言道：

> 夫人，上天有意叫我愛上妳，無奈命運總是一次又一次地和我作對，我眞有說不出的悲痛。……今日我何其榮幸，蒙妳光臨寒舍，向我要這麼一丁點東西，但它卻偏偏和我過意不去，叫我無法報效妳，……承蒙妳看得起，願意在我這裡吃頓飯，我就想：以妳這樣的身分地位，我不能把妳當作一般人看待，應該做幾樣像樣的菜餚來款待妳，……因此我就想，這隻鷹還不錯，可以給妳當作一盤菜。……自以爲盡了我一片心意。不料妳卻正好有這樣需要，使我無從遵命，眞是要叫我難過一輩子！

由此可見，費得里哥愛慕喬娃娜之深切，寧爲伊人奉獻所有而不在乎對方能否回饋，這份情操是何等可貴並令人感動！法國小說家司湯達（Stendhal，原

〔註31〕見於古希臘哲學家、文藝理論家柏拉圖（Plato，427～347 A.D.）之《文藝對話集》。

〔註32〕見於英國經驗主義哲學家、歷史學家兼作家休謨（David Hum，1711～1776）《論藝術和科學的興起與進步》。

名 Henri, Beyle，1783～1842）說：

> 眞正的愛情是想方設法取悦自己所愛的人。(《論愛情》)

盧梭（Jean-Jacquse Rousseau，1712～1778）亦云：

> 我寧願爲我所愛的人的幸福而千百次地犧牲自己的幸福。(《懺悔錄》)

費得里哥眞是這樣一位明瞭眞愛的高尙君子。而另一位珍惜愛妻名譽的國王更有叫人欽佩、讚歎之處。何以見得？恩格斯在《家庭、私有制和國家的起源》一書中說道：

> 性愛按其本性來說是排他的。

這是人類皆然的心理，而國王亞吉魯夫可以按捺怒火，最後不與那位偷香賊計較，完全是爲了保住皇后名節。從另一個角度來看：國王已經跳脫出「皇后的貞操」情結；皇后的失身並非蓄意爲之，國王能夠理性地、適可而止地警告欺騙皇后的登徒子，這是明智的抉擇，他放過了自己與妻子，不使貞操情結折磨夫妻二人。換言之，國王以「愛」、「智」克服了「貞操夢魘」。

第七節　私訂終身與私奔

私訂終身、私奔之舉與包辦婚姻是相對立的，也可說是人性亟思掙脫一切人爲制度的一種反動。《十日譚》裡關於私訂終身、私奔的故事如下：

一、私訂終身

（一）第二日第三篇〈駙馬〉

英國公主不願接受父王所安排的皇室聯姻，因而改扮爲男人逃離了皇宮。路途中適逢俊俏有禮的阿萊桑德洛，兩人於是私訂終身。最後，公主和阿萊桑德洛請求教皇爲他們主婚，國王也寬恕公主，高高興興地歡迎女婿並冊封其爲伯爵。這對幸福的夫妻享盡人間的榮華富貴，直至終老。

（二）第四日第四篇〈西西里王子〉

突尼斯公主和賈比諾相互傾慕，但只能藉由一位好友來傳達彼此的情意與互贈信物。然而好景不常，突尼斯王將公主許配給格拉那達國王，賈比諾則暗中盤算要劫婚搶親。

突尼斯國王隱約得知賈比諾深愛自己的女兒，以及搶親的計畫，再想到

賈比諾的勇武，不免有些擔心；比及公主婚期將近，便派遣使者去見賈比諾的祖父西西里國王，請求保證公主的安全。然由於西西里王不知孫兒賈比諾與公主的戀情，也就答應了突尼斯王的要求，讓公主的嫁船安全通行。

後來，賈比諾果然率眾攻擊公主所乘坐的船隻，船員因而殺了公主，並將其屍體拋入海中。賈比諾憤而殺了這些水手洩恨，還奪取船上所有的財物，結束了這場得不償失的勝利。事後，賈比諾叫人從海裡打撈起公主的遺體，在一番撫屍痛哭之後，運回了西西里島予以安葬。最後，西西里島國王為保住信譽而將賈比諾斬首正法。這對有情人就如此含恨九泉。

（三）第四日第六篇〈噩夢〉

安德蕾薇拉愛上清寒子弟卡普奧多，兩人透過女僕的幫助而互通款曲，祕密結為夫妻。一天夜裡，安德蕾薇拉做了一個夢，夢見愛人死在自己的懷裡；而且噩夢竟然成真。安德蕾薇拉原要追隨卡普奧多死去，卻被女僕阻止。後來，主僕二人商妥辦法，將卡普奧多的屍體包裹起來，並且編了一玫瑰花冠戴在其頭上；安德蕾薇拉又撫屍痛哭，簡直是哭得死去活來。

就在主僕二人把屍體抬出花園，向卡普奧多家走去時，竟被巡警撞見而押往公署。縣官見狀，故意宣稱案情重大而要脅安德蕾薇拉，欲趁機玷污她。安德蕾薇拉抵死不從，並厲聲斥責縣官的禽獸行為。

最後，安德蕾薇拉的父親尼格羅先生接受了女兒的私情，也認了女婿，而且隆重地為卡普奧多舉行葬禮。事後，縣官來求親，但是卻被安德蕾薇拉拒絕；尼格羅也不勉強女兒，還尊重其決定——安德蕾薇拉帶著女僕到一個以聖潔著稱的女修道院**裏**當修女，過著貞潔的生活。

（四）第五日第四篇〈陽臺姻緣〉

高貴紳士理茲奧晚年喜獲千金，夫妻倆百般鍾愛，把女兒卡蒂莉娜管束得非常緊，一心想為她攀一門好親事。

由於常至理茲奧家裡走動，世家子弟理查德因而愛上了卡蒂莉娜。這兩位年輕人旋即墜入愛河，遂相約在陽臺幽會，不料，理茲奧竟撞見這對愛侶的私情；雖然這事令二老憤怒，但是理茲奧認為理查德家產殷實，也就樂於將女兒嫁與之。待理查德一覺醒來後，理茲奧便對他說：

> 我一向器重你，拿你當自己人看待，沒有想到你竟要出這一手來回
> 報我！現在木已成舟，年輕人已幹下糊塗事，這裡只有一條路給你
> 走，既可保全你的性命，也可以遮我的羞，那就是說，你要正式娶

卡蒂莉娜，那麼不只這一夜她是屬於你的，而且她從此永遠是你的
人了。只有這條路才能使你獲得我的寬恕，並保障你自己的安
全。……。

最後，理查德與卡蒂莉娜在諸位親朋好友的祝福下，稱心如意過著和睦快樂
的日子。

（五）第五日第六篇〈侯門一夕〉

少女蕾絲蒂杜達和青年紀安尼相愛。一個夏天，少女獨自到海濱散步竟
遭到幾個西西里人劫走，這群人為了爭奪少女而起了內訌；後來他們決定把
她獻給西西里國王腓特烈，國王見了蕾絲蒂杜達後欣喜不已，遂將她安置在
古巴別苑裡。

紀安尼見愛人失蹤後，內心焦急不已，於是想盡辦法打聽蕾絲蒂杜達的
下落。終於，他得知情人身在何方，就此天天打從古巴別苑走過。一日，紀
安尼果然見著蕾絲蒂杜達在窗口閒眺，兩人四目交接而暗自歡喜。後來，紀
安尼潛進宮內和情人共度良宵。事被發覺，雙雙受綁在火刑柱上，正待執行
之際，幸得路濟埃里將軍〔註33〕營救，終使這對相愛已久的戀人名正言順地
結婚，且快樂地度過一生。

（六）第五日第七篇〈雨過天晴〉

第奧多羅與主人亞麥利哥之女維奧蘭蒂相互傾慕，一日，因緣際會，使
這雙滿懷相思的戀人得以吐露衷曲，進而有了親密關係，還因此有了愛情結
晶；兩人為之惶恐不已，想盡法子墮胎未遂。維奧蘭蒂不願拖累情人，於是對
母親胡扯一通，母親既難受又憤怒，但也只得將女兒安置在鄉下的一座別墅
待產。此事被父親亞麥利哥知悉，在父親盛怒脅迫之下，維奧蘭蒂不得已說出
實情，第奧多羅因而遭處以絞刑。此外，亞麥利哥還想殺死女兒和小外孫。最
後，幸得第奧多羅的親生父親芬內奧（亞美尼亞的使節）的及時搭救，才解
了這對苦命鴛鴦的危難，使得有情人終成眷屬，就此和睦幸福地度過一生。

（七）第九日第六篇〈蓬門巧婦〉

比努奇愛上了妮可羅莎，要不是唯恐連累了情人和自己的名譽，兩人老

〔註33〕路濟埃里・第洛里亞將軍與紀安尼本是舊識，在了解其遭遇和事情的來龍去
　　　脈之後，他立刻求見國王，告知王上：紀安尼的伯父與蕾絲蒂杜達的父親正
　　　是輔助國王登基的大功臣——紀安尼・狄・帕羅奇達與馬林・波爾卡洛；故
　　　進而要國王成全這對戀人。

早就作成好事了。然而，朝思暮想的熱情愈來愈難壓抑，比努奇於是帶著心腹友人阿德連諾準備借宿在情人家裡，好藉機與妮可羅莎歡會。

事情如比努奇之策畫順利地進行著，與情人多時的心願都在這一夜裡了結了。不料，妮可羅莎的母親陰錯陽差地睡在阿德連諾身邊，把他誤認爲是自己的丈夫而與之親熱一番。後來，比努奇又迷迷糊糊地上了主人的床鋪，弄醒了男主人，還自以爲是和阿德連諾睡在一起，於是炫耀自己與妮可羅莎的溫存。這些話聽在主人的耳朵裡，真是叫他氣急敗壞，兩人因而發生爭執，也讓女主人弄清楚了自身的處境。她連忙在漆黑之中摸到女兒的床邊，假裝作被丈夫吵醒，然後機智地說了一席話〔註34〕，使得丈夫相信比努奇因夢遊而胡言亂語。

由於女主人的聰慧，而把母女倆的羞辱遮蓋了過去。從此之後，比努奇於是另找機會與妮可羅莎幽會。

二、私　奔

（一）第四日第三篇〈三姐妹〉

巨富納爾納德最大的三個女兒妮娜達、瑪達萊娜、貝蒂拉分別與青年勒斯達紐納、普爾歌、烏克多相戀。一日，家道中落的勒斯達紐納爲了謀取錢財花用，便慫恿普爾歌、烏克多相偕情人私奔。經過一番的花言巧語、連哄帶騙，再加上戀人們愛得正火熱，這六個青年男女於是將產業、細軟變賣折現後，就一起私奔到克里特島。

不料，勒斯達紐納對妮娜達漸漸感到厭倦而迷上了另一位年輕貌美的小姐。妮娜達發覺了此事，更是寸步不離地監視著情人，兩人因而又吵又罵，十分痛苦。妮娜達對此感到痛不欲生，最後心一橫，決定毒死情人，爲自己出口怨氣。不知情的勒斯達紐納果然命喪黃泉，大夥也想不到他是被妮娜達

〔註34〕女主人說道：「這簡直是在說夢話！他幾時睡到妮可羅莎的床上來過？我整夜都陪著她睡覺，何況我又沒闔過眼。你竟然會相信他，真是一頭蠢驢。你們男人晚上喝起酒來沒有個完，等睡到床上，就整夜胡亂作夢，在床上翻來滾去，還以爲自己在幹著驚天動地的事。你們沒有跌斷脖子，已經是上上大吉了。不過比努奇睡到你床上幹什麼？他爲什麼不睡在自己的床上。」語畢，阿德連諾又趁勢附和道：「比努奇，我不只對你說過一百次，叫你不要在外面過夜；你睡得好好的會爬起來走路，還要把夢中的情景一本正經的當作真事來談。你這種怪病早晚會給你惹麻煩的。還不給我回來，活該你受一夜的罪！」如此才化解了男主人的憤怒。

所謀害,就把他隆重地下葬了。

不久,東窗事發,克里特公爵立刻逮捕了妮娜達。為了營救大姐,瑪達萊娜自願獻身於一直追求著自己的克里特公爵,公爵好不歡喜而答應了這個交換條件。一夜歡情後,公爵仍然要求瑪達萊娜繼續與之往來,普爾歌知悉了實情,不禁怒火難遏,一劍殺死了愛人,還帶走妮娜達雙雙逃亡,從此下落不明。此事兒牽累了烏克多和貝蒂拉,兩人只得買通法警,連夜奔逃且困苦地度過餘生。

（二）第五日第三篇〈森林驚魂〉

彼得愛上艾紐蕾拉,但是礙於家族的門第觀念,使二人不得成親,彼得於是決定帶情人私奔。孰料,兩人在森林裡失散而雙雙迷路。

艾紐蕾拉幸得一對老婦收留,隔天又護送她到彼得友人的城堡。然而,彼得就不若艾紐蕾拉幸運了;在被俘後,雖然幸得脫逃,卻只能躲在樹上,直到黎明時分遇見了一群牧羊人,才助他前去友人處。最後,由城堡的女主人為這對戀人證婚,並允諾代為說服彼得的雙親。終於就此,兩人和睦幸福地過了一生。

在上述之故事、情節當中,可見許多為情前仆後繼、捨身求愛的青年男女,什麼原因促使他們選擇私訂終身與私奔一途?歸納其理由有下列五點:

1. 逃避父母一手安排的婚姻。如:英國公主為了拒絕與他國皇室聯姻,因而女扮男裝離開宮廷。喬裝為修道院院長的公主就在旅途中遇上了自己所欣賞的青年阿萊桑德洛,並確認其意願後,兩人在耶穌畫像前起誓訂終身。如此一來,公主就以既定之事實勉強父王不得不點頭、認同新駙馬。反觀突尼斯公主則不若英國公主勇於追求婚姻自主;雖然與賈比諾彼此愛慕,也互贈了信物作為兩人愛情的見證,但是面對父王將自己許婚於格拉那達國王時,卻無法積極挺身抗拒,只能被動地等待愛人來援救,最後造成共赴黃泉的悲劇,令人為之惋惜。

2. 已知門第懸殊,難以結為連理,愛侶們因而不顧一切為愛獻身或相偕私奔以解相思之苦或求終生廝守,如安德蕾薇拉與卡普理奧多、維奧蘭蒂與第奧多羅、彼得與艾紐蕾拉。換言之,私訂終身與私奔是戀人們在無法獲得父母首肯而成親時之下策。

3. 近水樓台,愛苗暗生;再加上父母對子女管束甚嚴,反而加速催化戀人們的情愫,以至於相愛的男女等不及明媒正娶便發生了肉體關係。

4.外力介入，權貴之逼迫，促使無能反抗的情侶們只得兩廂許身、暗通款曲以敘私情。如：蕾絲蒂杜達爲惡人所挾持又被獻給了西西里國王腓特烈，此番一入侯門，使得紀安尼望穿秋水，好不容易得以潛入宮內，怎能不趁此良機嘗盡愛情的滋味？

5.爲愛情沖昏頭，失卻理性而私奔，如妮娜達三姊妹原本可與各自的愛人正式地步入禮堂，締結鴛盟〔註35〕，無奈大姐妮娜達遇人不淑，其情人爲了謀財花用，竟然鼓動這些陷入熱戀的男女們一同捲款私奔；而愛情的烈火一燃不可收拾，燒得這幾位年輕人腦袋發癡，誠如培根《論學識》所謂「墜落情網，難以明智」〔註36〕，情欲淹沒了理智而氾濫成災，終究是悲劇一場，叫人不勝感慨、欷歔。

《十日譚》裡私奔、私訂終身的故事其所要揭示就是男歡女愛乃人性之自然；若要違反血肉之軀的本能、要禁錮青春的規律，是何其昏憒愚昧？因此，與其以一切人爲的制度來壓抑人性，不如適時使之「男有分、女有歸」，讓天下「內無怨女，外無曠夫」。

第八節　婚外情與其他

有關婚外情之故事、情節在《十日譚》中占有相當之篇幅，總計爲二十七則。新潮文庫編輯室於「薄伽邱的生平和《十日譚》之代譯序」裡引述：

> 薄伽邱喜歡描述女人，是因爲他喜歡女人，他喜歡寫不貞的熱情，
> 是因爲這種事吸引他。他是一位私生子，而且自幼沒有母親的吻與愛
> 撫，自己既無姐妹，也無妻子，一旦走入充滿遊逸和惡德的宮廷，
> 接觸那些女人之後，自然會去描寫那些放蕩和肉感的女人。〔註37〕

但是，這一類的故事、情節也不完全是色情的描寫，其中仍有不少眞實人性的呈現，彼時人物形象的刻畫與值得吾輩反省、深思的課題，更有一些博君會心一笑的詼諧趣事。本節即先就故事、情節部分加以歸類簡述，然後再做

〔註35〕納爾納德原只等他從西班牙經商回來，就要把女兒們嫁出去。無奈父女四人皆未能及時得知彼此的計畫與心意，悲劇也就隨著勒斯達紐納的陰謀而發生。

〔註36〕培根在〈論愛〉甚至誇張地說道：「就是神在愛情中難保持聰明。」神猶如此，況人何能持守清醒的頭腦。

〔註37〕詳《十日譚》，魏良雄譯本，志文出版社，1995年，頁13。

相關性之剖析與研究。

一、老夫少妻，琴瑟不諧

（一）第二日第十篇〈本事〉

法官理查德・第・金茲卡先生，天生聰明，又十分富有，只可惜體力差。他腦海裡存著一個念頭，以爲只要拿出他那套研究學問的功夫來應付太太，就可以使妻子稱心滿意，所以，他千方百計要物色一個年輕貌美的女子爲妻。天從人願，法官果然覓得佳人歸，但是，以其老朽之體力並無法滿足少妻的生理需求。因此，便告戒妻子在聖徒的節日裡〔註 38〕必須虔敬神明，禁止房事，還要求嬌妻於齋戒時日〔註 39〕當虔誠節欲……一個月也只不過敷衍妻子一次，卻又把她監視得緊，唯恐其做出不貞之事。

一日，法官帶著大家至海上打魚，孰料，妻子被海盜帕卡尼諾劫去。而這位身強體健的光棍海盜就把少婦當作是自己的妻子，日日夜夜討她歡心，兩人如魚得水，使少婦早已忘卻了丈夫和那套禁欲規矩。

法官好不容易打聽到愛妻的下落，便去找帕卡尼諾，懇求他將妻子放還。然而，少婦卻不肯與法官丈夫回去，法官受到了刺激，精神漸漸錯亂，不久就死了。帕卡尼諾聽到這個消息後，又深知少婦熱愛他，於是和她正式結爲夫妻。

（二）第三日第四篇〈通向天堂的路〉

伊莎蓓達是個二十八、九歲的少婦，看來眞嬌豔豐滿，就像一棵熟透的蘋果似的。無奈她的丈夫布喬年事已高，又一心修行，總叫她過著齋戒的聖潔生活，她覺得眞是膩煩不已。後來，伊莎蓓達便與修士費利奇勾搭成姦，兩人快活無比，而這位勤於苦修的布喬兄弟卻始終被蒙在鼓裡。

（三）第四日第十篇〈麻醉藥風波〉

外科醫生馬茲奧在風燭暮年時娶了一位如花似玉的妻子，然而醫生無法

〔註 38〕法官所謂的「聖徒的節日」即是一本由拉文納（Ravenna，位於義大利北部，以古教堂、寺院遺蹟著名，但丁的墓穴就葬在當地法蘭西斯寺內）這個地方所印的曆本，根據書上的記載，一年到頭就沒有一天不是供奉這一位聖徒，那一位聖徒，甚至是好幾個聖徒。

〔註 39〕諸如四季齋戒日、十二門徒徹夜祈禱日、聖禮拜五日、聖禮拜六日、聖安息日、復活節四旬齋戒……。其中最長的齋戒日即屬於四旬齋，也就是復活節前四十日內的齋戒，以紀念當初基督在荒野裡禁食的事蹟。

滿足少妻的生理需求，妻子於是和青年魯濟埃利有了姦情。

一日，魯濟埃利趁著醫生出診，便與醫生太太相約幽會，但是不知悉地，竟喝下醫生調製好的麻醉藥水，不久就昏昏入睡，任憑醫生太太如何推他、拉他、扯他都無法使之清醒。此時，醫生太太可急壞，以為情夫已死又怕東窗事發，毀了名節，於是和女僕商量將魯濟埃利放在木箱裡，而這個木箱竟被兩個放高利貸的小伙子偷回家。後來，魯濟埃利清醒了被當作賊而送官究辦，法官判他絞刑。醫生太太得知消息後，即要求女僕出面營救魯濟埃利，女僕就對醫生扯個謊，誑稱魯濟埃利為其情夫，兩人為了幽會而鬧出這些事端，然後，又到好色的法官那兒撒痴解釋一番，總算使這齣婚外情的鬧劇圓滿落幕。

（四）第七日第九篇〈愛的試煉〉

貴族尼柯斯特拉多晚年娶了名門閨秀麗迪雅，然而美麗熱情的夫人卻愛上了丈夫的侍從彼羅，於是央請一位貼心的女僕代為傳達其心意。不料，彼羅一口回絕，以為女主人是在試探他對主人的忠心與否，麗迪雅為此痛苦極了。後來，女僕又去找彼羅，彼羅為了確認女主人對他的感情，故而開出了三個條件，欲藉此試煉麗迪雅：

　1. 當著丈夫尼柯斯特拉多的面，把他最心愛的鷹宰掉。

　2. 要麗迪雅揪下一絡尼柯斯特拉多的鬍子做為禮物。

　3. 拔出一顆尼柯斯特拉多最好的牙齒當作愛之信物。

麗迪雅為了得到彼羅的愛情，於是答應做到這三件事，而且一一將它們完成。

最後，夫人還設下妙計，當著丈夫的面和情夫彼羅尋歡作樂，卻騙得丈夫相信他親眼看到的都是錯覺。從此，麗迪雅和彼羅便隨心所欲暗通款曲。

二、日久生情，琵琶別抱

（一）第四日第九篇〈人心〉

爵士古爾達史塔紐和爵士羅西里奧納情同手足，但是古爾達史塔紐竟愛上了好弟兄的妻子，而且兩人還有不尋常的關係。此事為羅西里奧納發覺，古爾達史塔紐因而命喪自己弟兄的刀下，其心臟還被取出，以三角旗包裹著。

羅西里奧納吩咐家中廚師將三角旗內所包裹的心烹調成一道精美的菜餚，並極力勸妻子吃下。待妻子吃完後便對她說：

> 妳覺得它好吃，我一點也不奇怪，因為這顆心在跳動的時候，本來
> 就使妳歡喜得要命。

爵士夫人明白原委後，內心悲痛不已，她對丈夫說：

> 你這種行為說明你是一個卑鄙奸詐的騎士。他（古爾達史塔紐）並
> 沒有強迫我，是我自願把愛情奉獻給他的，假使這件事對不起你，
> 那麼這也是我的錯，要罰也該罰我才對，你卻殺了他！……。

語畢，夫人便縱身一跳，墜樓殞命。

這件事在當地傳開，附近的居民哀悼這對情人的慘死，並將他們合葬，且於墳墓上刻下詩句，記載其姓名與戀愛事蹟。

（二）第八日第八篇〈皆大歡喜〉

斯匹納羅奇和賽巴都是門第高貴的青年，兩人情同手足，比鄰而居。斯匹納羅奇經常到賽巴家走動，因此與賽巴的妻子處得很熱絡，後來二人竟發生了關係且持續地明來暗往。然而，此事還是被賽巴發現了，賽巴不願家醜外揚，因此想出一條復仇的妙計。他要妻子將斯匹納羅奇騙進木櫃，接著再騙來情夫的原配。賽巴立即把事情的始末告訴了斯匹納羅奇之妻，而且和她在木櫃上稱心快意地玩了一陣。最後，兩對夫妻坦然相見，而且四個人在一起吃飯，說不盡的和好。從此，這兩個男子都有了兩個妻子；這兩個妻子都有兩個丈夫。

三、設計圈套，誘姦人妻

（一）第三日第五篇〈讓馬騎馬〉

茲馬〔註40〕一直愛慕、追求著弗朗奇斯哥的妻子。然而，這位夫人不但模樣漂亮，品行也十分端正，並不理會他的殷勤。

茲馬有一匹名駒，弗朗奇斯哥欲得之，茲馬因而對他開出條件：只要能單獨與夫人說幾句話，便將馬兒轉讓。貪婪成性的弗朗奇斯哥竟然一口答應，要太太去敷衍茲馬，無論茲馬說什麼話，都不與他搭腔。夫人內心雖然不悅，卻不得不聽丈夫之言與茲馬見面。

茲馬把交換條件和弗朗奇斯哥講定後，就與夫人在客廳的一角，離眾人遠遠的地方坐下來，然後對她說了一席熱烈無比的情話，使得夫人因憐生愛。儘管夫人沉默不語，茲馬卻已猜出弗朗奇斯哥的詭計與夫人的心意，於

〔註40〕「茲馬」（Il Zima）意思就是花花公子，另有一說是俗語所謂的「頂尖兒」之意。

是，便用夫人的口氣代替她作了回答，在她耳邊說道：

> 我的茲馬啊，我當然知道你對我的愛情是最真摯偉大的，現在聽了
> 你這番話，我比從前更加了解你……。我只怕以後再也沒有機會跟
> 你講話了，那麼不如現在就跟你約好：如果你看到我那面對花園的
> 臥房窗口，掛起兩塊手巾，那就是我的暗號，你當天晚上就可以從
> 花園的小門進來和我相會，不過，你要小心，不要讓別人看到了。
>
> 我在房裡等你，那時我們就可以整夜廝守在一起，盡情歡暢了。

後來，弗朗奇斯哥到米蘭任職，夫人獨守空閨，因而想起了茲馬的那一席
話，又看到他經常在家門口走來走去，於是果真照著茲馬所說的話，把兩條
手巾掛在面臨花園的窗口。茲馬望見手巾，喜不自勝，待天色一黑便溜進夫
人家，進而享受無比的愛情幸福。往後，兩人幽會不斷，即使弗朗奇斯哥回
家了，仍然享盡旖旎春光。

（二）第三日第六篇〈嫉妒〉

有婦之夫理查德愛上了有夫之婦卡蒂拉。由於卡蒂拉的醋罈子心理，一
心一意只在乎自己的丈夫，所以，理查德便利用其善妒心，捏造其夫費列貝
洛另結新歡的消息——勾搭理查德之妻，並相約要在溫泉的浴室幽會。卡蒂
拉信以為真，而且還接受理查德的獻計，冒充為其妻親自至浴室去和費列貝
洛溫存一番，然後再教訓他、羞辱他。

隔日，理查德先到達浴室，在**裏**面的一間暗室等待卡蒂拉前來赴約。理
查德一見朝思暮想的心上人主動投懷送抱，當然樂不可支，隨即相擁纏綿了
一番。最後，理查德只好對卡蒂拉說出實情，並且威脅恐赫、連哄帶騙地要
她原諒。理查德的計謀得逞，打動了卡蒂拉的芳心，從此兩人經常約期幽會，
同唱婚外戀曲。

（三）第七日第三篇〈教父〉

青年里納多愛上有夫之婦安妮莎夫人，但是卻無法一親芳澤。後來，夫
人有了身孕，里納多便表示願意做孩子的教父，於是他名正言順地在安妮莎
家裡進出，儘管如此，里納多還是達不到他的目的。

過了不久，里納多當了修士，也曾一度拋卻凡心俗念，要把安妮莎忘懷，
然而，沒多久，他那凡心俗念又油然而生，從此他又衣飾華麗，完全一副翩
翩公子氣派，三天兩頭去看安妮莎。並且再三懇求、挑逗夫人，最後利用宗
教關係之便遮掩別人耳目，兩人因而有了姦情。一日，里納多和安妮莎帶著

小孩兒在一張榻上取樂，小孩兒的父親忽然回來了，這對偷情的男女遂詭稱正爲昏迷的孩子禱告、做法事。孩子的父親竟然深信不疑，還感謝教父的救命之恩。

（四）第七日第七篇〈金蟬記〉

羅多維可耳聞有夫之婦貝特麗琪的豔名，於是化名爲安尼第諾欲見佳人一面；果然，這一次的相遇使他傾心不已。此時的羅多維可想盡辦法要博取美人垂愛，因而混入貝特麗琪家中充當僕人，好天天見到心上人。

一日，男主人艾卡諾出外放鷹，安尼第諾（羅多維可）趁機向貝特麗琪表明心跡，他的一席話軟化了女主人的心而接受他的求愛，當晚就要幽會。是夜，貝特麗琪設下妙計〔註41〕，讓丈夫以爲自己擁有天下紳士所沒有的貞妻與最可靠的侍從。就此之後，貝特麗琪和安尼第諾便恣情尋歡作樂、稱心快意。爲了情人，安尼第諾竟因此而一直服侍艾卡諾，再也不離開主人家。

（五）第七日第十篇〈還魂記〉

第歌奇和梅奇同時愛上了有夫之婦蜜達。由於第歌奇是蜜達孩子的教父，因此經常有機會親近意中人，於是便用盡手段，說盡甜言蜜語而把她勾搭上。第歌奇時常和蜜達偷情，最後縱欲成疾，竟與世長辭。

在第歌奇死後的第三天夜裡，他就照著生前和梅奇的約定，回來報告陰間的消息。梅奇因而得知第歌奇和女親家蜜達有染一事，而且陰間是不過問這種事兒的；梅奇不禁嘲笑自己何以那麼傻，居然放過好幾個本來可以搭上手的女親家。

四、感情走私，畸戀成姦

（一）第三日第七篇〈香客〉

第達爾多與有夫之婦愛蜜莉娜相好，但後來愛蜜莉娜離開了他。第達爾多眼見情婦已不願與他言歸於好，於是決定離開故鄉，免得讓情婦看見自己憔悴的光景而暗中稱快。

七年後，從商去的第達爾多仍然不能對愛蜜莉娜忘情，還想再見她一面，

〔註41〕貝特麗琪要安尼第諾至臥室裡相會，然後對丈夫說安尼第諾趁其出外放鷹時，前來調戲她，並約定半夜在花園裡一棵松樹下見面。其夫艾卡諾決定假扮爲妻子的模樣去赴會，好試探安尼第諾的忠誠與否。接著，貝特麗琪又教安尼第諾拿著棍子狠狠地將偽裝前來的艾卡諾打上一頓並痛斥其不守婦道，不忠於丈夫。從此以後，艾卡諾便更加信任安尼第諾，亦不疑妻子有他。

所以就喬裝爲一個朝拜聖地回來的香客，希望套問出愛蜜莉娜爲何離開他的原因。兩人經過一番交談後，第達爾多才明白情人之所以離他而去，是因爲聽信神父的勸誡〔註42〕，所以就狠心拒其於千里之外，事實上，情婦還是深愛著自己。接著，第達爾多並趁機指責愛蜜莉娜不該如此無情地對待情夫、莫名其妙與他一刀兩斷。後來，第達爾多表明了自己的眞正身分，愛蜜莉娜半驚半疑，經過再三地確認後，立刻撲在情夫的肩頭哭泣起來。

此外，在這次的晤談之前，第達爾多已打聽到愛蜜莉娜的丈夫阿多布蘭第蒙受不白之冤〔註43〕，將被處以極刑。於是就主動允諾情婦要把其夫解救出來。最後，第達爾多救出了阿多布蘭第，並贏得其信任。從此，愛蜜莉娜和第達爾多重修舊好，兩人始終瞞住眾人耳目，享受著婚外走私的樂趣。

（二）第六日第七篇〈清官可斷床闈事〉

菲莉芭與情人歡會，其夫林納多發現了姦情，此刻的林納多恨不得當場殺死這對偷情的姦夫淫婦，然而又害怕法律追究，於是只好按捺怒火，轉向法庭控訴妻子不貞之行爲。

菲莉芭出庭應訊，坦然認罪，縱使被處死刑，也不肯逃奔他鄉，含垢忍辱偷生。因爲這麼一來，就無異表明自己不配承受情夫的擁抱和溫存。

最後，法官看菲莉芭容貌秀麗、舉止文雅，又聽她的談吐不俗，知道她是個情眞意切的女人，早已對她有了好感，故而有意開脫她。再加上菲莉芭於庭上坦承不諱以及其巧言善辯，法官便推翻原有的法律處分〔註44〕而宣判菲莉芭勝訴。

（三）第七日第二篇〈酒桶〉

賈納羅愛上有夫之婦蓓洛妮拉，兩人時常利用機會偷情。一日，這對情

〔註42〕 神父聽過愛蜜莉娜的告解後，就咆哮如雷，大聲斥罵，要她趕緊回頭，否則便會遭打入最深的地獄深處，永遠給魔鬼咬噬，給烈火焚燒。

〔註43〕 一位面貌酷似第達爾多的步兵法茲烏羅遭人殺害，第達爾多的兄弟們誤認了屍，以爲死者是離家七年的第達爾多，於是向法庭控訴阿多布蘭第就是兇嫌。因爲他們認爲屍首是在阿多布蘭第家門口發現的，且第達爾多和其妻愛蜜莉娜有過一段情。而第達爾多此次喬裝返鄉，要跟愛蜜莉娜相會，因而死於阿多布蘭第之手。然事實上，這位名喚法茲烏羅的年輕人係因調戲了某人的妻子招致殺身之禍。換言之，眞正的兇手另有其人。最後，審判官與假扮爲香客的第達爾多共同討論找出了眞兇，於是還了阿多布蘭第的清白。

〔註44〕 原先的法律處分即：凡是婦女與情人通姦而被丈夫發現的，其罪與有夫之婦爲貪圖金錢而賣身者同，一律活活焚死，不加區別。

人正在尋歡作樂之際，蓓洛妮拉的丈夫突然回來，他看到大門關得緊緊的，心裡想：

> 我的老天爺呀，我永遠讚美你！你雖然給了我一條窮命，可是你卻賞給我一個規矩賢慧的老婆。你看，我一出去，她就鎖上了門，免得閒人闖進來找她麻煩。

蓓洛妮拉聽到敲門聲就知道丈夫回來了，於是趕緊要情夫躲入酒桶內，然後再走去開門，一見到丈夫便是沒好氣地數落、抱怨。其夫耐心安慰並告知妻子已將家裡閒置的酒桶以五塊錢賣掉，蓓洛妮拉立刻順勢臨機應變，對丈夫說道酒桶已賣人，價錢還賣得七塊錢呢！而情人在酒桶裡把話聽得一清二楚，也就馬上應和喬裝為買桶子的人，並努力地檢查著桶壁，還要蓓洛妮拉的丈夫將酒桶內壁刮除乾淨。

再說這賈納羅因為情婦之夫趕回家來，而沒有玩得盡興，此刻竟趁著男主人刮桶之際就和情婦翻雲覆雨一番。等到酒桶被清理乾淨後，賈納羅於是心滿意足地搬了桶子回去。

（四）第七日第六篇〈兩個情人〉

伊莎貝拉是個門第高貴的美人，她嫁給了一位身分相當的紳士，可是，伊莎貝拉卻另有愛人名喚雷昂納多，二人關係親密。再說城裡有個蘭貝特奇也看上了伊莎貝拉，於是威脅她接受這份感情，否則要破壞她的名譽。不得已，伊莎貝拉只得順從蘭貝特奇的要求。

一日，伊莎貝拉的丈夫出遠門，她迫不及待把雷昂納多請到家裡來，正當兩人關在房裡歡聚，蘭貝特奇聽說情人的丈夫走了，也騎馬趕到她的住處。伊莎貝拉和雷昂納多皆因畏懼蘭貝特奇，所以只得暫別，然而蘭貝特奇已來到樓下，雷昂納多於是躲在床幃後面。

蘭貝特奇見了伊莎貝拉又摟又吻，就在此時，男主人竟然回來了。幸好伊莎貝拉當機立斷，她要求蘭貝特奇拿出寶劍，擺出滿臉兇相，衝下樓去，並放聲大喊：「無論他逃到那**裏**去，我也要捉到他。」而且不要理會男主人的任何問話，蘭貝特奇就這樣逃離了現場。接著，伊莎貝拉又告訴丈夫屋裡還躲著一位逃命的陌生青年，主人竟深信不疑，並借給他（即雷昂納多）一匹馬，平安地使之回到佛羅倫斯。而伊莎貝拉的外遇，丈夫始終沒有發覺。

五、妒夫俗子，醋海興波

（一）第三日第八篇〈地心煉獄〉

富農費隆多供養著一位如花似玉的妻子。然而，由於他善妒成性，又愚魯無知，對自己的愛妻是看管得滴水不漏，使得妻子為此痛苦不已，一點也不愛丈夫而自覺像個寡婦。

一日，費隆多之妻要求向修道院院長懺悔，這位院長原來就暗戀費隆多的嬌妻，於是便趁此良機使用計謀，好讓意中人就範。後來，院長虛情假意地表示願意醫治費隆多妒嫉毛病，但是要其妻加以保密，並且直捷向她求愛以作為報償。

過了幾天，費隆多來到修道院，神父便用藥酒使他不省人事，當作死者埋葬，又暗中將他從墳墓裡抬出來禁錮在地窖。費隆多醒來之後，還以為自己是在煉獄中受罪，而此時的神父正與其妻幽會私通。最後，費隆多的妻子不小心懷了神父的孩子，神父於是就讓費隆多從「煉獄」回來，還告訴他說主要送給他一個兒子。而神父亦如同往常繼續和其妻偷情，滿足她迫切的需求。

（二）第七日第四篇〈落井下石〉

杜凡諾娶了貌美的琪塔，他時常無緣無故起了嫉妒心，其妻心想：

> 既然他庸人自擾，就要叫他妒火中燒，自焚其身。

琪塔和一位愛戀她的青年互通聲氣，兩人常趁著杜凡諾喝醉酒時偷情歡好，日子一久，終於使丈夫起了疑心。有一晚，杜凡諾一滴酒也沒喝，卻故意裝作酩酊大醉，騙過了妻子後，等到她一出門，就馬上起床把門上鎖，然後坐在窗口待其歸來，好叫她知道其不貞的行為已被識破。

琪塔回來後，發現門給鎖上了，急得用力撞門，杜凡諾就是不讓她進門。後來，琪塔見苦苦哀求丈夫亦無法使他心軟放行，於是就搬了一塊大石頭投下井去，讓丈夫以為她投井自殺。杜凡諾聞聲果然急忙衝出來，此時琪塔藉機溜進房去，把門上鎖，不叫丈夫進來。夫妻倆因此隔著門戶爭吵，鄰居見狀，皆一致責備杜凡諾的不是；娘家的人也痛打他一頓，並帶走了琪塔。

由於杜凡諾深愛著妻子，因而找人出面調停，要她回來。還答應妻子不再妒嫉，也不干涉其所作所為，只要她謹慎些，不讓人知道就是了。

（三）第七日第五篇〈神父〉

亞美尼商人娶了一個美貌絕倫的妻子，從此他就非常嫉妒，擔心別的男人愛上自己的太太；故而對於妻子的一舉一動簡直是緊迫盯人，恐怕連獄卒看守死卒也沒有如此嚴密。他不許妻子參加婚禮、不許她出席宴會和上教堂，總而言之，就是不許她走出家門一步。

商人妻打定主意，既然丈夫這樣冤屈她，不妨就弄假成真，盡可能結交一個人好散散心，即便是受到男人的虐待也不算冤枉了。於是她計劃要與隔壁的一位青年費里坡私通，也好替她那愁苦的生涯增添幾分樂趣，等到丈夫的妒病醫好了再另圖打算。

商人一出門，其妻便伺機與鄰家青年隔牆往來，談情說愛。可是由於那個妒嫉的丈夫看管得太緊，所以無法有進一步的行動。

一日，妻子想到教堂裡去懺悔，善妒的丈夫百般不願，卻又想明白妻子為了何事去懺悔，於是指定妻子只能上本堂神父或神父指定的修士來懺悔。聰明的妻子已猜中了丈夫的用意，因此將計就計，欲叫丈夫自作自受。

妻子向喬裝為修士的丈夫告解，她說自己已經嫁人，可是卻與一位神父私通，夜夜和他睡在一起。嫉妒的丈夫聽到這些話，真好比利刃戳心，但因急於知道詳情，所以只得忍耐繼續追問下去。妻子說那位和她偷情的神父有法術，能夠輕易開啟門鎖，然後叫她丈夫呼呼入睡，就進而與她睡覺，沒有一次出過岔子。懺悔完畢後，商人一心要想個辦法當場捉住妻子和那個神父，於是決心晚上要在大門口守候那個神父的到來。他向妻子謊稱要到外面去吃飯，也不回來睡覺，命她把屋裡所有的門都鎖好。妻子等到丈夫一走，就和費里坡約好歡會之期，兩人快樂地玩了一夜。就這樣，嫉妒的丈夫連著幾夜把守大門，妻子當然趁機和情人尋歡作樂。

最後，妻子把丈夫奚落了一番〔註 45〕，丈夫亦因而相信她是個貞潔賢慧

〔註45〕《十日譚》，頁 531：「我的丈夫，你笨得迷了心竅，難道你以為我也笨得瞎了眼睛不成？沒有。那天我一走進教堂，就看出那個聽我懺悔的神父是你喬裝的，因此我就打定主意，順著你的意思做而且真的這樣做了。你當初如果聰明一點的話，就不會想到用那種辦法來刺探你善良妻子的秘密了：更用不著胡亂猜疑，而是應該立刻聽出她在你面前的懺悔句句都是真話，而她那樣做是絲毫無罪的。那時我跟你說，我愛上了一個神父，請你想想，我真是錯愛了你呀——你當時不是化裝成神父嗎？我又說，當他要和我睡在一起的時候，隨便哪一扇門鎖也鎖不住；請你想想，每次你要到我這兒來的時候，我鎖上哪一扇門不讓你進來呢？我還說，那個神父天天晚上跟我一起睡；請你

的女人。而這對秘密情侶就這樣小心地明來暗往，快活了一輩子。

（四）第七日第八篇〈李代桃僵〉

富商阿里古奇想要娶一個高貴的妻子，好抬高自己的身價，於是他找了一位與自己不大相稱的年輕貴族小姐席絲夢達結婚。由於商人經常在外奔波，難得在家裡陪伴妻子；席絲夢達因而愛上一個追求她許久的青年魯貝多，兩人極其親密。阿里古奇似乎察覺到一些痕跡，總之，他嫉妒得要命，從此不出家門一步，全副精神看守妻子，席絲夢達就很難與情夫見面。於是，她想出一個辦法，用一根線繫在自己的腳趾上，魯貝多來時，只要輕輕一拉便起身和他幽會，就這樣，兩人一直往來著。

一天晚上，席絲夢達睡著了，而讓丈夫發現到這一根線，阿里古奇心裡於是有了數，他等待了一會兒，魯貝多果然來拉線，富商跳了起來，拿著武器跑到門口，要給這拉線人一點顏色瞧瞧。魯貝多一看情形不對，回頭就拚命逃了一陣子，後來兩人還大打出手，驚醒街坊四鄰；阿里古奇深怕被人辨認出來，只得放走對方，然後怒氣沖沖回家準備痛毆妻子一頓。席絲夢達料想丈夫會有此行動，於是買通女僕代她挨丈夫的打罵，可憐的女僕被揍得遍體鱗傷，也不敢有半點掙扎。

再說阿里古奇匆匆趕到妻子的娘家，把事情的始末說了一遍。岳母也跟著他來到家中，要問席絲夢達一個明白。見著了席絲夢達後，他們不禁感到奇怪，因為她的身上竟沒有半點傷痕；此時，席絲夢達反咬丈夫一口，揭露他的下流卑鄙。母親聞言，不由得埋怨起兒子們將自己的妹妹嫁給這樣的一個人，阿里古奇也因而招來妻舅們一頓教訓。

阿里古奇竟也弄不清這場風波是真有其事？還是自己做了一場夢？從此，席絲夢達對丈夫就毫無顧忌了，還為將來與情夫的尋歡作樂開了一扇方便之門。

想想，你哪一天夜裡不是跟我睡在一起？當你打發小廝來探問我，我就想，你既然沒有跟我睡在一起，我當然回答他說，那個神父沒有來。除了像你這種給妒嫉病堵塞了心竅的人以外，還會有誰笨到這般地步，聽不出話裡的意思呢？你還要來騙我，說什麼要到外面去吃飯過夜，卻待在大門口守夜？我勸你頭腦清醒些，像以前一樣好好做人吧，別讓那些知道你底細的人，像我一樣拿你當做笑柄；你這樣把我管頭管腳也可以到此為止了。我可以對天起誓：如果我存心叫你戴綠帽；不要說你只生了兩隻眼睛，你就是生了一百雙眼睛來看管我，我也想得出辦法來隨心所欲，不讓你知道。」

六、巧婦愚夫，同床異夢

（一）第三日第三篇〈拉皮條的神父〉

羊毛商人之妻嫌棄丈夫的庸俗，認爲他出身微賤又孜孜爲利，一天到晚只知道織布打樣，跟紡毛女工爭論線粗線細。因此，除非萬不得已，絕不讓丈夫摟她親她。後來，這位少婦愛上了一個年輕力強、風流溫雅的紳士。於是她故作玉潔冰清，在神父面前懺悔，而那位神父不明就裏，竟幫她做了牽線〔註46〕，少婦因此如願以償地享受外遇的樂趣。

（二）第七日第一篇〈祈禱文〉

娣莎長得千嬌百媚，丈夫姜尼卻有些蠢笨且帶幾分傻氣，對人情世故一竅不通。娣莎因而愛上了另一個名叫費得里歌的青年，並經常與他在鄉下的別墅幽會。

一日，陰錯陽差地，姜尼趕了回家，娣莎忘了吩咐女僕通知情夫不要前來，夫妻上床不久，費得里歌來到了門口，輕輕敲著門，姜尼聞聲起身，詢問妻子是否聽到敲門聲，娣莎答稱是鬼來敲門，於是下床設法讓情夫知道姜尼回家來了。娣莎要求丈夫一起念一篇祛邪驅魔的祈禱文〔註47〕，費得里歌

〔註46〕少婦向神父告解說道其友人某紳士廝纏著她，希望神父盡責糾正好友的輕薄行徑。然而這位紳士聽了神父的訓示後，立刻明白了少婦的用心，於是直奔她家，果然看見少婦眼底含著無限的柔情，嘴角掛著動人的微笑地與他眉目傳情。過了一些時日，少婦又到教堂去見神父，哭訴著那無禮的紳士竟打發一個女人上門來，傳了些話並送她一隻錢袋和一條腰帶，因此希望神父代爲歸還。不知情的神父以爲眞有這麼一回事，於是怒容滿面又告誡了友人一番，還當眞把錢袋腰帶交給了他。紳士這下可樂透了，立刻趕至少婦家附近，設法讓她看到他所領受的信物厚禮。等到少婦的丈夫出了遠門，她又去神父那兒哭訴，說是天還沒亮，其友——那魔鬼的化身又來騷擾她，神父因而叫友人到靜處且義正嚴詞地把他罵得體無完膚；這挨過神父兩次斥責的紳士早已有了經驗，知道裡面必有文章，就注意地聆聽著，想從神父的嘴裡套出話來。最後，紳士弄清楚他應該知道的事情，當下趕忙謝罪告辭離去。到了深夜，這對少婦、紳士果然藉由神父的「媒介傳情」而玉成好事。

〔註47〕祈禱文如下：「小鬼小鬼，夜出夜行，尾巴翹翹，大駕光臨，翹翹尾巴，快離開我的家門，快到花園裡的桃樹下去顯靈，樹下有香膏烹煮的野餐一盒，還有我的母雞撒的一堆糞，你拿起酒瓶，一飲而盡，你酒醉飯飽，快快逃遁，莫再打擾我和我的良人。」還有另一種說法是：娣莎那天本來已經把驢頭轉向費索雷，可是有個莊稼人走過葡萄架前，隨手用棍子把它一敲，敲得它打了個轉，朝向佛羅倫斯，費得里歌看到了這些早先約定好的暗號、指示後（驢頭向費索雷——姜尼在家；驢頭向佛羅倫斯——得空約會），以爲情婦邀他，就去赴約了；而情婦此番念的祈禱文是這樣的：「鬼怪，鬼怪，看天主的面上

在門外聽到了這一切，明白了情人的暗示，滿懷的妒嫉立即煙消雲散，他雖然失望，卻又覺得好笑，差一點失聲笑出來。

費得里歌本來要與情人一起吃晚飯的，一聽這篇祈禱文，自然能夠解其「玄機」，因此便至花園**裏**，在大桃樹下找到了兩隻肥雞、雞蛋和酒，拿回家自由自在地享用。以後費得里歌和情婦見面，常常以這篇祈禱文來取笑作樂。

七、斷袖之癖，紅杏出牆

（一）第五日第十篇〈餘桃與出牆紅杏〉

富翁彼得酷愛男色，娶妻是爲了遮掩人家的耳目。其妻精力充沛，風騷入骨，卻偏偏遇上另有所好的丈夫，於是便決定自尋樂趣，找來一個老鴇爲她穿針引線，與人玩樂偷歡。

一日，彼得至朋友家吃飯，後來因故取消，原因是朋友妻姦情敗露，被丈夫逮個正著，一頓晚飯就因爲這場風波而泡湯了。彼得回到了家，其妻趕忙將情夫藏在雞籠下，這天晚上，傭工把驢子關在草棚，之中有一頭掙脫韁繩，走到了雞籠前，踩著了躲藏於內的情夫，痛得他大叫一聲，彼得因而前去一探究竟，終於找出了這位令他垂涎已久的美男子。彼得藉此教訓了妻子，妻子亦反唇相譏。

最後，三個人一同上床睡覺。這情夫簡直記不清楚是跟彼得睡在一起的次數多，還是和彼得之妻睡在一起的次數多。

八、其　他

（一）第二日第八篇〈流亡記〉

法王子妃因夫婿在外作戰，芳心寂寞；再加上與代理攝政的伯爵戈第埃爾時有接觸，王子妃竟然愛戀著伯爵的才貌人品，心想著自己是一個鮮花似的少婦，一個是獨居的鰥夫，要與之成其美事，應該不是問題，只苦於這番心事怎好意思啓齒。

有一天，太子妃終於鼓起勇氣，大膽向伯爵告白求愛，然而這廂柔情卻爲伯爵疾言厲色地拒絕，太子妃因而惱羞成怒，反誣伯爵強姦她。伯爵見狀，

趕快走：把驢子頭轉過來的是別人不是我；誰做出這壞事，天主要叫他吃苦頭！我現在和我的姜尼在家同床安臥。」

只得改扮爲乞丐攜子流亡。後來，伯爵的女兒被一貴婦收養，成了傑克特的妹妹，傑克特卻愛上這位母親所領養的女孩。由於兩人身分、門第懸殊，傑克特有所顧慮而不敢對母親說出心意，而後竟害了相思病。爲了解救兒子的性命，父母只得順應傑克特的要求，替這對年輕人完成婚禮。

再說伯爵之子培洛特爲一英國將軍收留，及長，英俊有爲，遂成了將軍的女婿。經過幾許波折，最後終使這三位父子、父女團圓，而且洗刷了伯爵的冤屈。

（二）第三日第九篇〈愛情調包〉

姬蕾達對貝特莫拉自幼即情有獨鍾，及長，姬蕾達念念不忘貝特莫拉。親戚爲她作媒，提了好多人家，都被一一謝絕，姬蕾達卻又不說出不肯嫁人的理由，心裡總希望能有一個機緣到巴黎去找意中人。後來，法國王胸部患了膿瘡，姬蕾達便名正言順地帶著父親生前傳授給她的秘方，趕赴巴黎替國王治病，心想說不定能藉此與貝特莫拉結爲夫婦！

姬蕾達與國王協議：若是將此病醫治好，便爲她作主配親，不過要由她自擇夫婿。果然，不出八日，姬蕾達就把國王的宿疾醫妥，法王也依照姬蕾達的意願，爲她和貝特莫拉舉行盛大的婚禮。然而，典禮結束後，新郎不告而別，原來，貝特莫拉嫌棄妻子出身低微，在國王的命令之下，才不得不遵從這椿婚姻的安排，於是，不待與新娘圓房，便離去而加入佛羅倫斯人的軍隊。

新婚的姬蕾達內心始終盼望丈夫能夠回心轉意，重返家鄉與她團聚。但是，貝特莫拉無論如何也不願回家，只是冷淡地要兩位從家中來的騎士回報女主人說：

> 我絕不會回去找她，除非我這個戒指會套在她的手指上，她的臂彎
> 裡也會抱著我生的兒子。

姬蕾達爲了使夫婿接納自己，心中已有了盤算：如果眞的能夠完成丈夫的這兩個條件，或許還能挽回他的心。因此，姬蕾達帶著女僕和表妹前去佛羅倫斯尋找貝特莫拉。到了目的地後，即打探出丈夫在當地的所作所爲：貝特莫拉正熱戀著一位名門淑媛，只因爲缺少陪嫁，所以至今仍未出閣；再加上與老母親住在一起，否則也許已經叫貝特莫拉勾引上了。姬蕾達又把其中的詳細情形一一了解清楚，然後懇請這位名媛的老母親幫助她代爲牽線撮合。姬蕾達於是冒充爲丈夫所愛的那位小姐，故而得到了丈夫的戒指，並且懷有

身孕。

最後，貝特莫拉接納了姬蕾達，承認她是合法的妻子而敬她、愛她。

（三）第八日第九篇〈傻子〉

醫生西蒙納遇到一個姿色出眾的小丫頭，視之為心肝寶貝。醫生欲以十個波隆那錢要這位小姑娘與之相好，卻遭到拒絕。一日，西蒙納找到藉口騙過妻子，準備去偷腥。後來竟被人捉弄，把他摔入一條充滿污泥的溝渠。回到家中因而招惹太太生氣，她破口大罵：

> ……你一定是找什麼臭女人去了，……老天爺真是有眼睛，他們把
> 你拋到這種臭地方去，這叫做活該，怎麼不把你淹死？……自己有
> 了老婆，晚上卻要跑出去找別人家的老婆胡鬧！

醫生太太一面用惡毒的話罵個不停，一面看著丈夫洗去污泥，直到半夜才罷休。

（四）第九日第五篇〈美人計〉

卡拉特林諾應布倫諾與布法馬可之請，幫忙粉刷尼可洛的豪宅。尼可洛的兒子菲力浦帶了一個妓女回家，一天中午，這位娼妓妮可羅莎碰巧遇到了卡拉特林諾，見他古怪，便存心要戲弄他。豈料卡拉特林諾竟因此而墜入情網，愛上了妮可羅莎，於是就把心事告訴了布倫諾。布倫諾找來了布法馬可、奈洛準備要設下美人計，讓這隻傻鳥自投羅網，好捉弄他一番。布倫諾一行人將計畫告知了妮可羅莎和菲力浦，而且等著看卡拉特林諾出醜。

妮可羅莎虛情假意地和卡拉特林諾眉來眼去，弄得傻鳥心癢難熬。後來，布倫諾給了卡拉特林諾一道符咒，並告訴他只要將符咒往妮可羅莎的身上一碰，她就會跟著他走；果然，卡拉特林諾趁著菲力浦外出，便拿起符咒碰了妮可羅莎一下，妮可羅莎真的就尾隨他進入穀倉，並摟住他，比平時更加親熱。這時，通風報信的奈諾與卡拉特林諾的妻子蒂莎已經趕到，蒂莎見狀，不由分說地撲向丈夫，又是抓、又是咬，把他拖得滿地滾。卡拉特林諾自知理虧，只好任由妻子謾罵毆打。從此以後，聽憑老婆日吵夜罵，也不敢再去招惹妮可羅莎。

（五）第九日第七篇〈夢兆〉

塔拉諾娶了一位美貌出眾卻剛愎成性、頑固不化的妻子，別人做的事，她永遠看不順眼，也從來不肯接受別人的意見。塔拉諾因而有說不出的苦，也沒有辦法，只能容忍，任由妻子一意孤行。

有一天晚上，塔拉諾和妻子瑪格麗達在鄉下的別墅裡過夜，夢見了妻子被一頭惡狼撲倒在地，而且其喉頭與臉都受了傷。第二天早晨起來，塔拉諾就對妻子說道：

> 自從我娶了像妳這樣任性的女人，連一個快樂的日子都沒有享受過；可是我也絕不忍心看妳遭遇到什麼不幸；所以如果妳肯聽我的話，今天就守在家裡，不要出去。

妻子欲明白理由何在，丈夫於是把這個夢境告訴了她。豈料瑪格麗達奚落了丈夫一番，心裡還想著：

> ……不用說，他一定是跟什麼不要臉的女人約好在那裡幽會，唯恐讓我撞見；……我哪怕今天在森林裡守一天，也要看看他玩的究竟是什麼花招。

最後，瑪格麗達果然遭了殃，破了相而見不得人，只好躲在家裡暗自飲泣，悔不該當初一味任性，不信丈夫的夢兆。

（六）第二日第七篇〈處女〉

加波國王有恩於絕代佳人阿拉蒂艾之父〔註48〕，於是國王要求迎娶這位巴比倫公主為妻。在出閣途中，新娘遇上暴風而為貝利康所救。阿拉蒂艾心地高尚，保持貞潔，貝利康覬覦其姿色，竟然藉著宴饗之際，以美酒灌醉公主而占有了她。而後，公主就成了貝利康的情婦。

再說貝利康有一個二十五歲的兄弟馬拉多，亦愛上了阿拉蒂艾，故而夥同友人殺了貝利康，帶走了公主，兩人於是同居生活。然而，公主的劫難並未因此而結束，原來馬拉多所搭乘逃亡的船隻之船主也貪戀著公主的美麗，後來這船主二人聯手害死了馬拉多，且兩人還為了阿拉蒂艾爭風吃醋，造成一斃命，一重傷。

公主與那位受重傷的船主上了岸，住在一家旅店。不久，公主的豔名已傳遍全城，羅馬尼亞的莫利亞親王更是為之傾心，打算將公主弄到手。親王得到美人後，愛其儀態大方、高貴的風度而將她當作是自己的妻子。阿拉蒂艾對眼前的境況十分滿足，豈料，尚有其他的厄運在等著她。

雅典公爵耳聞公主國色天香，於是藉故拜會親王欲印證傳言之虛實。當

〔註48〕阿拉蒂艾之父為巴比倫蘇丹，名叫貝密納達，其一生可說是稱心如意。在阿拉伯人來勢洶洶舉兵入侵巴比倫之際，幸得加波國王大力援助，才把敵人打得狼狽而逃。

公爵見到了阿拉蒂艾後，內心便盤算著惡毒的計謀；他買通親王的侍從，暗中殺害了莫利亞，並騙取公主的身體，又將她劫走。但是，公爵原有妻室，所以不敢把阿拉蒂艾帶回雅典城，只得在外金屋藏嬌。雅典公爵的罪行立刻引發了羅馬尼亞領軍聲討，公爵得到消息，連忙調集兵力，準備迎戰。君士坦丁堡的皇帝也派了太子康士坦丁前來助陣。康士坦丁正是公爵夫人的弟弟，夫人見其弟後，一邊流著眼淚，一邊把戰事的起因和公爵私藏情婦、欺瞞妻子的種種情形一五一十地告知，然後又非常悲切地懇求替她出個主意，使公爵得以保住榮譽，同時又能消除她心頭的氣惱。康士坦丁對公爵與阿拉蒂艾之事已早有所聞，亦想見見這位曠世美女，在瞻仰過佳人的丰采之後，康士坦丁內心升起非分之想，於是趁著戰爭之際搶走了公主。然而康士坦丁畏懼父王譴責，並不敢把阿拉蒂艾帶回宮中，兩人就在齊歐斯住下。儘管公主為自己蹇剝的命途哀哭不已，但隨即又漸漸滿足於現狀。

後來，土耳其王渥斯貝克聽說了康士坦丁誘拐了人家的美女窩藏在齊歐斯，因而召集了一支隊伍前去偷襲，不僅殺了許多希臘人，還帶走阿拉蒂艾，並且立即娶她為妻。然而，渥斯貝克在幾個月後戰死沙場〔註49〕，阿拉蒂艾只得跟隨土耳其王心腹安提歐戈逃到羅德島。由於安提歐戈略諳阿拉蒂艾的母語，這一點特別使她高興。幾年以來，公主被迫住在異族，如同啞子聾子，既不懂別人的話，別人也聽不懂她的話，所以，兩人很快地就能熱絡相處，在渥斯貝克出征期間便已由友誼往返進展到勾勾搭搭的私情。雖然，逃離了戰爭，但是安提歐戈卻得了重病，因此就將阿拉蒂艾託與摯友。公主希望友人能念及安提歐戈的情誼，把她視為姊妹，可是，兩人後來假戲真做，同居一段時日。

最後，公主遇到曾在父王宮廷裡供職的安提戈諾，這位老先生於是幫助阿拉蒂艾返國，而且還教她一套說辭，使人相信公主的貞潔與完美。巴比倫蘇丹聽了女兒與安提戈諾的這一番話，真是歡喜不已，他把公主曲折的遭遇與聖潔的操守告知加波國王，加波國王甚是高興，果真派了專使以隆重的儀式來迎娶阿拉蒂艾。從此，這位公主便成了加波國的皇后，和國王一起過著快樂的日子。

〔註49〕土耳其原本就與君士坦丁堡皇帝進行長期的戰爭，後來渥斯貝克暗算了君士坦丁堡皇帝之子康士坦丁，而促成君士坦丁堡無條件與卡巴多查國王巴薩諾結盟，以全力進攻土耳其，使得土國陷入腹背受敵的局面，最後渥斯貝克的軍隊一敗塗地而全軍覆沒。

在上述八種類型的婚外情故事、情節裡，可以相當明顯地看出作者薄伽邱對於此等不忠於婚姻的男女並未加諸譴責；反而是同情這些女性其不幸、沒有愛的婚姻，甚至還稱頌她們在面對姦情可能敗露時所表現出來的機智與化險為夷的技巧。關於這樣的婚戀觀點，本文第五章有詳細的分析。

除此之外，這些婚外戀情反映了人類婚姻生活所面臨的危機與相關問題，以下就是筆者之觀察與說明：

1. 結婚動機正常與否，往往是左右婚姻能不能穩定的因素之一。在《十日譚》裡所發生的婚外情，有許多男性當事人其結婚動機並不單純，或貪圖女方的美貌而無視於自身已年邁體衰，或藉由聯姻好抬高個人的身價，或為了掩飾自己酷愛男色的異行……諸如此類——不健康的結婚動機而造成婚姻生活的不和諧，以至於妻子不安於室，另謀感情寄託，追求婚外性愛。

寇屈伯（C. Kirkpatrick）搜集美國 1929 年至 1954 年近四分之一個世紀的婚姻調適及成敗預測的研究共七十一個，統計其因素共得一百五十二項；最後將七十一個研究作一通盤的細心審核，綜合多數研究所提出的顯著因素，按科學實證性之大小以列其先後，得出婚前十項，婚後五項有利於婚姻的重要因素〔註 50〕。而其中一項便是——結婚動機正常，即有助於夫妻雙方在婚姻生活上的調適與維持。反之，則不利於婚姻關係的延續。所以，《十日譚》裡這些被戴綠帽的先生們，其不純良的結婚動機早已為自己的婚姻埋下變調、荒腔走板的因子，無怪乎其遭遇不美滿的姻緣難以獲得任何人的憐憫。

2. 父權、夫權至上，因而剝奪女性婚姻的自主權、戕傷夫妻關係。前述之情節與故事裡不乏承父命亦或是兄長之命完成終身大事者，如〈本事〉的芭特羅蜜雅、〈李代桃僵〉的席斯夢達、〈處女〉的阿拉蒂艾。換言之，女性一開始在婚姻中所扮演的角色就是被動的，沒有選擇結婚對象的權利。由於時代背景與婦女意識尚未覺醒，因此，女性面對包辦式的婚姻總是逆來順受。婚後則以家庭為生活重心，將個人託身於丈夫、接受夫權之駕馭。然而，薄伽邱卻敢於挑戰傳統，寫出對封建夫權的嘲弄：在這些婚外情的故事裡，有不少篇幅是透過妒夫、莽夫、拙夫的行為來突顯出夫婦不平權的事實。這些為人夫者未能克盡職責；或因妒性作祟而無法信賴枕邊人的忠誠；或不解風情而冷落嬌妻；或素行不良、有酗酒、暴力毆妻的惡舉，終究招惹妻子反感，最後使之假戲真作而演出感情走私、婚姻脫軌的劇情。

〔註 50〕參見朱岑樓《婚姻研究》第九章〈影響婚姻成敗之因素〉。

3.這些不忠於婚姻的女性多半於發生婚外情之初始，經常陷入生理欲求與保持名節的糾葛、矛盾的情結當中。然而一旦食髓知味，便容易沉溺於肉欲、歡情而難以自拔。諸如此類的反應過程，其實不難理解箇中之緣由：

（1）所謂的婚外情，顧名思義就是不受到法律保障的非婚姻關係，然而各自已婚或其中某一方已有配偶的男女二人卻形同夫妻享受性愛，但又不需擔負家庭的責任與義務。因此，這種無關於柴鹽油米、自由淫樂的關係當然比受到約束與需要肩負任務的正常婚姻關係還來得甜蜜、快活。

（2）人性往往是有弱點的，容易厭倦平凡、例行性的事物；對於身邊親近的人常常不加珍視，有時還可能蓄意傷害最深愛自己的家人、伴侶、好友。反之，新鮮、刺激的人、事、物就令人眼睛為之一亮了。而婚外情——此一曖昧的男女關係便是既神秘又誘人的陷阱，許多不成熟的男女或無知；或好奇；或無恥地追逐這樣的危險關係，甚至樂在其中。

4.白行簡〈天地陰陽交歡大樂賦〉曰：

> 性命者，人之本；嗜欲者，人之利。本存資利，莫甚乎衣食。（衣食）
> 既足，莫遠乎歡娛。（歡娛）至精，極乎夫婦之道，合乎男女之情。
> 情所知，莫甚交接。其餘官爵、功名，實人情之衰也。夫造構已為
> 羣倫之聲、造化之端，天地交接而覆載均，男女交接而陰陽順，故
> 仲尼稱婚姻之大，詩人者〈螽斯〉之篇，考本尋根，不離此也。……
> 具人之所樂，莫樂如此，所以名大樂賦。

羅素〈人類價值中性的位置〉亦說：

> 性是一種自然的人類需要……從心理學觀點來看，性欲同食欲是一樣
> 的。愈是節制，欲望就愈高；反過來欲望滿足了，它就會暫時消解。

由此可見食色之欲、夫妻之間的親密行為是正當且必要的人類活動。換言之，婚姻是一種制度化的異性關係，要維持此一制度的穩定，其夫婦相互滿足、取悅對方的性生活美滿和諧，便是婚姻幸福的指標之一；反之，夫妻間的性驅動不能一致〔註51〕、無法陰陽調和，那麼衍生婚外戀的機率就可能升高。《十日譚》裡的婚外情所要揭櫫的意識即是要正視自然的人欲與天性，強調夫妻的性行為在婚姻生活中占有相當重要的份量，也應該以認真的態度去

〔註51〕男女之生理結構有所差異，所以在性行為的過程裡，男女的生理反應也不一致。如果夫妻行房時不能耐性體貼相待，那麼其性生活必然不愉快，產生怨言和口角的機會便會增加而影響彼此的情感。

面對。當然，作者亦藉故諷刺、批判當時的宗教禁欲思想；至於此一批評教會的相關議題，可參見本章第九節。

5. 在本節所簡述的〈處女〉，可說是一個情節複雜、牽涉人物眾多的故事。這個故事突顯出下列四點關於人與婚姻、愛情的子題：

（1）人的一生中總會碰上一些不可抗拒的因素、事件，面對這樣的遭遇，人多半將它歸諸於命運的撥弄。〈處女〉故事裡的阿拉蒂艾原來許給加波國王爲后，理應有個美滿的婚姻歸宿，豈料在往嫁途中竟襲來暴風雨，船沉擱淺後又漂流到與自身宗教信仰（回教）相互對立的基督教國家〔註52〕；再加上語言無法溝通，真是叫天天不應，叫地地不靈，這即是阿拉蒂艾厄運的開始，在往後的四年間讓九個男人占有她的身體；一切受制於男人的掌控，隨著覬覦其美色者輾轉遷徙，嘗盡命運、苦難的折磨。

（2）古今中外，無論在現實生活當中或文學名著裡，皆可見男人們或爲占有麗姝嬌娃而彼此戕傷、爭風吃醋、橫刀奪愛，甚至挑起戰端，例：希臘吟遊詩人荷馬，其有名的《伊里亞德》所敘述的特洛伊戰爭（又名「木馬屠城記」）即是爲了爭奪美女海倫而引起〔註53〕；又如：吳三桂衝冠一怒爲紅顏而向清兵請援，終使滿人入關稱帝於中原……。此等舉動並不是以真愛做爲引力而產生的意識行爲；相反地，這是欲望決堤犯濫後的強盜行徑，特洛伊王子巴利斯無視海倫爲希臘國王曼尼婁斯之妻，竟然慫恿與之私奔；三桂聞闖王李自成賊掠陳圓圓而大怒疾歸山海關，最後變節成了導引清人入據中原的罪人。換言之，即是更突顯出多數男人非理性、無自制力的軟弱的一面；更甚者還將罪過歸咎於女性，認爲婦女惑人敗事而視女人爲禍水，真是叫人爲生於父權時代的女性抱屈。

（3）渥斯貝克囑託年事已高的心腹安提歐戈代爲照顧阿拉蒂艾，由於公主久處異族中，既不懂別人的話，別人也聽不懂她的話，而安提歐戈略懂巴

〔註52〕回教反對基督教的三位一體論，且主張使用戰爭去反對不肯信回教的人，換言之，征討異教徒是神聖的使命，也就是所謂的聖戰。

〔註53〕特洛伊戰爭的導火線源於特洛伊王子巴利斯帶走了希臘王曼婁尼斯的妻子海倫，因而使得希臘城邦的聯軍與之宣戰。兩軍雙方互有勝負，後來聯軍中有人獻計，假裝不敵而撤退，只留下一匹巨大的木馬，並將勇士藏在馬腹內，其他的主力部隊則躲在城的附近。特洛伊人望見遠去的艦隊，以爲希臘聯軍真的撤退了，於是在毫無防備之下將木馬拖入城內，歌舞狂歡，飲酒作樂。就在特洛伊人熟睡之際，躲藏於木馬中的希臘人便趁機衝出，打開城門與其他人裡應外合，特洛伊城終於陷落而亡國。

比倫母語，阿拉蒂艾因而有如他鄉遇故知般的欣喜，兩人就此十分親密進而發生私情。由此可見語言上得以溝通促使阿拉蒂艾與安提歐戈跨越了年齡懸殊的障礙，且忘情地享受枕席之歡，完全無視於自己是有夫之婦、是主公奴僕的身分而愛戀著彼此。筆者故因此推論：言語能促進愛情，誠如古羅馬詩人奧維德（Ovide，43～17 A.D.）所謂「愛情靠甜蜜的語言作為營養」。除此之外，人與人之間的精神能夠臻於契合，在情感上互相慰勉、取得一種安全感，亦需端賴於言語上的溝通。所以，從另一個角度來看，在遇見安提歐戈之前，爭奪阿拉蒂艾的那些男人們實在很難與佳人有所溝通，更遑論能做生命、心靈上的交流，因此，露骨地說來：這樣的「男歡女愛」只不過是肉體上的媾合罷了。

（4）在這個故事當中，牽涉著一個極重要的主題，那便是「處女情結」之探討。從故事裡可見阿拉伯、回教國家對於女性貞操的看重，然而也有男人並不在意所喜歡的女子是否為處女。就薄伽邱不反對婚外情與婚前可有性行為的觀點看來，他應該沒有所謂的「處女情結」。（參見第五章第二節）

第九節　神職人員違律偷情

一、第一日第四篇〈你知我知〉

在魯尼嘉納地方，有一座修道院，院裡有一個血氣方剛的小修士，齋戒和夜禱都克制不了他的情欲。有一天中午，眾兄弟都睡著了，他獨自跑出去蹓躂而邂逅了一位少女，於是便把她帶回自己的房中，兩人快活地釋放熱情一番。不料，院長窺見了他們的好事，嚇得小修士想出了一條脫身之計：他將房門反鎖，逕自來到院長跟前，把鑰匙交出來，然後若無其事地找藉口搬柴去。

院長收下鑰匙後思索著如何懲戒小修士，想要當眾揭穿其行，但是又顧慮到房內的女人可能是體面人家的太太或小姐，於是他決定先進去看看那位女子再作打算。見到了小姑娘，院長竟難以克制自己的欲念而向她求歡。小修士的巧計使得院長犯下同樣的罪行，因此也就無由來責罰別人，小修士遂逃過懲罰。

二、第三日第一篇〈修道院風光〉

馬塞多心術不正，假裝成啞巴到修道院**裏**打雜、當園丁，準備勾引修女

做那檔子事兒。後來，馬塞多終於無法負荷眾修女們的需索而告饒，然而院長卻不放馬塞多離去，免得醜聞外揚。就這樣，他替院裡生了一大批小修士、小修女，不過一切都做得十分隱密，外間始終一無所知。直到院長死了，馬塞多年紀已老，事情真相才被傳開；這正好成全了馬塞多的心意，使他趁機離開了修道院。

三、第三日第四篇〈通向天堂的路〉

參見第三章第八節　一、老夫少妻，琴瑟不諧　故事（二）

四、第三日第八篇〈地心煉獄〉

參見第三章第八節　五、妒夫俗子，醋海興波　故事（一）

五、第三日第十篇〈送魔鬼進地獄〉

阿莉貝克憑一時幼稚的熱情，一心要侍奉天主，竟為修士魯斯第科所乘，誘騙她失身。後來，阿莉貝克完全沉浸於肉體性交的愉悅，以為這便是侍奉天主，而不斷要求魯斯第科將「魔鬼送進地獄」〔註54〕，弄得修士精疲力竭。也因為一個需索無度，一個已經無能為力，所以兩人時常發生齟語。就在此際，阿莉貝克的家人親眷因著一場大火而喪生，這麼一來，她成了父親唯一的財產繼承人。而無賴青年奈巴爾覬覦這些產業，故四處打聽阿莉貝克的下落，硬是把她從修士那裡帶走，修士可大大地鬆了一口氣。

最後，奈巴爾娶阿莉貝克為妻，並繼承了大筆的遺產。

六、第四日第二篇〈天使之愛〉

頭腦簡單、愛慕虛榮又自以為是的莉賽達向神父亞貝度懺悔。神父一眼看出她的弱點，便誆騙她說天使卡布里埃洛早已愛上她，並希望藉凡人的軀體來一親芳澤。莉賽達竟然相信，欣然在家等候天使降臨與她一番雲雨。果然，亞貝度假扮為天使的模樣前去赴約。

一日，莉賽達與人爭美，而洩露了自己和卡布里埃洛（亞貝度神父）的風流韻事；這奇聞傳到了莉賽達幾位大伯小叔的耳裡，於是他們決定要追究真相。終於，神父的性醜聞就這樣被揭發。最後，亞貝度在修道院的牢中受

〔註54〕所謂的將「魔鬼送進地獄」是修士魯斯第科欺騙阿莉貝克的藉口。修士先滔滔不絕地向她講解魔鬼是天主的死對頭，並告知她若要侍奉天主，就是把魔鬼送進天主禁錮它的地獄裡去。然後，修士便將自己脫個精光，露出下體說道其陽具正是魔鬼；而阿莉貝克的身上則有個地獄。所以，修士因此請求她將「魔鬼送進地獄」，好解救其靈魂並得以完成侍奉天主的心願。

盡苦楚而死。

七、第七日第三篇〈教父〉

參見第三章第八節 三、設計圈套，誘姦人妻 故事（三）

八、第八日第四篇〈醜女良宵〉

費埃索雷的教堂裡有一位教士，該神職人員垂涎寡婦碧卡爾達夫人的美色，為她神魂顛倒，後來竟開口向這位女士求歡。夫人受不了他的糾纏，嘗當面婉拒。然而，這位教士卻不因此而死心，仍是厚顏無恥地寫信挑逗她。夫人再也無法忍受此等糾纏，於是設計以女僕做替身，陪這位好色的教士睡覺，然後找兄弟去請主教來，揭發教士所做的勾當。

九、第八日第二篇〈石臼〉

參見第三章第五節 故事三

十、第九日第二篇〈院長的頭巾〉

修女伊莎貝達愛上了一青年，這青年亦對她心生仰慕。一日，青年發現了一條可以溜進修道院的通路，兩人便時常幽會。此事被其他的修女知道了，她們決定找院長來捉姦。豈料，院長和修士的曖昧關係因此而曝光。原來，就在院長和修士偷情的當下，那許多修女於房門外催促院長前去嚴辦違犯清規的修女，匆忙之際拿起教士的短褲往頭上一戴便走出房外，反鎖了房門。

院長喝令眾人將伊莎貝達送到大廳上，然後痛罵了伊莎貝達，指責她竟做出這種敗壞修道院聲譽的無恥之事，還說要嚴辦她。伊莎貝達又羞又害怕，當她偶爾抬眼一望，只見院長頭上有兩條吊襪帶，心裡立刻明白這是怎麼一回事，膽子頓時大了起來，便要求院長先把頭巾紮好再說。院長伸手到頭上一摸，知道自己出了醜，洩了底，於是轉換聲調，用溫和的口氣說：

> 不過硬是要人抑制肉欲的衝動，卻是比登天還難的事，所以只要大
> 家注意保守秘密，不妨各自尋歡作樂。

伊莎貝達逃過這一劫，以後還經常把情人接進院來。那些沒有情人的修女看得眼紅，也都因此暗中千方百計地追求她們的幸福。

十一、第九日第十篇〈變形記〉

神父奇阿尼和彼得相互照應，交情深厚。每當彼得到巴勒達戶買賣，神父總是盡量款待他；而當神父到特萊山第去時，彼得也竭誠留宿神父。只因

彼得的屋子實在簡陋，不得不讓神父睡在馬棚。彼得的老婆珍瑪達爲此而感到過意不去，總是想自己到鄰婦那兒去借宿一夜，好把鋪位讓給神父和自己的丈夫。可是神父不肯，就對她說：

> 千萬不要爲我操心，我在外面睡得很安逸呢！因爲只要我高興，我就可以立刻叫我那匹母馬變成一個漂亮的女人陪我睡覺，等我要起身的時候，我就又把她變回母馬，所以我是怎麼也捨不得跟她分離的。

孰料珍瑪達竟信以爲眞，於是把這件事告訴了丈夫，還要求神父把自己變成一匹母馬，好跟著丈夫去做生意，賺雙倍的錢。彼得亦聽從妻子的話，向奇阿尼求教，希望能把老婆變形。神父極力跟他解釋，想叫他打消這個念頭，可是一點兒也沒用，神父於是答應教他們這套法術。

彼得和珍瑪達都聽從了神父的指示，一個拿著蠟燭，一個則脫光衣服等待變成母馬。神父撫摸著珍瑪達的全身，口中念念有辭，最後占了友妻的便宜，彼得在旁聚精會神地看，後來覺得不太對勁，於是叫嚷了起來，神父接著抱怨這一作聲就前功盡棄了。

後來，珍瑪達責怪丈夫壞了法術，再也變不成母馬而氣憤不已。最終，彼得仍幹他的老行業，照舊跟奇阿尼作伴，只是從此不再向他求教什麼變形的法術了。

這些描寫神職人員違律偷情的故事實際上已反映出當時教會腐敗、不堪的內幕。在薄伽邱嘲諷的筆下，吾人可歸納成三點來說明其對宗教、教會的不信任與批判：

（一）反對宗教的禁欲思想壓抑人性自然的情欲

薄伽邱於第三日第一篇〈修道院風光〉故事之起首借費洛斯特拉多之口言道：

> 在這個世界上有多少男女，頭腦都是那樣的簡單，以爲女人只要前額罩著一重白紗，後腦披著一塊黑頭巾，就再也不是一個女人、再也不會思春了，彷彿她做了修女，就變成一塊石頭似的。凡是具有這種想法的人，一旦聽到什麼出乎他們意料的事情，那他們就怒氣沖天，像是發生了什麼大逆不道的罪惡似的。這些人絕沒有想到自己隨心所欲，要怎樣就怎樣，尚且不能滿足；也不想一個人整天閒來無事，情思撩亂，精神上會有多大的影響。又有許多人，認爲白

天辛辛苦苦幹活兒的人，他們的肉欲早給那鐵鍬鋤頭、粗衣淡飯、
艱苦的生活趕得一乾二淨了，他們的頭腦早已昏昏沉沉，再不知好
歹了。這些想法真是自欺欺人！

又第三日第八篇〈地心煉獄〉裡的修道院院長向費隆多之妻求歡時即坦承
說：

我雖然是院長，可是我也像別的男人一樣，是一個人呀！我的年紀
又不老。我求妳的這件事又沒有叫妳為難什麼，妳應該求之不得才
是呢！

烏森巴達修女〔註55〕亦曰：

硬要人抑制肉欲的衝動，卻是比登天還難的事……。

由此可見薄伽邱的觀念：

1. 人非草木，孰能無情？舉凡生理成熟、正常的男女豈能不懷春？修女、
神父不過是人與神的仲介者，他們也是人，亦具有與一般俗人完全相同的人
性；聖俗都具有一種共同的人性和人智。既然如此，也就不能苛求其禁欲、
壓抑自然天性的渴望和需要。換言之，薄伽邱並不認為克制情欲、保守童貞
才能侍奉天主；世人也不應以此標準來要求神職人員根絕人性、不食人間煙
火。更進一步地說，薄氏否定了基督教的神本主義教義，而極端強調人本主
義思想。〔註56〕

2. 為生計奔波、勞動後的疲憊是必然的，但是疲勞終究是短暫的，待疲
倦解除之後，性欲的需求仍舊存在，依然企求被滿足。所以，人不應該強用
外力來壓制、圍堵情欲理當獲得宣洩、慰藉的管道。換言之，人要正視內具
於人性中的情欲，誠實地面對它，而不是戕害自然之性、違背人的本質。

（二）唾棄神職人員的矯情與偽善

薄伽邱之所以抨擊教會、訕笑神職人員，最主要的原因在於厭惡其腐
敗、虛偽、欺詐等醜陋的行徑。在第九日第二篇〈院長的頭巾〉中的小修女
與一青年相愛，進而以身相許觸犯了清規，可是薄伽邱並不見怪，不認為是
罪惡，他要撻伐的是那偽善的女院長，其聖潔之名在外著稱，然暗地裡卻勾
搭教士恣情縱欲，又好為人師，一味指責別人的過失；還有那第一日第四篇

〔註55〕即〈院長的頭巾〉篇裡隆巴地修道院院長，該位修女常常讓教士躲在大箱子
　　　　裡，然後再叫人把箱子抬進房裡，好使二人得以尋歡取樂。
〔註56〕參見馮作民《西洋全史》（七）第二章〈文學的復興〉，頁 537～539。

〈你知我知〉裡的小教士邂逅少女而發生了關係，院長想要揭穿此事並予以嚴懲，豈料自己竟也忍不住向情欲投降。如此之矯情虛偽的作風正是薄氏所不齒、覺得反感的。換言之，這些不肯誠實地面對人的本然之性，又披戴著宗教的外衣予以掩飾其荒淫惡行者，才是薄伽邱深惡痛絕的。《十日譚》的一百個故事裡，約有五分之一〔註57〕是在攻擊教會，其受非議的除了神職人員的矯情虛偽之外，還有教士們假造神蹟、聖物來取信於人民與教徒，好藉故斂財騙色……，此等愚弄群眾、貪婪奢靡的事件層出不窮，如：魯斯第科修士假借教導阿莉貝克侍奉天主為由而姦淫了她（〈送魔鬼進地獄〉）；亞貝度神父誆騙莉賽達，說是卡布里埃洛天使愛上了她，自己卻扮作天使和她幽會（〈天使之愛〉）；杜斯卡納城的一所修道院院長用藥酒使農民費隆多不省人事，當作死者埋葬，過了一些時日，又讓費隆多回家，說是萬能的天主顯現神蹟〔註58〕放他轉回人世；村裡的人因而相信這死而復活的奇事，還大大地替修道院院長宣揚其聖譽、威信（〈通向天堂的路〉）；契波拉修士答應信徒，要讓他們見識天使卡布里埃洛的羽毛，然而這只不過是一根鸚鵡的鳥羽，後來喬凡尼和比亞喬捉弄了修士，將此「聖物」換成一堆木炭，修士打開盒子，羽毛卻變成木炭，他只得臨機應變，表示和裝了烤死聖徒勞倫斯的木炭盒搞混淆而錯拿了，接著就高唱讚美歌來禮讚聖勞倫斯，而信眾們便蜂擁而上獻給修士一大筆錢，還要求他用木炭替他們畫十字（第六日第十篇〈變色

〔註57〕此五分之一的故事篇目分別是：
第一日第一篇〈聖徒的誕生〉、第一日第二篇〈改宗〉、第一日第四篇〈你知我知〉、第一日第六篇〈以百報一〉、第二日第一篇〈顯靈〉、第二日第十篇〈本事〉、第三日第一篇〈修道院風光〉、第三日第三篇〈拉皮條的神父〉、第三日第四篇〈通向天堂的路〉、第三日第七篇〈香客〉、第三日第八篇〈地心煉獄〉、第三日第十篇〈送魔鬼進地獄〉、第四日第二篇〈天使之愛〉、第六日第三篇〈五百個金幣〉、第六日第十篇〈變色的聖物〉、第七日第一篇〈祈禱文〉、第七日第三篇〈教父〉、第七日第五篇〈神父〉、第八日第二篇〈石臼〉、第八日第四篇〈醜女良宵〉、第九日第二篇〈院長的頭巾〉。

〔註58〕這個神蹟實為修道院院長一手捏造，在費隆多藥性發作暫時斷了氣後，院長立即通報家屬前來處理後事，並將他葬在修道院內，然而當天夜裡，院長則悄悄地和心腹把費隆多從墓穴裡抬出來，移到一個不見天日的地窖，然後給他換上一身僧衣，等著他慢慢醒來。費隆多在地窖裡甦醒後，修士便告知他已身在煉獄且謊稱天主命令每天笞打他兩次以示懲戒。最後還假藉天主之名說要放他回陽間，於是院長又在酒裡下藥，再偷偷地將費隆多抬回原埋葬他的墳墓裡。第二天清晨，費隆多醒過來了，還真的以為天主讓他轉回人世，而院長亦趁勢強調天主的萬能與神蹟。

的聖物〕）。諸如此類的卑劣行止不僅爲薄伽邱所揶揄，亦是當世紀小說家和諷刺家們的寫作題材，例如：弗朗哥・薩克蒂（Sacchetti，1330～1399）這位義大利商人兼政治家和小說家，在他簡潔的小說故事當中即可找到許多譏諷男女修會的言辭；以及馬德奧・邦德勞（Matteo Bandello）此人爲道明會士，其叔父爲道明總會長，也對教會有所嘲弄諷喻。〔註59〕

（三）譏笑無知盲從的教徒信眾

薄伽邱善於利用故事中的人物，提出許多反基督教的理論與事實。在《十日譚》裡可見教士假借宗教的權勢和神蹟以誆騙信眾或誘姦無知的婦女；對於這些輕易相信「披著法衣的狼」的教徒、愚夫愚婦們，薄氏之描繪可謂是微妙微肖，且竭其所能地予以戲謔、反諷，關於這一部分請參見本文第四章第二節。

〔註59〕參見雅各布・布克哈特《義大利文藝復興時期的文化》第二篇第四章〈近代的機智與諷刺〉，頁150～165。

第四章　敘寫模式、人物塑造、悲劇之比較

第一節　敘寫模式之比較

　　《三言》與《十日譚》的寫定出版雖然在時間上相距了二百多年，於空間上又隸屬中國和義大利兩個文化迥異的國度，但是，就題材內容、敘事模式、人物類型之塑造來作分析探討，其相通雷同之處甚多。而本節則欲從敘寫模式著手，以比較《三言》和《十日譚》的作者所使用的文體型式、敘事角度、結構布局與表現手法。

一、敘事角度與文體形式

　　《三言》為中國話本小說之瑰寶。所謂的話本，據大陸學者石昌渝之整理歸納，他說：

> 話本，魯迅指為說話人憑依的底本：「說話之事，雖在說話人各運匠心，隨時生變，而仍有底本以作憑依，是為『話本』。」這個定義已被一些文學史、小說史和有關論著所接受並普遍使用，似乎已不成問題。但這個定義尚有可疑之處，需要進一步研究和討論。葉德均《讀明代傳奇文七種》〔註1〕引《劉生覓蓮記》之文指出，明代的人稱傳奇小說《天緣奇遇》、《荔枝奇逢》、《懷春雅集》為「話本」。可見明代人所謂「話本」兼指傳奇體，近人泥於成見，以為話本只

〔註1〕見葉德均《戲曲小說考》卷中，中華書局，1979年。

限口語一類，似有所偏。增田涉對話本的定義作了更深入的探索，他在〈論話本一詞的定義〉〔註2〕論點，同時又指出增田涉認爲話本僅限於指「抽象語」的故事也有不妥，話本也用來指「故事本子」。（見《中國小說源流》，頁222）

由此可見石昌渝整理歸納出來所謂的「話本」至少有三種涵意：

（一）傳奇體（小說）

例證：（劉一春）聞扣門聲，放之入。乃金友勝，因至書坊，覓得話本，特持與生觀之。見《天緣奇遇》，鄙之曰：「獸心狗行，喪盡天良，爲此話本，其無後乎？」見《荔枝奇逢》及《懷春雅集》，留之。（《劉生覓蓮記》）

（二）「抽象語」的故事

例證：如今待小子再宣一段話本，叫做〈包龍圖智賺合同文〉。你道這話本出在那裡？《拍案驚奇》卷三十三〈張員外義撫螟蛉子包龍圖智賺合同文〉。

例證：而今說一個做夫妻的被拆散了，死後精靈還歸一處，到底不磨滅的話本。（《二刻拍案驚奇》卷六〈李將軍錯認舅　劉氏女詭從夫〉）

（三）白話故事本子

例證：按南宋供奉局，有說話人，如今說書之流。其文必通俗，其作者莫可考。泥馬倦勤，以太上享天下之養，仁壽清暇，喜閱話本，命內璫日進一秩，當意，則以金錢厚酬。（《古今小說‧敘》）

然而，無論是魯迅「說話人的底本」，或是王秋桂「白話故事本子」皆與「說話」有關。換言之，所謂的「話本小說」乃與說話技藝有著相當的淵源，因此，仍然保持「說話」的敘述方式。石昌渝說得恰當：

> 話本小說之所以冠以「話本」這個姓氏，不單是因爲它是「說話」的血親後代，更重要的是因爲它始終沒有跳出「說話」的表達方式。……〔註3〕在敘述方式上遵循「說給人聽」的法則，作者始終站在故事與讀者之間，扮演著說故事的角色。（《中國小說源流》，頁259）

所以，《三言》是講述式的小說，作者是採用第三人稱全知視角進行敘述，

〔註2〕載於《中國古典小說研究專集》（三），台灣聯經出版社事業公司，1981年。
〔註3〕同註2。

〔註 4〕在講述故事過程當中可以隨時中斷情節，站出來直接對某件事物加以解釋說明，或是對某種事態進行評論。

　　1. 對某件事物加以解釋說明

　　例如《醒世恆言》第三卷〈賣油郎獨占花魁〉敘及莘瑤琴受騙遭賣進妓院，並讓嫖客金二員外「梳弄」了。所謂的「梳弄」即是妓女第一次接客，被恩客破了身；而且在娼家還有一定的「禮節」，故此時的作者便講解道：

> 從來梳弄的子弟，早起時，媽兒進房賀喜，行戶中都來稱賀，還要
> 喫幾日喜酒。那子弟多則住一二月，最少也要住半月二十日。

此外，作者也會對故事裡某個重要關目或讀者較不易明瞭之處，特地予以解說。例如《喻世明言》第一卷〈蔣興哥重會珍珠衫〉描寫蔣興哥至合浦縣販珠，卻與買主發生爭執，在雙方拉拉扯扯之際，買主因年老而失足倒地斃命。縣官研判買主之死非毆打所致，所以駁回原告訴狀，然原告不服，縣官於是提出驗屍之議，死者家屬的態度因而軟化，表示願意就此罷手並服從判決。究竟是什麼因素使死者家屬改變心意？作者說道：

> 原來宋家也是個大戶，有體面的，老兒曾當過里長，兒子怎肯把父
> 親在屍場剔骨？

中國人的傳統觀念之一就是保留死者的全屍，再加上宋家是地方上有頭有臉的大戶，因此為了顧及父親生前的聲譽與不忍見自家長輩死後還遭刮骨蒸屍，故而放棄申訴。又如《警世通言》第三十二卷〈杜十娘怒沈百寶箱〉陳述杜十娘贖身後，拿了二十兩銀子與李甲做行資，可是在隔日啟程上船時，李甲竟已身無分文，這不免讓讀者懷疑李甲將銀子作何處置，怎麼一夕之間便已花用殆盡？作者於是解釋道：

> 你道杜十娘把二十兩銀子與公子，如何就沒了？公子在院中嫖得衣

〔註 4〕敘述角度可分為（一）全知敘述：敘述者無所不在，無所不知，有權利知道並說出書中任何一個人物都不可能知道的秘密。對人物的外表與內心，對事件發生的前因後果，都掌握得清楚無餘。（二）限制敘事：敘述者和人物知的事情一樣多，人物不知道的事，敘述者也無權敘說。敘述者可以是一個人，也可以由幾個人輪流充當。敘事時可以採用第一人稱，也可以採用第三人稱。具體來說，即第一，可通過某個人物的親身經歷、感受展開敘述；第二，敘述者以旁觀的身分敘述發生在別人身上的事件；第三，由幾個人分別承擔敘述任務，形成移動和交叉的敘述角度。（三）客觀敘述：敘述者只描寫人物所看到和聽到的人物，不作主觀評析，也不分析人物心理。（饒芃子等著《中西小說比較》，頁 154）

> 衫襤褸，銀子到手，未免在解庫中取贖幾件穿著，又制辦了鋪蓋，
> 剩來只夠轎馬之費。

原來如此，那李甲迷戀杜十娘之程度也於此一覽無遺。

　　2. 對某種事態進行評論

　　例如《醒世恆言》第三十三卷〈十五貫戲言成巧禍〉中的劉官人得岳翁資助十五貫錢，因此興沖沖的喝了酒回家，然後又對其小妾陳二姐戲稱十五貫錢是賣她的身價，二姐信以為真，連夜收拾離家出走。後來劉官人為盜賊所殺，十五貫錢被劫，一連串的巧合於是鑄成了一場災禍。其實正當劉官人醉醺醺走在回家途中，作者就加進了一番議論，暗示著故事情節之發展將有丕變。作者道：

> 若是說話的同年生，並肩長，攔腰抱住，把臂拖回，也不見得受這
> 般災悔！

話本小說裡的評論隨處可見，作者得依據其個人的意念在某重要細節部分，中斷原來的敘述而加入自己的評論，這些評論可以是散文，也可以用韻文套語。關於韻文套語之說明，請見下文二、結構與布局。

　　至於《三言》之文體，也就是相對於文言的白話語體。在討論《三言》何以用白話語體作為表達的文體之前，要先明白作者馮夢龍對小說之定位與功能的看法為何。《醒世恆言·序》：

> 崇儒之代，不廢二教，亦謂導愚適俗，或有藉焉。以二教為儒之輔
> 可也。以明言、通言、恆言為六經國史之輔不亦可乎。

由此可見馮氏對小說具體的定位就是「六經國史之輔」。六經國史不深入、或根本未觸及人的感情生活，反觀小說則提供了宣洩抒發情感的園地，人們在小說裡體會到男女、人倫之愛，感受到人世的悲歡離合、善惡果報的教化作用……這些都是「六經國史」所達不到的部分；而小說正可以彌補「六經國史」不足之處。

　　而為了使小說發揮其功能，馮氏又於《喻世明言·序》說道：

> 大抵唐人選言，入於文心，宋人通俗，諧於里耳。天下之文心少而
> 里耳多，則小說之資於選言者少，而資於通俗者多。試令說話人當
> 場描寫，可喜可愕，可悲可涕，可歌可舞；再欲捉刀，再欲下拜，
> 再欲決脰，再欲捐金；怯者勇，淫者貞，薄者敦，頑鈍者汗下。雖
> 小誦《孝經》、《論語》，其感人未必如是之捷且深也。噫，不通俗而

能之乎？

又《醒世恆言‧序》說：

> 六經國史之外，凡著迷皆小說也，尚理或病於艱深，修詞或傷於藻
> 繪，則不足以觸里耳而振恆心。此醒世恆言四十種，所以繼明言、
> 通言而刻也。

又說：

> 明者，取其可導愚也。通者，取其可以適俗也。恆則習之而不厭，
> 傳之而可久。

於此可知馮氏之文學觀：他認為小說若不能以當時通行而簡樸的語言來描寫，那麼便無法使人物更生動、情節更生活化地深入群眾的心靈，當然也就達不到勸誡教化的目的了。所謂「話須通俗方傳遠，語必關風始動人」（見《警世通言》第十二卷〈范鰍兒雙鏡重圓〉）為了使小說文學為群眾所接受，並覺知其中的社教意義，小說之內容行文必然得合乎市井小民喜聞樂見者；要讓平民百姓容易閱讀，也就必須採用通俗性的語言文字來書寫。

在《十日譚》部分，其敘寫方法與《三言》相同，介於故事與讀者之間的便是說故事的三男（潘費羅、費洛斯特拉多、狄奧紐）七女（潘比妮亞、菲亞美達、菲羅美娜、愛蜜莉亞、拉蕾達、妮菲爾、愛莉莎）。《十日譚》故事一開始即交待這三位年輕男士與七位佳人貴婦集合一起的緣由，作者薄伽邱在書中描述 1348 年，正當黑死病肆虐著佛羅倫斯之際，有一群人——三男七女決定逃離那瘟疫猖獗的城市以及每日發生的慘況〔註5〕，所以，他們來到鄉下的一棟別墅〔註6〕。在澄碧的天空下，聽著鄉間潺潺的流泉，以散步來排遣時光，用跳舞歌唱以消磨日子。後來，這愉快的隊伍決議由每日一員的輪

〔註5〕 薄伽邱於第一日故事開始即描寫了瘟疫肆虐的情況，這種瘟疫會由鼠蹊間或胳肢窩蔓延到人體各部分，有的是手臂、腿部以至身體其他各部分都出現黑斑或紫斑，此為死亡的預兆。這場瘟疫的傳染不僅是人與人之間相互感染，就連牲畜也難以倖免，而且造成可怕的傳染結果。人人互相迴避，街坊鄰舍誰都不管誰的事；親戚朋友幾乎斷絕往來；瘟疫使得人心惶惶，只要有人受感染，父棄子有之；兄棄弟有之；妻棄夫有之……，病人死，往往就連斷氣的一剎那，也都無人在場。每天，甚至每小時都有一大批一大批的屍體被運出，教堂的墳地已經容不下了，只好在周圍挖掘一些又長又闊的深坑，把後來的屍體幾百個葬下去。

〔註6〕 這棟別墅座落在山上，和縱橫的公路保持著相當的距離，周圍林木扶疏一片青蔥，景色怡人。宅邸築在山頂，住宅內有一座很大的庭院，有露天的走廊。宅邸四周有草地、可愛的花園，還有清涼的泉水。

流方式來擔任當天的國王或女王，並主持娛樂之事，且規定在一天之中最炎熱的時刻，讓每人都說一個故事，使大家藉此獲得樂趣。也正因爲如此，《十日譚》這一百個故事之敘寫亦是採取第三人稱全知的視角，敘述者無所不在，無所不知，能掌握並說出書中任何一個人物都不可能知道的秘密；對人物的外表與內心以及事件發生的來龍去脈，都能夠瞭若指掌。

在薄伽邱以前，西方文學一直使用詩的語言，就連文藝批評及文人之間的書信往來也是如此。例古羅馬奧維德集希臘羅馬神話故事之大成的作品《變形記》即是詩作；荷馬的史詩；亞里斯多德的文藝理論著作《詩學》也是用詩句寫成；古希臘悲劇亦然。還有但丁的巨著《神曲》，自始至終皆用「三韻句」的形式。而《十日譚》所使用的散文體在當時是創舉，薄伽邱成爲義大利的古典模範，同時也是近代散文的先驅之一。提格亨於《比較文學論》說道：

> 就是在最嚴格的古典正統時代，「散文體」也從來沒有「詩歌體」那樣的重要性和權威。……特別是那源起於義大利的「短篇小說」「評話」，……從那作爲出發點的薄伽邱起，這個文體曾在各國風行一時過，或則是用詩寫的，或則是用散文寫的，而在今日，這文體是比任何別的時期都盛行了。它是在短篇故事的形式之下，在全世界的報紙刊物上表演出來。

西方文學同於中國文學，也是先有詩歌而後方有散文。但最早的詩歌現已失傳，推測起來，大多是屬於宗教性的頌歌（Hymns），而後漸漸產生了以詠歎古代英雄事跡爲內容的史詩。史詩的來源是古代希臘的歌唱詩人（Aedes）、塞爾特族（Celtes）的吟遊詩人（Bardes）和北法蘭西的行吟詩人（Tronveres）等的吟詠；後來到了十一、十二世紀，行吟詩人常走街串巷，吟唱通過自己加工整理的流行故事。這些講「故事」的行吟隊伍越來越浩大，成爲當時人們生活中不可缺少的娛樂人物——人們勞動了一天之後，有時就圍繞在行吟詩人的身邊，聽他們所說的故事而且流連忘返。與此同時，行吟詩人講述的口頭文學，慢慢地進入了宮廷，較著名的行吟詩人有的還成爲貴族的座上賓，他們的地位也因此而逐漸提高，並接受教育，學會了文字，於是他們便得以使用文字形式將原來在口頭上流傳的故事記錄整理下來，所以，就產生了書面化的小說。而這些小說或以散文寫成，稱之爲 Conte；或以韻文寫成，稱之爲 Fabliaux en Vers。後來，在義大利則出現了用散文寫的中篇或短篇

Nouvelle，這種來自義大利的文學形式被許多國家所認同、接納，但是此類作品的內容和形式還不夠均衡而有欠完善，待薄伽邱的《十日譚》寫成後，可說摒除了十三世紀末一位佛羅倫斯匿名作家「百篇小說集」（Novellino）中的缺失——雖天真而富於變化，然其筆調因力求純樸而略嫌枯躁。換言之，《十日譚》擺脫了束縛，以其豐富的文學涵養使詩意和表現的語言之間沒有任何對立，而且到了相融相合的境界。〔註7〕

　　當時，西歐文人學者所使用的語言是天主教會統一規定的官方語言——拉丁語，而薄伽邱則以佛羅倫斯的方言來寫《十日譚》，這種語言具有口語化、通俗性的特點，能夠與廣大的群眾起共鳴。故事中運用了雙關語、警語、俗語和隱語，使內容生色不少，又能達到寓教於樂的目的。如第一日故事第五篇〈母雞大餐〉，侯爵夫人以母雞做成各式料理而引起法王的狐疑，法王於是問道：

　　　　夫人，難道這裡全是雌雞，雄雞一隻也沒有嗎？

聽到此言，侯爵夫人完全領會了他的意思，覺得這分明是天主成全了她，就趁著大好機會表白自己的操守，夫人回答道：

　　　　可不是，陛下；不過這兒的女人就算在服裝或身分上有什麼不同，

　　　　其實跟別的地方的女人還是一樣的。

國王一聽，恍然明白了侯爵夫人以母雞來款待他的道理，知道她的話是在暗示自己的冰清玉潔。

　　又如第一日故事第十篇〈吃韭菜的方法〉，亞爾培爾都醫生以吃韭菜的隱喻來回敬譏刺他的寡婦與其女伴們，反諷她們如果挑選情人也像吃東西那樣不辨好壞，棄其精華，取其糟粕，那麼條件差的男人反而有希望了。還有第六日故事第八篇〈照鏡子〉，法雷斯哥‧達‧奇拉第哥只用一句俏皮話便諷刺了妄自尊大、目空一切的姪女契斯卡。原來契斯卡回到家裡就一肚子氣，說是在街上舉目所見都是面目可憎的人，叔父受不了她的狂妄、自以為是，便對她說道：

　　　　既然妳看到面目可憎的人就受不了，那麼如果妳要活得快樂，就千

　　　　萬別對著鏡子照妳自己的尊容吧！

諸如此類的表述技巧，只要仔細閱讀，就能領略到箇中的妙處和精彩。

〔註7〕參見〈薄伽邱的生平和十日譚代譯序〉，頁9；以及提格亨《比較文學論》，頁73。

　　《三言》、《十日譚》的作者馮夢龍與薄伽邱皆大量採用口語、方言，縮短了文學語言和民間語言的距離，雖然兩者分別以中文、義大利文寫成，藝術風格各異，但是這兩位中西短篇小說家都不約而同且自覺地走上語言通俗化的道路，使文學走向平民百姓，不僅滿足一般群眾精神文化、生活的需求，更發揮了寓教於樂的文學功能。

二、結構與布局

（一）《三言》的結構與布局

1. 入話與正話

　　話本小說與「說話」有著密不可分的關係，而「說話」乃源於說故事，說故事的歷史可謂源遠流長〔註8〕，但無論如何，說故事必然是勞動之餘的消遣以及王孫貴族閑暇之際的娛樂活動之一，直到宋，說話技藝成為一門職業〔註9〕，如《東京夢華錄》即記載汴京「說話」藝人各有專長，有長於講史，有長於說諢話；還有擅長小說；亦有更專門的「說三分」、「說五代」。北宋的「說話」有專業的藝人和專門的表演場所〔註10〕，已經完全職業化與商業化。這些說話人在講故事之前一定會說一段導入正題的閑話（或稱入話），而這一段入話根據鄭振鐸之分析：

> 我們就說書先生的實際情形一觀看，便知他不能不預備好一套或短或長的「入話」以為開場之用。一來是，借此以遷延正文開講的時間，免得後至的聽眾從中途聽起，摸不著頭腦；再者，「入話」多用詩詞，也許實際上便是用來「彈唱」以肅靜場面怡娛聽眾的。（見〈明清二代的平話〉收入於《中國文學論文集》）

〔註8〕劉向《列女傳》即記載周代婦女妊娠期聽瞽人誦詩，道正事。這正事就是講說禮教內容的事，但方式是說唱，石昌瑜認為此說唱內容帶有故事性，有寓教於樂的功用。秦漢時還有一群說故事笑話為王公貴族消閑解悶的俳優侏儒，他們的故事笑話中有的也帶有勸諷之意。至魏晉南北朝時期，王公貴族亦說故事笑話自娛，例如《三國志》注嘗記載曹植「誦俳優小說數千言」，而這種風氣在隋唐更盛，詳見《太平廣記》卷二四八。到了宋代「說話」這門技藝甚為發達，且流行於民間。

〔註9〕說話藝人不僅活躍在街坊茶肆，連宋朝皇帝的「供奉局」裡，也有專門給皇帝說話的藝人，他們除了口頭給皇帝「說話」以外，還要把「說話」的材料整理成文，獻給皇帝御覽。

〔註10〕說話藝人的表演場所設在叫做「瓦子」、「瓦舍」、「瓦肆」的綜合商場內，場內提供說話的演出地方稱為「勾欄」，有的還可以容納數千人。

此一分析言之成理，應該不至於有誤，大凡說唱技藝的起首都有類似「入話」
這一段。由於話本小說源「說話」而來，又保留「說話」的敘事方式，所以
話本小說在故事之前亦加上一個小故事，如果不加小故事，則會說上一連串
的詩詞或者一段議論，而議論多半是夾敘夾議，於是形成「正話」、「正題」
之前有「入話」的特殊格局。

　　《三言》裡的入話是正話主題的提示、闡釋和發揮，用以加強正話勸善
諷俗的效果，從而成為話本小說的一部分，入話可以用一首詩詞或數首詩詞，
《警世通言》第八卷〈崔待詔生死冤家〉：

　　　　山色晴嵐景物佳，煖烘回雁起平沙。東郊漸覺花供眼，南陌依稀草
　　　　吐芽。　　　堤上柳，未藏鴉，尋芳趁步到山家。隴頭幾樹紅梅落，
　　　　紅杏枝頭未著花。

　　　這首《鷓鴣天》，說孟春景致，原來又不如仲春詞做得好：
　　　　每日青樓醉夢中，不知城外又春濃。杏花初落疏疏雨，楊柳輕搖淡
　　　　淡風。　　　浮畫舫，躍青驄，小橋門外綠陰籠。行人不入神仙地，
　　　　人在珠簾第幾重？

　　　這首詞說仲春景致，原來又不如黃夫人做著《季春詞》又好：
　　　　先自春光似酒濃，時聽燕語透簾櫳。小橋楊柳飄香絮，山寺緋桃散
　　　　落紅。　　　鶯漸老，蝶西東，春歸難覓恨無窮。侵階草色迷朝雨，
　　　　滿地梨花逐曉風。這三首詞都不如王荊公看見花瓣兒片片風吹下地
　　　　來，原來這春歸去，是東風斷送的。有詩道：
　　　　春日春風有時好，春日春風有時惡。不得春風花不開，花開又被風
　　　　吹落。
　　　　……

第二類型是以一個小故事作為入話，此種用小故事為入話的又稱做「得勝頭
回」、「笑耍頭回」〔註11〕。接著便導入正題，例如《警世通言》第十二卷〈范

─────────────────────

〔註11〕「得勝頭回」是入話，但入話卻不完全是「得勝頭回」。《六十家小說》現存
　　　　的作品中都有入話，標明「笑耍頭回」的唯有〈刎頸鴛鴦會〉一篇，因為它
　　　　的入話講了步非煙私通趙象的故事：「且如趙象，知機識務，事脫虎口，免遭
　　　　毒手，可謂善悔過者也。於今又有個不識竅的小二哥，也與個婦人私通，日
　　　　日貪歡，朝朝迷戀，後惹出一場禍害來。屍橫刀下，命赴陰間，致母不得侍，
　　　　妻不得顧，子號寒于寒冬，女啼饑于永晝。靜而思之，著何來由？況這婦人
　　　　不害你一條性命了？真個蛾眉本是嬋娟刀，殺盡風流世上人。權做個笑耍頭

鰍兒雙鏡重圓〉之起始寫道：

> 簾捲水西樓，一曲新腔唱打油；宿兩眠雲年少夢，休謳，且盡生前酒一甌。
>
> 明日又登舟，卻指今宵是舊遊；同是他鄉淪落客，休愁，月子彎彎照幾州？

這首詞末句，乃借吳歌成語，吳歌云：

> 月子彎彎照幾州？幾家歡樂幾家愁；幾家夫婦同羅帳，幾家飄散在他州。

作者接著解釋：

> 此歌出自南宋建元年間，述民間離亂之苦。只為宣和失政，奸佞專權，延至靖康……兵火之際，東逃西躲，不知拆散了幾多骨肉！往往父子夫妻，終身不復相見。其中又有幾個散而復合的，民間把作新聞傳說。正是：
>
> 劍氣分還合，荷珠碎復圓；萬般皆是命，半點盡由天！

然後便說了一段亂世婚姻特例的入話（見第二章八節），做正話之楔子。作者寫道：

> 此段話題做「交互姻緣」，乃建炎三年建康城中故事。同時又有一事，叫做「雙鏡重圓」。說來雖然沒有十分奇巧，論起「夫義婦節」，有關風化，倒還勝似幾倍。

在「得勝頭回」之後，言歸正傳以陳述故事內容。

第三類型是入話與正話相反相成，用相反的故事做入話，藉此達到襯托主題的效果。如《醒世恆言》第十卷〈劉小官雌雄兄弟〉，該卷之入話乃描述男子桑茂與一男扮女裝的老嫗學縛小腳、從婦道裝扮、習低聲細語、做一手好針線，然後自稱是鄭二娘以各處行遊哄騙，出入房闥與婦女同眠，因此其所姦婦女難以盡數。後來鄭二娘為趙監生撞見，監生愛其俏麗，於是囑咐妻子接二娘來家，豈料趙監生攔腰抱住鄭二娘，意欲姦淫之，此刻才赫然發現那鄭二娘原是男兒身。當下便將二娘一索捆翻，押解到官府，用

回。」由此可見在《六十家小說》編者的觀念裡「入話」中講了故事的才能稱為「笑耍頭回」。宋元遺存於《三言》的話本小說中，〈碾玉觀音〉、〈西山一窟鬼〉、〈志誠張主管〉、〈拗相公〉等篇開頭僅引詩或者對詩加以闡釋，均未稱作「得勝頭回」，〈錯斬崔寧〉開頭講魏鵬舉一句戲言丟掉錦繡前程的故事，稱引此故事「權做個得勝頭回」。

刑嚴訊使之招稱眞姓實名，以及其向來所爲的不堪醜行，鄭二娘（桑茂）因此被判凌遲重辟，一命嗚呼！然後，作者引用了兩句詩來結束入話，並且說道：

> 方纔說的是男人妝女敗壞風化的。如今說個女人妝男，節孝兼全的來正本，恰似：薰蕕不器，堯桀好相形。毫釐千里謬，認取定盤星。

接著才開始正話。

第四種類型則是議論。在入話中沒有完整的故事，只援引詩詞、典故，或夾敘夾議以闡釋正話主旨。例如《喻世明言》第一卷〈蔣興哥重會珍珠衫〉起首寫道：

> 仕至千鍾非貴，年過七十常稀。浮名身後有誰知？萬世空花遊戲。
> 休逞少年狂蕩，莫貪花酒便宜。脫離煩惱是和非，隨分安閒得意。

作者再略加數言說明詞意：

> 這首詞，名爲「西江月」，是嚨人安分守己，隨緣作樂，莫爲「酒」、「色」、「財」、「氣」四字，損卻精神，虧了行止。求快活時非快活，得便宜處……。

又引了四句古人之語：

> 人心或可昧，天道不差移。我不淫人婦，人不淫我妻。

然後說道：

> 看官，則今日聽我說〈珍珠衫〉這套詞話，可見果報不爽，好教少年子弟做箇榜樣。

接著便導入正題。

2. 韻文套語

話本小說的韻文套語包括有詩、詞、駢文、偶句和唱詞等，主要用來描寫情狀、評論和調整敘事節奏。羅燁《醉翁談錄》曰：

> 夫小說者，雖爲末學，尤務多聞。……論才詞有歐、蘇、黃、陳佳句，說古詩是李、杜、韓、柳篇章。

羅燁之語正是說明說話人除了故事情節了然於心外，還要熟讀詩詞名篇，才能在表演時作即興式的發揮，使之與故事內容相互輝映，配合得恰到好處。因此，話本小說裡以詩詞名句作爲套語就是「說話」技藝的遺存。例如《喻世明言》第三卷〈新橋市韓五賣春情〉便運用了白居易〈長恨歌〉中的名句

——「漁陽鼙鼓動地來，驚破〈霓裳羽衣曲〉」。又如《警世通言》第三十二卷〈杜十娘怒沈百寶箱〉借柳宗元〈江雪〉一詩來描繪杜十娘與李甲南下至瓜洲渡口，風雪阻渡的景象——千山雲樹滅（鳥飛絕），萬徑人蹤絕（滅）。孤舟簑笠翁，獨釣寒江雪。此外，民間所流傳的俗語、諺語亦是話本小說常引用來做為韻文套語的，例如《警世通言》第三十卷〈金明池吳清逢愛愛〉——「分開八片頂陽骨，傾下半桶冰雪水」。又如《喻世明言》第二十六卷〈沈小官一鳥害七命〉、第三十八卷〈任孝子烈性爲神〉以及《警世通言》第十九卷〈崔衙內白鷂招妖〉與《醒世恆言》第十五卷〈赫大卿遺恨鴛鴦縧〉都引用了——「老龜煮不爛，遺禍於枯桑」來比喻故事中的人物無辜遭殃受罪。再如《喻世明言》第十卷〈滕大尹鬼斷家私〉以及《警世通言》第二十二卷〈宋小官團圓破氈笠〉、第二十五卷〈桂員外窮途懺悔〉與《醒世恆言》第九卷〈陳多壽生死夫妻〉、第十卷〈劉小官雌雄兄弟〉、第十七卷〈張孝基陳留認舅〉皆引——「三寸氣在千般用，一日無常萬事休」以說明人若嚥下最後一口氣則萬事皆休矣。還有《喻世明言》第二十六卷〈沈小官一鳥害七命〉以及《警世通言》第十四卷〈一窟鬼癩道人除害〉與《醒世恆言》第三十三卷〈十五貫戲言成巧禍〉亦皆引用了——「豬羊進入宰生家，一腳腳來尋死路」來比喻故事裡的人物性命不保。

　　套語的形式不僅限於偶句，也可以是一首詩詞，或成篇的韻文、駢文。例如《喻世明言》第三卷〈新橋市韓五賣春情〉使用一首詩以說明女色傷身之理——「二八佳人體似酥，腰間仗劍斬愚夫。雖然不見人頭落，暗地教君骨髓枯。」又如《警世通言》第八卷〈崔待詔生死冤家〉以成篇韻文、駢文來形容璩家姑娘的模樣——「雲鬢輕籠蟬翼，蛾眉淡拂春山；朱唇綴一顆櫻桃，皓齒排兩行碎玉。蓮步半折小弓弓，鶯囀一聲嬌滴滴。」

　　還有以套語來評論事理，如《喻世明言》第十一卷〈趙伯昇茶肆遇仁宗〉即以「著意種花花不活，無心栽柳柳成陰」來評論趙伯昇僅因試卷中一字之誤不肯認錯，被黜不用而流落街頭，竟偶於茶肆中和仁宗相識，爲仁宗所欣賞而拔擢任官的奇遇。亦有運用套語來調整文勢的頓挫與轉折者，如《警世通言》第三十二卷〈杜十娘怒沈百寶箱〉敘及十娘設計贖身，與李甲全身而退離開娼家，此段緊張的情節完了，需要緩和一下，於是便使用套句——「鯉魚脫卻金鉤去，擺尾搖頭再不來。」以舒緩緊繃的情節和聽眾的情緒，也讓說話人略微暫時放鬆片刻。

當然，在《三言》故事陳述進行中所穿插使用的韻文套語尚有許多，在此無法一一列舉，只得以上述之例來說明話本小說——《三言》故事最基本的結構布局。

（二）《十日譚》的結構布局

關於《十日譚》的部分，其結構布局較《三言》單純。這一百篇小說多是由說故事者以一段議論或聽完前一個故事的感受做為引起，接著就展開故事內容，例如第二日第三篇故事〈駙馬〉，作者於起首寫道：

> 小姐們聽完了林那多的一番遭遇，嘖嘖稱奇，很讚美他的一片虔誠，同時也感謝天主和聖朱利安在他苦難的時候救了他。對於那位不負老天爺美意，懂得享受送上門的機會的寡婦，他們也不願加以責備——雖然她們並沒有明白表示出這個意見來。……坐在費洛斯特拉多旁邊的潘比妮亞知道這回該輪到她講故事了，就在心裡盤算該講個什麼樣的故事，一聽到女王的吩咐，她就高高興興、不慌不忙地開言說道：各位高貴的小姐，要是我們注意觀察世間的事物，就會覺得，如果談到命運作弄人們這個題目上來，那是越談越沒有完結的。世人只以為自己的錢財總是由自己掌握，卻不知道實際上是掌握在命運之神的手裡。我們只要明白這一點，那麼對我這個故事就不會感到驚奇了。命運之神憑著她那不可捉摸的判斷，用捉摸不透的手段，不停地把錢財從這個人的手裡轉到那個人手裡。這個事理是隨時隨地都可以找到充分證明的，而且也已在剛才的幾個故事裡闡述過了，不過既然女王指定我們講這個題目，那麼我就準備再補充一個，各位聽了這個故事，不但可以解悶，也許還可以得到些益處呢！

一段或長或短議論後，才進入故事本文，而文末或有說故事者之評論，有的則無，如第二日第七篇故事〈處女〉，說故事的潘費羅於故事尾聲道：

> 只是難為她，先後和八個男人不知睡了幾千次覺，在新婚的床上，居然能使她的丈夫相信她是一個處女。……俗話說得好：「被吻過的朱唇，並不減少風韻；好比彎彎的新月，有虧也有盈。」

此外，《十日譚》和《三言》在結構布局上還有兩點不同：

1. 故事中人物的對話皆是情節推展進行的必要結構，然《十日譚》裡的對話較《三言》來得頻繁與冗長。例如第四日第一篇故事〈金杯裡的心〉，女

主角綺絲蒙達和她的父王唐克烈即有一段相當精彩且長篇大論式的對話（參見本章第二節人物塑造——烈女）。又如第六日第七篇故事〈清官可斷床闈事〉的菲莉芭以其伶牙利齒爲自己辯白，那滔滔不絕的一番言辭徹底說服了法官，這些都是《三言》故事裡所沒有的。《三言》中的人物對話較爲簡短，整個故事進行銜接的主導權仍然以說話人爲重心。

2.《十日譚》的故事以十個故事爲一個單位，換言之，每一天的十個故事主題由當日的女王或國王來決定，這十日之間所講的一百個故事，其主題如下——第一日的話題由各人自定；第二日講起初飽經憂患，後來又逢凶化吉，喜出望外的故事；第三日講憑著個人的機智，終於如願以償，或是物歸原主的故事；第四日講結局不幸的戀愛故事；第五日講歷盡艱難折磨，有情人終成眷屬的故事，或是針鋒相對，駁倒別人的非難，或是急中生智，逃避了當前的危險和恥辱的故事；第七日講妻子爲了偷情或是爲了救急，而對丈夫使用種種詭計，有的被丈夫發覺了，有的把丈夫瞞過了的故事；第八日講男人作弄女人，或女人作弄男人，或男人之間相互作弄的故事；第九日題目不拘；第十日講戀愛方面或是其他方面所表現的可歌可泣、慷慨豪爽行爲的故事（參見《十日譚·代譯序》）。而《三言》則無此布局之安排。

三、寫實的內容與人物心理活動的呈現

馮夢龍於編纂《三言》時，所採行的加工創作手法是以現實主義爲其基礎，馮氏十分用心且細緻地觀察社會，掌握具有典型意義的人物與事件，描繪出客觀世間的百態和眞相。換言之，《三言》的重要內容是寫人情、生活〔註12〕，因此，馮氏必然以寫實直陳的筆法來刻劃人物，表現社會人生，展示人物對其所處之時代環境與情事變故的反應，故能引起讀者感情上的共鳴，還能啓發世人對人生現實、社會歷史的思考與反省。

例如《喻世明言》第四十卷〈沈小霞相會出師表〉，前半段出自《明史·沈鍊傳》，後半段出自明江盈科《明十六種小傳》。故事裡有某些細節於上述兩書中可以找到來源，說明作者是十分注意反映歷史事實的。同時，作者還根據小說的需要，塑造了符合當時社會現狀的某些次要人物，馮氏在故事中加入了張千、李萬這兩個差役。且故事裡的某些情節於史書之記載是一筆帶過，而馮氏則作了充分的鋪敘：沈鍊和嚴氏父子的衝突對抗以及聞淑女和差

〔註12〕《三言》主要寫世情，《二拍》主要寫社會問題，《型世言》主要反映時事。

役的爭鬧不休……，都是作者根據事情發展之必然，以現實生活爲依據而想像敷演出來的（參見繆詠禾《馮夢龍和三言》，頁 80）。

　　作者對人物狀貌、服飾、神情、動作，甚至是人物內心世界的呈顯，也都以具象的手法爲之。在《喻世明言》第三十六卷〈宋四公大鬧禁魂張〉寫一與人通姦婦女之體態形貌：

> 黑絲絲的髮兒，白瑩瑩的額兒，翠彎彎的眉兒，溜度度的眼兒，正隆隆的鼻兒，紅艷艷的腮兒，香噴噴的口兒，平坦坦的胸兒，白堆堆的奶兒，玉纖纖的手兒，細裊裊的腰兒，弓彎彎的腳兒。

雖然於措辭上是庸俗了些，但其形象明顯躍然紙上。又如《醒世恆言》第七卷〈錢秀才錯占鳳凰儔〉對醜男顏俊的描述：

> 面黑渾如鍋底，眼圓卻似銅鈴。痘疤密擺泡頭釘，黃髮蓬鬆兩鬢，牙齒眞金鍍就，身軀頑鐵敲成。檐開五指鼓鎚能，枉了名呼顏俊。

此等具體刻劃的人物形象與薄伽邱所描繪的醜女妞塔與西烏達不分軒輊（參見本章第二節─醜女）。諸如此類的例子甚多，無法一一詳舉。至於人物的內心世界如何見得？馮氏多以「○○想」的方式，直接地描寫人物的心理活動。例如《醒世恆言》第十九卷〈白玉孃忍苦成夫〉乃敘述白玉鑲與程萬里雙雙被擄至元將張萬戶家中爲奴僕並結成夫婦，而白玉孃三番兩次勸夫程萬里逃跑另謀前程，但是萬里卻信不過妻子玉孃，以爲這是主人對他的試探，因此向主人告發玉孃之舉。馮夢龍細膩地描寫了在整個事件發展過程中程萬里的心理起伏與盤算：

> 程萬里見妻子說出恁般說話，老大驚訝。心中想道：「她是婦人女子，怎麼有此丈夫見識，道著我的心事？況且尋常人家，夫妻分別，還要多少留戀不舍。今成親三日，恩愛方纔起頭，豈有反攛我還鄉之理？只怕還是張萬戶教他來試探我。」……到明早起身，程萬里思想：「張萬戶教她來試我，我今日偏要當面說破，固住了他的念頭，不來提防，好辦走路。」

待張萬戶知悉玉孃勸夫背主逃跑一事後，大爲火光，吊起玉孃便要打一百皮鞭。此刻的程萬里在心中懊悔道：

> 原來他是眞心，到是我害了他。

可是當張夫人見狀向萬戶求情而免去了玉孃皮肉之苦時，程萬里又疑心想到：

還是做下圈套來試我。若不是，怎麼這樣大怒要打一百，夫人剛開口討饒，便一下不打？況夫人在裡面，那裡曉得這般快就出來護救？且喜昨夜不曾說別的言語還好。

後來，玉孃又勸夫逃走，程萬里心中愈生猜疑：

前日恁般嗔責，他豈不怕？又來說起？一定是張萬戶又教他來試我念頭果然決否。

這種對人物心理活動直接敘述的表現手法雖然稱不上是特殊的文學技巧，但是卻已然寫出男主角的性格，亦渲染出為人俘擄者在外族營府內那種疑懼不安、心存戒備的緊張氣氛。

另一段精彩的心理活動描寫是〈賣油郎獨占花魁〉，故事裡的賣油郎秦重初次見到王美便呆了半晌，身子都酥麻了，待他向酒保打聽得佳人原是花魁娘子，挑了擔子一路走，一路的肚中打稿：

「世間有這樣美貌的女子，落於娼家，豈不可惜！」又自家暗笑道：「若不落於娼家，我賣油的怎生得見！」又想了一回，越發癡起來了，道：「人生一世，草生一秋。若得這等美人摟抱了睡一夜，死也甘心。」又想一回道：「呸！我終日挑這油擔子，不過日進分文，怎麼想這等非分之事！正是癩蝦蟆在陰溝裡想著天鵝肉喫，如何到口！」又想一回道：「他相交的，都是公子王孫。我賣油的，縱有了銀子，料他也不肯接我。」又想一回道：「我聞得做老鴇的，專要錢鈔。就是乞兒，有了銀子，他也就肯接了，何況我做生意的，清清白白之人。若有了錢子，怕他不接！只是那裡來這幾兩銀子？」一路上胡思亂想，自言自語。你道天地間有這等癡人，一個做小經紀的，本錢只有三兩，卻要把十兩銀子去嫖那名妓，可不是春夢！自古道：有志者事竟成。被他千思萬想，想出一個計策來。他道：「從明日為始，逐日將本錢扣出，餘下的積攢上去。一日積得一分，一年也有三兩六錢之數，只消三年，這事便成了。若一日積得兩分，只消得半年。若再多得些，一年也差不多了。」

秦重就這樣想來想去，不覺走到家裡，開鎖進門。只因一路上想著這事，回家後連晚飯也沒喫，便上床就寢。是夜輾轉難眠，只因牽掛著美人，那裡睡得著。

而《三言》此種呈顯人物心路歷程的手法實際上是受到「說話」、「說書」

與其他說唱文學之表現方式的影響〔註13〕，說話人為了讓聽眾明瞭故事人物的想法和企圖，也就必須採取直接陳述以進入人物的內心世界，到了話本小說文體的確立後，「說」的方式於是被植入了「寫」的文字裡。

當然，《三言》也有所謂的傳統白描手法〔註14〕，例如《警世通言》第三十二卷〈杜十娘怒沈百寶箱〉在敘述李甲聽孫富一番妄語讒說後便悶悶不樂，十娘軟言撫慰才明白了李甲的心意，因而徹底看清郎君的真面目。此時作者只寫十娘「冷笑一聲」說：「為郎君畫此計者，此人乃大英雄也。郎君千金之資，既得恢復，而妾歸姓，又不致為行李之累，發乎情，止乎禮，誠兩便之策也。」對十娘的內心活動完全不予著墨。等到第二天時已四鼓，十娘起身細心裝扮後，微窺公子，見其欣欣然有喜色，乃催李甲快去回話，及早與孫富兌足千金好「銀人兩訖」。石昌渝於《中國小說源流論》說：

> 作者雖然沒有直接寫十娘的心理活動，但十娘的心理活動卻表現得
> 非常生動明晰。作者這樣處理，目的也許是要賣關子，使得「怒沈
> 百寶箱」產生出人意料的震撼人心的效果。

石氏之言甚是，用這種白描手法而不直接介入情節，隨時進出主角內心世界的敘述方法，其實也是留給讀者一個揣測猜想的空間，直到謎底揭露時即達到了作者於創作構想中所要營造的文學效果與目的。

在《十日譚》部分：作者薄伽邱一反西方文學的主調，在神之形象與神權意識充斥彌漫的時代裡特立獨行，西方敘事故事最發達的是史詩，其淵源即是神話。古希臘神話可見於荷馬的史詩裡，史詩中反映了遠古人類的歷史和生活，充滿現實主義精神，亦熔想像、誇張、神話為一爐，遂又敷抹上浪漫主義的色彩。此種敘述風格一直影響著後來的中古史詩和傳奇，其敘述的基本情節皆有一定的歷史事實為根據，然又往往凸顯英雄與自然或超自然力量的對抗，故多魔怪法術。再加上宗教、法治、科學是構成西方社會的主要紐帶，因此，敘事文學的內容較側重人與宗教道德、人與客觀規律和宇宙法則的關係。十三世紀以後，西方敘事文體逐漸由韻文形式走向散文形式，而且在內容上也和以往的敘事文學有很大的不同，作者開始轉向現世的人生，他們選擇了以現實生活作為創作的題材，其故事情節和人物形象都

〔註13〕說話藝術人在講述故事時，十分講究繪聲繪色，傳神摹態。他們利用切合於
　　　　描述對象之性格和身分的語言、動作，讓聽眾得以感覺到只有此等身分的人，
　　　　才會有此等動作，才會說出反映其人格特質的言語。

〔註14〕即以文字敘述呈現，而不加入作者主觀的看法，換言之，也就是鋪陳描述。

是寫實的，而薄伽邱正是此類敘事文學的先驅之一〔註15〕。反對神的權威，主張一切應回歸於人本，於是他以寫實的手法來揭露當代教會某些神職人員的醜行、反對天堂論永生說，薄氏用其大膽的筆寫出人的實際生活，肯定現世、發現人的價值與權利，並且要求個性解放、提倡平等。在《十日譚》裡的故事有不少是取材於古典、東洋、法國及義大利的傳說或民間故事，作者按照自己的意思加以改編，不僅敘述事件，還塑造人物，對現實作生動的描摹和概括。換言之，《十日譚》的內容與《三言》同是有關於人情世態者，作者在描繪種種類型的生活現象時，也都針對這些現象提出他們的說明和批判。

至於《十日譚》作者在呈現故事人物的心理活動，其寫作手法亦同於《三言》。如第二日第九篇故事〈易釵行〉、第五日第九篇故事〈鷹的傳奇〉與第七日第四篇故事〈落井下石〉，薄伽邱欲表達茲娜維拉、喬娃娜心中的顧慮和琪塔的打算，同樣也以「○○心想」的方式來描述。不過，像這樣的寫法較《三言》少了許多，《十日譚》常是以敘事者的角度直接陳述人物的心理活動與反應，整個故事的進行還是以人物之間的對白與敘述者之說明以爲銜接居多。例如〈易釵行〉敘及商人貝納波拿妻子之名節與安普洛朱羅打賭，惡徒安普洛朱羅略施小計而得到了茲娜維拉的錢袋、戒指以爲通姦之信物，又偷窺其身體而記得茲娜維拉的生理特徵。當貝納波與安普洛朱羅依約再度會面後，安普洛朱羅便於眾人面前宣布他已贏得這場賭局並且提出證據與說明。接著薄伽邱就寫道：

> 貝納波聽到這話，就像一把刀子直刺進心窩，痛不可言。儘管他一句話沒說，但看他那臉色驟變的樣子，也顯然可以看出，他已經相信安普洛朱羅所說的都是眞話了。

又如第三日第九篇〈愛情調包〉寫姬蕾達治好了法王的痼疾，於是請求國王把貝特莫拉伯爵賜給她做丈夫；伯爵娶她，並非出於自願，因此，婚後就不告而別。薄伽邱是這樣描寫姬蕾達的心理活動：

〔註15〕由於一般平民大眾沒有古典文學教養，他們對於以古希臘神話和封建騎士爲題材的作品，都不感興趣。因爲他們並不是留戀過去生活的有閒階級，其生活重點就是把握現在，所以他們最感到有趣味的文學作品，即是以現實生活爲題材的文學。但丁的《神曲》固然也有古典時代的故事，可是裏面卻加進了現實社會的景象，而薄伽邱的《十日譚》則完全是取材於現實社會，所以被稱爲是文藝復興時代人文主義巨著。

　　　　新娘看到丈夫不告而別，心裡很難過，但還是希望這只是暫時的，
　　　　將來有一天他會回心轉意，重返家鄉。

諸如此類的描述方式其例甚多，這也是《十日譚》在呈顯故事人物心理活動
時，與《三言》有別之處。

四、性愛的描寫

　　《三言》與《十日譚》之故事內容多涉愛情與婚姻，故不免有男歡女愛
床第之事的刻繪〔註16〕。對於文學中的性愛描寫，歷來為人否定的多，肯定
的少；甚至還被冠上色情、淫穢之名〔註17〕。如繆詠禾即批評《三言》某些
情節道：

　　　　《三言》有些作品，表面上是嚨人不要淫人妻女，實際上卻充滿了
　　　　淫穢的色情描寫。〈新橋市韓五賣春情〉（喻三）、〈蔣淑貞刎頸鴛鴦
　　　　會〉（警三八）等就是這一類作品。（見《馮夢龍和三言》，頁54）

又如許政揚注《喻世明言》於其前言寫道：

　　　　一些不健康的、色情的筆墨是話本小說的另一嚴重缺點。某些場
　　　　合，作者本意也許在於暴露僧侶、市儈們的罪惡；遺憾的是，他們
　　　　本身的庸俗意識和低級趣味，常使他們耽溺於這種描寫。於是，暴
　　　　露最終便成了宣揚。這必然要大大損害作品的思想價值和藝術價

〔註16〕例如：《喻世明言》第二十三卷〈張舜美燈宵得麗女〉、第二十九卷〈月明和
　　　　尚度柳翠〉、《警世通言》第三十五卷〈況太守斷死孩兒〉、《醒世恆言》第八
　　　　卷〈喬太守亂點鴛鴦譜〉、第十五卷〈赫大卿遺恨鴛鴦絛〉、十六卷〈陸五漢
　　　　硬留合色鞋〉以及第二十三卷〈金陵海縱欲亡身〉。

〔註17〕中西初民對生殖器及生殖的崇拜應是一種生命意志的強烈體驗。尼采說：「真
　　　　正的生命即通過生殖，通過性的神祕而延續的總體生命。所以對希臘人來說，
　　　　性的象徵本身是可敬的象徵，是全部古代虔敬所包含的真正的深刻意義。生
　　　　殖、懷孕和生育行為中的每個細節都喚起最崇高最莊嚴的情感。」然而，在
　　　　步向文明後，卻最先對「性」加以制限，中國所謂的「男女之防」即是為男
　　　　女兩性設防，就正面來看是使男女角色有別，使之在社會、倫理的網絡中各
　　　　居其位行事；但就較負面的影響來看，便形成禁絕兩性往來，「性」漸漸成為
　　　　禁忌。在猶太教與基督教的教義中，夏娃違反了上帝的禁令，偷吃禁果而和
　　　　亞當被逐出伊甸園，夏娃成為罪惡之源；希臘神話中，宙斯為了報復普羅米
　　　　修斯為人類盜取火種，於是創造了美女潘朵拉，並給了她一個裝著世界上所
　　　　有禍害的盒子，但是卻告誡她不要打開，然其好奇心促使潘朵拉將盒子打開，
　　　　禍害就此散布於四方，給人類帶來災難。後來的羅馬帝國把基督教當作國教，
　　　　歐洲就進入了性禁忌時代。教會以為性欲能導致人類靈魂墮落，性與罪惡便
　　　　聯繫在一起。

值。我們在校訂時，已儘可能加以刪節。當然，個別地方也還會留下一些揩抹不盡的污跡。今天的讀者一定能認識到這是話本的糟粕部分，而用嚴肅的批判的眼光去對待它們。

還有顧學頡校注《醒世恆言》於其前言也有一番類似的論調，他說：

這些作品，通過故事情節和人物形象，都在不同程度上反映了當時社會生活和人民的願望。尤其對於兩宋以迄明代城市發達以後的市民階層的生活面貌和思想感情，有著較廣泛而深刻的描繪。當然，市民階層的情感和意識本身，同時也包含著傭俗的、封建的一面；而這一面也常常會在作品中表現出來的。因而有些作品裡，常常是美醜雜陳、瑕瑜互見，既有歌頌、嚮往美好的一面，同時也往往夾雜著一些封建說教和對人民的不適當的看法，以及因果報應和色情的渲染等等。但是，對民主自由的憧憬，人道主義的因素，樂觀積極的情緒，和對封建制度、封建禮教的揭露和嘲諷，許多作品中還是較多地流露出來了的。希望讀者閱讀時用批判的眼光去辨別和抉擇。……對於個別色情描繪的字句，作了必要的刪節；對於過於猥褻的〈金海陵縱欲亡身〉一篇，則整篇刪去。

而《十日譚》的出版在當時亦受到許多人的撻伐，認為其內容誨淫誨盜，[註18]薄伽邱還特地寫了後記予以辯駁：

也許有那位太太小姐會說，這些故事裡涉及男女的事情太多，不是正經的女人所應該說或應該聽的。我否認這一點，因為只要措辭妥當，天下是沒有什麼事情講不得的，而我自信我在這方面做得很得體。

又說：

就算妳們指責得對吧（我不想跟妳們爭辯，寧可讓妳們占上風），那麼，我還有許多現成的理由可以作答辯。第一、書中有些敘述近乎猥褻，那麼這原是決定於故事的性質，凡是有見識的人，只要用平心靜氣的眼光看一下，就會承認，我要是不把故事改頭換面，那就沒有別的方法來敘述這些故事了。假使文章裡，偶然有一兩個名稱

〔註18〕薄伽邱在晚年時，聽到有位年輕朋友想把《十日譚》推薦給家裡的女人閱讀，他本人即一本正經地寫信給那位朋友說：「不行，絕能做那種事。讀過那本書的人，一定會認為我是好色之徒或糟老頭呢！」由此可推測該書中有一些內容在當時的確頗受爭議，就連晚年的薄伽邱自己也有上述之顧慮。

或字眼稍欠文雅，使妳們聽起來覺得不堪入耳——因爲妳們這些自命正經的女人，把語言看得比行爲更加重要，表面上裝得循規蹈矩，骨子裡卻不是這麼一回事——那麼我要這樣回答：一般人整天都在說「洞眼」、「釘子」、「臼」、「杵」、「臘腸」、「波隆納臘腸」等等這一類的話，別人可以這樣說，那麼爲什麼偏偏不許這樣寫呢？再說，我這枝筆照理該和畫家的筆享有同等的權利。……爲什麼偏要對我加上種種束縛呢？……再說，這些故事也跟天下任何事物一樣，能夠使人受害，也能夠使人得益，這完全要看聽故事的人是抱持怎樣的態度。……卑鄙的小人怎麼也不能領會一句話裡的好處，金玉良言對他們完全沒用；反過來說，有德行的人即使聽了一句並不很正經的話，也不會因此減損了人格，……天下還有什麼事、什麼話、什麼文字能比聖經更聖潔、更有價值、更受人崇敬呢？可是偏有許多人把聖經曲解了，因此害得自己與別人永墮地獄。每一樣東西總有它的好處，如果使用不當，就難免會發生許多弊病，我所講的故事何嘗不是這樣。

的確，《三言》與《十日譚》皆有赤裸裸的性愛描寫，《十日譚》的作者還以「草原上春情勃發的雄馬向派西亞的雌馬進攻」來比喻賈納羅與蓓洛尼拉交歡時的激情（第七日第二篇〈酒桶〉），諸如此類的描寫亦可見於第九日第十篇〈變形記〉等篇。但是，若以較高的道德標準來要求通俗性強的小說得完全捨去露骨的，甚至是所謂的色情描繪，似乎又略嫌不妥；畢竟，一般的平民大眾爲中下階層，如果無法遷就他們，用他們所習慣的語言來陳述其喜聞樂見之事——當然包括這些閨房情事——那麼要達到以小說教化百姓的目的也就有困難了。因爲群眾只能在閒暇時聽說書、讀話本，若是拿一個聖人去與人說學講道，人見聖人來，都怕要走了，如何有心閱讀再予以批判〔註19〕？而薄伽邱則是站在成年人的觀點和寓教於樂的角度，或者更直接地說，薄氏較高估成年人的成熟度與判斷力，他說：

這些故事是在花園裡，在遊樂的地方講的，聽故事的人年紀雖輕，

〔註19〕王守仁於《傳習錄》裡嘗說道要把儒家思想從士階層中推展出去，走向民眾，就必須將其「良知說」作通俗化的處理，且須讓自己同愚夫愚婦，方可與人講學。儒學大家之看法如此，更何況以通俗小說作爲儒家倫理的載體，正好是將仁義道德化俗，藉此聽講、閱讀的過程，爲一般百姓所理解接受，進而內化於其心。

卻都已成人懂事，不會因爲聽了這些故事就此誤入歧途；……。
因此，我個人以爲通俗小說——《三言》與《十日譚》裡的性愛描寫應可以
被接受，而不要刻意刪節或給予嚴厲的指責。此外，我也不否認《三言》和
《十日譚》的性愛描寫技巧還有提升改造的空間。文學中的性愛題材是可以
表現的，因爲文學即人生的反映，然而如何用美的語言文字來傳達？如何寫
得貼切恰到好處？這個問題亦是作家們必要考量的。恩格斯即肯定表現自然
的、健康的肉感和肉欲，而痛斥了對人的自然性欲表現出嗤之以鼻或避諱不
談的態度，他說：

> 我不能不指出，德國社會主義者也應當有一天公開地扔掉德國市儈
> 的這種偏見，小市民的虛僞的羞怯心，其實這種羞怯心不過是用來
> 掩蓋秘密的猥褻言談而已。例如，一讀弗萊理格拉特的詩，的確就
> 會想到，人們是完全沒有生殖器的。但是，再也沒有誰會像這位在
> 詩中道貌岸然的弗萊理格拉特那樣喜歡偷聽猥褻的小故事了。最後
> 終有一天，至少德國工人們會習慣於從容地談論他們自己白天或夜
> 間所做的事情，談論那些自然的、必需的和非常愜意的事情，就像
> 是在日耳曼民族那樣，就像荷馬和柏拉圖、賀雷西和尤維納利斯那
> 樣，就像舊約全書和「新萊茵報」那樣。〔註20〕

換言之，恩格斯以爲人們應該正確地認識文學裡的性描寫，特別要認識其審
美娛悅價值。那麼，什麼樣的性愛描寫才是具有美感的？例如戴維・勞倫斯
的《查泰萊夫人的情人》中一段如夢似幻，充滿詩情畫意的性愛描寫：

> 她把門打開，望著外面的滂沱大雨，像一張鋼幕似的。驀然間她產
> 生了一個欲望，欲望著向這雨裡飛奔而去。她站了起來，急忙忙地
> 脫掉了她的襪子，然後脫掉她的衣裳和內衣，他摒息望著她。她的
> 尖尖的兩只乳房，隨著她一舉一動而顫擺著。在那蒼茫的光線裡，
> 她是象牙色的。她穿上了她的橡膠鞋，發了一聲野性的癡笑，跑了
> 出去，向著大雨挺著兩乳，展著兩臂，朦朧地在雨裡跳著她多年前
> 在代斯德所學的諧和的舞蹈。那是個奇形的灰影，高著、低著、彎
> 曲著，雨向她淋著，在她飽滿的臀上發著亮，她重新起舞著，小腹
> 向前在雨中前進，重又彎身下去，因此只見她的臀和腰向他呈獻著，

〔註20〕轉引自黃永林《中西通俗小說比較研究》，頁 241。原載於《馬克思恩格斯全
　　　　集》第二十一卷，人民出版社。

　　　好像向他呈獻著一種臣服之禮，一個野性的禮拜。

該段文字乃描寫「雨中曲」的康妮在夜色朦朧的雨中裸體跳舞的情景，而她的情人梅勒斯則以審美的、欣賞的眼光注視著愛人的身體與其曼妙的舞姿，更因此而牽動了內心的情欲，渴望和康妮作愛。對於這樣的性愛描寫，黃永林以爲此乃：

　　　大自然的美與人體美的和諧、生理的快感與情愛的美感的融洽，優
　　　美的肉體與高尚靈魂的統一，這裡人們所獲得的精神上的美感壓倒
　　　了肉體的快感，這正是由性愛而產生的美感的反映。……這段精彩
　　　的「雨中曲」把康妮的性愛寫得熱烈而奔放，眞摯而無邪，是人性
　　　眞實、健康美的體現。勞倫斯寫康妮與情人梅勒斯的性愛，是爲了
　　　表現被壓抑了人性的康妮通過這種大膽的性愛，使人性獲得解放，
　　　使人性在大自然中得到復歸。人們透過「性」看到了「人生」和「社
　　　會」，從而也賦與了性行爲一定的審美意義和精神品格。

由此可見，文學中性愛的描寫可以是美好的、感性的，誠如郁達夫所說的：

　　　非但動作對話寫得無微不至，而且在極粗的地方恰恰和極細的心理
　　　描寫能夠連接起來，絲毫不感到是故意挑撥劣情。〔註21〕

所以，文學作品對於男女歡愛行爲的描繪應當掌握住美感的角度，拿捏好分寸，如果只是爲了「性」而寫性，甚至還加以誇張、渲染，若是如此，那麼該作品的美學價值必然會受到影響而削弱了其自身的可讀性。唐代張鷟的《遊仙窟》其內容有不少篇幅是寫男主角與十娘、五嫂調情、挑逗、性交的過程。作者以散韻交錯的形式和比興、暗喻、雙關等修辭手法，通過性的隱喻象徵，如詠琵琶、詠箏、詠刀、詠鞘……來比喻男女的關係，而且語帶雙關，表面上是詠物，實際上是寫交媾情事：

　　　琵琶入手，未彈中間，僕乃詠曰：「心虛不可測，眼細強關情。回身
　　　已入抱，不見有嬌聲。」十娘應聲即詠曰：「憐腸忽欲斷，憶眼已先
　　　開。渠未相撩撥，嬌從何處來？」

又如詠刀和鞘：

　　　下官詠刀子曰：「自憐膠漆重，相思意不窮，可憐尖頭物，終日在皮
　　　中。」十娘詠鞘曰：「數捺皮應緩，頻磨快轉多，渠今拔出後，空鞘

─────────────

〔註21〕轉引自徐智明《天使與野獸之間》（文學名著情愛百態），上海：學林，1993
　　　　年。

欲如何！」

諸如此等只可意會的文字描寫與《十日譚》的敘寫手法是一致的，薄伽邱也用「杵」和「臼」來象徵男女的性器官，也用騎馬的姿勢來暗示男女交合的行為。於此可見性愛是古今中外文學的主題之一，就《遊仙窟》、《十日譚》等作品來看，中西作家對於性愛的描寫都會採取隱喻、雙關的技巧，並因而產生戲而不謔、艷而不俗的文學趣味，充分發揮語言文字的妙用。換言之，作家描寫男歡女愛的場景應該為讀者留白，才能進而引起欣賞者無窮的揣想與回味。所以，我個人認為若能打破世俗的性禁忌，讓性愛主題在文學作品中得以一種審美的、藝術的方式來展現，這是有意義、有文化的，正如黃永林所言：

> 優秀小說的性愛描寫，能揭示社會關係和其他關係的底蘊，通過社
> 會經濟關係和其他關係在性問題上的反映，探討社會、人生、人性
> 等複雜問題。(見《中西通俗小說的比較研究·第七章》，頁 245)

當然，我個人也反對假藝術、美學之名卻盡寫些令人血脈賁張、充斥著病態行為的故事內容，這只是以文字來拼湊一些色情的畫面而談不上是文學。男女之間機械式的肉搏戰和具有藝術創作目的的性愛描寫怎能相提並論？感官上的刺激是短暫的；而真正有美感的性愛卻能讓人感到精神上的娛悅，甚至低迴再三，懷念不已。

　　色情與藝術的界線或許是模糊的，要畫清兩者的關係，最根本的解決之道就是培養民眾正確的兩性觀念，且推展美學教育，使作家、文人、藝術工作者感性、美好、知性的創作動機為群眾所瞭解，而不是以異樣的眼光來看待性愛文學、裸體畫像或雕塑等藝術作品。在健康、良性、優美的薰陶、互動之下，自自然然地欣賞分析討論這種藝術、文學創作，而不再因此臉紅心跳或噤口逃避。如此一來，色情、暴力、病態的問題就可獲得改善，故與其視「性」為禁忌或洪水猛獸，不若以教育、疏導、溝通的方式來建立「性愛」的健康認知，尊重各類以「性愛」為題材的藝術和文學。

五、夢、神魔和鬼魂

（一）夢

　　不論中西，人自幼開始便有夢為伴，而且對夢中的情景擁有絕對的「獨享權」。然而，對於自己所做的夢卻難以一一解讀、說明。換言之，夢境可能

與現實生活完全不相干，甚至出現了恐怖可怕幻象或鬼魅。根據奧國精神分析的始祖弗洛伊德（Sigmund Freud）之解釋：

> 在夢中，人的願望藉由凝縮、轉移等改頭換面的工作而達成，是一種非理性、反社會的潛意識外射現象。（參見《夢的解析》第六章）

這是較科學、合理的分析，也點出夢與欲望的關聯性。

在中國，自《左傳》即大量記夢，到唐傳奇沈既濟《枕中記》、李公佐《南柯太守傳》等以「夢」的形式來寫小說故事，成爲有別於寫實手法的創作示範。馮夢龍的《三言》雖然以人生寫實故事居多，但是，爲了表達對不合情理的現實、制度反抗與對美好理想的嚮往，作者於是「假夢以圓夢」，而採取幻想、誇張、超寫實的手法來寫作。《三言》中與夢有關的故事大概占了四分之一，再進一步加以歸納分類，這些夢的類型與作用大致如下：

1. 反映內心的渴望

〈白娘子永鎮雷鋒塔〉的許宣見過了白娘子，是夜便思量著佳人，翻來覆去睡不著。夢中共日間見的一般，情意相濃，不想金雞叫了一聲，才知是南柯一夢。許宣之夢已非常清楚地反映出其內在對白娘子的愛慕和渴望，誠如弗洛伊德所說的，這類的夢反射出潛藏於心靈深處的情感、性格、動機和欲望。

2. 托夢告謝

《左傳》宣公十五年記載：春秋時，晉魏武子有嬖妾，無子。武子疾，命子顆嫁之。病亟，又命顆必以爲殉，魏顆不從其父病亟迷亂之命而嫁之。後來，顆與秦師戰於輔氏，見一老人結草以抗秦將杜回，回仆倒，顆獲之而敗秦師。夜寢則夢自稱爲嬖妾之父的老者前來言謝，感激魏顆改嫁其女而免於陪葬，故在戰場上結草，纏住秦軍戰馬，使秦之兵士墮馬戰敗。〔註22〕

像這一類的夢在中國經典、小說裡多有載錄，《三言》當然也不例外。如〈閒雲菴阮三償冤債〉、〈沈小霞相會出師表〉、〈杜十娘怒沈百寶箱〉，以及〈兩縣令競義婚孤女〉皆有之。這些託夢者皆已作古，爲了表示其對陽世恩人的

〔註22〕《左傳‧宣公十五年》：「秋七月，秦桓公伐晉，次于輔氏，壬午，晉侯治兵於稷，以略狄土，立黎侯而還，及雒，魏顆敗秦師于輔氏，獲杜回，秦之力人也。初魏武子有嬖妾，無子，武子疾，命顆曰：必嫁之，疾病，即曰：必以爲殉。及卒，顆嫁之，曰：疾病則亂，吾從其治也。及輔氏之役，顆見老人結草以亢杜回，杜回躓而顛，故獲之。夜夢之曰：余，而所嫁婦人之父也，爾用先人之治命，余是以報。」

感謝之意，也只能藉由「夢」此一似幻似眞、現實與靈異交界的模糊區域來傳達，「夢」即成了人鬼相通訊息的媒介。

　　3. 得夢感孕產子

　　《詩經‧生民》曰：

> 厥初生民，時維姜嫄。生民如何？克禋克祀，以弗無子。履帝武敏歆。攸介攸止。載震載夙，載生載育，時維后稷。

由此可知中國周人的祖先后稷乃姜嫄踏上帝足跡而感孕所生。換言之，后稷是上天派遣來的，以領導周的子民。諸如此類感孕之說，在《三言》故事裡亦和「夢」相互牽扯，例〈月明和尚度柳翠〉柳宣教之妻高氏夢見一個和尚，面如滿月，身材肥壯，走入臥房，高氏喫了一驚，一身香汗驚醒，自此不覺身懷六甲。又如〈遊酆都胡毋迪吟詩〉寫宋徽宗的皇后有孕，夢見一金甲貴人，怒目言道：

> 我吳越王也，汝家無故奪我之國，吾今遣第三子託生，要還我疆土。

皇后醒覺遂生皇子構，是爲高宗。再如〈梁武帝累修歸極樂〉的單氏夜裡夢見一個金人，身長丈餘，衮服冕旒，旌旗羽雉，輝耀無比。一夥緋衣人，車從簇擁，來到蕭家堂上歇下。這個金身人獨自一個進到單氏房裡，望著單氏下拜，氏驚惶，正要問時，恍惚之間，單氏夢覺來，就生下一個孩兒來。還有〈陳可常端陽仙化〉的陳母夢見一尊金身羅漢投懷而產了一子。甚至在〈孤獨生歸途鬧夢〉入話另有夫妻相隔兩地，夢魂相遇而交感成胎的奇事。

　　透過這些因夢感孕、託生之案例，可以看到中國文化的縮影，了解中國人的宗教信念。而《三言》的此類情節正是受到宣揚佛教思想的「俗講」影響，「俗講」是佛教與民間說唱文學結合的產物，佛教就是通過講唱佛經故事，並穿插白文解釋而傳播到社會各階層，尤其是平民百姓，他們便在聽「說經」的過程當中接受了所謂的因果輪迴、投胎轉世的宗教觀念。

　　除了託夢感生之外，《詩經‧斯干》謂：

> 吉夢維何？熊羆維羆。維虺維蛇。大人占之：維熊維羆，男子之祥；維虺維蛇，女子之祥。

也就是說夢象可以預告生男或生女：人若夢見蛇便是要生女；若夢見熊，則是會生男。但弗洛伊德卻認爲蛇是男性生殖器的象徵，由此可見中西方不同

的文化與觀點——對同一個事物或夢兆的看法與解析，有可能發生完全迥異的現象。換言之，同樣的夢象，由於不同的夢者，不同的文化背景，所以也就構成不同的意義。

4. 為人們生活中的一種引導

《左傳》成公二年，韓厥夢見父親子輿警告他在作戰時要避免立於車左和車右，韓厥便以此夢兆為誡，因而逃過死劫〔註23〕。在《三言》中亦有十四個相似的情節：

《喻世明言》

　　第三卷〈新橋市韓五賣春情〉

　　　　吳山夢一和尚索命。

　　第五卷〈窮馬周遭際賣䭃媼〉

　　　　王媼夢白馬自東而來，又沖天而去。

　　第二十二卷〈木棉菴鄭虎臣報冤〉

　　　　賈似道少時嘗夢自己乘龍上天，卻被一穿著繡有「滎陽」二字背心的勇士打落，墮於坑塹之中。

　　第二十三卷〈張舜美燈宵得麗女〉

　　　　劉素香夢白衣大士報云：「爾夫明日來也。」

《警世通言》

　　第六卷〈俞仲舉題詩遇上皇〉

　　　　南宋高宗夢遊西湖之上，見毫光萬道之中，卻有兩條黑氣沖天。

　　第十一卷〈蘇知縣羅衫再合〉

　　　　入話的李宏夢「酒色財氣」四女相爭打成一團。

　　第十五卷〈金令吏美婢酬秀童〉

　　　　張二官夢見神道伸隻靴腳踢他道：「銀子有了！陳大壽將來放在櫥櫃頂上葫蘆內了」。

　　第二十三卷〈樂小舍拚生覓偶〉

　　　　樂和夢一老者，因問姻緣之事；又見順娘，心下又驚又喜，卻被老者望背後一推，遂大叫一聲而猛然驚覺。

〔註23〕《左傳・成公二年》：「……韓厥夢子輿謂己曰：且辟左右，故中御而從齊侯。邴夏曰：射其御者，君子也。公曰：謂之君子而射之，非禮也。射其左，越于車下，射其右，斃于車中，……。」

第二十九卷〈宿香亭張浩遇鶯鶯〉

張浩夢中聞得有人叱呵：「良士非媒不聘，女子無故不婚。今女按板於窗中，小子踰牆到廳下，皆非善行。玷辱人倫，執詣有司，永作淫奔之戒。」而大驚退步，失腳墮于砌下。

《醒世恆言》

第四卷〈灌園叟晚逢仙女〉

秋公夢仙女道「吾乃瑤池王母座下司花女，憐汝惜花志誠，故令諸花返本。不意反資奸人讒口。然亦汝命中合有此災，明日當脫。張委損花害人，花神奏聞上帝，已奪其算。助惡黨羽，俱降大災。汝宜篤志修行，數年之後，吾當度汝。」秋公稽首叫謝，便不見仙子，後來撇然驚覺。

第十八卷〈施潤澤灘闕遇友〉

入話的竇禹鈞夜夢祖父說道「汝命中已該絕嗣，壽亦只在明歲。及早行善，或可少延。」一夜，復夢祖先說道「汝合無子無壽。今有還金陰德種種，名掛天曹，特延算三紀，賜五子顯榮。」

第二十八卷〈吳衙內鄰舟赴約〉

入話的潘朗夢見鼓樂旗彩，送一狀元匾額進門，匾上註著其子潘遇姓名。後來復夢向時鼓樂旗彩，迎狀元匾額過其門而去。潘朗追問，送匾者云「今科狀元合是汝子潘遇，因做了欺心之事，天帝命削去前程，另換一人也。」潘遇驚醒，將信將疑。正話的吳彥和秀娥做一夢，夢見二人歡好之情因鞋兒洩了底而為賀司戶與夫人撞悉。

第三十一卷〈鄭使節立功神臂弓〉

張員外夢見一大漢，約長八尺，露出滿身花繡，遭黃巾力士打得幾杖，並答應胡亂認做諸侯，畫了押才獲釋。

上述之夢兆或明示或暗喻，得夢者或接受夢的啟發而醒悟改過，如吳山、李宏；或於夢兆應驗後而嘖嘖稱奇，如張二官除夜夢城隍吩咐「陳大壽已將銀子放在櫥櫃頂上葫蘆內了」，葫者胡美，蘆者盧智高，陳大壽乃酒店老者，而胡美便是在老兒店裡一個櫥上躲藏後就逮。神明之語，果真一字無欺。

此外，還有因夢而任免臣吏，例如上皇得夢，召來圓夢先生解作「乃是有一賢人，流落此地，遊於西湖，口吐怨氣沖天，故託夢於上皇。必主朝廷

得一賢人，應在今日，不注吉凶。」後來，上皇更換衣裝，扮作文人秀才，便尋得了俞仲舉，並要求當朝君王孝宗授之以成都府太守。而王媼與竇禹鈞則是接受了夢的引導，一位答應了馬周的求婚，做了尚書夫人；一位愈加好善，勤於助人而使自己與子孫獲得福報。其他的夢兆也都一一得到驗證，才子佳人們歡喜團圓。那賈似道雖極力排擠姓鄭之人，以免應了夢徵，但是，其不義之行最後終於要遭到天譴，宋恭宗於是降罪貶謫，而押解官員正是鄭虎臣〔註24〕，賈似道因此心慌意亂，他稱虎臣爲天使，而且抑己自稱是罪人，還將上等寶玩當做進見之禮，祈求鄭虎臣保全他的性命，然虎臣並不允。待起程行至木棉菴，賈似道自分必死〔註25〕，於是服毒自盡，鄭虎臣獲悉此事乃罵道：

> 奸賊，奸賊！百萬生靈死於汝手，汝延捱許多路程，卻要自死，到
> 今日老爺偏不容你！

接著便拿起大槌連頭連腦打了似道二三十下，擊至稀爛，曾經呼風喚雨一時的賈似道性命至此休矣──其少時的夢兆確實應驗。

在《十日譚》第四日第六篇〈噩夢〉與第九日第七〈夢兆〉的故事裡，也和前述的第四型有相近似的情節。〈噩夢〉的安德蕾薇拉做了一個夢，夢見自己和愛人卡普理奧多一起在她家的花園裡，情人躺在她懷中，兩人正無限甜蜜時，她忽然看到一個奇形怪狀、又黑又可怕的東西自卡普理奧多的體內鑽出來，緊緊揪住他，猛地將他從自己的懷抱裡搶去，而且和他一起陷入地下不見了。安德蕾薇拉見情人被妖怪奪去，不由得大哭大喊，也就醒了過來。雖然她慶幸這不是事實，但是一想到這場噩夢仍舊有些害怕，於是便力勸愛人過些時日再來找她，以免應了夢兆。卡普理奧多了解了安德蕾薇拉的心意後，便不禁失笑，且告訴她說相信夢兆是愚不可及的事；同時還說了自己夜裡也做一個噩夢：

〔註24〕鄭虎臣係太學生鄭隆之子。而鄭隆嘗獻詩規諫賈似道，似道弗聽，罵爲狂生，把詩扯得粉碎。後來又因賈似道得乘龍之夢，夢中遭一勇士打落，那勇士背心上繡有「滎陽」二字，「滎陽」卻是姓鄭的郡名，賈似道害怕夢境成眞，於是吩咐太學博士尋鄭隆沒影的罪過，將他鯨配恩州，鄭隆在路上竟嘔氣而死。鄭虎臣爲此銜恨在心，正苦無門可報，如今時值君王降罪賈似道，遂自薦監押殺父仇人前往循州。

〔註25〕賈似道嘗得缽盂內兩行細字，以白土寫成：「得好休時便好休，開花結子在綿州。」因此，當賈似道行至木綿庵時，即想起神僧贈缽盂詩一事，故料自己必死於此而服用冰腦以絕命。

我夢到在一座蓊鬱可愛的樹林裡打獵，捕獲了一頭鹿，這頭鹿全身雪白，秀美可愛，真是少見。沒有一會兒，牠就跟我非常親熱，一刻都不肯離開我。……接著，我夢到那頭母鹿正倚偎在我身邊安睡著，也不知從那裡突然出現了一頭烏黑的母獵狗，猙獰可怖，好像餓慌了似的，向我猛撲過來，我來不及躲避，只覺得牠那犀利的牙齒咬住我左邊的胸口，直咬進我的心臟，把我的心臟給銜走了。我頓覺得痛苦不堪，就驚醒過來。醒來之後，急忙伸手摸摸胸部，覺得我的胸部完好無恙，沒有受到絲毫損傷，我卻急成那個樣子，不由得好笑起來。

卡普理奧多始終沒有把噩夢放在心上，只要與情人盡情享受眼前所擁有的幸福。然而，不幸的事終於發生了，卡普理奧多不一會兒竟氣喘吁吁，遍體滲著冷汗而氣絕身亡。原來卡普理奧多的心臟附近長有一個膿瘍，突然破裂，導致窒息而死。換言之，這對情侶的噩夢都具有暗示警告的意味，可惜卡普理奧多並沒有加以留心防範而衍生悲劇。

另一個不相信夢兆的人是瑪格麗達，她對自己的丈夫心存偏見，因此不肯接受其夫塔拉諾的善意告誡，她一味任性而行的結果便使塔拉諾所得之夢成為事實，讓自己變成一個破了相，見不得人的顏面傷殘者。

《十日譚》與《三言》的作者皆運用「夢」這一個特別的形式媒介來寫故事，其目的和效果是一致的：他們以夢兆來作為情節發展的「伏筆」，使節目得以串連進行；也提供讀者一個預告和想像的空間。至於二書作者寫夢，是否就表示真的相信所記之夢，這恐怕較難以斬釘截鐵地給一個答案了。但是，無論如何，「夢」本來就是每個人生活中的一部分，誠如熊道麟所說的：

人生之中，自幼至長，夢何止成百成千，有些夢境，予人似曾相識的感受；有些夢境，卻又無端擾人，唐突而至，教人不勝捉摸。說起來，夢留給人們的印象，真可謂既親切，又陌生，它可能在酷暑難耐的仲夏，為你帶來清涼冷泉，伴你共臥香枕，好夢到天明；也可能於淒清的深冬，幽靈般妝扮起猙獰的面孔，悄悄踏進你的心靈世界，讓你汗濕衣衾。有許多人常陶醉於夢的溫馨，夜夜翹望著它的降臨，也有人連日懼於它的淫威，惶惶然寢息難安，更有人慨歎著年華凋零，不復有夢，夢難再圓。夢就是如此這般地遊戲人間，

赤裸裸地傾吐著人性中的點點滴滴。(見《嶺東商專學報》第十期，頁 222～259)

所以，馮夢龍和薄伽邱理所當然地要寫夢、記夢，「夢」豐富了人類的生命、生活；而表現人生的文學更是不可缺少「夢」的演出。〔註26〕

(二) 神魔和鬼魂

《三言》故事摻雜神魔和精怪的篇幅並不少，何以如此？這便應追溯至中國最早的文化思維。魯迅於《中國小說史略》說道：

> 中國本信巫，秦漢以來，神仙之說盛行，漢末大暢巫風，而鬼道愈熾；會小乘佛教亦入中土，漸見流傳。凡此皆張皇神鬼，稱道靈異，故自晉迄隋，特多鬼神志怪之書。其書有出于文人者，有出于教徒者。文人之作，雖非如釋道二家，意在自神其教；然也非有意為小說，蓋當時以為幽明雖殊途，而人鬼乃皆實有，故敘述異事，與記載人間常事，自視固無誠妄之別矣。

這就說明了志怪小說的興起與時代、社會之宗教思潮有相當密切的關係。唐以後，白話小說發展蓬勃，志怪的題材仍占大多數；到了宋話本又有靈怪、煙粉、神仙、妖術諸類〔註27〕，內容都是講妖異鬼怪。神仙事跡、會作法有邪術者以及女鬼的故事；至明清之際，章回小說更有神魔小說一類。因此，馮夢龍於編纂寫作《三言》時，在藝術想像和表現手法上也受到「志怪」一定程度的啟發和影響，故馮氏將一些超現實的鬼怪神妖寫入情節裡，也是極為自然的。繆詠禾認為這是「宣揚荒誕迷信、因果輪迴思想，這種小說用荒誕妖異的故事把人們的注意力引導到虛幻的境地，期望不可企及的神仙來幫

〔註26〕如李白夢筆生花，因而詩興勃發；劉勰夢見捧著禮器隨孔子而南行，頓受啟導，發憤寫成《文心雕龍》；王琰因夢觀音二次顯靈，受神明感應而作《冥祥記》；東坡、陸游因夢而作詩。而西方作家如艾迪生(Addison)、狄更斯、愛默生和日本作家小泉八雲也都曾寫過談夢的散文。還有其他的文學作品亦有夢的足跡，如《失樂園》、《魯賓遜漂流記》、福樓拜的《聖安東尼的誘惑》⋯⋯就連宗教經典《聖經》亦如是。

〔註27〕灌園耐得翁的《都城紀勝》將其題材分為三大類八小類：(一)銀字兒，如煙粉、靈怪、傳奇；(二)說公案，如搏刀、趕棒、發跡變泰；(三)說鐵騎兒，如士馬金鼓之事。宋吳自牧的《夢梁錄》則將它分為八類：煙粉、靈怪、傳奇、公案、撲刀、趕棒、發跡、變泰。宋羅燁的《醉翁談錄》也分為八類，但名目不同；次序也不同：靈怪、煙粉、傳奇、公案、撲刀、趕棒、妖術、神仙。

助，放棄了對美好生活的追求，聽任命運的擺布」，但是，我個人則以爲此類牽涉神魔鬼怪的情節有的是延續故事之本事〔註 28〕，而且既然是通俗性的小說，也就應當能夠發揮其「適俗導愚」的作用，若是完全將這些故事視爲糟粕，似乎略嫌太過。

而《十日譚》中涉及神怪鬼魅的故事只有第五日第八篇〈夢幻人間〉、第七日第五篇〈還魂記〉以及第十日第五篇〈讓妻〉——或寫幽靈現形；或寫人死還魂陽間覓友，把陰間的事告之；或寫魔術師作法，使得在正月卻長出初夏的紅花綠草。這些故事情節與《三言》、中國民間傳說都有雷同之處：

1. 二書皆有所謂的「地獄觀」

《喻世明言》第十五卷〈史弘肇龍虎君臣會〉和第三十一卷〈鬧陰司司馬貌斷獄〉、三十二卷〈遊酆都胡毋迪吟詩〉中都穿插了夢遊地府、在陰間斷案的情節；而《十日譚》第五日第八篇〈夢幻人間〉裡亦提及「自殺要墮入地獄，永世不得超生」的天主教教義。這些觀念皆源自宗教信仰，宗教所追求的是另一個世界，或天國；或西方極樂淨土，當然還有一個完全相反的空間，那就是「地獄」。「地獄」是可怕的地方，墮入者必要身心受苦，如黑衣騎士追殺的少女得不斷地被利刃刺穿胸膛，然後在地上掙扎慘號（《十日譚・夢幻人間》）；又如被囚禁於十八層地獄裡的鬼，要依照其生前所觸犯的罪過來加以嚴懲折磨，或上刀山或下油鍋……，而且不停地重覆受罪挨罰。

2. 二書皆有「靈魂鬼魅」之說

《三言》裡的靈魂鬼魅或在人的夢境裡出現，計有《喻世明言》第三卷〈新橋市韓五賣春情〉的胖大和尚、第四卷〈閒雲菴阮三償冤債〉的阮三、第四十卷〈沈小霞相會出師表〉的沈鍊、《警世通言》第三十二卷〈杜十娘怒沉百寶箱〉的十娘、《醒世恆言》第一卷〈兩縣令競義婚孤女〉的石璧，以及第十四卷〈鬧樊樓多情周勝仙〉的勝仙。或附身於人而開口說話，如《警世

〔註 28〕 凌濛初於《拍案驚奇・序》說：「龍子猶氏所輯《喻世》等諸言，頗存雅道，時著良規，一破今時陋習，而宋元舊種，亦被搜括殆盡。」換言之，馮氏參與話本小說創作的第一步便是搜集編選，然後再以原作品的面貌爲基礎來進行加工，或改動某些細節；或於故事結局加入一段意味深長的警醒文字；或使原作品的體式不變，但對於一些冗詞則加以翦除，於語言上加以疏通或潤色。所以，《三言》一百二十篇作品是宋、元、明說話藝人和文人加工整理的集體成果，其內容部分是假前人的筆記、小說傳奇爲基調鋪演而成，有些則是宋元的話本，以及明人的話本或擬話本。

通言》第二十五卷〈桂員外途窮懺悔〉的桂遷長子和第三十七卷〈萬秀娘仇報山亭兒〉的尹宗。或親自現身替自己申冤或與人相處，如《警世通言》第十三卷〈三現身包龍圖斷案〉的大孫押司、第三十四卷〈王嬌鸞百年長恨〉入話的穆廿二娘、第三十五卷〈況太守斷死孩兒〉的小嬰屍、《喻世明言》第二十四卷〈楊思溫燕山逢故人〉的鄭義娘、《警世通言》第八卷〈崔待詔生死冤家〉的秀秀、第十四卷〈一窟鬼癩道人除害〉的李樂娘、錦兒諸人、第十六卷〈小夫人金錢贈年少〉的小夫人、第三十卷〈金明池吳清逢愛愛〉的盧愛愛。

　　而《十日譚》的〈還魂記〉是描寫兩個青年常常一同上教堂去聽講道，聽了許多因果報應的故事——生前行善，死後享福；生前作惡，死後受苦。他們很想弄清楚這種因果之說是否確實無誤，可惜就想不出什麼好辦法，只得彼此約定，並鄭重發誓：二人之間不論哪一個先死，都得回到陽間來，把陰間的情形說給另一個人聽。後來，其中一位名喚第哥奇的先死，他於是按照約定回來向另一位報告陰間的消息。友人見到第哥奇，不免有些害怕，但畢竟還是壯起膽子來面對，並且詢問他是否失掉了靈魂。第哥奇答稱沒有，又告訴友人說陰間毫不過問教父與教母曖昧情事，因此不會受懲罰。從此以後，這位還活著的便打消了所謂「來世」的無知想法。

　　3. 二書皆有「神奇」之術

　　《三言》婚姻愛情故事裡嘗寫進一些懂得神奇之術的人物，或與人成婚幫助夫婿成就事業，如《喻世明言》第十九卷〈楊謙之客舫遇俠僧〉、第三十四卷〈李公子救蛇獲稱心〉；或因仙界人士介入而促使有情人終成眷屬，如《醒世恆言》第二十五卷〈獨孤生歸途鬧夢〉與第三十二卷〈黃秀才徼靈玉馬墜〉。《十日譚》的〈讓妻〉亦有一位會作法的魔術師，他受了安薩多之託，在遍地冰雪，天氣嚴寒之際，施展法術變出一座草木蔥蘢又結滿各色各樣果子的花園，使安薩多達成狄安諾娜夫人的要求。

　　儘管馮夢龍和薄伽邱都寫神魔鬼魅，但是由於薄伽邱是人文主義、人本思想的先驅，他以戲謔的筆調來寫靈魂鬼魅之事，可見其對這種神權、靈魂之說乃抱持質疑，甚至是完全否定的態度，此又與馮夢龍的創作動機大異其趣。馮夢龍透過一些正面人物的鬼魂繼續追求生前未能實現的理想，或用鬼魂或借助超人的力量，使正義得到伸張，惡人遭到責罰。換言之，馮氏於《三言》裡描述神仙鬼怪之事並非是言不及義的，在這些人間悲歡離合的情

節裡，有時無法解釋，便必須用宿命、因果、輪迴等仙佛思想來加以轉折或解決。〔註29〕

第二節　人物塑造之比較

　　人物是小說、故事的靈魂，作家們必須透過自己所塑造的角色人物來傳達某些時代意識或寄託個人的願望。在《三言》與《十日譚》中就出現許多姿態萬千的人物類型，不但豐富了故事內容，使情節得以推進，並且讓讀者能夠「閱人無數」，發現各種人格特質。本節即要比較此二書裡所呈現的故事角色，以見馮夢龍與薄伽邱塑造人物形象的藝術風格和中西方人性的同質與差異處。以下即就故事中人物之行為做分類比較：

一、《三言》人物類型

（一）男性角色

1.敗家子、淫浪子弟

　　中國甚早便有家產相傳，不落異姓的觀念。《禮記·禮運》：

> 今大道既隱，天下為家，各親其親，各子其子。貨力為己，大人世
> 及以為禮。

是說大道不再實行，天下變成了一家的私產，在位者把父子相傳、兄終弟及當做一種制度。上自天子公卿，爵位世襲，下至富商鉅賈，家業承繼，肥水不落外人田。而這些留下家當資產的諸公若不能妥善地教養子孫，則往往弄出一些敗家、淫浪子弟。俗諺「富不過三代」的涵意正是如此。

　　《三言》裡的敗家子可見於：《警世通言》第三十一卷〈趙春兒重旺曹家莊〉──曹可成、《醒世恆言》第一卷〈兩縣令競義婚孤女〉入話──潘華、第十七卷〈張孝基陳留認舅〉──過遷，以及第三十七卷〈杜子春三入長安〉──杜子春。這些官人皆人才出眾，百事伶俐，生性慷慨好交遊，唯獨一件事兒非其所長，那便是不會做家。如曹可成因是個富家愛子，自小納粟入監，家產豐富自不在話下，公子哥兒愛那花街柳巷、喫風月酒、用脂粉錢，揮金如土而得了個「曹獃子」的封號。其父知他浪費又禁約不住，只不把錢與他

〔註29〕參見應師裕康〈神仙思想與通俗文學〉，《高雄師大學報》第三期，民國81年，頁50～51。

用。豈料他瞞著父親，背地將田產四處抵押借銀子〔註30〕。後來破家鬧窮，氣死了渾家。各債主都來算賬，將曹家祖業田房盡行盤算去了，不得已只能權退墳堂內安身。

又如過遷，平時便有幾件毛病：見了書本就如冤家；遇著婦人好似性命；喜的是喫酒，愛的是賭錢；蹴踘打彈，賣弄風流，放鷂擎鷹，爭誇豪俠；耍拳走馬骨頭輕，使棒輪槍心癢癢。再加上過老一心單在錢財上下功夫，每日見兒子早出晚歸，還以為是在學裡〔註31〕，那裡去管教查考，過遷於是更恣意在外遊蕩使費，銀兩用盡又重施故技，待過老睡著便起來抴開銀庫偷了花費，東窗事發後惹來父親一場打罵，為了管住過遷，過老聽得眾人之勸，將未過門的媳婦娶來，好牽絆著兒子不使至外胡鬧閒逛。果然，過遷娶了渾家，倒也安分了一段時日，但是不久便故態復萌，又遊手好閒，沈迷妓院、酒館、賭坊，甚至典當了妻子衣飾來花用，簡直是無可救藥。

還有那杜子春倚藉祖上資業，渾然不知稼穡艱難，又生性豪俠，學那石崇的奢華和孟嘗君的氣慨，把銀子當土塊似地揮霍殆盡，只好央人四處借貸，最後落得家僕奴婢或贖身或逃去，單單剩得夫妻兩人相向，居住在接腳屋裡，衣服亦漸漸凋敝，米糧短缺。後來獲得老者十三萬兩的資助，卻又不改紈褲子弟惡習，仍舊撒漫罄盡。

不過，除了潘華流落他鄉，不知下落外，其他的敗家子皆得人扶持贊助而痛改前非，總算是浪子回頭為時未晚。

再談到浮浪子弟，最可悲的便是赫大卿。此人同吳山、張藎一般，出生大富之家，又長得風流俊俏，卻不務家計，專好聲色二事。渾家陸氏苦心諫勸竟道老婆不賢，二人時常反目，陸氏立誓不管，自己帶著親子喜兒在一間

〔註30〕〈趙春兒重旺曹家莊〉寫道：「曹可成借債有幾般不便宜處：第一，折色短少，不能足數，遇狠心的，還要搭些貨物；第二，利錢最重；第三，利上起利，過了一年十個月，只倒換一張文書，並不催取，誰知本重利多，便有銅斗家計，不敷他盤算；第四，居中的人還要扣些謝禮，他把中人就自看做債主，狐假虎威，需索不休；第五，寫借票時，只揀上好美產，要他寫做抵頭，既寫之後，這產業就不許你賣與他人，及至准算與他，又要減你價錢，若籌過，便有幾兩贏餘，要他找絕，他又東扭西捏，朝三暮四，沒有得爽利與你。」由此可見曹可成何以敗家如此之迅速。

〔註31〕過遷之父過善為人客嗇，冀望兒子立志讀書，卻又不肯延師在家，只是送到一個親戚家附學。夫子見過遷不像個讀書人，其父也不像認真要兒讀書，三來又貪些小利，縱然知道過遷沒來學裡，也裝聾作啞，只當不知。

淨室吃齋念佛。那赫大卿索性圖個耳根清淨，愈加放蕩，只揀婦女叢聚之處，往來搖擺賣弄風流，不想一無所遇，敗興沒趣到了酒樓沽飲三盃。離了酒館，任意游走，漸覺口乾舌燥，思想尋盞茶解渴而聽到磬韻悠揚，急於趨前來到非空庵。也該是這浮浪子弟自尋死路，赫大卿在庵內和女尼們淫亂取樂，最後得了怯症臥病在床，藥石罔效，捱了幾日便一命嗚呼，縱使浪子悔悟也徒留遺恨。〔註32〕

較赫大卿幸運的吳山與張藎，家中皆有妻小卻去貪愛女色，一個是勾搭小家碧玉險招殺身之禍；一個是差點兒壞了堂堂六尺之軀。那吳山與私娼韓五有姦，竟不顧自己有害夏之症〔註33〕，反倒戀奸情熱，久別重聚不免一番交歡，情興復發又弄一火，雨收雲散便覺神思散亂，身體困倦，捱到自家門口，肚痛難忍，疼一陣，撒一陣，撒出來的俱是血水，此刻頭眩眼花，百骨酸疼。若不是父母延醫治療與設醮追拔〔註34〕，這浮浪子弟早一命歸陰。後來將息了半年，吳山勤做生理，再也不去拈花惹草。

馮夢龍所塑造的這些浪蕩子，其身家背景相似，或貪好漁色，或奢華成性，此類人物面貌、性格大同小異，是現實生活中可以見到的。而作者寫這群人物與其切身之遭遇，無非是藉此勸諭世人莫要敗家辱沒先人，更強調警戒色欲，莫淫人妻女以致惹禍上身。就馮氏編撰之用意而言，確實相符，然而在人物類型的塑造上則略遜於女性角色，所呈現的人物形象較為刻板、公式化。

2. 文弱書生、窮秀才

《三言》中的文弱書生便是那謹守傳統禮教規範又手無縛雞之力的人物。當他們在追求愛情、婚姻卻又遭遇家長另擇對象成親或歹人之強奪破壞時，其反應多是無能為力、不敢反抗。如《警世通言》第二十九卷〈宿香亭張浩遇鶯鶯〉的張浩本與李鶯鶯私訂終身，然而因畏懼季父生性剛暴，不敢

〔註32〕赫大卿取出一條鴛鴦絛，要空照代他交與渾家，教陸氏快來見他一面，死方瞑目。不料靜真得知此事，劈手便從空照那兒奪了絛，朝天花板上一丟，空照只好聽從靜真之言，回復赫大卿已差香公送絛去。大卿連日問了幾次，以為渾家懷恨，不來看他，心中愈加悽慘，嗚嗚而泣，又捱了幾日，大限已到，含恨以終。

〔註33〕即苦夏之症。每過炎熱時節，身體便覺疲倦，形容清減。

〔註34〕吳山夢一和尚要捉他做個陰魂之伴，父母以為這是冤魂來纏，因此慌忙在門外街上焚香點燭，擺列羹飯，祝畢，燒化紙錢。自此，經過數日調理，吳山病體漸漸痊癒。

稟知李氏之事，只得順從季父的安排和孫氏議姻。張浩所能做的竟是透過惠寂〔註35〕密告鶯鶯道：

> 浩非負心，實被季父所逼，復與孫氏結親，負心違願，痛徹心髓！

由此可見張浩之軟弱無能與心虛，他和鶯鶯踰牆偷情，鴛幃共寢原是不合禮教之行，豈敢與叔父啓齒？若不是鶯鶯果敢自立救濟，兩人的愛情恐怕要以悲劇收場。

又如《喻世明言》第九卷〈裴晉公義還原配〉的唐璧得知未婚妻爲縣令劫去，也只能咬牙切齒恨道：

> 大丈夫浮沈薄官，至一妻之不能保，何以生爲？

岳父勸以另娶，唐璧更是兩淚交流，灰心喪志，與丈人抱頭痛哭了一場。次日，丈人親到唐璧家，再三解勸，攛掇他早往京師聽調，得了官職好徐議良姻，唐璧才勉強動身，買舟起程。臨別時，丈人將三十萬錢暗地放在舟上並囑咐從人船開兩日後才告知唐璧。不料身懷鉅款爲人覷覦，一夥強盜上船洗劫，唐璧不僅失去三十萬錢和行李，就連赴任的執照也沒了。此刻的唐璧眞是控天無路，訴地無門，竟然有了輕生之念，欲投河而死又不甘心，只好坐在路旁想了又哭，哭了又想，左算右算，無計可施，從半夜直哭到天明。在馮氏的描繪下，一位文弱書生的人物形象躍然紙上；就此，亦讓人看見了惡吏欺壓百姓的卑劣行爲與文弱書生的無奈。

和唐璧有類似之遭遇的是《警世通言》第十一卷〈蘇知縣羅衫再合〉中的蘇雲，蘇雲同夫人鄭氏走馬上任，途中誤上賊船爲奸人徐能劫去妻子和財物，性命還險些休矣。原來蘇雲早登科甲，赴任前貪了一點小便宜去乘坐回頭的官座船〔註36〕，半路上船隻竟發起漏來，夫婦二人只得上岸改搭其他舟子，於是才坐了徐能「掛羊頭賣狗肉」的賊船——那徐能承攬山東王尙書府中的船隻，船上豎的是尙書府的水牌，表面上是裝載人貨的客船，背地裡卻常把客人謀害，掠奪財帛。身爲北方人的蘇雲見是尙書府的名色，又不知水面的勾當，因此不疑有他。於此可見，雖然是飽讀詩書的才子俊彥，但

〔註35〕惠寂乃張浩家香火院之老尼，與李氏有師徒之情誼，其家長幼皆信之。

〔註36〕「回頭的官座船」因是順便回家，不論客貨私貨，都裝載得滿滿的，然後再去攬一位官人乘坐，借其名號，免他一路稅課。因此船家便不要那官人的船錢。反出幾十兩銀子送他，作爲孝順之禮，謂之坐艙錢。蘇知縣是個老實人，不知此一規矩，然其僕蘇勝私下拿了船家四五兩銀子酒錢，於是攛掇主人坐此官艙。

是也未必洞悉江湖人心之險惡，單純老實的文弱書生至此成爲賊人的俎上肉，只能任人宰割而毫無招架之力。《醒世恆言》第二十二卷〈張淑兒巧智脫楊生〉中的楊元禮也差點成了盜匪刀下的亡魂，幸虧智女張淑兒相救才倖免於難。

此外，還有一群窮秀才，其共同特質是家道中落或懷才不遇。家道式微者只能胡亂討房渾家，如《警世通言》第十四卷〈一窟鬼癩道人除怪〉裡的吳秀才時運未至，一舉不中，爲了溫飽便開個小小學堂度日，娶那豪門的下堂妾爲妻。而已經聘定閨女的窮秀才則往往必須面對岳翁舅兄的悔婚，如《警世通言》第十七卷〈鈍秀才一朝交泰〉的馬德稱和《醒世恆言》第二十五卷〈獨孤生歸途鬧夢〉的獨孤遐叔。那馬德稱原是官宦子弟，人人爭先奉承，後來失了權勢，許多親友便避之猶恐不及；窮愁潦倒的馬德稱命運乖戾，人見人厭，都說他是個不吉利的秀才〔註37〕。獨孤遐叔父母連喪功名未遂，家事日漸零落，妻舅便要賴婚，將妹子另配安陵富家。然而，所幸其未婚妻皆能耐心守候良人，不在乎丈夫一時的落魄。且這兩位窮秀才亦能發奮振作，得第榮歸，爲自己和妻子揚眉吐氣。

另外還有一位窮酸秀才俞仲舉──在《警世通言》第六卷〈俞仲舉題詩遇上皇〉裡的描寫有一段甚是趣味──俞仲舉是個名落孫山的讀書人，落拓不羈，窮極無聊，更有一股慫賴勁兒。他流落杭州，身無半文，卻裝成斯文模樣，每天撞白食，騙酒喝，混日子。一日，俞仲舉賴在孫婆店裡，孫婆要趕他離開，他卻反而提出要求說道：

> 你要我去，再與我五貫錢，我明日便去！

此時孫婆笑他詐錢撒潑，不像個讀書人，仲舉竟然罵將起來言道：

> 我有韓信之志，你無漂母之仁。我俞某是個飽學秀才，少不得今科
> 不中來科中。你就供養我到來科，打什麼緊！

〔註37〕馬德稱自父喪後，家道衰微。欲賣樹，樹爲蟲兒蛀空，不值錢。以五兩銀賣了小廝，小廝過門之後夜夜小遺，主人不要，意欲退還，德稱不得已情願減退了二兩銀身價賣了；說也奇怪，小廝此去便不再小遺了。待欲投靠表叔，孰料表叔於十日前剛剛過世。欲要渡江，怎奈連日大西風，上水船寸步難行。寫字要賣，爭奈時運未利，不能討得文人墨士鑑賞。積欠旅店房錢，店主人沒處取討，見劉千戶要訪個先生教書，於是推薦德稱前去；自此三餐不缺，剛剛坐毅三個月，不料學生出起痘來，太醫下藥周效，十二朝身死。劉千戶單只此子，正在哀痛，又有刻薄小人對他說道，馬德稱是個降禍的太歲，耗氣的神鵰，所到之處，必有災殃。

一副振振有辭，言之成理的模樣栩栩如生浮現眼前，讓人彷彿看到了一位很自負卻耍賴的窮酸秀才。等到俞仲舉時來運轉，一聽了上皇聖旨宣召，便連忙放下手中的湯圓，出迎跪下，當時的他早已被唬得大驚，一時不知分曉讓眾人簇擁上馬，迤邐直到德壽宮。此一茫然無措之狀與先前和孫婆叫罵之舉判若兩人，甚是可笑又可愛，堪稱為馮氏筆下塑造得相當成功的一個人物角色。

3. 負心漢、薄情郎

和《十日譚》相較，《三言》故事裡的負心漢多出了四位。《十日譚》第三日第九篇〈愛情調包〉中的貝特莫拉最後倒是回心轉意，承認姬蕾達是合法的妻子並且敬她、愛她；而《三言》的薄情郎卻只有莫稽得到妻子的寬宥，二人破鏡重圓，其餘者不是脊杖伺候、身陷囹圄，便是為自己的負心賠上一命以為代價。

（1）《喻世明言》第二十四卷〈楊思溫燕山逢故人〉的韓思厚因渾家鄭義娘為他誓死守節自刎而死，故亦立誓終生不再娶，以報賢妻之德；然而自己卻違背誓言別娶劉金壇，最後在舟中為義娘鬼魂以手搿捉，拽入波心而死。原來義娘並不奢望丈夫不重娶，但是韓思厚一副信誓旦旦，以酒瀝地為誓道：

> 若負誓言，在路盜賊殺戮，在水巨浪覆舟。

既然違約另娶而招來天譴，夫復何言。

（2）《喻世明言》第二十七卷〈金玉奴棒打薄情郎〉的莫稽未得志前因父母雙亡、家窮無力婚娶而情願入贅團頭金老大家。新婚之日，莫稽見玉奴才貌兼備，故喜出望外，心下盤算不費一錢就得了個美妻，又傍著丈人豐衣足食，真是一舉兩得。然而待他連科及第後，竟聽不得「金團頭家女婿做了官也」之言而一肚子怨氣，內心想道：

> 早知有今日富貴，怕沒王侯貴戚招贅成婚？卻拜個團頭做岳丈，可
> 不是終身之玷！養出女兒來，還是團頭的外孫，被人傳作話柄。如
> 今事已如此，妻又賢慧，不犯七出之條，不好決絕得。正是事不三
> 思，終有悔。

莫稽之想法與《十日譚》第二日第八篇〈流亡記〉中傑克特之父相同，對乞丐之鄙視皆然。莫稽完全忘了貧賤時節妻子不吝供給鉅資，請人會文會講；又出貲財教自己結交延譽……由此方得才學日進，名譽日起，終能中第成

名，真是忘恩負義之輩也。更可惡的是於赴任途中心生歹念，將玉奴推墮江中，再吩咐舟人快開船離去，此一惡行本為天理難容。豈料這薄倖之徒居然只受到棍棒責打、玉奴唾罵，便成了運轉使之婿〔註38〕，甚是便宜了狼心狗肺的負心漢。該故事裡有一段極盡諷刺的描繪，當莫稽與運轉使之義女拜堂後，其內心如登九霄雲裡，歡喜不可形容，仰著臉昂然入洞房，才跨進門，忽然於門側走出七八個老嫗、丫鬟，個個手執籬竹細棒劈頭劈腦打將下來，把紗帽都打脫了，肩背上棒如雨下，打得叫喊不迭而大呼泰山泰水相救。後來眾人便扯著莫稽的耳朵、拽著胳膊，好像六賊戲彌陀〔註39〕一般，腳不點地被擁到新娘面前，待薄情郎睜眼細瞧那新人不是別人，正是故妻金玉奴時，竟嚇得魂不附體，叫嚷「有鬼！有鬼！」當下眾人皆笑了起來，直至岳父自外而入告知他玉奴乃其采石江頭所認之義女，莫稽心頭才住了跳並慌忙跪下求饒。據此想見那薄情郎之嘴臉與東窗事發告罪認錯的模樣，著實令人拍案叫絕。

（3）《警世通言》第七卷〈陳可常端陽仙化〉裡的都管錢原奸騙郡王府的歌女新荷成孕，卻慫恿新荷誣賴妄屈可常和尚〔註40〕。事後竟翻臉不認胎中骨肉，不供養新荷一家，殘忍地粉碎了新荷欲與他做長遠夫妻的美夢。不過，這負心漢終究逃不了應得懲罰，郡王知道真相時，將錢原捉來審問拷打，供認明白，然後脊杖八十，送沙門島牢城營，實為印證「惡有惡報」之例，教人心生警惕。

（4）《警世通言》第三十二卷〈杜十娘怒沈百寶箱〉的李甲簡直就是負心漢中的負心漢。他居然與十娘情好二載仍不了解十娘對自己的真心摯愛，反倒採信孫富的歹計將十娘以千金賣與之，卻又說得好聽，李甲道：

> 孫友名富，新安鹽商，少年風流之士也。夜間聞子清歌，因而問

〔註38〕淮西轉運使許德厚正是莫稽的上司，許公透過僚屬向莫稽試探心意，表示欲招他為贅婿。莫稽正想高攀，況且與上司聯姻，實為求之不得，對於許公之要求，莫稽無不依允。此時的莫司戶不比秀才時節，一般用金花綵幣為納聘之儀，選了吉期，皮鬆骨癢，整備做轉運使的女婿。

〔註39〕即一種百戲的名稱。佛經稱色、聲、香、味、觸、法為六賊。

〔註40〕陳可常原是溫州府樂清縣的秀才，方二十四，生得眉目清秀，且是聰明，無書不讀，無吏不通，然而卻三舉不第。後來前去命舖算看運勢，那先生言命有華蓋，無星官，只好出家。他投奔靈隱寺的鐵牛長老出家，做了行者。一日七郡王見可常壁上題詩，又見他言語清亮，人才出眾，意欲抬舉他，於是就差押番去臨安府僧錄司討一道度牒，將可常剃度為僧，就作郡王府內門僧。

及。僕告之以來歷，並談及難歸之故，渠意欲以千金聘汝。我得千
金，可藉口以見吾父母；而恩卿亦得所矣。但情不能捨，是以悲
泣。

而在十娘回應以「明白快快應承了他，不可挫過機會。但千金重事，須得兌
足交付郎君之手，妾始過舟，勿爲賈豎子所欺。」時，難道李甲眞箇認爲十
娘是心甘情願爲他犧牲改適，還是相信「煙花之輩，少眞多假」？又在目睹
十娘將諸般珍寶奇物拋入江中時，感到吃驚詫異；最後十娘欲引身投水，李
甲不覺大悔，抱持十娘慟哭，繼而又羞又苦，且悔且泣，方欲向十娘謝罪。
此一受到震撼的李甲眞的悔恨，覺得對不住十娘？還是痛惜那些寶貝財貨？
據其行爲表現看來，我個人以爲李甲是個處處爲自己著想的傢伙，他不解十
娘一番用心良苦，卻只想到「可藉口以見吾父母」、「不要爲妾觸父，因妓而
棄家」；若非李甲有此等自私的考量，怎會對孫富作揖道：

　　聞兄大教，頓開茅塞。但小妾千里相從，義難頓絕，客歸與商之。

　　得其心肯，當奉復耳。

又如果李甲眞愛十娘，怎會於回到舟中後顏色匆匆，面露不樂之意；待溫
柔體貼的十娘見狀乃滿斟熱酒勸之時，更搖首不飲，一言不發地竟自床上
睡去。

　　所以，我認爲李甲不過是迷戀十娘的美貌，一時的逢場作戲；要他捨家
棄金與十娘結爲夫妻，那是令吾人相當懷疑的。儘管同鄉柳遇春謂李甲道：

　　此婦（十娘）眞有心人也。既係眞情，不可相負。

但李甲終究還是辜負了杜十娘，無怪乎後人評論此事曰：

　　孫富謀奪美色，輕擲千金，固非良士；李甲不識杜十娘一片苦心，

　　碌碌蠢才，無足道者。

而負心漢的下場，馮氏安排：當時旁觀之人皆咬牙切齒，爭欲拳毆李甲，李
甲手足無措，急叫開船，在舟中看了千金，轉憶十娘，終日愧悔而鬱成狂疾，
終身不瘳。〔註41〕

〔註41〕而孫富亦因此受驚，得病臥床一個多月，鎮日見杜十娘在旁詬罵，奄奄而逝。
　　　　大陸評論者阿英於《小說二談‧關於杜十娘成親故事》說：「關於杜十娘事，
　　　　雖經文人敷衍成種種不同本子，但有一共通之處，即故事並無多少改變，其
　　　　差異點僅在沉江以後。於沉江時結束，自是最有意義的，可是這並不能平觀
　　　　眾憤慨之情，於是有的本子便添上『活捉孫富一段』，仍不足，就有所謂李甲
　　　　得中，再經瓜州，他也溺死江中，到龍王府裡，和十娘再成親了。」

此一結局雖不能大快人心，但也產生警醒世人的作用，對於那些薄倖、負心之輩予以指責和唾棄。

（5）《警世通言》第三十四卷〈王嬌鸞百年長恨〉入話的楊川與正話中的周廷章都是始亂終棄、別娶他姓的薄情郎。楊川與娼女穆廿二娘相厚，並許諾穆女要結成連理，穆女於是傾積蓄百金資助之，然而楊川得了百金後一去三年不歸，穆女終日為鴇兒拘管，無計脫身，在悒鬱不堪的處境下遂自縊而死。原來那楊川早已移居饒州南門，另娶妻開店，生意甚足，可憐的穆廿二娘如此癡心等待竟換來楊川的無情和變心。但楊川最後亦不得好死，在張乙的協助下，廿二娘的鬼魂前去楊家索命，使楊川中惡，九竅流血而亡。

而周廷章更是惡劣，當初追求臨安衛指揮之女王嬌鸞時，指天為誓，二人情感如膠似漆，然一旦分別，就聽從父親之意與魏氏女行聘完婚，因為新婦美色無雙，岳家又是十萬之富，裝奩甚豐，故周郎貪色慕財之心早已忘了王嬌鸞為何人。後來嬌鸞多次派人詢問，周廷章都藉故推辭搪塞，說是父病未痊，方待醫藥，所以有誤佳期，不久當圖會面，無勞注想云云，癡情的嬌鸞在傷心絕望之餘，只好走上絕路。換言之，嬌鸞是被周廷章逼死的，這個負心漢不但糟踏了閨女的身軀，還辜負了癡女的深情，其受亂棒擊斃，不過是履踐當時和嬌鸞的咒願——女若負男，疾雷震死。男若負女，亂箭亡身，再受陰府之懲，永墮酆都之獄。因此，我個人以為周廷章實為罪有應得，是該為自己所犯下的欺心害人之行為付出代價。

4. 多情種

「人生自是有情癡，此恨不關風與月」（歐陽脩〈玉樓春〉），《三言》裡的多情種和《十日譚》的癡男相比較，其癡情程度真是不分軒輊。如濟洛拉摩（第四日第八篇〈情癡〉）與阮三（《喻世明言》第四篇〈閑雲菴阮三償冤債〉）以及樂和（《警世通言》第二十三卷〈樂小舍拚生覓偶〉）皆能為愛捨命，只為伊人。但是就阮三的死與濟洛拉摩做一對照組來看，阮三為愛奉獻犧牲的悲劇美學成分便不如濟洛拉摩，因為故事中加入了一段因果報應的情節，阮三死後三年託夢愛人陳玉蘭道：

> 小姐，妳曉得夙因麼？前世妳是箇楊州名妓，我是金陵人，到彼訪親，與你相處情厚，許定一年之後再來，必然娶妳為妻。及至歸家，懼怕父親，不敢稟知，別成姻眷。害妳終朝懸望，鬱鬱而死。因是夙緣未斷，今生乍會之時，兩情牽戀。閑雲菴相會，是妳來索冤債，

> 我登時身死，償了妳前生之命。多感你誠心追薦，今已得往好處托
> 身；你前世報志節而亡，今世合享榮華，所生孩兒他日必大貴，煩
> 你好好撫養教訓……。

於此可知阮三官和陳玉蘭的生死恩情都是前緣夙債，其愛情悲劇的震撼效果
就削弱了許多。

　　而樂和則是個幸運兒，雖然他奮不顧身搶救落水的順娘，二人眼見已成
波臣，但是上天是眷顧這對有情人兒的。他們被打撈上岸後，樂和在父母的
叫喚下聽得喜老願將順娘許配為妻，竟奇蹟似的睜開雙眼、跳起身來要岳翁
不可言而無信；順娘則隨後甦醒，精神如故，清水也不吐一口。這完全得歸
功於樂和的癡勁，他愛慕順娘卻無法獲得父親首肯往喜家議姻，只得將紙裱
一牌位，上寫「親妻喜順娘生位」七個字，每日三餐，必對而食之。夜間安
放枕邊，低喚三聲，然後就寢。每遇清明三月三、重陽九月九、端午龍舟、
八月玩潮時，樂和便刷鬢修容，華衣美服，在人群中穿梭挨擠，希望順娘出
行能僥倖一遇。由此可見樂和對順娘的專情，是一個難得的情癡，在馮氏的
刻畫下生動鮮活。

　　另一群癡情男子是申徒泰（《喻世明言》第六卷〈葛令公生遣弄珠兒〉）、
單飛英（同上，第十七卷〈單符郎全州佳偶〉）、陳辛（同上，第二十卷〈陳
從善梅嶺失渾家〉）、張舜美（同上，第二十三卷〈張舜美燈宵得麗女〉）、范
希周（《警世通言》第十二卷〈范鰍兒雙鏡重圓〉）、宋金（同上，第二十二卷
〈宋小官團圓破氈笠〉）、秦重（《醒世恆言》第三卷〈賣油郎獨占花魁〉）、張
廷秀（同上，第二十卷〈張廷秀逃生救父〉）、鄭信（同上，第三十一卷〈鄭
節使立功神臂弓〉）以及黃損（同上，第三十二卷〈黃秀才徼靈玉馬墜〉）。其
中有部分於發跡變泰、功名成就後仍然無法忘情昔日已訂下婚約或和自己相
戀的愛人，於是或尋覓或等待，期盼有朝一日能再續前緣。如：單飛英不嫌
棄未婚妻淪落為官妓；范希周與宦家女相約鴛鴦雙鏡重圓而不再另娶；宋金
不懷恨岳翁惡意離棄，一心要尋回愛妻；張廷秀未知玉姐志向如何而不肯先
做負心之人；鄭信軍前立功發跡後仍毋忘日霞仙子，還為她建造行宮，歲時
親往行香；黃損中舉，心念玉娥不願違誓別娶他姓。此等有情有義之人誠為
可貴，即使身為其妻或戀人因薄命而無福消受，也應無怨懟遺憾了。

　　此外，還有申徒泰因為一心對著葛令公的寵妾珠娘望得出神，而充耳不
聞令公的詢問，在場眾人皆替他捏把冷汗。事後申徒泰方知自己慕色失態，

心想性命早晚休矣而整整愁了一夜。後來令公並不加嗔責，反而於申徒泰破敵建功之際將珠娘賜予爲妻；此事頗讓申徒泰難以理解。一日和渾家閒話問及令公平日百般寵愛，如何割捨贈人爲配？弄珠兒才敘起當年嶽雲樓目不轉睛之事，葛令公立即明白其鍾情於佳人的心意，遂特地割愛相贈。申徒泰的癡心妄念差點兒惹來殺身之禍，然葛令公卻能洞悉他對弄珠兒的愛慕眷戀，故而使英雄與美人匹配合婚。換言之，申徒泰之癡戀珠娘只有令公先知先覺也。

其他的多情郎如：陳辛在赴任途中被猢猻精劫走妻子張如春後，常思憶渾家而終日墮淚，且時時盼望能早日尋回夫人。後來聽了紅蓮寺長老指引，遂遇得如春，並在紫陽眞人的協助下，從精怪的手裡救回。陳辛之難得便在於失卻渾家後，仍然心繫惦記，並沒有趁機更娶新人，其癡情於此可見。又如張舜美於元宵佳節巧遇劉素香，兩下相思，二人乘兄嫂去家之便相約一解情愁，後來又計畫私奔，豈料路上失散，舜美以爲素香投河；由於痛傷情人死於非命，所以回到旅店後竟一臥不起，寒熱交作，病勢沈重將危。幸好得人延醫調治，身子日漸平復，但是舜美仍不肯還鄉，只在邸舍中溫習經史。光陰荏苒，不覺又是上元燈夕，雖然景物依舊，但已少了佳人相伴，張舜美因而無情無緒，淚灑往歸，並就此立誓終身不娶以答素香之情。據馮氏這般描寫，可知張舜美的確是一位有情人，縱使他不循明媒議姻之道以娶得素香，然其癡心守身之志並不亞於烈女貞婦。

在《三言》中裡更有一位體貼癡情的賣油郎秦重，他對美娘之珍惜愛護甚是人間罕見。當他好不容易存足了十兩夜渡資，美娘竟不屑接待，以爲接了他要被人家笑話的。即使媽媽勸那美娘胡亂留他一晚之言皆聽在秦重的耳裡，秦重佯爲不聞且耐心地服侍美娘，他擔憂醉酒的美娘怕冷，便取下錦被溫柔地覆蓋在她身上；把銀燈挑亮，脫鞋上床，捱在美娘身邊左手抱著茶壺在懷，右手搭在美娘身上，眼也不敢閉一閉。後來美娘睡至半夜醒將轉來，自覺酒力不勝，胸中似有滿溢之狀，又吐不出來，只是嘔心。此時的秦重用手撫摩其背，過了一段時候，美娘喉間忍不住了逕自放開喉嚨就吐；秦重怕污了被窩，竟把自己的道袍袖子張開，罩在她嘴上，讓佳人盡情一嘔，美娘嘔畢還閉著眼討茶嗽口。秦重便將道袍輕輕脫下放在地上，立刻斟上一杯香郁的濃茶遞與美娘，美娘連喫了兩杯又倒下身子睡去。秦重就這樣破費了辛苦錢而心甘情願地悉心照顧著瞧不上自己的花魁娘子，這多情的賣油郎還以

能夠親近美娘一夜而感到心滿意足，三生有幸呢！而且在美娘清醒後欲急忙告退，惟恐他人知道花魁接待了賣油的而有玷其芳名，於是作揖便去，其珍愛美娘之心由此可以得到驗證。

光陰似箭，不覺一年過去了，秦重倒也不再奢望能與美娘重逢。一日，美娘受那紈褲子弟吳八的糟踏，又被脫去繡鞋解其裹腳，棄置在西湖岸邊，嬌貴的花魁娘子寸步難行，心下愈想愈悲哀而嚎啕痛哭。也真是蒼天巧安排，秦重至養父〔註42〕墳上祭掃，返家路過此地而聞得哭聲，待上前一看竟是令她鍾愛的美娘；秦重見她蓬頭垢面又得知吳八對她的輕賤污辱，內心亦十分疼痛而為之流淚。接著，秦重將袖中的白陵汗巾取出劈半扯開，為美娘裹腳，親手與她拭淚，又幫她挽起青絲，再三把好言寬解。等候美娘不哭了，忙去喚個煖轎，請美娘坐了，然後自己步行伴她返王九媽家。賣油郎此等溫厚體貼即使是善解人意的女性恐怕也未必及得上，無怪乎讓美娘心動，決意從良嫁他。

5. 風流才子

中國的讀書人深受禮教薰陶，言行舉止莫不以「禮」為其最高指導原則，惟恐做出不合於聖賢道理之情事。然而年少士子誰能斷卻愛恨情仇？誰能無視於情愛的召喚？因此才子風流但不下流又何妨？《三言》裡的風流士子有五位：

（1）錢希白（《警世通言》第十卷〈錢舍人題詩燕子樓〉），此人乃吳越王錢鏐之後裔，文行詩詞獨步朝野。一日，希白信步遊賞見一危樓飛檻，映遠橫空，規模壯麗，原來此處即燕子樓也。於是才子攝衣登梯，逕上樓中而倚欄長嘆，感慨人事全非，憐惜那當時樓中主人關盼盼，遂作古調長篇書於燕子樓書屏之上。題罷朗吟數遍，忽然一陣清風襲來，異香拂面，希白自屏後窺視，只見一位女子容顏秀麗，與之交談覺其詞氣清揚，內心因此喜悅不已，遂以言挑之。後來春心搖蕩，不能自持而向前拽女衣裙，此刻驟聞檻竹敲窗。驚覺是一枕遊仙夢。雖然是春夢一場，但也由此可見錢舍人的浪漫情懷。

（2）唐寅（同上，第二十六卷〈唐解元一笑姻緣〉），這位明代赫赫有名

〔註42〕秦重從鄰家得知邢權、蘭花捲款逃走，於是收拾了傢伙，搬回養父朱十老家。但是不上一月，十老就病重不治，秦重將養父視如親父一般殯殮成禮，葬於朱家祖墳清波門外。

的才子，他爲了眉目秀艷、體態綽約的秋香而甘心更名華安，爲人僮僕，只爲追隨伊人。唐寅之舉和《十日譚》第七日第七篇〈金蟬記〉中的羅多維可（後來化名爲安尼第諾）相仿，二人皆渴求佳人相伴，竟然願意放下身段，做人家的書僮和侍從。像這樣委屈自己以博取美人青睞的行徑確實難得，亦頗爲與眾不同，有點似苦肉計又充滿詩意和浪漫的感覺。

（3）崔護（同上，第三十卷〈金明池吳清逢愛愛〉入話），是大唐年間博陵的才子，生得風流俊雅，才貌雙全。暮春時節前往長安應舉，一日暫離旅舍至城南郊外遊覽，但覺口燥咽乾，唇焦鼻熱，只得叩門討水喝，在門外立了半天，終於有位嬌滴滴的少女前來應門，崔生連忙向前作揖並說明來意，那少女聽罷急忙進去取水，用纖纖玉手捧著盛著半甌茶的磁杯遞與崔護，喝完了水，崔生只得道謝離去。後來，科考放榜，崔護卻名落孫山。倏忽一年又遇開科，生即起身赴試，因爲追憶故人，且把考試放在一旁而急往城南欲會佳人。崔護至門但見寂寞無人，心中疑惑，徘徊了半晌，便於白板扉上題四句詩〔註 43〕，題罷自回。然而隔日又放心不下，又去探看，忽見走出一位老兒。老兒盤問崔護後就告知女兒之事〔註 44〕，護聽得又驚又痛，於是入門走到床前將少女的頭置之自己腿上，襯著少女的臉輕喚，頃刻間那少女竟三魂再至，七魄重生，便起了身來。老兒歡喜萬分，決定招贅崔護爲婿，才子佳人終成眷屬。據故事看來，崔護當歸類於「多情種」，然而就其〈本事詩〉來推敲〔註 45〕，崔護與少女相對「崔以言挑之，不對，彼此目注者久之；崔辭去，送至門，如不勝情而入。」我個人以爲士子崔護不顧細謹，大膽以言辭挑逗少女，撩撥其心，不是風流才子，又當爲何？故將崔護歸入「風流才子」此一人物類型。

（4）吳清（同上，正話），這位小官人風流博浪，專要結識朋友，覓柳尋花。一日與皇室子弟趙應之、趙茂之到金明池遊玩，吳清遇見了一位小娘子，不覺遍體酥麻，急欲捱身上前，卻爲趙家兄弟阻攔，並告之以不得調戲

〔註43〕崔護不見少女，心中甚是失望，他在白板扉上題了四句詩：「去年今日此門中，人面桃花相映紅。人面不知何處去，桃花依舊笑春風。」

〔註44〕老兒對崔護說：「我女兒去歲獨自在家，遇你來覓水。去後昏昏如醉，不離床席。昨日忽然說道：『去年今日曾遇崔郎，今日想必來也。』走到門前，望了一日，不見。轉身抬頭，忽見白板上詩，長哭一聲，瞥然倒地。老漢扶入房中，一夜不醒。早間忽然開眼道：『崔郎來了，爹爹好去迎接。』今君果至，豈非前定。……」

〔註45〕此一有名的「人面桃花」故事原見於唐代孟棨的〈本事詩〉。

良家女子，才不會惹禍招非。吳清只好目送那位小娘子隨著眾女娘自去。是夜，吳清輾轉難眠，恨不曾訪問小娘子之居處名姓。次日，放心不下，又約了二趙在金明池上尋覓昨日小娘子的蹤跡，然而卻徒勞無功，心中正悶悶不悅。後來二趙約吳清至酒肆另覓當壚少婦春風一度，吳官人以為酒肆中不過是些老妓凤倡、殘風敗柳而婉拒之。趙二哥答稱不然，三人遂來到盧家酒肆見著了多情的少女愛愛，後來少女的父母上墳返家，三人敗興而歸。轉眼又是一年，三個子弟相約再到酒肆，當壚少女已不見芳蹤，詢問之下才知去年少女受了父母指責不當與三個輕薄兒廝混喫酒，不料少女性重，頓然悒怏絕食而死。三人於是噤口不敢再多言，連忙還了酒錢離去，三人一路傷感不語，回頭顧盼皆淚下沾襟，怎生放心得下。由此敘述可知吳清雖好殊色，但也是有所揀擇；再就其了解愛愛因三人來訪之事竟香消玉殞的反應看來，他又非薄倖寡情之輩。因此，吳清和那些浮浪子弟仍有相當的差別，不能一概而論之。

（5）孫玉郎（《醒世恆言》第八卷〈喬太守亂點鴛鴦譜〉），資性聰明，善於讀書，不但才貌雙全，又孝悌兼全。然而於代姐出閣，小姑伴眠時，因按捺不住青春烈火，便與慧娘作成夫妻。這雙偷嚐禁果的小兒女難分難捨，又苦無計策因對親家、父母，故相抱暗泣。孫郎雖然用言語挑逗慧娘，進而與她發生關係，的確於禮不合，但是玉郎和慧娘又彼此相愛，二人恩義已深，若說孫郎是浮浪子弟、好色之徒似乎太過，只能說「才子風流正少年，佳人窈窕當春色」，才會牽引出一番糊塗官司，幸得喬太守巧判合婚，遂勾銷了孫郎這筆風流賬。

6. 愚夫與儒夫

《三言》裡有兩位愚夫，一位是家道貧寒卻又打腫臉充胖子的紐成（見《醒世恆言》第二十九卷〈盧太學詩酒傲公侯〉）因行為不端，故無人肯把田與他耕種，歷年只在盧太學家做長工度日。後來渾家生了個兒子，也不考量自家財力，竟裝好漢寫下賣身契抵借了二兩銀子，然後辦了筵席款待眾人；鄰里盡送湯餅，熱熱鬧鬧倒像個財主家行事，事後還險些遭人算計指染自己的老婆。就其行止看來，紐成的愚昧便是缺乏自知之明，不自量力，養育嬰兒的費用尚無著落，居然先貸款大肆慶祝弄璋之喜，這豈是明智之舉？又渾家偶與他人通姦謀賺銀兩，紐成不但一無所悉，還相信妻子是個貞潔婦人，真是愚鈍至極，與《十日譚》中的愚夫艾卡諾甚為類似。

　　另一位愚夫是劉貴（同上，第三十三卷〈十五貫戲言成巧禍〉），此人之愚蠢在於以言詞存心戲弄小妾陳二姐，使二姐見了十五貫錢而不得不相信丈夫真的將她典賣於人，後來還因此冤枉了兩條人命——二姐不知丈夫戲言，認真以爲丈夫典當自己，於是連夜趕至娘家通告爹娘。途中遇上崔寧並與之同行。不料劉貴在家遭竊賊砍死取走了十五貫錢，鄰人與劉貴渾家皆一口咬定二姐與崔寧有奸，又一時見財起意，遂殺了劉貴而遠走高飛。那崔寧亦百口莫辯，因爲眾人在他身上搜出了賣絲所得——也恰好是十五貫錢。二人被屈打成招，問了死罪，押赴市曹，行刑示眾。

　　這劉貴因爲小妾替他開門遲了，意思以戲言嚇她，而別的玩笑不說，卻道：

> 說出來，又恐你見怪；不說時，又須通你得知。只是我一時無奈，沒計可施，只得把你典與一個客人，又因捨不得你，只典得十五貫錢。若是我有些好處，加利贖你回來。若是照前這般不順溜，只索罷了！

此等關係著二姐命運與未來之事，怎麼拿來開玩笑？身爲人妾，地位已夠卑微，劉貴要典要賣，二姐又能如何？故二姐會信以爲眞。因此，我個人以爲劉貴不僅愚昧，其人更不厚道。

　　此外，《三言》還有一群懦夫：或懼內或懦弱無能、動輒尋死覓活，根本不像個男人。如賈涉畏懼妒悍的元配唐氏，只得忍痛將愛妾送走（《喻世明言》第二十二卷〈木棉菴鄭處臣報冤〉）。又如范二郎昔時熱烈愛戀周勝仙，甚至爲伊人害相思病；然而當死而復生的勝仙出現在自己眼前時，也不問青紅皂白便慌忙提起一支湯桶兒來，朝勝仙太陽穴上擲去，打殺了癡情的少女。此舉反映出范二郎的膽怯，既是曾經深愛過的女子，就算是其魂魄歸來相見，又何須如此懼怕？所以，我個人相當質疑范二郎對勝仙的情愛究竟有多少。范二郎的怯弱與莽撞〔註 46〕壞了勝仙的性命，也毀了一段姻緣，甚是可惜。

〔註 46〕《十日譚》裡第十日第四篇〈復活之後〉的金迪爲了再見心上人一面，於是帶著一位僕人悄悄地來到墓地，打開墓門，爬進去躺在心上人的屍體旁，哭哭啼啼將她吻了又吻。後來金迪發現心上人的心臟彷彿還在微微跳動，這時金迪擺脫了一切的恐懼心理，仔細地確認心上人並沒有死，尚有一絲氣息未斷，所以就叫僕人幫忙把墓中的夫人抬出去，送回家裡調養身子。反觀范二郎見著了勝仙返來尋他，他卻是如此膽怯與莽撞。

　　而另兩位懦弱無能、缺乏主見的男人是崔寧（《警世通言》第八卷〈崔待詔生死冤家〉）與許宣（同上，第二十八卷〈白娘子永鎮雷鋒塔〉）。那崔待詔人老實，手藝又好，秀秀便一心一意要與他做夫妻，可是崔生卻小心怕事，兩人的婚姻之所以能成就，都是秀秀主動出擊，逼他應承，因爲崔寧不敢冒那潛逃之罪的風險。而且從生到死，秀秀完全積極主動去追求自己所愛的人；但是崔寧則處處被動。即使是做鬼，秀秀也要跟定崔寧，然而待詔卻向秀秀討饒，要她放過他，結果仍被秀秀扯去做鬼夫妻。崔寧連做鬼都是被動的，無怪乎錢伯城說他是一個膽小懦弱的青年，與秀秀大膽執著的性格形成鮮明的對比〔註47〕。而許宣亦同於崔寧，是一個慳吝又膽小怕事、優柔寡斷的人，他固然迷戀白娘子，可是每遇有事故，便即刻替自己開脫而將一切罪過歸諸於白娘子。後來許宣得知娘子是由蛇精修煉成人形，就拜求法海救他一命，完全將夫妻恩情撇在一旁。又待返回姐夫家，白娘子已在此等候，許宣見了娘子心中甚慌，不敢向前，然後兀自跪在地上向白蛇告饒。由此可見許宣並不是眞愛白娘子，而且於發現娘子的確實身分後，其懦弱無能的性格便顯露無遺，不知所措地對外求援；把白蛇惹惱，自己又心寒膽戰，不敢則聲，竟然跑去投水輕生，藉此一了百了，此一行徑難道不是懦弱？是的，面對困厄有勇氣尋死，卻無勇氣迎向逆境，的確是懦弱；更何況那白蛇曾經和許宣共枕同衾，恩愛一場，許宣爲何不與妻子共謀解決之道？只是自言語道：

　　　　時衰鬼弄人，我要性命何用？

逃避不能消解問題，許宣依賴法海和尚之助才收伏了白娘子與侍女青青，最後又情願出家，修行數年，一夕坐化去了。就許宣之性格看來，作者突然使他覺悟剃度似乎不甚婉轉，不過就其個人而言，與其畏畏縮縮地苟活，不如遁世修行，以提升自我的生命層次。

　　接著要分析的人物則是曹可成（同上，第三十一卷〈趙春兒重旺曹家莊〉），此人是個養尊處優的子弟，敗盡家業後不圖振作，幾經賢婦趙春兒之磨鍊與試探，確認良人改去敗落財主的性子，方助其選官，成就事業並贖回舊日質押貸款或賣去的家產。那曹可成遇上挫折困頓便啼哭悲泣，再不然就尋

〔註47〕錢伯誠還說：「秀秀這個女孩子，很執著，很大膽，但是性情輕率，看得出來做起事來有點顧前不顧後的味道。她看中崔寧，人誠實，手藝又好，一心一意要跟他做夫妻。崔寧則小心怕事，要不是秀秀的主動進攻，逼他應承，他是不敢冒這個潛逃之罪的風險的。」

死覓活;當他看到舊識殷盛選得浙江按察使經歷,在家起身赴任好不熱鬧,內心欣羨不已,回到家中披衣坐於床上飲泣爲春兒察知,春兒要他與三親四眷去告貸以便求官,然而皆遭親戚族人拒絕。思想無計的曹可成哭了一場就對春兒說:

> 不如死休!只可惜負了趙氏妻十五年相隨之意,如今也顧不得了。

說完即要尋死而被春兒勸解阻攔,後來得知春兒有個計較,這曹可成竟連忙下跪道:

> 我的娘,你有甚計較?早些救我性命!

春兒之計正是要忍羞向昔日的院中姐妹借貸,也要可成到幾個村童學生家裡告借,好不容易湊足了兩許銀子至江都縣幹辦文書。回到家中只見妻子依舊坐在房裡績麻,光景甚爲淒涼,心下慌張,以爲春兒告債又告不來,便不覺淚眼汪汪,像這樣軟弱無能,只會掉眼淚的男人眞是無用之輩,若非「有志婦人」——趙春兒耐心幫襯,怎有重振家業門風之日?

7. 君子

「君子」是中國士人所嚮往的人格典範,在《三言》裡有許多言行符合「君子」的人物,大致上可細分爲:

(1) 成人之美者

《論語・顏淵》日:

> 君子成人之美,不成人之惡;小人反是。

意思是說君子、小人之待人,其存心有厚薄之不同,而《三言》裡具有此種寬厚雅量的人物有:縣官吳傑、葛令公、裴晉公、柳永、鍾離義。

①吳傑(《喻世明言》第一卷〈蔣興哥重會珍珠衫〉)

吳縣官成了三巧的晚老公(即第二任丈夫)後,接了宋福所告人命一案,被告正是三巧的前夫蔣興哥。是夜,吳傑在燈下將准過的狀詞細閱,三巧亦陪侍於旁,偶見此案,想起舊日夫妻恩情,不覺一陣心酸,便兩眼噙淚跪請縣主對蔣興哥網開一面。後來此案完結,三巧與興哥相見,二人意外重逢,抱頭痛哭。吳傑見狀以爲必有隱情,便要三巧說明原委,三巧與興哥被縣主盤問不過,只得雙雙下跪道出實情,吳縣主聽了亦墮淚不止,於是不忍拆開他倆,即刻要蔣興哥領去完聚,又把當初三巧陪嫁之物盡數奉還,甚是厚道。

②葛令公（同上，第六卷〈葛令公生遣弄珠兒〉）

察覺申徒泰鍾情於自己的寵妾弄珠兒，不但不計較發怒，反而將弄珠兒嫁與之，令公對珠兒道：

> 做人的妻，強似做人的妾。此人（申徒泰）將來功名，不弱于我，
> 乃汝福分當然。

由此可見令公珍惜英雄申徒泰，亦愛護寵妾弄珠兒，頗有提攜後進，疼愛晚輩的長者風範。

③裴晉公（同上，第九卷〈裴晉公義還原配〉）

此人自念功名太盛〔註48〕，惟恐得罪，於是口不談朝政，終日縱情酒色。雖然如此，仍有許多人想要阿諛奉承他而獻了不少麗女佳人到府邸來，其中有一位善於音律的黃小娥便是惡吏自民間強奪而來的無辜弱女。該女本是唐璧的未婚妻，裴晉公得知後〔註49〕，便請唐璧到裴府，換來小娥相見，又備下資裝千貫贈之，並為二人主婚。晉公的仁心慷慨於此得見，他不但是唐璧、小娥的再造恩人；亦是一位智者，他能洞悉官場上的險惡而收斂自身的光芒，好頤養餘，可謂深諳進退之道。

④柳永（同上，第十二卷〈眾名妓春風弔柳七〉）

這不得志而竟日與儇子縱遊娼館酒樓的詞人，在《三言》中是一位成全他人姻緣的月老君子。當他知悉女妓周月仙與黃秀才情意甚密，而秀才卻因家貧無力備辦財禮迎娶，又遭劉二員外設計舟人強姦，再執證要脅月仙與之同居，不容黃秀才相處後，隨即喚來老鴇，拿了八十千付作身價，替月仙除了樂籍。另一方面去請秀才親領月仙以成夫妻。如此慷慨解囊，成人之美，不愧是有情義的人。

〔註48〕裴度於唐憲宗元和十三年領兵平定了淮西反賊吳元濟，還朝官拜宰相，進爵晉國公，後來又有兩處藩鎮因懼怕裴度威名而上表向朝廷贖罪。唐憲宗見外寇漸平，天下無事，因此在國內大興土木，又求長生之藥。裴度屢次勸諫，憲宗都不聽，反而聽信兩位佞臣之言。裴度羞於與此二位佞臣同列，故上表求退。但憲宗不許，卻說裴度好立朋黨，而對他漸生猜忌之心。裴度才因此閉口不談朝政，鎮日縱情酒色。

〔註49〕裴度身著紫衫外出，見唐璧愁容滿面，於是問他原由，唐璧說出自己的遭遇及其投訴無門的窘境。紫衫人建議他前去求見當朝的裴晉公，請裴公為他解決困難。唐璧一聽「裴晉公」三字，不禁悲泣埋怨裴公心腸如割。紫衫人大驚，再問唐璧何以口出此言。唐璧於是將未婚妻被知州縣尹強奪去獻與裴晉公一事說與紫衫人聽。最後，扮成紫衫人的裴晉公回府後，立即處理此事，使有情人成眷屬。

⑤鍾離義（《醒世恆言》第一卷〈縣令競義婚孤女〉）

爲人敦厚，得知婢女月香乃縣尹石璧之女，便與夫人商量將她視爲己出並嫁與高大尹次子。這等義舉正是「幼吾幼以及人之幼」的最佳典範。

（2）志誠之士

①李英（《喻世明言》第二十八卷〈李秀卿義結黃貞女〉）

此人心地善良，是個老實君子。雖然見異姓兄弟張勝每夜和衣而睡，不脫衫褲，亦不去鞋襪，對此甚感奇怪，但是張勝以自幼得了寒疾不便解衣而睡的藉口搪塞了一番，李英倒也不疑。由此可見其心思單純，不生邪念，完全不懷疑張勝是個女兒身；而且兄弟二人相互信賴，對於合夥的生意更毫釐不欺彼此，直到張勝回復女孩兒家的裝扮，李英才恍然大悟。

②錢青（《醒世恆言》第七卷〈錢秀才錯占鳳凰儔〉）

雖是代人結親（見本文第二章第四節），然而在面對嬌羞動人的新婦時，即使喝得酩酊大醉，亦能坐懷不亂，此舉非常人所能及之，就此可見錢青之忠厚、有定力。且馮氏寫那錢秀才在洞房連小娘子的被窩也不敢觸著的模樣，甚是可愛！到了第三夜時，新娘吩咐丫鬟爲新郎倌解衣科帽，錢青竟然急急跳上床去，貼著床裡自睡，堅持不肯脫衣。一位志誠君子憨厚、不及亂的行止鮮活又令人感動。

③陳多壽（同上，第九卷〈陳多壽生死夫妻〉）

此人身染惡疾，於是不願耽擱朱家閨女而主動提出退婚。後來由於未婚妻多福不肯悔親，雙方父母便使二人拜堂，然而多壽心下忖度：

> 自己十死九生之人，不是個長久夫妻，如何又去污損了人家一個閨
> 女？

因此每晚和衣而臥，只與多福做對有名無實的夫妻。婚後一年，多壽思量不教自己拖累妻，竟圖了結苟延之性命，故和父母、多福敘別後便仰藥自盡。也許是上蒼見憐這位義夫，多壽的癩症就此痊癒。試想多少無恥之徒欲玷染人妻、人女？而陳多壽能夠如此珍惜女性，愛護多福，確實是位重情義的君子，教人爲之動容！

④劉奇（同上，第十卷〈劉小官雌雄兄弟〉）

此人與劉方皆爲劉德收留，又因和劉方年貌相仿，情投契合，遂結拜爲兄弟。但事實上，劉方是位女扮男裝的少女，劉奇同她共食共眠，竟渾然不覺，直到劉方題詞暗示，才明白賢弟何以在夜間臥睡不脫內衣，連襪子也不

肯去的道理。劉奇和李英都是志誠君子，當初無心時，全然不覺身邊的人兒是女子，後來有心辨他真假時，才越看越像個女孩兒。最後，這老實的劉奇就連求婚也是一副正襟危坐、彬彬有禮的模樣，他道：

> 我與妳同榻數年，不露一毫稜角，真乃節孝兼全，女中丈夫，可敬可羨！但弟詞中已有俯就之意，我亦決無他娶之理。萍水相逢，周旋數載，昔爲兄弟，今爲夫妻，此豈人謀，實繇天合。倘蒙一諾，便訂百年。不知賢弟意下如何？

劉奇之言中規中矩，一點也不浪漫，而且一時改不了口，仍以「賢弟」稱呼美嬌娘，由此亦可印證昔日二人相處兄友弟恭，劉奇壓根兒也沒想到朝夕爲伴的賢弟竟是女兒身。

⑤朱源（同上，第三十六卷〈蔡瑞虹忍辱報仇〉）

爲溫州府秀士，年紀四旬以外，尚無子嗣，因此聽了娘子幾遍頻勸，才決定納妾生子。這人材出眾，舉止閒雅的朱源見過貌美的瑞虹後，便要擇吉行聘，待瑞虹過門，得知新妾的悲苦經歷時，亦慘然淚下並答應爲她伸雪冤仇。後來，朱源果中了進士而特意請任武昌縣令好將殺人越貨的強盜繩之以法，替瑞虹報仇。朱源言而有信，不同於卞福、胡悅貪圖瑞虹美色，就虛情假意一番地欺騙她說要爲她報仇雪恥，其實不然。只有朱源真心憐惜瑞虹，同情她的遭遇，又有決心循法律途徑來緝拿這班惡徒，故能發憤讀書躋身縣官之列，以報岳家血海深仇。朱源之舉不僅是爲瑞虹個人復仇，他更是一位能夠爲弱勢族群伸張公義的正人君子。

(3) 良吏義士

《三言》中有一些涉及百姓家務和感情糾紛、謀殺親夫的訴訟案件[註50]，在這些受理斷案的主事者或草菅人命或敷衍了事，不但不能成爲老百姓的父母官，反而成了官官相護、有錢好說話的司法惡吏（參見本節（八）奸邪之徒）。所幸還有一群忠於職守的清官廉吏，如《喻世明言》第二卷〈陳御史巧勘金釵鈿〉的陳濂、第十卷〈滕大尹鬼斷家私〉的滕大尹、《警世通言》第十三卷〈三現身包龍圖斷案〉的包拯、第三十五卷〈況太守斷死孩兒〉的況鍾、《醒世恆言》第十六卷〈陸五漢硬留合色鞋〉的杭州府太守，以及第三十九卷〈汪大尹火焚寶蓮寺〉的汪大尹。他們共同的特點便是執法無私、斷案正

〔註50〕這類訴訟案件多歸於所謂的「公案小說」，也就是以作案和斷案爲題材的小說。

確，即使是棘手的案子，都能抽絲剝繭，做合理的推測並使人證物證俱在，令不法之徒心服口服。

此外，尚有一位通判，見陳姓太守欲非禮楊玉（刑春娘），即出面正色發作道：

> 既司戶有宿約，便是孀人，我等俱有同僚叔嫂之誼。君子進退當以禮，不可苟且，以傷雅道。（《喻世明言》第十七卷〈單符郎全州佳偶〉）

由於通判這番勸戒，太守方覺慚愧而罷手。而此位通判恰與《十日譚》第十日第六篇〈慧劍斷情〉裡的葛伯爵相類似（見本章第二節二、《十日譚》之人物類型），都能及時點醒為情色而險些做出不智之舉的同僚和國君；通判與葛伯爵正是理性厚道的君子典範。

馮氏在《三言》裡還塑造了幾位任俠義士，他們適時的出現幫助陷入困境而無可奈何的弱者。如徐用（《警世通言》第十一卷〈蘇知縣羅衫再合〉）、趙匡胤（同上，第二十一卷〈趙太祖千里送京娘〉）、尹宗（同上，第三十七卷〈萬秀娘仇報山亭兒〉）、種義（《醒世恆言》第二十卷〈張廷秀逃生救父〉），以及徐家老僕阿寄（同上，第三十五卷〈徐老僕義憤成家〉）。

由於徐用緊抱住其兄徐能，使之無法立刻對蘇雲下手，又力勸哥哥勿教蘇雲死無全屍，因此建議將他拋入湖中，其真正的用意是要讓蘇雲有逃走活命的機會。除此之外又趁機放走了蘇夫人，免被徐能壞了名節。像這樣一位具有不忍之心的義士可謂是蘇家的大恩人，蘇雲後來得以復仇並與妻兒團聚，皆是徐用當初違拗了不良的兄長所賜。

而徐家老僕阿寄在主人徐哲過世後，因為看不慣徐哲兄長欺負其遺孀顏氏，故發憤決心替主母爭口氣，於是勤做生理，果然為顏氏掙了許多田產家業，而自己竟分文不取。阿寄如此為主效力，其鞠躬盡瘁死而後已的耿耿忠心，完全不亞於一個對國家、君主赤誠奉獻的朝廷命官。

其他諸如尹宗、種義皆為熱腸仗義者，尹宗更是為了救助萬秀娘而做了失鄉之鬼。他的義行不只是捨命救人，尹宗亦是一位孝子，他謹遵母親訓示不得胡亂生事，玷污秀娘〔註51〕，因此，在護送秀娘返家的路上，即使秀娘

〔註51〕尹宗之母拿出一件千補百衲舊紅衲背心，披在萬秀娘身上，然後告誡其子說：「你見我這件衲背心，便似見娘一般。路上切不得胡亂生事，淫污這婦女。」由此可見尹母之為人。

有心知恩圖報與他，尹宗仍然堅持母訓而不受。可惜尹宗未能了解賊人之詭詐而使自身於半途命喪黃泉，馮夢龍遂於故事進入尾聲之前，寫了尹宗替自己報仇：

> 那十條龍苗忠慌忙走去，到了一箇林子前，苗忠入這林子內去。方纔走得十餘步，則見一箇大漢，渾身血污，手裡搦著一條朴刀，在林子裡等他，便是那喫他壞了性命底孝順尹宗，在這裡相遇。

原來，馮夢龍所謂的復仇係指尹宗的鬼魂出現，阻擋了苗忠去路，好待公底趕上捉拿，藉此以完成其未竟的救人職志，也安慰了讀者為他惋惜的心理。

又如種義，此人昔年因路見不平，打死人命而問絞在監。當他目睹張廷秀父子在牢裡抱頭痛哭，且明白了張家的冤屈後，便立刻自告奮勇要代為照顧被刑求傷重的張父。由此可見，其熱心、不忍的本性依舊，並沒有因為自己已問絞在監而有絲毫的減損，換言之，其強烈的正義感使他可以為了助人而將個人生死置之度外。種義不但是一位任俠，更是一位正人君子！

同樣也是一位義士、英雄人物，那就是宋太祖趙匡胤。當他尚未發跡變泰之前，即是一個鐵錚錚的好漢，直道而行，一邪不染。一日，趙匡胤閒步於道觀，聽得一婦女的哭泣之聲，心下想道此處乃出家住處，緣何藏匿婦人，其中必有不明之事，於是決定看個明白，也好放心。而趙匡胤果然躁性，起初他以為是觀主涉不法情事，一時暴跳如雷責罵了觀主；後來經由觀主解釋，方知響馬擄來弱女，並威脅出家人好生看守。待宋太祖釐清事實後，隨即見義勇為，要送那弱女京娘返家。觀主憂心響馬回頭不見小娘子，必然惱怒，其道觀與自家性命堪憂；趙匡胤便教觀主要那響馬打蒲州一路來尋仇。接著，觀主又擔憂太祖千里相送京娘，孤男寡女恐惹人談論；趙匡胤則認為自己心胸坦蕩，人言都不計較。於是匡胤、京娘二人便以兄妹相稱，與觀主作別後往歸蒲州。沿途上，太祖對京娘之體貼照顧不在話下，由此可見其粗中帶細的鐵漢柔情。然而，趙匡胤卻是直性，對京娘毫不動情。馮氏寫道：

> （京娘）左思右想，一夜不睡，不覺五更雞唱，公子起身備馬要走。京娘悶悶不悅，心生一計，於路只推腹痛難忍，幾遍要解。要公子扶他上馬，又扶他下馬。一上一下，將身偎貼公子，挽頸勻肩，萬般嬌旎。夜宿又嫌寒道熱，央公子減被添衾，軟香溫玉，豈無動情之處。公子生性剛直，盡心伏侍，全然不以為怪。

後來京娘眼見故鄉在望，於是也顧不得女性的矜持，她對趙匡胤說出心腹之言，表明要以身相許。趙公子大笑道：

> 賢妹差矣！俺與你萍水相逢，出身相救，實則惻隱之心，非貪美麗之容。況彼此同姓，難以為婚，兄妹相稱，豈可及亂。俺是個坐懷不亂的柳下惠，你豈可學縱欲敗禮的吳孟子！休得狂言，惹人笑話。

京娘聞之羞慚滿面，半晌無言。後又開言求為妾婢，以服侍恩人。此時趙匡胤勃然大怒道：

> 趙某是頂天立地的男子，一生正直，並無邪侫，你把我看做施恩望報的小輩，假公濟私的奸人，是何道理？你若邪心不息，俺即今撒開雙手，不管閒事，怪不得我有始無終了。

聽罷，京娘下拜望乞公子恕罪，趙匡胤才息怒道：

> 賢妹，非是俺膠柱鼓瑟，本為義氣上千里步行相送，今日若就私情，與那兩個響馬何異？把從前一片真心化為假意，惹天下豪傑們笑話。

最後，趙匡胤將京娘安然護送到家，其兄要老父招公子為婿，又使趙匡胤一盆烈火從心頭揿起而大罵道：

> 老匹夫，俺為義氣而來，反把此言來污辱我！俺若貪女色，路上也就成親了，何必千里相送。你這般不識好歹的，枉費俺一片熱心。

說完，便將桌子掀翻，望門外一直走去。京娘見狀，心下十分不安，急忙走去扯住公子衣裾勸以息怒，但是趙匡胤一手攔脫了京娘，拂袖而去。

就上述之幾番對話可知趙匡胤之為人光明磊落，絕無姦邪之心；其不遠千里歸送京娘純粹是惻隱之心使然，完全不求回報。此等坦蕩蕩的胸懷使他行事風格呈現出言語直率、動作火爆的特性，馮夢龍於此所塑造的這位英雄義士的確相當成功。

8.姦邪之徒

小說、故事裡的衝突、不幸往往肇於姦邪之徒的出現與破壞。《三言》有許多姦邪之徒，就其所作所為，讓讀者看盡人性的卑劣與醜惡。大體而言，《三言》的惡人歹徒可分成四類：

（1）姦騙人妻人女者

此類好色之徒為了滿足自己的獸欲，便無所不用其極地設下陷阱或以惡

毒的手段來達到目的。如梁尙賓（《喻世明言》第二卷〈陳御史巧勘金釵
鈿〉）、劉二員外（同上，第十二卷〈眾名姬春風弔柳七〉）、簡帖僧（同上，
第三十五卷〈簡帖僧巧騙皇甫妻〉）、董小二（《警世通言》第三十三卷〈喬彥
傑一妾破家〉）、得貴（同上，第三十五卷〈況太守斷死孩兒〉）、孫神通（《醒
世恆言》第十三卷〈勘皮靴單證二郎神〉）、朱眞（同上，第十四〈鬧樊樓多
情周勝仙〉）、陸五漢（同上，第十六卷〈陸五漢硬留合色鞋〉）。其中的劉二
員外、簡帖僧、朱眞與陸五漢更是用卑鄙的手段來誘騙、威脅弱女不得不
與之發生肉體關係，甚至還要置她們於死地。如劉二員外愛月仙丰姿，欲與
歡會，月仙執意不肯，劉賊竟心生一計，囑附舟人，教他趁月仙夜渡，移
至無人之處強姦之，然後再取個執證回話，劉賊遂以此要脅月仙如其所願，
否則將對黃秀才說出她的醜事。劉二員外之惡行與《十日譚》第七日第六篇
〈兩個情人〉中的蘭貝特奇相似，此人亦藉其知悉伊莎貝拉和雷昂納多有
姦情，因而威脅伊莎貝拉與他通姦，否則便要把此事揭發，告知伊莎貝拉的
丈夫。

　　而簡帖僧則託個小廝，故意向皇甫松吊胃口，說是有人要將三件物事交
與其妻楊氏，且不能教皇甫松代收。皇甫松聽畢，就劈手奪去小廝手上的紙
包兒，打開看，裡面有一對落索環兒、一雙短金釵和一封寫著曖昧之味的簡
帖。皇甫松竟不相信自己的妻子是清白的，反而將楊氏、女侍迎兒與送帖的
小廝扭送錢大尹廳下，硬要渾家招供承認，在前行〔註52〕威逼以敲問刑訊
時，楊氏只得含冤莫白地供招了，也因此而遭丈夫皇甫松休棄。簡帖僧便趁
楊氏走投無路時娶她進門；然已達到目的的惡徒卻又不能憐香惜玉。一日，
簡帖僧同楊氏至大相國寺燒香，與皇甫松不期而遇，楊氏見了前夫不覺眼淚
汪汪，簡帖僧為此惱怒不已，和楊氏經過一番爭執終於說出昔日設計謀騙
之事，楊氏聽得叫將起來，簡帖僧慌得勒住渾家脖項，指望壞她性命。

　　再如朱眞盜墓，為了奪取陪葬的金珠首飾而將勝仙衣物盡脫，朱賊見其
身體白淨，淫心頓起，進而姦屍。勝仙竟得了陽和之氣活轉過來。朱眞欲殺
之滅口又不捨，於是假意答應勝仙的請求，救他去見范二郎。後來，朱眞背
了勝仙返回自家，恐嚇她在房裡不要則聲、不出房門，否則要將她砍作兩段；

〔註52〕據唐宋制度，尚書省有六部，分爲前行、中行、後行三等：兵部、吏部及左
　　　　右司爲前行；刑部、戶部爲中行；工部、禮部爲後行。所以有前行郎中、中
　　　　行郎中、後行郎中的官名。這裡的「前行」是用作對於一般官吏的美稱。

夜裡更強姦勝仙，還誑騙她待二郎病癒便來接去。此等喪心病狂的變態行為，實令人髮指。而陸五漢的所作所為與朱眞不相上下，陸賊不但是個酗酒撒潑的無賴漢，亦是一個時常對母親拳打腳踢的逆子；他奪去潘壽兒留予張藎做為信物的一隻合色鞋（參見第二章第八節），在夜半摸黑奸騙了潘女，後來還誤會壽兒另結新歡冷落他，因此憤而行兇，錯殺了潘家二老，讓浮浪子弟張藎背了黑鍋。

諸如此類姦騙人妻人女的色狼、殺手與《十日譚》裡設圈套誘姦人妻者相較，《三言》中這些惡人和魔鬼無異，而《十日譚》的奸邪之徒，其騙人的手段要緩和許多，有時連上其當的婦女，事後還樂意與之繼續往來呢！

（2）奸夫

《三言》裡的奸夫多與其通姦的婦女共同謀害親夫，如八漢（《喻世明言》第十卷〈滕大尹鬼斷家私〉）、小孫押司（《警世通言》第十三卷〈三現身包龍圖斷案〉）以及趙昂（同上，二十四卷〈玉堂春落難逢夫〉）其中，小孫押司更是恩將仇報，當年他於大雪裡凍倒，是大孫押司救活了他，還教他識字寫文書，豈料這竟是引狼入室，不僅與押司娘有染，最後又謀害了救命恩人，其行簡直禽獸不如。還有那趙昂與沈洪之妻皮氏戀姦情熱，於是預謀殺害沈洪好做長久夫妻。這椿謀殺案完全由趙昂一手策畫，皮氏則是幫兇，後來藥死了沈洪，又嫁禍給玉姐，差點兒就要成功，幸得天理昭彰，這對姦夫淫婦的歹毒之計終被偵破，二人也死罪難逃。

此外，另有周得（《喻世明言》第三十八卷〈任孝子烈性為神〉），以及朱秉中（《警世通言》第三十八卷〈蔣淑貞刎頸鴛鴦會〉）。這兩個男人平時在花柳叢中打滾，善於趨奉得婦人中意，因此與梁聖金、蔣淑貞一拍即合。而此二廝之命運倒也相類，最後奸情敗露，皆為女夫手刃刀下，罪有應得。

和《十日譚》裡的奸夫相較，《三言》的奸夫多為人狡詐且心狠手辣，而《十日譚》的奸夫則甘於做地下情人，與心愛的女人暗地往來以享受偷情的滋味。如此截然不同的性格與行為，固然與民族性有關，但我個人以為二書作者的創作動機不盡相同，其強調的重點便有所差異。馮氏藉由這些貪花戀酒之輩悲慘的下場來達到他所謂的「警世」的效果；而薄伽邱則是以一種消遣、遊戲，甚至是欣賞的角度來寫婚外情〔註53〕，因此，薄氏所塑造出來的

〔註53〕黃永林在《中西通俗小說的比較研究》提出薄伽邱以「欣賞的態度來寫婚外情」的看法。

情夫多半是比女夫更有情趣、更懂得疼惜女性的情場高手。

（3）劫財劫色，謀害人命者

古往今來，人心險惡，盜罪不絕，許多奸邪之徒用殘忍的手段害人家毀亡命。《三言》中這樣的人物甚多，他們泯滅良知而做下駭人的情事，有的扮強梁劫財又劫色，如徐能、苗忠、張稍、陳小四；有的圖人家業而謀害人命，如瑞姐、趙昂夫婦倆、喬裝僧人的盜匪、李雄之妻舅、劉大娘的晚丈夫以及朱常、趙完等人；有的則是無以聊賴而伺機敲詐勒索、典賣兄嫂、孤女，如李都管、卜喬和呂寶。另外，尚有兩位不肖之徒，一個是金冷水；一個是支助。

《警世通言》第五卷〈呂大郎還金完骨肉〉的入話有個極為吝嗇的金冷水〔註54〕，他認為世間只有僧人討便宜，因此見了僧人就是眼中釘、舌中刺。然而，其渾家卻喫齋好善，樂於布施佛寺、僧侶，夫妻常為此反目。渾家單氏嘗在福興庵祈求子嗣，佛門有應，果然連生二子，所以單氏更虔誠、更勤於布施了。但金冷水竟心生歹念，準備毒死福興庵的和尚，於是他特意買了四個熱餅並撒上砒霜，然後對渾家說道：

> 兩個師父侵早到來，恐怕肚裡饑餓，適纔鄰舍家邀我喫點心，我見
>
> 餅子熱得好，袖了他四個來，何不就請了兩個師父？

單氏聽畢，以為丈夫回心轉向善，故把四個餅裝做一楪，讓丫鬟送與師父喫。師父見員外返家，早已無心喫餅，於是承將單氏美意，把餅子帶回。豈料金家二子放學至庵裡玩耍，師父便吩咐徒弟將那四個餅子熱好招待小官人，金員外竟因其不仁之心，毒死了自家的孩子。雖然此一入話故事以一「巧」字串起情節，但最關鍵處仍是金員外之慳吝又存心不良，才會間接害死了自己的兒子。孩子是無辜的，他們遭遇此等不幸完全是其父不善殃及子孫的結果，如此報應在子孫身上，比報應在己身還要來得悲哀，亦叫外人感到痛快，當然作者勸人為善的目的也就在這裡被突顯出來。換言之，整個故事的震撼力

〔註54〕金冷水之為人，據馮夢龍之描述：此人有四願五恨。一願得鄧家銅山；二願得郭家金穴；三願得石崇的聚寶盆；四願得呂純陽祖師點石為金這個手指頭。一恨天多秋風冬雪，要花錢買衣服來穿；二恨地，恨他樹木生得不夠整齊如意，要花錢請匠人修整才能做屋柱；三恨自家，恨肚皮一日不吃飯，就餓將起來，要花錢買食物充饑；四恨爹娘，恨他們有許多親眷朋友，來時要喝家的茶水；五恨皇帝，恨他收錢糧。由此可見金冷水慳吝之性，鄉人亦替他取個綽號叫「金剝皮」。

便於此達到最高峰。

還有更可惡、卑劣的支助，他教得貴誘奸了主母邵氏，且使邵氏有孕，支助又利用得貴的無知將固胎散假作墮胎藥帶回與邵氏服用，邵氏只得待產生子。支助估算時日，十月屆滿料是分娩之期，又去尋得貴藉口必用一血孩子以合補藥；而這血孩子正是邵氏生下又將他溺死的男嬰。支助得了嬰屍便恐嚇得貴，勒索邵氏。馮氏筆下的支助厚顏無恥，淫邪可恨：

> 支助得了銀子，貪心不足，思想此婦美貌，又且囊中有物，借此機會，倘得捱身入馬，他的家事在我掌握之中，豈不美哉！乃向得貴道：「我說要銀子，是取笑話，你當真送來，我只得收受了。那血孩我已埋訖，你可在主母前，引荐我與他相處。倘若見允，我替他持家，無人敢欺負他，可不兩全其美？不然，我仍在地下掘起孩子出首。限你五日回話！……」卻說支助將血孩子用石灰醃了，仍放蒲包之內，藏於隱處。

於此可見支助的狡滑陰狠。後來，邵氏不理會支助的要脅，此棍徒竟登堂入室向邵氏求歡道：

> 小人久慕大娘，有如飢渴。小人縱不才，料不在得貴之下，大娘何必峻拒？

聽了此言的邵氏轉身便走，支助於是趕上，雙手抱住說道：

> 你的私孩，現在我處，若不從我，我就首官！

不得已，邵氏只能好言哄之要得貴夜裡再接與歡會。支助當下就放開了手，走了幾步，又回頭對邵氏說：

> 我也不怕你失信！

馮夢龍所刻劃的支助真是無賴中的無賴，而且可惡到了極點，著實令人對他的所作所為感到深惡痛絕。錢伯誠說：

> 支助這個人物，十分可怕。這個人陰險貪婪，固然叫人害怕，但最可怕的是他善能窺伺人的弱點，玩弄人的弱點。他看準得貴和邵氏禁不起誘惑。他引誘得貴喝酒，聽從他的指使，這段描寫是全篇的精彩。他認定，「從來寡婦都牽掛著男子，只是難得相會」，設下圈套，讓邵氏一步步落入他的陷阱。得貴是他實現陰謀的工具，得貴三夜赤身仰臥，這是魔鬼才能想到的手段，又狠又毒又準。……這種人，專伺人過，就是魔鬼的化身。（新評《警世通言》，頁 579～580）

錢伯誠對支助的評論一針見血，的確只有魔鬼才有這許多邪念，並且將他一一付諸行動以陷害無知者，更毀人名節。

（4）惡吏

所謂的惡吏是指知法犯法、做欺心之事的官吏。在《三言》裡有幾位操守不佳、居心不良的惡吏，他們是《喻世明言》第九卷〈裴晉公義還原配〉的晉州刺史與萬泉縣令，以及第二十九卷〈月明和尚度柳翠〉的柳宣教。

晉州刺史為奉承裴晉公，意圖要在所屬地方選取美貌歌姬一隊進奉。聞得黃小娥之名，又是太學〔註55〕之女，不可輕得，乃捐錢三十萬，囑託萬泉縣令求之。而縣令亦欲奉承刺史，於是遣人到黃太學家致意。太學因女兒早已受聘而回絕了縣令，這縣令竟趁著太學舉家掃墓，獨留小娥在家時，親自到黃家搜出小娥，用肩輿抬去。此等為了逢迎巴結上司而強奪民女的行徑，實在令人不齒，不僅使士林蒙羞，更讓官方顏面掃地。他們不再是為百姓著想謀福的父母官，反而成了搶匪般的惡吏，這和魚肉鄉民的地痞流氓有何兩樣？

而柳宣教則是因為玉通禪師沒有親至接官亭迎接他，不但口出惡言責罵「此禿無禮」，竟然還暗地裡要娼女紅蓮哄那玉通和尚雲雨之事，並允諾她如成其事，就持所用之物前來照證後判予從良；若無法達成誘姦任務，便將紅蓮定罪嚴懲。由此可見柳府尹好排場、端身分，而且器量狹隘又善記恨。他對玉通不來參迎一事無法釋懷，公宴上見了紅蓮，其報復心理開始作祟，因而醞釀出毀壞高僧德行的歹毒之計。柳府尹的計謀相當不道德，他不殺玉通而以更可怕的方式來毀掉一位出家人——他利用紅蓮的嬌美與玉通的慈悲〔註56〕，終於使得高僧破了色戒，叫玉通墮入地獄。事後，柳府尹還寫了一簡子〔註57〕挪揄玉通，極盡其刻薄之能事。雖然柳宣教得了玉通八句〈辭世頌〉〔註58〕，而懊悔自己對玉通做出這麼卑劣、醜惡的報復舉動，但是，我

〔註55〕「太學」本是古代國家所設立的學校名稱，明代人也稱呼一般監生為太學。

〔註56〕紅蓮假裝腹痛難忍，懇求玉通和尚救她一命，要玉通將熱肚皮貼在她的身上即可止疼。玉通見紅蓮苦苦哀求，於心不忍，因此便解開衲衣，將紅蓮抱在懷裡。此時，紅蓮忙解了自己的衣服，赤裸下截身體，以引誘玉通。

〔註57〕柳宣教見其奸計得逞，因而大喜，於是寫下「水月禪師號玉通，多時不下竹林峰；可憐數點菩提水，傾入兩辮紅蓮中。」四句詩來嘲諷玉通。

〔註58〕玉通八句〈辭世頌〉：「自入禪門無掛礙，五十二年心自在；只因一點念頭差，犯了如來淫色戒。你使紅蓮破我戒，我欠紅蓮一宿債；我身德行被你虧，你家門風還我壞。」

個人仍認為柳府尹不可原諒，以其身為「胸藏千古史，腹蘊五車書」的士子，又官拜臨安府府尹，如此之不寬厚又工於心計、陰謀，犯下這種毀人清譽、殺人不見血的罪行，理應償命才是。至於作者馮氏安排府尹之女柳翠為父親承受過失——成了娼妓，敗壞家風——是謂一報還一報，其果報思想極為濃厚，不過也是讓柳宣教不行陰德、害人破戒付出了代價。

9. 勢利之輩與忘恩負義之徒

（1）勢利之輩

勢利之輩往往只看到眼前一時的好處，卻忽略了未來有無限的可能性，他們所鄙夷的人也許只是暫時的時運不濟，一旦機運變化、否極泰來，小卒亦能翻身成為英雄。《三言》裡的勢利之輩如：顧僉事、黃勝、顧祥、劉有才、白長吉等人。其中最具有代表性的人物是黃勝與顧祥（《警世通言》第十七卷〈鈍秀才一朝交泰〉），此二人祖上都曾出仕，皆為富厚人家的子弟，卻目不視丁，只是頂個讀書的虛名。見馬德稱是黃門貴公子，又聰明飽學，早晚飛黃騰達，於是爭相奉承，黃勝更將親妹子六瑛許給德稱為妻。然而德稱三場應試卻榜上無名，再加上其父官場受累，一口氣得病，數日後便一命嗚呼〔註59〕。德稱又被逼繳萬兩贓銀，只好變賣家產；有稅契可查者，官方逕自估價出賣。馬家另有一個小小田莊，未曾起稅，官府不知。德稱以為顧祥與自己是至交，便央他暫時承認這小小田莊；又將古董書籍寄與黃勝保管。豈料顧祥一來唯恐被牽連，二來為博有司歡心，因此向官裡檢舉；而黃勝則胡亂作了一些帳目，把馬家託管的古董書籍估計扣除相抵，要德稱核對認帳，當然更逼勒妹子改聘，兩家也斷絕往來。

於此可想見顧祥與黃勝的嘴臉，既會諂笑脅肩，又會落井下石，簡直就是趨炎附勢的小人。誠如韓愈所描繪：

> 士窮乃見節義。今夫平居里巷相慕悅，酒食遊戲相徵逐，詡詡強笑，以相取下，握手出肺肝相示，指天日涕泣，誓生死不相背負，真若可信。一旦臨小利害，僅如毛髮比，反眼若不相識。落陷阱不一引手救，反擠之，又下石焉，皆是也。此宜禽獸夷狄所不忍為，而其人自視以為得計。（〈柳子厚墓誌銘〉）

〔註59〕馬德稱之父馬萬群有一個門生參了奸官王振一本，王振懷疑是座主指使，因此暗中密唆朝中心腹，尋馬萬群擔任有司時的罪過。馬萬群本是個清官，聞知此信竟一口氣得病，數日後即病故。

對於這些勢利之輩，韓愈視之爲禽獸不如，其指責並不過。除了馮夢龍在《三言》中刻劃此類人物外，後來的清代小說如吳敬梓的《儒林外史》、李寶嘉的《官場現形記》以及吳沃堯的《二十年目睹之怪現狀》都用戲謔的筆調來描摹這些小人，並予以嘲諷和譴責。

（2）忘恩負義之徒

《三言》裡的忘恩負義之徒有桂遷與房德，此二人皆受人恩惠，不但不思還報，反而忘恩忘德，甚至要殺害恩人。

桂遷原名桂富五，因將家產抵借三百兩，從商販紗，無奈運蹇時乖，本利耗盡。宦家索債甚急，不僅把田房家私沒入，連一妻二子亦爲其所有，還要逼他扳害親戚賠補。桂遷一時思量無路，就要投水自盡，幸得施濟幫助才償了債，接回妻子。後來，桂遷得到一筆意外之財〔註60〕，便要歸還施濟當初資借他的三百兩，然而渾家孫大嫂不肯，桂遷平日慣聽老婆舌的，孫大嫂的一番話更加滋長老公的貪婪之心。於是桂遷藉故至浙中，在紹興府會稽縣置產，只瞞得施家不知。施濟死後，因渾家嚴氏不善經營，家業田產漸失。最後資財罄盡難以度日，僮僕俱已逃散。虧得施濟同窗支德資助，又聘施氏子施還爲養婿，施家母子才能勉強生活。一日，偶有人來說桂遷發跡變泰，支德遂對施還言道可與親母計議前去尋訪。待施還母子來到桂家，卻吃盡閉門羹，嚴氏受了氣又因路途勞碌，歸家一病三月竟一命休矣。但天無絕人之路，施還本欲將祖房賣了好安葬母親，因而在拆卸祖父臥房裝摺時，發現了帳薄登錄埋銀若干於某處，施還於是得財鉅萬，贖產安居。

再說桂遷在會稽做財主，因田多役重，官府生事侵漁，甚以爲苦，近鄰尤滑稽就慫恿他入粟買官，一則官蓋榮身，一則官戶免役，兩得其便。桂遷利欲熏心也不辨眞假，收拾家當三千餘金赴京，卻落得功名未竟，鉅額皆賠上的下場。待回到家裡，二子俱亡，渾家昏迷不省人事，旋即也斷了氣。接著桂家又遭遇祝融，任憑桂遷呼天號地，亦難以挽救、改變廳屋樓房已燒做一片白地的事實。

桂遷貪婪的本性使他債台高築，也令他成爲忘恩負義之人，更由於本性難移而讓自己再度走至窮途末路。馮氏筆下的桂遷不但貪婪，而且沒有主

〔註60〕桂遷在施濟園中見樹根浮起處有個盞大的竅穴，又見那白老鼠在穴邊張望，於是說與渾家聽。夫妻二人商議妥當後，就準備了豬頭祭獻藏神，然後用鋤頭朝樹下竅穴鋤去而得到一筆三百金的橫財。

見，對渾家是言聽計從，可惜渾家卻是個無知又自私的愚婦。此夫妻二人狼狽為奸，不斷地以歪理來安慰寬解自己忘恩忘德的行徑。換言之，桂遷夫婦既做了虧心之事，又找藉口將它合理化，實在是自欺欺人（參見二、女性角色）。

又如房德，受了李勉活命之恩後，逃至范陽，遇得故人引見安使節（即安祿山）收於幕下，半年後又調任柏鄉縣縣尉之職，後來因為縣主身故，遂升調房德為縣令。某日，房德與恩人不期而遇，於是便邀以同返私衙下榻敘舊。卻說房德渾家貝氏不悅丈夫知恩圖報於李勉，竟在老公面前搬弄是非，道出許多利害關係動搖了房德報恩的念頭，甚至還說此人不可留，以免養虎遺患云云。而房德果然依著老婆之言，準備殺害李勉，再放一把火燒了現場，故布疑陣使人以為李恩公是被火燒死的。這一次的謀殺歹計因路信通風報信救了李勉，而未得逞。可是房德夫婦並不放棄，又騙來一位劍俠追殺李勉。房德假意哭拜於地，對俠士說道：

> 房某負載大冤久矣！今仇在目前，無能雪恥；特慕義士是個好男子，
> 有聶政、荊軻之技，故斗膽，叩拜階下；望義士憐念房某含冤負屈，
> 少展半臂之力，刺死此賊，生死不忘大德！

言畢，見俠士拒絕，房德便一把扯住道：

> 聞得義士，素抱忠義，專一除殘袪暴，濟困扶危，有古烈士之風。
> 今房某身抱大冤，義士反不見憐，料想此仇永不能報矣！

說罷，房德又假意啼哭。直至取得俠士的信任後，房德便捏造一段假情，反說道：

> 李勉昔日誣指為盜，百般毒刑拷打，陷於獄中，幾遍差獄卒王太謀
> 害性命，皆被人知覺，不致於死。幸虧後官審明釋放，得官此邑。
> 今又與王太同來挾制，索詐千金；意猶未足；又串通家奴，暗地行
> 刺事露，適來連此奴挐去，奔往常山，要唆顏太守來擺布。

房德把這一番話說得極為動聽，使俠士信以為真而答應代為報仇。由此可見，房德善於利用他人的道德義氣來借刀殺人，其醃臢的手段令人咋舌；其背恩反噬的行徑比桂遷還要可惡，無怪乎閩南俗諺如是說：「救蟲，不要救人」，道理就在這裡。

與《三言》相較之下，《十日譚》裡並沒有這類的恩將仇報，如此負面的人物；若說楊可費奧利夫人是辜負義者的話，那麼其行與房德相比，不過是

小巫見大巫（參見《十日譚》人物類型塑造二、女性角色）。

　10. 其他

（1）莽夫

　　馮夢龍所刻劃的莽夫可分成兩類：一是遇事不分青紅皂白，便以武力、暴力相向者；一是怒殺姦夫淫婦者。

　　第一類的莽夫如郭大郎（《喻世明言》第十五卷〈史弘肇龍虎君臣會〉），當柴夫人央王婆與之議姻時，郭大郎聽得說，心中勃然大怒，隨即用手打了王婆一個漏掌風〔註61〕。原來郭大郎以為王婆尋他開心，便又破口大罵道：

> 兀誰調發你來廝取笑！且饒你這婆子，你好好地便去，不打你。他偌大個貴人，卻來嫁我？

可見郭大郎有自知之明，然而其莽撞的個性使他不問清楚真相，就對王婆出手，把她打倒在地，的確有失一位男人的風度。又與柴夫人成親後，渾家為之修書要他帶著薦信往見母舅符令公；那郭大郎卻自思量：

> 大丈夫倚著一身本事，當自立功名；豈可用婦人女子之書，以圖進身手？

於是收了薦信，空手徑來衙門前等著投見符令公，但是來接見他的卻是一位貪贓枉法的李遇霸，此人不僅收受賄賂，還魚肉鄉民〔註62〕。郭大郎聽得人說，又親眼目睹其惡行惡狀，便與他廝打，幸虧符令公及時出現，制止了二人，才未釀成大禍。後來，郭大郎因見尚衙內強取民女，就上前勸阻，豈料尚衙內竟教左右毆打他，大郎大怒，便用左手揪住衙內，右手則拔出壓衣刀，手起刀落，當眾殺了尚賊人。

　　雖然郭大郎是路見不平，但是其衝動而犯下的殺人罪行，卻於法難容，若非貴人相助，郭大郎必得償命或身陷囹圄。郭威鹵莽的性格每每給自己惹來麻煩與災禍，然而都能逢凶化吉，卻是他的好造化，須知這可不是人人皆然。馮氏筆下的這位郭威是個莽夫，也是一位具有相當傳奇色彩的人物。

　　另一類的莽夫則是任珪、張二官，他們在婚前都犯了同樣的錯誤，沒有打聽清楚對方的人品，便草率地成親。待發現渾家原來水性楊花，婚前已有情人，婚後又與人通姦時，因而氣憤難平痛下殺手。那任珪甚是固執，父親

〔註61〕打巴掌時五指張開，因此稱之為漏風的巴掌。

〔註62〕李遇霸不僅貪污受賄，平時還魚肉鄉民。他叫住撲魚的小販，卻撲不過，輸了幾文錢，然後徑硬拿了魚，小販知道李遇霸是官衙人物而不敢與他爭。

勸他休了聖金便罷，無須與淫婦嘔氣，可是任珪卻偏偏嚥不下這口氣，於是準備了一柄解腕尖刀來到岳父母家，結果了丈人、丈母、聖金、周得和侍女春梅五人性命；而自己也觸犯律法〔註63〕，賠上一命。

張二官自挽人說媒，求得蔣淑貞爲繼室，婚後一個月，二官便收拾行李往德清取帳。渾家寂寞難耐而與朱秉中有了曖昧關係。張二官返家後，見那朱秉中旦夕殷勤，心下生疑；一日又撞見渾家與之執手聯坐，二官於是種下殺機要教姦夫淫婦死無葬身之地。果然在五月初五之日捉姦成雙，一對人頭落地，兩腔鮮血衝天。

妻子與人有姦固然不是，但以此種方式報復私了卻是不智。任珪和張二官的處境確實令人同情，然而其不智之舉讓人爲他們感到遺憾、不值得。同樣是捉姦在床，《十日譚》第六日第七篇〈清官可斷床闈事〉的林納多就理性多了。當他發現妻子菲莉芭於房裡和情人緊緊擁抱時，他亦是怒火中燒，想把二人殺死，但是他極力抑制自己的憤怒與衝動，因此他轉而訴諸法律，用當地的律法將妻子判處火刑，置於死地。此三人相較之下，任珪和張二官的法治觀念就非常淡薄，同時也突顯出中西社會用以教育、約束、管理群眾的方法有所差異。

此外，皇甫松和邱乙大也是不善於經營婚姻的莽夫。皇甫松因爲職務上的關係，往邊境押送軍服，後來返家已是年節，換言之，他與妻子楊氏暫別有一段時日。在相隔兩地的情形下，夫妻若無法彼此信任，那麼猜疑之心便會萌發。簡帖僧就是利用人性的這個弱點，來離間皇甫松對楊氏的情感；而皇甫松也果真上了簡帖僧的當，硬是逼迫渾家與其貼身侍女承認那莫須有的罪名，將楊氏休棄，讓她走投無路，不得已也不知情地再嫁與毀其名節的簡帖僧。

而邱乙大則聽得孫大娘叫罵其渾家偷漢子，怕人恥笑，聲也不嘖，待夜深人靜時才盤問老婆楊氏。楊氏不敢應承，亦不去孫婦家澄清，此刻的乙大對渾家咆哮，若是那婆娘含血噴人冤枉了貞婦，楊氏就應去吊死在她家門口以示自己的清白，也出脫丈夫的醜名，後來，乙大見楊氏不肯走動，只是流淚，劈頭又甩了三兩個巴掌，再將她揪出大門，把一條戲索丟與她，叫道：

快死快死！不死便是戀漢子了。

〔註63〕任珪殺了奸夫淫婦本是合法無罪，但是他又殺了丈人、岳母和使女，一家非死三人，所以太尹必須將他判刑，凌遲示眾。

乙大就這樣活活逼死了渾家，其烈性鹵莽的個性使他口不擇言，對老婆又是暴力相向，即使楊氏與人有染、有不是，乙大也不應如此逼她走上冥途。於此，吾人看到了低下階層百姓的婚姻實況，亦見識了不幸婚姻的悲哀。馮氏塑造的邱乙大是個很典型的硬漢丈夫，他對渾家讓他戴綠帽子的事實無法釋懷，也不知如何處置，在惱羞成怒的情境之下，乙大變成一頭野獸，向渾家吼叫撲去，最後二人都是婚姻的輸家。

（2）商賈

《喻世明言》有兩位商賈必須特別加以分析比較：一位是蔣興哥，一位是陳大郎。此二人同為商賈，皆經年在外經商，而將妻子留待家中；換言之，蔣、陳二人具有相同的背景，然而陳大郎卻不若蔣興哥。興哥雖做客異鄉，但是心裡仍懸念著渾家三巧兒，並不貪花戀柳；陳商就不同了，當他無意中見了三巧，一片精魂即被攝去，心思全在三巧身上，陳商肚裡想道：

> 家中妻子，雖是有些顏色，怎比得婦人（三巧）一半？欲待通個情款，爭奈無門可入。若得謀他一宿，就消花這些本錢，也不枉為人在世。

後來，陳商從薛婆處打探得三巧是商人婦，其一親芳澤之念並未打消，反而更急切地串通薛婆為他穿針引線。由此可見陳大郎根本沒有同理心，明知三巧是有夫之婦，又是同行的女眷，他不但不將心比心，還勾結薛婆引誘三巧失節來滿足自己的淫欲。我個人以為，不論陳商如何珍愛三巧〔註64〕，就他姦騙三巧情事看來，這並不是真愛，因為陳商趁虛而入，破壞了三巧的婚姻，使她成了背叛自己、背叛丈夫的罪人。而且又將自己和三巧相好之情告知萍水相逢的友人（此人正是蔣興哥），實在是得了便宜還賣乖，完全不替三巧著想，竟無恥地向人宣揚他的風流韻事。陳商的所作所為不啻是在踐踏他人的幸福，把自己的快活建立於三巧失婚、興哥休妻的痛苦之上，其行與簡帖僧、梁尚賓之輩無異。

（3）疑心的丈夫

《醒世恆言》第十九卷〈白玉孃忍苦成夫〉裡的程萬里正是一位疑心病甚重的男人（參見本章第一節三、寫實的內容與人物心理活動的呈現）。其妻

〔註64〕陳商與三巧分離時，哭得出聲不得，軟做一堆；別後見了三巧送他的珍珠衫亦淚眼汪汪。由此可見陳商對三巧的不捨與珍愛，但是不論陳商如何珍愛三巧，其誘姦三巧之行仍是不可被原諒。

乃爲主人婚配，後來他懷疑渾家白玉孃似受張萬戶之命，以勸逃背主云云之語來試驗其忠誠與否，故三番兩次向張萬戶表明心跡以示己之堅貞，然卻也害苦了玉孃，渾家終不爲張萬戶所容而將她典賣與人。

就這段情節看來，可見程萬里心思縝密，警覺性甚高。此外，也反映出當時「配婚」所衍生的問題——由主子張萬戶配對成爲夫婦的男女雙方，對彼此的性情、思想、習性都不瞭解，更沒有所謂的感情基礎可言，且又生活在異族大戶內，因而造成夫妻之間無法相互信任，唯恐對方做出連累或陷害自己之事，而威脅自身的生存，程、白二人被迫勞燕分飛就是肇因於此。所以，程萬里的疑心症是可以被理解的，其辜負妻子眞心之舉亦可被寬容。

（4）動了凡心的高僧

《喻世明言》第二十九卷〈月明和尚度柳翠〉中的玉通禪師於竹林峰修行已五十二年，不曾出寺。因故得罪柳宣教，此人懷恨在心，便立意壞其修行，於是遣了紅蓮入寺以美色引誘之，禪師經她幾番哀求與挑逗，不覺動搖了出家人的心念，屈服於情欲。事後，禪師悔之不及，燒湯沐浴便坐化圓寂。馮夢龍筆下的僧侶多假借出家人身分作掩飾，或盜或淫〔註65〕，只有玉通和尚係遭人設計，故意陷害，以致於違律犯戒，這與《十日譚》作者所描寫的神職人員有所不同。《十日譚》裡的神父修女多潛修意志不堅，又加上情欲作祟，因此藉故趁機與自家人暗地尋歡作樂或淫人妻女。

通過馮夢龍與薄伽邱所塑造的僧侶、神職人員之群像，使吾人深刻體會到修行、奉獻之不易，克服七情六欲之艱辛；也讓人見識了部分奸邪之徒假宗教之名，行作奸犯科之實的醜態。

（二）女性角色

1. 智女、巧婦

《三言》中的智女、巧婦可分爲四種類型：

（1）有先見之明者

《喻世明言》第三十九卷〈汪信之一死救全家〉乃記敘鄉間豪紳汪信之爲人構陷其謀反叛變，天子於是降詔，責令宣撫使捉拿反賊。因此，汪信之

〔註65〕《喻世明言》第三十卷〈明悟禪師趕五戒〉中的五戒見了十六歲的少女紅蓮，一時差訛了念頭，起了邪心，於是給了紅蓮養父清一十兩銀子，還答應與他討度牒，爲他剃度，然後要求清一把紅蓮送到房裡，紅蓮因此讓五戒破了身。

被逼得真的在荒湖中落草為寇，與官府對抗了起來。後來，信之為保全家門，
於是發脫了家小，隻身到臨安束手投罪而監禁於大理院獄，最後在獄中服毒
自盡。事實上，汪信之可以不必淪落至此絕境。兒媳張氏平日有智數，見丈
夫裝束，問知其情，乃出房對公公說道：

> 公公素以豪俠名，積漸為官府所忌。若其原非反叛，官府亦自知之。
> 為今之計，不若挺身出辨，得罪猶小，尚可保全家門。倘一有拒捕
> 之名，弄假成真，百口難訴，悔之無及矣。

然而，汪信之並不從張氏之言，也因此使得自己一手建立的家園付之一炬。
兒媳含淚送走三歲幼子後便投火而死。作者接著寫道：

> 若汪革（信之）早聽其言，豈有今日？正是：
> 良藥苦口，忠言逆耳。有智婦人，賽過男子。

而且，後來的事實亦證明了兒媳張氏確有先見之明：汪信之聞得樞密院懸下
賞格，畫影圖形，各處張掛，有能擒捕者，給賞一萬貫，官陞三級；獲其嫡
親家屬一口者，賞三千貫，官陞一級。此刻的汪信之方知藏躲不了，於是
自行叩門求見城北廂官白正〔註66〕，將蒙冤一事告之，然後由白正報知樞密
府來處理。負責審理的刑官把一干人犯訊問後，才了解汪革的確是遭人陷害
〔註67〕，但不合不行告辨，糾合兇徒，擅殺職官郭擇及士兵數人，故情雖可
原，罪實難宥（見大理院問官判詞）。

　　由此可知，張氏之見絕非一般的婦人之見，而汪信之不但不採納，反而
歎道：

> 吾素有忠義之志，忽為奸人所陷，無由自明。初意欲擒拿縣尉，究
> 問根由，報仇雪恥。因借府庫之資，招徠豪傑，跌宕江淮，驅除這
> 些貪官污吏，使威名蓋世。然後就朝廷恩撫，為國家出力，建萬世
> 之功業。今吾志不就，命也。

我個人以為其言差矣，汪革將此番不幸遭遇歸諸命運使然，其實是自己智慧
不足，又無法接納別人的建議才造成難以收拾的局面。此外，就馮夢龍在整
個故事當中安排了張氏與公公汪革對話，並且提出其因應策略的一段情節看

〔註66〕南宋臨安城內外，分成南、北、左、右諸廂，各製廂官以管理百姓訴訟。
〔註67〕汪革請來程彪、程虎二人教授兒子世雄武術達一年之久，只因汪革出外一去
　　　不回，無法給予二程束脩。原本期望汪革重謝的二程等得不耐煩，於是銜恨
　　　離去，然後伺機誣陷汪家有謀反之心。汪革一時的疏忽，竟引來一場無妄之
　　　災而家破身死。

來，充分顯露出馮氏對女智的肯定與重視。

（2）善處世為人者

同上，第五卷〈窮馬周遭際賣䭔媼〉裡的寡婦王媼豐艷勝人，鄰里中有一班浮蕩子弟垂涎其美貌又是孤孀，因而時常倚門靠壁，不三不四，對她輕嘴薄舌地狂言挑撥。然王媼頗有自己的生存之道，她全不招惹，眾人都說她正氣。後來，馬周經王公引介至王媼家寄宿，鄰人便言三語四地紛紛議論，而王媼倒是個精細之人，早已察聽在耳朵裡，於是便對馬周說道：

> 賤妾本欲相留，奈孀婦之家，人言不雅。先生前程遠大，宜擇高枝棲止，以圖上進。若埋沒大才于此，枉自可惜。

並且抓住機會將馬周推薦給常何〔註68〕，常何是個武臣，正需要一位文士為他代筆上書，常何大喜，即刻遣人備馬來迎。而馬周果然不負王媼舉薦，為常何寫成二十條議論進呈御覽，深得君王賞識，馬周也因此受封拜為監察御史，欽賜袍笏官帶。最後，常何自薦為媒，欲撮合王媼與馬周，馬周甚感王媼殷勤，亦有此意。常何得王媼允從，便將御賜絹匹替馬周行聘；又賃下一宅，教馬周住下，再擇個吉日與王媼成親。

自古以來，矜寡孤獨廢疾者便是弱勢族群，孔子亦主張要使之皆有所養（見《禮記·禮運大同》）。像王媼這樣一位寡婦，要自立更生立足於社會上並不容易，然而，她卻能憑藉著一己之力，接管亡夫遺下的店面，繼續販賣粉食維生，實在難得。不僅如此，她還要面對一些輕薄子弟的非禮言行，而王媼皆能守住身分予以回應，故能贏得鄰人的敬重，於此可見王媼具有善於處世的智慧。此外，當中郎將常何聽信神相袁天罡之言，謂王媼日後定為一品夫人，而欲娶之為妾，但是王媼並不出口應允，可見王媼不因常何居官而圖那榮華富貴，亦不開罪於中郎，所以在舉薦馬周時，中郎還欣然接受任用之。

（3）有識人之明者

同上，第十五卷〈史弘肇龍虎君臣會〉柴夫人與《醒世恆言》第二十二卷〈張淑兒巧智脫楊生〉的張淑兒，此二人皆有識人之明。柴夫人原是後唐明宗時的宮人，明宗歸天，盡令出外嫁人。此女理會得些個風雲氣候，於是離開了宮廷便要朝著旺氣方向，去尋那所謂的貴人。來到了孝義店王婆家住

〔註68〕常何聽信神相袁天罡之言，認為王媼具有一品夫人之命，因此吩咐屬下以買粉食為名，到店中遊說王媼嫁人，常何要娶她為妾。

了幾日，看街上往來之人，皆不入眼。後來王婆建議至買市〔註 69〕，柴夫人遂於此處找到了她的貴人——郭威（大郎），而且央請王婆爲媒去說親，向郭威表明下嫁之心。後來郭威果然發跡變泰，建立後周，成爲周太祖。而張淑兒則見楊元禮丰格超群，必有大貴之日，因此救他一命，又贈了盤纏放他逃去，免於成了賊僧刀下亡魂。而元禮亦見張女仁智兼全，救其性命，故相約爲婚，待異日成親。

中國經典史籍嘗載所謂的祥雲瑞氣顯現之處，必有富貴之人。如《史記‧項羽本紀》，亞父范增謂項羽道：

> 沛公居山東時，貪於財貨，好美姬。今入關，財物無取，婦女無所幸，此其志不在小。吾令人望其氣，皆爲龍虎成五采，此天子氣也，急擊勿失。

又《史記‧高祖本紀》載：

> 秦始皇帝常曰：「東南有天子氣。」於是因東游以厭之。高祖即自疑，亡匿隱於芒碭山澤巖石之間。呂后與人俱求，常得之；高祖怪問之。呂后曰：「季所居，上有雲氣。故往從，常得季。」高祖心喜。沛中子弟或聞之，多欲附者矣。

此種所謂的望氣，本是古代占卜法，屬占候術中的一類，古人通過觀測雲氣變幻來附會人事，預言吉凶。《墨子‧迎敵祠》曰：

> 凡望氣，有大將氣，有小將氣，有往氣，有來氣，有敗氣，能得明此者，可知成敗吉凶。

據此則可知望氣在先秦即開始流行。後來的《史記》、《後漢書》〔註 70〕都有類似上述之記載，由此可見，古代的望氣術主要用於預言，解釋朝代更替、帝王興衰及重大的人事變故。而其他關於望氣的載錄還有《太平御覽》〔註 71〕；唐朝詩人劉禹錫亦引用入詩，寫下了〈西塞山懷古〉。〔註 72〕

〈史弘肇龍虎君臣會〉故事中的柴夫人不但會望雲氣，而且善相人；張

〔註 69〕富豪人家以買賣東西爲名，招徠小經紀人，給予犒賞，稱爲買市。

〔註 70〕《後漢書‧光武帝紀》：「後望氣者蘇伯阿爲王莽使至南陽，遙望見舂陵郭，唶曰：『氣佳哉，鬱鬱蔥蔥然！』及始起兵還舂陵，（劉秀）遠望舍南，火光赫然屬天，有頃不見。」

〔註 71〕《太平御覽》卷一七○引《金陵圖》云：「『昔楚威王見此有王氣，因埋金以鎮之，故曰金陵。秦併天下，望氣者言江東有天子氣，鑿地斷連岡，因改金陵爲秣陵。』」

〔註 72〕劉禹錫〈西塞山懷古〉：「王濬樓船下益州，金陵王氣黯然收。」

淑兒亦仔細端詳楊元禮後，就其堂堂容貌，表表姿材而斷言楊生將來必能出人頭地。像這種通過觀察人的形貌以預言命運的方式，也是中國特有的一門數術〔註73〕，《左傳·文公元年》曰：

> 王使內史叔服來會葬。公孫敖聞其能相人也，見其二子焉。

然亦有不信此術者，如荀子〈非相篇〉即專刺其僞，予以批判。但是相人之術仍繼續盛行，爲後世所接受、相信。

柴夫人與張淑兒藉由相人之術而能識人，並因此找到終身幸福，無論其相人之術是否合乎科學，然而就二人與夫婿得以有圓滿的結局看來，其「慧眼識英雄」之能耐卻不容否定。

除此之外，尚有《警世通言》第二十六卷〈唐解元一笑姻緣〉裡的秋香與華安成親後，夜半向夫婿問道：

> 與君頗面善，何處曾相會來？

而華安則要娘子自去思想。又過了幾日，秋香記起閶門遊船之人便是。秋香遂問：

> 若然，君非下賤之輩，何故屈身於此？

華安方謂只爲娘子傍舟一笑。秋香又道：

> 妾昔見諸少年擁君，出素扇紛紛求書畫，君一概不理，倚窗酌酒，旁若無人。妾知君非凡品，故一笑耳。……此後於南門街上，似又會一次。

由此可見秋香有識人之明，又其記憶力、眼力不差，恰如華安（唐伯虎）所言：

> 女子家能於流俗中識名士，誠紅拂、綠綺之流也！

才子巧女彼此欣賞，成就一段姻緣佳話，不亦美哉！

（4）巧脫夫險者

《喻世明言》第四十卷〈沈小霞相會出師表〉裡的小妾聞淑女自告奮勇追隨服侍丈夫沈襄，而且相當有自信地對大娘子與夫婿說道：

> 老爺在朝爲官，官人一向在家，誰人不知？便誣陷老爺有些不是的

〔註73〕「相術」可分爲「相地」、「相人」兩類。後來「相地」歸屬「堪輿」，「相術」便專指「相人」，有印相、名相、面相、手相、骨相等，亦即根據人之五官、氣色、體態、骨骼、手紋、足紋、毛髮及其他標記來推斷吉凶禍福、富貴貧賤和壽夭榮枯。

　　勾當，家鄉隔絕，豈是同謀？妾幫著官人到官申辨，決然罪不至死。

　　就使官人下獄，還留賤妾在外，尚好照管。

後來，聞、沈夫婦於押解途中，淑女先覺知差役二人不安好心，便要丈夫戒慎提防；並勸之脫身自去，至於應付差役一事，淑女另有謀略。沈襄於是在小妾的掩護之下，擺脫了差役李萬的監視，李萬一路追趕至馮主事家不見了沈襄甚是焦急。另一差役張千等不到李萬、沈襄歸返，便往尋之；李萬遂將沈襄失蹤告知張千，張千則以為有其小妾做人質，不怕沈襄不返來。淑女得知丈夫已逃離李、張二人之控制，便假意嚥著淚水扯住他們叫嚷還她丈夫，又走到屋外，攔住出路，雙足頓地，放聲大哭，叫起屈來。張、李二人正欲辯說，淑女又反駁道：

　　你欺負我婦人家沒張智，又要指望奸騙我。好好的說，我丈夫屍首在那裡？少不得當官也要還我個明白。

此時看熱鬧的群眾皆同情淑女的苦切，而惱怒那兩個差人，於是簇擁著淑女和張千、李萬至兵備道〔註74〕，要王兵備做主，王兵備喚李、張二人上來答話，張、李說一句，淑女便剪一句，且說得句句有理，使李、張二人抵搪不過，然而王兵備也有所顧忌，不敢裁奪，遂將三人發去濟寧知州勘審。知州於馮主事處問不出所以然，又見淑女思夫哀切而把李、張二人打得皮開肉綻，監禁獄中；再令淑女暫且在尼姑庵住下。後來，張千牢裡得病身亡，李萬只得去尼姑庵拜求淑女，並坦承楊順〔註75〕口喻教唆二人中途暗算沈襄，但是張、李皆不為此不仁之事云云，要求聞氏別再去州裡啼哭，就饒過了他。淑女答應不去稟官，但叫李萬從容查訪；知州亦與他個廣捕文書〔註76〕，讓他用心緝訪。此時糾葛於是暫時平息，而聞淑女也得以寄居尼庵產下一子。

　　由此可見，馮夢龍塑造了一位智勇雙全的女性，聞淑女憑藉著直覺、善於臨機應變，再加上其精湛的演技而使得夫婿得以脫身保命；又因此而博取官府主事的信任，重責了張千、李萬，還讓她在尼庵待產，為沈家留下香火

〔註74〕明代按察司副使、僉事分道整飭兵備，稱為兵備道。

〔註75〕楊順受嚴嵩父子之命，要查沈鍊過失。他差人暗地**裏**拿沈鍊下獄，將白蓮教的罪名與沈鍊牽扯問成死刑，並在獄中害死了沈鍊。接著誣陷沈家三子當知其父犯罪實情，還該連坐，抄沒家私，於是又害死了沈袞、沈褒。然後再指使李、張二人於押解沈襄途中將他殺害。

〔註76〕即海捕文書，也就是不指定地點，隨時可以緝捕人犯的文書。

血脈。於此，再次可見馮氏對女智之認同看重！

（5）聰慧有才貌者

如石月香（《醒世恆言》第一卷〈兩縣令競義婚孤女〉）、蘇小妹（同上，第十一卷〈蘇小妹三難新郎〉）以及李玉英（同上，第二十七卷〈李玉英獄中訟冤〉），此三姝皆聰慧有才貌。

月香幼年喪母，父親石璧甚為疼愛，退堂之暇就抱女兒坐在膝上，教她識字，又或叫養娘和她下棋，百般頑耍。一日，養娘和月香在庭中蹴那小小毬兒為戲，養娘一腳踢起，去得勢重了些，那毬擊地而起，連跳幾跳的溜溜滾去，滾入一個地穴裡，那地穴約有二三尺深，原是埋缸貯水的所在。養娘手短攬毬不著，正待跳下穴中去拾取，石璧先制止了養娘，再問女兒有甚好計使毬兒自走出來；月香略想了一想，即教養娘去提一桶水來，傾在穴內，那毬便浮在水面，再傾一桶，穴中水滿，其毬隨水而出。石璧見女兒智意過人，內心歡喜。由此可見石月香之智慧和宋朝司馬光打破水缸救人的機智是一樣的，換言之，女智倘能加以開發，其智能並不遜於男性，甚且超過男性。

又如蘇小妹資性過人，無事不曉，這便要歸功於父兄的影響，由於蘇老泉不以刻板的女學來教養小妹，反而恣其讀書博學，因此造就出一位詠絮之才。然而李玉英則不若蘇小妹幸運，當年玉英姐妹是爹爹的掌上明珠，但是自從父親娶了繼室後，後母焦氏便萬般凌辱虐待，甚至將玉英有感而發所寫下的送春、別燕詩視作淫詩，疑為外遇，便教其兄焦榕寫狀詞，誣陷玉英奸淫忤逆，並拏送錦衣衛。幸好朝廷例有寬恤之典，凡事枉人冤，皆許諸人申訴陳奏，玉英得此消息，想起一家骨肉俱為焦氏陷害，此番若不伸冤，再無昭雪之日，於是草起辨冤奏章，將合家受冤始末細細詳述。此一情文並茂的章疏由天子親覽，而憐其冤抑，故宣下聖旨要三法司 [註 77] 嚴加會審。玉英冤屈終得昭雪，焦氏兄妹綁付法場，雙雙受刑。

若非李玉英頗有文才，能夠上書陳情，訴諸法律，李家姐弟之冤恐怕要石沈大海，於此可見讀書識字的重要性，假使玉英是個文盲，儘管朝廷再如何仁厚寬恤，李家冤抑也無法立即獲得重視；因為玉英必然要央請他人寫申訴書，而此過程或順利或不遂，若是寫得順利，其情感未必深刻動人，如此一來便可能影響天子之決策；若是不遂，又為焦氏等人所阻撓破壞，那麼李

〔註77〕明代以刑部、都察院、大理寺為「三法司」。遇有重大案件便由三法司來會審。

家悲情就要冤滯不明了。所以，就「李玉英獄中訟冤」的故事與人物看來，女智的確應該被挖掘和提煉，婦女的才華需要表彰顯露，否則便是浪費人力資源，不僅阻窒女性的成長和發展，更甚者還會防礙人類文明的進步與其他諸多之可能。〔註78〕

　　和《十日譚》的智女、巧婦人物比較起來，《三言》裡的同類婦女深具中國傳統美德，也就是符合當時社會規範所認可的標準；而《十日譚》的這類女性角色則多偏向於善用機智來因應或遮掩自己的醜事與婚外情。換言之，《三言》的智女、巧婦較爲中規中矩，能夠將自己的智慧運用在所謂的正途上。

　　2. 潑婦惡妻

（1）妒婦

　　《三言》裡的妒婦有賈涉原配唐氏（《喻世明言》第二十二卷〈木棉菴鄭虎臣報冤〉）、李子田的正室（《警世通言》第二十卷〈計押番金鰻產禍〉）、卞福之妻、胡悅渾家（《醒世恆言》第三十六卷〈蔡瑞虹忍辱報仇〉）。她們之所以產生妒嫉之情，都是因爲丈夫討了小妾，內心吃味本是常情，這表示她們仍然在意著夫婿。但是，當她們將滿懷的醋勁轉化成憤怒與怨恨時，便對小妾們使出惡毒的手段來加以報復。如唐氏生性妒悍，見丈夫引了胡氏返家，又知她已有三個月的身孕，便用盡各種辦法要叫她流產，就差未能殺之而後快（參見第五章第一節）。又如李子由的正室亦對慶奴百般刁難，對於丈夫和小妾在高郵恩愛快活甚感不滿，因此見了慶奴後，便教兩個養娘來並喝道：

> 與我除了那賤人冠子，脫了身上衣裳，換幾件粗布衣裳著了。解開
> 腳，蓬鬆了頭，罰去廚下打水燒火做飯！

而李子由面對慶奴的求助也無可奈何地說道：

> 你看恭人何等情性，隨你了得的包待制，也斷不得這事。你且沒奈
> 何，我自性命不保。等他性下，卻與你告。

由此可見其渾家之悍妒，即使慶奴哭告要求轉納身錢，還歸家鄉，李妻仍舊不予理會，定要慶奴爲從前的快活付出代價，直至個把月後才答應丈夫將她發付牙家去，轉變身錢。

〔註78〕參見徐照華〈由《四嬋娟》論洪昇的婦女觀與婚姻觀〉，收錄於《女性主義與中國文學》，頁 363～372。

　　還有卞福、胡悅之妻皆是拈酸的領袖，喫醋的班頭，所以那卞福不敢引瑞虹到家，只好另尋所在安置，並叮囑下人不許洩漏。但是紙終包不住火，卞福渾家怒氣沖天，卻又算計，與其和老公廝鬧不若暗地將小妾賣去。事成之後，卞妻回到家中見丈夫還正酣睡，便三四個巴掌將他打醒，數說一回，打罵一回，整整鬧了數日，好不容易才息怒罷手。而胡悅老婆見老公娶個美人（瑞虹）回來，也好生妒忌，時常廝鬧不休；瑞虹總不與她爭辯，更不要胡悅同房，胡妻方纔少解。

　　就此與《十日譚》的妒婦相較，《三言》裡的同類型人物確實善妒，而且因妒生恨，並以殘虐的方式來對待所謂的情敵。中國的妒婦之所以如此，與其身處的大環境有著密切的關係，中國有蓄妾觀念，而且於舊時的社會裡是一普遍又約定成俗的制度，因此，正室在面臨丈夫納妾又無法制止反對的情況下，其所能採取的手段便是報復這個介入的第三者，甚至還有妻妾聯手對抗第四者、第五者……。此外，再加上嫡庶地位與財產繼承權的糾葛，正室更容不得小妾越位侵權，如賈涉原配唐氏即是一個例證，所以這些妒婦便極盡可能地迫害小妾，不使她們給自己帶來任何危及其地位權利的威脅。

　　另外還有一位妒婦王瑞姐，其嫉妒的對象竟是自己的親妹妹。原來王玉姐生得人物聰明，姿容端正，深受爹娘之鍾愛；瑞姐見父母喜愛妹子，恐怕也為她招個女婿，分了家私，於是好生妒忌。後來王父果然替玉姐贅了張廷秀為婿，瑞姐於是便和丈夫趙昂滋事造謠以毀謗廷秀，糊塗的岳翁竟中了奸人之計而將張生逐出，但是趙昂夫婦仍不就此罷手——趕走了廷秀，還要算計玉姐，獨吞家業。當玉姐不肯改嫁，有心殉節時，瑞姐走來故意說道：

> 妹子，你如何不知好歹？當初爹爹一時沒志氣，把你配個木匠之子，玷辱門風。如今去了，另配個門當戶對人家，乃是你萬分造化了。如何反恁地哭泣？難道做強盜的媳婦，木匠的老婆，到勝似有名稱人家不成？

接著又不達時務，扯了親娘到旁邊低低說道：

> 母親，莫不失了與那小殺才，背地裡做下些蹊蹺勾當，故此這般牽掛？

不料瑞姐這番話被親娘搶白〔註79〕，便連忙躲開，還一頭走一頭說道：

〔註79〕徐氏被瑞姐此番不當的揣測之語惱得兩太陽火星直爆，她把女兒劈面啐了一口，制止道：「你是同胞姐妹，不懷好意，我方勸得住她，卻走來說得重復啼

護短得好！只怕走盡天下，也沒見人家有這樣無恥閨女。且是不曾
做親，便恁般疼老公。若是生男育女的，眞個要同死合棺材哩。虧
他到掙得一副好老臉皮，全沒一毫羞恥。

瑞姐的目的分明要氣妹子，叫她走上絕路。身爲人姐不友于兄弟也就罷了，
竟然還爲了霸占家產而不惜戕傷親情，謀了自家姐妹性命——次早，瑞姐聞
得玉姐上吊之事，心中竊喜，又假意安慰，背地裡卻在父親面前冷言酸語挑
撥；還悄悄地拿錢鈔買囑玉姐身邊丫鬟，咐咐如再上吊，由她自死，不要聲
張，據此可見其陰狠無情。瑞姐的妒嫉與貪婪使其良知泯滅，最後事露，眞
相大白，只得吊死，誠爲罪有應得。

（2）悍婦

　　儘管中國婦女的角色早已被定位，她們必須遵守傳統社會所賦加於其身
的一切言行之準則——母儀、賢明、仁智、貞順、節義（見《列女傳》）。
但是，不受這些規範要求所約束的女性仍爲數不少，即使是中上階層的婦女
亦然。《三言》中的悍婦正是此類不順服於丈夫的人物，如計安渾家（《警
世通言》第二十卷〈計押番金鰻產禍〉）、孫大娘（《醒世恆言》第三十四卷〈一
文錢小隙造奇冤〉）、賈昌妻（同上，第一卷〈兩縣令競義婚孤女〉）、貝氏
（同上，第三十卷〈李汧窮邸遇俠客〉）以及焦氏（同上，〈李玉英獄中訟
冤〉）。

　　計安渾家、孫大娘與賈昌妻即是中下階層裡典型的惡婆娘。一日，計安
釣得一尾金鰻，此鰻求以放生，誰知渾家竟把它蒸煮，待押番返來爲時已晚，
計安於是驚恐地對渾家說明金鰻事件的來龍去脈〔註80〕。渾家見說，卻啐了
一口唾道：

卻不是放屁！金鰻又會說起話來！我見沒下飯，安排他來喫，卻又
沒事。你不喫，我一發喫了。

從計安妻的舉止言行看來，的確不是個柔順的老婆；又當搜檢女兒身上，發

哭，還要放恁般冷屁！由她是強盜媳婦，木匠老婆罷了，著你甚急，胡言亂
語！」

〔註80〕　計安去金明池釣魚，釣了一日卻一無所獲。待要收竿時，覺得釣竿沉了一下，
釣起一物，於是放在籃裡，收拾釣具起身返家。一路走著，只聽得有人叫道：
「計安，吾乃金明池掌，汝若放我，教汝富貴不可言盡。汝若害我，教你合
家人口死於非命！」計安仔細聆聽，才發現是魚籃內的叫聲，然一路無話，
回到了家。後來，計安渾家烹殺這條金鰻，計家三口果然死於非命。

現了慶奴已破了身時，便連腮贈掌，打得女兒淚漣漣，由此可見其兇惡，管教兒女便是打罵，如何能教養出淑女紳士？所以慶奴與周三有姦，其母難辭其咎。又如孫大娘之潑辣，馮氏做如是描述：

> 原來孫大娘最疼兒子，極是護短，又兼性暴，能言快語，是個攬事的女都頭。若相罵起來，一連罵十來日，也不口乾，有名叫做綽板婆。他與邱家只隔得三四個間壁居住，也曉得楊氏平日有些不三不四的毛病，只爲從無口面，不好發揮出來。一聞再旺之語〔註81〕，太陽裡曝出火來，立在街頭，罵道：「狗潑婦，狗淫婦！自己瞞著老公趁漢子，我不管你罷了，到來謗別人。老娘人便看不像，卻替老公爭氣。前門不進和尚，拳頭上立得人起，臂膊上走得馬過，不像你那狗淫婦，人硬貨不硬，表壯裡不壯，作成老公帶了綠帽兒，羞也不羞！還虧你老著臉在街坊上罵人。便臊賤時，也不是恁般做作！我家小廝年幼，連頭帶腦，也還不夠你補空，你休得纏他！臊發時還去尋那舊漢子，是多尋幾遭，多養了幾個野種，大起來好做賊。」
> 一聲潑婦，一聲淫婦，罵一個路絕人稀。

這孫大娘潑婦罵街，言詞毒辣，完全不予人留顏面，一旦捉住他人的話柄，找到了發飆的機會，便得理不饒人地將人罵得狗血淋頭，甚至還因此鬧出人命，楊氏就是爲了上述的這番惡言惡語而繫頸自盡。由此可見惡毒的言論足以傷人害人；而孫大娘自己也沒有好結果，當衙門調審一干人犯，細細詢問楊氏等人致死情由時，地鄰俱稱是孫婦起釁，大尹便喝叫教孫氏拶指，那婦人是新病好，身子虛弱，經不起此番勞碌，又費唇舌折辯，一口氣收不回來，遂翻身跌倒，一命嗚呼哀哉！像孫大娘這般悍婦落得如此下場，再和昔時潑辣跋扈相對照，不正突顯出人的無知、悲哀──只爲逞一時口舌之快，竟壞人性命，也賠上自己一命，豈不愚哉。

　　而賈昌妻與貝氏則是忘恩負義又悍毒的婆娘。賈昌性命實賴石璧爲他洗刷冤情而救之，後來，賈昌往謝恩人卻發現人事已非，只得爲石恩公殯殮，再贖買其被官賣的女兒月香。賈昌將月香帶回家裡，待之如親女，不料渾家

〔註81〕再旺欺負長兒年幼，賭贏了長兒的一文錢。正當二人鬧僵時，長兒母親楊氏出來尋子，知道此事，便罵再旺一頓，那再旺卻是個狡猾的孩子，回家之後竟加油添醋向母親告狀道：「長兒搶了我的錢，他的娘不說他不是，他罵娘養漢，野雜的種，要錢時何不教你娘養漢。」這一番話竟惹起一場大風波，斷送了十三條人命。

素性不賢，對此事好生不樂，一日，賈婆等老公出了遠門後，就使起家主母的勢來，尋故藉口先將廚下丫頭試法，連打幾個巴掌，然後指桑罵槐，一時勾起舊恨〔註82〕，遂順水推舟地把月香和養媳趕進廚房，役使二人若下女。直至賈昌書信囑咐好生看待，不久便回來云云，那賈婆索性一不做，二不休，找來牙婆將月香、養娘賣去他方。另一婦人貝氏，係房德之妻，小家子出身，器量狹，心腸狠毒，那張嘴頭子又巧於應變，賽過刀子一般快，是個翻唇弄舌的婆娘。其夫房德靠她吃死飯，故常把老公欺負，卻又怨父母，將她嫁錯了人，倒楣終身，心下懊惱不已。一日，愈想愈火光，劈頭便吼房德。

房德被渾家搶白了兩句，滿面羞慚，又見取不得布匹做衣服，縱使敢怒卻不敢言，只是彆口氣撞出門去。後來，房德犯了重罪，李勉捨官救之，貝氏不但不能知恩圖報，反而慫恿設計丈夫殺了恩人滅口〔註83〕，其心直比蛇蠍還毒（參見本節一、男性角色——忘恩負義之輩）。

對於這類無情無義的悍婦惡妻，馮夢龍並未輕易寬恕她們，而是叫她各由自取，遭到報應——賈婆為賈昌拋棄；貝氏則死於非命，死狀甚慘〔註84〕，通過這些負面人物，馮夢龍達到其懲惡揚善的目的，亦戒人不可恩將仇報。

另一個惡婦係李雄繼室，玉英後母——焦氏。此人心胸狹隘，容不得前妻子女，一心要把那李雄的官職產業弄得自己子女來承受，於是和哥哥焦榕計議。焦榕對妹子說道：

> 今後將他如親生看待，婢僕們施些小惠，結為心腹，暗地察訪。內
> 中倘有無心向你，并口嘴不好的，便趕逐出去。如此過了一年兩載，

〔註82〕賈婆有心要收月香做個螟蛉女兒，初時甚是歡喜，賈昌告知她要以賓客之禮來對待月香，賈婆因而有三分的不耐煩。後來，賈昌必須出外經商，於是警告渾家不得怠慢月香，否則就不與她認夫妻。此番舊恨新愁交雜在賈婆內心，故等老公一出門，便不肯善待月香和養娘，還將二人賣與他人。

〔註83〕貝氏在丈夫面前搬弄是非道：「總來這恩是報不得的！今若報得薄了，他（李勉）一時翻過臉來，將舊事和盤托出，那時不但官兒了帳，只怕當做越獄強盜拿去，性命登時就送……。」然後又替老公出主意，準備將李勉主僕灌醉，差人刺死他們，再放一把火把屍體燒了，別人也只當是祝融燒壞了他們。

〔註84〕義士痛恨貝氏潑賤不義，憤而提起匕首朝她胸膛刺上一刀，直劃到臍下。又將她五臟六腑摳了出來，血瀝瀝地提在手中，要看看此婦之肝肺與人有何不同。後來，義士還割下了貝氏首級，盛在革囊中，踰牆而去。

> 妹夫信得你真了，婢僕又皆是心腹，你也必然生下子女，分了其愛。
> 那時覷個機會，先除去這孩子（李雄之子），料不疑慮到你。那幾個
> 丫頭，等待年老，叮囑童僕們一齊駕起風波，只說有私情勾當。妹
> 夫是有官職的，怕人恥笑，自然逼其自盡。是恁樣陰唆陽嚨做去，
> 豈不省了目下受氣？又見得你是好人。

而焦氏果然如是去做，李雄只道新渾家真心愛惜兒女。後來李雄為國捐軀，
焦氏便更無顧忌地凌虐李家姐弟，她先計令年僅十歲的承祖親往戰場，尋
父遺骨，目的就是要教此兒死在他鄉外郡；所幸承祖得天庇佑，抱骨以歸。
焦氏見事不成，竟藥死承祖，還將其屍首支解埋棄〔註85〕，由此可見焦氏的
兇殘惡毒。接著又將桃英賣人為婢；強月英沿街抄化；並誣告玉英奸淫忤
逆。焦氏兄妹的狼虎行為完全暴露出人性內最邪惡的弱點，他們迫害沒有反
擊能力的年幼孩子，實在是勝之不武，其手段之卑鄙殘酷更甚於房德之妻
貝氏。

3. 弱女與貞女

中國女性的柔弱除了天性使然之外，自幼的家庭教育至社會傳統思想所
灌輸的觀念，無一不是教導、要求女性必定順服「在家從父，出嫁從夫，夫
死從子」之道，也因此使得中國傳統婦女之意識受到制約而「習慣成自然」
地扮演著毋違、敬恭、柔順的角色〔註86〕。但是，有一個例外的行為即使是
違逆父母意志，卻仍值得社會、朝廷予以嘉許旌獎，那便是——守節。在《三
言》裡有一群未過門的媳婦執意為未婚夫守身、守貞，如黃六瑛、林潮音、
王玉姐、白娟娟、朱多福……。這些貞女或截髮自誓〔註87〕，或尋死以明心
志，就是要斷絕父兄逼以改嫁的念頭，所以此類人物皆具有貞烈不畏死的人
格特質，而這樣的性格與守志的觀念又多半是為禮教和社會道德標準所影響
而形成，由此可見中國傳統女性的人格、思維、價值觀、道德感多奠定於後

〔註85〕焦氏毒死承祖後，隨便找來一個棺木，將屍首放了進去，但是承祖的兩腿露
　　　　出五六寸，於是只得將腿兒豎起，卻又頂浮了棺蓋。焦氏心生一計，教僕人
　　　　苗全把屍首拖在地上，用斧頭砍下承祖兩隻小腿，橫在頭下，然後收拾停當，
　　　　便釘上棺蓋。焦氏之刻薄狠毒實在令人感到毛骨悚然。
〔註86〕參見陳怡芬《中國傳統儒學女性觀之探析》第四章〈中國傳統儒學之女性
　　　　觀〉，頁113～115。
〔註87〕為了守節，許多貞女寡婦還毀了自己的容貌，以斷絕父兄逼之改嫁的念頭。
　　　　如：《後漢書・列女傳》中的劉長卿妻刑其耳以明為夫守貞的決心。

天的人為的教育和培養，換言之，《三言》中的貞女、貞婦形象幾近相類——
堅持清貞無染，從一而終——因此，便不在本節一一詳加討論。以下僅舉出
幾位較為特殊的弱女貞婦來探究分析：

（1）趙京娘（《警世通言》第二十一卷〈趙太祖千里送京娘〉）

　　弱女京娘為滿天飛張廣兒與著地滾周進強擄，年方十七的她毫無反抗能
力，就連趙父也只能眼睜睜地看著女兒落入賊人之手。所幸遇著壯士趙匡胤，
替天行道剷除了二霸，亦將京娘安然地送回家鄉。京娘與匡胤一路上皆以兄
妹之禮相待，然京娘心中想著公子救命之恩，經過幾番掙扎才鼓起勇氣向趙
匡胤說道：

> 小妹深閨嬌女，從未出門，只因隨父進香，誤陷於賊人之手，鎖禁
> 清油觀中。還虧賊人去了，苟延數日之命，得見恩人。倘若賊人相
> 犯，妾寧受刀斧，有死不從，今日蒙恩人拔離苦海，千里步行相送，
> 又為妾報仇，絕其後患。此恩如重生父母，無可報答。倘蒙不嫌醜
> 陋，願備舖床疊被之數，使妾少盡報效之萬一，不知恩人允否？

此番言語一出即遭公子婉拒，京娘甚感羞慚，一時語塞，然而她又再一次放
下閨女的矜持道：

> 恩人休怪妾多言，妾非淫污苟賤之輩，只為體弱餘生，盡出恩人所
> 賜，此身之外，別無報答，不敢望與恩人婚配，得為妾婢，伏侍恩
> 人一日，死亦瞑目。

豈料話一說完，便使得公子勃然大怒，原來趙匡胤是本著一分義氣，濟弱扶
傾而不要回報。京娘了解了公子的為人之後，就不再提起報恩之事，待返回
家鄉，還要爹娘不需多心，只消款待恩人便是。但是京娘的兄長趙文卻懷疑
妹子的清白，而要父親招那趙匡胤為婿，省得傍人議論。趙公是個隨風倒舵
沒主意的老兒，也不相信女兒的貞潔與恩人的正派，就把趙文的意思當面告
知公子，遂將趙匡胤惹惱。此刻的京娘心下十分不安，見恩人拂袖離去，便
急走去扯住公子衣裾並懇求他原諒家人的無知冒犯，然匡胤不依，掉頭騎馬
如飛而去，京娘因此哭倒在地。後來，兄嫂聽得公婆為了小姑而埋怨丈夫，
好生不喜，雖強作相勸，卻冷語奚落京娘道：

> 姑姑，雖然離別是苦事，那漢子千里相隨，忽然而去，也是個薄情
> 的。他若是有仁義的人，就了這頭親事了。姑姑青年美貌，怕沒有
> 好姻緣相配，休得愁煩則個！

氣得京娘流淚不絕，心下自想道：

> 因奴命蹇時乖，遭逢強暴，幸遇英雄相救，指望託以終身。誰知事
> 既不諧，反涉瓜李之嫌，今日父母哥嫂亦不能相諒，何況他人？不
> 能報恩人之德，反累恩人的清白，爲好成歉，皆奴之罪。似此薄命，
> 不如死於清油觀中，省了許多是非，到得乾淨，如今悔之無及。千
> 死萬死，左右一死，也表奴貞潔的心跡。

夜半時分，京娘果然縊死樑間，眾人方知其冰清玉潔。最後趙匡胤受周禪爲
宋太祖，因追念京娘昔日兄妹之情，遣人尋訪，方知義妹死訊，而追封爲貞
義夫人。

　　由此可見，趙京娘之死乃出於無奈，因爲她是個弱女，於當時的環境之
下，身不由己地走上絕路，她的性別註定已帶著原罪，活在人言可畏的社會
裡是那樣的無助，所以她只得選擇一死，才能證明自己的清白貞潔。京娘的
死是個悲劇，而這個悲劇即暴露出女性身處於一個難以反抗的文化困境裡，
惟有「死」方得解脫「貞潔」的束縛。

　　(2) 蔡瑞虹 (《醒世恆言》第三十六卷〈蔡瑞虹忍辱報仇〉)

　　瑞虹本是個平凡單純的女兒家，父親蔡武欲接受趙貴〔註88〕之薦請，往
赴湖廣荊襄擔任遊擊將軍〔註89〕，就在蔡父赴任的途中改變了她的一生。

　　原來瑞虹勸告父親莫作此官，她說：

> 做官的一來圖名，二來圖利，故此千鄉萬里遠去。如今爹爹在家，
> 日日只是吃酒，並不管一毫別事。倘若到任上也是如此，那個把銀
> 子送來，豈不白白裡乾折了盤纏辛苦，路上還要擔驚受怕。就是沒
> 得銀子趁，也只算小事，還有別樣要緊事體，擔干係哩！

又說：

> 那遊擊官兒，在武職裡便算做美任，在文官上司裡，不過是個守令
> 官，不時衙門伺候，東迎西接，都要早起晏眠。我想你平日在家，
> 單管吃酒，自在慣了，倘在那裡，依原如此，豈不受上司責罰，這

〔註88〕趙貴當年未發達時，住在懷安府隔壁，家道甚貧，卻勤苦讀書，夜夜直讀到
　　　　雞鳴方臥。蔡武的父親老蔡指揮欣賞趙生苦學，時常送柴米資助他。後來，
　　　　趙貴連科及第，官至兵部尚書，因思念老蔡指揮昔年的恩情，故晉陞蔡武爲
　　　　官。

〔註89〕明代編置正副總兵官、參將、遊擊將軍、守備、把總等武官領軍鎮守各要地。
　　　　遊擊將軍也就是第三級的武官。

也還不算利害。或是汛地〔註90〕盜賊生發，差撥去捕獲；或者別處
地方有警，調遣去出征：那時不是馬上，定是舟中，身披甲冑，手
執戈矛，在生死關係之際，倘若一般終日吃酒，豈不把性命送了？
不如在家安閒自在，快活過了日子，卻去討這樣煩惱吃！

由此可見瑞虹深諳父親的個性與官場職責上的利害關係；惜蔡武不聽女兒之
言，執意要去，遂誤上賊船送了家人命，只留下瑞虹一人。那船主陳小四和
一班水手都是兇惡之徒，他們殺人越貨，僅饒過瑞虹，因陳小四要留她做個
押艙娘子，可憐的弱女只得任人取樂宰割。

唯一能叫瑞虹忍辱偷生的意念便是替家人報仇，後來她遇上了卞福，雖
明知其存心不良，卻也無可奈何，為了伸冤理枉，她只好委屈相從。豈料卞
福渾家不容而將她賣入娼院，瑞虹見家仇難昭雪，遂立意要尋短路。樂戶與
鴇子於是又把她賣與胡悅為妾，胡悅虛情假意憐憫其不幸遭遇又宣稱要同她
到府衙告官，拿眾盜家屬追比，瑞虹信以為實，對胡悅千恩萬謝。然而，胡
悅到底爽約了，絕口不提報仇之事，瑞虹大失所望，卻無能為力，只得吃長
齋，日夜暗禱天地，好佑她報仇雪恨。

那胡悅不但為人詐偽，還逼瑞虹與之狼狽為奸，以「仙人跳」來算計朱
源。待見到了朱源，瑞虹不忍欺騙這麼體貼善良的秀士，頓覺羞愧，驀然感
傷，柔腸一轉淚珠簌簌流下。朱源見狀，慇勤相慰，即使瑞虹不理睬，亦毫
無慍怒之色。此時的瑞虹左思右想，疑惑不定，直至三更絕鼓。方拿定主意，
遂將計就計以身相託朱源，企盼有報仇雪恥之日。瑞虹的猶豫不決實非其性
情如此，而是屢遭不良之人誆騙，令她不得不設防、不仔細觀察考慮。最後，
朱源果然替瑞虹復仇，讓陳小四一干人血債血還；然而這卻是夫妻二人緣盡
情了之期。既然血海深仇已償報，瑞虹便沐浴更衣，寫下一紙書信，寄謝丈
夫，信裡寫道：

虹身出武家，心嫻閨訓。男德在義，女德在節；女而不節，與禽何
別！虹父韜韞不成，鞠藥迷神。誨盜亡身，禍及母弟，一時並命。
妾心腹俱裂，浴淚彌年。然而隱忍不死者，以為一人之廉恥小，闔
門之仇怨大。昔李將軍忍恥降虜，欲得當以報漢；妾雖女流，志竊
類此。不幸歷遭強暴，衷懷未申。幸遇相公，拔我於風浪之中，諧

〔註90〕所謂的「汛地」即「訊地」。本指設關卡盤查往來行人的處所，此處引申為軍
　　　隊駐防的所在。

> 我以琴瑟之好。識荊之日,便許復仇。皇天見憐,宦遊早遂。諸奸
> 貫滿,相次就斃;而且明正典刑,瀝血設饗。蔡氏已絕之宗,復蒙
> 披根見本,世緒復延。相公之爲德於衰宗者,天高地厚,何以喻茲。
> 妾之仇已雪而志已遂矣。失節貪生,貽玷閭閻,妾且就死,以謝蔡
> 氏之宗於地下。兒子年已六歲,嫡母憐愛,必能成立。妾雖死之日,
> 猶生之年。姻緣有限,不獲面別,聊寄一箋,以表哀曲。

據此可知,瑞虹生性貞潔,絕非貪生怕死之輩,其苟活於世的目的同於李
陵、太史公,堪稱爲不讓鬚眉的大勇者。瑞虹的死雖然讓朱源哭倒在地,昏
迷半晌才醒,又自此患病……但是卻完成了她節孝的人格;她的死與趙
京娘不同,京娘是無辜的犧牲,而瑞虹則是在達成了復仇之願,爲蔡、朱二
家留下子嗣之後,從容地就死。一生至此可謂之「功德圓滿」,她的死是值
得的。

(3) **鄭義娘**(《喻世明言》第二十四卷〈楊思溫燕山逢故人〉)

馮夢龍所塑造的鄭義娘,人如其名。此婦乃爲夫守身自刎而死,但是於
故事開始之初,作者並不直言義娘是以鬼魂之態出現。馮氏先安排義娘與丈
夫結義的叔叔楊思溫於元宵夜裡不期而遇,然後再一步一步導引出鄭義娘的
不幸遭遇。

楊思溫見過嫂嫂後,欲待再問其詳時,俄而有番官手持八稜抽攃,迎臉
便打,思溫因此立刻走避。直到三月,尋了義兄韓思厚,才知道兄嫂被虜撒
八太尉所逼,義不受辱而自盡。思溫聞之駭然,以爲事有蹊蹺,遂將元宵巧
逢嫂嫂一事告之,二人意欲確認義娘的下落,所以決定前往天王寺後韓國夫
人宅打聽。後來,遇著一老嫗,婆子對他們說:

> 二年前時,有撒八太尉,曾於此宅安下。其妻韓國夫人崔氏,仁慈
> 恤物,極不可得。常喚媳婦入宅,見夫人說:撒八太尉自盱眙掠得
> 一婦人,姓鄭,小字義娘,甚爲太尉所喜。義娘誓不受辱,自刎而
> 死。夫人憫其節,與火化,收骨盛匣。以後韓國夫人死,因隨葬在
> 此園內。雖死者與活人無異,媳婦入園內去,常見鄭夫人出來。初
> 時也有些怕,夫人道:「婆婆莫帕,不來損害婆婆,有些衷曲間告訴
> 則個。」……尋常陰雨時,我多入園中,與夫人相見閒話。官人要
> 問仔細,見了自知。

老嫗又領著二人踰牆入園,等至三更,果然見到了義娘,馮氏如是寫道:

燭光之下，見一婦女，媚臉如花，香肌似玉，項纏羅帕，步蹩金蓮，斂袂向前。……二人大驚，敘禮。韓思厚執手向前，哽咽流淚。哭罷，鄭夫人向著思厚道：「昨者盱眙之事，我夫今已明矣。只今元夜秦樓，與叔叔相逢，不得盡訴衷曲。當時妾若貪生，必須玷辱我夫。幸而全君清德若瑾瑜，棄妾性命如土芥；致有今日，生死之隔，終天之恨。」說罷，又哭一次。

由此可見義娘生前是位婦德婦容兼備的女性。

韓思厚感念妻子為他守身，於是當面誓言終身不娶，又要遷亡妻香骨共歸金陵。然而義娘卻道：

今蒙賢夫念妾孤魂在此，豈不願歸從夫？然須得常常看我，庶幾此情不隔冥漠。倘若再娶，必不願我，則不如不去為強。

接著又直捷地說道：

叔叔豈不知你哥哥心性，我在生之時，他風流性格，難以拘管。今妾已作故人，若隨他去，憐新棄舊，必然之理。

據此看來，鄭義娘相當了解丈夫的個性，但是也突顯出義娘的殉節犧牲頗為不值。後來，韓思厚如其預料的又再娶孺人，完全忘了當初的自誓之言。一日，韓思厚與新婦月下置酒賞翫，只見新人柳眉剔豎，星眼圓睜，以手捽住丈夫不放，並要求納命償還，原來是義娘附身於新婦。韓思厚不但不反省自己失信，而且還聽從謝法官（道士）的話，將義娘骨匣取出棄於長江水中。最後，義娘活捉了韓思厚，應驗其起誓惡咒。

義娘原本不期望丈夫回報自己，更不求其終身不娶，這一切都是韓思厚咎由自取，使得義娘不得不化為厲鬼索命。

（4）喬俊之妻高氏（《警世通言》第三十三卷〈喬彥傑一妾破家〉）

高氏立性貞潔，也不和小妾爭風喫醋，只是要丈夫與妾別住，不許放在家裡。她之所以做下殺人棄屍之事，完全是因為女兒被小二奸騙，苦了閨女一世且玷辱門風，為了使女兒和小妾周氏免於出醜，才會如此。高氏並非心腸惡毒之輩，在情非得已之下，她只能出此下策，一斧劈死小二，而東窗事發後，高氏被拘押入牢裡，渾身發腫又棒瘡疼痛難熬，飯食不喫，服藥無用，便一命歸陰。這樣的悲劇難以歸罪於故事中的任何一人〔註91〕，但是整個事

〔註91〕錢伯城說：「這篇話本幾乎說不上誰是主角。是喬彥傑嗎？不是。故事的中心是高氏、周氏合謀殺害董小二，而喬彥傑安頓好周氏後，就從故事中消失了，

件的始作俑者卻是喬俊；他娶妾卻棄之，導致周氏勾搭小二成奸，引狼入室。
而高氏雖自身正大，又善理家業，然其心思意念單純，未能提防年輕力壯又
心術不正的董小二，以致於無知的閨女遭他壞了身，因而生發出六條人命同
赴冥府的慘事。

（5）白玉孃（《醒世恆言》第十九卷〈白玉孃忍苦成夫〉）

作者筆下的白玉孃是個美麗的女子，而且聰明，見貌辨色，又有丈夫見
識。她兩次勸夫婿程萬里逃歸，以求顯祖揚宗，但是萬里卻認作是主人要她
來試探其心，所以便處處提防，說話越加謹慎。然而玉孃倒也不記恨，又於
夫妻臨別之際哭勸道：

> 妾以君爲夫，故誠心相告，不想君反疑妾有異念，數告主人。主人
> 性情粗雄，必然懷恨。妾不知死所矣！然妾死不足惜，但君堂堂儀
> 表，甘爲下賤，不圖歸計爲恨耳！

又說：

> 君若肯聽妾言，雖死無恨。

玉孃對丈夫的眞誠勸誡如同忠臣對君王的直諫力陳，即使是冒著生命危險，
亦無怨無悔。後來玉孃被賣到顧大郎家做偏房，期盼她爲顧家生育兒女，可
是玉孃誓不再適，因此寧願爲奴爲婢，也不肯讓顧大郎近身。某夜，玉孃紡
績甚累，放倒頭便睡，不料顧大郎悄悄的來到她舖上，見其和衣而臥，即要
與她解脫衣裳，但衣帶都是死結，玉孃在夢中驚醒，連忙跳起，抵死不從，
又急中生智警告顧大郎道：

> 官人，你若今夜辱了婢子，明日即尋一條死路。張萬戶夫人平昔極
> 愛我的，曉得我死了，料然決不與你干休。只怕那時破家蕩產，連
> 生命亦不能保，悔之晚矣。

顧大郎見說，果然害怕，只得放手。玉孃是夜則眼也不合，直坐到曉。由此
可見其貞烈自守，早已將生死置之於度外。

白玉孃矢志從一、治家有方，又爲丈夫廣置姬妾以生子續後的作爲正是
傳統士大夫心目中理想的賢妻良母。然而，我個人則認爲作者於故事尾聲做

一直要到故事結局方再出現。是周氏嗎？也不是。她與董小二的通姦，筆墨
不多；後來謀殺小二，也不是她的主謀。是高氏嗎？也不是。她雖是殺害小
二的主犯，但全篇的主題並不放在她的身上，全篇的主題應是本篇的題目〈喬
彥傑一妾破家〉，或是《雨窗集》的原題〈錯認屍〉。至於洪三、玉秀、程五
娘、王酒酒等，只是配角，不用說了。」

如是之安排反削弱了白玉孃聰慧、善解人意的形象，而使她成了一位落入窠臼的刻板人物，甚是可惜。

(6) 萬秀娘（《警世通言》第三十七卷〈萬秀娘仇報山亭兒〉）

萬秀娘在《三言》中是一位相當特殊的女性人物，當她爲惡徒劫持時，仍然未能擺脫弱女的形象，但是她爲了復仇卻堅忍無比，又不似蔡瑞虹那樣忍辱偷生，萬秀娘究竟是一個什麼樣的女子？錢伯誠評論道：

> 萬秀娘是主角，但是對她的描寫，幾乎惜墨如金。她的出場，只是夾在萬小員外、周吉和兩個趕馬人的中間，「待要入城去」，僅此而已。她的身世，她的容貌，一概不寫。隨著故事的發展，讀者自然知道這些，確實也不要求作者多費筆墨。一方面固然是敘事簡潔，但是另一方面，情節還是有起伏的，並不是平鋪直敘，一覽無餘，這樣便起到引人入勝的作用。其次，人物性格的描寫甚爲鮮明，而性格的展示不是依靠旁白介紹，乃是通過一連串的行動來顯示的，這就看得出作者的敘寫手段。仍說女主角萬秀娘，一上來誰也不清楚這是個怎樣一個女人，她的性格是一步步使讀者看清的。當萬小員外和周吉被殺，大官人獨留萬秀娘做札寨夫人，萬秀娘並未抗拒，倒是「離不得是把個甜言美語，啜持（討好）過來」，可知是很會委曲順從，保全自己的。但她又很有心計，先是引大官人說出眞姓名，繼則知悉苗忠將她轉賣，她又大罵「苗忠底賊」！當苗宗殺了尹宗，再要來殺秀娘，她又花言巧語，使得苗忠信以爲眞：「我爭些個錯壞了你！」重又做了夫妻。但是最後還是由她遞出信物，帶出口信，由官兵來剿滅了這夥強盜。這又說明她是一個很有主見、很有毅力的婦人。（《新評警世通言》，頁 607）

錢氏此番評析極爲確切。我個人以爲萬秀娘是一位懂得臨機應變的巧婦，她能夠了解「留得青山在，不怕沒柴燒」的道理，進而沈住氣與惡徒周旋，終能以智取勝。其不拘泥於「失節事大」的情結，顯示她已超越了傳統思想對女性的牽制，所以秀娘得以報仇雪恥實非僥倖所致，她是有計畫、有謀略的，堪稱爲女中豪傑。

弱女爲人欺壓，孤孀亦如是。這些失去丈夫的寡婦往往很難立足於大家庭或社會之中，因爲她們沒有生產力，族人視之爲白食人口，是負擔；而旁人則趁人失其所天，便毫無忌憚地迫害孤兒寡母，或強占其土地產業，或悔

兒女婚約。如梅氏、嚴氏、顏氏等寡婦都是孤立無援的遺孀，她們是父系社會謹守本分的婦道人家，遵循「夫爲妻綱」的模式來生存，然而卻也在這個社會遭受排擠和欺負。此種現象之發生是否意謂著傳統女教與訓示可能產生某些負面的影響，誠如陳怡芬所說的：

> 若身處平順的婚姻裡，有丈夫剛強的護翼下，女性以自制、忍讓及順從的表順，成全家庭（家族）的和諧，則「柔順」的性格或能稱之爲美德；然一旦遭逢婚姻變故，必須以個人之力獨撐大局時，則女性的柔順又往往與「軟弱無能」等義。（《中國傳統儒學女性觀之探析》，頁 132）。

所以，在培養女性柔順性格的同時，亦必須教以「有所爲，有所不爲」的堅毅，方能於當「有所爲」時，獨排眾議，支撐大局；也能在「有所不爲」時，抵擋世俗壓力而勇往不懼。但應如何培養女性堅毅處事的能力呢？宋朝的袁采於《世範‧寡婦治生難託人》卷一說道：

> 婦人有以夫蠢懦，而能自理家務，計算錢穀出入不能欺者。有夫不肖，而能與其子同理家務，不至破蕩家產者。有夫死子幼，而能教養其子敦睦內外姻親，料理家務至於興隆者，皆賢婦人也。而夫死子幼，居家營生，最爲難事，託之家族，家族未必賢，託之親戚，親戚未必賢，賢者又不肯預人家事。惟婦人自識書算，而所託之人衣食自給，稍識公義，則庶幾焉。不然，鮮不破家。

袁采之言甚是，與其要求他人的同情憐憫，不如自識書算，自力更生，做一個有尊嚴的寡婦。

4. 淫婦

《三言》裡曾發生婚外情的女性多被定義爲淫婦，其中人物如慶奴、押司娘、定哥、沈洪之妻爲了不使自己的婚外情戀情曝光，於是先下手爲強而殺了人證與丈夫，這類人物在《十日譚》中是不會出現的；儘管《十日譚》有許多不忠於丈夫和婚姻的女性，但是她們皆能瞞住老公而與情人恣意取樂，甚至還使丈夫和情人成爲好友或彼此信任。於此又再一次看出二書作者寫作動機與意圖上的差異。

除了前述幾位不忠於丈夫、背叛婚姻的婦人之外，在《三言》裡還有兩位淫蕩不貞的女性人物：

（1）**蘭花**（《醒世恆言》第三卷〈賣油郎獨占花魁〉）

此人為油店朱十老的侍女，年已二十之外，存心看上了年方十七的朱小官人——秦重，當時賣與朱老，而改了姓。誰知小官人是個老實人，又且蘭花齷齪醜陋，因此看不上眼。那蘭花見勾搭小官人不上，便別尋主顧，去勾搭朱家夥計邢權。這廝是望四之人，沒有老婆，遂一拍即合，兩人暗地多次偷情，反怪朱小官人礙眼，故而思量尋事趕他出門。邢權和蘭花二人裡應外合，使心設計——蘭花便在朱十老面前假意撇清，說那小官人幾番調戲，好不老實；朱十老平時與蘭花也有一手，未免有拈酸之意。邢權則將店中賣下的銀子藏過，然後在朱十老面前搬弄是非，謊稱小官人好賭不長進，又偷去櫃裡銀子償賭債。起初朱老還不信，接連幾次，也就相信了奸人讒言而把小官人逐出家門。後來邢權在朱十老家與蘭花親熱，見朱老病廢在床，全無顧忌，十老發作了幾場，亦不濟事。二人索性俟夜靜更深將店中資本席捲，雙雙逃之夭夭。

由此可見，蘭花並不是重感情的人，她所貪戀的是性欲的歡娛，當她在朱十老身上無法得到滿足時，便將目標轉移到年輕小伙子，希望秦重與之相好，於是幾遍的倒下鉤子去勾搭他。人云「男追女隔重山，女追男隔層紗」，但是蘭花卻沒有自知之明，又以為秦重是個隨便的男子，才會自作多情；待被秦重拒絕後，再找那沒老婆的邢權湊合湊合，此舉乃反映其楊花水性。原來「男有分，女有歸」本是合於情理，若蘭花一開始就能和朱家夥計名正言順地做夫妻，也不致生出這些醜事來。

（2）**周春香**（《警世通言》第三十三卷〈喬彥傑一妾破家〉）

周氏原是建康府周巡檢的小娘子，巡檢病故，喬彥傑見其貌美，於是以一千貫文與夫人買娶。是夜，二人就舟中同鋪而睡。待返回家鄉，喬大娘子高氏不容，令其別住；喬俊（彥傑）只好帶著新妾賃房居住。後來喬俊別了妻妾在東京賣絲，一去兩個月，周氏在家，終日倚門而望，那喬俊則與一個上廳行首沈瑞蓮往來，倒身在他家使錢，因此留戀在彼，全不管家中妻妾。

不想周氏，自從丈夫遲歸了又安了董小二在家，倒有心看上他，時常眉來眼去地勾引他。一日正是十二月三十日夜，周氏叫小二去買些酒果魚肉之類過年，又設計小二進房與她喫酒，還要小二就在房裡睡。接著，周氏便用雙手把小二抱到床邊，挨肩而坐，又將小二扯過懷中，解開主腰兒，教他摸

胸前麻團也似白奶；小二頓時淫心蕩漾，解衣脫帶與主母周氏做了夫妻。周氏與人通姦已不貞，竟然又慫恿高氏招小二為婿，其心甚是可疑可議。後來小二姦騙了高氏親女玉秀，周氏知悉此事，只瞞著大娘並不作聲。由此可見周氏存心不良，自己犯了淫逸之過，卻又將人家閨女牽扯進來，壞其貞操；同是女人，相煎亦太急。所以我個人以為周春香引誘小二成姦，又縱其強姦閨女玉秀，居心叵測，故將她歸入淫婦之列。

  5. 癡女

  元遺山〈摸魚兒〉：

> 問世間，情為何物？直教生死相許。天南地北雙飛客，老翅幾回寒暑。歡樂趣，離別苦，就中更有癡兒女，君應有語。渺萬里層雲，千山暮景，隻影向誰去？

是的，愛情的魔力驚人，直教世間癡情男女生死相許。《三言》中的癡女多達十三位，有的幾經波折與考驗，終能有情人成眷屬，如劉素香、喜順娘、李鶯鶯、賀秀娥和劉慧娘。有的癡情換來一場空，如新荷、白娘子與王嬌鸞。有的為愛犧牲，縱使失去性命，也要做鬼相從，如璩秀秀、張士廉的小夫人、盧愛愛以及周勝仙。

  在上述的癡女兒當中，首先要來分析白娘子。這位白娘子是一位貌美熱情，主動求愛的女性，她以寡婦的身分出現向許宣借傘，又藉取傘為由請來許宣並自薦為妻，還給了許官人一筆錢，央其姐、姐夫代辦婚事。後來成了親，二人如膠似漆好不快活，但是佳景不常，白娘子三番兩次幾乎失去丈夫，良人也欲從她的身邊脫走，然而其執著不捨，又尋回了許宣，惜丈夫已對她心冷絕情。最後，許宣聽從了法師之言，以缽盂罩住自己的娘子，令她永鎮於雷峰塔之下。

  對於白娘子為愛奔波之舉，錢伯誠於《新評警世通言》說道：

> 許宣到哪裡，她追到哪裡。她不怕挫折、失敗，不顧世俗禮法，一心一意只要同許宣成家立業，做一輩子夫妻，這是婦女的合法權利。白娘子為自身的合法權利奮鬥，有什麼不好呢？所以白娘子儘管是一條大白蛇，人們卻一點不覺得這條蛇可憎，相反，十分可愛，對她的遭際表示深深的同情。〔註92〕

〔註92〕魯迅於〈論雷峰塔的倒掉〉說：「試到吳越的山間海濱，探聽民意去。凡有田夫野老，蠶婦村氓，除了幾個腦髓裏有點貴恙的之外，可有誰不為白娘娘抱

我個人相當同意錢氏的看法，白娘子爲了追求愛情而付出慘痛的代價，反觀許宣遁入空門之舉，相形之下立見二人對感情、婚姻的態度。

其他諸如秀秀、小夫人、盧愛愛與周勝仙，也都是爲爭取愛情而獻出了生命的壯美典型。秀秀和小夫人的形象頗爲相似，她們分別專心地愛著崔寧、張勝，死了做鬼亦無法對心上人忘情。但是小夫人不及璩秀秀幸運，秀秀要崔寧同她先做夫妻，二人便在潭州住下；秀秀遭郡王打殺之後，又捉了崔寧再做鬼眷屬。然小夫人先前死後皆未得與張勝結爲夫婦，其遭遇更是悲慘。

而盧愛愛與周勝仙形象也雷同。愛愛絕食而死，其魂魄卻追隨吳清，又與之燕好以慰相思。後來，吳清漸漸形容枯槁，家人方知是著鬼而請來道士驅之。吳清亦聽從皇甫眞人之言，舉劍砍殺愛愛，愛愛便化作小廝壽兒，讓在場的目擊者以爲吳清砍死了壽兒，而把吳小員外縛送獄司勘問。夜半時分，愛愛託夢吳清說道：

> 小員外休得悵恨奴家。奴自身亡之後，感上元夫人〔註93〕空中經過，憐奴無罪早殀，授以太陰煉形之術，以此元形不損，且得遊行世上。感員外隔年垂念，因而冒恥相從。亦是前緣宿分，合有一百二十日夫妻。今已完滿，奴當自去。前夜特來奉別，不意員外起其惡意，持劍砍奴。今日受一夜牢獄之苦，以此相報。阿壽小廝，自在東門外古墓之中，只教官府覆驗屍首，便得脫罪。奴又與上元夫人求得玉雪丹二粒，員外試服一粒，管取百病消除，元神復舊；又一粒員外謹藏之，他日成就員外一段佳姻，以報一百二十日夫妻之恩。

後來，吳小員外無罪獲釋，也娶了褚愛愛爲妻，又至盧愛愛家拜認盧榮夫婦

不平，不怪法海太多事的？和尚本應該只管自己念經。白蛇自迷許仙，許仙自娶妖怪，和別人有什麼相干呢？他偏要放下經卷，橫來招是搬非，大約是懷著嫉妒罷——那簡直是一定的。」後來民間傳說法海爲了逃避玉皇大帝的捉拿查辦，躲進了蟹殼，變成「蟹和尚」，魯迅又說：「當初，白蛇娘娘壓在塔底下，法海禪師在蟹殼裡。現在卻只有這位老禪師獨自靜坐了，非到螃蟹斷種的那一天爲止出不來。莫非他造塔的時候，竟沒有想到塔是終究要倒的嗎？活該。」

〔註93〕「上元夫人」是民間所信仰的女神。有關上元夫人的記載，最早可見於《漢武帝內傳》：「（上元夫人）年二十餘，天姿精耀，靈眸豔朗，服青霜之袍，頭作三角髻，餘髮散垂至腰。」詩仙李白於〈上元夫人〉詩中說：「上元誰夫人？偏得王母嬌；嵯峨三角髻，餘髮散垂腰。」

爲岳父母，並央陰陽生擇了吉日，先用三牲祭禮澆奠，然後啓土開棺改葬了
盧愛愛。其夜，吳清夢愛愛來謝，自此蹤影遂絕。

而周勝仙遭范二郎擊斃後，亦於夜半入夢，她對二郎說道：

> 打得偏些，雖然悶倒，不曾傷命。奴兩遍死去，都只爲官人。今日
> 知道官人在此，特來相尋，與官人了其心願。休得見拒，亦是冥數
> 當然。

范二郎聽罷，忘其所以，就和勝仙雲雨起來，枕席之間，歡情無限。次夜亦
復如此，到第三夜，勝仙又來，比前更加眷戀。臨去時告訴二郎道：

> 奴壽陽未絕。今被五道將軍〔註94〕收用。奴一心只憶著官人，泣訴
> 其情，蒙五道將軍可憐，給假三日。如今期限已滿了，若再遲延，
> 必遭呵斥。奴從此與官人永別，官人之事，奴已拜五道將軍，但耐
> 心，一月之後，必然無事。

一月之後，范二郎果然歡天喜地回家。後來娶妻，不忘周勝仙之情，歲時到
五道將軍廟中燒紙祭奠。

盧愛愛與周勝仙都是爲愛喪命的癡情女，即使死後做鬼，仍然入夢與情
郎歡好以遂生前之願。而她們能夠了卻情緣，亦拜上元夫人與五道將軍所賜，
換言之，連仙神也爲她們的深情所感動，於是特地施恩使這兩位癡女得償前
緣宿分。

此外，尚有一位癡女乃是由白鶴化成人形的白衣女娘。她勇於自薦，對
劉本道說：

> 官人有妻也無？有妻爲妾，無妻嫁你。包裹中儘有餘資，勾你受用，
> 官人是肯也不？

劉本道思量著人財兩得，正中下懷，也就和白衣女娘做夫妻。平時即由妻子
開卦肆維生，後來劉本道遇一道士，道士見其眉中黑氣，有陰崇纏擾，於是
取出一道符，要劉本道將符安在渾家身上，便可使她現出本來面目。不料女
娘道行甚高，早已識破道士技倆，遂同丈夫尋那道士鬥法，道士技不如人只

〔註94〕「五道將軍」又稱「五盜將軍」，也是民間信仰中的神祇。興於晉代，最早屬
　　　陰司索命拘魂官，民間認爲見之不祥。到了明清時，五道將軍訛變爲五盜將
　　　軍，由一神衍生爲五神。《三教源流搜神大全》卷四：「世略曰：『五盜將軍者，
　　　即宋廢帝永光年間五盜寇也，於一方作亂爲盜。後於景和年，帝遣大將張洪
　　　破而殺之於新封縣之北。其五人作怪，盜於此。祭之者皆呼爲五盜將軍也。
　　　杜平、李思、任安、孫立、耿彥正。』」

好認輸乞饒。自後女娘在卦舖裡算命發課，書符咒水，從早到晚，挨擠不開，因此出名。一日，有一人引著一乘轎子來請女娘作法救小衙內，女娘念咒畢，見一黃衣女子怒容可掬，此女乃是其妹。女娘欲救小衙內，其妹亦劫去本道以為報復；白衣女娘得知此事，便立即往救夫婿。

由此可見，白衣女娘對劉本道之用情、用心。然因故事結尾寫道：

> 黃衣女子變做一隻黃鹿，⋯⋯白衣女子變做一隻白鶴。老人乃是壽星，騎白鶴上昇。本道也跨上黃鹿，跟隨壽星，靈龜導引，上昇霄漢。那劉本道原是延壽司掌書記的一位仙官，因好與鶴鹿龜三物頑耍，懶惰正事，故此謫下凡世為貧儒。謫限完滿，南極壽星引歸天上。

所以，使得白衣女娘與劉本道之間的夫妻情義頓時失色了許多，而不及前述幾位癡女故事之感人。

和《十日譚》的癡女相較，《三言》的秀秀、小夫人、愛愛與周勝仙都把愛情延續至冥界，換言之，縱使人鬼殊途，也要愛到底。《十日譚》則沒這樣以人鬼相愛的情節來建構愛情故事；然為愛犧牲生命的癡女，二者之深情、無悔的情懷皆然。

6. 三姑六婆

據陶宗儀《輟耕錄》記載，所謂的三姑六婆係指：尼姑、道姑、卦姑；牙婆、媒婆、師婆、虔婆、藥婆、穩婆。這些三姑六婆在古代社會的地位並不高，其道德操守亦良莠不齊。而在《三言》裡所出現的三姑六婆多是較負面、不正當的人物角色，如《喻世明言》第一卷〈蔣興哥重會珍珠衫〉的薛婆、《醒世恆言》第十六卷〈陸五漢硬留合色鞋〉的陸婆即分別拿了陳商、張藎的好處，便代為穿針引線使之誘姦了王三巧與潘壽兒；又如《警世通言》第十六卷〈小夫人金錢贈年少〉的李媒、張媒明知張士廉年過六旬，卻欺瞞王招宣府裡出來的小娘子，將兩人配成對兒，使小娘子叫苦不迭。

牙婆的三寸不爛之舌能顛倒黑白，把死的說成活的；那替人穿針引線的工夫真是了得。薛婆收了陳商的錢鈔後就設計結識王三巧，並進一步地取信於小娘子，一般甜言軟語，三巧兒遂與之成了至交。時至五月中旬，天氣漸熱，薛婆便尋此藉口說道自家蝸窄，又是朝西房子，夏月最不相宜，不比三巧樓上高敞風涼云云。待三巧邀以在此過夜，這牙婆也不推辭，於是白天去串街做買賣，黑夜即到蔣家歇宿，和三巧夜間絮絮叨叨，你問我答，凡街坊

穢褻之談，無所不至。薛婆或時裝醉詐瘋起來，到說起自家少年時偷漢的許多情事，好勾動三巧兒的春心。直到七月初七，這牙婆故意挑起三巧的心事，責怪蔣興哥不該在外做客，苦了家中娘子。又邊勸三巧喫酒，邊說著男女性事，還撩撥三巧道：

> 老身今年五十二歲了，夜間常瘋性發作，打熱不過，虧得你少年老成。

又說自己有個自取其樂，救急的法兒，惹得三巧慾心蠢動。薛婆見時機成熟，刻意撲滅了燈，便引著陳商上樓，然後將這漢子赤條條地攛在三巧床上去。王三巧一則多飲了盃酒，醉眼朦朧；二則被婆子挑撥，春心飄蕩，到此不暇致詳，因而任憑陳商輕薄，一番雲雨。

　　薛婆俐齒伶牙，能言快語又善於穿房入戶逗引怕冷靜的女眷，其交際手腕非常人所能及。而在《十日譚》中亦有同類型的女性扮演著穿針引線的角色：第五日第十篇故事〈餘桃與出牆紅杏〉裡有一名老婦專替人牽線偷情。彼得的妻子把自己的心事對此老婦和盤托出。老婦便對她說道：

> 我的女兒，天主對於人間的事沒有那一件不明白，他知道妳大可做這件事。如果妳只是像其他女人一樣，為了愛惜青春，而沒有其他目的，那這樣做就是理所當然。凡是稍明事理的人都懂得，人生最大的悲痛莫過於辜負青春。我們女人一旦老了，除了燒飯做菜，還有什麼用處？不瞞妳說，我是一個過來人，對於這一點比誰都清楚。……男人的情形可就完全兩樣了。他們生下來不只是為了這一件事，還有其他多少事可做，而且他們大都是老年比年輕時代更加得志。女人生來就是為了這件事，她們的長處就在於能夠來這一套，能夠生兒育女，別的且不說，妳只要弄明白這一點就行了：女人隨時可以幹這件事，男人卻辦不到。一個女人可以把好幾個男人玩得筋疲力盡，而好幾個男人卻未必對付得了一個女人。……人生在世，應該及時行樂。尤其是女人，青春比男人短，更不應該錯過大好時光。……我不必再囉唆了，我老實告訴妳：妳找我總算沒有找錯人，妳把心事告訴別人，誰也不能幫妳這麼大的忙。隨便哪個男人，不管有多尊貴偉大，我也敢拿飲食男女的道理去說動他的心；隨便哪個男人，不管他擺出怎樣一本正經的冷冰冰臉孔，我包管有辦法叫他俯首聽命。……可是我的女兒呀，有一件事我要提醒妳：老婦很

窮，經常要帶著念珠上教堂去祈禱，所以妳也得幫幫我的忙，好讓
我也可以在天主面前替妳亡故親友贖贖罪。

老婦講完這一番話，又和彼得妻談妥代價，不到幾天就替她把中意的男人一
個一個弄來。

由此可見，這等能言善道的牙婆，無論中西，只要有錢便能使喚之。而
和牙婆同樣視錢如命的鴇兒更是陰狠，她們逼良為娼，將女孩兒看作搖錢
樹；對待有錢的嫖客如同上賓，一旦其床頭金盡，便翻臉不認人。例《警世
通言》第三十三卷〈喬彥傑一妾破家〉東京行首沈瑞蓮的媽媽（虔婆）就對
喬俊發語道：

我女兒戀住了你，又不能接客，怎的是了？你有錢鈔，將些出來使
用。無錢，你自離了我家，等我女兒接別個客人。終不成餓死了我
一家罷！

又如第二十四卷〈玉堂春落難逢夫〉裡的老鴇對玉姐說：

有錢便是本司院，無錢便是養濟院。王公子沒錢了，還留在此做
甚！那曾見本司院舉了節婦，你卻呆守在那窮鬼做甚！

諸如此類之虔婆鴇兒可見於《喻世明言》第十二卷〈眾名妓春風弔柳七〉、《警
世通言》第三十一卷〈趙春兒重旺曹家莊〉、第三十二卷〈杜十娘怒沈百寶
箱〉、《醒世恆言》第三卷〈賣油郎獨占花魁〉等。

除此之外，《喻世明言》第二十四卷〈楊思溫燕山逢故人〉裡有一位道
姑，名喚劉金壇，她原是樞密院馮六承旨[註95]之妻，因靖康年間雇舟避
難，來金陵，去淮水上，馮六承旨被冷箭射中落水身亡，劉氏遂發願，就土
星觀出家，追薦丈夫，野朝知名，差做觀主。後來，韓思厚為做些功德而來
到土星觀，當他一見到劉觀主便動了私情；又在旁人推波助瀾之下，勸那劉
金壇還俗，韓思厚於是用禮通媒，選日下定，將劉氏娶歸成親。此後，劉金
壇也不追薦亡夫；韓思厚也不看顧亡妻墳墓，雙雙違背誓言，只顧得倚窗攜
手，惆悵論心。最後，韓思厚因想金山勝景，乃賃舟同劉氏江岸下船，待行
至江心，忽然水上風浪俱生，煙濤並起，只見一人從江面湧出，頂萬字巾，
把手揪住劉氏雲鬢，擲入水中。而這位頂萬字巾者應是其亡夫馮六承旨，他
為劉金壇所負，故使之罹水厄，正是所謂一報還一報。

〔註95〕「承旨」係為官名。宋樞密院有都承旨、副都承旨，負責承宣皇帝旨意及處
　　　　理院務。

事實上，劉金壇並不是一位清心寡欲的道姑，韓思溫在她的房內閒看，信手取來了一闋〈浣溪沙〉，紙上寫道：

> 標致清高不染塵，星冠雲氅紫霞裙，門掩斜陽無一事，撫瑤琴。
>
> 虛館幽花偏惹恨，小窗閒月最消魂，此際得教還俗去，謝天尊！

據此可推知，劉金壇當初發願出家只不過是一時衝動，其凡心猶存，甚至成了觀主之後仍寄望有朝一日得以還俗。原來還俗、再醮皆非罪過，但是劉金壇既已發下重誓要做道姑以追薦亡夫，就不該言而無信，負了馮六承旨，所以劉道姑才會有如此不堪的下場。和劉金壇同樣六根不淨的還有非空庵的女尼──空照與靜眞。這兩個風流女師帶領著庵內的女童與赫大卿淫亂快活，使佛門淨地受到玷污。

靜眞得知赫大卿思想回家，心中甚是不捨，因此便與空照更番勸酬，把赫郎灌得爛醉如泥，不省人事，接著由靜眞將他巾幘脫了，空照則取出剃刀，把頭髮剃著一莖不存，然後扶至房中去睡。待赫大卿甦醒方知自己已成了「尼姑」，無法出去見人，更遑論要返家了，於是又住在庵中，晝夜與空照、靜眞師徒淫樂。後來，大卿縱欲過度，染病上身，尼姑們意欲送他返家去，卻又頭上沒了頭髮，怕他家盤問出來，告到官司，敗壞庵院，住身不牢……。基於種種考量，空照與靜眞又不敢請覓醫人看治，只教香公去說病討藥。二尼煎湯送藥，日夜服侍，指望赫大卿還有痊好的日子，誰知病勢轉加，奄奄待斃。靜眞心一橫，就先教香公買幾擔石灰，等人一死，再掘個深穴，將石灰傾入，把屍首埋藏在內便是。可憐赫大卿自清明日纏上這些女尼，到此三月有餘，斷送了性命，妻孥不能一見，撇下許多家業，埋於荒園之中。直至十一月間，衙門差人捉拿非空庵眾尼，空照和靜眞遂逃到極樂庵，庵主了緣亦非善類，原來她將萬法寺小和尚去非藏在庵裡做了光頭夫妻。最後，這一群違律犯戒的僧尼皆被解入新淦縣，由縣官分辦，將靜眞、空照依律問斬，非空庵拆毀入官；去非也依法問徒，了緣官賣爲奴，極樂庵亦行拆毀沒入；其餘女童判令歸俗。

此類披著宗教法衣卻行姦淫無恥之事者，薄伽邱亦於《十日譚》裡加以描寫並予以揶揄撻伐，不過，那些不法的教會神職人員在薄伽邱的筆下多被塑造成好色卻愚蠢可笑的傢伙。

當然，在《三言》故事中也有幾位善心慈悲的女尼，如《喻世明言》第二十三卷〈張舜美燈宵得麗女〉入話的老尼，以及《警世通言》第二十九

卷〈宿香亭張浩遇鶯鶯〉的惠寂。由於她們的襄助，張生方得與紅帕帕子的女主人兩情好合，創第而居並諧老百年；張浩才能和鶯鶯互通訊息以慰相思。

7. 娼妓

《三言》故事裡有不少娼妓人物，這與《十日譚》僅出現的一位妓女妮可羅莎相較，其人數上的懸殊顯而易見；當然在人物性格的描繪刻畫也是《三言》作者相當致力之處。《十日譚》的這位妮可羅莎是康馬度利地方，馬尼昂納所開設妓院的一個妓女，誰看中她誰就可以把她包下，帶出院外。由此可見，妮可羅莎只是一位出賣色相維生的娼女，而且人盡可夫。但是《三言》中的娼妓卻不同，除了私娼韓五與妮可羅莎相似之外，其餘的妓女則有下列幾種情性與特質：

（1）有情有義者

①關盼盼（《警世通言》第十卷〈錢舍人題詩燕子樓〉）

當張建封染病身亡後，盼盼即焚香指天誓曰：

> 妾婦人，無他計報尚書恩德，請落髮為尼，誦佛經，資公冥福，盡
> 此一世，誓不再嫁。

於是閉門獨居，凡十換星移，人無見面者。後來，盼盼將自作之詩寄呈白樂天，表其不負張建封之德。樂天閱畢三絕，亦歎賞良久曰：

> 不意一妓女，能守節操如此，豈可棄而不答！

因此樂天亦和三章，以嘉其意。盼盼吟玩久之，笑謂侍女曰：

> 自此之後，方表我一點真心。

待盼盼欲將此三章藏之篋中時，卻見紙尾淡墨題小字數行，故而復展一看，上頭有詩寫道：

> 黃金不惜買蛾眉，揀得如花只一枝。
> 歌舞教成心力盡，一朝身死不相隨。

盼盼一見此詩，愁鎖雙眉，悲泣哽咽地對侍女說道：

> 向日尚書身死，我恨不能自縊相隨，恐人言張公有隨死之妾，使尚
> 書有好色之名，是玷公之清德也。我今苟活以度朝昏，樂天不曉，
> 故作詩相諷，我今不死，謗語未息！

說罷，盼盼又和韻一章，並要跳樓一死以表其無意偷生苟活。幸得女婢急拽衣裙，勸之不可拋下老母，才使得盼盼打消殉死之念。然而，自此之後，盼

盼惟食素飯一盂，閉閣焚香，坐誦佛經。久之，亦不施朱粉，每遇花辰月夕，便感舊悲哀而寢食失常。最後，不幸寢疾，伏枕月餘就香消玉殞。

就此看來，關盼盼是一個念舊愛而不改嫁的有情人，而且，她還相當謹慎地顧慮張建封的死後聲名，因此沒有追隨愛侶殉情，此舉甚是難得——對盼盼而言，活著只是行屍走肉而已，她的心、魂早就跟著愛人而去，換言之，她是「生不如死」的。她之所以苟活，完全是爲了維護張建封的清德，如此一位有情有義的娼女，怎不叫人爲之動容。

②玉堂春（同上，第二十四卷〈玉堂春落難逢夫〉）

玉堂春本是待價而沽的妓院粉頭，然而，自從王景隆相見後，便一心都在王郎身上，二人如膠似漆無限恩愛。後來，王郎手內財空，亡八與老鴇就要趕走他，玉姐只當耳邊風不理他們，甚至還爲情郎受那亡八一頓毒打。鴇子見玉堂春如此眷戀王景隆，於是使計分開二人。但是玉姐仍每日思念之而寢食皆廢，幸好金哥遇見流落街頭的王景隆，並爲這對情人傳遞訊息，才讓他倆得以重逢相聚。當玉姐和公子見面時，即將所帶有兩百兩銀子東西都付與景隆，叫他置辦衣帽，買騾子，再到院裡來敘話，順道戲耍老鴇與亡八。

王景隆果然依照玉姐的盼咐，收拾打扮停當，雇了兩個小廝跟隨，徑至春院門口；鴇兒見狀，急忙陪笑請進公子，要玉堂春好心承奉。二人一晚敘情，只恨夜短，相別之際，玉姐對公子說道：

> 蘇三再若接別人，鐵鎖長枷永不出世。

又說：

> 你敗了三萬兩銀子，空手而回，我將金銀首飾器皿，都與你拿去罷。

接著，就替公子打理完備，輕輕地開了樓門，送他出去。然後又廝鬧威脅鴇子寫下贖身文書，還她自由之身，從此，便在百花樓守節等待王景隆娶歸。馮夢龍所塑造的玉堂春是一位多情、有謀略又帶點潑辣的娼妓。她深愛王景隆，不忍與之相別，但是，爲了情郎的前程著想，她只得暫時放下這段感情，並且資助公子返鄉用意攻書，又以香燭祝禱願他早占鰲頭，名揚四海。像這樣身陷娼院，卻不染銅臭氣息而能以眞情與恩客相待的玉堂春，其形象的確鮮明且有別於一般風塵女子。

（2）堅忍持家者

趙春兒（《警世通言》第三十一卷〈趙春兒重旺曹家莊〉）雖出身於卑賤的娼院，但是當曹可成爲她贖身之後，也就不再接客。後來，曹可成之父、妻病歿，服制已滿，二人才完其親事。對於趙春兒許嫁於曹可成，錢伯城評論道：

> 我覺得，趙春兒的志氣與作爲，更不容易。爲什麼不容易？因爲趙春兒所要從良的對象，是一個「一者不會讀，二者不會作家」的沒落紈褲兒，不像鄭元和是書生，韓世忠是武將，他們的發跡是有基礎的，曹可成不能同他們相比。還因爲，趙春兒經歷了李亞仙和梁紅玉所沒有經歷過的處境，這就是長期的貧窮。貧窮是一個可怕的名詞，夫婦單有愛情，是改變不了貧窮所造成的悲哀的。……趙春兒在耐貧這一點上，顯然超過李亞仙和梁紅玉。（見《新評警世通言》，頁506）

的確如此，趙春兒嫁了曹可成之後，就與之商議過活之事。可成自誇其能，以爲自己經歷許多挫折已學得乖，不會再被人哄騙，春兒於是湊出三百兩銀子交與丈夫，要他營商去；誰知，不一時，三百兩都哄盡了，空手而回，氣得春兒兩淚交流。那不成材的丈夫原先還有感激之意，一年半載過去了，理之當然，只道渾家還有多少私房，不肯和盤托出，終日鬧吵逼她拿出來。春兒被逼不過，憋口氣，將箱籠上鑰匙一一交付丈夫，自此日爲始，就朝暮紡績自食。曹可成得了許多東西，腹內躊躇著恢復家園之計，卻想而不作，不上一年又坐喫山空，還瞞著老婆把丫頭翠葉典賣，春兒見失了個紡績的伴兒，又氣又苦，從前至後，把丈夫訴說了一場。自知理虧的曹可成，懊悔不迭，請求春兒教他紡績以餬口，惹得春兒又好笑又惱，忍不住罵道：

> 你堂堂一軀男子漢，不指望你養老婆，難道一身一口，再沒個道路尋飯喫？

接著便建議丈夫開學堂，聚集幾個村童教學，得些學俸來盤用。可成如是去做，卻甚不耐煩，過了些時日也就漸漸習慣了；夫妻二人於是枯茶淡飯，絕不想分外受用，如此十五年。

趙春兒就這樣勤儉刻苦，績了十五年的麻，耐心等待丈夫的轉變，而且還爲他儲蓄了千金，直到良人確實有心上進，才取出藏金，毫不吝惜地幫助丈夫重振家業。

想那趙春兒是風光一時的名妓，專接富商巨室，賺大主錢財，然而她卻願意跟隨一個敗家的紈褲子弟，也並非涉世未深，不了解利害關係。原來曹可成替她贖身之後，有人慫恿可成去告一狀，追還些身價也好過日子；但是可成認為此自家情願，相好在前，不能重新翻臉，春兒便因此而從良於可成，又為曹家放下大小姐的身段，窩在家裡紡績攢錢，過著清苦的日子也無怨無悔。所以，趙春兒堅忍成家的美德，就一個良家婦女而言已屬難得，更何況是一位出身於妓院的娼妓，此一有志婦人真是女中丈夫。

（3）悲情苦命者

在《三言》裡的娼妓以穆廿二娘與杜十娘的遭遇最為不幸。二人於馮夢龍的塑造之下，皆成為令人掬一把同情之淚的悲劇人物，她們的真情被薄倖之輩所負，也因而驅駛自己走向毀滅的道路。（參見本章第三節）

（4）幡然醒悟者

辛瑤琴原是良家女孩，然而卻不幸在逃離之際與父母失散，驚慌未定遇著鄰人卜喬的她於舉目無親的當下，只好隨著卜喬便走。那歹人興起惡念，將這可憐的女兒賣入娼家，得錢自去。後來，瑤琴才知自己被騙，而放聲大哭。王九媽連忙勸解，自此將瑤琴改為王美，一家都稱為美娘，又教她吹彈歌舞，琴棋書畫，把她訓練成一位色藝兼備的花魁娘子。

墮落煙花羅網中的美娘在王九媽的設計下為人梳弄，破了身子；又聽得劉四媽的極力遊說道：

> 依著老身愚見，還是俯從人願，憑著作娘的接客。似你這恁般才貌，
> 等閒的料也不敢相扳。無非是王孫公子，貴客豪門，也不辱沒了你
> 一生，風花雪月，趁著年少受用，二來作成媽兒起個家事，三來使
> 自己也積攢些私房，免得日後求人。過了十年五載，遇個知心著意
> 的，說得來，話得著，那時老身與你做媒，好模好樣地嫁去，做娘
> 的也放得你下了。可不兩得其便？

美娘聽罷，思之有理，以後有客求見，也就欣然相接，此後的辛瑤琴遂終日與人為歡作樂，倚門賣笑。所謂「入鮑魚之肆，久而不聞其臭」，美娘面對這種送往迎來，出賣色相的生活已無所謂了，她心裡只想著要物色個知心著意的王孫公子，至於那些沒有名稱的子弟，她是瞧不上眼的。因此，當賣油郎秦重意欲求見時，醉酒的花魁娘子斷然拒絕，但那鴇兒已收下秦重的銀兩，便要美娘胡亂留他一晚。經過一夕與秦重的相處，美娘雖然愛其知情趣又忠

厚老實，但是仍舊嫌棄他為販夫走卒的身分。

後來，美娘在九媽家，盛名之下，朝歡暮樂，真個口厭肥甘，身嫌錦繡。然雖如此，每遇不如意之處，或是子弟們任情使性，喫醋挑槽，或自己病中醉後，半夜三更，沒人疼熱，就想起秦小官人的好處來。但是美娘卻也無意特去尋他。直到她受了吳八公子的凌辱，將之棄置郊外，美娘心下思想：

> 自己才貌兩全，只為落於風塵，受此輕賤。平昔枉自結識許多王孫
> 貴客，急切用他不著，受了這般凌辱。就是回去，如何做人？到不
> 如一死為高。只是死得沒些名目，枉自享個盛名，到此地位，看著
> 村莊婦人，也勝我十二分。這都是劉四媽這個花嘴，哄我落坑墮塹，
> 致有今日！自古紅顏薄命，亦未必如我之甚！

此刻的花魁娘子才真正看清事實的真相，王孫公子至娼院只為尋花問柳，買歡追樂，鮮少真心真意愛戀著娼妓，當然也就更不可能娶之為正室。辛瑤琴能夠及時覺悟而勇敢地自薦於秦重，甚是明智的抉擇。

8. 其他

（1）仙女、俠女

《喻世明言》第十九卷〈楊謙之客舫遇俠僧〉與第三十四卷〈李公子救蛇獲稱心〉裡各有一位幫夫的賢內助，而且，這兩位女性皆非泛泛之輩，一位是善於法術的女俠李氏；一位則是龍王之女稱心。

此二女都是麗女佳人，又兼稟性溫柔，百能百俐無有不通，也是天生的聰明，與夫婿相處融洽。楊謙之三度遭厄，蓋由李氏施法化解；李元得龍女之助，方能高科中第。然而，好景終究不長在，這兩位賢內助皆必須離去，龍女稱心對李元說道：

> 君勿娛青春，另尋佳配。官至尚書，可宜退步。妾若不回，必遭重
> 責。

於是便足底生雲，冉冉騰空而去。而李氏則與謙之難分難捨，二人一夜不曾合眼，淚不曾乾，真箇是生離死別。

馮夢龍塑造出這樣兩位女性，其背後蘊藏著中國男性對女性角色的期待，反映出內心深層所謂的「幫夫思想」。而這種想法又與民間故事「巧女配拙夫」型的內涵極為相似，在整個傳統中國社會裡，男性被賦予養家活口、守成開創的重責大任，但是，人總有情性或力不從心的時候，若能有人適時

就旁協助，甚至代為一肩扛起，豈不更好。所以，能夠得到一個綽約多姿、聰明伶俐的女子為妻以佐理治家，應是多數男性的共同理想。

（2）女鬼、精怪

除了秀秀、小夫人、愛愛與周勝仙嘗以女鬼形象會晤情人之外，《三言》裡還有一群鬼魅，在《警世通言》第十四卷〈一窟鬼癩道人除怪〉故事中，這群鬼兒並無害人之心，倒是其生前遭遇叫人同情。如嫁與吳洪的李樂娘，原是秦太師府三通判位樂娘，因與通判懷身，後來成了產亡的鬼。從嫁的錦兒，因通判夫人妒色而將她打了一頓，錦兒受苦不過遂自割殺，才做了割殺的鬼。她們之所以跨越陰間嫁人，我個人以為這是為了彌補其生前的遺憾，因此那女鬼只要嫁個讀書士子，倒不要什麼當差官人或有門面舖席的。生前不能與人有名有分，死後成鬼和窮教書匠做對人鬼夫妻，也勝過為正室所嫉惡的小妾。

至於對鬼之形象的描繪，馮氏只是輕描淡寫道：

> （吳教授）來那灶前過，看那從嫁錦兒時，脊背後披著一帶頭髮，
>
> 一雙眼插將上去，胲項上血污著。

其餘則不見有所著墨，換言之，《三言》故事裡的鬼多是以凡人之貌現身，有的還是美如天仙之輩！

此外，尚有女妖、精怪，如紅兔兒變做美女，迷住了崔衙內（《警世通言》第十九卷〈崔衙內白鷂招妖〉），雌雄龜精假冒呂洞賓、何仙姑名色以迷惑少年男女（同上，第二十七卷〈假神仙大鬧華元廟〉），以及紅白蜘蛛精幻化成女郎，為男人爭風喫醋而大打出手（《醒世恆言》第三十一卷〈鄭節使立功神臂弓〉）。這些女妖、精怪多以色迷人，然後使與之交媾者漸漸黃瘦，肌黃銷鑠，飲食日減，最後形神搖亂，枯槁而死。〈假神仙大鬧華光廟〉的魏宇即因貪求神仙之氣而受龜精蠱惑，繼而與二精怪恣情縱欲，險些兒就斷送小命。馮夢龍所塑造的妖女、精怪角色與一般勸人戒貪、戒色的故事人物並無兩樣，因此在人物類型的刻劃上比較平淡無奇，少有創新。

而本相為蜘蛛精的日霞與月華仙子則是具有人性，亦為情愛而爭得你死我活；日霞與鄭信結褵生子後，更是恩愛有加，當鄭信有意追求前程之際，日霞雖不捨丈夫離去，但卻也恐怕耽誤夫婿的未來，於是只能忍痛割捨夫妻之情，親送夫君出走以求發展。日霞仙子如此通達事夫為婦之道，簡直與受過女教的閨女貞婦無異，是精怪類中頗具人性且知理識事者。

二、《十日譚》之人物類型

關於《十日譚》中的人物塑造，其類型歸納後分述如下：

（一）男性角色

1. 妒夫

雖然，薄伽邱於《十日譚》裡不直接描繪刻劃妒夫們的臉譜、面貌，但是，就其著墨於妒夫們所表現的嫉妒醜態、醋性大發後的非理性言行看來，妒夫形象栩栩如生。他們的占有欲極爲強烈，而擔憂害怕他人覬覦其妻的美色或妻子不安於室、紅杏出牆，於是監督妻子甚嚴，勝過獄卒看守死囚。例亞美尼商人嫉妒成性，爲了探知妻子的秘密，便喬裝爲神父聽其懺悔；這位善妒的先生在嘴裡放了幾塊小石子，說起話來的聲音也變了，好叫妻子辨別不出他的口音，因此自認爲從頭到腳裝扮得沒有一點破綻。事實不然，其妻早已猜中他的用心，於是將計就計，果眞讓他氣極敗壞，一心要捉姦緝賊。可憐的亞美尼商人只得徹夜手執武器等那姦夫上門來，他連飯也沒吃，又餓又冷，簡直精疲力盡支持不住；而妻子此刻正樂得與情人歡會。再若阿里古奇不出家門一步，全副精神監視妻子，最後前功盡棄，不但招惹娘家不悅，還讓愛妻席思夢達開了一扇方便之門與情人暗通款曲。又如：費隆多百事懵懂，惟獨對於看管自己的老婆卻些微也不糊塗，無怪乎妻子難以忍受而深感痛苦不已。還有杜凡諾時常無緣無故起妒心，著實令妻子琪塔爲之氣惱，故以外遇作爲報復，叫他妒火中燒，自焚其身。

對於這些妒夫的行爲，薄伽邱以戲謔的口吻和筆法來突顯其不成熟的心理、自作自受的蠢相，並直捷地指責妒夫的不是。薄氏藉菲亞美達之口批評了他們：

> 做妻子的無論怎樣對待這類丈夫——尤其是當他們吃醋吃得毫無道理的時候——總是那丈夫罪有應得。我想，如果立法者對這些事能夠多加考慮，那麼他們就不會處罰這些婦女了，因爲她們只是爲了自衛，並非犯上什麼罪，眞正的罪人倒是那些嫉妒的丈夫，他們摧殘年輕的青春，無異處心積慮要致她們於死命。（見第七日第五篇〈神父〉）

又爲女性抱屈道：

> 我們知道，天下無論什麼人，不管是在鄉下做莊稼的，在城市裡做

工人的，或在衙門裡當官員的，辛苦了一個星期，總盼望在假期節日可以休息娛樂一下，女人整個星期關在家操作家務，自然也像旁人一樣希望在假期和節日得到休息和娛樂。這原是學天主的榜樣，他老人家辛苦了六天，也得有一天休息；因此，為了尊重天主，體念生民，無論世俗的法律或是神聖的教規，都有工作日和休息日之分。可是嫉妒的丈夫偏偏不同意這一點，他們在休息日把妻子關在家，管得更緊。於是本來使女人快活的休息日，對他們的妻子來說，反而變得更加淒慘痛苦了。可憐的女人啊她們要受多大的罪！只有受過這種罪的人才知道箇中滋味。所以，我的結論是：丈夫如果不講道理，一味吃醋，那麼妻子有什麼對不起丈夫的地方，不但不應該怪她，反而應該讚揚她。（同上）

薄伽邱不僅不同情這些被戴綠帽的妒夫，反而以為是他們咎由自取，真是應驗了英國俗諺所謂的「妒忌是自己折磨自己」。

2. 愚夫

愚昧不是匹夫匹婦的專利，在《十日譚》裡有許多受過教育、社經地位崇高的貴族、法官、醫生等人物，皆因其愚陋暗昧而洋相百出，更甚者賠了夫人又折兵。至於這些愚夫們大概可分為五類：

(1) 無自知之明者：法官理查德、第三級修士布喬兄弟〔註96〕、富農費隆多、外科醫生馬茲奧、貴族尼柯斯特拉多

這一類的愚夫無視於自己風燭暮年、體力難以負荷房事，而千方百計要物色年輕貌美的佳人為妻。如：法官理查德在新婚夜裡便嘗到苦頭，薄氏寫道：

理查德得到這樣一位美女，心理如何不高興？所以結婚那天，他用隆重的排場把她迎娶來，又大擺喜宴，好不熱鬧。這天晚上，新婚燕爾，少不得交歡一番；誰知道第一次，就差點兒變成陷在坑裡的一枚死棋。你看他筋疲力盡，氣喘吁吁，面無人色；第二天早晨，只得吃些白葡萄、蜜餞和其他強精劑來提神。

又如布喬兄弟年事已高，一心修行，卻娶個二十八、九歲的少妻；有時候妻子想跟他睡覺，或者要找他逗趣調笑，布喬就同法官理查德一樣地正正經經

〔註96〕 天主教的神職人員除了一般的神父、修士與修女外，還有所謂的第三級修士，也就是不出家的修士，可以結婚。

將我主基督的生平、齋戒節欲的聖潔生活……等搬出來，告誡嬌妻一番，甚至拿這些話來「滿足」她們的要求。愚蠢的布喬妄想一步登「天」而汲汲於求道捷徑；孰料自己還未進入天堂，反而先把修士與妻子送進魚水至樂的國度裡。另一癡愚老漢便是那外科醫師馬茲奧，為了博得嬌妻的歡心，讓她穿好吃好，再貴重的首飾也要搜羅來給她佩戴，然而，妻子卻時常感到心頭發冷，原來醫生的床上缺少一個溫暖的被窩。馬茲奧總在愛妻的面前發表一套高論，說是女色傷身，男人親近女人一次，也不知道要幾天才能復原……諸如此類之言使得妻子打定主意自尋快活。而更令人為其昏昧感到不可思議的是：他竟輕易相信了妻子貼身女僕的求饒哀告而不懷疑其妻是否紅杏出牆（參見本文第三章第八節）。

　　由此可見，這些年邁的丈夫皆犯了無明的毛病。無明一是：就佛家的理論來看，他們太過執著於年輕女子的「皮相」，一心一意要娶得美娘嬌娃，而不顧慮夫妻雙方能否相互了解、適應彼此，以共同生活扶持一生。此為導致婚姻不圓滿、錯誤的第一步。無明二是：完全低估了性行為在夫妻愛情發展中的作用〔註97〕，忽視親密伴侶心理、生理上的渴求與需要，誠如薄伽邱所言道：

　　　　這些人是多麼愚蠢──尤其是有些人以為自己比人類的七情六欲還
　　　　大，只要他們搬出一套荒唐的謬論來，就可以強迫別人違反自己的
　　　　本性，按照他們所定的為人之道來做人。

以致於造成妻子婚外走私，婚姻危機就此產生，而無法接受愛妻背離者如：法官理查德在喚不回妻子的心後，竟神經錯亂，終日自言自語，不久也就死了。所以，受過高等教育者不等於沒有盲點與無明，尤其在選擇戀人、終身伴侶時，如何能破除「世俗標準」的迷思、超越「愛美惡醜」的無明，都是吾輩讀書人應正視與修行的生命課題。

（2）盲從神職人員的丈夫：安妮莎之夫、賓第維涅（白歌洛萊之夫）、
　　　　　彼得（珍瑪達之夫）

　　前兩位輕易地相信了妻子的謊言，完全信任登堂入室染指人妻的修士；

〔註97〕瓦西列夫《情愛論》：說：「性行為在愛情發展中的作用不可低估……，如果在性行為過程中不產生厭煩情緒，如果雙方機能和性衝動的節奏協調一致，感覺和諧、互相滿足，性行為必然會加深愛情。」又納素《愛情》：「夫妻生活中，性生活無疑是重要內容。和諧、體貼、健康的性生活會使蜜月中的幸福花朵常開不敗。」

而彼得則是聽信蠢妻珍瑪達之言，以為神父奇立尼真懂得法術，能將母馬變成女人，女人再還原為母馬，因此讓神父占了妻子的便宜。這些人的心思之如此單純，頗令人質疑。當然，薄伽邱除了藉此諷刺部分神職人員的虛偽，亦以這類人物來映照出當時盲從神權、神職人員的凡夫俗子。

（3）中計受騙的蠢夫：阿多布蘭第、艾卡諾、蓓洛妮拉之夫

　　在妻子與情夫一搭一唱，幾近天衣無縫的作戲捉弄之下，這些綠帽罩頂的丈夫糊里糊塗上了當，甚至成為笑柄。例如：阿多布蘭第為妻子的情人第達爾多所救而免去死罪，在獲重生團聚的宴會上，人人皆上前擁抱第達爾多，惟獨其愛妻愛蜜莉娜坐著不動；阿多布蘭第便要求妻子向恩人問好，此刻的愛蜜莉娜於是故意提高聲音說道：

> 說到歡迎，這兒再也沒有第二個人比我更歡迎他的了，因為在這許多人中間，我是欠他的情最多的——全靠他救了我丈夫的命，可是想到上次，我誤把別人當作第達爾多，痛哭了一場，竟惹來不少蜚言流語，那麼這一次我怎能不再避些嫌。

事實上，愛蜜莉娜早已知悉第達爾多的計畫，並與之盡釋前嫌，重溫舊夢。而上述的這一番話則是別有用心，表面上她要撇清自己和第達爾多的關係，然其目的在騙取丈夫的信任，亦讓阿多布蘭第對情夫失去戒心。又如：艾卡諾的淺薄衝動與妻子貝特麗琪的聰慧冷靜相較之下，更突顯出拙夫之愚蠢。在挨了一頓痛打之後，還深信自己擁有全天下最忠誠的妻子和最可靠的侍從，且同妻子與其情夫常以該事相互取笑戲謔，殊不知自己才是一個大笑話（故事詳見本文第三章第八節）。再說蓓洛妮拉之夫回到家，見大門緊閉上鎖，便一廂情願地以為上天賞給他一位規矩賢慧的老婆，安安分分地守著家；孰料妻子與其姘夫竟借著一個酒桶的掩護，在他的面前翻雲覆雨一番。

　　薄伽邱對於中計受騙的丈夫並不同情，他假費洛斯特拉多之口說出了自己看法：

> 男人（尤其是做了丈夫的男人）若欺騙起女人來，真是詭計多端；因此，要是有哪個女人對她的丈夫施了詭計，妳們聽了一定都會感到高興，慶幸天下竟然也有這種事；不但如此，妳們還會到處去說給人家聽，讓天下的男人也曉得；會用詭計的不只是男人，女人在這方面並不比他們差！……讓他們知道女人在這方面也和他們一樣會耍手腕，那他們就不敢肆無忌憚地欺騙女人了。

於此，我個人以為：薄氏塑造了這些中計上當的蠢夫，約略透顯出兩點意義：

① 為女性發出不平之鳴，頗有提倡女男平權的意味。此等思想可謂之為「女性主義」、「女權運動」的先聲。

② 肯定婦女的聰慧機伶。關於該點論述詳見：二、女性角色──巧婦。

（4）色令智昏者

孟子謂「好色，人之所欲」（見《孟子·萬章》）。喜愛美好的女子固然是人情之常，但是若被女色所惑、貪好漁色，那麼就可能做出愚蠢之事，甚至因此而作姦犯科。《十日譚》裡有四位愛戀佳人、貪圖美色而遭人捉狎取笑的蠢夫，正是印證了「色令智昏」一語。如：西蒙納醫生因為布倫諾刻意胡謅的一席話〔註98〕而弄得心癢難耐，完全暴露出自己的弱點──愚昧與好色；布倫諾和另一位同伴布法馬可發覺西蒙納原來是個傻瓜，於是不斷地挑逗他、吊盡他的胃口，讓他寢食難安，最後佯稱介紹醫生去參加盛會，待來到郊外，便把他摔進糞溝，使其狼狽不堪，還挨了老婆一頓咒罵。薄伽邱是這樣描述西蒙納醫師的蠢樣：

> 到了晚上，醫生找個藉口騙過自己的妻子悄悄地找出最華麗的袍子穿上，走到聖瑪麗亞·諾凡拉教堂……。再說布法馬可他原是個身材高大、身強力壯的人……把自己打扮成一頭熊，……裝扮好了，他就去到聖瑪麗亞·諾凡拉。……他看到那醫生已在那兒等著，就跳來跳去、大聲怒吼、咆哮……。那醫生比女人膽小，看到這副光景，聽到這種怪聲，嚇得頭髮直豎、遍身發抖，這時候他才懊悔為什麼不好好待在家裡，偏偏要上這兒來。但是，既然來了，又一心

〔註98〕「我們最痛快的事，就是我們能夠把天下任何地方的美女都招來供我們取樂。在那裡你可以看到拉斯卡·洛女王、巴斯克的王后、蘇丹的嬌妻、烏茲別克韃靼的女王……可是我何必這樣一個個跟你說呢？普天下的皇后都來奉陪我們，我甚至可以說，連那個萱瑞凡妮絲也光臨了，你看到沒有？她們吃些糖果、喝些美酒之後，便輕移慢步，跟著邀請她來的男人進入洞房去了。你要知道，這些洞房佈置得真像天堂樂園一般。那一股香味兒，就像藥舖的碾茴香一樣。……至於那些女人擺弄梭子的工夫，我只好讓你去想像了。……布法馬可經常召法國王后來陪他，我就常常請英國王后來陪我。這兩位王后都是天下最美的女人，……這一下子你可以明白為什麼我們的日子過得比別人快樂了吧，就因為我們享有這兩位天仙般的王后的愛情。尤其是因為如果我們要錢用，開口問她們要個一千兩千金元，哪一次不是馬上就有！……可敬的醫生，這一下你該明白了我所說的遊歷是怎麼回事了吧；這件事該怎麼嚴守秘密，想必你也知道，用不著我再多囉嗦，再叮囑你了。」

想看看那兩個畫匠說給他聽的種種奇蹟，只得勉強壯起膽子來。……於是便騎上那頭野獸（布法馬可）的身上，……又依照吩咐交叉著雙手。……布法馬可走近一條溝邊，抓著醫生的一隻腳，把他從背上摔下來，讓他倒栽進溝裡去〔註99〕。……那個傻醫生一看到自己落到這樣糟糕透頂的境地，只得竭力掙扎，想要站起身，爬出那條臭溝。他跌倒了又爬起來，爬起來又跌倒，吃了好幾口髒東西，最後好不容易才爬出溝來，從頭到腳全泡滿了糞污，連頭巾也丟了，……他除了以雙手用力在身上抹來抹去，此外一無辦法。他回到家裡敲門……帶著滿身臭氣走進屋子，……只聽到他妻子把這個可憐蟲罵得狗血噴頭……。

由此可想見醫生的狼狽相；薄伽邱亦藉此達到反諷那些憑恃家產豐厚而不學無術卻能夠學醫買名者的效果。〔註100〕

另外一位與西蒙納醫師之行徑雷同的是卡拉特林諾，在《十日譚》裡還有許多關於他被作弄的故事〔註101〕。這位愚夫一日遇見了妓女妮可羅莎，竟然自作多情地認定妮可對他一見鍾情，並將此事告知了愛捉狎他人的布倫諾，甚至相信布倫諾的話，以為使用符咒便能使妮可羅莎聽其擺布，不察這一切都是作弄他的陷阱。最後，就在好事將要玉成的當下，卡拉特林諾的妻子蒂莎接獲通報，怒火衝天奔到穀倉門口，狠命一推，把那扇門推得飛了起來，並撲在丈夫身上又抓又咬，還捉住頭髮把他拖得滿地滾。可憐又可笑的卡拉特林諾看到妻子突然出現，覺得活也不是死也不是，只能任由妻子打罵，不敢抗拒；他的臉給抓得沒一處好皮肉，頭髮被扯落，衣服也遭撕碎，此等

〔註99〕當地有許多溝渠，農民都把糞倒在這裡，作為肥田之用。

〔註100〕狄奧紐說這位被愚弄的醫生本是個傻瓜，到波隆納去學醫回來，竟然換上大學者的裝束。不僅是笨醫生如此，還有許多人去波隆納待上一陣子，回來不是成為法官就是公證人，他們的肚子裡到底有多少學問是可想而知的。

〔註101〕第八日第三篇〈隱身寶石〉：卡拉特林諾見馬佐、布法馬可、布倫諾三人聚在一起談得津津有味，於是湊上前去聽個清楚。這三個人平日就以尋人開心為樂，因此對於卡拉特林諾自投羅網心裡暗暗高興。三人誑騙這個傻子到繆納河邊找寶石，卡拉特林諾撿拾了許許多多的石子，自以為寶石已經得手，就趕回家中。不料妻子見怪，他怒火直冒，認為妻子壞了他的好事，毀了其隱身的法術而把老婆痛揍了一頓。愚蠢的卡拉特林諾還向此三人訴苦，卻不知道他們正在暗笑自己。第九日第三篇〈公雞下蛋〉：馬佐、布法馬可、布倫諾三人與醫生串通，使卡拉特林諾相信自己懷了孕，卡拉特林諾急得不得了，連忙拿錢出來請他們買閹雞和藥料，總算藥到病除，沒有生下孩子。

慘狀與西蒙納醫生之狼狽不分軒輊。

　　而里奴奇和亞萊山特羅爲了獲得法蘭絲卡夫人的青睞，兩人於是依照夫人的要求，一個躺在墳裏裝死，一個到墓裏去盜屍；後來，兩人都未能完成任務，夫人藉口再也不理睬他們。聽完了這個故事的潘比妮亞等人皆嘲笑此二人的愚癡，而不認同這是爲愛犧牲奉獻。

（5）愚蠢的試煉者

　　狄奧紐說了一個〈愚蠢的試煉〉的故事，並且於開場白之際直指侯爵古阿特里的愚蠢與不是；在故事終了時又再次強調：

> 窮人家往往也出不少賢慧的人，帝王家的子弟往往只配放豬牧羊，
> 那裡配管百姓。

於此突顯了侯爵之不智，對妻子做出不合理的試煉。古阿特里振振有辭地與妻子說道：

> 格麗雪達，妳有這樣好的耐心，忍耐了這麼久，現在應該得到報酬
> 了。不知有多少人說我無情無義、殘忍，現在也該明白，我所以要
> 這樣做，原是有我的意圖：我爲的是教妳怎樣做一個賢德的妻子，
> 使得我和妳能夠和睦偕老，同時也給天下人做一個榜樣，好知道怎
> 樣去物色妻子，對待妻子。我剛娶妳的時候，唯恐這件事不能讓我
> 稱心。所以我就來試探妳的心，叫妳吃了這麼多苦頭。結果發現，
> 妳無論語言或行動，沒有那一件不順從我的心意，可見我已經得到
> 我所希望的幸福。因此我立刻打定主意，要把我一次一次從妳身剝
> 奪掉的幸福，一下子都歸還妳。

就上述之言加以分析，我個人認爲：

　　①古阿特里以權貴之尊自居，說了長篇大論企圖使其「試煉」合理化；並將「幸福」當作恩典施捨與妻子，充分表露貴族自身的優越感和鄙視平民的心態，更突顯其以男性自我中心、掌握權勢的意識與事實，使男女兩性在婚姻、家族裡的角色扮演模式產生「男尊女卑」的不平等狀態，此等現象與中國傳統社會裡的性別角色文化是相似的。

　　②和「難題求婚」相較之下，侯爵這種婚後的試煉極爲不厚道。「難題求婚」乃是婚前考驗求婚的持家、養家能力，若無法通過試煉者，仍可另覓對象再接再厲；而侯爵業已公開迎娶格麗雪達，又於妻子未被告知的情境之下來試驗其賢德與否——在她面前竟佯稱把一對親生兒女處死，並將她攆回娘

家……。這樣秘密性、嚴苛式的考驗在婚後才進行，對被試煉者而言是相當不合理的，亦可謂失去了試驗的真正用意與目的。既然結了婚，做了夫妻，不尋求夫妻和諧相處之道，卻以如此苛刻的試煉來折磨妻子，實為不智之舉，無怪乎狄奧紐認為古阿特里的行徑極端愚蠢。

3. 拙夫

據薄伽邱的描述，姜尼之為人：

> 手藝（梳羊毛）高明，但世故人情卻一竅不通。他有幾分傻氣，常常被選為聖瑪利亞‧諸凡拉唱詩班的領唱人，而且還負責管理這個團體。他擔任過好多次這一類的小差使，並以此自鳴得意。

這一類型的夫婿在《十日譚》中是被取笑的人物，和中國民間故事裡的「憨女婿」〔註102〕——傻人有傻福，相較之下，其命運、遭遇截然不同。姜尼的蠢笨使慧黠的妻子難以忍耐而向外發展新戀情，還將丈夫蒙在鼓裡，甚至刻意地讓先生於情夫面前出糗、鬧笑話。而「憨女婿」則在聰明媳婦的教導、輔助之下，免於惡人的捉弄，有的還因此富貴利達。對於這兩種完全相反的看待及結果，隱約透露出中西方社會對女性不同的期待。

4. 莽夫

性格上的弱點往往容易使人鑄成錯誤，甚而衍生悲劇。義大利商人貝納波耐不住安普洛朱羅的嘲弄刺激，竟然意氣用事，主動以妻子之貞潔作為賭注；後來又聽信了安普洛朱羅的謊言，也不問是非曲直就認定妻子與人有染，憤而差遣僕人殺之以洩恨。幸好僕人動了惻隱之心，放走了女主人，才不致使貝納波之妻含冤莫白地死去。又如：西西里王子賈比諾因未能及時向傾慕的突尼斯公主求婚，繼而莽撞地在公主他嫁途中劫親。由於為愛情所驅使，受到情人的激勵，賈比諾不甘以懦夫自居，因此根本不顧自己的死活，冒著矢石跳上大船，薄伽邱做如此之描述：

> （賈比諾）就像一頭餓獅衝進牛羊群中，張牙舞爪，見牛即咬，遇

〔註102〕據高國藩之分類，「憨女婿故事」可歸納為三種類型：（一）思想僵化型：這個類型是諷刺與笑料相結合，抨擊的是那一種主觀片面、極不負責、思想僵化、固執己見的頑固者。且該類型的憨女婿多以悲劇告終。（二）三女婿賽詩型：這個類型在民間很流行，其重點在於表現窮苦的農民智慧聰明過人，最終在賽詩中戰勝了做秀才和當武舉的大女婿和二女婿。（三）呆子娶媳婦型：這個類型諷刺成分少而笑料成分足。本文所要討論的憨女婿則比較近似於「巧妻長伴拙夫眠」的巧女（媳婦）故事。

> 羊就吞，已經不再是為了充饑，而是為了逞威洩怒……。只見他揮
> 舞寶劍，在伊斯蘭教徒中間橫衝直撞，把他們一個個砍倒，頃刻之
> 間已殺死了許許多多的人。

後來，王子將對手逼急了，這些船員於是殺死公主，並把屍首拋入海中。事
後，王子本人也讓祖父西西里國王判了死刑，與公主同赴黃泉。再如：馬爾
杜伍丘求親不成，憤而離開家鄉，幹起了海盜；賈諾雷和密納克為了爭奪佳
人而大打出手……。就悍衛愛情而言，他們的確無所畏懼、敢作敢為；然而
從理性的層面來審視其行為舉動，就顯出這群年輕人的衝動、魯莽了，他們
不考慮後果，一味投身於愛情的戰場上，有幸者以喜劇收場；不幸者為愛犧
牲，徒留餘恨。

5. 智者與君子

和前述的年輕小伙子形成強烈對比的人物類型是成熟、穩重的智者與君
子。由於其智慧、人生歷練、豐富的經驗累積而化解了許多危難和問題。薄
伽邱《十日譚》裡的智者、君子皆具備了理性、冷靜、忍耐、有自信的人格
特質。如：亞爾培爾都醫生在面對他人的譏刺時，能相當有自信且堆滿笑容
地回應，令這些愛說話挖苦人的三姑六婆自慚形穢，再也不敢出言不遜。

又如：在人情、世故方面十分練達、頗有謀略的長者安提戈諾，即設法
布局讓阿拉蒂艾公主回到祖國，並且使其父與加波國相信她仍是處女之身；
另一位智慧蓋世無雙、天下聞名的所羅門王亦熱心助人解決種種疑難雜症，
因此有許多人遭逢棘手不決之事，無論遠近，都趕來向他請教。有位青年梅
利索求助於所羅門王的問題是：

> 我正當青春，又有些家產，為了廣交鄉鄰，大開門庭，確實花了不
> 少錢，可是說也奇怪，我從來也沒有得到別人的愛戴。……請教所
> 羅門王，我怎樣才能得到人家的愛戴？

所羅門王則回答道：「愛」，雖然是簡單的一個字，但其中卻蘊涵著高明的智
慧。因為所羅門王能夠洞悉人性，了解梅利索散盡千金卻無法贏得認同與
愛戴，其因乃肇於以金錢作為交友基礎，只能算是酒肉朋友；且梅利索亦
可能仗勢自身的財力、地位而不能放下身段與人誠懇往來，當然鮮少有人
和他交心、相愛了。所以，所羅門王教之以「愛」，即是教導梅利索「愛人
者，人恆愛之；敬人者，人恆敬之」的道理。又喬塞福希望馴服兇悍潑辣的
妻子而前去請教所羅門王，王則答道：「到鵝橋去」，原來他運用了「禪機」

式〔註103〕的點化來啟發喬塞福，最後也替這位苦惱的丈夫解決了難題。

此外，還有六位高尚的君子，除了葛伯爵是位公忠體國、敢於直諫帝王的正派賢哲；其餘的五位更是君子中的君子：

（1）忠厚的鰥夫戈第埃爾伯爵拒絕了太子妃的投懷送抱，卻要因此背負莫須有的罪名忍辱偷生。後來，做了皇后的太子妃在臨終前向主教作了懺悔，坦承誣陷伯爵，戈第埃爾才能苦盡甘來，得以和骨肉團圓。

伯爵之高貴的人格情操在於謹守君臣之禮，且能管理克制自己的情欲。太子妃嘗以一番冠冕堂皇的說辭，慫恿著伯爵做那不可告人的事。她說：

> 真的，守在丈夫不在的空床上，無法抵擋肉欲的衝動和愛情的引誘，這力量這樣強大，別說壓倒了一個柔弱的女子，就連那雄糾糾的偉丈夫也隨時隨地都會給它打垮。我又是飽食終日，無所事事，更感愛情的需要，使我不得不墜入情網。我知道這種要是讓人知道了，是很羞恥的，可是如果別人不知道你在幹這種事，那就無所謂羞恥不羞恥了。愛神對我真是太好了，它不但沒有蒙蔽我選擇情人的眼光，使我不知所從，反而使我的眼睛格外明亮，讓我看得清清楚楚，你正是值得我這樣一個女人愛慕的對象。要是我沒看錯，你就是全法國最漂亮、最可愛、最富生命力、最有修養的一個男子了。我的丈夫既不在家，你也沒有妻子；所以我求你，看我對你的一片癡心，也可憐可憐我的青春，跟我相愛吧！我這顆年輕的心就像冰遇到了火一樣，都為你溶化了。

伯爵不但不受其魅惑，反而加以斥責。此舉突顯其行為光明磊落，不做欺心、苟合、無恥之事，完全符合《中庸》所說的君子形象：

> 君子戒慎乎其所不睹，恐懼乎其所不聞。莫見乎隱，莫顯乎微，故君子慎其獨也。

而且，伯爵更是一位「富貴不能淫，貧賤不能移，威武不能屈」的大丈夫；他不因飽暖而思淫欲，亦無畏太子妃之誣賴壓迫，始終能夠堅持自己的原則，更不為流亡時的困境所打倒，確實是真君子、真英雄。

〔註103〕所謂的「禪機」正是禪宗公案的活處根處。而禪宗的公案就是歷代禪師的語錄，他們的話語都是含義隱晦難以明瞭的事情或哲理，如果弟子思索得到一個公案的答案，再說與師父聽而獲得印可的話，那就表示得道了。所羅門王不直接回答求助者的問題，只是答以「愛」、「到鵝橋去」，最後讓求助者自行領會覺悟，此一對答方式與禪宗公案是很相似的。

（２）亞吉魯夫國王面對皇后在不知情的狀況下失身，其冷靜、沉隱、研判能力精準的人格特質使得妻子的名譽得以保全，也讓偷香的馬夫有所警惕，從此再也不敢自尋死路，更不敢在國王還活著時洩露這個秘密。

以一國之尊的權勢，廢后更娶可謂之為輕而易舉，但是亞吉魯夫卻願意替皇后著想，並顧全大局地「忍氣吞聲」，由此可見國王是深愛妻子的。再者，國王放過了馬夫，甚至還暗地想：

> 這個傢伙，儘管他出身微賤，頭腦可不是一個卑賤人的頭腦呢！

因此，只是口頭警告他而不予追究，免得收拾了罪犯卻使家醜外揚，又賠了皇后的名節，叫皇后如何立足？如何母儀天下？情何以堪？

諸如此等屈辱並非普通人所能忍受，更遑論釋懷，所以，亞吉魯夫國王的生命層次直是超越了常人，以高度的智慧弭平了這場「己知、馬夫知」的風波而不致自取其辱。

（３）有地位的紳士塔拉諾・第・摩萊賽娶了貌美的瑪格麗達為妻，她是個剛愎自用、頑固不化的女人。然而，紳士並沒有因為看穿了妻子的本性而與之離婚，反倒是處處包容，甚至不忍心見到她遭遇不幸；故而苦口婆心地叮囑瑪格麗達不要跑到森林裡去，以免應驗了夢兆。豈料，不識好歹的妻子不但不聽勸，竟答道：

> 只有不懷好意的人才會做這種惡夢。你裝作關心的樣子，其實你巴
> 不得我給餓狼拖去，所以才會做這樣的惡夢，請你放心吧，不論今
> 天還是將來，我自會留神，不會遭遇什麼不幸，讓你拍手稱快。

儘管瑪格麗達冷面相向，惡言以對，身為丈夫的塔拉諾仍然不與她計較，還是再一次勸告囑咐之。

於此可知塔拉諾是一位「恆久忍辱，又有恩慈」（《聖經・哥林多前書第十三章》）的君子，縱使妻子對他有所誤解而不領情，可是他也不惱怒，更不因此而詛咒髮妻，依舊衷心地盼望妻子不要受害才好，實為難能可貴。

（４）金迪先生的意中人卡塔琳娜得了重病，她的家人以為她死了而將她下葬。幸虧金迪先生把她救活，讓她生下孩子，並使母子倆回到丈夫（父親）尼柯羅丘的身邊。

金迪對卡塔琳娜所作的一切皆是出自於無私的愛，換言之，他將愛情昇華了，金迪說道：

> 夫人，不管我從前對妳起過什麼念頭，可是，從現在起以至於今後，

不論在此處或是在別的地方，我只把妳當作親姐妹看待，這是因爲多蒙天主的垂愛。才看在我愛妳的份上，使我能讓妳起死回生。……所以我要求妳暫時和我母親一起住在這裡，不要讓外人知道，等我到莫頓納去一趟回來，這是要不了多少日子的。……我要把本城所有的知名人士都請來，當著他們的面，隆重地將妳這件無價之寶獻還給妳丈夫。

拉蕾達在說完這個〈復活之後〉的故事時亦評述道：

金迪又年輕又熱情；別人一時粗心大意，拋棄了一件寶貝，他憑著自己的運氣拾到了手，照理會貪戀難捨，而且可以名正言順地據爲己有，可是，他不但克制了自己的欲念，令人敬佩，還把自己渴望了好久，而且千方百計想要弄到手的一件寶貝兒，慷慨地奉還原主，所以我覺得，剛才講的那幾個慷慨大度的故事〔註104〕，都不能和這一個相提並論。

於此可見，金迪慷慨仁厚且能「成人之美」，讓尼柯羅與卡塔琳娜一家團圓。

（5）吉爾白特以超然的智慧保全了妻子的貞操、化解其尷尬處境，的確是位智者；而薄伽邱以一小段文字敘述和出自吉爾白特口中的一番言辭（參見本文第三章第三節）即已完全塑造出一位兼具理性；守信又寬宏大量的君子典型，無怪乎用情不正的安隆多男爵要受其感召而將占有狄安諾娜夫人的欲念化作同情與尊重。

吉爾白特「讓妻事件」帶給吾人另一種啓示：老子嘗謂「反者道之動」、「曲則全；枉則直」，此一立身處世之道術乃老子以其深刻之經驗智慧，觀察事物，發現欲達到某種「目的」，往往必須採取相反、間接或迂迴之「手段」，而不是以「理直氣壯」的心態來因應各種人、事、物。吉爾白特在了解事情的來龍去脈後，能夠心平氣和地勇於面對，並且委屈以求全，使妻子得以履行諾言……，其爲人處事的方式與中國道家的處世哲學是相應的，於此更可

〔註104〕意指第十日第二篇〈以德報德〉、第三篇〈以德報怨〉之故事。〈以德報德〉內容是描述大盜金諾擄獲了克倫尼地方的修道院長，把他敬爲上賓並治好了他的胃病，然後釋放了他。院長回到羅馬，在教皇面前爲金諾說情，使教皇恢復了舊日對其恩寵，封之爲救護團騎士。而〈以德報怨〉則是描述米特里丹納斯嫉妒納達樂善好施的聲名，因而想要殺他。納達卻好心接待他，且不使自己的姓名讓對方知曉，又教他如何去殺納達。就在千鈞一髮之際，米特里丹納斯才明白眞相而羞愧得無地自容，從此兩人成爲莫逆之交。

證明吉爾白特是位智圓行方、寬大爲懷的紳士。

6. 花花公子與好色之徒

這一類的人物，無論貴族、平民，其共同的行爲特徵即是心術不正、用情不專，對人妻有非分之想，甚而占有，以及不忠於自己的配偶，如：法王腓力二世、貝利康、羅馬尼亞莫利亞親王、雅典公爵、康士坦丁、土耳其王渥斯貝克、馬塞多、費利奇修士、理查德、茲馬、杜斯卡納城修道院長、第哥將軍、里納多、蘭貝特奇、第歌奇、維倫谷村的教士、醫生西蒙納、卡拉特林諾等人。其中的蘭貝特奇更以權勢威脅的手段逼迫伊莎貝拉與之相好，其行徑甚是惡劣，而諸如此類的案例於中西文學作品裡亦俯拾即是，例如中國的敘事詩〈羽林郎〉、《喻世明言》第十卷〈眾名姬春風弔柳七〉裡劉二員外以不當的手段逼奸月仙……，由此可見，不論中西，人性醜陋皆然，這些惡霸實是害苦了善良百姓與有情人兒。

此外，另有兩位好色的縣官與法官（第四日第六篇與第十篇），他們身爲執法人員，非但不能秉公斷案，居然還運用職權輕薄、脅迫良家婦女，此等趁人之危、假公務之名行奸宄淫匿之實，比起暴力威嚇更是有過之而無不及，也更叫人唾棄不齒。從這類人物其言行舉止的描繪刻劃，可知薄伽邱對於某些貴族、官員的不屑與輕蔑；至於好色又使計謀的神職人員部分，請參見人物類型──「僞善者」。

7. 負心漢

《十日譚》裡極罕見所謂的「負心漢」，在如此眾多的角色人物當中，勉強可以歸納出兩位：

（1）帕勒摩寡婦不顧父兄的監視，不惜自己的名譽，和彼得羅發生關係而生下一個私生女，就遭到被拋棄的命運。理所當然的，彼得羅便是那負心漢；然而，這個故事卻是一位賣笑女子的謊言。（第二日第五篇〈三劫三難〉）

假使這是一個眞實的故事，那麼，彼得羅正是一位很典型的負心漢──始亂終棄。在中國愛情小說中有相當多的「男子負心型」的作品，如：〈霍小玉傳〉的李益、〈王魁負桂英〉的王魁、〈鍘美案〉的陳世美、〈鶯鶯傳〉的張生……。在女性放下矜持、掙脫道德名譽的束縛，投入情人的懷抱後，竟讓這些薄倖男子糟蹋、褻瀆了她純眞、崇高的愛情，最後還招惹對方的嫌棄與輕視，終至步向以悲劇收場一途。

（2）貝特莫拉嫌棄姬蕾達出身低微而心不甘情不願地在國王的見證下與之結婚。誠如薄伽邱所說「他愛自己勝過愛他的新娘」，於是婚禮一結束，便拋下妻子不告而別。即使姬蕾達把采地經營得有條不紊，家人都心悅誠服認為她是位少見的賢良主婦，然貝特莫拉仍舊不肯返鄉、不願接納髮妻，還冷漠地要人帶話回去，欲讓姬蕾達就此死心；而貝特莫拉自己則熱烈地追求著一位家道中落的閨秀，完全無視自身是個有婦之夫。

貝特莫拉之言行與薄情郎無異，幸而姬蕾達自力救濟，設法辦到丈夫所開出的兩個條件，才不致於淪為棄婦。因此，我個人將貝特莫拉歸納為「負心漢」。

8. 多情種

和負心漢形成強烈對比的人物類型即是多情種，這些為愛癡迷的男士們或散盡家產，或相思成疾，或以性命相許，只求情人能夠垂憐青睞。

（1）揮霍千金，以博得美人歡心者

如：納斯達、費得里哥和安薩多男爵，他們為了求愛而毫無顧惜地耗費家產，或重金禮聘魔術師好達成心上人的願望與要求。尤其是費得里哥為喬娃娜傾家蕩產，仍無法獲得佳人芳心，從此只得貧窮度日。一天，喬娃娜登門拜訪他，他甚至將自己最心愛、僅存的一隻鷹宰了款待這位難得的貴賓。後來，喬娃娜明白了費得里哥為她所做的一切與用心而深受感動，因此嫁給他。事實上，喬娃娜原是有夫之婦，是個正經的女人，當然不會隨便接受費得里哥的感情，但是，在丈夫過世後又了解費得里哥對自己用情至深，縱使費得里哥已一貧如洗，也要以身相許。所以，像這樣的女性是值得費得里哥散盡千金癡心等待的。

（2）為伊消得人憔悴，情到深處無怨尤

如：傑克特、第多和濟洛拉摩。這些為愛相思成疾者多半是因為「愛在心裡口難開」，或是遭遇父母反對而鬱鬱寡歡。幸運者得貴人相助，終能有情人成眷屬；不幸的則坐視心愛的人他嫁，最後為伊人憔悴殞命，可謂是「情到深處無怨尤」，就連性命也可以捐棄。

（3）死心塌地，為愛搏命

如：第達爾多、皇后的御用馬夫和卡列索。一位是無法對情婦忘情，因而費盡心思欲與之重修舊好；一位是甘冒被殺頭的風險，只為求一親皇后芳

澤；一位則爲愛情所感化，由愚鈍一變成爲俊俏無比、才藝出眾的年輕紳士，經過四年的磨練與等待，仍一心惦記著伊人，在求親未遂後，搏命搶婚，即使失敗而遭判終身監禁，依然不後悔。

　　姑且不論其行爲是否合法、妥當，但這些爲愛執著、捨命的多情種在薄伽邱筆下鮮活了起來，與專情的女性相較是毫不遜色的。

9. 偽善者

　　偽君子比眞小人還令人感到厭惡與唾棄，在《十日譚》裡最典型的偽善者便是那披著法衣，滿口聖潔虔誠卻寡廉鮮恥的神職人員。他們有的犯了貪色的罪惡，有的愛財如命，有的耽溺於物質享受……〔註105〕，爲了達到這些目的，詐偽欺壓的手段罄竹難書。其中有一位修道院院長於薄伽邱的描寫下醜態畢露：

> 院長把眼光在她身上打量一番，只見她長得嬌滴滴的，雖然他已上了年紀，可是忽然覺得渾身熱辣辣的，眞的難熬，竟跟他徒弟剛才所經歷的情景一個模樣。他喃喃自語道：「天哪，我爲什麼不趁機樂一下呢？我每天操心費神也受夠了。你看這個姑娘長得多討人喜歡啊，況且又沒有誰知道她在這裡。要是我能夠說動她的心，那我何樂而不爲呢？有誰會知道？沒有那個會知道的呀！罪惡只要瞞住人

〔註105〕　第一日第二篇故事〈改宗〉：「亞伯拉哈姆到了羅馬之後，自有一群猶太朋友很鄭重地接待他。他在酬酢之間絕不提起自己來這裡的用意；暗中卻留神察訪那教皇、紅衣主教、主教以及教廷裡其他主教的生活習氣。……一點顧忌、羞恥之心也蕩然無存了；因此竟至於妓女和孌童當道，有什麼事要向廷上請求，反而要走他們的門路，此外，他還看透他們全都是些酒囊飯袋，貪口腹之欲，狼吞虎嚥，像一頭野獸。沒有比說他們是肚子的奴隸更貼切的了！他再觀察了一些時日，……不僅人可以當牲口來買賣，甚至基督的血肉，各種神聖的東西，不論是教堂的職位，或祭壇上的神器，都可以任意出價買賣。貿易之大、手下經紀人之多，絕不是巴黎這許多綢商布賈或是其他行業的商人所能望其項背的。他們借『委任代理』的美名來盜賣聖職……彷彿天主也跟我們一樣，可以用動聽的字眼來蒙蔽；因此祂也就跟我們人類一樣，看不透他們墮落的靈魂和卑劣的居心了！這些以及其他不便明言的罪惡使那個嚴肅端正的猶太人大爲憤慨。他認爲他已經把眞情實況看夠了，於是就起程回家。賈諾特聽到他的朋友回來了，就跑去看他，……賈諾特這才去問他對於羅馬教皇，以及紅衣主教和許多廷臣的印象如何。亞伯拉哈姆立刻回答道：『照我看來，天主應該懲罰這班人。……那兒的修士沒有一個談得上聖潔、虔敬、德行，可以給人做模範的。那班人只知道姦淫、貪欲、吃喝，甚至可以說無惡不作，壞到了不能再壞的地步。這些罪惡是那樣合他們的口味，我只覺得羅馬不是神聖的京城，而是容納一切罪惡的大洪爐！』」

的耳目，也就減輕了一半罪名。這是千載難逢的機會呀，才不辜負
天主的好意。」……走上前去，和顏悅色地安慰那個少女，嚨她不
要哭泣，嚨了半天，終於把求歡的話吐露出來。那個少女並非鐵石
心腸，難爲院長這麼嚨說，便身不由主了，就讓他緊緊摟住，連連
親吻；摟過吻過之後，院長又同她登上小修士的床。或許他老人家
想起自己長著一身肥肉，小姑娘又是那樣嬌嫩，唯恐壓壞了她，所
以就不肯躺在她的胸脯上，反而把她按在自己的福體上；這樣，兩
人也玩了好一陣子。

原來，有部分神職人員暗地裡做些欺心之事，以爲只要不爲人知，即可將戒
律拋諸腦後而爲所欲爲；更惡劣的還假借宗教力量、天主之名威脅利誘無
知的匹夫匹婦，以逞其姦淫人妻的獸欲；或是拿「保養身體」做藉口，好
滿足個人的口腹之欲；其墮落的靈魂和卑劣的居心使爲人所信仰的宗教、教
派蒙羞。

　　無獨有偶的，中國小說裡也有一群假道學、迂學究，他們表面上以儒家
仁義道德爲圭臬，但是實際作爲卻陽奉陰違，處處表現著矯飾、腐敗的行徑。
有時，其無德之行比市井粗民還要鄙薄，如《儒林外史》〔註106〕裡的嚴貢生
即大言不慚自稱道：

> 實不相瞞，小弟只是一個爲人率眞，在鄉里之間，從不曉得占人寸
> 絲半粟的便宜，所以歷來的父母官，都蒙相愛。（第四回〈薦亡齋和
> 尚吃官司　打秋風鄉紳遭橫事〉）

然其眞面目卻是一個欺壓窮人、爲非作歹的惡棍〔註107〕。又如王仁、王德兩

〔註106〕《儒林外史》爲中國最負盛名的章回諷刺小說，作者清吳敬梓以寫實手法揭
　　　　露舊禮教與科舉制度弊害，對思想迂腐、道德墮落的士大夫階級加以嘲諷。

〔註107〕對於嚴貢生的眞面目，《儒林外史》做以下之描述：「正要退堂，見兩個人進
　　　　來喊冤，知縣叫帶上來問。一個叫王小二，是貢生嚴大位的緊鄰。去年三月
　　　　內，嚴貢生家一口纏過下來的小豬，走到他家去，他慌送回嚴家。嚴家說：『豬
　　　　到人家，再尋回來最不利市，押著八錢銀子，把小豬賣與他。』這一口豬在
　　　　王家已養到一百多斤，不想錯走到嚴家去，嚴家把豬關了。小二的哥子王大
　　　　走到嚴家討豬，嚴貢生說：『你要討豬，照時值估價，拿幾兩銀子來，領了豬
　　　　去。』王大是個窮人，那有銀子，就同嚴家爭呼了幾句；被嚴貢生幾個兒子
　　　　拿拴門的閂、桿麵的杖打了一個臭死，腿都打折了，睡在家裡。所以小二來
　　　　喊冤。知縣喝到一邊，帶那一個上來問道：『你叫做甚麼名字』那個人是個五
　　　　六十歲的老者，稟道：『小人叫做黃夢統，在鄉下住。因去年九月上縣來交錢
　　　　糧，一時短少，央中人向嚴鄉紳借二十兩銀子，每月三分錢，寫立借約，送

兄弟在妹子王氏病重時，就力勸妹婿嚴監生將侍妾扶正，他倆說道：

> 我們念書的人，全在綱常上做工夫。就是做文章，代孔子說話，也
> 不過是這個理。你若不依，我們就不上門了！（第五回〈王秀才議
> 立偏房　嚴監生疾終正寢〉）

原來此二人早已拿了銀兩，特意幫襯嚴監生，好名正言順地把趙姓侍妾立爲
正室〔註108〕。後來嚴監生病歿了，其兄（嚴貢生）欲吞併亡弟家業，要攆走
趙氏，可憐的寡婦求助於王氏兄弟代爲興訟寫覆呈，豈料二人竟道：

> 身在黌宮，片紙不入公門。

其現實畏忌的行徑與先前義正辭嚴、義形於色的壯舉判若兩樣。

　　另外，還有那蘧公孫得到《高青邱集詩話》〔註109〕，內有一百多紙，皆
青邱親筆繕寫，甚是精工。蘧父以此書爲海內孤本，要公孫珍藏，萬不可輕
易示人；蘧公孫知悉後，竟將該書謄寫成峽且添上了自己的名字，藉此欺世
盜名。蘧父身爲太守，是個讀書人亦未能勸阻兒子這種無德之行，反而將錯
就錯，父子倆一個剽竊他人作品、僞造文書；一個養子不教刻意包庇，實爲
士林之恥。（見第八回《王觀察窮途逢世好　婁公子故里遇貧交》）

　　又如匡超人事親至孝而贏得美譽，惜僞善失德：一是停妻再娶，但求攀
龍附鳳；一是收受好處，替人作假應考。後來，與他狼狽爲奸的潘三因東
窗事發而身陷囹圄，於是託人請會高升任官的匡超人敘敘苦情，孰料匡爺回
應道：

> 潘三哥所做的這些事，便是我做地方官，我也是要訪拿他的。如今
> 倒反走進監去看他，難道說朝廷處分的他不是？這就不是做臣子的

　　在嚴府，小的卻不曾拿他的銀子。……至今已是大半年，想起這件事來，問
　嚴府取回借約，嚴鄉紳問小的要這幾個月的利錢。……鄉紳說小的當時拿回
　借約，好讓他把銀子借與別人生利；因不曾取約，他將二十兩銀子也不能動，
　誤了大半年的利錢，該是小的出。小的自知不是，向中人說，情願買個蹄、
　酒上門取約。嚴鄉紳執意不肯，把小的驢和米同稍袋都叫人短了家，還不發
　出紙來。這樣含冤負屈的事，求太老爺做主！』」

〔註108〕嚴監生所納之妾，生有一子，年三歲。正室王氏病重時，日逐煨藥煨粥，寸
　　　　步不離；且每夜擺香案拜求天地保佑主母。王氏從丫鬟口中得知其舉，似信
　　　　不信，但王氏仍對趙氏說道：「何不向你爺說明白，明日若我死了，就把你扶
　　　　正做個填房？」趙氏一聽，忙叫請爺進來，把主母的話說了。又尊重舅爺，
　　　　力圖表現自己的真誠賢良，由此可見趙姓侍妾之用心與蓄謀。
〔註109〕高青邱即明代詩人高啓（1336～1374），字季迪，號青邱子，江蘇蘇州人。他
　　　　曾經寫賦詩諷刺朝廷，因此得罪了朱元璋而被殺。

> 道理了。況且我在這取結，院裡，司裡都知道的。如今設若一走，
> 傳的上邊知道，就是小弟一生官場之玷。這個如何行得！……若小
> 弟僥倖，這回去就得個肥美地方，到任一年半載，那時帶幾百銀子
> 來幫襯他，倒不值甚麼。

諸如此等不義、自私、虛偽、矯情的作為正是相當典型的偽君子。而最不幸的是這些人物及其言行又成為當時人的道德表率，影響了整個時代的風氣。〔註110〕

10. 其他

（1）好捉弄人者

《十日譚》裡涉及婚姻、男女情愛的故事中所出現的馬佐、布倫諾與布法馬可即屬該類人物，他們好以詭計陷阱捉狎別人。換言之，這類人物皆十分精明機警且洞悉人性，其尋人開心的胡鬧辦法簡直刻薄到了極點：如慫恿醫生西蒙納去偷腥，然後再將他推入糞渠；三番兩次作弄卡拉特林諾，使其夫妻大打出手〔註111〕。然而這些愛欺騙、戲弄人的傢伙們卻能夠全身而退，不受任何報應，此亦是《十日譚》一書中的特色。

（2）復仇者

復仇雖然是一種與法律相抵觸的行為，但是，復仇之心仍深植於人性的幽暗處。《十日譚》裡的復仇者有羅西里奧納爵士、學者林尼艾里與佛羅倫斯

〔註110〕 參見張火慶《中國文化新論・文學篇・從自我的抒解到人間的關懷》：「作者
（吳敬梓）看出這個危機，於是根據親身體驗以及聞見所得，藉小說的功能，
一方面委婉客觀的把種種惡行顯露出來；一方面則透過幾位特定的角色，發
揮他心目中正統儒家的思想。如此，愚行無所掩飾，而世風亦有矯治的辦法。
作者在這裡流露了一種以溫和與憐憫的笑意來糾正世俗的錯誤缺失的胸懷，
比他在楔子裡所寫王冕的人品更具儒者關懷世情的志氣。本書（《儒林外史》）
的諷刺意圖於是有了正面的效用與價值。」

〔註111〕 卡拉特林諾為布倫諾與布法馬可所騙，以為自己已找到隱身寶石，於是便直
往家裏奔去。也是事有湊巧，註定他要鬧個大笑話，他沿著河流回來，穿過
大街小巷，竟沒有遇到任何熟人，也沒有誰向他打一個招呼，因此他自忖隱
身寶石果然發生了效用而得意萬分。孰料妻子蒂莎已站在樓梯口等候他多
時，此刻心裡很不自在，所以一見到他，劈頭便罵。卡拉特林諾知道給妻子
看到了自己，又氣又恨於是嚷道：「妳毀了我的法術，老天在上，我要叫妳知
道我的屬害。」當下就把蒂莎痛毆了一頓。拳腳交加，打得遍體鱗傷。另一
次則是因為卡拉特林諾又上了布倫諾的當，以為使用符咒便能讓妓女妮可羅
莎投懷送抱，就在緊要關頭時，髮妻蒂莎竟出現捉姦，並惡狠狠地對他又抓
又咬。

青年尼柯羅。而且，他們都有一個共同點，那便是暗中進行其復仇行動：爵士發現情同手足的好友與妻子有染，這青天霹靂的確令人難以承受之；然當下的爵士立即隱藏起自己的妒嫉，以誓殺友人方能消弭內心的憤恨。於是他誘殺了友人，挖出其心臟並加以烹煮，再力勸妻子吃了好羞辱她一番。這一連串的報復舉動讓爵士夫人跳樓殞命，同情夫共赴黃泉，因而引起當地居民對爵士的不滿。我個人認為此乃爵士所始料未及的結局，依常理推論：爵士在這個三角戀情中原是受害者，本當獲得人們的同情憐憫；而其妻與好友吉爾達史塔紐則是背叛丈夫、朋友的不義之人，理應被譴責唾棄。然結果卻是婚外情受到稱頌，復仇者只得秘密地逃走。這是由於爵士的報復手段不夠光明磊落 〔註112〕，且過於殘忍，導致旁觀者悲憐「死去的弱者」。就此可見，與其採取報復行動，不如訴諸於情恕理諭，讓走入歧路的人能夠及時回頭；倘若這樣的寬恕厚道仍喚不醒他們，此刻再出手報仇也不遲。

　　另外兩位復仇者——林尼艾里和尼柯羅，皆是因為感情受人欺騙，真心遭人踐踏而心有不甘，尼柯羅更是人財兩失，因此由愛生恨心存報復。其中以林尼艾里的復仇手段最為激烈，他假裝好意教這位辜負他的女子作法，以令其情夫回心轉意，他說道：

> 我得替妳做一個白蠟人像，代表妳想追回來的人，等我送給妳之後，你必須在殘月如鉤的深夜，睡醒頭覺時分，獨自手持蠟像，裸身跳入河流，沐浴七次，浴罷之後，妳還是一絲不掛，爬上高樹的樹梢，或是荒屋的屋頂上，手持蠟像，面朝正北，接連念咒七次⋯⋯。念完七次，就有兩個絕頂漂亮、世所未見的女童，來到妳面前，向妳敬禮請安，恭候妳的吩咐；那時妳只要依實直說把自己的心願告訴她們⋯⋯她們受命而去，就功德圓滿了。⋯⋯不要等到第二夜半夜過去，妳的情人就一定會趕來，痛哭流涕，向妳求恩討情，寬恕他的過失，從此再也不會見異思遷、拋棄妳了。

然後便趁著女人登上屋頂時，悄悄將梯子拿走，無論這可憐的女子如何哀求林尼艾里，他仍舊無動於衷，任憑烈日直射在女人的肉體上，萬道火光使其皮開肉綻；那屋頂平台變得沸燙炙熱，使女人踏不下腳、坐不穩，簡直無處

容身；再加上蒼蠅、牛虻成群飛來，棲集在她身上，狠狠地叮著那裂開的皮肉，讓女人痛不欲生。

而尼柯羅的復仇手段則較林尼艾里委婉些，他聽從了友人的謀略，使楊可費奧利夫人為詐財之過付出雙倍的代價。

上述二人之所以能夠復仇成功皆是因為他們懂得利用對方的弱點：一位被愛情沖昏了頭，又缺乏智慧，竟向冤家求助且相信作法可以喚回負心人，使林尼艾里的報仇機會得來全不費功夫；一位則是利慾薰心、見錢眼開，愚蠢地認為可以重施故技，再騙取更多的錢，於是貼了夫人又折兵，損失慘重哪！

（3）扼殺愛情的兇手

《十日譚》裡有幾位扼殺愛情的兇手，其中最令人深惡痛絕的是薩萊諾親王與依莎貝達的三個兄長，他們不但阻撓自己的女兒和妹妹追求幸福，更殺害了她們的情人，好叫她們對愛情死心。然而，這些兇手愈是用殘忍的手段來對付相愛的情侶，愈是激起戀人們的反抗，甚至以死相殉來表明心跡，如：綺絲蒙達得知父王殺死了情人克斯卡多，便與之決裂，然後服毒自盡，追隨愛人而去。又依莎貝達明白了羅倫茲遇害後，就鎮日以淚洗面，哀痛以終；使得這些愛情殺手達不到拆散愛侶們的目的。

另一位扼殺愛情的兇手是亞麥利哥，他不僅要處死女兒維奧蘭蒂與其情人第奧多羅，還要殺死兩人的愛情結晶，也就是自己的小外孫。所幸這樣惡毒殘酷的計謀並沒有得逞，當亞麥利哥發現了第奧多羅原來是亞美尼亞使節芬內奧之子時，其態度幡然改圖，連忙覲見使節，說盡好話，幾乎快要流下淚來，向芬內奧道歉，請求他原諒；又說如果第奧多羅願意娶他女兒為妻，他非常樂見其成。前後如此矛盾的行為，在薄伽邱妙筆塑造下，教人看清亞麥利哥的真面目。而歸究這些「兇手」逞兇的原因，就是嫌棄對方出身卑微，配不上自己的女兒、妹妹，有辱門戶，換言之，門第觀念的作祟使這些為人父兄者忘卻青春的規律，他們更不明瞭愛情的發生是無國界、不分年齡、身分的，於是便將自己的女兒、姐妹當作籌碼似的與所謂的門戶相當者或交易或酬庸。所以，把他們稱之為「扼殺愛情的兇手」一點也不為過。

（4）其他的男性人物

薄伽邱的筆刻劃出形形色色的人物，在男角方面有些身分特殊、性格突出的個別塑像，如：只求自我實現的杜雷勒（參見第三章第二節）、貪吝成性

而不惜出借愛妻的弗朗奇斯哥，最後弄假成真讓妻子投入別人的懷抱，還自以為占了便宜（參見第三章第八節），甚是可悲！又如：違反倫常的斯匹納羅奇和賽巴，相互換妻而樂此不疲，二人特異的道德標準實有可議之處。

此外，尚有一位同性戀丈夫——富翁彼得，他為掩飾自己特殊的癖好，竟犧牲他人的幸福而娶了一位女子為妻，好避人耳目，可謂自私到了極點。這種同性戀人物亦出現在中國古代社會裡，如漢哀帝寵幸董賢，與之共臥起；一日嘗晝寢，而董賢偏藉於哀帝衣袖上，帝欲起身，然董賢仍未覺醒，哀帝不願驚動男寵，於是斷衣袖而起（見《漢書‧董賢傳》）。又《笑林廣記》〔註113〕一書中也有所謂的「老斗」與「相公」，「老斗」正是酷愛男風者；而「相公」所扮演的角色則是現今俗稱的「零號」，為老斗提供性服務；而這些相公們的來歷又多為優伶，劉文強於其〈略論笑林廣記中所反映的民俗〉一文裡說：

> 並不是只有優伶才會成為相公或龍陽之癖的主角，只不過他們似乎
> 是最容易陷入泥沼的一羣。不知是近墨者黑，還是日子一久，看多
> 了，也就麻痺了。

而我個人認為可以再加一點補充：最初表演戲劇的成員皆由男性擔綱，為了扮演女角，有些優伶就必須採取所謂的「易性扮演」，將自己男扮女裝以符合戲目中人物的要求。經過改裝的優伶，其扮相甚至比真正的女性更嬌羞嫵媚，一舉手一投足往往風情萬種，令戲迷們為之傾倒愛慕；為之如癡如醉。而這些易性扮演的優伶也由於長久性的演出，習慣了揣摩、模仿女性的心理與言行舉止，後來竟假戲真作，使自我性別混淆錯亂，因而產生同性相戀相姦的情事。所以，至今仍有不少名角名伶之流被謠傳是同性戀。〔註114〕

至於薄伽邱如何看待酷好男色者，《十日譚》裡如此寫道：

> 吃過晚飯以後，彼得想出什麼辦法叫他們三人都稱心滿意，我可忘
> 了，我只記得第二天早上，那個青年出去的時候，簡直記不清前晚
> 是跟彼得睡在一起的次數多，還是跟他老婆睡在一起的次數多。

從這玩笑似的口吻與其認同「青春的規律」看來，薄伽邱是不以為然的，甚至以「違反人道」的字眼來批評耽溺男風的主教（見第一日第二篇《教宗》）。

〔註113〕《笑林廣記》為清代筆記小說，遊戲主人撰。該書保存了相當多的民間習俗，所以它不僅是一部笑話的總集，也是一本研究民俗學的參考書。

〔註114〕如清末民初飾演女角的男伶，多有此謠傳。

（二）女性角色

1. 智女與巧婦

《十日譚》裡多達十六位有智慧、反應機伶的女性，她們或急中生智為己脫困；或運用謀略爭取個人的幸福；或善於言辭而斷絕某人的癡心妄想……。

（1）急中生智，為己脫困

第七日的十篇故事當中，講妻子為了偷情、救急而對丈夫使用種種詭計者就有五篇。雖然，這些為人妻的不安於室而紅杏出牆，但是薄伽邱並不予以譴責，反倒是稱許其機智過人。如娣莎以改編祈禱文的內容來暗示已至家門口的情夫快快離去；蓓洛妮拉順著丈夫提及賣酒桶一事，臨機應變地將躲在空酒桶的情夫說成是前來買賣驗收酒桶的人；安妮莎對突然返家的丈夫詰稱教父（實為情夫）正在臥房裡為孩子急救，還說除了親生母親外，任何人都不能參與這件神功，因而把房門上鎖，才讓丈夫在門外久候。又如席絲夢達串通女僕行苦肉計反咬了丈夫一口，使其夫弄不清楚是妻子真有外遇亦是自己作了一場夢；伊莎貝拉用巧計讓藏在屋內的兩個情夫逃遁，她先打發其中一位拔劍衝出屋去，又向丈夫求援，將另一位護送回家，原來其夫相信了伊莎貝拉的說辭，以為此二人因仇事追殺而衝入他家，幸好是妻子及時的阻止才化解這場急難。而另一位急中生智，以一句輕描淡寫的話語就把母女倆的醜事遮蓋過去的是蓬門巧婦——妮可羅莎的母親。她善用了當時黑漆的情境，再加上一番說辭與阿德連諾的一搭一唱，終使丈夫相信男人喝完酒後總是在夜半胡言亂語，而真的以為比努奇只是做夢、講夢話，並沒有實際侵犯女兒妮可羅莎。〔註115〕

（2）運用謀略，爭取幸福或擺脫糾纏

為了爭取愛情與終身幸福，這些聰慧的女性以其縝密的心思設想出完美的謀略來達成目的。如英國公主與茲娜維拉皆女扮男裝，隱藏身分；公主勇敢自主——拒絕父親所安排的皇室聯姻而設法自尋伴侶，並讓家人欣然接納。茲娜維拉沉著冷靜——逃離了丈夫誤信謠言而痛下的毒手，最後還使計誘出始作俑者，並令其伏法，就此夫婦破鏡重圓。

〔註115〕主人握住比努奇的雙肩，只管搖他，並大聲嚷道：「醒來，回到你自己床上去睡吧！」隔天清晨，大夥起來了，主人還拿了比努奇的夢話跟他取笑。

又如：亞美尼商人之妻、貝特麗琪與麗迪雅，此三位有夫之婦或氣憤丈
夫無名的嫉妒；或芳心另有所屬，而編導出絕妙的戲碼，不僅捉弄了老公，
還叫他被騙得團團轉，麗迪雅甚至設下巧計，當著丈夫的面與情夫尋歡作
樂。麗迪雅事先和情夫彼羅講定辦法，要他爬上樹去摘梨子，然後假裝驚訝
地對主人尼柯斯特拉多說道：

> 老爺，你在做什麼？夫人妳在我面前做出這種事，一點也不覺得難
> 爲情嗎？難道你當我眼睛瞎了不成？妳剛剛還在生病，怎麼一下子
> 好得這樣快，能夠做這件事情呢？即使你們要做這件事，臥房多的
> 是。到臥房去做，總比在我面前做有體統一些。

這時的麗迪雅便故作詫異狀地詢問丈夫何以如此？彼羅又趁勢附和，裝模作
樣地胡言亂語道：

> 我剛才親眼看到你（尼柯斯特拉多）壓在你太太身上，所以不得不
> 說給你聽。等我爬下樹來，我才看到你們起來了，規規矩矩地坐在
> 這兒。

尼柯斯特拉多愈聽愈覺得奇怪，於是自行爬上了樹。待他一上去，其妻麗迪
雅就和彼羅顛鸞倒鳳了一番，無限歡愉；尼柯斯特拉多在樹上看到這情景，
立刻大聲喝斥，然而等他下了樹，這一對情人便馬上坐回原座去。雖然如
此，尼柯斯特拉多仍不停地咒罵。接著彼羅即承認適才自己於樹上所見皆是
錯覺，所以尼柯斯特拉多在上頭看到的亦是錯覺，並且極力爲麗迪雅與自己
辯護。此刻的麗迪雅更是裝出生氣的樣子，責怪丈夫不該對她疑神疑鬼，還
叫彼羅砍倒那棵梨樹，以免製造這麼多的紛爭，破壞女性的名譽。最後，尼
柯斯特拉多再三向妻子討饒，麗迪雅才寬恕了丈夫。由於麗迪雅與情夫配
合得天衣無縫，尼柯斯特拉多也就不疑有他，從此，這對情夫情婦便得以隨
心所欲，恣意歡樂。無獨有偶地，貝特麗琪亦運用謀略與情夫設計誆騙自己
的丈夫艾卡諾。（參見第三章第八節）。而亞美尼商人之妻則自編自導自演，
讓善妒的丈夫步向陷阱，並將他奚落了一番，且暗中與情人往來，快活一
輩子。

此外，另有兩位巧婦一是法蘭絲卡，她爲了擺脫兩位無聊男子的求歡糾
纏，而想出一個令人絕倒的考驗方法——故意叫一個躺在墳裏裝死，另一個
到墳裡去盜屍。最後，這兩位爲愛癡狂的男士就在法蘭絲卡家門口附近遇到
了巡丁，盜屍者把裝死的摔在地上，拔腿就跑；裝死的雖穿著寬大的屍衣亦

立即跳起來跟著逃，這情景一一看在法蘭絲卡的眼底，當然，她便有了充分的理由來拒絕他們倆。一是碧卡爾達夫人，她欲教訓那厚顏無恥的求歡者——神父，於是布置安排了一場「喜」劇——讓家中一位奇醜無比的女僕做替身，陪好色的神父睡覺，最後再請來主教當眾揭發其無德之行，叫他自食惡果。

（3）能言善辯，化險為夷

在薄伽邱的筆下，蒙費拉特侯爵夫人就是一位懂得見機行事、善於辭令的女性。由於其機智委婉的一番言詞而阻止了法王腓力二世對她的追求，斷絕其不倫的歹念。

又如面對佛羅倫斯主教當眾說出輕薄話的諾娜，既不惡言相向，亦不喊冤控訴，只是冷靜地以譏諷的口吻回應其嘲謔，叫他啞口無言、自取其辱。諾娜反應靈敏，話鋒一針見血刺中主教的要害，不僅教訓了出言傷人的刻薄傢伙，更替女性爭回顏面與自尊。

還有一位美貌多情的菲莉芭夫人，因為與人通姦而遭丈夫控告。在法庭上，她神色從容、語調堅定地回答法官的審訊，且不否認自己有婚外情的事實。對於通姦罪——法律的明文規定，夫人則有其不同的看法，她提出辯白：

> 法律對於男女，應該一視同仁，而法律的制訂，也必須得到奉行法律的人同意。不過拿這一條法律來說，可就不是那麼一回事，因為這條法律完全是用來對付我們這些可憐的女人的；其實女人的本事比男人大，一個女人可以滿足好幾個男人呢！再說，當時定下這條法律，女人並沒有同意而且也沒有徵求過我們女人的同意。所以說這條法律可以說是一點也不公平。假使你（法官）一定要昧著良心，根據這一條不公平的法律來加害我，那你儘可以這樣做。但在你判決之前，請給我一個小小的恩典吧——你問我丈夫，他每一次對我肉體有要求，我是不是都依了他？法官大人，假使他的胃口已經在我身上得到滿足了，而我的供應卻還綽綽有餘，那叫我怎麼辦呢？難道把它扔給狗吃嗎？與其眼看它白白糟蹋，那麼拿來送給這位愛我如命的紳士，救救他的飢渴不是實惠得多嗎？

就菲莉芭這一番巧言論辯，可從兩個方面來加以分析：

①就立法角度而言，法律的訂定的確需要通過公開、公正的討論及審核

程序。而且，公平的律法應是「王子犯法與庶民同罪」，同理可推導：法律之前，女男平等。浦拉多所制定的一條法律——凡是婦女與情人通姦而被丈夫發現的，一律活活焚死。然而若是有婦之夫與人通姦呢？浦拉多的律法並未規範說明，因此，菲莉芭才一口咬定這條法律完全是用來對付女人的。

　　② 就生理機能的角度而言，男女生理上的性需求與性能力確實有其差異。菲莉芭不但能夠滿足丈夫的性需要，還能沾溉情人，由此可見其身體健康，性慾旺盛。當然，菲莉芭也不是蕩婦，她與情夫的愛戀是堅貞的，所以她願意拯救情夫的性饑渴，寧可坦承姦情，被處死刑，也不願逃奔他鄉。

　　姑且不以道德的眼光來檢視菲莉芭，她不過是一個平凡的人，有人性的弱點、多戀的傾向，以致不能忠於婚姻。也因此，當浦拉多的居民聆聽完菲莉芭所提出上述這樣一新鮮有趣的問題時，都發出由衷的笑聲，並且異口同聲地叫嚷起來，說她講得有理，講得好。故菲莉芭在最後得以化險為夷，逃過可怕的火刑。

　　與《三言》相較，《十日譚》裡智女巧婦的人數顯然多了一些，然在中國民間故事中亦有許多巧女人物，且自成一類〔註116〕，與上述的諾娜等人有一些相似之處。

　　據婁子匡〈巧女與獃娘故事的探討〉〔註117〕一文指出，巧女故事共有三型十一式，每式又各有情節公式可循：

　　　　善處事型：(1) 不賠貓式 (2) 答難題式 (3) 做衣物式

　　　　　　　　　 (4) 代解圍式 (5) 感得助式

　　　　善說話型：(6) 諱人名式 (7) 隱語嘲人式 (8) 出言獲勝式

　　　　善理解型：(9) 識諱名式 (10) 知隱物式 (11) 明圖信式

而丁乃通《中國民間故事類型索引》所整理出來的相關類型也有以下數個：

　　875　　　聰明的農家姑娘

　　875B1　　公牛的奶

　　875B5　　聰明的姑娘給對方出別的難題

　　875D　　 在旅途終點遇到的聰明姑娘

　　875D1　　找一個聰明的姑娘做媳婦

〔註116〕巧女（媳婦）故事是民間故事的一個類型，其主題在表現民間對女性智巧的
　　　　 頌揚，塑造了中國女性優美動人的形象。

〔註117〕婁子匡〈巧女與獃娘故事的探討〉附於國立北京大學民俗叢書冊九書末；另
　　　　 有台北東方文化書局複印（民國59年）。

875D2　巧媳婦解釋重要的來信

875F　　避諱

876　　　聰明的侍女與求婚者們

876B*　聰明的姑娘在對歌中取勝

876C　　聰明的姑娘幫弟弟做功課

876*　　巧婦思春

879*　　巧女使兄弟免遭監禁

在故事類型上，屈育德《神話、傳說、民俗》一書中〈論巧女故事〉亦提出答難型、抗暴型、助人型與擇婿型。

　　就上述學者之歸納分類，再與《十日譚》、《三言》中的智女巧婦比較，可得到幾點相似和相異的人物特質、故事情節：

（1）相似的人物特質與故事情節

　　①民間故事裡的巧女在擇婿時，善於運用智巧為自己爭取婚姻、追求幸福；她們通常以出謎語或對聯來考驗仰慕者，然後從中挑選如意郎君，並驅逐投機、無賴的強求者。而《三言》中的蘇小妹以徵文擇婿；《十日譚》裡的法蘭絲卡設想難題以擺脫男子的糾纏，皆與巧女故事擇婿型有著異曲同工之妙。

　　②善說話型——出言獲勝式的巧女，往往能使用捉弄、嘲笑、挖苦或諷刺的口吻來反抗強權，從富豪權貴那兒討回公道〔註118〕；《十日譚》的少婦諾娜亦然，而蒙費拉特侯爵夫人則以幾句俏皮話來暗示法王，打消對她所起的邪念。還有菲莉芭談吐不俗，巧言善辯終於推翻了不近人情的法律而勝訴回家。此外，在格斯可尼亞有一位婦人朝拜了聖地之後，於塞浦路斯遇見了一群歹徒而受到姦污。雖然她向官方申訴，卻無法將惡人繩之以法。婦人想要出這口怨氣，於是求國王作主；不過她又聽說國王是個沒出息的人，秉性懦

〔註118〕例如《中國民間故事全集》三十一冊遼寧滿族的〈聰明的媳婦〉：那聰明的媳婦使計將好色的少東家鎖進皮箱裡，逼得他只好討饒，不敢再對人妻有非分之想。又如三十七冊新疆維吾爾族的〈木匠的兒媳婦〉：木匠為國王建蓋皇宮，落成之後果然美侖美奐。然而國王卻聽信大臣的讒言，不但不賞賜他，還藉故要殺了老木匠。原來，國王擔心木匠將再為其他的國家蓋皇宮並且超越了現在這座。後來，老木匠要求見兒媳婦，待媳婦一到，便對國王說道：「一根柱子歪了有什麼關係？柱子歪了會倒蹋，那麼國王昏庸，辦事不公，其國家還有不滅亡的道理嗎？」國王聽完這一席話就放了老木匠。諸如此類之故事尚有許多，無法一一列舉，請參閱《中國民間故事全集》。

弱，甚至有誰對國王不滿，就可以破口大罵。婦人了解國王的為人後，幾乎死了報仇雪恥的心，可是她想，去把這種不成材的人奚落一番，出一口氣也是好，所以她就哭哭啼啼地來到國王的面前說：

> 陛下，我不是來求你替我報仇，只是因為聽說你也受到別人的侮辱，所以特地來求你教我是怎樣把那許多侮辱忍受下來的？那麼我或許可以效法一下；受到別人的糟蹋，也能心平氣和地忍受下來。天主明鑒，我是多麼樂於把我受的侮辱讓給你呀，因為你的涵養功夫實在太好了。

那向來昏庸軟弱的國王，聽了婦人這番反諷激將的言辭，竟然如大夢初醒般而振作起來，他首先嚴辦那群歹徒，替婦人報了仇，而且凡是褻瀆國王尊嚴者，也都遭到懲罰（第一日第九篇〈受辱的涵養〉）。婦人的一席話改變了一國之君，使其英明有為。此影響甚鉅，想必是婦人始料未及，然也由此可見言語的力量驚人，善於辭令者出言致勝，強於惡言相向、兵戎相見。

③善處事型——代解圍式的故事情節多半是：有一個強權惡霸介入巧女的家庭，欺壓善良老實的父親、公公、丈夫，或者覬覦其美貌而用各種手段脅迫就範，然最後都被巧女一一破解克服，嚇阻了惡人、權貴的野心暴行。此外，巧女亦替兄弟、妯娌或其他陌生的婦女解圍〔註119〕。《三言》裡的小妾聞淑女機智勇敢，巧脫夫險；張淑兒設計故縱楊元禮，使楊生逃離匪僧毒手，皆堪與民間故事中的巧媳婦、智女相媲美。

（2）相異的人物特質與故事情節

除了英國公主與茲娜維拉為追求婚姻自主、保全性命而女扮男裝，表現其善於處事的人格特質外，其餘的巧婦智女則將善於處事的能力用之於掩飾

〔註119〕如《中國民間故事全集》十四冊貴州侗族〈好姑娘〉，其故事內容是敘述好姑娘的嫂嫂抱怨丈夫不足倚靠，而好姑娘便用歌謠來點醒她，為其兄挽回了夫妻的感情。又如《中國民間故事全集》三十一冊遼寧滿族的故事〈四妯娌上街〉，其內容甚是趣味：一天，四個媳婦要上街買東西為公公祝壽，順便想要替自己買些「零碎」，吝嗇的公公一聽媳婦們要買「零碎」，就怕花家裡的錢，因此對媳婦說他要四種東西祝壽，買到了才能用他的銀子去買零碎。他要——房又房、長又長、圓圓扁和方又方。當三個媳婦正發愁想不出公公這四個謎語的答案時，四媳婦馬上猜出壽桃、粉條、油炸糕與豆腐就是公公所要的東西；公公於是很心疼那些銀子，所以就假意要幫忙買東西。此時的四媳婦便以其人之道還治其人之身，而小氣的公公一時之間猜不出來，只得履行約定拿出銀子，讓四個媳婦上街去。

自己的婚外情或糊塗事。但是,《十日譚》、《三言》中的巧女都是有名有姓,有其獨特的形象,與民間故事裡其言行符合慈孝貞節,甚至可謂之爲「千人一面」〔註120〕的巧女,有相當程度的差異。

2. 妒婦

卡蒂拉醋心重,只在乎自己的丈夫費列貝洛,而這善妒的弱點爲覬覦其美色多時的理查德所看穿,卡蒂拉因此中了登徒子的圈套而失身。由此可知,人的妒意一旦被挑起,其本身即陷入庸人自擾的漩渦,甚至使自己溺斃於醋海之中,卡蒂拉在發現眞相後亦悔道:

> 只怪我自己思想簡單,太會妒嫉,才被你騙到這裡來。

而妮娜達爲了和情人長相廝守,不惜捨下父母與之私奔。然而情人竟喜新厭舊而移情別戀,妮娜達察知愛人的薄情,不覺妒意勃發而寸步不離地監視他。後來,妮娜達因愛生恨,遂決定要毒死情人以爲自己出這口怨氣。妮娜達固然如了願,但最後亦東窗事發,二妹欲解救她而順從公爵的求歡,卻引起情人的不滿而遭殺害,三妹與其愛人也因此血案而受到牽連。所以,「妒」的情緒產生之後,容易使人失去理性思考的能力而做出錯誤的判斷、行爲,不僅解決不了問題,還傷害了彼此與無辜的人。於此,特別要提出來的是妮娜達在情人變心後的所有心理反應與行爲:起初的痛不欲生,後來愈想愈氣,變成狂怒,也不在乎過去對情人如何地恩愛,現在就恨他入骨。待某天夜晚,天氣悶熱,情人口渴不已,妮娜達便不假思索,趁機把一杯毒藥遞了過去,而不知情的負心人喝了下去,果然於第二天早上毒發身亡。此刻的妮娜達冷靜地演著戲,她放聲大哭把情人隆重下葬,使人無法對其愛人的暴斃起任何疑心。若非替妮娜達配製毒藥的老婦因爲別的罪案而被捕,也不致於讓妮娜達謀害情人的秘密曝光。由此可印證愛恨不過是一線之隔;妮娜

〔註120〕洪淑苓於〈女性與智者:巧女故事的兩個介面〉説道:「她們(巧女)的故事有普遍性,但主角人物的面目卻是模糊的,連一個可供紀念的姓名都沒有。換言之,是眾多的巧女成就了一種女性的德範,而且是被這個社會所認可的標準。這個情形並非陌生,根據統計,在二十四史中,包括《列女傳》以及各附傳所見的女性,總數不過八二一人,和史上諸君子比起來,這樣的比例微乎其微,何況她們多以某氏、某某妻、女、母,這樣的稱謂出現,是一個附屬的身分,而非獨立的個體。她們之所以入傳,也泰半因其言行符合慈孝貞等婦德。是故,不僅書面歷史,民間口傳系統裡,一樣也顯現了這種現象:女性在歷史上的模糊面貌,甚至『千人一面』,很難找到傑出而又有自己名姓的代表人物。」

達之所作所為正是「愛之欲其生，惡之欲其死」，充分顯露人性的晦暗面與其不堪。

3. 悍婦

「悍妒」可說是婦女抵抗丈夫或情人另結新歡的自衛行為〔註121〕；薄伽邱筆下的蒂莎即為一典型的代表人物。當她目睹丈夫卡拉特林諾與妮可羅莎摟摟抱抱時，便不由分說地撲向老公，又抓又咬，瞋目怒罵，日後仍舊對此事耿耿於懷，且不時借題發揮訓斥丈夫。

又如：喬塞福之妻亦是一位悍婦，薄伽邱以「舉世罕見」來形容她的凶悍潑辣無人能及；她一向驕橫慣了，完全不尊重丈夫，喬塞福不得已只好求助於所羅門王。上述的兩位潑婦固然驃悍兇暴，但與中國漢朝的呂后、袁紹妻劉氏等人相較，只是小巫見大巫。呂后與劉氏不敢直接將妒忌憤怒發洩於丈夫身上，竟然轉而妒恨介入其婚姻生活的女性，於是在夫婿死後，即以駭人的手法來對付其他姬妾，如呂后把戚夫人摧殘成「人彘」；劉氏則盡殺寵妾五人，又毀其形貌〔註122〕。於此，更印證了「妒」、「悍」是相生相成的，妒嫉的結果易產生悍戾的報復行為。

4. 愚婦

思君令人老，無知令人蠢。《十日譚》裡的愚婦因為自身的無知，或不懂惜取眼前人，如瑪格麗特、巴奧羅家的小姐；或受制於神棍的左右，如白歌洛萊、莉賽達、珍瑪達、阿莉貝克；或狂妄自大而目空一切，如契絲卡、瑪格麗達；或賣弄風騷欺騙他人感情而自食惡果，如年輕富孀愛倫娜。

於此，特別要指出的是契絲卡，她是位身段苗條，稍有姿色的女子，然而卻欠缺自知之明，妄自尊大，以為自己有閉月羞花之貌，其他的男男女女都讓她譏嘲得一文不值。一日，她回到家後便長吁短歎，叔父即向她詢問了一番，豈料契絲卡竟回答道：

> 不錯，我今天早回來了些，這是因為我覺得城裡使人討厭的男男女女，再沒有像今天那樣多得不可勝數了。我在街上碰來碰去的全是

〔註121〕林語堂《吾國吾民》第五章〈婦女生活〉：「婦人善妒的心理乃與蓄妾制度並興，其理易見。因為悍妒可視作婦女抵抗男子置妾的唯一自衛武器。一個善妒的妻子只要會利用這一種本能的力量，便可阻止她的丈夫娶妾。」

〔註122〕《後漢書‧袁紹劉表列傳》第六十四上，注文引《典論》：「袁紹妻劉氏性酷妒。紹死，僵尸未殯，寵妾五人盡殺之。為死者有知，當復見紹於地下，乃髡頭墨面，以毀其形。」

> 那些面目可憎的人——也算是我倒了八輩子的楣！我想世界上還有
> 那一個女人比我更討厭這班醜八怪呢！我為了要避開他們，所以急
> 忙回家來了。

叔父了解原委後，實在受不了她的狂妄，於是說道：

> 既然妳看到面目可憎的人就受不了，那麼如果妳要活得快樂，就千
> 萬別對著鏡子照妳自己的尊容吧！

然而契絲卡卻聽不出叔父話裡的真意，還說要像別的女人一樣，經常照鏡
子。薄伽邱於故事尾聲說道：

> 她自以為擁有跟所羅門王相匹敵的智慧，其實卻像是一根蘆葦，肚
> 子裡空無一物。

由此可見契絲卡真是一個無可救藥的愚婦；至於其他蠢婦的愚行請參見本文
第三章第八節。

　　讀者們於閱讀《十日譚》這些愚婦故事之際，除了嘲笑解悶外，應嚴肅
思考婦女的教育問題。昔者，婦女的受教權較不受重視〔註123〕，再加上傳統、
社會、家庭賦予女性的角色扮演多為被動的，所面對、處理的是非公眾事務，
換言之，大都屬於家務瑣碎之事，因此，其識見必然有限，智慧難以獲得啓
迪。然而，婦女教育不容忽視，何以言之？眾所皆知，家庭是組成國家、社
會最基本的單位，其成員包括父母、子女。事實上，母親在家庭中所扮演的
角色具有舉足輕重之份量，因為子女自胚胎時期即與母親關係密切，無論於
人格成長、思想行為模式之建立皆深受母親的影響。所以，要培育一位身心
健全的兒童，其前提條件就是需要一位理性與感性兼備的好母親，而好母親
則是因著婦女接受良好教育所成就的。由此可見，婦女教育是當政者首要注
重並加強推行的政務之一，才能開發女智，而使國家的主人翁得到妥善的教
養，國族種性方可發揚、生存。

　　5. 烈女

　　綺絲蒙達、安德蕾薇拉與羅西里奧納爵士夫人都是性情剛烈的女性，其
共同之處在於三人皆能為愛犧牲、奉獻寶貴的生命。

〔註123〕何以見得？試檢視中國文化社會裡的女性，在「婦人識字多淫誨」、「女子無
　　　才便是德」的觀念下，除了權貴或有家學淵源的大家閨秀較能夠學習一些基
　　　礎小學，接受禮教、文學之洗禮外，女性之於學識的確受到很大的限制，縱
　　　然她們有心求學、求知，則往往必須喬扮為男性，才得以在傳統男性社會與
　　　男人一樣作學問、任宰相，如祝英台、孟麗君等。

　　綺絲蒙達在父親發現了她與克斯卡多的私情後，隨即明白父親必將處死情人，不禁悲從中來，然而她硬是眼淚往裡吞，因為崇高的愛情戰勝了脆弱的心，她以驚人的意志力，強自鎮定，並且打定主意，寧可死也不說一句求饒的話。因此，她勇敢無畏，眼無淚痕，臉無愁容，坦蕩地面對父親而說道：

> 我不準備否認這件事，……。也不想請你看在父女的情份上來開脫我，我只想把事情的真相講出來，用充分的理由來為我的名譽辯護，然後就用行動來堅決響應我靈魂偉大的號召。不錯，我確實愛上了克斯卡多，只要我還活著——只怕是活不長久了——我也始終如一地愛他。假使人死後還有愛，那我死了之後還要繼續愛他。我墜入情網，與其說是由於女人的意志薄弱，倒不如說，因為你不想再給我找個丈夫，同時也因為他本人可敬可愛。

又說：

> 有些女人只要隨便找一個男人就滿足了，但我可不是那樣；我是經過了一番觀察和考慮，才在許多男人中間選中了克斯卡多，……。你方才把我痛罵了一頓，聽你的口氣好像我結下一段私情，罪過倒還輕；只是千不該萬不該去跟一個低三下四的男人發生關係，好像我要是找一個王孫公子來做情夫，那你就不會生我的氣了。這完全是毫無道理的世俗成見；這點你不應該責備我，只能埋怨那命運之神，為什麼他老是讓那些庸俗無能之輩竊居顯赫尊榮的高位，把那些人間英傑反而埋沒在草莽裡呢！

接著，綺絲蒙達又為情人辯稱：

> ……我們人類的骨頭都是用同樣的物質造成的，我們的靈魂都是天主賜給的，具有同等的機能和效用。我們人類是天生平等的，只有品德才是區分人類的標準，能發揮大才大德的人才當得起「貴」，否則就只能算是「賤」。這條最基本的律法雖被世俗的謬見所掩蔽，可是並不會就此給抹煞掉，它還是在人們的天性和舉止中顯露出來，所以凡是有品德的人就證明了自己的高貴，如果這樣的人被人說是卑賤，那麼這不是他的錯，而是這樣看他的人的錯。請你看滿朝的貴人，打量一下他們的品德、他們的舉止、他們的行為，然後再看看克斯卡多又是怎樣；只要你不存偏見，下一個判斷，那麼

你就是會承認，最高貴的是他，而你那些朝貴都只是鄙夫而已。說
到他的品德、他的才能，我不信任別人的判斷，只信任你的話和我
自己的眼光。誰曾像你那樣時時讚美他，把他當作一個英才？真
的，你這樣讚美他不是沒有理由的。要是我沒看錯人，我敢說：你
讚美他的話，他句句都當之無愧，你以為把他讚美夠了，可是他比
你所讚美的還要盛過三分呢！要是我把他看錯了，那麼就是我上了
你的當。……你不妨說，他是個窮人，可是這話只能給你帶來羞恥，
因為你有了人才卻不知提拔，把他埋沒在僕人的隊伍，貧窮不會磨
滅一個人的高貴品質，反而是富貴使人喪失了志氣。許多帝王、公
侯將相，都是白手起家的，現在有許多村夫牧人，從前都是豪富巨
族呢！

最後，綺絲蒙達仍然堅定無悔地對父親說道：

……你儘管用殘酷的手段來對付我吧，我絕不向你乞憐求饒，因為
如果這算得上是罪惡，那我就是罪魁禍首。我還要告訴你，如果你
怎樣處置克斯卡多，或準備怎樣處置他，卻不肯用同樣的方法來處
置我，那我自己也會動手來處置我自己的。

儘管綺絲蒙達義正辭嚴的每一句話都說進其父唐克烈的心裡，然而唐克烈畢
竟不完全瞭解自己的女兒，他以懲罰克斯卡多來打擊綺絲蒙達的熱情，欲使
她冷下心來。於是他命令兩個僕人，將克斯卡多縊死，挖出其心臟，並盛以
金杯，遣人送給綺絲蒙達。

再說綺絲蒙達早已叫人採了惡草毒根，煎成毒汁，準備於其疑慮成為事
實，就隨時要飲下以了結生命，待她接過金杯，立即明白了此必然是愛人的
心臟，她緊緊地捧著金杯，注視那顆心而說道：

唉，你是我的安樂窩，我一切的幸福全都棲息在你身上。最該詛咒
的那個人的狠心行為——他叫我現在用這雙肉眼注視你！我只要能
夠用我那精神上的眼睛時時刻刻注視你，就已經滿足了。你已經走
完了你的路程，已經盡了命運派給你的任務，你已經到了每個人遲
早要到達的終點。你已經解脫了塵世的勞役和苦惱，你的仇敵把你
葬在跟你身分相稱的金杯裡，你的葬禮，除了還缺少你生前所愛的
人的眼淚之外，可以說什麼都齊全了。現在你連這個也不會欠缺了，
天主感化了我那狠毒的父親，命令他把你送還給我。我本來準備面

> 不改色，從容死去，不掉一滴眼淚；可是現在我要爲你痛哭一場，
> 哭過之後，我的靈魂立刻就要飛去跟你那可愛的靈魂結合在一起。
> 你的靈魂使我傾心追隨你，一同到那不可知的冥域去。我相信你的
> 靈魂還在這裡徘徊，憑著我們從前的樂園〔註124〕；我相信你依然愛
> 著我的靈魂，你等一等我吧！

就以上綺絲蒙達之言，可見薄伽邱刻劃出一位思慮清晰、理性的女性，她之所以愛上克斯卡多，絕不是一時的性愛衝動，而是經過一番細心觀察和嚴肅選擇的。她是一位勇敢剛烈而多情的女子，能夠打破世俗的偏見，執著而熱烈地戀著「低三下四」的侍從，直到殉情而無怨、無悔，甚至還盼望在冥域中與愛人聚首。

另一位不惜以自己的生命去咀嚼愛情禁果的是羅西里奧納爵士夫人。她愛上了不該愛的人，也爲這段戀情付出了慘痛的代價——誤食了情人的心而悲痛欲絕，最後亦選擇生死相許，跳樓殉命，而且跌得粉身碎骨。爵士夫人並無懼丈夫的羞辱，她悲傷的是愛人橫死刀下，她氣憤的是丈夫手段卑劣，她爲此而走上不歸路，更突顯其敢愛敢恨的剛烈性情。

而安德蕾薇拉在情人猝死之後，淚如雨下，還因悲痛過度昏厥。然於運送愛人屍體的途中，遇上了巡警，她立刻收拾哀傷，勇於面對現實，坦然地說道：

> ……我願跟你們一起去見縣官，把經過的實情告訴他。可是我既然
> 跟著你們走，你們就不許對我動手動腳，或是碰一下屍體，弄亂了
> 他身上的任何東西，誰敢濫用職權，我一定要在縣官面前告他。

但萬萬沒料到縣官竟想藉故要脅安德蕾薇拉，圖謀染指。此時的她堅決反抗，抵死不從，並且厲聲斥責縣官的禽獸行徑，這個不義之徒於是無法得逞。後來，安德蕾薇拉見到了父親，便跪著哭道：

> 爸爸，我的所作所爲和我所遭遇的不幸，想必你都已聽到，我也不
> 必再說了。我現在只有請你寬恕我的錯誤——我不該瞞著你，和我
> 的情人私下結婚。只不過我這樣向你討饒，並不是爲了想逃脫死罪，
> 我只希望到死還是當你的女兒，不要成了你的冤家。

於此可見一個個性堅定，爲愛捨生的女性，同時也是一位珍惜親情的女兒。

最後，老父接受了女兒所有的選擇，在拒絕縣官的厚顏求婚後，安德蕾

〔註124〕係指克斯卡多的心。

薇拉隨即進入修道院過著貞潔的生活。她無畏強暴，更不屑縣官夫人的頭銜，為愛從一而終；此等作為與追求理想、堅持原則的中國士大夫相較，一點也不遜色。

6. 貞婦與賢妻

《十日譚》裡的貞婦、賢妻具有共同的特質，她們忠於自己的感覺、忠於自己的愛情、婚姻與家庭。換言之，當其婚姻、家庭面臨衝擊或考驗時，她們皆盡心盡力去經營、維護，使之得以延續或重生。

例如白莉杜拉夫人在丈夫落難生死未卜的情境之下，只得撇下所有的家產，亦不顧自己懷有身孕而匆匆忙忙地帶著八歲的長子逃往利巴利，並於當地生下了次子。後來，夫人雇了一位乳娘，一行四人登上船準備到那不勒斯去投靠親戚，孰料蒼天作弄人，這艘船中途遇到風暴，好不容易倖存登上岸去，一日又遭劫掠，獨自出去散心回來的白莉杜拉驟失愛子和乳娘，因此孤零零流落杳無人煙的荒島上。她幾乎要絕望了，但是，日子還是得過下去，吃野苔、喝山泉、和一對羔羊為伴；有時想起丈夫孩子與過去的種種情景，就痛哭一場——這位養尊處優的貴夫人從此變成了野人。一天，島上來了一對夫婦，他們是白莉杜拉夫婿的舊識，在巧遇交談之後，便力勸夫人與之同行。原本已然不願再回到「人間」的白莉杜拉終於被說服，她跟隨上了船，穿著寡婦的衣服，舉止謙遜柔順，宛如是這對夫婦的女僕，不教人認出她來。最後，白莉杜拉夫人否極泰來，不僅尋回失散多年的兒子，並且與親夫團圓，全家歡聚喜悅真是一言難盡。

又如茲娜維拉與愛苔麗達（參見第三章第三節），一位是莫名其妙遭到丈夫的誤解和暗殺；一位則是因訛傳而以為夫婿陣亡，於是引來娘家逼迫改嫁。上述這三位婦女皆備嘗與至愛至親生離死別的痛苦，人生就此陷入絕境；然而，她們卻能以無比的韌性接受現實的打擊與淬煉，茲娜維拉更運用智慧使誣陷她的惡徒伏首認罪而反平了自己的冤屈，並寬恕丈夫，包容其不明是非、不論曲直又狠心的愚行。原來，茲娜維拉死裡逃生後便女扮男裝，在蘇丹手下做了官，後來，她竟遇上了毀謗其名節的安普洛朱羅，於是藉故與之親近，還替他造了一座貨棧，讓這惡徒不疑有他地視其為知己。最後，茲娜維拉透過管道〔註125〕找來了丈夫，三人在蘇丹面前對質，終使真相大白。

〔註125〕茲娜維拉通過幾位熱那亞的大商人，設法使丈夫貝納波來到亞歷山大利亞。
　　　　當時丈夫已窮困潦倒，茲娜維拉於是託友人照顧他一切，但並不聲張，直到

而喬娃娜、卡塔琳娜與莎薇絲特拉，此三位貞婦則是在面對仰慕者與昔日戀人的求愛時，能夠理性地向對方表明自己的立場，並加以婉拒其情意。莎薇絲特拉即對初戀情人濟洛拉摩說道：

> 唉，濟洛拉摩，看在老天的面上，快走吧，我們孩童時代那一段戀愛已經過去了。你知道，我已經是個有夫之婦，假使我再想到別的男人，那就是我的不是了。所以我求求你，做做好事，快走吧。萬一我丈夫醒來聽到你的聲音，即使不鬧出什麼亂子來，我從此也休想再得到家庭的幸福了，而且現在，他這樣愛我，我們正過著和睦幸福的日子呢！

事實上，莎薇絲特拉並沒有忘了舊情，這可以從濟洛摩拉死後，其一慟而絕的激烈反應來得到印證〔註126〕。然而，她明白自己的身分，懂得珍惜現狀、身邊的家人，即使情人對她說了許多求情的話，許給她很多好處，她還忍痛將青梅竹馬的愛人視為陌路人，讓往日戀曲就此劃下休止符。

又如卡塔琳娜非常感謝金迪先生為她所做的一切（參見第三章第三節），但是她並不因為金迪有恩於己而接受其求愛；反是請求金迪顧念從前愛她的情分，並且本著君子仁厚之風不要做出損及她與夫家名譽的事。至於救命之恩，卡塔琳娜則強調無論金迪有何要求，只要她辦得到且不妨害其名譽，一定會使恩人如願。此等將恩義與愛情劃分清楚的理性，相當難得。在中國小說裡有不少為圖報恩而以身相許的女性，如《警世通言》卷廿一裡的京娘，除了知恩圖報此一原因外，亦攙雜著懾服於救美英雄的氣慨，故而產生仰慕的情愫；再者是女性的生活空間有限，難與異性交往，所以在這樣因緣際會之下，使得蒙被恩澤的女性或暗示或直捷地自薦追隨，只求事奉恩人日常起居。

而喬娃娜則是無視於費得里哥為她所做的一切，儘管這位愛慕者常常舉行騎馬和比武競賽，或是宴請高朋貴友，揮金如土，毫不吝嗇，但始終無法博得喬娃娜的歡心，因為她不只是長得漂亮，而且很有節操，能夠持守一位有夫之婦的本分與美德；即使丈夫過世，她仍是一個貞潔、識禮的孀婦。為

　　時機成熟。

〔註126〕莎薇絲特拉蒙著頭巾，擠在婦女中間，望見死者（濟洛拉摩）的臉兒，她不禁柔腸寸斷，心裡突然燃燒起當初愛情的火燄來。她直奔到死者面前，發出一聲淒厲的呼聲，就撲倒在死屍上，以後就沒有聽到她的哭聲了，原來她一接觸到情人的屍體，心都碎了。

了慰藉獨子思鷹之情（參見第三章第六節），喬娃娜左思右想後〔註127〕，只得央求費得里哥割愛。那一天，她帶著一位女伴登門拜訪，讓蕩盡家產的費得里哥欣喜不已，三人於是客氣地問好並一同用餐。由此可見喬娃娜懂得避嫌，以杜絕他人的蜚短流長，維護其貞潔的寡婦尊嚴。

此外，另一位「用心良苦」以絕仰慕者非分之想的貞婦是狄安諾娜（參見第三章第三節），惜其智慧不足，再加上對男性心理了解有限，險而因此賠上自己的名節與婚姻幸福。幸得丈夫諒解寬容，使得那位愛上狄安諾娜的有心人受到感召而羞愧不已，並自行取消約定，才讓狄安諾娜保全其貞操與名譽。

最特殊的一位賢妻貞婦要屬格麗雪達，其婚姻衝擊竟是來自於丈夫古阿特里突發奇想的試煉，所幸格麗雪達能夠逆來順受，毫無怨言，終於苦盡甘來，通過考驗而保住後半輩子的家庭幸福。

7. 蕩婦

安波露西是位富商太太，但是她卻為了兩百個金幣而背叛丈夫，出賣自己的身體，與暗戀她的古法多發生關係。薄伽邱藉妮菲爾之口說道：

　　女人因為貪圖金錢而和人通姦應該受到火刑的處罰。

又批評安波露西道：

　　那位夫人——我們或者不如說那個不知羞恥的女人，……。

由此可見薄伽邱相當輕視這類女性而且還深惡痛絕，恨不得除之而後快。

另一位德行敗壞的女人則是楊可費奧利夫人，她以色相和甜言蜜語來勾引無知的富商巨賈，拐騙他們的財貨，有的還因此而傾家蕩產，或連性命都落在她的手裡。其魅惑男人的手段可謂之一流，她先讓無知的男人燃起熱情之火，隨即派個擅長穿針引線的女僕前去攀談、乞憐後，再訂下幽會的時間、地點。接著，便以裸身共浴撩撥男人的性慾，又布置了令人心醉神迷的

〔註127〕喬娃娜的兒子說道：「母親，如果你能把費得里哥那隻鷹弄給我，我的病馬上就好了。」此言一出著實讓喬娃娜費思量，她知道費得里哥早就愛上她了，而她連一個眼色也沒有回報過他，她心想：「我聽說他那隻鷹是天下最好的鷹，而且是他唯一安慰，我怎麼能夠叫他割愛？人家什麼也沒有了，就只剩下那麼一點樂趣，要是我再把牠剝奪掉，那豈不是太不近人情了嗎？」雖然喬娃娜明知只要向費得里哥要，他一定會給她，但是她總覺得有些為難，一時竟不知道該如何回答兒子才好，只得沉默了片刻不做聲。最後，愛子心切戰勝了一切疑慮，而決定無論如何也要使兒子滿意，遂答應要親自去把鷹弄來給他。

臥房，使這些上勾的男人宛若進了天堂樂園，如此這般的溫柔鄉怎能不叫男人心動？由此亦可驗證某些男性的弱點：其理智一旦爲情欲所遮蔽，就可能給了不正經的女人「放長線釣大魚」的機會；而爲卿瘋狂，無一事不樂於從命的結果即可想而知了。所以，當佛羅倫斯青年薩拉巴托中了楊可費奧利夫人的美人苦肉計後〔註128〕，就自告奮勇地挪用公款支借她，等這筆錢落到夫人手裡，局面完全改觀，薩拉巴托的飛來豔福也旋即終止。

　　不過，薄伽邱倒也不叫薩拉巴托吃虧，這涉世未深的青年逃到那不勒斯投靠友人彼埃羅特，好友立刻替他想出妙計，以其人之道還治其人之身（參見第三章第五節），不但拿回積欠東家的公款，又將裝滿水的油桶和苧麻當作抵押，向楊可費奧利夫人支借一千金幣，報復的目的達成後即逃之夭夭，還把這女騙子受其愚弄的事接連取笑了好幾天。像楊可費奧利夫人爲了金錢而做出欺騙別人感情、人盡可夫的惡行，最後終要得到報應，蝕了大本，故以「蕩婦」稱之並不爲過。

　　8. 癡女

　　爲愛尋死覓活、堅貞守身是謂癡情，除了前述的「烈女」爲愛轟轟烈烈地犧牲生命、奉獻青春之外，還有幾位溫婉佳人默默持守愛的信約，或深情等待；或抱憾而終。如姬蕾達與麗莎爲了情有獨鍾的人費盡心思，愛得辛苦（參見第三章第四、八節），以實際的行動來示愛，使有名無實的丈夫回心轉意；讓高不可攀的國王明白少女純潔的愛慕之情。又如歌絲坦茲以爲情人已葬身海底，於是意圖自絕，所幸這個癡心人爲一老婦搭救收留，後來，她聽到情人還活著，而且已成爲突尼斯國王的寵臣，於是設法與之見面，並結爲夫婦，衣錦返鄉。歌絲坦茲歷經了這許多波折才得來幸福，她是相當幸運的；依莎貝達則不然，她所鍾愛的羅倫茲竟被勢利的兄長謀害，尚不知情的她每天晚上可憐地反覆呼喚愛人的名字，企求他早日歸來。依莎貝達淚流滿面，內心責怪羅倫茲不該在外逗留，但仍然耐心地期待有一天他會回到她的身邊

〔註128〕楊可費奧利夫人故作傷心狀，對薩拉巴托說道：「我剛剛接到我弟弟從梅西納寄來的一封信，叫我把所有的東西都賣掉當掉，在八天之內湊足一千塊金幣寄給他，否則他的頭就保不住了。叫我一下子到哪裏去張羅這麼一大筆錢呢？要是給我十五天的期限，我還可以分頭去設法，再多些也不難，再不然，還可以賣掉一個牧場。現在眼看已經來不及了。唉，我還不如死了乾淨，也免得聽到這種壞消息把人急死！」而這個涉世未深的年輕人見她這樣痛哭流涕，言辭哀傷，居然信以爲真。

來。有一夜，她比平時更加感傷，想到也許從此再也不能跟愛人見面了而哭
得柔腸寸斷，恍惚之間，她看見了羅倫茲形容枯槁，身上的衣服被扯得粉碎，
並對著她說：

> 唉，依莎貝達，妳整天茶飯無心，只是思念我，叫喚我，流著淚，
> 苦苦地埋怨我。但是別再癡心了，我再也不能回來和你見面了，就
> 在妳最後看到我的那天，妳的三個哥哥把我謀殺了。

然後又告訴了依莎貝達埋屍的地點，叫她不必再呼喚他，更不需等待他。這
位望眼欲穿的少女驚醒過來，對夢境深信不疑，於是急忙按照夢中的指示前
去找尋，果然就發現了情人的屍體。故事發展至此已是夠悲慘的了，然而，
依莎貝達仍舊不死心，她想安葬情人，又恐為人察覺，因此只得拿出一把小
刀將愛人的頭顱割下，以方巾包裹帶走。回到家中，她關上房門，取出人頭
而放聲痛哭，用滾滾的淚珠洗淨那沾滿污泥的頭顱；又把人頭一吻再吻，然
後放進一雅緻的大花盆，上面鋪蓋泥士，種了幾株羅勒花，且終日伴著這盆
花，留戀不捨，還以自己的眼淚朝夕灌溉。由於她時常對著花癡望半天，又
突然湊在花盆上哭泣，因此漸漸地一天比一天憔悴，那雙哭腫的眼睛幾乎要
從眼眶裡掉出來。後來，可惡的兄長們偷偷拿走花盆，可憐的依莎貝達逢人
便問花盆的下落，苦苦哀求快把花盆還給她。狠心的三位哥哥無視於妹妹的
乞討懇求，依莎貝達日以繼夜地痛哭，終於不支病倒，此時的她在病中仍不
斷追問花盆，最後就這樣香消玉殞，真是印證了李商隱所謂的「春蠶到死絲
方盡，蠟炬成灰淚始乾」（李商隱七言律詩〈無題〉）。

在薄伽邱的描述之下，讓人看到了一位面對兄長阻撓扼殺其愛情的少
女，毫無反抗的能力或餘地，就連保有藏著愛人頭顱的花盆也被剝奪取走，
可謂完全揭示出一個癡心弱女子的苦楚。另一方面，薄伽邱藉由依莎貝達的
行為來呈顯——深陷於愛、癡戀情境裡而失去自我的女性形象——癡情的人
往往得忍受痛苦，甚至使自己成了悲劇苦果的承擔者，尤以受到外在環境局
限或遇人不淑者為甚。

9. 其他

（1）怨婦

及年而未嫁者謂之「怨女」；然而，嫁作人婦其婚姻卻不如意者，應可稱
之為「怨婦」。《十日譚》裡的怨婦常因夫婿在外作戰或忙於事業而獨守空閨，
再加上其優沃的物質享受且閒居在家，單調的日子使得精神百無聊賴，芳心

寂寞之情油然而生，如法王子妃、羊毛商人妻。另一類的怨婦則是因為丈夫老邁或勤於修煉而冷落了她們，如伊莎蓓達、馬茲奧之妻。但是，這群怨婦並不甘寂寞，所以為了滿足自己的心靈與情欲，於是用盡心思尋覓情夫，演出婚外情。

中國的唐詩宋詞多有描寫深閨思婦的幽怨，在這些作品裡的怨婦形象與《十日譚》截然不同。一是憂思於心，引領盼望丈夫的歸來或追夢相見；一是孤枕難眠，積極主動另結新歡。然而，這都是人性真實的反應，有的人感情較內斂；有的人則熱情如火；有的人願意接受道德、倫理的約束而安分守己；有的人則是順任本性追求情欲上的需要。

（2）騷婦

愛倫娜與彼得之妻是典型的騷婦，薄伽邱以「風騷入骨」形容之。尤其是愛倫娜，她時常洋洋自得，左顧右盼，一心要看看有誰在豔羨她的美貌，所以當林尼艾里露出其傾慕之意時，她就笑著對自己說：

> 今天總算不虛此行，如果我沒有弄錯，我已經捉住一隻呆鳥了。

然後又不時地向愛慕她的人眉目傳情，存心愚弄男人的情感。

愛倫娜認為拜倒在她石榴裙下的男人愈多，就愈增高自己的豔名，尤其是那個占有她的愛情、享受著豔福的男子，更會把她看成一個寶貝。此種想法、行為完全是虛榮心理作祟，而且亦突顯出其膚淺無知、不尊重愛情、不明白愛與被愛的真諦。她以為只要姿色絕代，便能擁有被人所愛的憑證與保障，這是何等愚昧！殊不知建立在美貌基礎之上的愛情，恰似美貌，不會常在〔註129〕。她萬萬想不到情夫會拋棄她，更想不到自己捉弄了別人的感情，而後自食其果，還差點兒送命（參見第三章第六節）。

想獲得高尚可貴的愛情，其首要的條件是自愛而非輕薄，像愛倫娜如此賣弄風騷，欺騙他人的純情摯愛，是沒有資格愛別人的；更不值得為人所愛。

（3）淑女

《詩經》上說：「關關雎鳩，在河之洲，窈窕淑女，君子好逑。」的確，

〔註129〕司馬遷《史記·呂不韋傳》：「以色事人者，色衰而愛弛。」李白〈妾薄命〉亦曰：「以色事他人，能得幾時好。」英國思想家培根在〈談美〉也說：「美就像夏天的水果，容易腐而難以保存。世上有許多美人，雖曾有過放蕩的青春，卻迎受著晚年的愧悔。」

無論中西古今，美麗佳人總是男性們夢寐以求的伴侶、對象，〈戰爭後的喜劇〉中的阿妮莎與〈慧劍斷情〉裡的金妮芙拉姊妹皆是嬌麗非凡、德性教養兼具的姑娘，理所當然地，有許多青年對阿妮莎傾心而爭相求婚；金妮芙拉姊妹還叫年老的查理王心動不已、相思難耐。換言之，姣好的容貌體態爲人所眷戀，其在擇偶中所占的份量是無庸置疑的，因爲喜歡美是人的天性，若非如此，絕代佳人阿拉蒂艾公主怎會招惹九個男人的劫奪與占有？（參見第三章第八節）

然而，《十日譚》所塑造的這幾位窈窕淑女，其性格並不明顯，反倒是天生之麗質使自己成了「問題製造者」——男人爲之神魂顛倒或爭相求愛而短兵相接，於是有人便將「紅顏」與「禍水」畫上等號，成了某些男性敗德亂行的替罪羔羊。

（4）醜女

薄伽邱對於醜女的刻畫可謂之具體且活靈活現，他是這樣描述廚娘妞塔：

> 這家旅館有個又胖又矮、像一段樹樁似的醜廚娘，她的一對乳房大得像兩籃牛糞，一張母夜叉臉孔，滿臉都是汗水、油脂和煙灰。

另外還有一個醜女——西烏達，薄伽邱說道：

> 寡婦家裡有個女僕，年紀已不小了，長得可眞難看，世界上再也找不到第二個像這樣醜陋的女人來。她長得鼻塌、嘴歪，嘴唇兒厚，門牙露在外面，一雙斜白眼，眼皮又紅又爛，再配上一身青銅色的皮膚……，這還不算，她的臀部一邊低一邊高，走起路來，右腳有點兒帶跛。她的名字本來叫西烏達，但是因爲她長得像一隻癩皮狗，所以大家管她叫「西烏達扎」〔註130〕。她生得這樣奇形怪狀，倒也罷了，誰知她平常還不肯安分呢！

由此可見文學家的筆鋒是多麼地犀利，其窮形盡相的功力如同藝術家的巧手雕琢塑造出各類人物，寫實而深刻。

薄伽邱之所以創造了妞塔與西烏達，其主要目的並非嘲弄外貌形體醜陋者，而是呈現當時社會、階級中形形色色的人物。此外，這兩個醜女故事都與教會人士有關，在〈變色的聖物〉裡，契波拉修士就在妞塔工作的旅館住下，修士有個鄙野骯髒的僕人名喚古丘，他將主人的行李一丟，便一溜煙跑

〔註130〕西烏達扎（Ciutazza）的發音令人聯想起「狗一般的」（Cagnazza）。

到廚房與那廚娘妞塔聊天，還誇口要帶她走，讓她脫離仰人鼻息的生活……。
而就在此時，兩個策劃陰謀要使修士出醜的年輕人於是利用古丘和妞塔糾纏
不清的機會，將修士所準備的聖物盒換成木炭屑（參見第三章第九節）。所以
說妞塔和古丘是故事的串場角色，亦是逗人發噱的甘草人物；薄伽邱還以「一
隻老鷹撲向腐肉一樣」來形容古丘迫不及待尋找那個奇醜無比的廚娘，更是
令人拍案叫絕。

　　而〈醜女良宵〉裡的西烏達則成了主母的替身，等待想吃天鵝肉的教士
前來赴約，黑暗之中，教士摸上了床，喜孜孜地將不作聲的西烏達摟在懷裡，
又親又吻。此違律犯戒的醜事曝光後，最叫他受不了，氣得發瘋的不是被監
禁處分，而是每當他走到街上，小孩子就指著他說：

　　　看，這就是跟西烏達札睡覺的那個男人！

薄伽邱藉著西烏達這位醜女也能享受一夜良宵，來達到諷刺嘲笑好色無恥之
徒的效果，相當有喜感，戲謔意味十足。

（5）弱女

　　由於先天體能上不如男性，再加諸社會意識刻意塑造與深化，女性在思
維、情緒和舉止行為的表現上多是依附於男性（即父兄或丈夫）而形成溫
馴、順從的個性。《十日譚》裡的突尼斯公主、西蒙娜與蕾絲蒂杜達即是很典
型的柔弱女子，她們在面對婚姻、遭逢厄運或暴力脅迫時，是無能為力的。
換言之，這些女性只能任由擺佈，如突尼斯公主雖然試圖逃婚，但是其決心
仍不充分，還冀望情人賈比諾王子的營救；又如蕾絲蒂杜達難抵幾個西西里
無賴暴力挾持再獻給國王腓特烈，而國王又貪戀其姿色，也不問事實真相如
何，就把她納下藏嬌於古巴別苑，此時的蕾絲蒂杜達完全陷入求告無門的絕
境；而那可憐的西蒙娜眼見情人驟然死亡，已經悲痛到極點，且情人的好友
亦不問青紅皂白，口口聲聲主張要將她定罪處以火刑，使得原本無助的她更
加惶恐、不知所措。

　　天生的性別似乎註定了女人身不由己的命運，在女權意識尚未萌芽的時
代，女性必然服膺父系社會的價值與規範；在整個大環境的約制下，女人不
得不柔順，人格亦漸符合父系社會的期許。諸如蕾絲蒂杜達、阿拉蒂艾等面
臨陌生男子將她們視作戰利品來爭奪擄掠時，更顯出女性軟弱卑微、孤立無
援的悲哀。假若有勇敢的女性挺身反抗這一個以男性獨尊為主的價值標準體
系，那麼她（們）就勢必付出代價，其不順服的行為往往致使女性受到相當

的傷害，甚而賠上性命、鑄成悲劇，例如綺絲蒙達、安德蕾薇拉，其剛烈不妥協的個性與突尼斯公主、西蒙娜有著天壤之別；她們有主見、遇事鎮定，早已把個人生死置之度外，因而產生無比勇氣，擺脫了女性柔弱、依賴、膽小的刻板形象，直是女中丈夫。

（6）其他的婦女形象

除了上述所歸納的婦女類型之外，《十日譚》還有幾位個性比較獨具的女性：如剛愎成性、頑固不化的瑪格麗達；腳踏兩條船的愛蜜莉娜；冷酷不近人情的巴奧羅小姐；好為人師又假貞潔的女修道院院長。

薄伽邱塑造出各式各樣的婦女形象，不僅是《十日譚》裡每個故事中的靈魂要角，亦是當代社會的現實人物。使讀者能夠透過這群形形色色的男男女女去揣想十四世紀義大利、佛羅倫斯的生活百態，換言之，《十日譚》是一部寶貴的歷史文獻（參見《十日譚》，代譯序頁 11）。

分析過《三言》與《十日譚》裡的人物類型後，可見二書作者對人性的洞悉與掌握。在人物塑造上，不難發現二書裡正面人物的特質極為相似，他們表現出高貴善良的人性光輝與人們對愛的嚮往；但是二書中所塑造出來的負面角色就有較大的差異，簡言之，《三言》裡的負面人物將人性之惡發揮得淋漓盡致，較傾向為「絕對的惡」，他（們）的陰險狠毒是《十日譚》裡的負面人物所比不上的。

第三節　婚姻愛情悲劇之比較

西方悲劇從古希臘至現代，關於愛情的主題始終不缺席。《十日譚》第四日的話題便是以「不幸的戀愛故事」為主，說故事者必須將人們最不願意看到的衝突、矛盾展示出來，讓聽眾認清人生最嚴酷的事實與體會最絕望的痛苦。第四日第一篇〈金杯裡的心〉、第四篇〈西西里王子〉、第五篇〈花盆裡的愛人〉和第八篇〈情癡〉都是愛情悲劇，也具有一種所謂的「三段結構」：〔註131〕

一、越界行為

故事中的男女主角分屬於不同的兩個階級——貴族與平民或富貴與貧窮

〔註131〕參見張法《中西美學與文化精神》第四章第二節〈保存與毀滅：中西愛情悲劇〉。

的懸殊地位。戀人們的相愛是越界的行爲，他們彼此可以跨越設限而相戀，但是卻難以打破社會傳統的共識，因此，這一越界行爲註定其愛情之坎坷。例如綺絲蒙達貴爲親王之女卻愛上了父親的侍從克斯卡多；依莎貝達和家中夥計羅倫茲相戀；富商之子濟洛拉摩深愛裁縫之女；又如西西里王子和已許人的突尼斯公主彼此傾慕，他們身處於看重門第和階級的社會，其身分地位的差距就是一條鴻溝，而突尼斯公主之父是因爲某些政治利害關係將她許配給格拉那達國王，這不啻已爲愛情劃定了疆域。當這些青年男女充滿純眞與對愛的嚮往之心相遇時，他們便越界了。

二、一反到底

綺絲蒙達等人的越界行爲被發覺之後，即遭到自己最親近的人的反對。唐克烈親王監禁克斯卡多，甚至殺害了這個優秀的侍從來隔絕女兒和他繼續相愛；依莎貝達的兄長窺知妹妹與羅倫茲的私情時，亦以暗殺羅倫茲來分開此對情侶；濟洛拉摩之母瞧不起身分卑微的莎薇絲拉特而阻攔兒子與之往來。然而熱切追求愛情的戀人們仍然執著於所愛，綺絲蒙達和西西里王子更是一反到底。

三、以死殉情

誠如張法所說：

> 越界的愛情面對的是社會的狹隘共識。無論愛者意志多麼堅定，行爲多麼勇敢，都是不可能取得勝利的。他們要堅持自己珍貴的愛，其結果就只能是走向毀滅。傳統容不得這種越界的愛，愛要獲得勝利只有徹底離開傳統。死亡是他們擺脫傳統的唯一方法，因此，愛選擇了死亡。爲了選擇勝利、不屈服、不妥協的勝利，他們選擇了死亡。（《中西美學與文化精神》，頁 96）

是的，綺絲蒙達爲了追隨愛人，爲了反抗父親不合情理的阻撓，她選擇了仰藥自盡；依莎貝達、濟洛拉摩與莎薇絲特拉因爲無法和相愛的人結合而憂傷抑鬱以終；西西里王子還不惜爲愛而戰，以致於招來祖父嚴懲以死刑。雖然就爲情殉死而言，他們是失敗的，但是從他們以死殉情來說，他們則是勝利者。而且他們的死是有意義的，由於他們爲愛獻出生命，給傳統、社會帶來衝擊，使在世的人們必須正視問題，重新省思生命的價值定位，換言之，也就是將「門第階級」、「政治利益」放在審判桌上加以檢視，並在理性的指引

之下，使人從徹底毀滅中獲得認知與重生。

再從美學的角度來探究綺絲蒙達等人的愛情，無庸置疑的，它們閃爍著壯美的光輝。而詩人余光中說：

> 以哲學的眼光看，不了了之，反而餘音嫋嫋，眞要結合，倒不一定
> 是好事。愛情不一定要結婚才算功德圓滿，以美學的眼光來看，遺
> 憾也是一種美。（見《茉荚的孩子余光中傳》，頁 286）

所以，除了以嚴肅的情懷來看待這幾個不幸的戀愛故事之外，也不妨以此等淡然的心境去欣賞玩味一番。

另外，《十日譚》有第四日第三篇〈三姐妹〉與第九篇〈人心〉則寫肇因於對愛情、婚姻不忠的悲劇。這兩個故事和《三言》婚外情故事有著類似的情節，但是兩者所傳達的內涵卻是有所不同。〈三姐妹〉與〈人心〉的悲劇突顯出人類性格上的弱點——強烈的嫉妒心，使人喪失理性而犯下殺人情事——妮娜達毒死愛人勒斯達紐納；羅西里奧納則謀死情敵。他們的舉動和奧賽羅（Othell）如出一轍，不過奧賽羅的嫉妒弱點爲人所利用，他聽從了依阿高（Iago）的唆使擺佈並接受表面的證據，竟認爲德斯底蒙納（Desdemona）對他不忠，於是手刃至愛的妻子，直到最後才發現眞相而自殺。換言之，奧賽羅與妻子寶貴的生命是葬送在其嫉妒的性格弱點〔註132〕。同理，妮娜達雖然嚴懲了勒斯達紐納的薄倖；羅西里奧納報了友人奪妻之恨，但是亦付出慘痛的代價——妮娜達間接地害死了妹妹瑪達萊娜；羅西里奧納之妻爲情夫殉死，而他自己因懊悔做錯了事，又害怕當地居民的責難，只得騎馬逃走。由此可見，故事人物的性格與弱點是引致悲劇的主因之一。而《三言》裡的愛情婚姻悲劇則是映照出中國護禮衛道的軌跡，這許多悲劇的鑄成往往起因於「不倫之戀」，如《喻世明言》第三十八卷〈任孝子烈性爲神〉、《警世通言》第十三卷〈三現身包龍圖斷案〉、第二十卷〈計押番金鰻產禍〉、第三十三卷〈喬彥傑一妾破家〉、第三十八卷〈蔣淑貞刎頸鴛鴦會〉、《醒世恆言》第十五

〔註132〕《奧賽羅》爲莎士比亞劇作之一，故事是敘述威尼斯一位官宦之家的少女德斯底蒙納，仰慕年長她許多的摩爾族黑將軍奧賽羅，進而以身相許。後來，奧賽羅沒有拔擢依阿高爲副將，依阿高因此記恨在心；再加上他懷疑妻子愛蜜莉與奧賽羅有染，遂增強了他報復的決心。他利用奧賽羅和德斯底蒙納年齡、種族、文化上的差異，使奧賽羅在其精心設計下，完全失去了自信。他不僅從旁搧風點火，更設下陷阱，誘使奧賽羅相信其妻與副將卡西歐有姦情，最後終釀成悲劇。

卷〈赫大卿遺恨鴛鴦絛〉、第十六卷〈陸五漢硬留合色鞋〉，以及第三十四卷〈一文錢小隙造奇冤〉，就此類故事情節與人物的遭遇結果來看，作者應該是遵禮崇禮，維護正統禮教的人士。所以，當故事中的人物反此道而行時，便使自己陷入原欲的漩渦難以自拔，最後就走上毀滅之途。

此外，《三言》中還有三個愛情婚姻悲劇要特別加以探討：

（一）《警世通言》第二十八卷〈白娘子永鎮雷鋒塔〉

一般男女婚戀模式多為「男追女」，而故事裡的白娘子卻正好相反，她對許宣窮追不捨，先是在舟中與之搭訕，再以借傘還傘為由，邀請許宣到家裡，並且自薦匹配，又拿了五十兩銀子要許宣備辦婚事。後來，許宣因取用白娘子所盜的官銀而遭收押發配蘇州，白娘子又追至蘇州要與他成親。白蛇一心只在丈夫身上，當夫妻二人來到許宣姐夫李克用家，這李員外心術不正，欲得佳人共宿一宵，卻見一條吊桶來粗的大白蛇，兩眼一似燈盞，放出金光來。白娘子恐怕李克用對許宣說出真相，於是先發制人，舉述李員外的無恥之行。然後便建議丈夫自開生藥舖，要和許宣安安穩穩地過日子，但是天不從白娘子之願，許宣聽信姐夫、法海之言而不顧夫婦情分，請來道士捉妖，又將缽盂罩住妻子，使之最後被鎮在雷峰塔下。在這個悲劇裡，白娘子多情善良，她為了留住許宣而多次口出威脅之詞，可是卻不曾做出害人之事；她深愛丈夫而苦苦追隨並不斷地與外界阻礙的力量相對抗，就白娘子的所作所為來審視檢驗，她愛許宣有什麼不正當？沒有，然而由於她是蛇，不是人，因此從根本上已決定了她對許宣的追求是不合於禮的，她踰越了人（禮）與異類（非禮）的界線，於是遭到維護人妖分際的和尚道士們的反對與阻攔〔註133〕。如同綺絲蒙達、濟洛拉摩諸人越界的戀愛行為，必然遭到父兄的禁止。

（二）同上，第三十二卷〈杜十娘怒沈百寶箱〉

杜十娘的悲劇和白娘子有些雷同，她們二人皆犯了「高攀」之大忌而種下悲劇的種子——杜媺未能認清所謂的上層社會的遊戲規則，換言之，她欲與李甲結合本就犯了當時社會禮法的忌諱，再加上李甲受到孫富說以「利害關係」的正增強，於是向現實原則投降，故杜媺的從良夢碎，而且還賠上自己的性命。在〈杜十娘怒沈百寶箱〉的故事裡，作者已先埋下幾個衝突因子：

〔註133〕參見張法《中西美學與文化精神》，頁103。

十娘的用心良苦與李甲的猶疑懼怕；孫富的奸淫與十娘的堅貞；李甲的負心與十娘的執著，以及孫富的利誘與李甲的貪財。這諸多的衝突在十娘了解真相後引爆，敢愛敢恨的杜嫩以怒沈百寶箱之舉將故事情節帶到最高潮，也在此一瞬間為自己悲哀的人生劃上句點。像杜十娘這樣的悲劇人物並不見於《十日譚》，但是俄國作家杜思妥也夫斯基所寫的《白癡》裡的娜司泰洛，則和十娘有共同的遭遇與悲情〔註134〕。由此可見，無論中西，女性一旦被烙印「妓女」的標記，而想要追求一般人的幸福的話，這無疑是一種奢求，換言之，妓女是一個個體，但是普遍化的社會意識、價值觀念是龐大的群體，當個人意願和此一外在環境產生了對立時，悲劇往往便揭起了序幕；若再加上其個人性格的堅持與執著而不肯妥協讓步，那麼悲劇必然要發生。

（三）同上，第三十四卷〈王嬌鸞百年長恨〉

王嬌鸞的悲劇暴露出當時主導婚姻的「父母之命」模式的片面性，以及「私訂終身」所遇非人的悲哀。其父王千戶疼愛女兒精通文墨，凡是衛中文書筆札，都靠嬌鸞幫忙，少不得她，因此不肯將女兒嫁與他鄉，故而回絕了周廷章求親，嬌鸞得知姻事未獲父親首肯，亦不便多言。後來，廷章拜王夫人為姑，遂與嬌鸞以表兄妹相稱，進而相見，同行同坐，情深意濃，周廷章始終扮演著積極主動追求的角色，他如同《詩經‧鄭風‧將仲子》那位男子踰里、踰牆、踰園〔註135〕，甚至還登堂入室向閨女嬌鸞求歡，完全是一種違禮的追求。而嬌鸞是被動的、保守的，她雖然深愛廷章，卻不敢做出苟合之事，倒是周生機靈，央曹姨為媒，指天為誓又寫下婚約書，終能一親芳澤。然而這一失足也註定了嬌鸞悲慘的命運，在當時的社會是不容許一個未婚女性失身的，可是周廷章又不顧先前的誓約而應承父命，另娶他姓，嬌鸞唯一能走的路便是以死來解脫陷入絕境的自己。但值得注意的是，嬌鸞的死並不是悲劇，真正的悲情乃源於等待周廷章前來娶歸的煎熬，她修了三封信囑咐郎君早至南陽，踐婚姻之約以同歸故里，但是所得到的回書只說父病未痊，

〔註134〕《白癡》裡的娜司泰洛是一位所謂的高級妓女，茹納看中她的錢財，答應與之結婚，然而虛榮心的作祟，使茹納悔婚。

〔註135〕《詩經‧將仲子》：「將仲子兮！無踰我里，無折我樹杞。豈敢愛之，畏我父母。仲可懷也，父母之言，亦可畏也。將仲子兮！無踰我牆，無折我樹桑。豈敢愛之，畏我諸兄。仲可懷也，諸兄之言，亦可畏也。將仲子兮！無踰我園，無折我樹檀。豈敢愛之，畏人之多言。仲可懷也，人之多言，亦可畏也。」

也不曾定下來期，嬌鸞明知周廷章欺騙她，卻仍不死心，她要得周郎實信，方絕其念。這三年的牽腸掛肚正是劉燕萍所說的「精神上的折磨及在受苦的過程中的孤立無援」〔註136〕，嬌鸞孤單地背負失身之罪，而周廷章竟與新婦如魚得水，不知其為何人，這才是王嬌鸞此一人物悲劇性之所在。

　　嬌鸞的悲情和《十日譚・花盆裡的愛人》裡的依莎貝達相仿。依莎貝達不見情人，不知其生死如何，也是終日懸念癡等，一直到事實真相明朗後更陷入無盡的痛苦深淵，以淚洗面而憔悴死去。這兩位悲劇人物經歷極度疑懼、孤獨無助的痛苦煎熬，身心承受著幾近摧毀性的折磨。雖然嬌鸞失了身為當時禮法所不容；依莎貝達嘗暗中與愛人偷情，但是這都無損其人格，由於她們的貞定固守，即使失敗死亡，仍舊堅持到底的執著早已展現出女性不朽的尊嚴，以及人類精神力量之偉大。

〔註136〕參見劉燕萍《愛情與夢幻——唐傳奇中的悲劇意識》第三章〈悲劇的衝突及其元素〉，頁88。

第五章　婚戀思想之比較

　　愛情與婚姻是人類生活裡的重心之一二，期盼有愛情來滋潤生命，和心愛的人組成家庭，攜手扶持一輩子……。這是人生的需求，也是理想，實現了這個理想，人生才稱得上圓滿。然而，在追求與踐履的過程當中，人們亦必須付出代價；或爲執著的愛情所困；或爲現實的婚姻所苦。因此，人們便得學習如何去克服愛的苦惱以及剷除妨礙婚姻生活的絆腳石。不論中西，許多文學家、心理學家、人類學家、婚姻諮商專家無不致力研究思索，冀望尋得解決兩性之間的愛恨情仇，使其生命圓融地結合，建立和諧的兩性世界，進而穩定人類群體之生活。

　　馮夢龍在《醒世恆言·敘》說：

　　　　崇儒之代，不廢二教，亦謂導愚適俗，或有藉焉。以二教爲儒之輔
　　　　可也，以明言、通言、恆言爲六經國史之輔不亦可乎。

可見馮氏對小說具體的定位就是「六經國史之輔」。六經國史不深入，或根本未觸及人的感情生活，反觀小說則提供了渲洩抒發情感的園地，人們在小說裡體會到男女之愛、人倫親情，感受到人世的悲歡離合、善惡果報的教化作用。馮氏又說：

　　　　借男女之真情，發名教之僞藥。（《山歌·敘》）

　　　　情始於男女，……流注於君臣、父子、兄弟、朋友之間。（《情史類
　　　　略·序》）

由此可知，馮氏選擇了文學上不朽的主題之一──愛情與婚姻來作爲教化人心的內涵。而薄伽邱則於《十日譚·序》表明希冀該書裡的故事能夠安慰情思撩亂的柔弱女性，讓她們讀了這些動人的故事後，可以得到一些樂趣，同

時獲得有益的啓發，知道什麼事情應該避免，什麼事情可以追求。尤其是關於愛情婚姻的故事，作者以其生花妙筆描繪出各階層的男女人物，各人有各人的身分和特徵，更有其不同的情愛觀、婚姻觀與道德標準。我個人亦企盼在闡述《三言》與《十日譚》裡所反映的婚戀思想後，再做兩相對照比較，以整理出中西通俗小說在愛情婚姻主題、思想上的異同。

第一節　《三言》所反映的婚戀觀

《三言》裡寫了許多關於婚姻方面的故事與情節，其反映的婚姻觀念如下：

一、傳統的婚姻觀

此處所要探討的傳統婚姻觀即是中國人從古至今對婚姻制度、婚姻生活、婚姻態度等方面所抱持的刻板觀點：

（一）擇婿、擇媳之條件

「父母之命、媒妁之言」是婚姻的一般原則；也就是說長輩多以婚姻過來人的身分爲晚輩們挑選婚姻的對象，其擇婿、擇媳之標準，首先考慮的是現實的溫飽問題而不是抽象的愛情。因此，議婚對頭的經濟能力便是長輩最關心的重點，其次則是社會地位與人才外貌。

1.經濟能力

《醒世恆言》第三十卷〈李汧公窮邸遇俠客〉中的房德依靠渾家貝氏紡織維生，一日夫妻倆爲了兩疋布吵嘴；貝氏心裡埋怨父母把她嫁錯了人，於是破口大罵。房德只得老著臉，低聲下氣說：

> 娘子一向深虧你的氣力，感激不盡，但目下雖是落薄，少不得有好
> 的日子，權借這布與我，後來發跡時，大大報你的情罷。

貝氏搖手道：

> 你的甜話兒，哄得我多年了，信不過……。

又如《喻世明言》第二十二卷〈木棉菴鄭虎臣報冤〉裡的胡氏，其夫婿王小四家貧且無賴，故將她典賣。還有第二十七卷〈金玉奴棒打薄情郎〉入話的買臣妻因丈夫供應不起家計而要求離婚。

由此三則故事可見貧賤夫妻的悲哀，也反襯出經濟基礎對於婚姻之維繫

的重要性。所以，經濟財力遂成為父母替女兒擇偶時的先決條件。《三言》中明白指出冀求富家青年為婿的篇章有：

（1）《喻世明言》第三十七卷〈梁武帝累修歸極樂〉

這縣裡有個童太尉，見復仁聰明俊秀，又見黃家數百萬錢；有個女兒與復仁同年，使媒人來說，要把女兒許聘與復仁。

（2）《醒世恆言》第一卷〈兩縣令競義婚孤女〉入話

潘百萬是個暴富，家事日盛一日。王奉忽起一個不良之心，想道：「蕭家甚窮，女婿又醜；潘家又富，女婿又標致，何不把瓊英、瓊真暗地兒轉，誰人知道？也不教親生女兒在窮漢家受苦。」主意已定，到臨嫁之時，將瓊真充作姪女，嫁與潘家；哥哥所遺衣飾庄田之類，都把他去。卻將瓊英反為己女，嫁與那飛天夜叉為配。……。

（3）同上，第十卷〈劉小官雌雄兄弟〉

那鎮上有幾個富家，見二子家業日裕，少年未娶，都央媒來與之議姻。

（4）同上，第十四卷〈鬧樊樓多情周勝仙〉

周勝仙與范二郎一見鍾情，兩人經由王婆作媒訂下婚約，不料周父（大郎）返家後得知這門親事卻不應允〔註1〕，並大罵周媽媽：

打脊老賤人，得誰言語，擅便說親，他高殺也只是個開酒店的，我女兒怕沒大戶人家對親，卻許著他……。

由於周父一味期望女兒嫁個有錢有勢的大戶人家，而不顧勝仙的感受，最後不僅拆散這對有情人，還讓勝仙賠上了性命。諸如此類的悲劇在現代亦時有所聞。

2. 社會地位

《警世通言》第十一卷〈蘇知縣羅衫再合〉裡的徐繼祖連科中了二甲進

〔註1〕蘇冰、魏林在《中國婚姻史》引用《朱子大全續集》的說法：「……父母俱在，且為子女婚姻發生意向衝突時，禮俗則以父親意見為是，至元代依然。元律規定，母主持定婚，父得撤銷之。例如，《通制條格》載：有人向田姓官員夫人處下財禮，聘定其女為子媳，田姓官員知道後不同意，另將女許與他人，引起訴訟，官府以田夫人事前未曾知問其夫為由，依律判令原告解除婚約。男性家長的優先主婚權得到肯定與維護。」

士，除授中書，朝中大小官員見他少年老成，諸事歷練，甚相敬重；也有打聽他未娶而情願賠了錢，送女兒與他作親。最後，王尙書自行爲媒，將女兒許配給繼祖。

而第二十卷〈計押番金鰻產禍〉裡的計安對其渾家說道：

> 我指望教這賤人（指女兒）去個官員府第，卻做出這般事來（指慶奴與周三私通），……。

又如《醒世恆言》第二十卷〈張廷秀逃生救父〉中的張文秀赴試得舉，返家拜見父母之際，那親鄰慶賀，賓客塡門，對文秀奉承不已。更有富世豪門情願送千金禮物，聘他爲婿。

所謂的官員府第，諸如徐繼祖、張文秀擁有朝廷命官身分者，皆是令人欣羨的上流社會人物，當然也是長輩眼中的乘龍佳婿。他們情願陪上千金妝奩，但求女兒能夠夫榮妻貴，也是人情之常。

3. 人才相貌

就多數人的心理而言，擁有美好的外貌與聰敏的才華令人豔羨，但是這天賦的面容、資質卻不是每個人都能兼備的；正因爲如此，具備了這種雙重特質者便成爲「婚姻市場」中另一種搶手的對象。在《三言》故事情節裡，一些有產業、名望的富家官宦可以不論對方聘禮厚薄，甚至賠些妝奩把女兒嫁去也情願，目的只爲求得那才貌兼全的女婿。例如：

(1)《喻世明言》第二十一卷〈臨安里錢婆留發跡〉

> 再說婆留到十七、八歲時，頂冠束髮，長成一表人材，生得身長力大腰闊膀開，十八般武藝，不學自高，……。廖生……乃向婆留說道：「你骨法非常，必當大貴光前耀後，願好生自愛。」……鍾起才信道婆留是個異人。……鍾起將親女嫁與錢鏐（婆留）爲夫人。

(2)《警世通言》第三十六卷〈趙知縣火燒皂角林〉

> 卻說此鬼走至齊郡，化爲書生，風姿絕世，才辯無雙，齊郡太守卻以女妻之。

(3) 同上，第四十卷〈旌陽宮鐵樹鎮妖〉

> 卻說金陵丹陽郡，地名黃堂，有一女眞，字曰嬰，潛通至道，忘其甲子，不知幾百年歲，鄉人累世見之，齒髮不衰，皆以諶母呼之。一日，偶過市上，見一小兒伏地悲哭。問其來歷，說父母避亂而來，

棄之於此，諶母憐其孤苦，遂收歸撫育。漸已長成，教他讀書，聰
明出眾。天文地理，無所不通。有東鄰耆老，欲以女妻之。……。

使君見慎郎（蛟精）禮貌謙恭，丰姿美麗，琴棋書畫件件皆能，弓
矢干戈般般慣熟，遂欲以女妻之。

(4)《醒世恆言》第七卷〈錢秀才錯占鳳凰儔〉

高贊見女兒人物整齊且又聰明，不肯將她配個平等之人，定要揀個
讀書君子，才貌兼全的配他，聘禮厚薄倒也不論，若對頭好時就賠
些妝奩嫁去，也自情願。

(5) 同上，第二十卷〈張廷秀逃生救父〉

且說王員外次女玉姐年已十五，未有親事，做媒的絡繹不絕。王員
外因是愛女，要擇個有才貌的女婿。不知說過多少人家，再沒有中
意的。看見廷秀勤謹讀書，到有心要把他為婿，……來對渾家商議，
徐氏也愛廷秀人材出眾，又肯讀書，一力攛掇。……王員外笑道：
「……他（指廷秀）雖是小家子出身，生得相貌堂堂，人材出眾，
況且又肯讀書，做的文字人人稱讚說有科甲之分……。」

除此之外，在第十一卷〈蘇小妹三難新郎〉裡，王安石為兒子擇媳，但恐蘇
小妹容貌不揚，不中兒子之意，還特別密地差人打聽。而那訪事的回復荊
公說：

蘇小姐才調委實高絕，若論容貌，也只平常。

荊公於是將婚事擱置不提，由此可見「外貌」左右婚姻成功與否的力量之大。

就上述這些擇婿擇媳的條件與情形來看，我個人認為可歸納出幾個現
象：

① 精怪幻變成才子美女與人類為偶，正是利用人性愛美惡醜的弱點；而
此以貌取人式的婚姻往往常以悲劇收場。例如：齊郡太守的狸鬼女婿
死於欒太守刀下，賈使君之女險被蛟精同化，其所生三子亦是小蛟，
最後為真君斬誅。

② 為了求得財力豐厚、有社會地位或人品出眾的佳婿，女方的父母皆主
動向男方提親，而此行徑已跳脫男家遣媒至女方求婚的傳統，也反映
出父母替女兒求好歸宿之心切。

③ 出身寒門卻能狀元及第、金榜題名者可以打破門第階級的界線，成為
「有價值的單身漢」，使女家競相與之議婚。例如：張文秀長於木匠家

庭，然而當他考取了功名之後，許多富室豪門爭相求他為婿。人情之現實由此得見，換言之，下層社會百姓要晉升其地位，科舉制度便是他們唯一的出路。

父母為子女設想將來，希望子女能夠生活無慮。雖然人人都想找個好對象，但是門第之限也不是沒有。「門當戶對」〔註2〕的觀念一直是婚姻中最直接的考量因素，其主導聯姻與否之份量舉足輕重是無人能否認的。《三言》故事裡因一方家道中落而悔婚的情節正好說明門第觀念影響婚姻的程度：

（1）《喻世明言》第二卷〈陳御史巧勘金釵鈿〉

正文敘魯學曾與顧家小姐阿秀自幼訂婚，後來魯府家道中落，無力行聘，顧父遂有悔親之意。顧父道：

> 魯家一貧如洗，眼見得六禮難備，婚娶無期，不若別求良姻，庶不誤女兒終身之托。

又道：

> 只差人去說男長女大，催他行禮，兩邊都是宦家，各有體面，說不得沒有兩個字，也要出得他的門，入得我的戶，那窮鬼自知無力，必然情願退親。我就要了他休書，卻不一刀兩斷。

然而，小姐阿秀不肯背信棄盟，其母孟氏乃密約學曾至家，欲贈他金、帛作聘。不料魯公子的表兄梁尚賓假冒其身分到了顧家，逼姦小姐，騙去錢財。待學曾去到顧家，一切真相大白，阿秀羞憤自縊。

這一樁因父親想要悔親而發生陰錯陽差的不幸悲劇，使得無辜的子女成了「門當戶對」、「要求體面」觀念下的犧牲品。

（2）《警世通言》第十七卷〈鈍秀才一朝交泰〉

故事情節之一如下：

馬任，表字德稱，文章蓋世，名譽過人。里中富家黃勝見其人材出眾，將來必大有可為，遂將親妹六瑛許與德稱為婚。後來，馬家獲罪勢微，黃勝

〔註2〕門當戶對的觀念自古以來即為不同等級的社會所接受，而人們也不斷地貫徹執行著此一聯姻原則。秦漢以前的婚姻已相當重視對方之出身；至秦漢之際在禮俗上亦反對良賤為婚。魏晉南北朝時就明令良賤、士庶不相通婚，將婚姻極端等級化；隋唐則承襲前律把良賤、士庶聯姻劃入成婚禁區。入宋以後，士庶結姻就相當普遍，民俗更是「不顧門戶，直求資財」。然而至明清時，官方又重審禁制，良賤成婚者須杖打並離異。清律循該例。

避之猶恐不及，甚而朝夕勒逼六瑛改聘。所幸六瑛貞烈，自誓不二夫。最後，六瑛終與德稱結成夫妻，並受封爲一品夫人。

（3）同上，第二十五卷〈桂員外途窮懺悔〉

正文寫桂遷因得施濟之助而致富。施桂二家女主人並互約指腹爲婚；後來施家不幸衰落，桂母孫氏因而悔親。桂家忘恩負義之舉使得孫氏、桂遷二子死後轉生爲施家之犬，以踐自謂犬馬之報的誓言。桂遷恍悟懺悔，於是帶著女兒前往施家再續姻約，然而施還堅辭（此時施還已婚）。最後乃由施還岳父支翁促成美事，桂女雖與施還有婚約先於支女，但其母悔婚在前，故反爲側室。

（4）《醒世恆言》第二十五卷〈獨孤生歸途鬧夢〉

故事情節之一是這樣的：

獨孤及替兒子遐叔聘白行簡之女娟娟爲妻。豈料遐叔父母連喪，丈人丈母亦相繼棄世；功名未遂，家事日漸零落。娟娟之兄白長吉見此，就要賴他的婚姻，將妹子另配安陵富家。幸虧娟娟是個剛毅女子，截髮自誓，不肯改節，白長吉強她不過，只得還嫁與遐叔。

除了因爲一方家道式微而悔婚之外，造成解除婚約的因素還有：

① **其中一方生死不明**

《醒世恆言》第五卷〈大樹坡義虎送親〉敘述勤自勵幼年即由父母聘定林潮音爲妻，後來自勵從軍三年卻杳無音訊，潮音之母梁氏因而想要悔婚。林氏夫婦於是誆騙女兒勤郎已死，欲替她另擇人家，潮音不肯，但又拗爹娘不過，心生一計，與父母約守三年之制，以畢夫妻之情。父母若不允許此事，寧甘一死，決不從改嫁之命，林氏夫婦不得已只好答應女兒的要求。然而三年過去，仍不見自勵歸來，林氏夫婦又開始尋人議親，最後計誘女兒上轎，將她嫁與李家三舍人。就在出閣途中跳出一隻嘗爲自勵所救的大虎，銜走了潮音而使得小夫妻二人團圓。

② **其中一方染上惡疾**

同上，第九卷〈陳多壽生死夫妻〉裡的多壽得了癩疾，形容改變，弄得不像模樣且一身惡臭。與之有婚約的朱家聞知女婿染了怪病，遂有悔親之意。而陳家也頗能體會女家心情，因此允諾退還庚帖。但是女主角多福卻不願退婚而執意要與多壽同生共死，後來嫁到陳家，服侍丈夫三年。多壽不忍心耽

誤妻子的青春，於是買好砒霜就此了結殘生，多福見狀亦服毒自盡。最後，夫妻兩人同時獲救，多壽之疾也漸漸痊癒，並且科舉及第。多福多壽十分恩愛，生下兒女一雙，盡老百年告終。

在上述的故事、情節當中，無論是因為門第不相稱了、或是因對方生死不明、疾病纏身而要求退婚，皆是為人父母者基於現實生活問題的考量而做下的決定。而且據我個人對此類情節的觀察分析，其中有兩個現象可以說明婚姻的「現實面」與「實際性」：

（A）只重門第利益等條件而結為親家者，其發生嫌貧愛富的悔婚機率也較高，這種「以利合者，利斷則恩盡」式的婚姻與一般的交易買賣並無兩樣。

（B）在這些悔婚事件中，父母長輩們為了女兒的將來、家族之體面，他們完全無視「好人家女子不喫兩家茶」、「一女不更二夫」這類的觀念，一心一意就希望能夠覓得有錢有勢的乘龍快婿。換言之，對一些婚姻過來人而言，擁有衣食無虞的生活要比守信、守貞實際許多了。

此外，在《三言》故事裡尚有岳父唯恐染病的女婿拖累女兒，而狠心騙逐之，例：《警世通言》第二十二卷〈宋小官團圓破氈笠〉。還有不欲女兒步其守寡後塵，而將兒子改扮成女子代姐嫁給身罹重病的夫婿，例：《醒世恆言》第八卷〈喬太守亂點鴛鴦譜〉的孫寡婦。由此可見父母愛護子女的心情，他們做出假扮新娘甚至不合道義之事，一切都是為了子女的幸福著想。

（二）功成名就，再論婚姻

對男性而言，其事業成就要比婚姻來得重要，《醒世恆言》第三十二卷〈黃秀才徼靈玉馬墜〉裡胡僧告訴黃秀才說：

> 大丈夫以致身青雲，顯宗揚名為本，此事（指婚姻）須於成名之後，
> 從容及之。

而故事之結局亦寫黃生功成名就，終得佳人為配。

又第二十八卷〈吳衙內鄰舟赴約〉敘述吳彥日夜攻書，至京應試果然金榜題名，在此同時也擇吉迎娶妻子過門。

此二則故事除了描寫動人的堅貞情愛之外，特別值得注意的是作者點出一般讀書人的事業觀與婚姻觀。讀書人之所以求取功名，固然是為了光宗耀祖、治國淑世，而其安定的職務、高階的身分更是吸引女方家長爭相許婚的誘因，他們是多數人眼中所謂的好對象。諸如此類之例可見《警世通言》第

十一卷〈蘇知縣羅衫再合〉、《醒世恆言》第二十卷〈張廷秀逃生救父〉以及其他民間戲曲故事。因此，只要一日躋身士族，就不愁沒有嬌妻美眷為偶；故「功成名就、再論婚姻」是有其道理的，當然此一模式也成了士人婚姻觀念裡的定則。

（三）蓄妾的觀念

妻妾成群在中國古代婚姻制度裡是司空見慣之事，父權社會允許男性納妾嫖妓，並且要求為人妻者接受這種不平等待遇的婚姻生活，也就是不干涉丈夫尋花問柳、坐擁姬妾。

關於蓄妾之觀念，我個人認為可以分成三個方面來談：〔註3〕

1.為求子嗣而蓄妾

婚姻之意義在於繁衍後世子孫、興旺家族，這是中國社會亙古不變的想法〔註4〕；也由於子嗣觀念太深，男性蓄妾便有了冠冕堂皇的藉口〔註5〕。《三言》篇章中對此現象亦予以詳述：

（1）《喻世明言》第二十二卷〈木棉菴鄭虎臣報冤〉

其情節之一乃描寫官人賈涉看那胡氏是個福相，心下躊躇道：

　　吾今壯年無子，若得此婦為妾，心滿意足矣。

遂與胡氏之夫王小四交易，以四十兩銀子買娶胡氏。其妻唐氏見丈夫討了小老婆怒不可遏，當下胡氏已有三個月的身孕，唐氏思想道：

　　丈夫向來無子，若小賤人生子，必然寵用，那時我就爭他不過了。

　　我就是養得出孩兒，也讓他做哥哥，日後要被他欺侮，不如及早除

　　了禍根方妙。

唐氏於是百般刁難胡氏，尋盡理由將她毒打一番，並令其留待婢隊，燒茶煮飯、掃地揩檯、鋪床疊被樣樣皆須打理。又禁住丈夫不許與她睡，每日打罵胡氏，就想叫她流產。後來，賈涉為保住子嗣，於是求助陳履常，履常因而

〔註3〕蔡獻榮以為中國多妻制度發生的主因是：（一）母系制的崩壞與男權的伸張；（二）部族戰爭與奴隸使用的結果；（三）子嗣觀念的影響；（四）特殊階級的縱欲。見其〈中國多妻制度的起源〉。

〔註4〕中國自古還有所謂兼祧並娶的風俗，此俗即是一子兼祧兩房，本房及兼祧之房都給他娶妻。二妻在名分上並無大小之別，所生之子則各承宗祧，各繼財產。由此可見中國人對子孫之重視，多子多孫最好不過了。

〔註5〕該藉口理由充分，還有官方律令支持。案明律：「年四十以上無子者方聽娶妾」。

藉故向唐氏要得胡氏到陳府相幫襯，此事正合其意，胡氏才得以脫離魔掌，安然生下孩子。最後，唐氏知悉實情便要丈夫將胡氏嫁出，方許把小孩兒領回。賈涉聽說嫁出胡氏一件倒也罷了，單只怕領回兒子被唐氏故意謀害，或是絕其乳食，於是就把孩子送交哥哥賈濡代為撫養。而可憐的胡氏在離了丈夫又失去孩子的情況下，被迫嫁給一位石匠。

（2）同上，第四十卷〈沈小霞相會出師表〉

沈小霞指著小妾聞淑女對娘子孟氏說道：

> 奈我三十無子，他卻有兩個半月的身孕，他日倘生得一男，也不絕了沈氏香煙。娘子你看我平日夫妻面上一發帶他到丈人家去住幾時，等待十月滿足，生下或男或女，那時憑你發遣他去便了。

（3）《醒世恆言》第十九卷〈白玉孃忍苦成夫〉

玉孃被賣給了顧大郎做偏房，顧大郎之妻和氏盼玉孃替顧家傳宗接代，因此百般撮合丈夫和玉孃成其好事。但是，玉孃堅心守志，不違與萬里期約之誓，顧氏夫婦祇得放棄買妾生子的念頭。一年後，玉孃以自織布匹贖了身，便至南城曇花庵為尼。最後，相別二十餘載的玉孃與鵬舉終於團圓，玉孃得知丈夫沒有再娶，又因自己年長料難生育，故而為丈夫廣置姬妾，程參政（指鵬舉）遂得兩子。

（4）同上，第三十三卷〈十五貫戲言成巧〉

情節之一即敘述劉貴渾家無子嗣，因而又娶下一個小娘子——陳二姐。二姐與大娘兩人倒是和平相處，相安無事。

（5）同上，第三十六卷〈蔡瑞虹忍辱報仇〉

通篇故事曲折感人，其中穿插朱源無嗣而納娶瑞虹為妾生子之情節：

朱源是個盛德君子，年紀四旬以外，尚無子嗣，娘子幾遍勸他娶個偏房，朱源即以功名淹蹇無意於此來推辭，就連同年曉得他沒有兒子亦苦勸他娶妾，朱源聽眾人勸說，始有意尋個小妾。一些媒婆互相傳言，便找來若干女子要請朱源揀擇，無奈皆不中其意。後來見過瑞虹，心中十分歡喜，於是央媒行聘娶親，對她百般疼惜，兩人彼此相敬相愛，並且生下一子。

從上述幾則事件，我們很明顯地看到中國人對子嗣重視的程度。為人妻而無法生育者就必須替夫尋姬覓妾，找來偏房好讓夫家得以傳宗接代。其次，再檢視唐氏的一番話，可見子嗣的有無左右了婦女在家庭中的地位。因此，

女性為了維持婚姻，鞏固自己在家族裡的身分，於是就想盡辦法要生個兒子，而且最好生個嫡長子。

由於子嗣觀念太強、太深，難免也衍生出不少悲劇，《醒世恆言》第三十九卷〈汪大尹火焚寶蓮寺〉的故事即是一例。惡僧神棍利用婦女求子心切，假託佛祖送子之名留宿祈嗣婦女，並趁夜半姦淫之。此不法無恥之行爆發後，凡曾在寶蓮寺求子後而生兒育女者，丈夫皆不肯認，大者逐出，小者溺死，婦女因而懷羞自縊者更不在少數。這種慘絕人寰之事皆由求嗣而引起，許多家庭、婚姻就此崩壞破裂。值得令人深思的是，該事件其實正突顯出古代女性的無辜與不幸：已婚婦女經年不孕，除了自己本身先天性無法生育之外，丈夫也可能沒有生殖能力。然而，在醫學知識不發達的古代，女性就成了可憐的「代罪羔羊」，不是一天到晚求神拜佛盼個子嗣，就是讓丈夫廣置姬妾、尋花問柳。以「寶蓮寺事件」來看，婦女於寺院留宿，遭淫僧輕薄之後，多有人因而產子，由此可推測不育者應是另一半而不是自己。但是，這些無辜的女人卻無從辯白，她們和孩子都成了子嗣觀念下的犧牲者。

2. 貪戀美色而蓄妾

自古以來，美色人皆愛之，父權社會給予男性多偶的自由，所以因為貪戀美色而蓄妾者難計其數。《三言》故事裡即有：

（1）《喻世明言》第十卷〈滕大尹鬼斷家私〉

明朝永樂年間北直順天府香河縣，有個倪太守，元配陳夫人身故，太守罷官鰥居，雖然年老，精神卻相當健旺，凡收租放債之事，件件關心，不肯安閒享用。每年倪太守必親往庄上收租，整月的住下，庄戶人家以肥雞美酒招待他。某年又去住了幾日，偶然一日午後閒來無事，信步觀看風景，忽然見一女子和一個白髮婆子在溪邊石上搗衣，那女子雖然是個村姑，亦頗有幾分姿色。倪太守當時老興勃發，看得呆了，因而喚來管庄教他訪那女子是否許人，若是不曾訂親，就要娶她為妾。後來，老太守果然和這位女子梅氏成婚且生下一子。

（2）《警世通言》第二十四卷〈玉堂春落難逢夫〉

山西平陽府洪同縣有個商人沈洪，久聞玉堂春大名，特來相訪。然而玉堂春與公子王景隆相愛，早已為公子守身而不願接客。那老鴇見沈洪有錢，於是把翠香打扮當作玉姐，相交數日，沈洪方知不是而苦求一見。後來在丫

頭安排之下，沈洪得見玉姐一面，自此朝思暮想，廢寢忘餐。最後以千金央求老鴇，騙娶玉姐歸家，還惹來妻子皮氏滿腹不悅。（詳見第二章第八節）

（3）《醒世恆言》第三十六卷〈蔡瑞虹忍辱報仇〉

在瑞虹嫁與朱源為妾之前，瑞虹嘗二度做人小妾。原來瑞虹全家遇劫，惡徒陳小四逼姦瑞虹並欲殺她滅口。幸虧瑞虹死裡逃生，被商人卜福救起，不料卜福心懷不良之念，遂以代其伸冤為藉口，要瑞虹嫁她為妾。瑞虹在此不得已的情況下，只好忍辱屈從。卻說卜福原有老婆，平時極是懼內，因此不敢引瑞虹歸家，於是只得另尋處所安置，而且還吩咐手下不許洩漏此事。誰知那婆娘甚是屬害，獲悉丈夫金屋藏嬌，怒氣沖天；一日便把卜福灌醉，反鎖在家，而暗中賣了瑞虹。後來，瑞虹又遭胡悅欺騙，這位貪愛絕色麗人的胡爺有位做太守的親戚，瑞虹以為胡悅真能替她洗刷冤屈，所以就隨他返家。胡妻見丈夫娶個小妾回來，心生醋意，時常廝鬧，瑞虹不與她爭辯，也不要胡悅進房，三人才能相安無事。

3. 羈旅行商在外而納妾

古人為仕、行商，往往遠離家鄉，又為種種因素而不能攜家帶眷，所以只得隻身在外，而由妻子留家侍奉公婆、照顧子女。因此，這些官人們便可能在異地納妾，一來照料自己，二來得以解悶為伴。諸如此類之舉，可見：

（1）《警世通言》第二十卷〈計押番金鰻產禍〉

那計慶奴與戚青離了婚，返住娘家。一日，來個媒婆說親：

> 有個官人要小娘子，特地教老媳婦來說，見在家中安歇。他曾來宅
> 上喫酒，認得小娘子。他是高郵主簿，如今來這裡理會差遣，沒人
> 相伴，只是要帶歸宅裡去。卻不知押番肯也不肯？

原來，這位官人姓李名子由，妻小都在家中。後來，子由討得慶奴，便如夫妻一般地恩恩愛愛。然而，好景不常，數月之後，家中恭人來信，催促子由返鄉。恭人一見慶奴，不由得妒火大燃。（參見本文第二章第八節）

（2）《醒世恆言》第三十三卷〈十五貫戲言成巧〉入話

入話描述魏鵬舉上京應試，一舉成名後，修了一封家書，差人接取家眷入京，並告知因在京中早晚無人照應，所以討了一房小老婆，現在專候夫人到京，同享榮華。那渾家接到家書道：

> 官人直恁負恩，甫能得官，便娶了二夫人。

家僕向主母解釋未見此事，想是官人戲謔之言。而夫人也隨即覆了一封書信，那魏生接書拆開來看，信中並無一句閒言閒語，只道：

> 你在京中娶了一個小老婆，我在家中也嫁了一個小老公，早晚同赴
> 京師也。魏鵬舉見了，也只道是夫人取笑的說話，全不在意。

此則入話雖是夫妻之間的戲言，但卻眞實地呈現出妻子深愛丈夫而不願與其他女人共事一夫的心理。〔註6〕

　　無論是爲了求得子嗣或因好色、羈旅行商在外而蓄妾，這些能夠坐享齊人之福者大都是有錢、有地位的士紳、富豪；換言之，若要納得起姬妾，財、勢是必備的條件。此外，妻妾成群固然爲法律、社會所允許，但是其中卻隱藏著女性爭寵的風暴。就前述之故事來看，丈夫納妾多半會引起妻子不快，即使還未能替夫家生個一男半女的，也不甘被丈夫冷落而「醋象」環生。

　　中國歷來以妒爲女性的惡德，妒忌丈夫納妾嫖妓或因而爭風吃醋者就可能走上「七出」的命運。牛志平在〈唐代妒婦述論〉一文中一針見血道破妒婦的心理：

> 婦女的妒性，實質上是對丈夫的痴情、酷愛……她們不能容忍丈夫
> 的多偶和妻妾同處的境遇，爲了維護自己的尊嚴和地位，爲了取得
> 對丈夫的獨占權，不惜付出一切代價，……。

所以，當丈夫寵愛婢妾甚過自己時，其妒恨的心情便逐漸升高，於是就想盡辦法、用盡手段來迫害這些婢妾〔註7〕，或拚命虐待，或將她們轉賣。然則，受虐者也並非完全是小妾，在中國封建家庭裡，嫡妻與媵妾之爭時有所聞，當媵妾得到恩寵時，嫡妻也難免受其凌虐。就是爲了滿足男人的多戀心理和生理，竟演成婦女自相摧殘的景況，這是古代女性的悲哀。因此，我個人認爲建立男女平等的婚姻制度才能消弭此類悲劇〔註8〕。而關於子嗣有無的

〔註6〕沈復《浮生六記‧坎坷記愁》嘗載沈父在客中（邗江），希望有一語音相通的妾侍，好事奉起居生活。陳芸覓得姚氏後，沒有立刻稟告婆婆，而託言是鄰家女。待沈父要沈復來接取至邗江時，陳芸又聽別人意見，託言姚女早爲沈父所中意。婆婆得知此事，認爲陳芸撮合其翁納妾之事，又欺騙她，於是大爲不悅，陳芸也因而失姑之歡。由此可見丈夫納妾對大多數的妻子而言，是難以忍受的。

〔註7〕例《喻世明言》第二十七卷〈梁武帝累修歸極樂〉就描寫武帝正宮郗后妒忌皇上所幸之宮人，並加以百般毒害。

〔註8〕牛志平說：「夫權社會對兩性極不平等的規定，也是產生妒婦的一個因素。古

問題，身爲現代人的我們則應當在婚前做好生殖能力的確認與檢查，此時議婚的男女雙方必須對子嗣觀念取得共識。假使其中一方不育，那麼，就要在感情和子嗣二者當中做一抉擇，結婚與否端賴這抉擇之結果，如此才能避免不幸的婚姻，或讓傷害降至最低。

（四）社會、家族、丈夫對婦女的要求——女性的婚姻責任

父權主導著社會，女性因而必須服從各種規範與要求。在婚姻制度裡，女性除了管理家務與哺育子嗣之外，其身上所背負的婚姻責任還不少。從《三言》故事中，可歸納出：

1. 管住不肖的丈夫

《醒世恆言》第十七卷〈張孝基陳留認舅〉敘過善替兒子過遷聘下方長者之女，待過遷年長後，就娶媳婦進門，爲的是讓媳婦管住兒子。家人道：

> 如今年已長大，何不與他完了姻事，有娘子絆住身子，料必不想到
> 外邊遊蕩……。

不料過遷成婚後竟然不改積習，反而變本加厲，索性棄妻離家。過善見兒子不肖又辜負了媳婦，於是在臨終前勸媳婦改嫁。方氏聞言大哭堅持不二嫁，過善即道：

> 逆子總在，這等不肖，守之何益？

方氏答道：

> 妾夫雖不肖，妾志不可改，必欲奪妾之志，有死而已。

最後，過善女婿張孝基四處打探大舅消息，終於將過遷尋回，一家團圓。

2. 包容丈夫

丈夫有過，妻子要包容原諒，誠如過遷之妻誓死守節，等待浪子回頭。又例《喻世明言》第二十七卷〈金玉奴棒打薄情郎〉裡的玉奴重新接納曾經謀害於她的良人——莫稽。

代婚姻是以『父母之命，媒妁之言』撮合而成的，婚前無愛情可言，婚後感情不合殆爲常事。爲此，婚姻法令片面地給男子提供了遺棄妻子的諸多理由，如約定成俗的所謂『七出』。妻子若犯了其中一條，丈夫即可名正言順地將她休掉，另求新歡，他們實在沒有什麼妒忌的必要。而女子則不然，『一與之齊，終身不改』，『嫁雞隨雞，嫁狗隨狗』，沒有選擇的餘地。……女子在不平等的婚姻制度束縛下，萌發妒忌心理，並在丈夫和婢妾身上發其妒威並不難理解。這種妒性，一定意義上也可謂是對夫權社會婚姻不自主的消極反抗。」（見其〈唐代妒婦論述〉，載於《中國婦女史論集續集》，頁63。）

莫稽是個窮書生，只因玉奴那身為團頭的父親想要將女兒嫁他，好借此改變低賤門風，故不嫌棄莫稽家貧，而莫稽貪圖金家富足，既可因此而衣食無慮，又可免費得個嬌妻，於是就入贅了金家。就在莫稽中舉及第之後，卻恥為團頭之婿，因而在赴任途中徒生惡念，將妻子玉奴推入江心。還好玉奴為淮西轉運使許德厚所救，才倖免於難。許公夫妻收玉奴為義女，並將她再許配莫稽，莫生欣喜若狂，以為攀龍附鳳就此前途似錦。最後於新婚之夜但見新娘本是舊妻，頓時羞愧萬分又磕頭謝罪。而玉奴終究原諒丈夫無情無義之行，二人和好如初。

再看白玉孃誠心勸勉丈夫求上進的苦心，卻換來良人的猜忌與懷疑。然而玉孃始終包容了丈夫一而再、再而三對她的不信任，真是一位難得的賢妻。

反觀朱買臣之妻就不若過遷、莫稽、程萬里一般幸運了。在中國傳統的婚姻觀念裡，為人妻者理所當然要能寬待接納犯錯的丈夫，但是若自己有了閃失差錯，那麼很可能就難逃「七出」的惡運，甚至要因此感到羞愧而以死謝罪。我個人認為原已不公允的婚姻規範於此更張顯其不仁之處。

3. 要求婦女守節、相殉

古代的婦女在家從父，出嫁從夫，夫死從子，她們的想法、觀念無不受男權社會的影響；「非愛情昇華式」的守節相殉行為正是婦女「思想中毒」的表現。例如：嘉定宣氏，丈夫對她素來狂悖殘忍，宣氏卻晨夕恭敬奉侍。丈夫死了，她要以身相殉，別人勸她道：「你丈夫一貫對你不好，為何還要為他殉節呢？」宣氏嘆道：

> 我只知道自己要盡婦道，哪管丈夫賢與不賢，好與歹呢？〔註9〕

從宣氏之嘆可見她與丈夫並無深厚的感情，而此嘆息又包含了多少無力與無奈呢！

《三言》故事中的女性殉死、守節者亦不勝枚舉，如：

《喻世明言》

第二卷〈陳御史巧勘金釵鈿〉的烈女阿秀

第四卷〈閒雲菴阮三償冤債〉的玉蘭

第十卷〈滕大尹鬼斷家私〉的梅氏

第二十卷〈陳從善梅嶺失渾家〉的張如春

〔註9〕此例轉引自顧鑒塘、顧鳴塘合著之《中國歷代婚姻與家庭》，頁135。

第二十四卷〈楊思溫燕山逢故人〉的鄭夫人

第三十九卷〈汪信之一死救全家〉的張氏

第四十卷〈沈小霞相會出師表〉的孟氏

《警世通言》

第十二卷〈范鰍兒雙鏡重圓〉的呂順哥

第十七卷〈鈍秀才一朝交泰〉的黃六瑛

第二十一卷〈趙太祖千里送京娘〉的趙京娘

第二十二卷〈宋小官團圓破氈笠〉的劉宜春

《醒世恆言》

第五卷〈大樹坡義虎送親〉的林潮音

第九卷〈陳多壽生死夫妻〉的朱多福

第十七卷〈張孝基陳留認舅〉的方氏

第十九卷〈白玉孃忍苦成夫〉的玉孃

第二十五卷〈獨孤生歸途鬧夢〉的白娟娟

第三十五卷〈徐老漢義憤成家〉的顏氏

第三十六卷〈蔡瑞虹忍辱報仇〉的瑞虹

這些女性或為生死不明的丈夫守節，或堅持「一女不更二夫」的原則，或為名節、愛情而殉死，其誓死不悔的勇氣與精神直媲美從容就義的俠士。再就上述篇章之情節做一全盤統整，我個人認為有幾個現象需要提出來說明：

（1）恪守貞節者多能與丈夫團圓、百年偕老；為夫守寡撫子的婦女也盡得善終，由此隱約反映出馮夢龍對貞節觀念的認同與鼓勵。

（2）故事中的阿秀、趙京娘與蔡瑞虹為婚前受辱或為避嫌而殉死，這樣以死明貞節之行為可說是「非處女情結」〔註10〕的心理作祟而引起的。換言之，若婚前非清白之身，即使是非自願的失身，女性仍要以死謝「罪」。可憐的古代女子殊不知「罪不在己」！

（3）守節與否，妻妾有別。例如：〈沈小霞相會出師表〉裡沈小霞於押解前吩咐娘子孟氏道：

〔註10〕據陳東原《中國婦女生活史》之說，「男性底處女嗜好」在宋代形成。這種觀念一經推廣，人們於是在心理上開始鄙視非處女者；而且此想法對後世影響甚鉅，故婦女以非處女為恥，因而自戕尋死者難以計數。

　　我此去死多生少，你休爲我憂念，只當我已死一般在爺娘家過活，
　　你是書禮之家，諒無再醮之事，我也放心得下。

然後又指著小妻聞淑女說道：

　　只這女子年紀幼小，又無處著落，合該叫她改嫁。

可見丈夫對妻妾貞節的要求，尙有不同的標準，且該標準又多半以女子的出身階層而有所差別。

　　（4）除了女性守節之外，汪世雄是個妻死而終身不再娶的特殊男子（見〈汪信之一死救全家〉）。原來其妻張氏平日是個有智女子，只因汪家遭人誣陷，爲求保住後嗣，公公汪革遂將張氏三歲小兒送至嚴州，並放火將村莊焚毀，張氏見兒子離去，大哭一場，後來投火而亡。最後，謀反風波終告平息，世雄在伯父汪孚的協助之下與兒子團圓。因感念張氏愛子之深切，世雄於是不再續絃，專以訓兒爲事。

　　傳統社會片面要求女性守節，卻不在意丈夫對妻子是否忠誠。因此，婦女守節不足爲奇，而汪世雄爲妻子獨身就成了難得之舉了！

　　俗語說：「賢婦令夫貴，惡婦令夫敗。」爲人妻的角色在家族中的確是台柱，但卻也很難扮演；他們必須遵從傳統的要求、符合家族的期望、擔負婚姻的責任。古代女性在背負這些壓力與義務的情況下，還要不斷美化自我的德性，才不致誤蹈「七出」、「七去」之路。

　　幾千年來，中國婦女一直承受著女教、女誡的束縛卻少有怨言。然而現代的社會型態已經改變，家庭結構異於舊時，婦女的角色也趨向多樣化，所以，此刻正是重新檢視婚姻制度的時候。儘管如此，但是我個人認爲有一個原則是必須堅持的：女性應確實了解自己在面對婚姻、家庭時所要承擔的責任，如同古代婦女做好分際之事，換言之，現代女性於爭取兩性平等、合理對待的同時，也要扮演好爲人妻、爲人母、爲人媳的角色才是。

二、姻緣天定與宿世因果論

　　《醒世恆言》第二十八卷〈吳衙內鄰舟赴約〉裡寫道：

　　若是五百年前合爲夫婦，月下老赤繩繫足，不論幽期明配，總是前緣判定。

諸如此類帶有濃厚宿命思想的姻緣故事在《三言》裡隨處可見。本節即就情節之性質予以歸納，並作分析說明：

（一）夫妻本是前生定

《三言》中關於男女愛情、婚姻故事的題材常有「姻緣本是前生定，不許今人作主張」、「自古姻緣天定，不繇人力謀求」、「三生簿上注風流，何用冰人開口」之類的入話詩或結語。而故事裡要是女方主動開口求婚，其理由亦不外：「是五百年姻眷」、「有宿世姻緣」以及「天生一對」等說詞。這種將男女結合歸咎於前生註定的篇章有：

《喻世明言》

　　第五卷〈窮馬周遭際賣䭔媼〉

《警世通言》

　　第十九卷〈崔衙內白鷂招妖〉

　　第二十八卷〈白娘子永鎮雷峰塔〉

《醒世恆言》

　　第二十一卷〈張淑兒巧智脫楊生〉

　　第二十七卷〈李玉英獄中訟冤〉

　　第二十八卷〈吳衙內鄰舟赴約〉

　　第三十一卷〈鄭節使立功神臂弓〉

姻緣既是天定，當然就不得任意更改。換言之，合於天意的婚姻即使遭遇阻撓，也會奇蹟似地化險為夷，如同《醒世恆言》第五卷〈大樹坡義虎送親〉裡的勤自勵與林潮音在「虎媒」的撮合之下，完成終身大事。猛獸食人本為天性，人盡皆知；但故事中的義虎卻有靈性，送親報恩，若非天意使然，何以致此？反過來說，不是天成佳偶就難以強求。《三言》裡描寫結婚對象易人之情節者有四則：

1. 《喻世明言》第二卷〈陳御史巧勘金釵鈿〉
2. 《醒世恆言》第一卷〈兩縣令競義婚孤女〉入話
3. 同上，第七卷〈錢秀才錯占鳳凰儔〉
4. 同上，第八卷〈喬太守亂點鴛鴦譜〉

該四則故事中的青年男女皆已文定，各有所屬。然而卻在洞房之際新郎、新娘換了人：〈陳御史巧勘金釵鈿〉的顧阿秀與魯學曾本是一對未婚夫妻，只因不曾謀面，阿秀竟遭假冒的梁尚賓姦騙，最後小姐縊死，學曾改娶梁賊前妻田氏。而〈兩縣令競義婚孤女〉入話裡的王奉因其私心作祟，暗地兌轉兩

對新人，不料反替親生女兒招惹一樁不幸的婚姻。〈錢秀才錯占鳳凰儔〉的顏俊央託尤辰至高家說媒，並找來一表人才的錢青冒充自己騙娶新娘，後來騙婚之計見拆，高父也不管顏俊和女兒已訂了婚，執意另擇錢青爲婿。再說那〈喬太守亂點鴛鴦譜〉的妙判——原來孫玉郎和劉慧娘分別各有婚約，卻因「弟代姐嫁，姑伴嫂眠」而成了歡喜冤家，當然，他們原先的未婚夫、妻則在喬太守的撮合之下變成另一對佳偶。

　　仔細推敲這些故事，我個人認爲其中潛藏著三個觀念：

　　（1）婚姻大事在冥冥之中早已註定，即使原有婚配，若對象非赤繩所繫之人〔註11〕，終究還是會勞燕分飛，另覓伴侶。誠如：魯學曾、顧阿秀、田氏、孫玉郎以及劉慧娘之例。

　　（2）非天定之姻緣不可苟求：故事裡的顏俊貌醜無才，「癩蝦蟆想喫天鵝肉」，又要脅表弟錢青代爲騙婚，結果迎親當日風雪大作，錢青因而無法如期返還顏家，於是只好在高家與新娘拜了堂。若非顏俊騙婚行徑不合天意，何以大喜之日風雪交加？最後反成全表弟的終身大事？因此，強求不合天意的姻緣，又犯了欺心之事，就算其計謀再周密，仍然逃不過蒼天的安排。

　　（3）兌轉姻緣，背信遭天譴：王奉嫌貧愛富，不滿那又醜又窮的女婿，所以刻意兌轉各有婚約在身的女兒和姪女，把親女充作姪女嫁與富而美的潘華，將姪女反爲己女嫁給貌醜家貧的蕭雅。王奉不願女兒吃苦受罪乃人之常情，若因此而悔婚也就罷了，然而王奉竟起不良之念，強奪姪女的未婚夫婿，到頭來卻遭致天譴，報應在女兒身上。類似這種強求姻緣的結局多半是悲劇，由此可見「姻緣本是前生定，不是姻緣莫強求」的婚姻觀自有其道理之所在。

　　（二）宿世因果結連理

　　佛教傳入中國後，其「善惡報應」、「靈魂輪迴轉生」的教義即與中國民間固有信仰「靈魂不死」、「福善禍惡」的核心思想緊密結合，進而成爲佛教民俗化的一整套心理基礎〔註12〕。而此通過相融的信仰觀念更深深地影響著百姓的生活，當然也影響人們對於婚姻的看法和態度。

〔註11〕中國民間相傳，人們婚配的對象早已記載於幽冥之書，且由月下老人紅繩繫足以定，詳見《太平廣記》卷一五九〈定婚店〉。

〔註12〕參見何云《佛教文化百問》，頁190，以及方立夫《中國佛教與傳統文化》。

　　《喻世明言》第一卷〈蔣興哥重會珍珠衫〉與第四卷〈閑雲菴阮三償冤債〉即反映出這種「宿世因果結連理」的婚姻觀：當蔣興哥得知續絃之妻平氏正是陳商的遺孀，他對平氏說明道：

> 這件珍珠衫原是我家舊物，你丈夫奸騙了我的妻子，得此衫爲表記。我在蘇州相會，見了此衫，始知其情，回來把王氏休了。誰知你丈夫客死，我今續絃，但聞是徽州陳客之妻，誰知就是陳商；卻不是一報還一報。

而且作者亦寫詩曰：

> 天理昭昭不可欺，兩妻交易孰便宜。
>
> 分明欠債償他利，百歲姻緣暫換時。

又其結語詩道：

> 恩愛夫妻雖到頭，妻還作妾亦堪羞。
>
> 殃祥果報無虛謬，咫尺青天莫遠求。

由此可見作者相信果報，所以鋪寫這樣的巧合，讓蔣興哥與平氏都接受上天爲他們安排的宿世姻緣。

　　而〈閑雲菴阮三償冤債〉更以阮三託夢來點明姻緣與因果的關係（參見第四章第二節男性角色——多情種）。

　　阮三與玉蘭之間雖只是一段露水姻緣，但是他們的愛情結晶卻使兩人的夫妻關係不因阮三的死亡而中斷。玉蘭自阮三託夢之後，便了悟生死恩情皆是前緣夙債，於是放下情懷，爲阮郎守節一生，並且教子成名。此一結局總算是讓這場私會之情劃上安慰的句點。

　　諸如此類將姻緣之聚合歸咎於宿世情債的說法，至今猶存，可見人們對這種解釋的認同與肯定。

（三）緣盡情了

　　關於愛情與婚姻的建立，還有另一種解釋，那就是「遇合有緣」；反之，愛情婚姻關係的解體便是因爲緣分已盡。

　　《警世通言》第三十卷〈金明池吳清逢愛愛〉裡的盧愛愛和吳清由於二人前緣有分，合有一百二十日夫妻之情，即使愛愛已死，其鬼魂依然追隨吳清；但是緣分盡時，愛愛倒也心甘情願離去，並託夢與吳清告別。最後，愛愛還是替吳清另覓佳人爲配，以報一百二十日夫妻之恩。

　　又如《醒世恆言》第三十一卷〈鄭節使立功神臂弓〉的日霞仙子對丈夫

鄭信言道：

> 你我相遇亦是夙緣，今三年限滿，仙凡路隔，豈復有相見之期
> 乎？……夫妻緣盡，自然分別，妾亦不敢留君，恐誤君前途，必遭
> 天譴。

人類通過想像，以「緣起緣滅」的藉口創造出異類姻緣的離合，而此「緣起
緣滅」的藉口其實正反映了人們相信緣分支配婚姻的觀念。例：蔡瑞虹寫給
丈夫朱源的訣別書也提及「姻緣有限，不獲面別」之語（見《醒世恆言》第
三十六卷〈蔡瑞虹忍辱報仇〉）。

　　事實上，「姻緣天定」、「遇合有緣」「良（孽）緣宿締」的婚姻觀之所以
深植人心，當然有其作用，影響著世人：

1. 解釋男女婚姻之遇合，說服不相識的未婚青年能心甘情願地服從長輩
   所安排的終身大事，並且安於婚姻現狀。
2. 宿世因果的情債觀安慰了守節婦女的心靈。誠如它使玉蘭釋懷而全心
   全意地教養遺腹子。
3. 天定思想對婦女的影響，產生副作用。由於古代婦權不張，面臨不幸
   的婚姻只能忍氣吞聲，順從上蒼爲她們所安排的丈夫、良人。這種認
   命的消極態度使得女性在婚前即已牢記「嫁雞隨雞、嫁狗隨狗」的婚
   姻哲學。例如《醒世恆言》第九卷〈陳多壽生死夫妻〉裡的朱多福不
   願接受父親悔婚，寧願嫁與得了惡症的未婚夫，她道：
   > ……從沒見好人家女子喫兩家茶；貧富苦樂都是命中註定，生爲陳
   > 家婦，死爲陳家鬼……。

又對丈夫多壽說：

> 我與你結髮夫妻，苦樂同受。今日官人患病，即是奴家命中所
> 招……。

多福「逆來順受」的精神果然感動蒼天，丈夫癩疾痊癒，兩人白頭偕老。但
是並非每個人皆同多福般幸運；換言之，此一被喻爲中國傳統女性美德的
「逆來順受」有時卻成了一種無形的折磨、壓抑女性而戕傷其身心，特別是
遭受婚姻暴力的婦女。

　　然而，由於現代婚戀方式自由，姻緣天定的意義也逐漸發生變化。所謂
的「天賜良緣」、「天作之合」都成了抽象的祝福語；且居高不下的離婚率更
打破舊時的命定思想，婚姻的穩定性開始受到挑戰。

三、青樓女子的婚戀觀

據王書奴《中國娼妓史》的說法，中國早在三千年前即有娼妓制度的存在，在女權不振的古代社會裡，婦女毫無人權可言，貴族富戶視之為寵物、娛樂的工具而蓄養於家中，這是後人所謂的「家妓」。這個現象在隋唐以前十分盛行，當時的達官貴人多半以此競誇豪奢。到了隋唐以後，官（宮）妓、營妓〔註13〕、民妓並行。而本節所要討論的青樓女子除關盼盼、周月仙、謝玉英與楊玉之外，皆為民間自設公開營業的娼館妓女。這些女子或遭拐騙，或為父母售賣而淪落風塵。換言之，成為煙涸之花並非個人之意願。

既然非出於自願而從娼，其內心不免懷抱「跳出火坑」的夢想。在面對年輕俊秀的嫖客時，她們和良家女孩一樣，憧憬著美好的愛情與婚姻。在《三言》裡描述善良妓女立意從良，企求正常婚姻生活的故事有：

《喻世明言》

第十二卷〈眾名妓春風弔柳七〉

第十七卷〈單符郎全州佳偶〉

《警世通言》

第十卷〈錢舍人題詩燕子樓〉

第二十四卷〈玉堂春落難逢夫〉

第三十一卷〈趙春兒重旺曹家莊〉

第三十四卷〈王嬌鸞百年長恨〉入話

《醒世恆言》

第三卷〈賣油郎獨占花魁〉及其入話

這些久有從良之志的娼妓有的如其所願，有的卻沒有那麼幸運，部分遇人不淑者甚至自戕了結殘生。以下即就此分類，略述其事：

（一）從良成家者

1.〈眾名妓春風弔柳七〉

故事中，在縣衙唱曲侑酒的周月仙一心只要嫁那黃秀才，無奈秀才家貧，不能備辦財禮，兩人好事多磨。月仙誓為秀才守身，拒絕接客，豈料

〔註13〕宮妓、官妓和營妓都是當時的正式名稱。宮妓係為娛樂皇室而設，官妓乃專供高官陪侍公私宴會之用，設置於地方政府的衙門內；而營妓則只對軍中開放，慰勞士卒。

卻遭富戶劉二員外逼姦。柳永得知此事，即喚來老鴇，將錢八十千付作身價，替月仙除了樂籍〔註14〕；然後又請來黃秀才相見，親領月仙回去，做了夫妻。

而多情風流的柳永嘗與名妓謝玉英訂下終身之約，兩人相處如夫婦。後來柳官人過世，玉英為他守節，最後竟悲傷成疾而歿。

2.〈單符郎全州佳偶〉

篇敘邢、單二家夫人同時懷孕，因而私下相約做兒女親家。數年後，邢家夫婦遭金人殺害，女兒春娘為亂兵所掠而轉賣至全州為娼。由於春娘從小讀過經書、唐詩，所以頗通文墨，尤善應對，鴇母愛之如寶，並改名楊玉，又教以樂器歌舞，使其堪稱色藝雙全。

楊玉終究是宦家出身，舉止甚是端莊，官府公庭莫不愛重，一日巧遇未婚夫婿單符郎，符郎為之傾慕兩載餘，才得一親芳澤。單見楊玉沒有青樓氣習，便追問其身世，楊玉據實以告，符郎心中已知楊玉就是未婚妻邢春娘，然而卻不說破，只是安慰著：

> 汝今日鮮衣美食，花朝月夕，勾你受用。官府都另眼看覷，誰人輕賤你？況宗族遠離，夫家存亡未卜，隨緣快活，亦足了一生矣；何乃自生悲泣耶？

楊玉蹙額答道：

> 妾聞女子生而願為之有家，雖不幸風塵，實出無奈。夫家宦族即使無恙，妾亦不作團圓之望。若得嫁一小民，荊釵布裙，啜菽飲水，亦是良人家媳婦，比在此中迎新送舊，勝卻千萬倍矣。

過了數日，單符郎喚來楊玉，正色問曰：

> 汝前日有言為小民婦亦有所甘心。我今喪偶，未有正室；汝肯相隨我乎？

楊玉含淚答道：

> 枳棘豈堪鳳凰所棲？若恩官可憐，得蒙收錄，使得備巾櫛之列，豐衣足食，不用送往迎來，固妾所願也。但恐他日新孺人性嚴不能相容，然妾自當含忍；萬一徵色發聲，妾情願持齋侍佛，終身獨宿以報恩官之德耳。

〔註14〕唐代樂妓欲解籍從良，必經主管首肯。民妓之解籍則必須繳納巨款充做從良費。

最後，符郎之父單公致書於太守，求爲楊玉脫籍，釋賤歸良，小夫妻終於再續前緣。

3.〈錢舍人題詩燕子樓〉

事述大唐禮部尙書張建封與武寧名妓關盼盼之戀愛。張建封自見了盼盼之後，愛其黠慧，因而擇地起樓，使盼盼居之。每遇閒暇，即驅車往訪盼盼，並與之宴飲，兩人恩愛之情不在話下。但是好景不常，建封染疾沈重，盼盼雖延醫調治，卻回天乏術。從此盼盼削髮爲尼，誓不再嫁。最後，因爲白樂天一句「一朝身死不相隨」的感慨語，使得盼盼寢食失常，抑鬱而死。

4.〈玉堂春落難逢夫〉

故事描寫玉堂春與王三官相愛，玉姐因而有意從良，且積極謀劃脫離娼館，要那鴇子立書押花，裡頭寫道：

> 有南京公子王順卿，與女相愛，准得過銀兩萬兩，憑眾議作贖身財
> 禮。今後聽憑玉堂春嫁人，並與本戶無干。立此爲照。

從此玉姐閉門守身，待那三官攻書成名娶她歸家。（參見第二章第八節）

5.〈趙春兒重旺曹家莊〉

趙春兒本是揚州名妓，曹可成一見傾心，兩人頓時如膠似漆，怎奈父親在堂，不敢娶她入門。後來，可成偷了父親許多銀子，替春兒贖了身。曹父過世，可成將假錠換銀之事告知渾家，渾家因而憂心病歿。曹可成連遭二喪，痛苦不堪，只得勉強支持。過了七七四十九日，債主都來算賬，把曹家莊祖業田房盡自抵債求償而去。春兒見可成狀極狼狽，乃取白金百兩，囑咐他拿回去省吃儉用。可成得了銀子，頓忘苦楚，又將銀兩買酒買肉，請舊日一班閒漢同喫。春兒初次不好勸阻他，到第二次就好言相諫。

待可成三年服滿，春兒備了三牲祭禮，香燭紙錢，到曹氏墳堂拜奠，又將錢三串，拿給可成追薦做功德。事後，可成問春兒從良與否，春兒道：

> 此事我非不願，只怕你還想娶大娘。

又道：

> 你目下雖如此說，怕日後掙得好時，又要尋良家正配，可不枉了我
> 一片心機。

可成於是對天立誓，春兒見其誠心，因而答應擇吉完婚。

6.〈賣油郎獨占花魁〉及其入話

入話敘述鄭元和與名妓李亞仙的愛情婚姻故事。那亞仙非貪公子錢財，

非戀他面貌，只爲鄭元和識趣知情，善於幫襯，所以亞仙心中捨他不得，因而在公子囊篋俱空之際，將繡襦包裹美食供養公子，還與他做了夫妻。後來元和中了狀元，亞仙也封做汧國夫人。

　　而正文則描寫花魁莘瑤琴（美娘）從對賣油郎秦重的輕視到好感，最後決心嫁他的故事。

　　那秦重自見過美娘後，便勤奮攢錢，只求與她相處一宵，然而美娘卻因秦重不是有名稱的子弟，就要拒絕他；但在老鴇愛財慫恿之下，美娘於是勉強進房相見，不一會兒倒頭就睡，也不理那秦重，而秦小官人竟一夜不闔眼地服侍著爛醉如泥的美娘。天明後，花魁想起夜來之事，心下想道：

> 難得這好人，又忠厚，又老實，又且知情識趣，隱惡揚善，千百中
> 難遇此一人；可惜是市井之輩，若是衣冠弟子，情願委身事之。

直到在西湖邊上，美娘遭受吳八公子的凌辱，她才認清現實，並對秦重說道：

> 我自十四歲被媽媽灌醉，梳弄過了，此時便要從良，只是未曾相處
> 得人，不辨好歹，恐誤了終身大事；以後相處的雖多，都是豪華之
> 輩，酒色之徒，但知買笑追歡的樂意，那有憐香惜玉的眞心。看來
> 看去，只有你是個志誠君子；況聞你尚未娶親，若不嫌我煙花賤質，
> 情願舉案齊眉，白首奉侍。你若不允之時，我就將三尺白羅，死于
> 君前，表白我這片誠心。

那秦重聽了又驚又喜，卻無力替美娘贖身，然而贖身之費是不用秦小官人擔憂的，原來美娘早已預先積攢些東西，以備日後從良之需；再透過劉四媽的巧嘴來說服媽媽，美娘與秦重終於拜堂成親。

（二）遇人不淑者

1. 〈杜十娘怒沈百寶箱〉

　　故事敘述北京名妓杜十娘與宦門子弟李甲情投意合，在十娘與老鴇鬥智脫籍之後，不料半路冒出鹽商孫富覬覦十娘美色，於是極力說動李甲以千金易聘。誰知李甲竟是個沒主意的人，本心懼怕老子，被孫富一席話弄得茫然自失〔註15〕，完全忘卻昔日與十娘的恩愛。

〔註15〕孫富道：「自古道：『婦人水性無常。』況煙花之輩，少眞多假。他既係六院名妹，相識定滿天下，或者南邊原有舊約，借兄之力，挈帶而來，以爲他適之地。」又說：「……江南子弟，最工輕薄，兄留麗人獨居，難保無踰牆鑽穴

由於李甲這一念之差，使得十娘精心安排的從良計畫毀於一旦。就在「一手交人，一手交錢」時，十娘窺見公子有喜色後，她的婚姻夢醒，憧憬粉碎，她對李甲說道：

> 妾風塵數年，私有所積，本爲終身之計。自遇郎君，山盟海誓，白首不渝。前出都之際，假托眾姐妹相贈，箱中韞藏百寶，不下萬金。將潤色郎君之裝，歸見父母，或憐妾有心，取佐中饋，得終委托，生死無憾。誰知郎君相信不深，惑於浮議，中道見棄，負妾一片真心。今日當眾目之前，開箱出視，使郎君知區區千金，未爲難事。妾櫝中有玉，恨郎眼內無珠！命之不辰，風塵困瘁，甫得脫離，又遭棄捐。今眾人各有耳目，共作證明，妾不負郎君，郎君自負妾耳！

語罷，十娘抱持寶匣，赴水自沈。

2. 〈王嬌鸞百年長恨〉入話的穆廿二娘。（參見第四章第二節）

從以上故事，可歸納出娼妓共同的心聲與願望：

（1）皆有從良之志，並為將來預作打算

神女生涯備受身心煎熬，在娼門送往迎來終有年老色衰的一天〔註16〕。因此，若不願轉任鴇母或是出家爲尼者，多求落籍從良〔註17〕。當然，從良前的贖身費是一筆大數目，所以，這些有志從良的妓女就必須未雨綢繆，私下積攢財物，以待良人出現之後，做爲脫籍之資。例如：莘瑤琴、杜十娘……。

之事。若挈之同歸，愈增尊大人之怒。爲兄之計，未有善策。況父子天倫，必不可絕。若爲妾而觸父，因妓而棄家，海內必以兄爲浮浪不經之人。異日妻不以爲夫，弟不以爲兄，同袍不以爲友，兄何以立於天地之間，兄今日不可不熟思也。」繼而獻計曰：「兄飄零歲餘，嚴親懷怒，閨閣離心，設身以處兄之地，誠寢食不安之時也。然尊大人所以怒兄者，不過爲迷花戀柳，揮金如土，異日必爲棄家蕩產之人，不堪承繼家業耳。兄今日空手而歸，正觸其怒。兄倘能割衽席之愛，見機而作，僕願以千金相贈。兄得千金，以報尊大人，只說在京授館，並不曾浪費分毫，尊大人必然相信。從此家庭和睦，當無間言。須臾之間，轉禍爲福。兄請三思，僕非貪麗之色，實爲兄效忠於萬一也！」

〔註16〕 名妓徐月英〈敘懷〉一詩即可證娼門生涯的痛苦與其內心之嚮往：「爲失三從泣淚頻，此身何用處人倫。雖然日逐聲歌樂，長羨荊釵與布裙。」

〔註17〕 據宋德熹〈唐代的妓女〉一文所言，妓女之歸宿：（一）轉任鴇母；（二）續操賤業；（三）出家入道；（四）從良做妾。（見《中國婦女史論集續集》，頁90。）

（2）從良反映其對正常婚姻生活的渴望

　　青樓章台之地多聞才子名妓的戀愛故事，這是因為古代缺乏戀愛自由的風氣所致。雖然妓女們的感情世界因而多采多姿，但是她們更嚮往單純正常的婚姻生活，即使過著粗食布衣的日子，也甘之如飴。例如趙春兒嫁與敗家的曹可成後，以十五年的勤儉刻苦和耐心來等待丈夫的轉變，此妓從良堅忍持家之舉足可證明其對娼門的厭惡與成家的渴望。換言之，春兒寧願捨棄物質享受而就貧困失意的窮漢，還要引導夫婿自覺自強，由此可見其從良愛家的心情。

　　然而，也由於沒有認清從良的「層次區別」，抱撼而卒者終究是婚姻舞台上的悲劇人物，例如：杜十娘與穆廿二娘。

　　所謂從良的「層次區別」，在〈賣油郎獨占花魁〉裡，劉四媽即有一番精闢的解析，簡述如下：

① 真從良：即才子佳人配，兩下相逢，你貪我愛，一個願討，一個願嫁，然而卻是好事多磨，話雖如此，兩人依舊似捉對的蠶蛾，死也不放。

② 假從良：就是公子愛著小娘，小娘並不愛他，只把個嫁字兒哄他心熱，撒漫銀錢，等到成交，又推故不就。另外還有一種痴心的子弟，曉得小娘心腸不對他，卻偏要娶她回去；老鴇見錢眼開，小娘勉強進門後即故意不守家規，弄出醜事，人家容留不得只好放她出去，此等娼妓不過把從良當做是個賺錢手段罷了。

③ 苦從良：子弟愛小娘，小娘不愛那子弟，卻被他以勢欺凌，老鴇懼禍，遂趕緊將小娘嫁去。這做小娘的身不由己，含淚而行，一入侯門家法又嚴，由於身分低賤始終抬頭不得，因此只得半妾半婢，忍死度日。

④ 樂從良：做小娘的，正值擇人之際，偶然相交個子弟，見他情性溫和、家道富足，而大娘子又無男無女，指望她過門為夫家生育。若能因此從良，圖個終身安逸，就是所謂的樂從良。

⑤ 趁好的從良：小娘趁著盛名，急流勇退，在眾多的追求者當中擇個十分滿意的嫁他，及早回頭，不致受人怠慢。

⑥ 沒奈何的從良：此等從良之目的乃為求靜買安，憋口氣，不論好歹，嫁個老公以避債務或強橫欺蠻。

⑦ 了從良：小娘半老，風波歷盡，剛好遇個實在的孤老，兩人有心相伴，從此白首到老。

⑧ 不了的從良：因一時之興，沒有個長久打算，或者尊長不容、大娘妒忌，鬧了幾場，再發回媽家。或家道凋零，養她不活，苦守不過，只得重操舊業。

那杜十娘有志「眞從良」，誰知李甲懼怕父親，不敢應承，在偕同十娘南歸途中，就此葬送這位名妓的婚姻大夢與生命。就十娘從娼七年的經驗，實在比不得劉四媽老練，杜十娘致力謀劃終身大事之際，卻被愛情蒙蔽了眼睛，遂沒能認識李甲的眞正個性與二人階級地位之懸殊。

依我個人之見，這「樂從良」與「了從良」的成功率要比那「眞從良」、「趁好的從良」來得高些。不可諱言，無論是何等色藝雙全，一旦淪做煙花，其身分終究要被刻下一個卑賤的烙印〔註18〕。在重視門第階級的社會裡，一位娼妓想成爲上流人士的妻妾，談何容易！有多少妓女可以如同李亞仙、玉堂春幸運？程遙說：

> 《李娃傳》中描寫鄭生登第做官後，李娃並無欣喜之情，因爲她明知自己身分卑賤，不可能做鄭生的妻子，反而勸他「當結媛鼎族」，「中外婚媾，無自黷也」。至於小說結局寫鄭生謹遵父命，明媒正娶地同妓女李娃結爲伉儷，那只是作者的道德理想而已。（見其〈論唐代愛情婚姻小說的道德理想〉）

由此可見，娼妓若要從良，就應當了解現實加諸在己身的限制，誠如花魁娘子認清事實，嫁與那曾是心目中所謂「市井之輩」的秦重。再者，或爲見容於主母的小妾，或尋個老伴相依後半生，此即「樂從良」、「了從良」。

換一個角度來說，那些風流倜儻的王孫公子們但知買歡追笑，貪戀花柳之情，若是論及婚嫁，眞心者又有幾人？難怪勘破風月的娼妓們不對愛情婚姻存有任何幻想，例如關漢卿筆下的趙盼兒：

> 我想這姻緣匹配，少一時一刻強難爲。如何可意？怎的相知？怕不便腳踏著腦杓成事早，怎知他手拍著胸脯後悔遲！尋前程，覓下梢，恰便似黑海也是難尋覓。料的來，人心不問，天理難欺。（第一折〈混江龍〉）

〔註18〕娼妓出賣色藝，人多鄙夷不屑；元明以後之律更禁止官吏娶娼妓爲妻妾。

那趙盼兒也嘗有待嫁之心：

> 待嫁一個老實的，又怕盡世兒難成對。待嫁一個聰俊的，又怕半路
> 輕拋棄。（第一折〈油葫蘆〉）

隨之目睹姊妹淘們從良後不幸的遭遇，使得她領悟身為娼妓的無奈與婚姻的真相，因而勸道宋引章：

> 你道這子弟情腸甜似蜜，但娶到他家裡，多無半載週年相棄擲，早
> 努牙突嘴，拳椎腳踢，打的你哭啼啼。（第一折〈勝葫蘆〉）

儘管現實經常挫傷妓女們的理想，但是，她們對於婚姻總抱持著些許期待。從良是脫離花街生涯的途徑，也是終身的歸宿，期待或許會落空，但她們卻不能不有期待的心。換言之，她們比一般女性更渴望能夠建立一個有愛情基礎的婚姻，誠心誠意要與丈夫共組家庭，甚至於為所愛的人守節、殉情。如此說來，她們的期待已然接近宗教的情操了。

　　人人皆有追求幸福的想望與權利，即使是被當作商品販鬻的娼妓，其真摯的情感、堅定的意志仍不容輕侮，特別是非自願從娼者。滲透人心已久的貞節觀念與門第思想使得歡場女性難以翻身；而《三言》中這群積極有心的娼妓，對於愛情和婚姻，她們不再是等待的角色，就其努力爭取的精神，無論成敗，都是值得同情與肯定的。

四、禮教的婚姻觀與「一見鍾情」

（一）禮教的婚姻觀

　　《三言》裡的愛情婚姻故事多有突破傳統思想的內容，但關於合禮、守信、有義的婚姻理念，也常藉由其中的人物語言與行為來傳達、呈現：

1. 不奪人妻

　　《喻世明言》第九卷〈裴晉公義還原配〉乃述晉州萬全縣令為奉承上級，遂強奪唐璧未婚妻黃小娥入相府掌班。一日，相國裴度閒暇在外私行，巧遇唐璧而獲悉整個事件的來龍去脈。裴公回府後，隨即傳喚小娥以證唐璧所言，待查核屬實，裴公還親自為小夫妻倆主婚，使二人完成大禮。

2. 有信有義

（1）《喻世明言》第十七卷〈單符郎全州佳偶〉

　　單符郎與邢春娘本是指腹為婚的小夫妻，後來春娘不幸淪為娼妓；然而符郎在了解春娘厭惡風塵時，情願復踐舊約，而不以良賤為嫌，完全實踐了

儒家的恕道。

（2）《醒世恆言》第九卷〈陳多壽生死夫妻〉

陳多壽身罹惡疾，其父母替未過門的媳婦著想〔註19〕欲將行聘的庚帖退還女家，但是多福卻執意服侍臥病在床的丈夫。後來多壽實不忍心拖累妻子，遂興自殺之念（參見本章第一節一、傳統的婚姻觀）。這夫婦倆一個有節、一個有義，尤其是那出自於內心對彼此的關懷，更叫人為之動容。

（3）同上，第二十一卷〈張淑兒巧智脫楊生〉

楊元禮赴京會試，途中遭匪僧打劫，幸得淑兒救命，於是相約日後娶她為妻；而元禮登科榮歸後，果然與淑兒結姻。其信守婚姻承諾的態度與周廷章停妻再娶之舉（見〈王嬌鸞百年長恨〉），可謂大相逕庭。

3. 不違倫理

（1）《喻世明言》第十七卷〈單符郎全州佳偶〉

單符郎寄回家書一封，懇請父親致書於太守，求為春娘脫籍。太守將此事告訴春娘，並問道：

> 汝今日尚在樂籍，明日即為縣君，將何以報我之德？

又歎道：

> 麗色佳音不可復得。

語畢，太守竟趨前抱起春娘，強要春娘回報其恩典。此時，通判見太守行止不當，即正色指責之。通判所言不僅點醒太守非分之想，而且顯露其對女性人格之尊重，此一適時仗義執言之舉，堪稱為儒家君子、禮教的實踐者。

（2）同上，第二十八卷〈李秀卿義結黃貞女〉

改扮男裝隨父販香的黃善聰在父親病逝後，與李英結為兄弟，共同經商，二人同食同眠而不踰矩。最後，在守備太監李公的促合之下，終於完成婚事。

〔註19〕《醒世恆言》第八卷〈喬太守亂點鴛鴦譜〉裡的劉璞病勢沉重，劉父與劉媽商量暫緩成親，以防兒子有個三長兩短，也不致誤了人家女兒。然而劉媽卻道：「大凡病人勢凶，得喜事一沖就好了，……你但顧了別人，卻不顧自己，你我費了許多心機，定得一房媳婦，誰知孩兒命薄，臨做親卻又害病起來。今若回了孫家，孩兒無事，不消說起。萬一有些山高水低，有甚把臂，那原聘還了一半，也算是他們忠厚了，卻不是人財兩失。」而陳家二老在兒子多壽病重時答應女家退婚之舉，完全不同於劉媽，堪稱是通情達理的智者。

（3）《警世通言》第二十九卷〈宿香亭張浩遇鶯鶯〉

張浩與鶯鶯相期終身之約於宿香亭，鶯鶯正待離去，張浩情不自禁擁抱小姐，此刻忽聞山甫說道：

> 相見已非正禮，此事決然不可！若能用我一言，可以永諧百歲。

見鶯鶯已去，山甫又對張浩曰：

> 但凡讀書，蓋欲知禮別嫌。今君誦孔聖之書，何故習小人之態？若
> 使女子去遲，父母先回，必詢究其所往，則女禍延及于君，豈可戀
> 一時之樂，損終身之德。請君三思，恐成後悔！

好友山甫這一番建言對意亂情迷的張浩來說，不啻是一帖醒腦的良藥，使他不致踰越分際。

（4）《醒世恆言》第七卷〈錢秀才錯占鳳凰儔〉

錢青遭表兄顏俊所逼而代為迎娶高家小姐，不料風雪大作阻斷回程。岳父高贊不願錯失良辰吉時，於是就地拜了堂，送進洞房。那不知情的伴娘替新娘卸了頭面，幾遍催促新郎入房，錢青只不答應；後來丫鬟將房門掩上，又敦請官人就寢，錢青心上如小鹿亂撞，勉強答應一句，幾夜下來皆和衣而睡，連小娘子的被窩兒也不敢觸著。其不欺暗室之舉深獲大尹肯定，遂判小姐嫁與錢青。

（5）同上，第十卷〈劉小官雌雄兄弟〉

劉奇得知劉方是女兒身，於是與之約定百年。劉方答曰：

> 此事妾亦籌之熟矣，三宗墳墓俱在于此，妾若適他人，父母三尺之
> 上，朝夕不便省視；況義父義母看待你我猶如親生，棄此而去亦難
> 恝然。兄若不棄陋質，使妾得侍箕帚，共奉三姓香火，妾之願也。
> 但無媒私合，於禮有虧，惟兄裁酌而行，免受傍人談議，則全美
> 矣。

次日劉奇請了欽大媽為媒，與劉方說合，並備辦衣飾，擇了吉日，先往三個墳墓上祭告過了，然後花燭成親，大排筵宴，廣請鄰里。劉家一門孝義貞烈一時傳為美談。

（6）同上，第二十八卷〈吳衙內鄰舟赴約〉入話

入話描寫潘遇買舟往臨安會試，途中借宿一戶人家，主人有女年方二八，頗有姿色，聽父親說其夢兆道潘郎有狀元之分，於是在窗下偷覷，又見他儀容俊雅，心懷契慕。一日，潘生因取硯水，自往廚房，恰與主人之女相見，

兩人心下有意，互贈信物並相期幽會。直至場事已畢，主翁治盃節勞，飲至更深，主翁大醉。此女見父親睡沈，於是徑往書齋，與那潘遇成其雲雨，約以及第之後娶爲側室。當夜，潘父在家夢見一送匾者對他說道：

> 今科狀元合是汝子潘遇，因做了欺心之事，天帝命削去前程，另換
> 一人也。

後來，潘遇果然落榜。過了歲餘，潘生心念此女，因而遣人持金帛往聘之，然此女已適他人矣。

上述之情節、故事雖不相同，但是所呈現的婚姻觀卻是一致的：

① 婚前謹守本分

《三言》的愛情婚姻故事裡有許多私諧歡好在先，而後才正式成婚的例子，也有婚前遭人姦騙而羞愧赴死之情節。前者「有情人終成眷屬」固然值得欣慰；但後者見棄於負心歹人，實亦不忍苛責之。欲不使此類悲劇重演，婚前謹守分際是必要的。孔子曾曰：「克己復禮」，意思是說人們應當控制自己的情感，避免違禮的事情。將此一觀念延用在處理男女感情上，適時以理約束生理本能的衝動，才能提升愛情與婚姻的層次，而不只是停留於情色、肉欲之吸引。〔註20〕

② 婚禮隆重非兒戲

孔子主張婚禮應「冕而親迎」，即由新郎穿戴大禮服親自前往女家迎娶新娘，以表示對妻子的尊重與親愛〔註21〕。換言之，沒有舉行婚禮儀式的婚姻就不能被承認爲合法婚姻。儒家以禮規範婚姻，對婚禮如此重視，自有其道理所在，《禮記・昏義》曰：

> 昏者，將合二姓之好，上以事宗廟，而下以繼後世也，故君子重之。
> 是以昏禮，……父親醮子而命之迎，……婦至，婿揖婦以入，共牢
> 而食，合巹而酳，所以合體同尊卑以親之也。敬愼重正而後親之，
> 禮之大體，而所以成男女之別，而後立夫婦之義也。男女有別，而
> 後夫婦有義，夫婦有義，而後父子有親，父子有親，而後君臣有正，

〔註20〕陳永正《三言二拍的世界》說：「〈賣油郎獨占花魁〉、〈唐解元一笑姻緣〉、〈蔣興哥重會珍珠衫〉等，所表現的只不過是『少女少郎，情色相當』的情色而已。」陳氏甚至認爲賣油郎秦重心中的愛情，不過是原始的性欲罷了。

〔註21〕子貢與魯哀公嘗問於孔子：「冕而親迎，不已重乎？」孔子答道：「合二姓之好，以繼萬世之後，可謂已重乎！」詳見《穀梁傳・桓公三年》與《禮記・哀公問》。

故曰昏禮者，禮之本也。

由此可見，儒家制定婚禮以明「男女之別」而立「夫婦之義」，是具有維護正常的男女關係和防止社會混亂的進步意義，絕非是吃人的禮教〔註 22〕。所以，無媒私合、不婚同居皆爲汙蔑婚姻神聖之舉，也突顯其對婚姻認識的不足。

《三言》裡這些呈現禮教思想的婚姻故事有著極爲強烈的人文、倫理傾向。換言之，在故事人物的身上，可以看到人類有別於禽獸的高貴情操。

禮教的婚姻內容不是愛情，是恩義；其對婚姻之意義與價值表現的重心在「上事宗廟、下繼後世」以及「整體和諧」。因此，男女一旦結爲夫婦，其所肩負的婚姻責任是重大的，而夫妻關係之維繫亦以此相愛相守。反觀現代的婚姻型態，愛情的成分增加了，然而對於莊嚴的婚姻使命感卻淡薄了，輕言離婚，視婚姻如兒戲的夫妻並不少〔註 23〕，在探討古代婚姻觀的同時，現代人的婚姻態度更需予以檢視省察，重建婚姻倫理亟待努力。

（二）「一見鍾情」的戀愛

《三言》裡所描寫的愛情婚姻，可稱得上自由選擇對象的方式，除了青梅竹馬、文章徵婚外，就屬「一見鍾情」了。而初次謀面的男女能夠因而產生相互仰慕的情愫，其原因有二：（一）生理本能的自然吸引。（二）後世嚴格的兩性之防。這兩個原因使得未婚的青年男女對異性抱持若干的期待與幻想。換言之，古代的青年男女沒有交往的自由，故對於愛情和婚姻的憧憬常常是以懷抱夢想的成分居多。

因爲一見鍾情而互贈信物，或私訂終身，或相約私奔的情侶有：

《喻世明言》

第四卷〈閒雲菴阮三償冤債〉的阮三與陳玉蘭

〔註 22〕 婚姻隆重不同於「娶婦必問資裝之厚薄，嫁女必問聘財之多少」。使人不堪承受的婚禮費用並不是「六禮」之本義；換言之，婚姻論財與禮教不相符，它是不良的社會風氣。

〔註 23〕 根據內政部民國 82 年《內政統計提要》資料得知，台灣地區民國 62 年結婚數與離婚數之比例約爲 20 比 1；至民國 82 年時則爲 5.1 比 1。總計二十年間離婚率成長了 271%，而同期間之結婚率反負成長 6%。（按：本論文撰寫於修讀博士學位期間，所蒐集之資料僅限於 82 年。目前最新之相關資料爲 2010 年 6 月 13 日〈台灣立報〉記者史倩玲之報導「根據內政部統計處最新發布的資料顯示，台灣每天有 156.8 對夫妻離婚。民國 98 年有偶人口離婚率爲千分之 11.30，較 97 年增加 0.19 個千分點，也就是每 10 個結婚人口，就有 1 個離婚。」詳見 www.lihpao.com/?action-viewnews-itemid-7724。）

《警世通言》
　　第六卷〈俞仲舉題詩遇上皇〉入話的司馬相如與卓文君
　　第二十六卷〈唐解元一笑姻緣〉的唐寅與秋香
　　第三十卷〈金明池吳清逢愛愛〉的吳清與褚愛愛
　　第三十四卷〈王嬌鸞百年長恨〉的周廷章與王嬌鸞
《醒世恆言》
　　第十四卷〈鬧樊樓多情周勝仙〉的范二郎與周勝仙
　　第十六卷〈陸五漢硬留合色鞋〉的張藎與潘壽兒
　　第二十八卷〈吳衙內鄰舟赴約〉及其入話的吳彥與賀秀娥、潘遇與借
　　宿屋主之女
　　第三十二卷〈黃秀才徼靈玉馬墜〉的黃損與韓玉娥

　　一見鍾情對於封建包辦婚姻具有反叛性，然其基礎不過是郎才女貌，也就是單純的外在吸引，還談不上心靈精神的契合，因此裴斐認為這是「低級的愛情形態」（見其《文學概論》，頁 210）。

　　裴斐希望文學能夠呈現具有思想內涵的愛情主題，因而對愛情的標準冀盼甚高。但是，人類愛美惡醜的天性也不容否認，即使是現代男女得以自由交往，但能否進一步成為情侶，同樣端賴於外在的相互吸引或所謂的「第一印象」。所以未婚男女編織愛情婚姻的夢想古今皆然，而且其力量無遠弗屆，誠如唐伯虎只為秋香傍舟一笑，竟委身屈就扮起書僮，最後終於娶得夢中情人返家。

　　儘管年輕男女對愛情婚姻有著許多不切實際的幻想，但卻反映出人類最純真的情愛心理，若能就此與長輩理性現實的婚姻理論相調和，相信要成就穩定的兩人世界與經營和諧的婚姻生活並不是夢想。

第二節　《十日譚》所反映的婚戀觀

　　《十日譚》中寫了許多關於婚戀方面的故事與情節，其呈現反映的思想如下：

一、肯定青春的本能和法則

　　薄伽邱假《十日譚》第四日故事的開頭，寫了一段「綠鵝」小插曲：

　　　　從前，我們城裡有個男子名叫菲利浦·巴杜奇，……他和他的妻子

彼此相親相愛，互相體貼，從無一言半語的齟齬。只是人生難免一死，他那位賢慧的妻子不幸去世，只留給他一個將近兩歲的兒子。喪偶的不幸使他哀痛欲絕，勝過常情。他覺得從此喪失了良伴，孤獨地活在世上，再也沒有什麼意思了，就發誓要拋棄紅塵去侍奉天主；並且決定帶他的幼兒一起去修行。……他眼見兒子一天天長大，就十分留心，絕不跟他提那世俗的事，也不讓他看到這一類的事，唯恐擾亂了他侍奉天主的心思；……父子兩人就這樣在山上住了幾年，那孩子從來沒有走出茅屋一步，除了他的父親，也從沒見過別人。……光陰荏苒，菲利浦變成一個老頭子，那孩子也有十八歲了，……老人（菲利浦）覺得如今兒子已經長大成人，又看他平時侍奉天主十分勤慎，認為即使讓他到那浮華世界裡走一遭，大概也不會迷失本性，於是第二次下山的時候，真的把他帶去了。那小伙子看到佛羅倫斯城裡全是什麼皇宮、邸宅、教堂，而這些都是他生平從來沒有看到過的東西，所以驚奇得不得了，一路上禁不住向父親問長問短，……一路行來，正巧遇見一隊衣服華麗、年輕漂亮的女人——剛剛參加婚禮回來的女賓。那小伙子一看到他們，就立即問他父親這些是什麼東西。「我的孩子，」菲利浦回答道：「快低下頭，眼睛朝著地面，別去看她們，她們都是禍水。」「可是她們叫什麼呢？」那兒子追問道。老頭子不願意讓他兒子知道她們就是女人，怕會喚起他邪惡的肉欲，所以只說：「她們叫作綠鵝。」說也奇怪，小伙子生平還沒看過女人，眼前許許多多新鮮事，這時候他卻突然對父親說：「爸爸，讓我帶一隻鵝回去吧！」「唉，我的孩子，」父親回答說：「別胡鬧啦，我對你說過，她們全都是一些邪惡的東西。」……兒子說道：「我不懂你的話，也不知道她們為什麼是邪惡的東西；我只覺得我還沒看見過像這樣美麗、這樣可愛的東西。她們比你時常給我看的天使畫像還好看呢。唉，要是你疼我的話，我們就帶一頭綠鵝回去吧，我要好好地餵她。」……那老頭子這時候才明白，原來自然的力量比他的教誡要強得多了，他深悔自己不該把兒子帶到佛羅倫斯來……。〔註24〕

〔註24〕清袁枚續《子不語》卷二亦有一篇〈沙彌思老虎〉，內容與〈綠鵝〉極為相似。原文如下：五台山某禪師，收一沙彌，年甫三歲。五台山最高，師徒二人在山頂修行，從不下山。後十餘年，禪師同弟子下山，沙彌見牛馬雞犬，皆不

在這個故事當中，薄伽邱已然揭示了異性相互吸引的天性，而且此一天性本無所不在，不能窒滅，薄氏接著議論道：

> 誰要是想阻遏人類的天性，那可得好好地拿點本領出來呢！如果你非要跟它作對不可，那只怕不但枉費心機，到頭來還要弄得頭破血流呢！

所以，儘管身處於神權統治與禁欲主義籠罩下的中世紀社會，薄伽邱仍是堅持享有大自然所賦予人類的權利——男女兩性對彼此的渴慕必然包括了性愛的欲求，而此一青春的規律與本能，薄氏在《十日譚》裡透過許多撼動人心或詼諧有趣的故事來加以呈現：

（一）食色，性也

薄伽邱並非告子之門徒〔註25〕，然而，他亦於《十日譚》裡清清楚楚地表達了男女之欲本是天賦使然，生理漸趨發育成熟的男女多是滿懷春情，如此之好色的渴望是理所當然的，而且應該被滿足。第四日第一篇故事〈金杯裡的心〉綺絲蒙達對父親說道：

> 唐克烈，你也是血肉之軀，你應該知道你生出來的女兒，她的心也是血肉做成的，並不是鐵石心腸。你現在已經年老力衰，但是應該還記得那青春的規律，以及它對青年人具有多大的支配力量。

又說：

> 我是你生的，是個血肉之軀，在這世上又沒度過多少年，還很年輕，那麼怎能怪我春情蕩漾呢？況且我已結過婚，嘗過其中的滋味，這種欲念就格外迫切了。我按捺不住這片烈火，我年輕，又是個女人，我情不自禁，暗中愛上一個男人。我因熱情衝動，做出這件事，……。

又如第二日第八篇故事〈流亡記〉法王子妃向戈地埃爾求愛的告白（參見第四章第二節一、男性角色——智者與君子），以及史賓娜和賈諾特私諧歡好、

識也。師因指而告曰：「此牛也，可以耕田；此馬也，可以騎；此雞犬也，可以報曉，可以守門。」沙彌唯唯。少頃一少女走過，沙彌驚問：「此又何物？」師應其動心，正色告之曰：「此名老虎。人近之者，必遭咬死，屍骨無存。」沙彌唯唯。晚間上山，師問：「汝今日在山下所見之物，可有心上思想他的否？」曰：「一切物我都不想，只想那吃人的老虎，心上總覺捨他不得。」

〔註25〕《孟子‧告子》：「告子曰：『食色，性也。』」告子之意與《禮記‧禮運》：「飲食男女，人之大欲存焉。」同。

卡蒂莉娜與理查德隱忍不住對彼此的熱情而偷嘗禁果……。在在印證了上天賦予人類一種無聲而有力的本能，驅使其身心不斷地嚮往異性〔註26〕，繼而發生肉體上的親密關係。

　　此外，薄伽邱更大膽地批判當時的宗教箝制壓抑人之性權利與性能力的不是。在《十日譚》裡，他藉由某些神職人員違律偷情的故事、情節來嘲諷禁欲主義背離人的天性、不合乎自然。薄伽邱嘗假吉斯夫萊第（賈諾特）之口向古拉度辯白稱道：

> 我愛的是你的女兒，我會永遠的愛她，因為她真的值得我愛慕。要
> 是在世俗的眼光中，我對不起她，那麼我的罪是跟「青春」手挽著
> 手、聯結在一起的；你要消滅這罪惡，首先就得消滅人類的青春。

人類的青春如何消滅得了？換言之，要端賴宗教力量來克制人的本能欲求實在是有困難，所以，對於小修女伊莎貝達與其愛人幽會的私情被披露後，薄伽邱並不苛責她。事實上，神職人員不過是神與人溝通之仲介，他們仍然是人而不是神，也有人的本能需求。而應該被唾棄的是那些假惺惺的「神棍」，就在他們極力宣揚禁欲、聖潔守身以事奉天主的背後，卻也做出淫亂縱欲的無恥行徑；或誘姦人妻人女；或共事「一夫」〔註27〕；或教士修女互通款曲。如第八日第二篇故事〈石臼〉中的教士回答白歌洛萊的疑惑時說道：

> 我們跟別的男人一樣，也幹這種事，為什麼不呢？我還要告訴妳，
> 這個活兒我們教士幹得比誰都好，因為我們養精蓄銳。總之，只要
> 妳肯依我，保證妳有說不盡的好處。

又如第三日第一篇故事〈修道院風光〉裡的兩個小修女的對話：

> 「唉唷！妳說的是什麼話呀？難道妳忘記了我們已經立誓要把童貞
> 奉獻給天主了嗎？」
>
> 「呃，人每天要在天主前許下多少心願，有幾個是真正能夠為他老
> 人家做到的呢？況且許下心願的不只是我們兩個呀，讓他老人家去
> 找別人還願吧！」

語畢，兩人便找來裝聾作啞的園丁馬塞多尋歡取樂一番；還有那烏森巴達修

〔註26〕柏拉圖於《法律》說：「產生於男女之間的快樂是自然的，用法律禁止這種交往則違反了人的本性，這不但不能達到節制的目的，還鼓勵了不符合本性的愛。由此可見男歡女愛是本能的，律法亦或任何人都無法禁絕。」
〔註27〕第三日第一篇〈修道院風光〉的馬塞多假裝成啞巴，在女修道院裡當園丁，院裡的修女爭著要跟他睡覺，還因此生下了許多小修女、小修士。

女暗地裡和教士恋情縱欲……，這些固然是當時教會腐敗、不堪的現象，但於此更可看出薄伽邱要人誠實去面對自然的情欲，而不應當禁欲、壓抑，因為一味的禁制並不能真正根除人的性欲渴望，反而鬧出這許多笑話，使得基督教、教會之聖名毀在偽君子（神職人員）之手。

（二）不反對婚前的性愛

英國的喬叟（Geoffery Chaucer, C.，1340～1400）於《坎特伯里故事‧牧師的故事》寫道：

> 婚姻的目的是在於取得男女的正當關係，以繁殖神聖教堂的善良信徒，好把男女間重罪減為輕罪……。只有在三個條件下，夫妻才可以同房：第一，為了生育以尊榮上帝……。

而薄伽邱的觀點則與上述之言截然不同，在《十日譚》裡的戀人們往往耐不住相思的煎熬，藏不了的熱情，終於排山倒海地傾洩而出，將它化為實際行動，讓彼此的愛意藉由肉體親密的接觸以流露、傳達。換言之，男女同房性交並不全然為了傳宗接代，這是異性相吸引使然，因愛情而結合。更直接地說，發生親密行為的男女也不必然具有夫婦關係，何來傳宗接代之意圖。

薄伽邱筆下的愛侶們並非完全待建立所謂的正當關係——結為夫妻——才有親密性愛。諸如：賈諾特與史賓娜、英國公主與阿萊桑德洛、克斯卡多與綺絲蒙達、羅倫茲與依莎貝達、卡普理奧多與安德蕾薇拉、理查德與卡蒂莉娜、紀安尼與蕾絲蒂杜達、第奧多羅與維奧蘭蒂、比努奇與妮可羅莎。這些以身相許的青年男女多能終成眷屬，恩愛一生；而因外力迫害以悲劇收場的克斯卡多與綺絲蒙達、羅倫茲與伊莎貝達，雖然不得白頭偕老，但是他們的確真切地愛過對方，也滿足了對彼此熱烈的渴望，人生至此，在追尋愛情的路上，總算死而無憾。

對於這類私訂終身的行為，薄伽邱並不加以指責，反而是用一種理所當然的態度去祝福或寄予同情，讓愛情跳脫道德約束的框架，回歸到人的本質，為性愛而性愛。在第二日第六篇〈白莉杜拉夫人〉裡，夫人之子賈諾特與史賓娜雙雙墜入情網後才發生關係；第四日第一篇〈金杯裡的心〉中的綺絲蒙達也經長期觀察而認定克斯卡多，兩人進而心靈相通，然朝夕相見的眉目傳情終究無法滿足強烈的愛與慾，故私下秘密幽會；第四日第五篇〈花盆裡的愛人〉裡的羅倫茲和依莎貝達又何嘗不是彼此愛慕才暗通聲氣；第五日第四篇〈陽臺姻緣〉的男女主角亦然……。由此可見，薄伽邱不反對婚前性

愛之前提乃是「為愛而性」，換言之，所謂的性愛，不僅僅是本能性欲的滿足，而且還具有理解、真摯的愛戀和愛欲的滿足，簡言之，真正的性愛就是「靈」與「肉」的結合，人類於此官能快感和精神美感之中去尋得生命的充實與人生的價值〔註28〕。這樣的性愛是美好的、愉悅的，更是為人所欣羨嚮往的，何能欺心責備其違犯道德，視其為罪惡？薄伽邱之所以將性愛看得高於人的一切本性，是因為他對人性的洞悉與覺醒，對人道的重視和宣揚。

二、愛情至上與追求自由戀愛

薄伽邱以為人類萬物無一不是受到愛情的支配（第三日第十篇〈送魔鬼進地獄〉），為了伊人，甘願成為愛情的俘虜、奴隸。如茲馬愛上了弗朗奇斯哥的妻子，他向她求愛說道：

> 沒有妳，我在這世上就沒有快樂可言。我是妳最恭順的奴隸，我的
> 靈魂在愛情的烈焰裡燃燒……。（第三日第五篇〈讓馬騎馬〉）

又如：羅多維可為貝特麗琪燃起一股熱情，竟不惜化名偽裝成一位侍從去親近她，甚至終生在主人家為僕。這就是愛情的力量，讓人時時刻刻受其操控；亦得以令人釋放固有的天賦，如奇蒙納那顆頑石般的心，給愛神的箭射穿後，便完全變了一個人。潘費羅言道：

> 上天本來賦予奇蒙納穎慧的資質，卻遭到命運之神的妒嫉，把他這
> 些資質緊捆牢縛在心田裡最狹窄的一角，幸虧愛神解除了他的捆
> 綁，又執行了啓蒙點化他的職司，把他天賦的聰慧資質從那蠻荒偏
> 僻的暗處解放出來，使它重見天日，這顯示愛神比命運之神更神通
> 廣大。

由此可見愛情主宰之能，無遠弗屆，其影響力就連天地萬物與之相比，也要黯然失色。

在《十日譚》裡還有許多純潔的愛情是至情至性的流露，故事中的情侶們為爭取自由戀情而付出了相當的代價，男女雙方無不遭受磨難與挫折，甚至犧牲年輕的生命。綺絲蒙達與克斯卡多即是一典型的例子，雖然兩人的愛情在人世間不能結果，但是卻已綻放出追尋真愛的勝利之花。

再如：英國公主逃婚而另擇自己喜歡的對象成親（第二日第三篇〈駙

〔註28〕參見黃永林《中西通俗小說比較研究》第七章「言情小說」與「性愛小說」，頁 242～245。

馬〉）以及濟洛拉摩爲愛殉死的悲劇（第四日第八篇〈情癡〉）……皆是薄伽邱不認同「父母之命，門第之見」的制式婚姻的例證。他假妮菲爾之口說道：

> 愛情的力量是最不受約束和阻攔的；……絕不會被別人的意見所扭轉打消。……有一個女人自以爲有見識、有辦法、有計謀，想阻撓一段命中注定的姻緣，結果只是使她兒子的生命和愛情同歸於盡。

此處所謂「自以爲是」的女人便是濟洛拉摩的母親，她反對兒子與裁縫的女兒談戀愛，認爲出身卑微的女孩配不上濟洛拉摩，殊不知愛情的產生是奇妙的，它怎會爲人們揀選年齡、身分能否相配？正常男女之間所發生的情愫是自自然然的，是天生性別上的相互吸引、愛戀。羅素亦主張「愛」是三種主要的理性之外的活動〔註29〕，所以，愛情沒有道理、規則可尋，而想要拆散或撮合別人的愛情，那可是吃力不討好的差事！誠如濟洛拉摩之母處心積慮地要拆散青梅竹馬的二人，於是決定把兒子送到遠地，藉口教濟洛拉摩學習做生意，好讓他離開情人，希望借由空間上的隔閡來淡化遺忘這份感情。然而，事與願違，即使濟洛拉摩勉強前往巴黎從商，身處異鄉，其心仍牽掛著愛人莎薇絲特拉，思念之情反而在時空阻隔下加深他對莎薇的眷戀。母親的所作所爲適得其反，以致於待他回國後難以面對愛人已他嫁的事實，甚而一心求死。

濟洛拉摩既已失去愛情，就等於失去了生命的重心，那位令他生命有所盼望的伊人不能與自己終身相伴，這是叫人多麼痛心的事，無怪乎他萬念俱灰，結束了自己的性命。

在這些故事當中，薄伽邱直指愛在人生中的分量是如此之重要，他把愛的價值提到至高，任何財富、權勢、事業、地位皆望塵莫及；愛是人之本能、心靈深處的渴望，情感上的需求應當被滿足——相愛的人就應該結合，凡是以不必要的理由干涉愛的自由發展都是不好的〔註30〕。何謂不必要的理由？例：出身之貴賤、貧富的差距、學歷之高低……，諸如此類者，不過是世俗迂腐的藉口；脫去一切的頭銜、職稱等外在包裝後，人所僅存的只是赤

〔註29〕羅素於〈愛在人生中的地位〉一文裡說：「在現代生活中，三種主要的理性之外活動是宗教、戰爭和愛；所有這些都在理性之外，但愛卻不是反理性的。」

〔註30〕同註29，羅素說：「我把愛看做是人生中最重要的事情之一，而且我認爲凡是以不必要爲理由干涉愛的自由發展的制度都是不好的。」

裸裸的自我，這個自我其實是脆弱的，它需要愛的滋養、扶持，否則就會面臨枯萎、傾頹的威脅。濟洛拉摩、綺絲蒙達與伊莎貝達之死，以及所謂「戀愛中的女人最美」不正是做了最好的印證。薄伽邱已然洞察人性、肯定愛的需求，因此他通過《十日譚》裡許多青年男女或相愛，或爲愛殉死的故事來歌頌愛情，充分表現其尊重個人自由戀愛、擇偶的意識，建立了一套人文主義的愛情觀。

三、一般世俗、父母的婚姻觀

　　《十日譚》裡有不少的貴族和平民在面對婚姻大事時，最先考量的問題便是門第相當與否，換言之，門當戶對的觀念已根深柢固於人心支配著男女青年的婚姻。構成婚姻的條件不是雙方的愛情，而是家庭的地位和財產，如卡蒂莉娜的父親在發現了女兒與理查德的私情後，他不但不生氣，而且對妻子說道：

> 孩子的媽，要是妳願意聽我的話，那就別鬧。說真的，她既然已經把他捉到手了，就不該把他放掉。理查德是一個世家子弟，家產又殷實，我們認他做女婿也沒有什麼不好啊！他想從我這裡平平安安地走出去，就得先娶了她。

由此可見，門第等級與經濟條件對男女婚姻之締結具有關鍵性的影響力。反觀古拉度、薩萊諾親王、亞麥利哥撞見了女兒與情人的好事，在盛怒之下，或監禁、或處死男方，其原因一致：那就是賈諾特、克斯卡多與彼得皆出身卑微，根本配不上其顯赫的家室。

　　再如：貝特莫拉嫌棄姬蕾達僅是個醫師之女，認爲她不能高攀權貴之後，於是用不屑的口吻回答國王說道：

> 陛下，你要我跟一個女郎中結婚嗎？老天在上，我絕不要這種女人來做我的太太！

又說：

> 我是你的臣子，我所有的一切都由你支配，你也可以把我賜給你所喜歡的人：不過我可以明白的對你說，我對這樣一門親事，永遠也不會滿意的。

即使是年輕如貝特莫拉，其擇偶的標準仍依循世俗性的原則。就連傑克特亦深受這種觀念左右，他愛慕暗戀著珍妮達，可是卻不敢在父母面前請求與之結婚，唯恐受到雙親的責備，說他不顧身分，濫用愛情，故而只得把這份感

情壓抑在心底。後來，傑克特受不了這樣子的煎熬，終於生了重病，奄奄一息。其母獲知兒子的病因，也不得不答應傑克特娶珍妮達爲妻，雖然這門婚事大大違反他們的願望；但是娶一個貧賤的女子救了兒子的命，總比眼看他娶不到妻子，就這樣病死來得好些。傑克特與珍妮達之所以能夠戰勝當時的階級觀念而成親，原來是父母爲了挽救兒子的性命而忍痛放棄攀龍附鳳的機會，完全不是勘破門第之見那麼一回事。而且，即便珍妮達已爲丈夫生兒育女，公婆仍然無法接受媳婦的出身。一日，傑克特的父親在聽得家庭教師抱怨其孫兒們只想和一位窮苦的老頭子玩耍而不肯進屋裡讀書後，竟說道：

> 隨他們去，天主叫他們倒楣吧！眞是有種出種，他們的母親本是叫花子的後代，那麼他們喜觀跟乞丐混在一起，又有什麼好奇怪的呢？

於此可知，門第階級意識之牢不可破，它主宰著當時許許多多人的思維與處事模式。換言之，男女擇偶的最高指導準則就是「等級森嚴，壁壘分明」式的門當戶對，想要越級求得婚配，就如同是「癩蝦蟆想吃天鵝肉」──自不量力，比登天還難！〔註31〕

四、理想的婚姻模式

（一）擇偶的理想標準

1. 人品相貌

外貌是給人的第一個印象，男女之間相互吸引固然是天性，但是其關鍵仍在於對方的形貌是否符合個人之審美理想〔註32〕。雖然人云「情人眼裡出西施」〔註33〕，可是「美」亦有其客觀性，我們絕不會同意妞塔和西烏達是

〔註31〕 珍妮達面對將軍夫人（養母）問及有無情人時，她紅了雙頰說：「像我這樣一個孤苦伶仃的女孩，連家都沒有了，只能在別人家裡吃口飯，怎麼還配談戀愛呢！」夫人又要爲她介紹一位情人，珍妮達回答道：「夫人，妳在我父親窮苦無告的時候把我領來，跟親生女兒一樣把我養育成人，爲了這份恩情，我應該事事都遵從妳的意旨；但是關於這件事，我卻只能請夫人原諒，我無法遵命，我覺得這樣做是應該的。如果承蒙妳給我一個丈夫，那麼我就一心一意愛他，可是我無法去愛別人；因爲我現在除了祖先留給我的清白外，已經一無所有了，而這份清白，我立志要終身守住它。」

〔註32〕 司湯達在〈論愛情〉說：「美貌對愛情的產生是必不可少的。」

〔註33〕 孫子威《情人眼裡出西施‧美的沉思》說：「有人認爲，這是因爲『戀愛中的對象是已經藝術化過的自然』這話頗有道理。不過其具體解釋，卻殊難苟同。他說：『你在理想中先醞釀成一個盡善盡美的女子，然後把她外射到你的愛人身上去，所以你的愛人其實不過是寄托精靈的軀骸。』」這樣說來，那情人眼

美人（參見第四章第二節）。換言之，美的人事物應當是能夠引起多數人的共鳴與接受。所以，美好的人事物乃為人所欣賞、喜歡，進而想要擁有之，阿拉蒂艾公主正是一個典型的例子。

對理想的伴侶，在外貌上的要求，就《十日譚》而言，其所塑造出來的形象不外是：男的英俊、魁偉、氣度軒昂；女的美麗窈窕、楚楚動人、儀態萬千。

除了相貌之外，薄伽邱於《十日譚》裡更提出了「人品說」，以此打破門第匹配、財富相當的擇偶迷思。他假綺絲蒙達一番慷慨激昂的陳述，直指人類生而平等，只有品德優劣才是區分人之身分高低貴賤的標準（參見第四章第二節）。在第七日第八篇〈李代桃僵〉，薄伽邱嘲諷勢利心作祟之下的抉擇，往往容易因為考量不周而鬧出事端，就像該故事中的情節；他借席絲夢達之母責備兒子不應貪圖對方是個富商就許諾婚事，以致讓妹妹所嫁非人，來隱喻財富並不是幸福婚姻的唯一保障。又如第五日第九篇〈鷹的傳奇〉裡的喬娃娜獨排眾議，決心嫁與那一窮二白的費得里哥，因為她明白自己要嫁人，不是要嫁錢；她瞭解高尚誠摯的男人才能夠與之相伴終生。而男人則是希望娶得德行教養兼具的女性以持家，例如第五日第五篇〈戰爭後的喜劇〉，許多青年爭相向阿妮莎求婚，其因就在此。善於持家的女主人總為人稱讚，讓丈夫可以無後顧之憂。

所以，對薄伽邱而言，女人要揀擇品德高尚的男性為夫婿；男人亦當選取注重修養的女性為妻子。他假潘比妮亞之口說道：

> 從前的女人注重修養，現在的女人卻只著重衣飾，她們以為只要穿上鮮艷奪目的衣裳，戴滿首飾，就比別的女人高貴，應該比別的女人受到更大的尊敬；其實她們忘了，要是把一頭驢子打扮起來，她的身上可以堆疊更多的東西呢，可是人家還是只把牠看作一頭驢子罷了……。這些盛裝艷服、抹粉塗胭脂的女人，不是像一尊大理石雕像那樣站在那兒，默無一言，無知無覺，就是答非所問，說了還不如不說。她們還要你相信，她們所以不善於在正式的交際場合中應酬，是由於天性老實、心地純樸的緣故。

由此可見，薄伽邱看重的是女性的內在美——涵養與智慧。理想的妻子就應

中的西施豈不純是一個心造的幻影？不，美是有其客觀性的。癩蝦蟆決不會被誤作天鵝。

當具備上述的條件才是。

2. 心靈契合

所謂的「心靈契合」也可以說是男女雙方兩情相悅，其婚姻基礎建立於彼此心心相印。反之，若只是爲了結婚而結婚、爲了抬高自己的身價而結婚、爲了滿足虛榮心……爲了其他理由而結婚，如此一來，怎麼可能誠實無妄地面對自己，選擇一位眞正與自己心靈契合的伴侶？換言之，結婚動機不單純時，而要求其伴侶和自己情投意合的，恐怕就不是他所要考慮的重點。然而，這樣的婚姻結合往往會產生許多問題——婚外情。如第三日第三篇〈拉皮條的神父〉中的羊毛商人妻，她打從心底就瞧不起自己的丈夫，認爲以其大家閨秀的出身而下嫁一位斤斤計較的生意人，眞是委屈。她厭惡商人的庸俗；她所鍾愛的是風流溫雅的紳士。因此，爲了滿足自己的心靈，於是決定尋覓一個稱意的情人。換言之，商人妻內心的渴求與價值觀點完全不同於丈夫，這種婚姻是有名無實的，如何有幸福可言。〔註34〕

又如第七日第一篇〈祈禱文〉裡的娣莎，爲人伶俐乖巧，婚後才發現丈夫姜尼原來對人情世故一竅不通，甚是蠢笨，因而愛上了另一風流俊俏的青年。據此可推測，乖巧的娣莎應該是在父母的安排之下結婚，然其伶俐聰慧又難以忍受丈夫的愚昧和不解風情，於是只得再找個合自己心意的、與自己有默契的——情人也確實如此，就在兩人準備幽會之際，姜尼竟提早趕回家，立於門外的青年聽到了娣莎誦念的祈禱文後，也馬上明白愛人的暗示。巧婦愚夫的婚姻如何維繫？其心靈層次差距甚大，在思想上、生活上難免會產生諸多格格不入的問題。

所以，薄伽邱主張自由戀愛是正確的，婚前就應當睜亮眼睛去追尋同聲相應、同氣相求的對象，雙方能夠相通共融之處愈多，那麼愛情的根基便會愈穩固，而期盼婚姻得以枝繁葉茂就不是夢想，是可以實現的理想。這也就是何以在擇偶時要注意「心靈契合」之原因。

〔註34〕 羅素於〈婚姻〉一文亦曰：「對於有教養的人來說，獲得美滿婚姻是可能的，但爲了做到這一點必須滿足下列一些條件：這就是雙方必須要有完全平等的感情；必須不干涉雙方的自由；必須保持雙方身體上和精神上最完美的親密友誼；對於價值標準必須有相近的觀點（例如，如果一方只以金錢作爲價值標準，那就絕對不行）。如果具備了這些條件，我相信婚姻就是兩人中間最美好和最重要的關係。」

3. 女男平等——執守本分、互信互諒

第二日第九篇〈易釵行〉故事的起首其場景是一家巴黎的旅店，店裡來了幾位義大利商人。一天晚上，他們一塊兒吃晚餐，後來，大家就你一句我一句的把話談開了，於是談到各人留在家鄉的妻子；其中有一個開玩笑地說：

> 我不知道我的妻子一個人的時候在幹些什麼，可是我敢說，要是我碰到一個可人兒，不去跟她樂一下子，倒還把自己的妻子記掛在心上，那才怪呢！

接著，又有另一個商人說道：

> 我也是這樣，因為我放心也罷，不放心也罷，我太太可以快樂總是要快樂的。所以這叫做半斤對八兩，以其人之道還治其人。

最後，大家差不多都認為：家裡的老婆只要有機會，絕不會獨守空房的。

就前述幾位男人的對話做一分析，我個人以為：

（1）這是商人為了替自己在外尋花問柳的行為找藉口，予以合理化。安普洛朱羅更出言貶抑女性，認為女人不如男人有意志力，容易受人引誘，當然會紅杏出牆，他說：

> ……男人是天主所創造的萬物之靈；女人是仿照男人造出來的；我們通常都認為男人要比女人完美得多，從男人頂天立地的事業上看來，也確是如此；正因為這樣，男人勢必要比女人有毅力、有恆心，而天下的女人總是反覆無常的多。這一層道理可以用許多自然的原因來說明，不過我暫且不談這個。假定說，性格堅定的男人尚且不能自持，會屈服在女人面前——尤其是當一個可愛的女人向他有所表示的時侯，他更是拼著命也要去跟她親近了。像這種事不是一個月裡有一次，而是每天都有一千次哩——那麼你想，本來是意志薄弱的女人，怎麼能夠經得起一個男子的花言巧語、巴結奉承、送禮諂媚，還有千方百計的追求呢？你以為能夠抵擋得住嗎？……你自己說過，你的太太也是女人，就像別的女人一樣，女人也是血肉之軀；既然這樣，她也會跟別的女人一樣，有同樣的慾望；別的女人對於生理上的要求能夠節制到什麼程度，她也只能做到這一點；所以儘管她怎樣規矩，她還會做出別的女人所做過的事來。

安普洛朱羅自以爲相當瞭解女人，然仔細檢視這一席話，卻可發現其大男人心態，認爲女性心志不堅，天生不及男性之完美，此爲一主觀偏見，不是常理定律；又以偏蓋全，妄下論斷女人都是經不住男人的甜言蜜語與殷勤籠絡，此爲一荒謬邏輯，非客觀之推論。

　　（2）突顯出商人對婚姻的不信任，換言之，長年在外經商的已婚男性，其內心實藏著一份焦慮，他們擔憂獨守空閨的妻子會芳心寂寞而不安於室；害怕戴綠帽……，諸多之因素，使他們難以掌握婚姻，進而失去了安全感。

　　對於這兩種婚姻迷思，薄伽邱雖然沒有直接明喻昭告世間夫妻當如何相處，但是，就相關故事之內容：〈易釵行〉、〈嫉妒〉、〈夢兆〉以及〈所羅門王的智慧〉等之結局看來，他啓示著吾輩應該使男女平等地立足於婚姻，彼此執守本分、互信互諒才能維繫雙方的情感〔註35〕。反之，則容易使婚姻節外生枝、生變。例如：貝納波受了安普洛朱羅的騙，失去了全部的財產，還叫僕人殺害自己無辜的妻子；卡蒂拉聽信了登徒子惡意中傷夫婿之言而失身；塔拉諾夢見一隻野狼咬爛了妻子瑪格麗達的喉和臉孔，因此叮囑她不要到森林去，然妻子懷疑丈夫的善意，甚至認定丈夫是爲了怕被她撞見姦情而阻止其外出，最後瑪格麗達眞如夢境所呈現的遭了殃、破了相。這些誤會、遺憾都是肇因於夫妻之間彼此的了解、信任不足，且以小人之心去揣測對方可能或已經做出不忠、不貞的情事。

　　婚姻要幸福美滿端賴夫妻相互尊重、理解，換言之，兩性之間是平等的——男女先天上的體能差異確實存在，但不是女人體能不及男人就如安普洛朱羅所說的，連意志力也不及，這是安普洛朱羅對女人的誤解，以其有限的經驗來解讀女人，他說：

> 要是女人跟別的男人來往一次，頭上就要長出一隻角來，表明她們幹的好事，那麼我相信女人就很少會去嘗試這種事了。但是事實上不但不會長出角來，而且如果是個聰明的女人，還會做得乾乾淨淨，不落一點痕跡。恥辱和喪失名譽只是私情敗露以後的遭遇。所以，她們只要能夠偷偷摸摸地去做，就絕不肯錯過任何機會，如果她們不敢做，那倒是愚蠢了。這一點你可以相信，要是眞有這樣一個貞潔的女人，那是因爲沒有人來追求她，或是她追求別人而遭到了拒

〔註35〕英國詩人德萊頓（John Dryden，1617～1700）說：「沒有信任，就沒有愛情。」印度俗諺也說：「互相信賴是幸福的根源。」

絕。這不但是常情也是眞理，但如果不是我跟不少的女人有過不少

經驗，也不敢把話說得這樣肯定。

如此以小人之心度女子之腹，實有失公允。中國唐朝詩聖杜甫嘗作詩〈月夜〉：

今夜鄜州月，閨中只獨看。遙憐小兒女，未解憶長安。香霧雲鬟溼，

清輝玉臂寒。何時倚虛幌，雙照淚痕乾。〔註36〕

這是一首思念妻小的詩，但詩人不說自己想家，卻揣想妻子思念著自己；愈發深入一層，充分表達了夫妻間眞摯的感情。與商人、安普洛朱羅之想法相較：同樣是出門在外的旅人遊子，然其看待閨中人的心態竟是如此迥殊。於此愈突顯出無法信任妻子或丈夫的人，事實上是與自己過不去，讓假想敵來折磨身心，若是這樣的婚姻，何苦呢？所以，婚姻的幸福並不完全建立在顯赫的身分或財產上，卻是建立在夫婦互相尊重、信賴之上；反言之，不能相互崇敬、信賴對方的婚姻是沒有愛情可言的，更遑論在其中得到快樂或安全感。〔註37〕

　　（二）欣羨一生一世的婚姻

　　近代西方個人主義盛行，自我色彩濃厚，對於婚姻大多抱持「合則來，不合則去」的態度，所以離婚即成為普遍的現象，甚至讓比較保守的東方人因此而留下難以改變的刻板印象。在吾人周遭即發生過這樣的事情：我的一位學生出國求學而結識美國男友，女方父母也有上述之刻板印象，於是心生疑慮，唯恐女兒不能獲得終生幸福而無法立刻認同這對年輕男女的異國戀情。相信諸如此類之事時常可見，但是，也不是所有的西方人皆視離婚為家常便飯，薄伽邱在《十日譚》裡亦表明了他對夫妻能夠白頭偕老、恩愛一生的欣羨。如第二日故事第三篇〈駙馬〉、第六篇〈白莉杜拉夫人〉、第八篇〈流亡記〉；第五日故事第一篇〈愛情的魔力〉、第二篇〈馬爾杜伍丘〉、第三篇〈陽臺姻緣〉、第五篇〈戰爭後的喜劇〉、第六篇〈侯門一夕〉、第七

〔註36〕該詩之寫作背景為：天寶十五（756）的夏天，杜甫把家人安置在鄜州，聞肅宗在靈武即位，於是隻身奔往靈武，半途被安祿山的軍隊所俘，送至長安，因官職卑小，沒有遭到拘禁。此詩即寫於當年的秋天。

〔註37〕羅素在〈我們能夠建成的世界〉中說：「在雙方互相尊重的愛情中，所具有的快樂完全不同於專制性的愛情中的任何快樂，這種快樂不僅使人們的本能感到滿足，而且使人們的精神也得到滿足，這種本能和精神的共同滿足，是生活所必需的，也確實是發揚男女之間最好行為的生活所必需的。」

篇〈雨過天晴〉、第八篇〈夢幻人間〉、第九篇〈鷹的傳奇〉；第十日故事第九篇〈杜雷勒先生〉、第十篇〈愚蠢的試煉〉，於故事的尾聲都作如下列大同小異之陳述：

> 此後他們便在那兒過著幸福的日子……。(〈白莉杜拉夫人〉)

> 從此以後，他們兩個稱心如意，日夜玩弄著夜鷹，過著和睦快樂的日子。(〈陽臺姻緣〉)

> 蜜克納自然也得意非凡，辦了十分體面的喜筵，把少女接回家成親，與她和睦幸福地生活了一輩子。(〈戰爭後的喜劇〉)

> 又見他們兩人同心合意，便叫紀安尼名正言順地娶了這個少女。後來他又送給他們許多貴重的禮物，讓他們高興地回到家裡，快樂地度過一生。(〈侯門一夕〉)

> 過了幾天，芬內奧就帶了她的兒子媳婦和小孫兒回到故鄉拉伊茲去。一對年輕夫婦就此和睦幸福地度過一生。(〈雨過天晴〉)

> 兩位老人聽到女兒自願嫁給納斯達喬做妻子，非常歡喜。到了下個禮拜日，納斯達喬就同她舉行了婚禮，兩人白頭偕老，一直過著美滿幸福的生活。(〈夢幻人間〉)

> 費得里哥娶到這樣一個心愛的女人，又獲得這麼一筆豐厚的妝奩，從此節儉度日，享用不盡，夫婦快樂幸福過了一輩子。(〈鷹的傳奇〉)

> 後來他寫了許多封信給薩拉丁，報告他平安到家的消息，而且在信上，是以薩拉丁的僕人朋友自居。以後他就一直和那位賢淑的妻子和諧終老，待人接物更是慷慨殷勤。(〈杜雷勒先生〉)

> 後來古阿特里又叫貫紐科羅不要再終年勞苦，以對待岳父的禮節奉養他，使他安樂尊榮。古阿特里又把女兒嫁給一位高貴的人家，自己和格麗雪達幸福地過了一輩子，對格麗雪達尊崇到極點。(〈愚蠢的試煉〉)

就這些結局圓滿的故事看來，已然透露出薄伽邱與多數人的幸福觀：

1. 夫妻之間有愛情的基礎，彼此尊崇、扶持。
2. 家庭經濟無虞，可以寬裕維生。換言之，愛情與婚姻可以維繫長久，穩定的經濟供應日常生活所需是必須必然的要素，畢竟人人都要面對現實的生活，無怪乎許多婚姻過來人往往將「麵包」的分量看得重於

愛情。《十日譚》裡，那些令人羨慕的幸福婚姻，也是相當的經濟支持以為後盾，才得和諧終老。否則，鎮日為家計擔憂，或牛衣對泣、或爭鬧不休的夫妻如何能有心情恩愛相待？更遑論要廝守一生！

薄伽邱自身便有過切身體驗，他曾愛上菲亞美達〔註 38〕，然而菲亞美達不久即與另一具有貴族身分的男子成婚；在薄氏逗留那不勒斯期間，一直存有和菲亞美達恢復舊情的希望。他雖然為失戀所苦，但心上人的光輝還是能照耀他，使他依然可以感到青春的喜悅，依然可以吸取生命的氣息。直到巴爾狄銀行破產，令其父生活陷入絕境〔註 39〕，薄伽邱已不能再過以前那種優沃自在的日子，他不但要結束那不勒斯的愉快生活，而且要永遠失去菲亞美達。於此印證了西方一句俗諺：「No money and no girl」，所以愛情、婚姻能夠美滿幸福的必要條件之一——經濟基石穩固是一股不容輕忽的關鍵力量。

五、嘲弄夫權，同情婦女

《十日譚》裡描寫了不少婚外情，而且大部分是關於婦女的「偷情」。薄伽邱何以津津樂道這種不倫的男女關係？簡言之，這些婦女之所以採取「偷情」的反抗方式，是為了表示對丈夫的不滿與對婚姻不幸福的控訴。薄伽邱以戲謔的口吻、諷刺的筆調來突顯出夫權氾濫，使女性委屈受罪的一面；在關於妒夫與愚夫的故事裡，薄氏為女性抱不平，他以為女人，尤其是已婚的婦女也是需要自由的。《十日譚》中的妒夫箝制妻子的行為活動，有的不准老婆踏出家門一步；有的嚴禁妻子不得與其他男人攀談；要求太太兩手勒住腰帶，規規矩矩地守在家中。殊不知愛情真正的元素只是自由，它與服從、嫉妒、恐懼都是不兩立的〔註 40〕。所以薄伽邱即毫不留情地嘲弄這些妒夫，使

〔註38〕菲亞美達是羅勃特王和法國女人所生的私生女，本名叫瑪麗雅‧達奎諾（Mavia d'Aquino）是一位貴族夫人，她和薄伽邱年紀相若，薄伽邱也寫了許多詩和小說獻給她，兩人的愛情繼續了三年之久，以後瑪麗雅就成為別人的情人了。

〔註39〕薄伽邱的父親和羅勃特王的銀行家巴爾狄家有密切的關係。當時羅勃特王因為政策上的關係，需要這些銀行家在財政上的支持。所以，羅勃特也就非常歡迎薄伽邱到宮廷，而這一時期的生活是薄氏一生中最重要的一段，他在宮廷裡除了讀書之外，就是和一些貴婦接觸。由於薄伽邱曾受過庶民的教育，進入宮廷以後，又加上貴族的教養，使他的筆路更為寬闊。

〔註40〕弗洛姆〈愛的藝術〉說：「愛是自由之子，從不是統治之母。」羅素《婚姻與道德》也說：「愛情只是在自由和自然時，才會葉茂花繁。」

他們出糗或自作自受，甚至精神錯亂。而薄伽邱筆下的這些愚夫們之遭遇亦無法博取吾輩的同情，他們以為把婚姻同法律保證結合在一起便可高枕無憂，如法官理查德缺乏自知之明，一大把年紀了還娶個嬌滴滴的少女，他以為對待枕畔的女人就像辦理法院的案子一般，壓一壓、擱一擱是沒有什麼要緊的；而妻子也只得按捺順服，直至海盜帕卡尼諾的出現，將少婦擄走，其夫竟顧自逃命而眼睜睜地看著海盜揚長離去。後來，理查德探知妻子的下落，便前往摩納哥準備和海盜議價贖回嬌妻，豈料其妻芳心已另有所屬，她愛上了帕卡尼諾。縱使丈夫以失節茲事體大來要脅她〔註 41〕，期望她回心轉意，然少婦卻答道：

> 我的名譽，除了我自己之外，我不希望誰來顧惜——再說，現在才顧惜也未免太晚了——要是當初我的父母把我許配給你的時候，替我的名譽設想一下，那該多好呀！既然當初他們並沒有為我打算，那我現在又何必要為我的名譽來著想呢？要是我在這裡犯了「不可救贖」的罪惡，那麼我和一根不中用的「杵」守在一起也好不了多少。請你不必愛惜我的名譽吧！我還要奉告你，我覺得在這裡倒是做了帕卡尼諾的妻子，在比薩，只不過是做你的姘婦罷了。我還記得那時候我要遵守著月盈月虧以及天宮裡的種種星象，才能把你的星宿跟我的星宿交在一起；可是這裡全不理會這些，帕卡尼諾日夜把我摟在懷裡，咬我揉我，要是你問他怎樣打發我，那麼讓天主來回答你吧！……從前我陪你活受罪，現在還不該另投生路嗎？……所以我高興住在這裡。現在，看天主的面上，快走吧，你再不走，那休怪我高聲喊起來，說你要強姦我了。

由此可見，婚姻關係並非以法律強制規範約束，或以金錢買賣交易協定〔註 42〕就能使夫妻情誼篤睦、相伴終生。換言之，為人夫者若不能揚棄父系社會的威權思想，遂將道德、律法加諸在女性身上，要求其守貞、唯夫是從，而自己卻有虧「夫德夫道」。如法官理查德、布喬等，忽略了人性的需求遂未能克

〔註 41〕 理查對妻子說：「難道妳就不想想妳家裡的名聲、妳自己的名譽了嗎？難道妳不怕罪孽深重，反而寧願留在這裡做這個人的姘婦，……難道妳能因為這荒淫無恥的肉慾，連名節都不要？」

〔註 42〕 理查德面對妻子一臉冷漠，不免吃了一驚，並說道：「難道妳沒有看出，我就是妳的親人理查德，特地來贖妳回去的嗎？不管付出多大的代價，我也要把妳贖回來……。」但是其妻仍然故作不認識他，聽不懂他的話，後來還將理查德嘲弄了一番。

盡丈夫本分，亦耽誤了少婦的青春，夫婦二人終將受到傷害，都是婚姻的輸家。此外，作者亦標舉其不同時俗的主張，他認為婦女是美好的創造物，同情並尊重女性。第九日第三篇〈公雞下蛋〉，故事內容是敘述布倫諾和他的兩個朋友串通醫生，使卡拉特林諾相信自己懷了孕，卡拉特林諾急壞了，連忙拿出錢來請他們買閹雞和藥材，總算藥到病除，沒有生下孩子。卡拉特林諾如此害怕懷孕，除了其性知識不足外，當然也對生產所帶來的痛苦感到畏懼。他向大夫嚷道：

> 請你看在大慈大悲的天主面上，幫我這個忙吧！我這兒有兩百個銀
> 幣，本來是打算買田地的，如果需要這麼多錢，那麼你都拿去吧，
> 只要不要讓我生小孩就是了。我不知道小孩該怎麼生。我聽到女人
> 在生產的時候，都是拚命叫喊，她們天生有寬大的產道，尚且這
> 樣；假如我生產起來，一定在孩子還沒落地以前，就已經把我痛死
> 了。

雖然，薄伽邱讓卡拉特林諾此等愚蠢的傢伙說出這一席話——令人發噱捧腹；但是，薄氏真正的意思應是同情婦女生產之痛苦。

　　根據現代醫學的評估測量，婦女生產時的疼痛指數僅次於疼痛之極的燒燙傷；況且在整個懷孕的過程當中所帶給母親身體心理上的不便與不適，若非親身體驗，實難想像其辛苦之一二。而薄伽邱能夠於此陳述女性在肉體上要承受男人一輩子都不會遭遇的生產苦痛，誠然可見其理解、體貼婦女的心境。

六、不譴責婚外情

　　大陸學者黃永林說：

> 薄伽邱在張揚自然人性提供個性自由，反對禁慾主義的同時，有時
> 也鼓吹「原始生命激情」（性愛衝動）把非純潔的男女關係也當作愛
> 情來欣賞。他找不到婦女解放的出路，不切實際地以為，只要有了
> 愛情，人們就能衝破宗教和封建觀念的牢籠，爭取到自身的幸福，
> 這正是《十日譚》中明顯的缺陷。（見《中西通俗小說的比較研究·
> 第七章》，頁 262）

上述之言不免又落入以道德作為衡量標準的窠臼。我個人以為薄伽邱替婚外情辯護，乃基於四點理由：

（一）肯定勇於承認婚姻出軌者

誠實一向是西方人相當重視的美德，如家喻戶曉的「誰砍倒了櫻桃樹」故事裡的華盛頓即是一個誠實、勇於認錯的小孩子，而且最後還成爲了美國的總統。在《十日譚》中，〈清官可斷床闈事〉的菲莉芭，其甚難能可貴之處正是誠實地面對婚外情曝光後所要承擔的懲罰，她不接納親友的勸逃，毅然決意出庭應訊；家人要她無論如何也不能認罪，但是菲莉芭仍坦承不諱，不否認與情夫通姦的事實。即使她的行爲有違律法，然其誠實直率的態度卻不容置疑——那是人性的光榮——她將內心的眞話說了出來，她愛情夫的擁抱與溫存，充分表露自己是個情眞意切的女子。

（二）不認同沒有感情基礎的老夫少妻配

《十日譚》裡有許多對老夫少妻，如法官理查德與其妻、布喬與伊莎蓓達、馬茲奧醫生與其妻、尼柯斯特拉多與麗迪雅。而這些少婦皆有婚外戀情，其原因乃肇於和丈夫年齡懸殊又沒有愛情基礎，其婚姻多由父母做主包辦；再加上性生活無法協調滿足，因此，在面對年紀相仿的異性追求時，少婦們往往就墜入情網而耽溺於男歡女愛的欲海之中。諸如此類之舉，薄伽邱並不予以譴責，反而嘲笑這些戴綠帽的老丈夫自貽伊戚，才落得這麼難堪的結局。

愛情與婚姻本無關於年齡、貧富、高矮胖瘦，更沒有國界的限制，所以老夫少妻或少夫老妻配並不足爲奇，只要彼此相愛，便是天造地設的一對，被祝福的姻緣。但若其結婚動機不單純，或貪圖對方之財富、美貌，或別具用心另有所求，那麼想因此而結爲恩愛夫妻，忠於婚姻，恐怕不易。上述婚外情故事裡的老夫確實不明白何謂健康的婚姻觀，他們把年輕漂亮的妻子視作花瓶用以炫耀，敷衍夫妻之間親密的性愛，又將老婆當做囚犯般地監視，當然無法擄獲少妻的芳心。而爲其妻者又如何能夠安之若命，持家教子？處於此等情境之下，婦女的出路在那裡？黃永林亦未能提出具體的建議。據此，我個人以爲在人性備受壓抑、婚姻無法自主的時代當下，物極必反的效應就是尋求渲洩解脫；又天主教會規定不准許離婚，或是羅馬教皇特別施恩才准予離異，然而一般的百姓是不太可能透過教皇的恩准來達到解除婚姻關係的目的。所以，爲了不辜負青春與愛神的眷顧，這些已婚而不幸福的婦女只得暗地裡偷情，享受婚外情的甜蜜。我想薄伽邱不用道德的尺度來批判她們，是出自於衷心對當代女性所處之困境的同情與諒解。

（三）為愛犯罪應被包容

薄伽邱從人性的角度立論，肯定青春的本能和法則，又強調愛情至上，因此，他能夠包容人的有限與不足。吾輩難以否認人性之中存在許多弱點，在禮法、道德、理智的教育與約制下，才使人類勉強克服這些弱點而表現出合於倫理的行為，並構建出一個有秩序且適合多數人生活的社會。但是，人畢竟是人，當其天賦的情欲與外在設了限制的制度發生矛盾、衝突時，可能是情欲戰勝理性的次數多，否則，這世界上的紛擾何以從不間斷？

德裔美籍心理學家弗洛姆（Erich Fromm，1900～1980）於《理性的掙扎》一書中論道：

> 生命的目的即在於展現人類的愛與理性，人類其他活動均從屬於此一目的。

然而，愛與理性若產生對立，我的意思是說愛上了理法上不該愛的人時，這箇中之取捨應如何抉擇？就《十日譚》與婚外情相關的故事看來，薄伽邱只譴責為了兩百個金幣而和人通姦的安波露西，至於是因為抵抗不了愛情的偉大力量，而失身相處者，則應該得到赦免（參見第八日第一篇〈夜渡資〉），如前述之菲莉芭。又如第達爾多希望與有夫之婦愛蜜莉娜重修舊好，他假扮為香客對情婦說了一番駁斥神父視外遇為犯罪的話：

> 我相信第達爾多一定沒有強迫過你，妳愛他原是出於妳的自願，因為妳打從心坎裡喜歡他。後來他跟妳幽會，兩個人結下了私情，這不是他一個人的事情，也有妳的一分在內。妳對他所說的話，妳為他所做的事，都流露出一片柔情蜜意，他從前愛妳十分，到了這個時候，就已經愛妳一萬分了。……妳怎麼可以翻臉無情，就此不理睬他了呢？……我們姑且退一步說吧，就算那神父指責你濫用愛情、破壞婚姻的盟誓，說妳犯了滔天大罪，不是沒有理由的；那麼奪去一個男人的生命，那罪惡是不是更嚴重了呢？妳活活地把他逼死了，或者把他放逐出去，叫他從此流落他鄉，那麼妳是不是更加罪大惡極呢？誰都不能說不對。……讓我們再來看看，第達爾多遭受妳的遺棄，是不是他罪有應得呢？說真的，他是無辜的。妳自己也供認過，他愛妳甚於愛他自己。他尊敬妳、崇拜妳、讚美妳，只要一有親近的機會，就向妳吐露他的癡情，……他把他的名譽、自由以及所有的一切全奉獻給妳了。……那麼妳怎麼可以聽信那愚

蠢、小心眼神父的話，對他翻臉無情呢？……一個女人受到男人的
愛慕時，她應該感到驕傲，熱烈地愛他，體貼入微地討他喜歡，這
樣，女人才會永遠被愛。可是妳受了那個神父的教唆，是怎樣對待
妳的情人的呢？那妳自己也很明白了。

後來，愛蜜莉娜覺得句句有理，最末在一切真相大白後，薄伽邱安排了一個
皆大歡喜的結局——第達爾多為情婦之夫洗刷冤屈，逃卻死罪；而這對秘密
情侶則始終謹慎從事，享受著戀愛的幸福。由此可知，薄伽邱不僅替有外遇
的婦人尋找藉口和理由，亦為捲入他人婚姻的第三者辯白，這是將真情真愛
視為高於道德、禮教、律法的例證之一，顯示出薄伽邱願意包容為愛而做下
不合理法之事的有情人。

（四）假婚外情故事嘲諷神職人員

第三日第三篇〈拉皮條的神父〉、第四篇〈通向天堂的路〉、第八篇〈地
心煉獄〉、第四日第二篇〈天使之愛〉、第七日第三篇〈教父〉、第八日第二篇
〈石臼〉等與神職人員有關的婚外情故事中，不是神父愚昧替人牽了線作成
好事，便是假借神旨神意佈下陷阱和圈套以迷惑誘騙人妻。換言之，薄伽邱
所要指陳批評的對象並非與人通姦的已婚婦女，而是那表面譴責別人心中淫
念，卻暗地做些欺心奸邪之事的神父、修士。

在〈拉皮條的神父〉故事開場白，菲羅美娜即道：

這是一個俏麗的少婦讓一位端莊的神父上當的故事。說起這些教
士，他們多半是些飯桶，不懂世故人情，行動背時，卻自以為道德
學問高人一等，彷彿什麼事都是他們懂得多；其實只有天曉得。別
人都是憑著自己的本事掙飯吃，自謀生活，他們可不，他們只想找
個可以依賴的地方，像豬一般地讓別人來供養。

由此可見薄伽邱對這些神職人員辛辣直接的貶抑，他還嘲弄地寫道：

這神父雖然生得粗大肥胖、一副蠢相，確是虔敬誠信，最受當地人
的敬仰，她覺得如果利用這位神父來為她牽線，那真是再妙不過
了。

而且在少婦如願以償與情夫歡會時，又拿神父的愚蠢當作笑柄談論著。分別
之前，二人訂下密約，此後再也不用神父他老人家來煩神費心。

又如〈地心煉獄〉描述農民之妻與修道院院長私通，乃是薄伽邱將教會
的黑暗腐敗、神職人員的虛偽殘忍、群眾的愚昧無知結合起來寫，故事內容

看似荒唐可笑，然其目的卻是讓人認清宗教狂熱背後的不堪與醜陋；而村姑農婦的婚外情倒是情有可原，因為她們也是被神棍欺騙引誘的受害者。

第三節 《三言》與《十日譚》婚戀思想之比較

經過整理比較後，《三言》與《十日譚》二書所反映的婚戀思想的確有共同點與差異處。

一、共同的婚戀思想

（一）《三言》與《十日譚》二書所反映的愛情觀是：追求真愛。例如《喻世明言》第四卷〈閒雲菴阮三償冤債〉的阮三為愛相思成疾，甚至為愛賠上一條性命。第十七卷〈單符郎全州佳偶〉的全州司戶單飛英為了真愛邢春娘而能拋開世俗之見，完全不計較春娘身為官奴的身分，亦不在乎他人異樣的眼光，將她迎娶歸家。還有第二十三卷〈張舜美燈宵得麗女〉的劉素香企求和心上人能長相廝守而顧不得女性的矜持與禮教的約束，斷然和愛人私奔。又如《警世通言》第八卷〈崔待詔生死冤家〉的秀秀、第十四卷〈鬧樊樓多情周勝仙〉的勝仙、第二十八卷〈白娘子永鎮雷峰塔〉的白蛇、第三十卷〈金明池吳清逢愛愛〉的盧愛愛，她們為了追求摯愛，即使作了鬼或遭鎮壓於雷峰塔下，也永不後悔。

同樣的，《十日譚》第四日第一篇故事〈金杯裡的心〉的綺絲蒙達為了摯愛而不惜與父王決裂，因為她明白唯有「愛」才是男女結合的真正內涵，所以她選擇了人品高尚的克斯卡多，縱使情人只是一位出身卑微的侍從，「愛」已使兩人的心緊緊的相繫在一起。又如第四篇故事〈西西里王子〉的賈比諾，為愛戰鬥、受死。還有第五篇故事〈花盆裡的愛人〉的依莎貝達，她和綺絲蒙達等人皆為愛情之故，情願以性命相殉，追隨愛人死去，也不肯屈服於父兄對他們婚姻的安排或命令。

這些癡情人兒的形象在作者的塑造下是如此的鮮活，他們追求真愛的執著與毅力叫人感動，為吾輩所讚嘆和肯定。《三言》與《十日譚》不約而同地呈現出此一共通的觀點，可見無論中西之人性皆渴望真愛、嚮往得以自主地追求所愛。

（二）《三言》與《十日譚》二書所反映的婚姻觀是：

1. 在《喻世明言》第四卷〈閒雲菴阮三償冤債〉中，作者寫道：

> 男大須婚，女大須嫁：不婚不嫁，弄出醜吒。多少有女兒的人家，
> 只管要揀門擇戶，扳高嫌低，擔誤了婚姻日子。情竇開了，誰熬得
> 住？男子便去偷情闖院，女兒家拿不定定盤星，也要走差了道兒，
> 那時悔之何及！

此一觀念與薄伽邱所謂的「青春的規律」是一致的。青春的本能對年輕人有
很大的支配力量，唐克烈親王就是忽略了這點而耽擱女兒的婚姻，後來不得
不將她嫁給公爵之子卻又成了寡婦，親王就此不想讓女兒改嫁，根本無視於
女兒對愛與性的需求，才會導致女兒私下偷情。所以，馮、薄二人皆主張為
人父母者要適時地為兒女終身大事作打算才是。

2. 既然以追求真愛作為男女關係的維繫，因此也就不考慮彼此的階級或
身分是否相當。這是二書中多數青年男女的婚姻觀，而此一意識的產生，除
了是兩性生理本能的相互吸引外，還有一更重要的原因，那便是當時的長輩
掌握了晚輩的婚姻決定權，所以青年男女嚮往自由戀愛、婚姻自主而不在意
傳統的門第價值觀念是可以被理解的。而此二書也透露出多數青年男女的心
聲，雖然為了爭取婚姻自主而付出慘痛的代價，但是他們的精神是為二書作
者所肯定的。

3. 在《三言》與《十日譚》裡，吾輩看到了世俗傳統的婚姻觀。「門第相
當」的條件始終無法被摒除於兩姓合婚的考量之外，這也是家長與已屆適婚
年齡的子女之間最容易引發爭端的因素之一。

4. 對於戀愛或結婚的對象，多數人是有志一同的。夢中情人應是：女性
外貌姣好，性情要溫柔婉約；男性要氣宇軒昂，品格高尚，才華洋溢……。
這些不僅是當時人們擇偶的理想標準模式，也是現代人的想望。

5. 二書裡的愛情婚姻故事也反映出一個人們共同的期盼：那就是能夠有
情人終成眷屬，並且白頭諧老，相守一生一世，誠如童話故事中所謂的「從
此公主和王子就過著幸福快樂的生活。」

二、不同的婚戀思想

由於中西的文化背景有所不同，在某些觀念上仍然有其差異之處，因此
《三言》與《十日譚》所呈顯出來的婚戀思想也就有所不同：

（一）在《十日譚》裡薄伽邱反對「老夫少妻」與「同性戀」的立場比
《三言》的馮夢龍明確。例如：薄氏嘲諷法官理查德（第二日第十篇〈本事〉）

與外科醫生馬茲奧（第四日第十篇〈麻醉藥風波〉）二人已風燭暮年，卻硬是要娶年輕貌美的女子為妻，最後只得承受戴綠帽的恥辱。而馮氏則不然，在《三言》故事裡仍有老夫少妻（妾）能夠相伴終老的例子，如《喻世明言》第十卷〈滕大尹鬼斷家私〉裡的倪太守，因夫人陳氏身故，所以又娶了十七歲的梅氏為繼室。梅氏是位溫良女子，並不介意丈夫年屆八十，依舊恪遵夫婦之禮，亦為倪家再添一子。後來倪老過世，梅氏不改嫁，還將兒子撫養成人，替倪家光宗耀祖一番。就梅氏得以善終結局看來，作者馮夢龍應是不反對「老夫少妻」式的婚姻。

　　（二）就《三言》中的婚姻戀愛故事來看，實在很難以兩分法論斷馮氏的情教觀。換言之，他對於婚姻戀愛與道德之關係並沒有一定具體的觀念。他既認同未婚男女之間的私情〔註43〕，然而在相當程度上還是偏向於「婚前不要有某種不正當的關係」。例：馮氏稱讚劉奇和劉方、李秀卿和黃善聰在婚前謹守分際，而責備潘遇做下欺心之事（詳見《喻世明言》第二十八卷〈李秀卿義結黃貞女〉、《醒世恆言》第十卷〈劉小官雌雄兄弟〉與第二十八卷〈吳衙內鄰舟赴約〉入話）。諸如此類之情節其實正是馮氏反抗「父母之命，媒妁之言」式的包辦婚姻，但又受制於禮教思想的一種矛盾心理。

　　但是，薄伽邱卻不反對「婚前的性行為」，在薄氏的情愛觀裡係以「愛」為最高的指導原則。所以在男女雙方深愛彼此的前提下，即使二人沒有夫妻名分，他們仍然可以有性愛行為。

　　（三）對於婚外情的看法，《三言》與《十日譚》便有很明顯的差異。就這些發生婚外情的案例來做一番比較，對配偶不忠而遭到嚴懲者，以《三言》裡的人物居多〔註44〕。如：梁聖金與周得（《喻世明言》第三十八卷〈任孝子烈性為神〉）、計慶奴與周三（《警世通言》第二十卷〈計押番金鰻產禍〉）、皮氏與趙昂（同上，第二十四卷〈玉堂春落難逢夫〉）、蔣淑貞與朱稟中（同上，第三十八卷〈蔣淑真刎頸鴛鴦會〉），還有邱乙大的渾家楊氏（《醒世恆言》第三十四卷〈一文錢小隙造奇冤〉）等，他們的下場都是身首異處、死狀甚慘。由此可見，《三言》作者的確是貫徹其教化人心的初衷。

─────────────

〔註43〕　如張浩與李鶯鶯、吳彥與賀秀娥私諧歡好之例。馮氏並未在判詞中予以譴責，
　　　　　詳見《警世通言》第二十九卷〈宿香亭張浩遇鶯鶯〉以及《醒世恆言》第二
　　　　　十八卷〈吳衙內鄰舟赴約〉。
〔註44〕　《三言》中的婚外情故事，唯一有美好結局的是《喻世明言》第二十三卷〈張
　　　　　舜美燈宵得麗女〉入話裡的張生與霍員外的第八房妾。

　　而《十日譚》的作者薄伽邱就和馮氏抱持相反的態度，在關於婚外情的故事裡，可看到作者爲這些感情出軌的已婚男女辯護，爲了追求「眞愛」，縱然是「使君有婦，羅敷有夫」也無所謂，他們仍可踰越已婚的身分和對方相愛。薄伽邱甚至還認爲那些被戴綠帽的丈夫是咎由自取呢！

　　（四）中國人有所謂「不孝有三，無後爲大」的觀念〔註45〕，所以也就非常重視後代子嗣的繁衍。「多子多孫多福氣」的想法深植於當時的人心，究其原因不外乎：一是因爲中國爲農業社會，爲了生產活動，需要較多的人手幫忙，故希望自家子孫多多益善；二是爲了使個人的生命藉由後代子嗣而得以延續，滿足生物性世代傳承的本能和需要；三是假使「無後」，便無法「上以事宗廟，下以繼後世」，如此一來，祖先就無人祭祀。社會學學者李亦園說：

　　　　家族的延續是人生最重大的事，「絕後」乃爲中國人意識中最大之不
　　　　幸和恐懼。（見〈中國的家庭與家的文化〉）

所以，對中國人而言，兩姓合婚最重要的目的乃在於繁衍子嗣，若是妻子無法生育，那麼丈夫就可以合法地出妻再娶或者納妾，「一夫多妻」的婚姻生態於是產生，《三言》的婚姻故事對此一現象亦有所著墨，然而在《十日譚》裡卻從未出現過，由此可推論薄伽邱並不認爲男女的結合係純粹爲了子嗣之延續。

　　（五）《三言》裡描寫了許多娼妓的故事，她們也對愛情婚姻懷抱憧憬，如：杜十娘、辛瑤琴與趙春兒等人。在馮夢龍的刻劃下，可以看到她們同其他的良家婦女一樣，渴望嫁個有情義的良人，與之經營家庭，共度一生。但是，在《十日譚》裡只出現一位妓女妮可羅莎，這個女人是典型的娼妓，與嫖客的關係是性與金錢的交易，她不曾有從良的打算，只要有嫖客看中她，願意出錢把她包下，那麼她就是他的性玩伴。

　　馮夢龍描寫娼妓人物，透露她們從良的心聲。而薄伽邱卻不屑寫之，這是由於二人身處的環境和所接觸的人有很大的差別使然。在中國社會裡，狎妓風氣普遍，特別是唐宋時期，士人與娼妓的往來相當頻繁，因此關於詩人或詞人和青樓女子的戀愛故事就成爲小說創作的題材。除此之外，馮夢龍曾與名妓侯慧卿戀愛，兩人海誓山盟卻不得結合，馮氏可能因爲有這番遭

〔註45〕語出《孟子・離婁上》。所謂「無後」的含義有二：一是不娶而無後；二是娶
　　　　而無後。

遇而感觸特別深刻，故其小說中不乏妓女故事的描寫，而且在一定程度上突破傳統思想的束縛，對她們寄寓無限的同情。但是薄伽邱所接觸往來的對象多為宮廷貴婦，再加上他個人非常瞧不起用金錢交換虛情假意的性關係〔註46〕，所以在《十日譚》裡對娼妓人物的描寫也就少之又少，因此，於該書中看不到西方娼妓的婚戀觀。

〔註46〕例如第八日就有三篇故事反映出薄伽邱對「金錢交易」式的性關係的不屑。
　　　　他唾棄〈夜渡資〉裡的安波露西，嘲笑〈石臼〉的白歌洛萊與〈以牙還牙〉
　　　　的楊可費奧利夫人。

第六章　結　語

　　綜合以上對《三言》與《十日譚》婚姻愛情故事之比較研究，提出個人感想，分述如下：

　　一、馮夢龍與薄伽邱皆對「門第觀念」提出質疑，就當時來看是極前衛先進的，可惜他們並沒有更具體地指陳出「門當戶對」的意義。在現代，據中外學者研究後發現夫妻雙方的文化背景與家庭背景愈相似者，對婚姻的滿意度愈高（見曹中瑋〈只有愛就夠了嗎？——談婚前的幾個實際問題〉）。所以，「門當戶對」的新意義應是指議婚雙方的文化因素、生活環境與家庭背景相似，而非指財勢、地位相等；這是未婚男女在選擇配偶時，應特別認真考慮的課題。

　　二、在古代，愛情婚姻關係發生、發展、變化的過程之中，始終貫穿著一定的宗教、道德因素，也就是情欲雜揉著宗教、道德規範的糾葛，因而扭曲了人性，戕害了人的生理〔註1〕。《三言》與《十日譚》裡可見青年男女率真、大膽、熱烈追求婚姻愛情的精神，透露其反抗傳統道德對於戀愛婚姻的束縛。在這種道德與情欲的拔河狀態下，我個人以為傳統的道德規範中應給予愛情婚姻一個健康發展的空間，而不以普遍的道德來壓抑、約制它。換言之，把男女之間自然的吸引與相愛之情視為「淫蕩」，這是極不合理的，真正無德無行之人應是玩弄感情又始亂終棄的負心漢和浪蕩女。

　　三、關於守貞問題：馮氏在《三言》故事裡嘗歌頌貞婦烈女，亦不反對

―――――――――――――――――――――――――――――――

〔註1〕　晉代阮籍、嵇康主張「越名教而任自然」；明清之際王夫之認為天理即在於人欲之中；戴震指責存理滅欲的學說賊人之情，戕人之生理，皆是承認人的自然情欲具有合理性，而不是一種罪惡。

女性二嫁，誠如其《情史‧情貞類》卷末評語所言：

> 自來忠孝節烈之事，從道理上做者必勉強，從至情上出者必真切。
> 夫婦其最近者也，無情之夫，必不能為義夫；無情之婦，必不能為
> 節婦。

由此可見，馮氏認為守貞守節與否，應視個人的意願而定，而不應虛情勉強、沽名釣譽。這種尊重寡婦、鰥夫的精神極具人道意義。這一個觀點與薄伽邱是一致的，《十日譚》四日第六篇故事〈噩夢〉的安德蕾微拉於愛人死後，就到一個以聖潔著稱的修道院裡當修女，為愛人守節過著貞潔的生活。而面對喬娃娜再醮於費得里哥（第五日第九篇故事〈鷹的傳奇〉），薄伽邱也稱讚她嫁了一位品格非常高尚的有情人。所以，馮夢龍與薄伽邱都是尊重生命個體的文學家。

　　四、夫妻因為公務或經商而分居兩地，乃情非得已，然而由於空間的阻隔，使得兩人的愛情與婚姻面臨考驗。如《三言》裡的蔣興哥與王三巧之例，興哥出外營商，因故滯留遲歸，妻子三巧在獨守空房，芳心寂寞的情況之下，接受了陳大郎的追求（見《喻世明言》第一卷〈蔣興哥重會珍珠衫〉）。又如《十日譚》第二日故事〈易釵行〉裡的商人們因為長期遊走經商，也不方便攜家帶眷同往，因此難耐孤單冷清者就做出不忠於婚姻的行為；有的商人則懷疑妻子可能趁他不在而紅杏出牆。諸如此類之事，在現代仍然不斷的上演著，要避免空間的隔絕對愛情婚姻生活所帶來的威脅，坦白說，目前並沒有其他的辦法，唯一能做的就是夫妻倆要以愛與負責的態度來經營婚姻和感情。再換另一個角度來看，夫妻二人若無法以愛與負責的態度去經營婚姻和感情，那麼即使天天生活在一起，恐怕也會做出欺騙對方的情事而變成怨偶。

　　五、婚姻與愛情能夠合一是許多人的心願與理想，然而從《三言》與《十日譚》裡一些不美滿、不幸的愛情婚姻故事來看，這個目標似乎還有些遙遠；但是從那些有圓滿結局的故事看來，這個憧憬依然可能會實現。無論答案為何，日新月異的新科技開創了人類無限的可能與未來，也許有朝一日，基因工程的開發將使人類社會的人倫關係重組，婚姻制度不再是維繫倫理綱常的主角，男女雙方結合的目的也就不會與子嗣有所牽涉；不合則離的男女雙方也不再為了孩子的監護權而對簿公堂，更不會有單親家庭的問題兒童或青少年。如果未來的世界真是這樣，那麼愛情與婚姻的糾葛就會自然消弭，男女

之間的關係便得以單純些。

　　六、大陸學者對《三言》與《十日譚》婚外情故事和性愛行為的描寫大多抱持否定的態度：許政揚與顧學頡主張《三言》那些淫穢不堪的色情描繪有刪節之必要；黃永林認為《十日譚》描寫偷情的故事是「赤裸裸地表現資產階級的個人享樂主義和縱慾主義」；饒芃子則說「在歌頌堅貞愛情的同時，又有低級猥褻的描寫」〔註2〕。但是我個人以為上述四人的思想過於保守，尤其是許、顧於校注《三言》時主動將這些描寫和整個故事刪除，這是不忠於原著的行為，亦剝奪讀者閱讀的權利。對於《三言》與《十日譚》這些故事和性愛的描寫，與其加以刪去或避諱不談，還不如採取較開放的心態來面對，因為誠如薄伽邱所言，再聖潔的書也會受人曲解或牽強附會，況且現在是一個新世紀的來臨，身為現代人難道仍無法以更開闊、健康的胸襟去看待情色問題？為了培育心理成熟健全的下一代，就要教導他們正確的性愛觀，若將《三言》與《十日譚》裡的這類故事當作教材提出來分析與討論，不也是很好的範例？

　　七、愛情婚姻是《三言》與《十日譚》最精彩的主題之一，也是最為人所津津樂道的話題。從故事當中可以看見許多中西人們對愛情的嚮往與追尋，還有許多當時實際的婚姻百態，以及在這個舞台上各種不同身分的角色。除此之外，《三言》與《十日譚》裡仍有幾個可以相互比較的主題，例如：友誼、訴訟、商業活動、發跡變泰等主題的比較，都是值得探討研究的方向，希望未來自己能延續此二書裡其他主題的研究，進而從中發掘《三言》與《十日譚》更多的相通和差異。

　　八、經過此番對《三言》與《十日譚》的研究發現：中西通俗小說的比較在中文學術界一向較乏人耕耘，我個人以為這是一塊可以從事研究開發的處女地，因此期盼有更多學者共同投入此一領域，藉以開拓出小說研究的另一片天空。

〔註2〕見《中西通俗小說之比較研究》第七章〈言情小說與性愛小說〉第三節，頁261。以及《中西小說比較》第八章〈中西小說名著比較〉第一節，頁231。

參考書目

壹、馮夢龍與薄伽邱著作

1. 《古今小說》（喻世明言），馮夢龍，上海古籍，1988 年。
2. 《警世通言》，馮夢龍，上海古籍，1988 年。
3. 《醒世恆言》，馮夢龍，上海古籍，1988 年。
4. 《情史類略》，馮夢龍，天一，明清善本小說叢刊，民國 74 年。
5. 《十日譚》，薄伽邱，魏良雄譯，志文，1995 年 6 月。
6. The Decameron Giovanni Boccaccio (Selected, Translated, and Edited by Mark Musa and Peter Bondanella).

貳、研究《三言》之著作

一、專　著

1. 《三言兩拍資料》，譚正璧，里仁，民國 70 年。
2. 《古今小說校注》，許政陽，里仁，民國 80 年。
3. 《警世通言校注》，嚴敦易，里仁，民國 80 年。
4. 《醒世恆言校注》，顧學頡，里仁，民國 80 年。
5. 《新評警世通言》，錢伯城，上海古籍，1992 年。
6. 《馮夢龍和三言》，繆詠禾，國文天地，民國 82 年。
7. 《三言二拍的世界》，陳永正，遠流，民國 83 年。

二、期刊論文

1. 〈馮夢龍古今小說研究〉，徐文助，《國文學報》，民國 61 年第十二期。
2. 《《三言》《二拍》反映的明代後期物價和市民經濟生活》，周舸岷，《浙

江大學學報》，1980 年第一期。

3. 〈怎樣讀我國古代短篇白話的珍品——《三言》〉，寧宗一，《文史知識》，1981 年第三期。

4. 〈《三言》中的馮夢龍作品考辨〉，徐朔方，《杭州大學學報》，1982 年第一期。

5. 〈《三言》市民意識潛探〉，林樟杰，《上海師大學報》，1983 年第三期。

6. 〈《三言》人物塑造的藝術特色〉，楊國祥，《北方論叢》，1983 年第三期。

7. 〈《三言》《二拍》所表現的明代歷史的新變邊〉，馮天瑜等，《史學集刊》，1984 年第二期。

8. 〈明代哲學思潮與《三言》中的明代擬話本〉，何寅，《山西師大學報》，1985 年第三期。

9. 〈《三言》《兩拍》中發跡變泰主題新說〉，歐陽健，文史哲（《山東大學學報》），1985 年第五期。

10. 〈從《三言》看明代奴僕〉，南炳文，《歷史研究》，1985 年第六期。

11. 〈馮夢龍、凌濛初和《三言》《二拍》〉，魏同賢，《文史知識》，1986 年第二期。

12. 〈一代名臣屬酒人——論《三言》中發跡變泰的故事〉，楊國祥，《社會科學戰線》，1986 年第二期。

13. 〈馮夢龍小說理論與《三言》〉，張志合，《四川師大學報》，1988 年第四期。

14. 〈試談《三言》《兩拍》中幾類婦女形象的社會意義〉，田國梁，《西北民族學院學報》，1988 年第四期。

15. 〈《三言》二題〉，繆詠禾，《文學評論》，1988 年第五期。

16. 〈《三言》的市民文學特色〉，汪玢玲等，《東北師大學報》，1989 年第四期。

17. 〈短篇白話小說《三言》中的戀愛〉，小野四平，邵毅平等摘譯，《明清小說研究》，1990 年第一期。

18. 〈試論《三言》中的婦女主題〉，王引萍，《西北第二民族學院學報》，1991 年第二期。

19. 〈馮夢龍的情教觀在《三言》編纂中的體現〉，張丹飛，《新疆師大學報》，1991 年第四期。

20. 〈論《三言》情教觀的市民色彩〉，張丹飛，《新疆師大學報》，1992 年第三期。

21. 〈《三言》對封建官吏描寫的新貢獻〉，歐陽代發，《湖北大學學報》，

1992 年第二期。

22. 〈《三言》的美學理想〉，潛明茲，《民間文學論壇》，1992 年第二期。

23. 〈《三言》中婦女形象與馮夢龍的情教觀〉，張璉，《漢學研究》，民國 82 年第十一卷第二期。

24. 〈近十餘年三言二拍研究之回顧〉，王立言等，《文史知識》，1993 年第十期。

25. 〈婚戀觀念的嬗變及其啟示──《三言》、《二拍》名篇心解〉，劉敬圻，《北方論叢》，1994 年第二期。

26. 〈入乎其內與出乎其外──談《三言》主觀思想與客觀思想形象的結合〉，黃澤新，《文學評論叢刊》第二十二期。

27. 〈從《三言》看晚明商人〉，黃仁宇，《明史研究論叢》第一輯。

28. 〈馮夢龍《古今小說》中的梁祝故事──兼談江蘇省民間梁祝故事〉，高國藩，《民俗曲藝》。

29. 《三言研究》，李漢祚，台大碩士論文，民國 53 年。

30. 《三言主題研究》，王淑均，輔大碩士論文，民國 68 年。

31. 《古今小說研究》，陳妙如，文化碩士論文，民國 70 年。

32. 《三言愛情故事研究》，咸恩仙，輔大碩士論文，民國 72 年。

33. 《三言題材研究》，崔桓，台大碩士論文，民國 73 年。

34. 《三言人物研究》，柳之青，台灣師大碩士論文，民國 79 年。

35. 《三言獄訟故事研究》，郭靜薇，輔大碩士論文，民國 79 年。

36. 《馮夢龍編作三言的社會經濟基礎》，中山碩士論文，民國 82 年。

參、相關書籍

一、專　著

（一）經書類

1. 《周易》，藝文，十三經注疏本，民國 74 年。

2. 《周禮》，藝文，十三經注疏本，民國 74 年。

3. 《儀禮》，藝文，十三經注疏本，民國 74 年。

4. 《禮記》，藝文，十三經注疏本，民國 74 年。

5. 《論語》，藝文，十三經注疏本，民國 74 年。

6. 《春秋左氏傳》，藝文，十三經注疏本，民國 74 年。

7. 《春秋穀梁傳》，藝文，十三經注疏本，民國 74 年。

8. 《孟子》，藝文，十三經注疏本，民國 74 年。

（二）諸子類

1. 《管子》，齊・管仲，中華，民國 55 年。
2. 《荀子》，周・荀況，中華，四部備要子部。
3. 《老子》，周・李耳（老聃），中華，四部備要子部。
4. 《韓非子》，周・韓非，台灣商務，景印文淵閣四庫全書。
5. 《二程遺書》，宋・程顥、程頤，台灣商務，景印文淵閣四庫全書。
6. 《朱子語類》，宋・黎靖德編，文津，民國 75 年。

（三）史傳方志、劄記

1. 《中國婚姻史》，陳顧遠，上海商務，民國 25 年。
2. 《明實錄》，中央研究院歷史語言研究所，民國 53 年。
3. 《二十四史》，台灣商務，上海涵芬樓影印本，民國 56 年。
4. 《二十五史》，藝文，清乾隆武英殿刊本景印。
5. 《高僧傳》，梁・慧皎，廣文，民國 60 年。
6. 《中國娼妓史話》，王書奴，仙人掌，民國 60 年。
7. 《二十二史劄記》，清・趙翼，鼎文，民國 64 年。
8. 《寧波府志》，明・張時徹，國立中央圖書館，民國 64 年。
9. 《列女傳》，漢・劉向，廣文，民國 68 年。
10. 《中國佛教史》，鎌田茂雄，關世謙譯，新文豐，民國 71 年。
11. 《中國婦女生活史話》，郭立誠，漢光，民國 73 年。
12. 《中國文學史初稿》，王師忠林等，福記文化，民國 74 年。
13. 《續資治通鑑長篇》，宋・李燾，上海古籍，1986 年。
14. 《中國俗文學史》，鄭振鐸，台灣商務，民國 75 年。
15. 《中國小說史》，孟瑤，傳記文學，民國 75 年。
16. 《中國文學發展史》，劉大杰，華正，民國 75 年。
17. 《中國文學史》，葉慶炳，台灣學生，民國 76 年。
18. 《中國娼妓史》，王書奴，上海三聯，1988 年。
19. 《簡明中國佛教史》，鎌田茂雄，鄭彭年譯，華宇，民國 77 年。
20. 《戰國策》，高誘注，黃玉林註譯，綜合，民國 78 年。
21. 《佛教歷史百問》，叢露華，北京中國建設，1989 年。
22. 《中國小說史略》，魯迅，風雲時代，1992 年。
23. 《中國小說源流論》，石昌渝，北京三聯，1995 年。
24. 《中國古代小說藝術史》，劉上生，湖南師大，1993 年。

25. 《中國文學批評史》，王運熙等，五南，民國 82 年。

26. 《中國婦女生活史》，陳東原，台灣商務，民國 83 年。

27. 《中國婚姻史》，蘇冰等，文津，民國 83 年。

28. 《中國明代經濟史》，林金樹等，北京人民，1994 年。

29. 《世界文明史‧文藝復興總述》，幼獅，民國 68 年。

30. 《世界文明史‧文藝復興在義大利》，幼獅，民國 68 年。

31. 《西洋全史‧文藝復興》，馮作民編著，台北燕京，民國 64 年。

32. 《義大利文藝復興時期的文化》，雅各布‧布克哈特著，何新譯，北京商務，1991 年。

33. 《大清高宗純皇帝實錄》，華文，1968 年。

34. 《袈裟裡的故事——高僧傳》，熊琬，時報文化，1998 年。

（四）詩文集類、詩文考評

1. 《浮生六記》，沈復，開明，民國 57 年。

2. 《心理學與道德》，海德斐，楊懋春譯，開山，民國 58 年。

3. 《變態心理學》，朱光潛，台灣商務，1994 年。

4. 《夢的解析》，佛洛伊德，志文，1972 年。

5. 《性學三論‧愛情心理學》，佛洛伊德，志文，1998 年。

6. 《性與婚姻生活》，詹益宏等，輝煌，民國 65 年。

7. 《婚姻與道德》，羅素，水牛，民國 66 年。

8. 《真與愛》，羅素，志文，1998 年。

9. 《培根論文集》，培根，志文，1983 年。

10. 《余光中傳》，天下文化，1999 年。

11. 《全唐詩》，清聖祖御定，文史哲，民國 67 年。

12. 《樂府詩集》，宋‧郭茂倩，里仁，民國 69 年。

13. 《中國家庭與倫理》，楊懋春，中央文化供應社，民國 70 年。

14. 《戲文概論》，錢南揚，木鐸，民國 71 年。

15. 《中國敘事學》，楊義，南華管理學院，1998 年。

16. 《中國小說美學》，葉朗，天山，民國 71 年。

17. 《中西美學與文化精神》，張法，淑馨，民國 87 年。

18. 《基督教與美學》，閻國忠，遼寧人民，1989 年。

19. 《情人眼裏出西施》（美的沉思），孫子威，丹青，民國 76 年。

20. 《中國古典小說人物審美論》，嘯馬，華東師範大學，1990 年。

21. 《中國古典小說藝術欣賞》，賈文昭等，里仁，民國 72 年。

22. 《女性心理學》，李美枝，大洋，民國 73 年。

23. 《中國古典小說中的愛情》，葉慶炳，時報文化，民國 74 年。

24. 《男人的感情世界》，墨莉桑，張子方譯，允晨，民國 75 年。

25. 《中國婚俗》，吳存浩，山東人民，1986 年。

26. 《兩性關係的新觀念》，赫伯·高博格，洪建全教育文化基金會，民國 75 年。

27. 《金庸小說情愛論》，陳墨，百花洲文藝出版社，1996 年。

28. 《情愛論》，瓦西列夫，趙永穆譯，人間，1994 年。

29. 《緣與命》，王邦雄，漢光，民國 76 年。

30. 《明清小說探幽》，木鐸，民國 76 年。

31. 《貞操問題》，胡適，遠流，民國 77 年。

32. 《情愛心理美學》，周鼎安，江西人民，1988 年。

33. 《不要相信愛情》，曾昭旭，漢光，民國 77 年。

34. 《中國婦女史論文集第二輯》，李又寧等編，台灣商務，民國 77 年。

35. 《中國人的心理》，楊國樞編，桂冠，民國 77 年。

36. 《明清小說講話》，吳雙翼，木鐸，民國 77 年。

37. 《愛情力量及正義》，田立克，王秀谷譯，三民，民國 78 年。

38. 《性倫理學》，王東峰，北京農村讀物，1989 年。

39. 《男女差異心理學》，袁振國等，天津人民，1989 年。

40. 《中國婚姻習俗之研究》，阮昌銳，台灣省立博物館，民國 78 年。

41. 《中國少數民族婚俗》，嚴汝嫻，許秀玉，台灣商務，民國 87 年。

42. 《婚姻研究》，朱岑樓，東大，民國 80 年。

43. 《飲食男女》，龔鵬程，立緒文化，民國 87 年。

44. 《小說戲曲研究第二集》，聯經，民國 78 年。

45. 《劉大櫆集》，清·劉大櫆，吳夢復校點，上海古籍，1990 年。

46. 《中國人的婚戀觀》，張老師，民國 79 年。

47. 《古典今看——從孔明到潘金蓮》，王溢嘉，野鵝，民國 79 年。

48. 《女性主義與中國文學》，鍾慧玲主編，里仁，民國 86 年。

49. 《古代女性世界》，洪丕謨，上海古籍，1990 年。

50. 《中國婚姻家庭的嬗變》，張樹棟等，浙江人民，1990 年。

51. 《中國人的幸福觀》，余德慧等，張老師文化，民國 80 年。

52. 《中國人的姻緣觀》，莊慧秋等，張老師文化，民國 80 年。

53. 《姻緣路上情理多》，張春興編，桂冠，民國 80 年。

54. 《中國婦女史論集續集》，鮑家麟編，稻鄉，民國 80 年。

55. 《中國善惡報應習俗》，劉道超，文津，民國 81 年。

56. 《文學概論》，裴斐，復文，民國 81 年。

57. 《西洋文學概論》（上古迄文藝復興），呂健忠等編譯，書林，民國 86 年。

58. 《西洋文學研究》，胡品清，台灣商務，1994 年。

59. 《西洋文學史》，黎烈文，大中國，民國 84 年。

60. 《西洋文學批評史》，衛姆塞特，布魯克斯著，顏元叔譯，志文，1972 年。

61. 《中外比較文學研究》，李達三等主編，台灣學生，1990 年。

62. 《比較文學論》，提格亨著，戴望舒譯，台灣商務，1995 年。

63. 《比較文學與小說詮釋》，周英雄，北京大學，1997 年。

64. 《中西通俗小說比較研究》，黃永林，文津，民國 84 年。

65. 《中西小說比較》，饒芃子等著，安徽教育，1994 年。

66. 《中西比較文學論集》，鄭樹森等合編，時報文化，民國 75 年。

67. 《文學批評與比較文學》，饒芃子，廣東花城，1991 年。

68. 《聊齋誌異中的愛情》，陸又新，台灣學生，民國 81 年。

69. 《天使與野獸之間》（文學名著情愛百態），上海學林，1993 年。

70. 《愛與文學》，莫爾達著，鄭秋水譯，遠景，民國 64 年。

71. 《中國人的愛情觀》，張老師，民國 81 年。

72. 《中國愛情與兩性關係》，何滿子，香港商務，1994 年。

73. 《中國婦女史論集》，鮑家麟編，稻鄉，民國 81 年。

74. 《中國婦女史論文集第一輯》，李又寧等編，台灣商務，民國 81 年。

75. 《中國的家庭與倫理》，張懷承，中國人民大學，1993 年。

76. 《中國古代風俗文化論》，劉學林等，陝西人民，1993 年。

77. 《社會風俗三百題》，胡申生，上海古籍，1992 年。

78. 《民俗與文學學術研討會論文集》，中山大學、民間文學學會，民國 87 年。

79. 《從民間文學到古小說》，江寶釵，麗文，1997 年。

80. 《瘋狂的教化——貞節崇拜之通觀》，王文斌，遼寧人民，1993 年。

81. 《中國婦女史論集第三集》，鮑家麟編，稻鄉，民國 82 年。

82. 《中國歷代婚姻與家庭》，顧鑒塘等，台灣商務，民國 83 年。

83. 《話本與才子佳人小說之研究》，胡萬川，大安，民國 83 年。

84. 《范文正公集》，宋·范仲淹，台灣商務，萬有文庫薈要。

（五）政書、典章制度

1. 《國榷》，明・談遷，上海古籍，1954 年。
2. 《唐會要》，王溥，世界，武英殿聚珍版，民國 49 年。
3. 《宋刑統》，宋・竇儀，文海，民國 53 年。
4. 《明律集解附例》，明太祖敕修，成文，民國 58 年。
5. 《大明會典》，明・李東陽等撰，申時行等重修，新文豐，民國 65 年。
6. 《唐律疏議》，唐・長孫無忌等，台灣商務，景印文淵閣四庫全書，民國 73 年。
7. 《中國婚姻——婚俗、婚禮與婚律》，王潔卿，三民，民國 77 年。
8. 《大元聖政國朝典章》，故宮博物院景印本。
9. 《大元通制條格》，文海，民國 73 年。

（六）類書、筆記（小說）雜著

1. 《霞外攟屑》，清・平步青，世界，民國 52 年。
2. 《太平御覽》，宋・李昉等，台灣商務，民國 57 年。
3. 《太平廣記》，宋・李昉等，新興，民國 62 年。
4. 《藝文類聚》，唐・歐陽詢，新興，民國 62 年。
5. 《夢梁錄》，宋・吳自牧，新文豐，民國 64 年。
6. 《酉陽雜俎》，唐・段成式，台灣學生，民國 68 年。
7. 《鏡花緣》，清・李汝珍，河洛，民國 69 年。
8. 《清平山堂話本》，明・洪楩，世界，民國 71 年。
9. 《戒庵老人漫筆》，明・李詡，新興，民國 72 年。
10. 《歧路燈》，清・李海觀，新文豐，民國 72 年。
11. 《石頭點》，明・天然痴叟，文史哲，民國 74 年。
12. 《笑林廣記》，龔鵬程導讀，金楓，1988 年。
13. 《子不語》，袁枚，古曄等譯，中國國際廣播，1992 年。
14. 《劉生覓蓮記》，《明清善本小說叢刊》第十八輯，天一，民國 74 年。
15. 《婦學》，清・章學誠，藝文百部叢書集成・藝海珠塵。
16. 《桓子新論》，漢・桓譚，藝文百部叢書集成。
17. 《查泰萊夫人的情人》，勞倫斯著，桂冠，1998 年。
18. 《茶花女》，小仲馬，志文，1995 年。
19. 《坎特伯利故事集》，喬叟，桂冠，1994 年。
20. 《希臘悲劇》，劉毓秀，曾珍珍合譯，書林，1998 年。
21. 《愛情與夢幻》（唐著傳奇中的悲劇意識），劉燕萍，台灣商務，1996 年。

（七）其他

1. 《全元雜劇》，關漢卿等，楊家駱編，世界，民國 51 年。
2. 《彈評通考》，譚正璧等蒐集，北京中國曲藝，1985 年。
3. 《明末中國佛教之研究》，釋聖嚴，台灣學生，民國 77 年。
4. 《中國佛教與傳統文化》，方立天，上海人民，1988 年。
5. 《佛教文化百問》，何云，北京中國建設，1989 年。
6. 《繪圖三教源流搜神大全》，葉德輝，聯經，民國 69 年。

二、期刊論文

1. 〈明代的主僕關係〉，吳振漢，《食貨月刊》，民國 60 年第十二卷四～五期。
2. 〈明代奴僕之生活概況──幾個重要問題探討〉，吳振漢，《史原》，民國 60 年第十二期。
3. 〈禮教社會與愛情小說〉，葉慶炳，《幼獅文藝》，民國 66 年第四十五卷第六期。
4. 〈〈杜十娘怒沈百寶箱〉論析〉，張學忠，《天津師大學報》，1983 年第三期。
5. 〈〈杜十娘怒沈百寶箱〉的由來〉，徐朔方，《社會科學戰線》，1983 年第一期。
6. 〈〈杜十娘怒沈百寶箱〉塑造人物的藝術〉，楊子堅，《文史知識》，1984 年第三期。
7. 〈論馮夢龍對話本的編撰〉，苑坪玉，《貴州文史叢刊》，1984 年第一期。
8. 〈白蛇傳和市民意識的影響〉，薛寶琨，《民間文學論壇》，1984 年第三期。
9. 〈櫝中有玉──杜十娘内心世界簡析〉，張國慶，《文史知識》，1985 年第六期。
10. 〈簡論錯斬崔寧〉，言炎，《南京大學學報》，1986 年第三期。
11. 〈談〈蔣興哥重會珍珠衫〉的結構藝術〉，周五純，《文史知識》，1986 年第四期。
12. 〈明朝對僧道的管理〉，暴鴻昌，《北方論叢》，1986 年第五期。
13. 〈馮夢龍的生平、著述及其時代特點〉，魏同賢，《中國文史論叢》，1986 年第三期。
14. 〈試論〈蔣興哥重會珍珠衫〉的思想和藝術成就〉，張永芳，《遼寧大學學報》，1987 年第二期。
15. 〈試論〈警世通言〉愛情悲劇小說的審美特徵〉，張恆海，《社會科學輯

刊》，1987 年第六期。

16. 〈論話本小說〈碾玉觀音〉〉，郝延霖，《新疆大學學報》，1988 年第二
    期。

17. 〈馮夢龍「情教說」試論〉，陳萬益，《漢學研究》，民國 77 年第六卷第
    一期。

18. 〈古典小說中的婦女群象〉，鄭明娳，《台北評論》，民國 77 年 1 月。

19. 〈奇中奇──古典小說中的娼優考察〉，康來新，《台北評論》，民國 77
    年 1 月。

20. 〈「清明靈秀」與「殘忍乖邪」──由傳奇與話本中兩位女性探抉人性〉，
    董挽華，《台北評論》，民國 77 年 1 月。

21. 〈傳統小說家筆下的女性〉，李殿魁，《台北評論》，民國 77 年 1 月。

22. 〈從浮生六記中看沈復與陳芸的生活〉，應師裕康，《高雄師院學報》，民
    國 77 年第十六期。

23. 〈論狐妻故事中的傳統文化精神〉，周愛明，《民間文學論壇》，1989 年
    第四期。

24. 〈馮夢龍小說觀三談〉，《明清小說研究》，1989 年增刊。

25. 〈論杜十娘的「死亡抉擇」〉，李若鶯，《高雄師院國文所系教師論文研討
    會論文》，民國 78 年。

26. 〈論《白蛇傳》故事的世俗化傾向〉，吳洪年，《杭州大學學報》，1990
    年第一期。

27. 〈明代節婦烈女旌表初探〉，蔡凌虹，《福建論壇》，1990 年第六期。

28. 〈狐狸精怪故事別解──兼論龔維英先生、何新先生商榷〉，姚立江，
    《民間文學論壇》，1990 年第五期。

29. 〈馮夢龍晚年的匡時濟世思想〉，魏全勝，《瀋陽師院學報》，1990 年第
    四期。

30. 〈梁祝愛情故事的社會意義〉，汪玢玲，《東北師大學報》，1991 年第二
    期。

31. 〈中國人的婚姻價值觀及家庭觀念分析〉，趙子祥，《社會科學輯刊》，
    1991 年第四期。

32. 〈難題求婚──從西南少數民族談起〉，鹿憶鹿，《第一屆中國民間文學
    學術研討會論文集》，民國 80 年。

33. 〈馮夢龍研究六十年〉，傅承洲，《文史知識》，1991 年第四期。

34. 〈〈賣油郎獨占花魁〉的喜劇藝術〉，胡萬川，《中外文學》，民國 81 年第
    二十卷第十期。

35. 〈論唐代愛情婚姻小說的道德理想〉，程遙，《遼寧大學學報》，1992 年

第三期。

36. 〈《聊齋誌異》婚戀問題新探〉，安國梁，《文學評論》，1992 年第五期。

37. 〈馮夢龍研究七十年〉，袁志，《福建論壇》，1993 年第五期。

38. 〈孔子婚姻思想的進步性〉，徐儒宗，《河北大學學報》，1993 年第四期。

39. 〈馮夢龍的情學觀〉，詹明，《上海師大學報》，1994 年第二期。

40. 〈一個同源假設說及其驗證──「難題求婚」故事和「郎才女貌」俗語的深層結構〉，譚學純，《民間文學論壇》，1994 年第二期。

41. 〈《救風塵》的衝突結構──巧計與自覺〉，吳淑慧，《國文天地》，民國 83 年第十卷第一期。

42. 〈從女性立場看王安憶《三戀》中的女性〉，曾恆源，《國文天地》，民國 83 年 6 月第一○九期。

43. 〈女性主義帶來的詮釋新向度──以葉兆言的《綠色陷阱》為演練實例〉，林積萍，《國文天地》，民國 83 年 6 月第一○九期。

44. 〈試觀男性文化典律下昭君形象的扭曲〉，魏光霞，《國文天地》，民國 83 年第十卷第一期。

45. 〈神仙思想與通俗文學〉，應師裕康，《高雄師大學報》，民國 81 年第三期。

46. 《明傳奇所見的中國女性》，李桂柱，台大碩士論文，民國 59 年。

47. 《馮夢龍生平及其對小說之貢獻》，胡萬川，政大碩士論文，民國 62 年。

48. 《梁祝故事及其文學研究》，林美清，台大碩士論文，民國 71 年。

49. 《三笑姻緣故事研究──以「唐解元一笑姻緣為主」》，柳喜在，文化碩士論文，民國 76 年。

50. 《馮夢龍「情史類略」情論研究》，張穗芳，文化碩士論文，民國 77 年。

51. 《唐人小說中的女性角色》，朱美蓮，政大碩士論文，民國 78 年。

52. 《話本小說果報觀研究》，咸恩仙，文化博士論文，民國 78 年。

53. 《中國傳統妒婦故事研究》，張本芳，逢甲碩士論文，民國 80 年。

54. 《先秦夢徵研究》，江蓮碧，文化碩士論文，民國 80 年。

55. 《蒙古文化對元朝婚姻制度的影響》，郭文惠，政大碩士論文，民國 80 年。

56. 《從虐戀心理看醒世姻緣》，方靜娟，高師大碩士論文，民國 82 年。

57. 《馮夢龍文學研究》，蔣美華，東吳博士論文，民國 83 年。

58. 《蘇軾詩詞中夢的研究》，史國興，師大博士論文，民國 85 年。

59. 《中國傳統儒學女性觀之探究》，陳怡芬，高師大碩士論文，民國 87 年。